生态文学与文学生态

新时代生态文学研究
暨第二届恩施文学研讨会论文集

李 莉 刘川鄂 胡佑飞 / 主编

武汉出版社
WUHAN PUBLISHING HOUSE

鄂新登字（08）号
图书在版编目（CIP）数据

生态文学与文学生态：新时代生态文学研究暨第二届恩施文学研讨会论文集 / 李莉，刘川鄂，胡佑飞主编.
武汉：武汉出版社，2024.8. — ISBN 978-7-5582-7072-7

Ⅰ．I206.7-53

中国国家版本馆 CIP 数据核字第 2024ZU8191 号

生态文学与文学生态：新时代生态文学研究暨第二届恩施文学研讨会论文集
SHENGTAI WENXUE YU WENXUE SHENGTAI：XINSHIDAI SHENGTAI WENXUE YANJIU JI DIERJIE ENSHI WENXUE YANTAOHUI LUNWENJI

编　　者：李　莉　刘川鄂　胡佑飞	
责任编辑：刘沁怡	
封面设计：孟　元	
出　　版：武汉出版社	
社　　址：武汉市江岸区兴业路 136 号	邮　编：430015
电　　话：(027) 85606403　85600625	
http://www.whcbs.com　E-mail：whcbszbs@163.com	
印　　刷：文畅阁印刷有限公司	经　销：新华书店
开　　本：787 mm×1092 mm　1/16	
印　　张：19.75	字　数：350 千字
版　　次：2025 年 1 月第 1 版　　2025 年 1 月第 1 次印刷	
定　　价：98.00 元	

版权所有·翻印必究
如有质量问题，由本社负责调换。

本课题获湖北省普通高校人文社会科学重点研究基地湖北大学"当代文艺创作研究中心"项目经费资助（项目批准号 23DDWY25）

目 录

壹 新时代恩施文学创作研究

巴山楚水间的恩施作家 ………………………………………… 叶 梅/2
也说"恩施文学现象" …………………………………………… 周良彪/5
恩施民族文学发展需把握"四度" ……………………………… 董祖斌/10
田苹《花开如海》序 …………………………………………… 贺绍俊/13
双扶贫的赞歌
　　——田苹长篇小说《花开如海》阅读札记 ………………… 刘川鄂/16
恩施现代美丽山村的动人画卷
　　——评田苹长篇小说《花开如海》 ………………………… 吴道毅/19
从生活沃土中开出的明丽花朵
　　——评长篇小说《花开如海》 ……………………………… 蔡家园/22
乡村建设、青年成长与地方情结
　　——读田苹的长篇小说《花开如海》 ………………… 李雪梅 李葭沄/25
新时代的山乡巨变在文学作品中的呈现
　　——评《花开如海》 ………………………………………… 江佳慧/31
用地方志的气魄讲好扶贫故事的恩施经验
　　——读陈亮、周良彪长篇报告文学《战贫志》 …………… 李建华/38
让故乡在月光下重新生长
　　——评周良彪散文集《野阔月涌》 …………………… 叶 李 王之远/40
论恩施文学创作发展的可能性与可行性 ………………………… 田兴国/46
厚重历史，优美画卷
　　——读周良彪先生《野阔月涌》 …………………………… 阳卓军/51
略论周良彪散文的日常生活叙事 ………………………………… 范生彪/55
人生三味 …………………………………………………………… 叶 芳/61
细腻流动的情思，清新灵动的笔触
　　——周良彪《野阔月涌》解读 ……………………………… 张 鑫/65
中华民族英雄精神的传承
　　——以《父亲原本是英雄》的主人公张富清为例 ………… 李 敏/69

贰　新时代生态文学研究

恩施生态文学面面观 ……………………………………………… 杨　彬/74
对自然的敬畏　对生命的礼赞
　　——读叶梅生态散文集《福道》 ……………………………… 李传锋/77
中华民族共同体视野中生态文学创作的审美追求
　　——以《山巅之村》为中心的考察 …………………………… 朱　旭/84
生态美学视域下的英雄叙事
　　——以陈连升、张富清形象为中心 …………………………… 李　莉/93
徐晓华散文的恩施书写 ……………………………………………… 王　泉/100
生态恩施的文学实践 ……………………………………………… 胡佑飞/105
从冲突到和谐：叶梅散文的生态书写 ……………………………… 涂启升/111
论恩施诗歌的生态美学特征 ………………………………………… 侯小丽/116
生态视域下审视人类缔造的文明
　　——浅论《最后一只白虎》 …………………………………… 吴　凡/122
历史叙事中的生态观照
　　——评贝锦三夫的历史小说《武陵王之皇木遗恨》 ………… 胡　涛/128
天地的承载与人的情感
　　——从《容美纪游》《野阔月涌》《美玉无瑕》看恩施州自然生态之于人的意义生成 ……………………………………………… 周　伟/134
生态文学视阈下的《清江东流》解读 ……………………………… 胡娅男/140

叁　鹤峰作家群研究

民族个性的文化审视
　　——苗族作家王月圣民族文学创作论 ………………………… 戴宇立/146
民族精神书写的厚重与缺憾
　　——浅议《白虎寨》文学创作的得与失 ……………………… 王月圣/152
像山野林莽一样思考
　　——李传锋动物小说解读 ……………………………………… 宋俊宏/156
浅析李传锋《白虎寨》中的女性形象 ……………………………… 张　东/162
《白虎寨》的建构之美与行文之韵 ………………………………… 刘颖迪/167
英雄史传的主题引领与审美创造
　　——以恩施州四部"陈连升"作品为例 ……………………… 柳倩月/172
民族英雄的当代史诗性书写
　　——评杨秀武的长篇叙事诗《东方战神陈连升》 …………… 庄桂成/179
略谈《东方战神陈连升》的叙事 …………………………………… 华　野/184

在冷风景中捕捉闪闪灵光
　　——读邓斌小说《荒城·虎钮城》……………………………………谭明和/188
人与自然的交响乐
　　——解读《陈连升传》中的生态意识……………………………………邓东方/192
改革开放的记忆　地方文化的基因
　　——浅谈《身后那个村庄》………………………………………………刘绍敏/196
时间深处的诗和远方
　　——读长篇小说《美玉无瑕》的断想……………………………………吕金华/200
《美玉无瑕》中的生态美学思想………………………………………………葛荣凯/204
论《美玉无瑕》之美……………………………………………………………梁雪松/210
生态文学视域下的诗意书写与宿命意识
　　——论《美玉无瑕》………………………………………………………王旭迪/217
探寻《美玉无瑕》中的生态书写………………………………………………吴　萍/224
浅谈花理树皮创作中的生态关系
　　——以《美玉无瑕》为例…………………………………………………张晓玉/229

肆　多民族文化研究

第三种文化：丧钟为谁而鸣……………………………………………………冯黎明/236
观看之道与自然诗学的建构
　　——以哨兵生态诗歌创作为中心的考察…………………………………刘　波/244
土家族非遗文化的现代传播与文本实践
　　——以"土家稀奇哥"为例………………………………………赵崇钰　罗翔宇/253
浅析安丽芳《施南往事》中的非遗叙事………………………………………熊　浚/268
屏山：将何以解读其地质生态密码与风情人文密码…………………………邓　斌/274

伍　生态文学会议综评

在"新时代生态文学研究暨第二届恩施文学研讨会"上的致辞……………耿瑞华/282
在"新时代生态文学研究暨第二届恩施文学研讨会"上的发言……………刘川鄂/284
文学的山水与山水的文学………………………………………………………杨光宗/291
"新时代生态文学研究暨第二届恩施文学研讨会"综述……………………胡佑飞/292
生态文学与文学生态
　　——"新时代生态文学研究暨第二届恩施文学研讨会"述评……………李　莉/296
浅议恩施生态文学创作与批评…………………………………………………洪健萍/301

后　记………………………………………………………………………………/306

壹

新时代恩施文学创作研究

巴山楚水间的恩施作家

叶 梅[①]

常常因为文学的缘故，有许多亲切的人和往事会跃然而出，浮动于眼前，犹如一幅幅生动的画卷；又因为文学的缘故，会有星星点点的灯火，不停闪动于漫漫人生路上，无论回顾还是展望，那些明亮的光照总会带给人温暖和向往。前些日子，湖北省恩施土家族苗族自治州文联主席周良彪来信约我为当地"第三届签约作家文丛"作序，并发来入选的七位作家及作品简介，沿着这些笔耕者所开掘的文学路径，我再一次回到了恩施。

不由想起 1980 年代初期，随着中国文学爆发式的复苏、蓬勃，地处偏僻的大巴山和武陵山脉交会之地的鄂西，也如春潮涌动，有了新时期鄂西文学的清新萌芽和花朵的绽放。在党的十一届三中全会精神鼓舞下，恩施州委、州政府高度重视鄂西文化发展，由州委宣传部、文化局主持召开了全州创作会议，一批工作和生活在鄂西各地的老中青三代作者相聚一起，兴奋地交流创作经历和打算，并因得到社会的重视而劲头倍增。时任州委宣传部部长张克勤及文艺科长余友三等，着力各项文化举措的出台与实施，经过多方协调，促使鄂西土家族苗族自治州文学艺术界联合会得以正式成立，州政府划拨一定人员编制和经费，先后调入王月圣、甘茂华、田苹等作家和编辑，创办刊物《清江》，兴办起各种文学活动。难忘张克勤这位当时恩施文化人最为敬重的领导，他不苟言笑，一脸威严，开会讲话从不用讲稿，却是条理清晰，既有理论亦有实践，让人心服口服。他十分爱惜人才，高度关注全州不时出现的文学新人及作品，时常对文联工作加以精心指导，而由他派往州文联担任主要负责人的余友三则是一位热情开朗的前辈作家。余友三很早开始文学写作并于 20 世纪五六十年代就在《长江文艺》等刊物上发表作品。那时恩施地区能在省级刊物上发表作品的寥若晨星，仅有余友三、田开林、安邦等几位，被刚踏上文学之路的青年们视作了不起的贤者。余友三对年轻的作者们既有帮扶，也论友情，常与夫人做出美味的湖南家乡菜招待。我们一干人经常前去蹭饭，他与夫人笑脸相待。我们也不拘礼，坐下来拿碗就吃，有时在小桌旁，有时就在火盆边。他与人交谈多为推心置腹，尽管年过五旬但每及动情处也会眼泪汪汪，常有年少者与之开玩笑，他也从不动气，在场老少三辈总会嘻哈一片，其乐融融。

如果说文学是灯，这些于新时期点亮鄂西文学灯火的园丁又怎能让人忘却？他

[①] 叶梅，中国散文学会会长。

们薪火相传，一代代呕心沥血，小心呵护这方文学园地的每一寸光景，擦拭那初始微弱而后逐渐明亮的灯火。或许正是因为那些光芒的烛照和吸引，一批批鄂西文学人如雨后春笋般涌出，武陵山地呈现出延续不断且越来越繁茂的文学景象，新人辈出，佳作不断。自新世纪以来，先后有邓斌、向国平合著的《远去的诗魂》，杨秀武的《巴国俪歌》，田天、田苹合著的《父亲原本是英雄》，徐晓华的《那条叫清江的河》等作品获得全国少数民族文学创作骏马奖及其他文学奖项，不仅形成了一支具有影响的鄂西作家队伍，而且从作品中整体展现了鄂西地域独特的自然风貌、人民生活、民族文化及精神气质，具有宝贵的不可替代性，为湖北乃至更大范围的文化创造和积累作出了不可忽略的贡献。

恩施州文联自21世纪之初开始实行"签约作家制"，鼓励扶持具有创作潜力和一定创作计划的当地作者，为他们深入生活、创作及出版提供帮助，这一方式虽然并非独创，但认真实行起来，已取得明显效果，先后已有两批经过遴选的作者完成写作计划并顺利出版经过多次推敲的作品。这次入选文丛的七位作家及作品分别是杨秀武诗集《羊的电话》、付小平长篇小说《和风细雨付流年》、安丽芳中篇小说选《踩跷子》、赵春峰长篇小说《金笛银箫》、董祖斌长篇小说《撒叶儿嗬村庄》、周仕华散文集《故乡植物记》、黄爱华散文集《故园梦笔》。引人注目的是，这七位作家来自不同民族，年龄不等，风格多样。几乎从1980年代初就开始写作并获得丰硕成果的杨秀武、安丽芳宝刀不老，历久弥新，以源源萌生的敏感多情描画清江，诉说施南往事，书写鄂西人民的命运及与时代同步的精神脉络。曾写作多年的赵春峰则将目光投向了宋末元初的恩施土司时期，塑造了抵御外侮、保家卫国的土家儿女群像，彰显了土家民族自古以来"侠之大者，为国为民"的家国情怀。付小平、董祖斌的笔触显然更为直接地透视着当下离去的村庄、进城务工的乡亲，以及乡村的坚守者创业者，记录着新时代的山乡巨变，搜寻中国作为农业大国突出的"三农"问题在武陵山区的种种表征，探求城乡文明的冲突、交融以至转型，在讲述故事的同时，渗透了难能可贵的种种思考。更为年轻的周仕华、黄爱华以他们的散文带给读者新的期待。鄂西地处北纬30度，山川奇丽，植被丰茂，人在与大自然的相处之中获得了值得反思的深刻经验教训，周仕华试图以植物的视角体味生长的智慧以及人类的位置，从而更好地呵护家园，抵达促进人与自然和谐相处的良好愿景。黄爱华则在记录家乡山水人事的同时，于点滴之间表现新一代写作者对自然环保的关注和忧思，从而使传统的风光抒怀进入了新的领域。总之，可以认为，经过一轮轮"恩施文丛"的书写和出版，鄂西文学在不断走向壮大与丰美。

曾经，著名文艺理论家冯牧先生于1980年代末来到鄂西，他在游历了三峡神农溪、利川鱼木寨、腾龙洞等地之后的一个黄昏，站在一座山顶俯瞰晚霞之中起伏的巍峨群山，沉吟良久之后感慨地说，这个地方是应该出好作家好作品的。是的，鄂西不仅有着独特的青山绿水，也有着丰厚瑰丽的文化积淀。现当代以来，曾在这片土地上奋斗过的马识途创作了《清江壮歌》《夜谭十记》等佳作名篇；祖籍为鄂西建始的韦君宜留下了《似水流年》《母与子》等引发人们无尽思绪的求真之作;成长于鄂西鹤峰的李传峰为书写故乡流连忘返,以他的《退役军犬》《白虎寨》等享誉文坛;还有王月圣《饥饿的土地》《乡景》、甘茂华《鄂西风情录》《定风波》、罗晓燕《这方凉水长青苔》《盐大路》……一部部不胜枚举的鄂西文学作品成为雄峻的大巴山和武陵山脉耸起的绿色森林。

不言而喻,经由许多辛勤举荐和垦植的《恩施作家文丛》也正是如此。那一方土地和人民养育了文学,而文学又反哺大地,以热忱和谦卑融入那片厚重而又灵秀的巴山楚水之间。

也说"恩施文学现象"

周良彪[①]

经过长时期尤其是新时期以来的攀越成长,恩施文学如今已然初具规模,且形成了独特的风景,被湖北省作家协会称之为"恩施文学现象"。2022年夏末,湖北省作协负责联系恩施的原副主席耿瑞华先生带队赴恩施采风,把"恩施文学现象"作为一个课题,托付给著名文学评论家、中南民族大学杨彬教授。据悉,杨教授已有研究成果,或不久即将见诸报刊。因笔者长期在文联工作,对"恩施文学现象"有切身的体会,遂不揣粗浅,说说自己的见解,不妥之处请读者诸君谅解。

何谓"恩施文学现象"?湖北省作协在谈及恩施文学现状时,梳理了恩施州获得全国少数民族文学创作骏马奖的作家作品,梳理的结果使他们很震惊,有7人次7部作品曾获此奖。具体是:李传锋的短篇小说《退役军犬》和长篇小说《白虎寨》、叶梅的小说集《五月飞蛾》、邓斌和向国平合著的文艺理论专著《远去的诗魂》、杨秀武的诗集《巴国俪歌》、徐晓华的长篇散文《那条叫清江的河》、田天和田苹合著的长篇报告文学《父亲原本是英雄》。由此,湖北省作协把这一现象称为"恩施文学现象",并予特别关注。

而笔者以为,如果单从获奖的角度讲,"恩施文学现象"的外延还可以扩大一些,比如冰心散文奖,叶梅的散文集《大翔凤》和甘茂华的散文集《这方水土》曾经获得;屈原文艺奖,高本宣的诗集《越过》和周良彪的散文集《野阔月涌》同时获得(第十一届);湖北文学奖,甘茂华的散文集《鄂西风情录》和吕金华的中篇小说《黑烟》先后获得,吕金华的长篇小说《容米桃花》和田苹的长篇小说《花开如海》还先后获得提名奖;土家族文学奖,雨燕的长篇小说《盐大路》和谭功才的散文集《鲍坪》先后获得。这些加起来有10人次10部作品。此外,田苹的长篇小说《花开如海》入选中宣部2022年7月"好书榜"、中国评论学会2022年7月"中国好书榜",入选中宣部2023年全国"农家书屋"推荐书目;陈亮和周良彪的长篇报告文学《战贫志》入选2023年湖北省"农家书屋"推荐书目,入选中宣部和农业农村部(国家乡村振兴局)发布的2023年新时代乡村阅读季首届"乡村振兴好书荐读"提名图书(100种)。其他获奖作品还有很多,比如2022年的《今古传奇》年度文学奖,赵春峰的长篇小说《金笛银箫》获特等奖,谭成举的短篇小说《怪镖》获一等奖,还有胡飞扬的长篇小说《纵横武陵》获《今古传奇》红色传奇文学奖一

[①] 周良彪,恩施州文联原专职副主席。

等奖，杨秀武、徐晓华、谭功才等的作品获有关期刊年度文学奖等等，姑且不论。

以上所述是"恩施文学现象"这一称谓的由来及其具体作家作品。归纳以上"现象"，有以下几个特点：一是在层级最高的一个奖项中获奖者数量多。全国少数民族文学创作骏马奖是中国作协四大重要奖项之一，也是中国文学最高奖项之一，其他3个分别是茅盾文学奖、鲁迅文学奖和儿童文学奖。这一重要奖项，恩施作家就有7人次7部作品先后获得，阵势甚为壮观，不可谓不是湖北文坛一大奇特现象。二是获奖作品种类齐全。总计上述17部获奖作品（未含《今古传奇》等刊物的文学奖），小说类7部、散文类6部、诗歌类2部、报告文学类1部、文艺理论类1部。其中，小说和散文优势明显，值得特别关注。三是作者构成呈现出一定的复杂性，主要体现在作家的籍贯与现在的工作单位的关系上。毫无疑问，以上获奖作家籍贯均为恩施，否则没有理由把他们纳入"恩施文学现象"范畴。复杂之处在于，李传锋、叶梅、甘茂华、谭功才4人籍贯虽为恩施，但他们都先后调离了恩施，在外地工作，而其获奖作品，除李传锋的《退役军犬》、叶梅的《五月飞蛾》外，大多是写恩施的。一个作家离开了他的故土，却还在写他的故土，其作品还因此获奖，我们没有理由把他们排除在"恩施文学现象"之外吧。李传锋是鹤峰人，大学毕业后先后在省作协省文联工作，退休前为省文联党组书记、常务副主席。他以"动物小说"名震文坛，《退役军犬》获奖后，创作了长篇动物小说《最后一只白虎》。其反映乡村建设的长篇小说《白虎寨》（书名就具有鲜明的土家族特色），写的虽不是动物，却有动物（白虎）的气质，不仅写的是恩施，而且在恩施召开了规模较大的研讨会。甘茂华被散文界誉为"写风情的高手"，其《鄂西风情录》的书名就异常明确地告诉读者，他写的是恩施，写的是恩施的土苗风情。谭功才的《鲍坪》，全书记录的是其家乡的人和事（当然是文学式散文式的表达）。他们的血脉里，流淌着母亲清江的血；他们的笔端，书写的是恩施情怀。

如果我们细心观察，"恩施文学现象"的表征，除了获奖作品众多（甚至是聚集性的）以外，还有其他一些现象值得我们思考，具体来说，体现在有几个特色鲜明的"作家群"。

一是"鹤峰作家群"。"鹤峰作家群"是恩施州最早提出来的一个概念。鹤峰作家群的崛起，曾是恩施州骄人的文学现象。这个作家群里，聚集了一批恩施很有影响的作家，有李传锋、王月圣、邓斌、杨秀武、龚光美、向国平、向端生、宋福祥、田良臣、黄生文等。王月圣（曾获中国乡土文学奖和庆祝香港回归祖国征文一等奖）、邓斌、杨秀武在鹤峰工作时间长达数十年，他们的获奖作品都是在鹤峰工作期间创作的。田良臣再读大学后到外地工作去了。这个作家群里获得"骏马奖"的有4个作家4部作品（其中李传锋2部），这样的文学景观放在哪个地方都是相当可观的。今年，鹤峰县作协正在编辑出版"鹤峰作家丛书"（10部），相信必将对该群体的进一步发展产生巨大推动作用。

二是"红土作家群"。"红土作家群"的作家构成与鹤峰作家群有一些重叠之处，比如邓斌、杨秀武，他们曾在鹤峰工作数十年，可算作鹤峰作家，但他俩都是恩施市红土乡的人，又可算作红土作家。该群体有中国作协会员6人（邓斌、杨秀武、杜李、刘绍敏、徐晓华、高本宣），湖北省作协会员8人（汪南阶、胡礼忠、吕金华、颜英、姚承、刘青梅、黄爱华、向呈武），中华诗词学会会员8人（杨其力、陶治训、黄益举、黄益轩、杨国武、熊传凡、黄传福、张思楚）。另外，还有梅德海、谭明涛、胡胜、黄银芳、熊福泉等地市级作协会员及文学爱好者50余人，共公开出版文学专著40多部，在省级以上报刊发表文学作品300多篇（首），3人（邓斌、杨秀武、徐晓华）获全国少数民族文学创作"骏马奖"。4人（邓斌、杨秀武、吕金华、杜李）获"湖北文学奖"，2人（杨秀武、高本宣）获湖北"屈原文艺奖"，2人（胡礼忠、杜李）获中国国土作协"宝石文学奖"，1人（董祖斌）获"湖北散文新锐奖"。恩施市曾编辑出版了"红土作家丛书"一套，产生了不小的影响。

三是"公安作家群"。这个群体里的作家，除个别在公安机关工作数十年后调到其他单位工作外，都一直在公安机关工作，有徐晓华、高本宣、陈斗霜、冯玺、黄生文，加上本人，等等。此群体的作家有1部作品获"骏马奖"、2部作品获"屈原文艺奖"，其他作家均出版作品多部，黄生文的作品获得本州第十四届"五个一"工程奖。有意思的是，"公安作家群"或获奖或发表或出版的作品，除冯玺以外，其他作家作品的题材和内容几与本职工作无涉。当然，这并不妨碍他们的作品具有深刻的时代性和前瞻性。公安作家群也曾谋划编辑出版"恩施公安作家丛书"，后因一些原因放弃了此计划，实为一大憾事。

四是"景阳作家群"。景阳作家群是指以建始县景阳镇为地域中心形成的一批作家，有谭功才、谈骁、向迅、黄光辉（笔名未雨）、杨昌祥、黄光曙（笔名米脂）等，由于官店镇紧邻景阳镇，因此我们把官店的郝在春也归为这个群体。与其他几个群体不同的是，这个作家群里的作家，如今都不在建始或景阳工作，都走出了景阳。但他们还是骄傲地称自己属于"景阳作家群"的作家。其中，谭功才是写散文的，郝在春、谈骁、向迅、黄光辉、黄光曙写诗，杨昌祥以小说为主，他们在各自的创作领域均有不俗表现。景阳作家群曾创办了一个文学社——小江南文学社，主要成员有谭功才、郝在春、杨昌祥、黄光曙。该文学社隶属于景阳中学，至今仍很活跃，笔者几年前就曾参加过该社组织的文学活动。

五是"传奇文学作家群"。传奇文学繁盛的现象，在恩施州也很奇特。它甚至不是体现在某个县市的地域上，而是整个恩施州。聚集在这个群体里的作家有在州直单位工作的胡飞扬，在鹤峰工作的龚光美、黄生文，在来凤工作的谭成举、赵春峰，还有州文联原专职副主席、州政协原副主席、老作家王月圣。建始的老作家陈步松，一段时间对传奇文学创作也很着迷，创作了不少佳作。如前所述，胡飞扬、谭成举、赵春峰等都在这个领域获得过大奖。

六是"网络文学作家群"。恩施州的网络文学创作在全省占有重要地位，有2人是湖北省作协下属的网络文学协会主席团成员。重要成员有杨亚玲、谭琼辉、丁道兵等。杨亚玲以小说《大唐西域记》改编为电视连续剧《大唐荣耀》蜚声文坛，谭琼辉200余万字的畅销小说《黄金奇兵》《零度狙击》《我是特种兵》等受到市场青睐。丁道兵的网络小说浏览量和收益率在全国全省均位列第一方阵。

七是"诗词作家群"。此群规模庞大、成就卓著，不仅拥有各级会员2000多人（其中省级会员130多人，国家级会员近100人），而且在8个县市96个乡镇和县（市）直部门建立了诗联分会，形成了风景独异的诗联网络；主办《清江诗词》出刊70余期，刊载的作品被《中华诗词》《中华辞赋》等刊物选载1000余首；编辑出版了《施州古韵》《施州玉韵》《恩施诗词百年》等大批重要图书。更为重要的是，在他们的推动和不懈努力下，恩施州成功创建了"中华诗词之州"和"中国楹联之州"，使恩施州成为全国唯一的成功"双创"地区。州诗词楹联学会现任会长李清安是中华诗词学会理事，该会选编出版的"中国诗词百年百家"，赫然即有《李清安卷》。以上7个作家群均以各自的创作实绩，为恩施文学繁荣发展做出了极大贡献。

如前所述，湖北省作协所说"恩施文学现象"，主要是指恩施的获奖作家作品现象。省作协所说的关注，主要是要研究这一现象形成的背景、原因、特点，等等。笔者在此基础上，增加了恩施的"7个作家群"现象。7个作家群中，3个以地域命名，3个以文学类别命名，1个以行业命名。总体上，除个别作家（如田苹）外，其他作家都或属于某个作家群，或同属于多个作家群，身处这些"恩施文学现象"之中的作家，或许"不识庐山真面目"。

而在圈外人看来，"恩施文学现象"里的作家，可谓个个风采独具，摇曳多姿。李传锋曾是湖北省文联的主要领导，由于曾主编《今古传奇》，对恩施"传奇文学作家群"的形成发挥了决定性作用。王月圣、叶梅、甘茂华是恩施州文联创始人之一，他们的作品不仅在文坛享有盛名，而且影响了恩施文学创作的整个历程。陈步松是建始县文联成立时的"元老"之一，对建始文学创作的影响不言自明。2021年，70余岁的他在《民族文学》发表了10余万字的小说《天境行》，该刊本拟在恩施召开作品研讨会，后因疫情未付诸实施。邓斌的《远去的诗魂》获奖后，从鹤峰县一中调到恩施职业学院，促成了恩施州文艺理论家协会的成立，也促进了恩施的巴文化研究。杨秀武退休后长住恩施市，每年在全国公开报刊发表诗歌80组（首）左右，诗艺越来越精湛。田苹提前退休后，创作呈现井喷状态，一边写小说，一边写报告文学，还写影视剧本和戏剧剧本，不仅成果卓著，而且势头特别喜人。吕金华两次获"湖北文学奖"（其中一次获提名奖）后，更高的目标使他把工夫用在如何冲破瓶颈之上，如今正蓄势待发。徐晓华继获得"骏马奖"后，创作出版了第二部散文《优雅的土地》（其中绝大部分公开发表），著名评论家、湖北省作协副主席蔡家园称赞其"开拓了湖北散文创作的新境界"。高本宣执着地专注于散文诗创作，他的志向不在写"大诗"，而是使每首诗都有品质，他追求的是小中见大。谭功才身在沿海，只要拿起笔来，他就回头望家乡，家乡是他取之不尽用之不竭的创作源泉。董祖斌身为恩施州博物馆馆长和州作协主席，他只能挤时间阅读和创作，亦是小说、散文、报告文学齐头并进，状态渐佳。郝在春和宋福祥都是州作协副主席。郝在春是企业家，心里却一直装着诗歌，还是州作协诗歌委员会负责人和《清江》刊物的诗歌责任编辑。宋福祥还担负着鹤峰县作协主席的担子，但无论是创作还是工作，他都没有半点含糊，近年来出版小说、报告文学、散文多部，长篇报告文学《陈连升传》有望改编拍摄成电视连续剧。鹤峰作家丛书的立项和顺利推进，与他的努力密不可分。杨亚玲正在创作一部颇具市场潜力的长篇小说，谭琼辉作品被改编成电影《零度狙击》年内即将开拍，李道兵作品的创作速度与浏览量依然成正比前行，胡飞扬、谭成举、赵春峰仍然心无旁骛，继续书写着他们的"传奇"。篇幅所限，各位作家的努力现状不能一一列举。需要说明的是，本文的主旨是描述"恩施文学现象"，不是对恩施文学的全部解读，所以没有涉及恩施州的所有作家，相信各位作家对此能够理解。

深入研究"恩施文学现象"，不仅是一个大课题，也是件很有趣很有意义的事情。遗憾的是，笔者不是学者，不是教授，只能凭自己的观感"提出问题"，即只列举了"现象"，而不能深入地去研究和解答"恩施文学现象"形成的原因是什么，每个"作家群"的重点作家作品各有什么艺术特质，其上升的空间在哪里，等等。在此，笔者期待感兴趣的专家学者能为我们发微释疑，推动这个课题的研究走向深入，推动"恩施文学现象"持久繁盛。倘如此，则功莫大焉！

恩施民族文学发展需把握"四度"

董祖斌[①]

长期以来，恩施文学界在上级的指导、关怀下，取得了一系列成绩：创作了在一定范围内较有影响力的作品，培养造就了一大批文学人才，营造了较为浓厚的文学氛围，在围绕中心工作服务方面做出了一定的贡献，在"文学鄂军"中也呈现出"恩施方阵"的整体实力与特色，为湖北省的文学发展起到了一定的补充与平衡作用。在习近平新时代中国特色社会主义建设的伟大蓝图下、在实现中华民族伟大复兴的中国梦宏伟征途中，恩施文学如何继续发展，甚至实现传承中的创新与突破，这是值得深思的问题。我觉得，这需要恩施作协、恩施作家、文学爱好者把好"四个度"。

首先，恩施文学需要一种态度，这种态度实际上就是要解决"为什么要写"的问题。放眼时代，现在文学事业处于"天时地利人和"的绝佳发展机遇期，恩施文学更是如此。近来学习习近平总书记在中国文联、中国作协代表大会开幕式上的讲话，深受鼓舞。讲话中，总书记对文联、作协的工作进行了高度肯定，对文学事业的发展、作用、成就、意义等进行了高度肯定与赞扬。党中央一直对文学事业给予鼓励、支持，尤其在"文化自信"的伟大实践中，文学事业遇到前所未有的"天时"。恩施地处湖北西南，属于共和国最年轻的自治州，也是湖北省唯一的少数民族自治州，属于西部开发区域，也是武陵山少数民族建设示范区，还是全国生态文明建设示范区、全国少数民族团结进步示范区，因此，在恩施州发展繁荣民族文学事业，其意义超越文学本身。但是不可否认，我们必须认识到恩施文学在很大程度上落后于时代对文学的发展要求，与恩施州经济社会文化发展的高速不太匹配，在全省市州的文学水平比较中，还有提升的空间。因为地域、行政等关系，恩施在湖北少数民族文学发展中具有不可推卸的责任，这是我们恩施州的民族属性决定的，是我们与生俱来的属性与职责，不容推辞，也无法推辞。当然，面对这些不足，我们应"知耻而后勇"，面对时代的呼唤、面对恩施文学的传统、面对恩施在新一轮崛起中的机遇，文学需要主动作为，我们需要用一种负责任的态度、感恩的态度、担当的态度来进行书写，用生命书写，用爱书写，无愧时代，无愧这片多民族共生共荣的多情土地。幸运的是，我们从老一辈的身上传承了不屈、不懈、不弃的品质，一代年轻的文学人正在成长，这是我们发展的底气。而且，这些年在"骏马奖"等奖

---

① 董祖斌，恩施州作家协会主席。

项的评选中，恩施显示出强劲的担当与潜力。

其次，恩施文学需要一种角度，这种角度其实就是要知道"怎么去写"。这本来是一个仁者见仁、智者见智的问题，更是一个老生常谈的问题。我觉得，恩施的作家要考虑"怎么写"，先要知道我们自己的不足，才能对症下药。首当其冲的便是需要提升我们的格局。恩施地处大山深处，且长期以来交通闭塞，这无形中影响了我们的文化交流、文化比较，造成一种不自觉的封闭或自大、自我欣赏。在技巧上更加显得匮乏。这些不足对恩施文学发展造成极大阻碍。认识到这些不足，正好开阔我们的视野，开阔我们的心胸。恩施的民族文化资源丰厚、文化历史源远流长、生态环境优越等，这些是我们文化、文学的优厚养分。源自"200万年前的建始直立人"说明人类作为一种生灵对恩施进行的生态历史性选择。廪君的"巴人西迁"脚步、巴蔓子"以头易城"的故事、田世爵的"东南第一功"、陈连升的壮烈殉国，及至后来辛亥革命中恩施人的积极投身、贺龙率领红军在恩施的纵横征战，再到我们今天层出不穷的英模、先进或者时代弄潮者，其实都是这种文化的氤氲，都有一种精神的根脉、文化的血液在无形地流动，在历史间流动，也在每个恩施人的肌体间流动，这种流动就是不觉地传承。我觉得我们地处大山里面、身处这种民族文化的沃土里，应该有三种写作角度。一是向上与向下，在创作中要坚持"二为方向"及"双百方针"，坚持服务时代、弘扬主旋律、传播正能量，主体及导向一定要"向上"；但同时，笔触要"向下"，要瞄准基层、瞄准现实生活、瞄准大众，真正实现代言和记录。二是向内与向外，恩施的文学视野、格局一定要跳出恩施，要加强文学地域的拓展。恩施有一些在外地工作的文学爱好者，带着文学情怀与坚持在恩施以外的地方获得了成功，如建始县以谭功才为代表的一批作家不仅在广东站住了脚，而且形成了一种风格，其成就优于长期在恩施的作家，这就是向外的成效。相对来说，恩施的地域闭塞，必须有一种开放的心态，要触摸外面发达地区的经济、文化脉搏，拉近和时代、文学前沿的距离；向内当然就是要坚守我们自己的文学传统、文学基础及文学基因，写好带着恩施符号的内容，讲好"恩施故事"。三是向前与向后，我们的作品一定要紧跟时代、紧紧向前，不能总是沉迷在对民族历史的回顾中，也不能停留于对民族文化的"标签式"粘贴，要追逐时代，追赶文学本身的速度，也要注重"向后"，在民族文化的漫长历史与坎坷道路中找寻文化基因、文化渊源，且将其融入作品，成为一个自觉的民族文化传播者、传承者、创造者，由个人而团队，实现整体推进。

再次，恩施文学需要一种力度，这是对恩施整个创作状态和每位恩施作家的一种基础要求，同时也是解决"写得怎么样"的问题。我们必须在创作中自觉地坚守自己的民族意识，心怀感恩意识，施予悲悯情怀，以回馈这片土地、回馈生长于斯的人民为出发点、归宿点，要把这些不可多得的资源化为笔下浓墨，用力书写，用爱书写，用生命书写。在"用力"的问题上，我认为要处理好四个关系：其一是高原与高峰的关系。我们总体来说，高峰不够，高原也不够，恩施的文学地位与地处海拔不成正比，必须走"高原衬高峰、高峰带高原"的路子。其二是个人与团体的关系。恩施文学的整体呈现水平与作家个人紧密相关，可以说，恩施文学的整体水平就是某个领军人物的水平高度。当然，整体的水平提升与推进又对个人作品的提质、文学视域的拓展、文学品质的提升具有很大的氤氲作用、滋养作用，二者相得益彰，不可分割。三是处理好主流与特色的关系。文学按照一种规律在发展和演进，在每一个阶段都会形成一定时期的主流内容、形式与风格。当然文学，尤其是在中国的政体、国体中，有自己的特色。同时，文学有其不变的、永恒的、本质的特色，这形成文学辩证的发展关系。恩施文学的发展必须在追赶、顺应主流的基础上，逐渐呈现自己的特色。只有这样，恩施文学和恩施作家才不至于被淹没或抛弃。四是处理好流派与品牌的关系。从某种程度讲，恩施目前还没有形成自己的流派，当然这也不是一蹴而就的事情，更不是必须；但是，可以在经过一定时间的积淀后形成一定的品牌，可以是整体的状态，还可以是一种文学的发展模式，等等。总之，这几种关系都涉及恩施文学的传承、发展与创新，举足轻重。

最后，恩施文学需要一种温度。这种温度应该包括上级关怀、州外帮扶以及全州作家自身的"发热"。我们应该有一种感觉，站在恩施的群峰之上，回溯身后自200万年前的祖先足迹，目光掠过莽莽群山、仙居家园，看见浩渺时光中无数英烈、英模的脸庞，看见那些刀光剑影、烽烟寨堡、断垣残壁及起伏稻浪，似乎可以看见一条带着祖先血性基因的血脉正从历史深处漫洇而来，缕缕丝丝化为文字，流落到我们的稿纸上，并从我们的身后流向未来。我们需要用目光盯住脚下的土地，以掘地三尺的毅力，向下深掘，坚信只要有不息之功，一定会有涌泉冒出，一定会有金玉出炉，一定会有矿藏展现。我们必须怀揣感恩，用心体贴生活，用痛触摸历史，用爱观照现实，以笔为舵，摆渡生命。用这片土地上文化的魂魄、民族的情愫、山水的滋养，来不断茁壮自己和文学，讲好恩施故事。恩施地处北纬三十度，是生态文明建设示范区，是华中药库、鄂西林海、"三大后花园"之一，也是民族文化的恒温箱，这里生长万物，一定也会生长出不俗、不凡的文学。

我们有理由坚信，有理由期待，也有理由实现。

田苹《花开如海》序

贺绍俊[①]

　　田苹的《花开如海》讲述的是在扶贫工作中发生的故事。
　　几年前在中国大地上广泛展开的脱贫攻坚战我们还记忆犹新。在党中央的领导下，我们终于取得了脱贫攻坚战的全面胜利，现行标准下 9899 万农村贫困人口全部脱贫，832 个贫困县全部摘帽，12.8 万个贫困村全部出列，区域性整体贫困得到解决，完成了消除绝对贫困的艰巨任务，创造了又一个彪炳史册的人间奇迹。在脱贫攻坚战中，文学始终没有落伍。许多作家积极参与到扶贫工作中，他们对扶贫工作充满热情，也从扶贫工作中吸收到丰富的创作资源，近些年，不少反映扶贫工作的文学作品相继问世，给当代文学增添了一道崭新的风景线。田苹的《花开如海》便是这道风景线上一个格外耀眼的景点。
　　《花开如海》的耀眼之处首先是它的真实感和现实性。《花开如海》是完全建立在现实生活基础之上的小说。在脱贫攻坚战打响后的关键阶段，田苹所在地区创新扶贫工作队派驻模式，他们在全州组成了两千多个脱贫攻坚"尖刀班"，奔赴一线，以村为战场，户为堡垒，集中精力推进脱贫攻坚各项工作的落实。《花开如海》写的就是其中一个派驻到春树坪村的"尖刀班"的故事。我没有询问田苹本人是否也曾参加过"尖刀班"，但可以肯定的是，她身边的同事和朋友有不少就是"尖刀班"的成员，她一定听到不少关于"尖刀班"所发生的故事，她也一定为写这部小说进行了认真的采访调查。小说中的人物因此显得活灵活现，仿佛都是从现实生活中走出来似的。田苹充分施展了她讲故事的叙述能力，虽然写的是扶贫工作，但她没有把自己的视野拘禁在扶贫工作上，而是将扶贫工作与"尖刀班"成员的家庭和日常情感融合在一起来写，"尖刀班"的四名成员是从各个部门抽调上来的，既有经验丰富的转业军人，也有刚刚考上公务员的年轻小伙，还有在家里被母亲当成"小公主"对待的姑娘，甚至还有一位是不满于在家无忧无虑生活、要出来见见世面的"拆二代"的临时招聘司机。他们抱着不同的心思参加"尖刀班"的扶贫工作，但面对乡村的现实，在与贫困户相知相熟的过程中，他们对人生有了新的认识。"尖刀班"经过几年的努力，不仅完成了脱贫任务，还使每一名成员在思想境界和人生经验上收益良多。
　　《花开如海》的耀眼之处还缘于作者在写作中是从生活出发，而不是从概念和理

[①] 贺绍俊，沈阳师范大学教授。

念出发。一般来说，反映扶贫工作的小说是一种主题性写作，主题基本上有明确的要求。有些作家写这类题材的小说时很容易陷入主题和概念之中，人物和故事都是围绕主题和概念走，用这样的方法写出来的小说，主题倒是很明确了，但人物都变成了一个个符号，故事也显得很虚假。田苹的可贵之处是从生活出发，她笔下的人物和故事都是从生活中提炼出来的。生活是丰富多彩、千变万化的。田苹善于从生活中发现那些似乎与主题和概念不太一致的内容，她愿意在这些内容上做文章，这不仅避免了创作上的同质化和模式化，而且也是在考验自己的思想认识水平。因为这些看似与主题和概念不太一致的内容只是表面上显得不一致，它应该只是主题和概念面对千变万化的现实所作的调整，从本质上说二者应该是一致的。作家只有从思想认识上把握住了这一点，就能找到表面上的不一致与本质上的一致这二者之间的通道。比如小说特别强调了乡村农民对扶贫工作的意见和不满，但作者认识到这是扶贫工作进程中不可避免的事情，"尖刀班"的工作目的就是要处理好大家的意见，真正让扶贫工作落实到位。因此小说不仅不回避农民的意见和不满，而且还要将其作为"尖刀班"开展工作的重要环节来写。小说写到漆班长决定不按惯常的做法开村民大会，而是让"尖刀班"分别到各个屋场去开屋场会，因为村民大会一般是各级领导讲话，然后村民表态，听不到村民们真实的声音，只有下到屋场，村民们才会无所顾忌地说出他们的意见和不满。也就是在这样的情景下，"尖刀班"了解到大家的想法，有针对性地做工作，消除了村民们的疑虑。又如小说还写到了村民的迁移。我在不少反映扶贫的小说中都读到迁移的情节，因为迁移也是脱贫的措施之一，但我发现，大多数小说的迁移情节写得都不是非常理想，因为作家们往往是从概念出发来设计情节的，他们觉得既然迁移是扶贫的需要，在情节安排上就一定要让不愿意迁移的村民最后都迁移了才对。田苹从生活中发现迁移工作同样是复杂的，会面临各种情况，以一个统一不变的规定是难以解决情况的复杂性的。春树坪中就遇到了杨凤玲和幺婆婆不愿迁移的难题，"尖刀班"的同志们不是生硬地要求他们一定要迁移，而是理解他们的难处，并从他们的特殊情况出发，拟定出分散迁移的方案，他们这样做才是真正从人民利益出发，想人民之所想，因此也得到县政府的支持，最终使杨凤玲和幺婆婆都有了各自圆满幸福的结局。

《花开如海》的耀眼之处更与作者田苹对主题的深入开掘大有关系。主题性写作往往容易流于主题的一般化宣传上，比如关于扶贫主题，作家们会在扶贫工作的艰巨性和伟大意义上做文章，会在塑造扶贫英模形象上下功夫。当然，这方面的主题在《花开如海》中也有所体现，但作者在此基础上又对主题作了多方面的挖掘。其一，小说从党群关系的角度来看待"尖刀班"的意义。"尖刀班"的设立是落实脱贫攻坚各项工作的一种有效措施，就像小说中所写的"尖刀班"下到春树坪村后，各项扶贫工作很快就开展起来了。但"尖刀班"的作用不止于工作层面，还代表着党的形象，他们就像一根纽带密切了党和人民的关系。漆班长便深刻意识到这一点，他对"尖刀班"的成员们说："在老百姓眼里我们就是党就是政府就是国家，我们做什么吃什么喝什么走东家去西家，他们都看在眼里，既是监督更是希望！"小说就写到了这样一个自觉代表党和国家的"尖刀班"，他们严格要求自己是从每一个细节做起的，他们也主动与村民们建立起亲切友好的关系。其二，小说以大量笔墨讲述了"尖刀班"成员们的成长和磨炼。叶副县长看到田子嫣和彭晓阳这两位年轻人的巨大进步后特别欣慰，他感慨地对两位年轻人说："与其说是你们在扶贫，不如说是乡村社会在对你们进行扶贫。"叶副县长的意思是，两个年轻人经历了几年扶贫工作的锻炼，他们在精神上得到了洗礼，他们的思想也变得更充实了。事实的确如此，在脱贫攻坚战中，大批的干部被抽调到扶贫工作队伍中，到乡村去、到贫困的农民中间去，他们在开展扶贫工作的同时，也在接受乡村的思想洗礼。田苹能够意识到这一点，并在小说中非常形象地表现了出来，从而增加了小说主题思想上的亮点。

田苹始终是以一种积极、阳光的心态写这部小说的，这无疑也是《花开如海》耀眼的重要原因。小说写到了乡村的落后与艰难，写到了人心的龌龊，写到了死亡和挫折，但这一切并没有变成阴霾遮蔽住田苹的眼睛，压抑田苹的呼吸，因为她的心头始终被阳光照射，她能感受到时代的希望，她怀着希望去面对现实，这就使得她的叙述不会是沉重的，也不会是灰暗的，更不会是绝望的。她的叙述是明快的，洋溢着一种生活的热情，传递出积极、阳光的心态。这种积极、阳光心态下的叙述恰好应和着时代的主旋律。

尽管从小说艺术的整体性与完美度来说，我们可以指出小说这样那样的一些毛病和不足，但即使如此，我也要说，《花开如海》为我们的主旋律文学提供了一个优秀的文本。

双扶贫的赞歌
——田苹长篇小说《花开如海》阅读札记

刘川鄂[①]

认识田苹十多年，但这是我第一次完整地拜读她的作品。2014年我主编《湖北文学通史·当代卷》，记得当时我在最后校对书稿的时候，为她那个"ping"是平凡的"平"还是草字头那个"苹"专门查过。田苹的作品着意表现鄂西南山乡小城的日常生活，散发着浓郁的民族文化魅力。在传统文化与现实困境之间纠结，营造悲喜交加的人生戏剧，是田苹小说的一个特点。作者一方面讴歌富于民族传统精神的人与物，另一方面却伏隐着冲出传统束缚、摆脱现实沉重的渴望，这种人生悲剧的写实本身就充满错综复杂的矛盾性，也成为鄂西南土家族女作家创作心态的真实写照。田苹立足现实，以理性视野观照传统文化，以现代眼光摹写人物悲剧，寻找平民世界的精神家园，传达出一种对传统观念与现代文化重重矛盾的深层解读。而在对传统民族文化心理的解读中，她又融入了土家族豁达、坚韧的生命意识，使作品成为表现民族生存与发展的文化写实，也传达出一种特有的力量感：柔软缠绵却又无比的坚韧，细弱温润却又有异样的张力。

长篇小说《花开如海》中，叶县长对扶贫"尖刀班"的年轻人说：与其说你们在扶贫，不如说乡村社会对你们进行"扶贫"。通过几年的扶贫工作，"尖刀班"的年轻人能力上都得到了很大提高，自身的很多缺陷得到了弥补，所以说这是另一种意义上的扶贫。近几年关于扶贫的文学作品很多。这部小说的价值，既在于写出了经济上的扶贫、文化上的扶贫，也写了精神上的扶贫；更重要的是写出了扶贫者在扶贫的过程中自身的被扶贫，经历、经验以及人生信念上的提高。"文学本身就是一种扶贫方式，扶贫文学留下扶贫的精神财富，不仅对当下有助于凝聚脱贫的精神动力，而且对后人也是一种精神启迪。"

《花开如海》有几个特点：第一是文化关怀，人性展示。新时代的新变、政策的威力在很大的程度上是隐匿在幕后的，这就避免了很多主题写作习见的那种政策形象图解、领导旨意简单表态的简单颂歌模式。田苹充分通过一系列的细节来展现具体的时间、具体的地点、具体的人以及所从事的了不起的事业。这个"尖刀班"，从物质精神上帮扶困难群众渡过难关。人生就像贵成书记所说，"生来为人，支得住要支，支不住也要支"，山民们坚韧朴实、隐忍向上、负重前行、充满血性的性格得到

---

① 刘川鄂，湖北大学文学院教授、湖北省作家协会副主席。

了充分的展示，呈现出一种大写的人性的光辉。这是对当地民众人生价值的极力肯定。在迁居的问题上，特事特办，灵活处理，非常人性化。这就是基层干部设身处地、实事求是、将心比心、换位思考的温暖人性的体现。不仅帮困帮穷，还帮情感帮亲情帮婚姻，自觉地充当"公家大媒人"，成功地进行了一对又一对"拉郎配"。比如李婶和杨老万，是对好吃懒做、吃喝嫖赌者成功改造的范例。工作组不仅帮助了他们改善了物质的贫困，还帮助了他们精神的贫困。疫情防控期间，时机特殊、管理方式特殊，但工作组也进行了有效调配。除了领导者的书籍和上级的政策文件，"尖刀班"的干部还用中国现代知识分子的名作《乡土中国》作指引。"修瑞深信'扶贫先扶志'是扶贫工作的真理，要解决一些贫困户思想上的懒惰，不仅扶'志'，还要扶'智'。要让越来越多的村民学习知识、拥有文化、普及科技，才能从根本上长久地防止返贫，让中国人民远离贫困。"叶县长对扶贫"尖刀班"的年轻人说："与其说你们在扶贫，不如说乡村社会对你们进行'扶贫'。"言简意赅，概括精准。

第二个是一个都不能少的工作自觉。精准扶贫首先是全面扶贫。在全面的基础上找出最值得帮扶的对象和最值得帮扶的问题。"尖刀班"成员深入扎实地潜入基层，摸排清底求实求细。猪圈血腥、松儿遇难、工地遗骸、山洪暴雨、车祸遇险、坠入溶洞、二扎寻亲、老姐弟迁居养老院、疫情防控，等等，很多情节具体又鲜活生动、典型而有代表性地展现了扶贫工作的艰难性和复杂性。作者不满足于粗线条的情节，而是把它细化为图像和声音真切细致的细节描写，进行了有说服力的展现。一户一策，精准施策，是这部小说所写的扶贫工作的亮点，一个都不能少的工作自觉是基层组织和工作人员共同的行动纲领。

第三个特点是这部作品充分展现了在政策指导下的个人能动性。一龙的无人机、水滴筹；子嫣利用个人魅力、个人情感筹资30万造人行天桥；老漆动脑筋想办法找财政筹措泄洪资金；为二扎寻亲中的种种趣事，数字乡村智慧乡村的构想、垃圾清理的尝试、旅游开发的实施，都是工作创造性的体现。某些问题在下基层扶贫之前，是不可能事先策划的，全凭当事人积极的工作热情、对基层群众的责任心，才能够激发出如此大的充满智慧的尝试、调动其主观能动性。

第四个是扶贫干部的道德自律。无论是"尖刀班"的成员还是乡村的基层干部，在面对精准扶贫这个时代战略的时候，都体现出了极大的责任感和道德能量，比平常的日常的具体的普通的工作有了更多的精神振奋和道德自觉。比如老漆主动讨处分，替年轻人背锅；儿子牺牲在一线，悄悄抹掉眼泪，又迅速投入工作。贵成书记为儿子暗中承包扶贫公路受处分后自己追加资金翻修，将功补过，投入更多。

此外，阅读过程中产生的几点期待。

第一，整体来说，对工作组和基层干部的用力比较多，对农民贫困状况的描写比较简略、对村民性格的刻画还可以更加细腻充分。

第二，某些工作的过程交代得稍显简略，比如修桥修路轻而易举就能完工。几十年的难题破解得似乎太过容易。

第三，老漆在儿子死后的反应比较平淡，心理刻画不够。

第四，感情沉静之后的娓娓道来，爱情描写比较平淡。整个故事起伏不大，小高潮不断，但没有什么大的高潮。当然，淡中出奇，就是我对田苹的基本印象，文如其人。

第五，在目录编排上，有数字而没有标题。这样提示性不够，翻找起来也不太容易。如果今后有再版的机会，建议每一章有一个提示性的小标题。

第六，作品人物性格比较丰富，故事也比较密集，有很多别致新颖的细节描写，是有改编成一个好的电视剧本的可能性的。作者也是写影视作品的高手，不知道对此是否有考虑。

近些年的文学创作中，扶贫题材的作品如雨后春笋，取得了十分喜人的成绩，其中尤以小说为最：关仁山的《金谷银山》、马平的《高腔》、江觉迟的《雪莲花》、贺享雍的《天大地大》、潘红日的《驻村笔记》、李明春的《山盟》、班源泽的《阳光起舞》、赵德发的《经山海》、唐成的《扶贫札记》、韩永明的《酒是个鬼》、章泥的《迎风山上的告别》、何开纯的《桃园兄弟》、杨遥的《大地》、罗涌的《深山松涛》、林雪儿的《北京到马边有多远》、唐天马的《风云际会》、张成海的《城门》、韩宏蓓的《暖山》、戛文江和王方的《毛驴上树》、路尚的《安农记》、王洁的《花开有声》、张兵兵的《扶贫一线》……这些扶贫小说引起了较大反响。有学者将《金谷银山》誉为"新时代的《创业史》"，将《雪莲花》比作"新时代的《山乡巨变》"，可见对扶贫小说评价甚高。从这些评价中，我们可看到文学主题时代变迁的历程，可以看到《创业史》《山乡巨变》等反映农业合作化运动的小说，与《金谷银山》《雪莲花》等扶贫小说的内在关联性与历史延续性。可以断定，新中国成立以来的农村题材小说，反映农业合作化的和反映扶贫的，恰恰是最能反映时代变迁主题的两类小说，也最能凸显"文章合为时而著，歌诗合为事而作"的现实主义创作特征。故而，扶贫小说必将在中国当代文学版图上占据一个显要的位置，它形象地刻画了时代的发展脉络，是现有文学体制下合乎生活逻辑的合法而又合理的文学现象。

恩施现代美丽山村的动人画卷
——评田苹长篇小说《花开如海》

吴道毅[①]

2018年初，与全国其他贫困地区一样，以精准扶贫为要旨的脱贫攻坚战在湖北省恩施土家族苗族自治州全面打响，全州2000多个"尖刀班"在春节前夕冒着寒冷开赴一线，以村为单位开展这项伟大的世纪工程。3年过去，脱贫攻坚战在恩施州取得决定性胜利，全州2000多个行政村全部实现脱贫。土家族女作家田苹最近推出的长篇小说《花开如海》[②]，不仅是恩施州脱贫攻坚战的真实记录，展示了恩施少数民族地区的独特地域风情，而且以春树坪村脱贫攻坚为个案，生动呈现了精准扶贫的辉煌成就，描绘了精准扶贫所造就的恩施现代美丽山村的动人画卷。

《花开如海》最为突出的一个亮点，是以如诗的笔墨、温柔的情怀记录了春树坪村脱贫攻坚的实施历程，展示了精准扶贫把恩施贫困山村变成美丽山村的伟大壮举，让读者真切感受到了精准扶贫给恩施山村带来的具有划时代意义的巨变。春树坪村地处恩东县大山深处，有458户、1800余人，辖区面积60平方千米，山大人稀，许多自然村落分布在海拔2000米的高山顶上，交通闭塞，村民生活普遍贫困，不少人生病得不到医治，许多光棍汉娶不上媳妇。梦想致富的人一次次创业失败，一些老党员和退下来的村干部对脱贫致富失去了信心，心生怨言；有的年轻力壮的小伙变成了拒绝劳动、专等政府救济的懒汉，个别邻里矛盾最终激化成重大命案。以县政府办公室副主任老漆为班长的"尖刀班"的到来，彻底改变了春树坪的面貌和命运。在上级党委、政府的正确领导与大力支持下，"尖刀班"走村入户、访贫问苦，深入细致地开展调研，及时果断地确立了以发展交通为先导（即"有路才有路"）、以产业发展为龙头、物质扶贫和精神扶贫并重等脱贫致富良策，促使春树坪村在脱贫致富道路上一步步迈出坚实步伐，从原来的贫困落后村变成产业发展（如葡萄、羊肚菌规模种植）、交通便利、生态宜居、网络化管理、旅游开发（如椅子岩景区开发）、乡村振兴的现代美丽山村。春树坪村这种伟大的时代巨变，彰显的不仅仅是一个山村命运的彻底改变与村民幸福美好生活道路的开启，更彰显了中国共产党所秉持的"江山就是人民，人民就是江山"、一切为了人民福祉的伟大理念。

可贵的是，小说对精准扶贫主题的呈现，并不是概念化或生硬的，而是注意将

[①] 吴道毅，中南民族大学文学与新闻传播学院教授。本文原载于《文艺报》2022年11月7日。
[②] 《花开如海》由武汉出版社出版，出版时间为2022年3月。

其融入"尖刀班"生动而精彩的工作细节，让读者体会到党的政策的春风化雨、润物无声。如老漆告诫"尖刀班"成员：在群众眼中，"尖刀班"就是党、政府和国家，"尖刀班"的一举一动，群众都看在眼里，这既是监督更是希望。为了更好地开展工作，"尖刀班"把村民大会改为屋场会，让群众能够畅所欲言地表达利益诉求，甚至给"尖刀班"提出批评意见。对故土难离的杨凤玲、幺婆婆等搬迁"钉子户"实行一户一策，充分给予文化关怀，因情制宜，特事特办。而老漆之子、"尖刀班"骨干成员小漆的意外身亡，更显示出扶贫干部在精准扶贫工作中所作出的英勇牺牲与巨大贡献。在全国精准扶贫工作中，像小漆这样献出宝贵生命的人绝非个例，而是一个群体。田苹在小说中对小漆英雄事迹的描写，表达了对脱贫攻坚战中扶贫干部牺牲、奉献精神的深情礼赞。

《花开如海》的另一重要主题和思想亮点，是着力书写脱贫攻坚与乡村振兴中青年干部、群众的集体成长，有力表现了伟大时代造就一代新人的主题。田苹在表现精准扶贫伟大意义与辉煌成就的同时，有意识地把"成长"作为作品的显在主题加以诠释，由此显示出《花开如海》在当下精准扶贫或脱贫攻坚叙事中的别具一格。

从很大程度上讲，这正是一部以脱贫攻坚及乡村振兴为时代背景，书写一代城乡青年破茧成蝶的小说。它告诉读者，下乡扶贫并不是单向的，而是双向的。从某种意义上说，干部尤其是青年干部下乡扶贫，与其说是扶贫，不如说是接受扶贫，亦即向群众学习，在实践中成长与克服思想的贫弱。对"尖刀班"中的青年一代来说，精准扶贫虽然是一项异常艰巨的工作，但也正是这项工作，使他们从狭隘的生活圈子走向了更为广阔的人生舞台，使他们真切地了解到人民群众对美好幸福生活的期盼，了解到党的事业和社会、时代对自己的召唤，明白了作为青年干部职工所需要承担的社会责任与这份责任的迫切性、重要性。

就田子嫣和马一龙而言，他们作为90后城市机关干部职工，生活条件相对优渥，田子嫣甚至是父母宠爱的"小公主"，可以按部就班地打发未来的岁月。然而，扶贫工作改变了他们的人生道路和成长轨迹，为他们提供了成长的福地，甚至重塑了他们的人生观、价值观，使他们从个人的"小我"走向国家民族的"大我"。田子嫣一方面从二扎、幺婆婆等人的贫困生活中明白了精准扶贫的伟大意义与自己肩上的责任，并从为人民办实事谋福利的实际工作中、从所取得的精准扶贫成效中重新认识到人生的价值和意义，逐步褪去以往的娇弱之气；另一方面则在与林书杰、彭晓阳的情感交往中走向女性意识的自觉，认识到女性追求的爱情绝非基于财富交易，而是基于两性平等与彼此真心相爱。为此她努力挣脱了母亲强加在她身上的精神束缚，拒绝走母亲早已为她规划好的嫁富翁、按照世俗标准当好富人太太、过富裕日子的人生道路，在一次次反省与思想斗争中找回迷失的自己，找准了女性的人生道路。

马一龙与母亲相依为命，单亲家庭的生活环境带给他一定的精神压力和情感空缺，他似乎无法摆脱庸常生活的牵绊，工作之余除了盯着手机上网之外便无所事事。

精准扶贫不但为他提供了作为司机的用武之地,也使他的无人机拍摄、编程技术在春树坪派上大用场。原本父爱缺失的他在乡村大地上收获了与苏明儿之间质朴宝贵的爱情,锤炼了性格与意志,重拾起了对人生、家庭和情感生活的信心。

至于彭晓阳,20世纪80年代末出生的他本就是来自高寒贫困山区的农家子弟,无论是故乡的贫困还是父母在城里打拼的艰辛,都使他感同身受地体会到精准扶贫的伟大意义与自己对于精准扶贫义不容辞的责任。为此他在"尖刀班"工作积极主动,协助老漆大胆提出"有路才有路"等扶贫工作思路,而且顾全大局,经常对女同志田子嫣给予工作支持与生活关怀。他能够成为老漆的接班人,正是因为精准扶贫使他得到了坚实的锻炼与全面的成长。

在90后农村女孩苏明儿身上,体现的不仅是扶贫对象不向贫困与命运低头的勇气与决心,更是贫困地区内生型人才的茁壮成长。苏明儿一家长期被贫困所困扰,但作为一位乡村女孩,她身上有着山里人的韧性、青年人不服输的劲儿和敢于闯荡的精神,不仅勇挑家庭重担,而且通过进城打工、养猪、种辣椒、养羊等,一次次向贫困宣战。虽然在长达10年的时间里,这些努力都因为公路不通或其他意外因素而一次次失败,但她仍然没有放弃与贫困一决雌雄的信心和决心,"只要干不死,就往死里干"成为她奋斗人生中的座右铭。"尖刀班"的到来,国家精准扶贫的全面铺开,为她最终战胜贫困提供了新的机遇,送来了政策的东风,不仅帮助她取得了种植葡萄和羊肚菌的成功,还让她成为葡萄合作社的牵头人。她得到"尖刀班"重点培养,被选举为村主任,成为带领群众脱贫攻坚的时代骄子。

《花开如海》在艺术上别具一格,总体呈现出浪漫、柔情的叙述格调。一是描写细腻、情感柔美,写景如诗如画,具有浓厚的抒情色彩。无论是小说标题,还是对春树坪尤其是椅子岩等鄂西南美丽景色的描写,抑或对田子嫣等女性形象的塑造,都体现出这一点。二是故事首尾连贯、裁剪得体,情节波澜起伏、张弛有度,叙述温婉从容却又时时暗藏玄机。一方面,小说围绕"尖刀班"在春树坪的精准扶贫,记录了这一工作落地生根、开花结果的全过程,又注意避免记流水账,注重采用实写与虚写相结合,运用电影"蒙太奇"手法,精心提炼与裁剪,主要展示、组接那些有思想深度、有新意、有趣味与感动人心的场景与画面。另一方面,小说避免平铺直叙,善于在诗化的叙述中楔入生活的各种复杂矛盾与冲突,在温婉的语调中设置一个个悬念,从而让读者感到既轻松又刺激,既扣人心弦又耐人寻味。如马一龙与苏明儿的"不打不相识"、"尖刀班"初次走访贫困户时受到"冷遇"、屋场会上贫困户向"尖刀班"提出尖锐批评或意见、"尖刀班"全体成员在一次车祸中大难不死、苏明儿父亲在洪灾中失踪,等等。这些接二连三的矛盾、冲突、险象、悬念均为小说的叙事增色不少。三是富于传奇意味。像二扎的寻双亲成功、椅子岩绝世美景的首次发现、彭晓阳与田子嫣的洞中历险、苏明儿父亲的"死"而复"生"、苏明儿所养羊群多年后失而复得等,都是如此。

从生活沃土中开出的明丽花朵
——评长篇小说《花开如海》

蔡家园[①]

近年来，关于脱贫攻坚、乡村振兴的主题性创作蔚为大观。这些作品描绘华夏大地上波澜壮阔的新山乡巨变图景，刻画时代英模人物，着力揭示这场亘古未有的社会运动的伟大意义，为讲好中国故事注入了新活力。像《战国红》《经山海》《海边春秋》《金谷银山》《十八洞村的十八个故事》《乡村国是》等作品，扎根现实生活，注重塑造新的时代典型形象，受到广泛好评。但是毋庸讳言，也有一部分作品图解主题、构思雷同，存在叙事模式化、人物概念化、情感虚假化等问题，遭到读者诟病。主题性创作到底有什么规律？有人说：主题性创作不就是主题先行吗？不就是国家意志的传声筒和国家发展的成绩簿、表扬稿吗？当然不是。就本质而言，主题性创作是对时代生活的审美表达，只是更加强调作家要胸怀"国之大者"，聚焦时代发展主潮和重大社会历史事件，在创作中凸显民族精神、揭示历史发展趋势，具有鲜明的主流价值倾向。正确理解了主题性创作的内涵，还要充分调动作家的生活积累进行审美转化，才有可能创作出优秀的主题性作品。

田苹的长篇小说《花开如海》真实记录了鄂西地区一个扶贫"尖刀班"从入村调查到完成扶贫任务转入乡村振兴的全过程，是一部典型的主题性作品。作家多年参与脱贫攻坚工作，坚持深入山乡采访、调研，摸熟了农民，吃透了生活，读懂了时代，终于完成这样一部散发着泥土芬芳的厚重之作，为主题性创作提供了可资借鉴的经验。

这部小说最突出的特点是善于将政治行为转化为生活内容，并将之巧妙置于日常情境中进行情感化处理，引发读者的共鸣和共情。脱贫攻坚是一项宏大的政治任务，涉及经济社会文化生活的方方面面，可以切入的角度很多。田苹聚焦"尖刀班"的日常工作和生活，从"情"字入手，着力表现干群情、父子情、同事情、男女情，以小见大，折射时代进步，以情动人，讴歌人性美好，唱响了一曲新时代的鄂西"情歌"。扶贫干部用心用情为高山上的孤寡老人们解决所有后顾之忧，他们在搬迁前一定要亲手做顿饭表达感谢，"尖刀班"接受了邀请，却自己带去菜肴减轻他们的负担；父子俩共同参加"尖刀班"，儿子因为事故牺牲，父亲将痛苦埋在心底，没日没夜投入工作寄托哀思；班长老漆把"尖刀班"的年轻人视若己出，既严格要求，

[①] 蔡家园，湖北省作家协会副主席。

又宽厚包容,退休后"大人望过年"的一句感慨道出了隐藏的深情;彭晓阳和田子嫣在工作中互相帮助,两颗青春的心因共同的事业追求越贴越近,由同事变成恋人……阅读《花开如海》的过程,就是接受情感潮汐激荡、洗礼的过程。田苹充分发挥女性作家敏感细腻的优势,以情感观照脱贫攻坚工作,在进行艺术转化时以情主导、以情纽结、以情渲染,总能感人至深。譬如,向洪森的故事就将全书的情感推向了高潮。"尖刀班"经过艰辛努力,修通了最偏远的十户山的公路。身患重病的85岁老党员向洪森为通车献上了一件特殊礼物——他将保存了几十年的十几个党费证交给了叶副县长。这位春树坪党龄最长的党员坚持参加特殊主题党日活动,到了最后一个环节,他颤颤巍巍站起来和大家一起重温入党誓词,"爷爷几乎是半靠在苏明儿身上,浑身都在颤抖,一旁的田子嫣帮着托起那只枯瘦如柴的手"[①]。当他念完"宣誓人:向洪森"时,旁边的党员都落泪了。第二天,老人病逝……不需要议论或说明,党费证和庄严举起的右手已表达了一切:既有对信仰矢志不渝的坚守,也有身为共产党人的骄傲,更有对未来美好生活的承诺。交党费和重温入党誓词本是高度政治化的情节,但是作家巧妙地营造了庆祝通车的情境,将严肃的政治行为转化为温馨的生活场景,既不失庄重,又充满温情,精心选择的细节更是使人格、人情、人性水乳交融,拨动读者的心弦,让人产生强烈的情感共鸣。

这部小说令人耳目一新之处在于,以"双向扶贫"的叙事方式塑造了一群在时代浪潮中成长的"新人"。假如转换一个视角阅读这部小说,就会发现它讲述的是几位性格各异的年轻人在"扶贫"中成长的故事。彭晓阳出身于平民家庭,勤奋务实,渴望通过个人奋斗实现人生理想,在经历了生死考验和实践教育之后,他深刻领悟到必须将个人奋斗与国家发展、民族复兴融合到一起,才能真正实现人生价值。田子嫣家境优渥,一向缺乏主见,经历了扶贫工作的风雨洗礼,她重新认识自己,活出了自我,成为一个拥有独立人格的优秀青年。富二代马一龙玩世不恭,后来被同龄农村女孩苏明儿不屈服于命运、永不言败的精神所感染,变得富有社会责任感。这群90后从城市来到乡村"扶贫",帮助村民拔穷根、兴产业、易风俗、强文化;同时,人生阅历和思想观念"贫乏"的他们在复杂的乡村工作中接受锻炼和磨砺,重新认知社会、认识自我、审视死亡,在反思中领悟生命的意义,脱胎换骨成为"新我"。"尖刀班"的每个年轻人都拥有双重身份,既是社会生活层面的"扶贫"主体,也是人生意义层面的"扶贫"对象。作家关注个体在时代浪潮中的精神成长,巧妙地通过"双向扶贫"叙事,为当代文学画廊贡献了新的青年形象。

尤其可贵的是,这部小说在展示鄂西民俗风情"奇观"的同时,还敏锐地将地域文化、传统文化融入时代价值建构。田苹没有以猎奇的目光孤立地审视民俗风情,静止地描绘风情画、风俗画,而是将这些"奇观"置于"观看"的装置之内,融化于人物的情绪、情感和心理之中,力图将古老的民俗风情与时代精神接通,激活其

---

① 田苹:《花开如海》,武汉出版社2022年版,第191页。

内在价值。譬如，跳丧是土家族特有的习俗，作家赋予了它精神之根的意义。父亲在城市漂泊多年不幸病逝，彭晓阳护送他的灵柩回到老家，乡亲们敲鼓跳丧送他远行。首先是外来者田子嫣惊呆了，"仿佛心中浓烈的生命火焰被点燃"，感受到天地的心心相印，感悟到渺小的生命变得高贵而神圣。彭晓阳则体会到了以父亲为代表的劳动者的幸福，"享受着他们的幸福，为他们的幸福而幸福"，并坚定地要把"这样的幸福延续下去，……在劳动中创造幸福播撒幸福获得幸福"。母亲不再感到孤单害怕，因为她在歌舞中看到远处落脚的地方——"只要有奔头就什么都不怕"。人们通常认为，跳丧表达了土家人豁达的生命观，但是，通过经历了现代文明洗礼的田子嫣、彭晓阳和母亲的"观看"，古老的跳丧不仅具有情感治愈作用，而且焕发出时代精神的光芒。这是作家对民族传统文化的全新理解与成功转化。

田苹是湖北的一位实力派作家，《花开如海》显示了她在创作上的新追求与新突破。这部主题性长篇小说不仅对她的个人创作具有标志性意义，而且对于新时代书写新山乡巨变史诗具有启发价值。

乡村建设、青年成长与地方情结
——读田苹的长篇小说《花开如海》

李雪梅　李葭沄[①]

乡土文学作为百年来中国文学的主脉,在不同的历史时期呈现出不同的叙事倾向。新时代要求文学创作与当下社会生活的联系愈发紧密,更自觉地承担宣扬时代精神和展现社会风貌的使命。新乡土文学以脱贫攻坚和乡村振兴为重要主题,绘就了新时代乡村的新图景。2018年,脱贫攻坚进入攻城拔寨的关键时期,为了实现如期脱贫摘帽的目标,恩施州决定将全州20268名干部组成2438个脱贫"尖刀班",奔赴一线,进村入户决战贫困。2021年,恩施州扶贫工程取得全面胜利,乡村振兴随即蓬勃推进。恩施作家田苹以此为背景,融入自身参与扶贫工作的一线经历,用长篇新作《花开如海》回应波澜壮阔的时代召唤。小说以饱满的热情融入新时代主题的同时,也以贴近大地的姿态发掘地方的魅力,为书写新时代的山乡巨变作出了有益的探索。

一

《花开如海》讲述了"尖刀班"一行四人深入春树坪村工作的全过程。由退伍军人老漆、新入职的公务员彭晓阳、"拆二代"马一龙和"乖乖女"田子嫣组成的扶贫"尖刀班",进入鄂西南贫困山区的春树坪村开展扶贫工作,经过三年不懈的努力,帮助这个全县唯一的深度贫困村成功摘下贫困帽,并使其成为乡村振兴的扶持试点地区。他们主要分三步带领春树坪村从脱离贫困转入乡村振兴。第一步,将主要力量放在修公路、建水池、改造农网等基础物质设施的改善上。第二步,逐渐将工作重心转移到经济产业的发展上。第三步,则将焦点放在精神文明建设与生态环境保护上。小说通过多条线索交织故事情节,叙写山区在时代政策助推下的建设与发展,讴歌乡村脱贫的重要创举。

扶贫工作事务驳杂,程序严谨且耗时漫长,其中的艰辛自不必说。值得一提的是,春树坪村"尖刀班"契合时代的风潮,将信息化和数字化等现代手段植入扶贫工作,既顺应了网络化和智能化的发展态势,又有助于因地制宜事半功倍。比如在制作扶贫作战图的时候,马一龙提出利用无人机拍照,把春树坪村十户山的地形地

[①] 李雪梅,三峡大学文学与传媒学院副教授;李葭沄,三峡大学文学与传媒学院2022级硕士研究生。

貌掌握清楚，以便更好地为隐藏在深山密林的村户提供扶贫帮助。此外，无人机还被应用于记录完整的通桥影像资料、寻找失踪的黄羊群等方面，大大提高了工作效率。又比如，14岁的菊儿不幸患上过敏性紫癜，亟须支付昂贵的医疗费用，"尖刀班"成员彭晓阳借助网络交互的高效性和实时性，将菊儿的病情资料发布到"水滴筹"平台上，短短三天筹集到近三万元捐款，解决了迫在眉睫的钱款问题。再比如，为了争取成为乡村振兴的试点地区，"尖刀班"四人决定研发数字乡村APP，利用数字技术为农村服务，通过软件及时获取村民意见、反馈群众信息、缩减村民的办事流程，最大程度方便乡村管理者与村民之间相互交流，从而更好地驱动新农村的现代化建设。新世纪以来，数字技术正在全面渗透人类社会，成为当下最具代表性的时代特征。信息和数字技术手段的应用，不仅是"尖刀班"治理乡村的需要，是新时代科技助农的重要体现，也在叙事内容上为小说增添生活实感，赋予小说鲜活的时代元素。

春树坪村贫困的成因和具体表现是多层面的。大山深处的区位是最显而易见的地缘劣势，由此产生的建设滞后和物质贫困是不言而喻的，但小说并未将目光局限于简单的物质脱贫，而是在完成具体脱贫指标的同时，关注村民精神世界和乡村生态环境的提升，为乡村可持续性发展注入活力。春树坪村地处深山野坳，地广人稀，当地没有集中处理垃圾的轨制，家家户户多年来习惯将垃圾丢掷于山林，时间一久，垃圾成山，即便是牛尾沟那样清清亮亮的小溪里也有各种塑料垃圾在水上漂浮，乡间田野里就更不用说了，经常可见农药瓶子。长此以往，山清水秀的春树坪也会变得浑浊。"尖刀班"提出在村内设置50个垃圾桶，同时为每户人家配备小型垃圾桶，并且开发垃圾实时监测系统，旨在通过此举引导村民们改变传统生活方式，提高村民们的卫生意识和生态保护意识。物质上的脱贫不是最终目的，在推进新农村建设的同时，春树坪村紧跟时代主流价值取向，逐步扫除精神上的贫乏，提高了村民的思想道德水平，践行"绿水青山就是金山银山"的精神内涵，顺应了时代的发展主脉，实现了对生活的审美化表达。

二

作为一种书写新时代乡村的主题创作，如果作家没有深入乡村的土地躬行践履，没有倾注真实情感与生命体验，很可能难以触及时代主题的精神内核，很容易成为一纸空谈。田苹于2018年夏末前往巴东县野三关镇葛藤山村开始第一站的生活体验。作为全县唯一的深度贫困村，葛藤山村夹杂在两条峡谷三座高山之间，600多户村民散居于海拔800米到1700米的大山中，交通闭塞，条件艰苦。在这里，田苹与"尖刀班"共战脱贫之役，每天"入户走访、参加碰头会、解决邻里纠纷，还有月下散步、雾中晨跑，让我觉得自己就是这个大集体的一员"[①]。田苹将自己代入为

[①] 田苹：《在你的脚下挖地三尺——长篇小说〈花开如海〉创作有感》，载于《中国民族》2022年第8期，第82~84页。

扶贫工作者的一员，融入当地人的生活，坚持走访、深入调查，认识了许多底层的小人物，并积累了大量的乡村生活经验，获得了文学创作的第一手资料。这段非比寻常的扶贫经历赋予田苹外来者与参与者的双重身份，使得她的创作更具真实感与说服力。《花开如海》中三位性格迥异的主人公均是以外来者的姿态进入春树坪村内部，然后成为脱贫攻坚与乡村振兴政策的践行者、参与者，并通过一系列的乡村治理工作实现了自我的成长蜕变，在对外部扶贫的同时完成了自我的扶智，展现了时代背景下新一代青年人不断革新进步的精神面貌，唱响了新时代的"青春之歌"。

彭晓阳是出生于贫困山区的农家子弟，家境的贫寒与父母工作的艰辛使他最早认识到精准扶贫的意义所在。为了让春树坪村早日脱贫向富，他积极参与各项脱贫工作，主动揽起精准扶贫的责任，努力为春树坪村的建设发展谋取更多的项目支持。在规划春树坪公路建设方案时，彭晓阳提出"有路才有路"的口号，恰好与漆班长的思路不谋而合。但不同的是，漆班长准备了具体的春树坪公路规划图，相比之下，彭晓阳深感自己的不足，借此愈加严格地要求自己，争取每一件事都做到尽善尽美。在劝导村民易地搬迁时，他以幺婆婆一家的生活为素材创作出散文《永远的老家》，奈何一个外来者是无法感知到"老家"背后所蕴含的精神根基之味的，这些文字也仅仅是外来者肤浅的浪漫抒情，如何切实推进搬迁项目的实施？彭晓阳从土家族丧葬文化中领悟到了"根"的价值，深切理解了幺婆婆一家对归根的执念，最终在努力完成工作的同时达成他们的内心祈愿，真正做到贴近人民、服务人民。通过三年的入乡历练与个人的不断奋斗，他在实践中变得成熟稳重起来，最终成长为能担重任、独当一面的时代新人。"拆二代"马一龙虽然生活优渥、条件富足，可惜单亲家庭无法给予他完整的情感需求，使他形成轻浮毛躁、吊儿郎当的个性。在春树坪村遇见帮扶对象苏明儿之后，马一龙逐渐被她坚忍不拔、永不言弃的精神品格所打动，最终蜕变为乐观进取、积极向上、具有社会正义感的进步青年。从小对长辈言听计从的"乖乖女"田子嫣，更是在一次次入乡扶贫的过程中，重新拾起自我，促生了个性主体意识的觉醒，挣脱母亲以爱的名义实施的束缚，从柔弱寡断的小公主成长为独立自主的坚强女性。正如小说中叶县长所说："与其说是你们在扶贫，不如说是乡村社会在对你们进行'扶贫'。"① "尖刀班"的三名青年从城市进入乡村躬耕行职，在助力春树坪村脱贫致富的同时对自我进行打磨，他们既是客观意义上的"帮扶"工作者，也是个体成长道路上的"扶贫"对象，在完成脱贫攻坚任务后获得了全方位的成长，既填充了人生阅历，又实现了人生价值。

小说不但书写了三位年轻扶贫工作者的成长历程，也关注到乡村小人物的命运抗争，譬如苏明儿几经创业失败却仍不放弃，哈巴儿爹一心只为女儿寻羊等。同时，小说也深入挖掘底层人物的感人故事，比如二扎坎坷的身世经历和菊儿爷爷宣誓完的寿终正寝。小说没有书写大历史与大人物，而是在寻常的扶贫叙事中，对笔下人

---

① 田苹：《花开如海》，武汉出版社2022年版，第293页。

物给予现实的关怀,既同情他们的不幸遭遇,又欣喜他们生活的蒸蒸日上。作者以乐观的心态和细腻的笔法充分发掘这些小人物的魅力与人性的闪光点,把美好的人间温情融入严肃的主题性创作,使作品富于现实感又不失真切的情感共鸣。

三

人们以各种方式和地方产生关联,而且往往会随着时间的进程和历史的演变,形成与之相应的感知、态度与世界观,并对地方生成萦绕心头、经久不衰的情感依附,段义孚把这种关联着特定地方的情感定义为"恋地情结"。故乡虽不免闭塞和落后,但田苹始终视其为心灵的归宿。在田苹看来,延绵不绝的山峦、茂密葱郁的山林、蜿蜒迂回的清流最是她情感的依托,她曾经这样描述过这种情感:"印象最深的是第一次去上海外滩,欣赏着繁华的大都市盛景,心里却生出隐隐的不安与孤单;相反,每次投入大山怀抱,随便找个坡坡坐坐,随意在哪道梁上走走,就顿生安稳与温暖。"[1] 田苹对鄂西南这片土地充满了柔情与眷恋,并将这份真挚的情感寄予笔墨之中。《花开如海》以"春树坪村"作为叙事空间,在宏大的主题书写之余,也关注到鄂西南地域独特的风土人情,将地方语言深植于日常化生活叙事,将地方意识融入恩施地区独特的自然景观与人文景观书写,流露出浓郁的地方文化底蕴。

风景是《花开如海》建构地方意识的便捷通道。正如柄谷行人所言:"所谓'风景',正是'拥有固定视角的一个人系统地把握到'的对象。"[2] 风景是经由主体感知后才成为客体对象的风景,小说借"尖刀班"的外来视野带领读者走进群山逶迤、深林繁茂的鄂西南山区,跟随着"尖刀班"的扶贫进度一步步深入发现恩施自然风光之美。小说中外来者对春树坪的初步印象是"山"——"人在山中,山在山中;进山是山,出山也是山;高的是山峰,低的是山洼,春树坪就是没完没了的山。"[3] 彼时"尖刀班"初识春树坪村,进山的不易与路途的遥远给恩施地景蒙上落后、封闭的色调。但随着外来者不断深入大山走访慰问,更加完整的春树坪景观浮现于读者眼前:荆棘丛生的二仙岩峡谷、山峦起伏的十户山坡地、流水潺潺的牛尾沟溪谷与地势平缓的长冲沟平坝等,此时原本闭塞的"山"的印象被打破,转而呈现出浩瀚广阔的鄂西南天地。作者描写鄂西南自然景观时,不自觉地将故土情怀灌注其中,自然流露出对故乡自然景色的喜爱。在描写勘测泄洪洞的过程中,小说就赋予清潭灵动可爱的特质:"潭水源源不断溢出,便出落成一条清清亮亮的小河,在600亩平坝蜿蜒流淌,犹如一个温婉可爱的乖妹娃儿,从从容容。"[4] 作家不光依恋着这片风

---

[1] 田苹:《在你的脚下挖地三尺——长篇小说〈花开如海〉创作有感》,载于《中国民族》2022年第8期,第82~84页。
[2] 柄谷行人:《日本现代文学的起源:岩波定本》,赵京华译,生活·读书·新知三联书店2003年版,第10页。
[3] 田苹:《花开如海》,武汉出版社2022年版,第17页。
[4] 田苹:《花开如海》,武汉出版社2022年版,第162页。

景，而且试图融入这片风景。柄谷行人首创性提出"风景人"的概念，并借国木田独步的小说《难忘的人们》展开深刻论述，小说中的大津最后观察到的是一个"在寂寞的岛上岸边捕鱼的人"①。在柄谷行人看来，"作品中的人物大津所看到的，那岛上的男人与其说是'人'，不如说是一个'风景'"②。当田子嫣与彭晓阳瞧见盛开的向日葵花海时，满地的金黄映衬着太阳的光辉，美不胜收的风光使两人停驻其间，与花开胜景完美融合，成为与自然和谐共生的"风景人"。身为外来者的田子嫣与彭晓阳，在此刻化为春树坪的一员，他们在风景的滋育下获得纯粹、洁净的心灵栖归，也映照出人们对美好生活的内心期冀。小说最后，二扎的亲生父母随儿子回到春树坪村居住，在一定意义上也可以视为作者从心灵层面对回归恩施故土的认同。田苹既扎根于也依恋着恩施的土地，因此她将自己对地方的情感熔铸进"春树坪村"的自然景观书写，向读者打开了恩施这片神秘土地的地方视域，也为主旋律叙事增添了审美意趣。

地方习俗和民族传统与人们多年来约定俗成沿袭的生活方式息息相关，内蕴一方水土一方人的人生观和世界观，应在充分尊重地方习俗的基础上开展乡村现代化建设。《花开如海》多次写到当地的"白喜事"习俗，但小说并没有止步于单纯地描写"跳丧"仪式，也没有简单地将其归为落后观念，而是将其置于强烈的时代感召下，促生新的感染力和生命力。"跳丧"作为土家族的传统习俗，已经延续了数千年，具有弘扬与传承民族文化的作用。在寻常人看来，亲人去世本该是件悲愤痛苦的事，但是土家族人却认为，死后在欢歌笑语中被人欢送走是一件有福气的事，他们视其为精神根基。在土家族传统民俗中，老人去世是一件喜事，因此村民们会从四面八方赶来，通宵达旦地载歌载舞，送逝者远行。幺婆婆一家一直不肯从二仙岩上搬迁下来，就是因为担心搬下山后无人送终，不能叶落归根。彭晓阳正是在洞悉了幺婆婆这一隐秘心理后，才有针对性地灵活推进易地搬迁工作，让脱贫攻坚战赋予人性的温度。彭晓阳父亲因疫情不幸病逝，众人纷纷赶来为其父送行，霎时间，沉寂许久的院坝因"跳丧"热闹起来。身为外来者的田子嫣被眼前酣畅淋漓的场面所震撼，惊叹着"浓烈的生命火焰被点燃"③，从沸腾的火光、高亢的歌舞与狂欢的村民间悟出生命归于天地的神圣性；彭晓阳则通过"跳丧"看见了篝火边父亲的幻影，他终于理解了父亲对他的期望，体会到"以父亲为代表的劳动者的幸福，享受着他们的幸福，为他们的幸福而幸福"④。彭晓阳深感于心，决心将这样的幸福延续下去，带领春树坪在劳动与创造中收获幸福。他在父亲的葬礼上坚定了自己的扶贫

---

① 柄谷行人：《日本现代文学的起源：岩波定本》，赵京华译，生活·读书·新知三联书店2003年版，第13页。
② 柄谷行人：《日本现代文学的起源：岩波定本》，赵京华译，生活·读书·新知三联书店2003年版，第14页。
③ 田苹：《花开如海》，武汉出版社2022年版，第284页。
④ 田苹：《花开如海》，武汉出版社2022年版，第285页。

信念，获得了进一步的成长；母亲更是在"跳丧"的氛围中褪去悲伤，把父亲的灵魂归处视作生命的落脚之地，不再畏惧生命的自然流逝。"跳丧"文化的意义，不仅在于它能够使生活在鄂西南地域的人们理解自己的文化身份，加强他们对地方的认同感与归属感，更在于这是一场礼赞生命、祝福新生的特殊仪式。如此撼人心魄、凝聚天地的场景，经由外来者的观看注目，竟然生出情感抚慰的作用，重新诠释了人们对死亡的感悟，彰显了土家族生性豁达的民族风范，在新时代背景下很好地呈现了地方习俗的精神内核。

方言叙事是《花开如海》语言的重要特色。恩施位于湖北省西南端，西接重庆市，南邻湖南省，地处鄂、湘、渝三省交汇处，其方言隶属西南官话，独特的地理位置使恩施方言更具地方色彩。小说中广泛运用地方语言进行叙事，首先体现在方言词汇的使用上，例如"骇人"是"吓人"，"各人"是"自己"，"老汉儿"是"爸爸"，"背时"表示倒霉，"洋丁丁儿"意为蜻蜓，"哈巴儿"用来指代智障人士，"稀客"即许久未见的客人，"和扯"则是随和、亲切的意思。这些方言词汇将地方语言融进小说的生活场景，给人物增添了鲜活的生命气息。在日常生活场景的描写中，人们的对话也充溢着地方腔调，比如说贵成儿书记带领"尖刀班"全员慰问菊儿爷爷时，他对老人说："这是县里头派到春树坪扶贫'尖刀班'的领导，专门来慰劳您儿家的！"[1] 老人回："扶来扶去……抚平（扶贫）哒么？"[2] 短短的一幕就呈现出显著的恩施方言特性，诸如把"您"字儿化、不区分前后鼻音、习惯性增加口语尾缀，等等。这样的方言叙事更显亲切和生动，让作为国家战略的扶贫工作在老百姓的日常生活中以最朴素的面貌呈现出来，更显在地性和适切性。

地方对于栖息生存于此的人来说，具有弥足珍贵甚至无可替代的意义，正如"南加州的沙漠对西班牙来说是穷山恶水，对印第安人来说则是衣食富足的家乡"[3]，蒂姆·克雷斯韦尔也称地方是"人们创造的有意义空间"，是"人以某种方式而依附其中的空间"[4]。田苹以地方为根基，放眼新时代乡村建设的重要战略，关注扶贫工作者和扶贫对象的双向成长，是恩施脱贫进程的生动回眸和扶贫历程的真切再现，也具有历史意义与现实质感。当然，《花开如海》中也存在有待完善的地方，譬如对危险处境的描写不够深入、对项目建设及其问题的叙述相对简单、对人物情感变化的揣摩尚欠精准等。不可否认的是，《花开如海》为鄂西南乡村扶贫与乡村振兴的文学叙事在历史上留下了重要一笔。

---

[1] 田苹：《花开如海》，武汉出版社2022年版，第19页。
[2] 田苹：《花开如海》，武汉出版社2022年版，第19页。
[3] 段义孚：《恋地情结》，志丞、刘苏译，商务印书馆2018年版，第18~19页。
[4] 克雷斯韦尔：《地方：记忆、想象与认同》，徐苔玲、王志弘译，群学出版有限公司2006年版，第14页。

新时代的山乡巨变在文学作品中的呈现
——评《花开如海》

江佳慧[①]

田苹以饱满的热情和对山区人民的大爱创作了体现扶贫政策和山乡巨变的长篇小说《花开如海》。小说以春树坪村扶贫工作"尖刀班"和该村村民为例,展现了新时代历史洪流中成长起来的扶贫干部和我国精准扶贫政策下广大农村翻天覆地的变化。小说刻画了一系列栩栩如生的人物形象,展现了轰轰烈烈的新农村建设,也体现了新旧思想之间的碰撞。本文仅探讨小说体现出的对立统一的哲学思想。

一、脱贫致富的艰辛路

贫与富是对立的,但二者又是可以相互转换的。按照精准扶贫政策的总体部署,我国于2020年底消除了绝对贫困,全国832个贫困县全部摘帽,9899万贫困人口一道迈向小康之路。为响应国家精准扶贫的号召,成千上万的工作人员被抽调到扶贫工作组,在最后的攻关阶段,"尖刀班"驻村帮扶,直至联系户完全脱贫。

这场与贫穷对抗的战斗,在鄂西山区进行得如火如荼又困难重重。恩施州六县二市全在贫困县之列,要消除绝对贫困有许多意想不到的困难。山大人稀,交通不便,尤其是老高山,生产生活方式受地理条件限制,老百姓拼死拼活刀耕火种,丰年也只能保证粮食收入,想要将粮食换成钱难上加难。要让山区村民脱贫致富可不是喊几句口号就能解决的,必须从最基础最根本的工作做起。就像小说中多次提到的那句话一样:有路才有路!因此,山区的扶贫,各县各村,各个"尖刀班"都要面临修路的问题,路通了才能考虑产业致富。到扶贫工作结束时,小说所重点描写的春树坪村已修好六纵三横的主干路和三座便民桥,另有长冲沟泄洪工程等水利设施,为将来的乡村振兴奠定了基础。

(一)被动扶贫与主动作为的对比

最初进村,"尖刀班"面临的问题很复杂,一些村民积极作为,一些村民等着国家拿出钱粮物资扶持,还有的村民冷眼观望。苏明儿和二扎可以视为主动作为和被动扶贫两个极端的典型代表。出身贫苦的年轻姑娘苏明儿靠勤劳的双手和不屈的干劲为发家致富做出了各种努力,但是天不遂人愿,她的心血一次次因各种原因付诸东流。她的坚强和韧劲让她一次次擦干眼泪后再次出发。扶贫"尖刀班"驻村以后,

---

[①] 江佳慧,湖北民族大学文学与传媒学院副院长。

成为她坚定的支持者和强有力的后援。"尖刀班"的司机马一龙甚至爱上了这个不断奋斗的创新型农民，成为她的追求者。最后，在她自己的努力和县扶贫工作领导小组的支持下，她的生态农业园渐成气候。

与主动作为的苏明儿相反，年纪轻轻的二扎因为近似孤儿的处境自称是国家的宝贝，是争做贫困户的村民中的一员，觉得评上贫困户就可以享受政策不劳而获。起初的二扎就像扶不上墙的烂泥，后来在"尖刀班"的耐心帮扶下终于改掉了好吃懒做的恶习，开始自食其力。小说最后，扶贫工作队的田子嫣还帮他寻找到了亲生父母，这当然有些戏剧性。

（二）留守的孩童与外出务工的父母

走还是留，是20世纪末21世纪初许多农村青壮年必须面临的艰难抉择。不出去，只能以传统耕作方式清贫度日；出去又无法带着家人一起务工。权衡再三，大多数人还是选择外出打工，一方面能改善家庭经济条件，另一方面也能为子女将来的教育奠定基础。于是，老幼留在农村、青壮年外出务工的家庭结构渐为常态，不少"空心村"开始出现。

留守现象是我国现阶段面临的特殊现象和社会难题，留守对象主要居住在广大农村地区，分留守儿童、留守妇女和留守老人几大类，其中最引人关注的是留守儿童。小说中的向松是留守儿童的代表，因父亲外出务工久久未归，独自进城寻找，每天举着写有"寻找向明贵"的纸板、穿着缝有"寻找向明贵"布条的衣服在父亲可能出现的地方碰运气。但是好运并没有眷顾这对父子，父亲向明贵其实已经在归家途中坠崖身亡，向松也在一次取暖中意外丧生。小说以这对父子的遭遇引发读者反思当代棘手的留守问题，也激发了人们改善山区农村恶劣的交通条件和险峻的自然环境的强烈愿望。

如果说向松是典型的留守儿童，那么桂桂就是特殊工作环境下不典型的留守儿童。2020年新型冠状病毒肺炎疫情的暴发，改变了桂桂父女原来的相处方式。桂桂的父亲所开的邮政车被征调去运送医疗垃圾，桂桂不能再跟父亲亲密接触，只能在爸爸的邮车经过时隔三米远小跑一阵，以缓解思念之情。桂桂是举国抗击疫情时被迫与父亲或者母亲分开的儿童代表之一，他们的亲人是舍小家、为大家的无私奉献者。短暂的分离是为了将来更好的团聚，也是为了更多的人能以健康的身体与家人团聚。这种离和聚，看似对立，实则是事物的一体两面，并不矛盾。

扶贫，不仅仅是经济上脱困，更需要有精神上的帮扶，教育扶贫是农村精准扶贫的重要一环。让每一个农村孩子都能在父母身边成长，让农村家庭不再饱受分离之苦，让留守成为历史，是今后的乡村振兴需要解决的重大社会问题。

（三）村民从怀疑到接纳的转变

"尖刀班"进村后的工作最初并不顺利，挨家挨户地调查受到了不少冷遇，有些村民盯着"尖刀班"的一言一行，一不满意就告状。好在"尖刀班"领头人老漆善于根据农村实际改变工作方式,通过屋场会、坝坝会了解村民诉求,再争取各项政策支持,最终,连一开始只吐口水一言不发的老党员向爷爷也对"尖刀班"刮目相看,村民们开始主动响应。"尖刀班"的与人为善和尽职尽责也得到了村民的善待和感激。便民桥竣工时村民自发放鞭炮庆贺,做出最可口的饭菜希望"尖刀班"品尝。搬迁困难户杨凤玲一家如期前往山下新居,幺婆婆一家也心甘情愿搬离山顶老宅,入住福利院。一户一户,一家一家,逐渐改善居住条件和经济条件,顺利脱贫。

（四）传统耕作与产业兴村

传统农业与新型农业,是小说体现出的另一种对立。山区农村经济条件之所以长期得不到提升,其中一个原因就是传统耕作方式产量不高,村民按照自己家的需求种植农作物,养殖家禽牲畜,虽可自给自足,但这种小农经济付出的劳动与产出不对等,无法满足衣食住行教育等方面的财务支出需求。各家各户分散种植的苞谷、洋芋、红苕也无法带来可观的经济收入,只有种植经济作物才能发家致富。苏明儿曾种辣椒、养黄羊、种葡萄,虽然因天灾多次受挫,但她的脱贫思路是对的。

未来的农村,只有走产业化道路,才能稳固脱贫效果,实现产业兴村。从小说的描写可以预计到,春树坪的特色农业已渐成规模,将在水果种植、大棚蔬菜、经济作物等方面有新的发展。有了稳定的产业,村民就能获得稳定的收入,乡村振兴也就指日可待。

二、无惧生死的赤子心

生与死是矛盾的,但为民而死,虽死犹生！畏罪潜逃苟活,只是行尸走肉,纵然留住皮囊,终遭世人唾弃。小说多次写到不同人物形象的死亡,也写到了新的生命的诞生。世界就在生生死死的生命历程中不断发生变化。

（一）生命中难以承受之痛

1. 工作一线的献身者

小说刻画了两个殉职的代表,一位是牺牲在扶贫战场的扶贫干部小漆,另一位是牺牲在抗疫战场上的麻醉师韩医生。小漆年轻帅气,和父亲老漆都是"尖刀班"的成员,父子两人都奋斗在扶贫攻坚的一线。没想到小漆却在检查村民危房维修时出了意外,从楼上摔下,后脑着地,不治身亡。小漆的意外身亡不仅让自己的父母陷入余生都走不出的伤痛,也让整个扶贫工作队和他帮扶的村民伤心不已。小漆,是许许多多扶贫路上牺牲者中的一员,是新时代特殊战场上的烈士。他们的离去,重如泰山,当为党和国家永远铭记！老漆在儿子牺牲以后,依然奋战在扶贫一线,一心扑在工作上,将个人和家庭的伤痛深埋心底。这些奉献者是最值得尊敬和关心的人。

牺牲在抗疫一线的麻醉师韩医生,是"尖刀班"成员田子妈母亲的同事,因给病人插管时不幸感染,最终救治无效而离世。身为上有老、下有小的中年医生,她的离去让整个家庭、整个医疗战线为之伤怀。韩医生是医疗战线殉职的代表之一，她的离去，同样重如泰山！面对感染危险，医务工作者和许多志愿者在抗疫一线义无反顾地付出，将自己的生命置之脑后，他们是抗疫战场上最美的逆行者。

2. 意外丧生的不幸者

小说还写到了其他生命的凋零，激发人们反思我们需要解决的社会问题和农民的生存困境。他们中有意外丧失生命的留守儿童向松和他的伙伴，以及回家路上失足坠崖的向明贵，还有过早病逝的劳动者——"尖刀班"彭晓阳的父亲彭荣华。他们是新时代广大农村的普通一员，本来可以依靠自己的双手改变生活质量，享受新时代的新生活，却没有等到享受劳动成果的那一天。

这里面最让人痛心的是向松和他不知名的小伙伴的死。进城寻父的向松不愿接受救助站的救助，和另一名大一点儿的孩童一起在街上流浪，因烧纸板在垃圾箱取暖窒息身亡。他们的死很容易让人想起贵州毕节5个儿童的意外死亡，这些留守儿童同样是祖国的花朵，却在灿烂的花季非正常死亡，这不由得激发我们反思当前的儿童保护问题和教育问题。他们的死提醒全社会都要关注农村留守儿童问题，政府和社会各界都要想办法为农村留守家庭建档立卡，为孩童创设安全的成长环境，为遇到特殊困难的儿童配备临时监护人。同时，最根本的问题还是要解决农村青壮年在家门口就业的问题，让产业兴村尽快落实，让农村父母可以不再外出务工；需要外出务工也解决好子女随父母就近入学的问题，让农村孩子在父母身边成长。

向松之父向明贵的坠崖跟农村的交通条件恶劣密切相关，陡峭的山路危险重重，走夜路风险更大。生活中还有不少扶贫工作者就是因山路弯急路陡出了车祸，因车祸丧命的扶贫干部也不在少数。这些生命的凋零更激发我们要加紧改善山区农村的交通条件，近些年的"村村通"工程已使山区居民大大受益，但道路的养护和改善工作还远远没有结束，需要更大的投入。

3. 积劳成疾的早逝者

彭晓阳之父彭荣华是进城务工的普通劳动者之一。彭荣华夫妻常年在城里辛勤干活，租住在简易的老式平房内，早出晚归，一个贴砖，一个做家政，打工的目的就是要为儿子在城里买套房子。像许多农村父母一样，身体有病痛只要能扛得住就不上医院，彭荣华也是如此，病倒入院时他的肺已经全白了。他的去世让妻子儿子后悔不已，懊悔以前没有关注到他的病痛。本来到了彭荣华这个年纪，应该是减少工作量享福的时候了。儿子已参加工作，并且在"尖刀班"取得了不少成绩，想买的房子也买上了，却积劳成疾享受不到近在眼前的幸福日子。彭荣华就是底层千千万万劳动者的代表之一，一辈子为儿女操劳，却从来没有在意过自己的身体，他们活着的价值就是为家庭做贡献。一旦不能劳作了，就觉得自己是个废人，从未为自己考虑过。这种生存观在新时代恐怕也要做出一些调整，人活着确实要为社会为家庭做贡献，但也不能完全忽略自己，过度的奉献对家人而言或许也是压力和负担。

(二) 苟活于世的潜逃者

如果说上述生命的逝去让人倍感痛心的话，那么吴老毕的死则是咎由自取。他犯下的杀人重罪还没受到应有的惩罚，就在潜逃的日子里发病身亡。吴老毕本是可怜之人，娶妻妻子跑了，养儿儿子是妻子偷来的。因为家庭情况特殊，就对村民的议论特别敏感。与邻居家因核桃树的纠纷怀恨在心，加上嫉妒和对邻居议论自己妻儿的不满，一气之下给邻居投毒。虽然良心未泯试图阻止邻居食用，但为时已晚，邻居一家都中毒身亡。极度恐惧的吴老毕没有选择承担责任而是丢下养子二扎逃亡，趁着夜色还赶走了苏明儿在山中辛苦养肥的黄羊，从一个其他村民不知晓的岩洞逃到了椅子岩后面度日。

吴老毕是千千万万小肚鸡肠的村民代表之一，心眼小、有利必争、容易走极端。近些年农村发生的恶性案件起因其实只是一些小的纠纷，比如坡上坎下争一点地皮，或者哪家的树挡住了谁家菜地的阳光之类的小事。这说明农村需要重拾传统的温良恭俭让等美德教育，从孩子抓起，让真善美扎根孩子的心灵，让他们从小就接受正确的价值观教育，最终成长为践行社会主义核心价值观、诚实守信、有仁爱之心的新村民。

(三) 新生命带来的新希望

有生命逝去自然也有新生命诞生。嫁到春树坪的外地媳妇因待产来到春树坪，虽然交通不便一路艰辛，但到达之后对这里的青山绿水大为称赞。常年生活在大山里的人习以为常的一草一木一山一水，在外地人看来都是风景。外地媳妇的看法正是将来春树坪产业兴村的路子之一，即解决好交通问题开发绿色生态旅游。外地媳妇因预产期提前，天下大雨一时又赶不到医院，在"尖刀班"的护送下艰难过河，差一点把孩子生在路边，好在最后母子平安。新生命的诞生给春树坪带来了新希望。

小说不仅写到了小孩的出生，也写到了小猪出世、葡萄挂果、葵花结籽。小孩的出生表示春树坪村增添了新公民，而小猪出世、经济作物结果又给村民带来了丰收的希望。新的生命、新的成果、新的工程等预示着春树坪的欣欣向荣，体现出扶贫攻坚工作战果累累。

三、新旧文化的相融度

新观念与旧思想是对立的，但二者又可以相互包容，在承继中革新。小说从多个角度展现了新旧习俗、新旧观念、新旧生产生活方式、新旧管理形式之间的冲突与和解。

(一) 方言的坚守与共同语的传播

小说反映的是鄂西山区的扶贫工作，主要采用共同语来创作，但为了体现村民的讲话特点，免不了使用一些当地方言。小说中多次出现鄂西方言土语，有些还特意做了解释，有些直接体现在小说人物的谈话中。如村支书贵成书记谈苏明儿的养猪过程时说"饲料过背，猪儿过抬"，其中"过"是"凭借或通过什么方式做事"之意，是鄂西南所使用的西南官话常用的词语。这些方言土语的运用为人物形象的地方化增添了可信度和个性特点。新中国成立之初，我们国家还存有八十多种语言，如今只剩下二十多种常用语言，少数民族语言和不少汉语方言已濒危或消失。

小说使用方言土语或带有方言特征的语言来创作，相当于为后世提供了一个鄂西南方言资源库，这与共同语的传播并不矛盾。国家为保护语言资源，曾发布过《岳麓宣言》《苏州共识》等保护语言资源的倡议，联合国也把每年的2月22日定为世界母语日。国家规定教学语言、工作语言、宣传语言必须使用普通话，但并不限制方言作为日常交流语言。方言和共同语看似矛盾实则是互补的，方言为共同语不断输送养分，是共同语的土壤。小说的方言特色是其中的亮点之一，若能给其中一些地方特色太强其他人不一定能懂的方言语词做一个注解，那么小说的传播范围应该更广、受众应该更多。

（二）传统丧葬习俗与新观念的和解

小说从多个角度描述过新旧习俗的冲突，这里以传统丧葬习俗为例略作分析。鄂西山区尤其是土家族聚居的农村地区，盛行热热闹闹的丧葬仪式。老人去世一定要放鞭炮打丧鼓跳丧才热闹，谁家花圈送得多，丧鼓打得响，谁家就被羡慕。二仙岩幺婆婆一家的心病、彭晓阳父亲的遗愿都与传统丧仪有关。

幺婆婆一家人勤劳善良，除幺婆婆一人以外，其他几个兄妹都身有残疾。兄妹几人在山顶相依为命，早早就备好了百年后的棺材，幺婆婆还经常去擦拭，看着棺材的黑漆发出暗光就感到踏实。他们兄妹几个平时待"尖刀班"十分友好，每次都拿出核桃瓜子之类的食品招待，但只要提及搬迁，就不再搭腔。明知专门为他们一户修一条路上去成本太高，但一向通情达理的幺婆婆一家却偏偏成了搬迁钉子户。最后，"尖刀班"终于了解到他们的心结：原来是担心死后不能按照传统丧仪入土为安，担心没人跳丧不热闹。当"尖刀班"承诺他们百年以后按照传统仪式送回来安葬时，这一家人才安安心心、开开心心前往镇上的福利院居住。其中折射的是传统习俗与新的生活居住方式之间的矛盾，最终新旧方式还是达成了一致。

彭晓阳之父彭荣华病逝以后，已经在城内的殡仪馆举行了告别仪式并火化，但彭晓阳还是没有把父亲葬入公墓，而是满足父亲做梦都想回到天上坪的愿望，把父亲骨灰送回老家，并按照农村习俗跳丧坐夜送老人上山。彭荣华的丧仪是新旧习俗结合进行的，体现了继承中的革新。

（三）智慧农村与传统管理的结合

传统的自给自足生活方式造就了传统的管理方式，但现在是人工智能时代，依靠传统管理方式已经无法进行有效管理。就比如小说中提到的垃圾清运管理，因村民居住分散，每个垃圾点之间都有距离，清运的人员去清理时不一定有很多垃圾，没去时说不定垃圾箱已满。"尖刀班"的马一龙通过管理软件实现了对垃圾量的实时监控,为清运人员解决了难题。这只是智慧农村管理的一个小方面。智慧村庄已在江浙沪等地兴起,在大数据时代,智慧农村终将在全中国的每个偏远村庄实现。鄂西南农村地区的绿色生态旅游者是康养游,只有解决了干净自来水、垃圾清运、厕所革命等问题,进行智慧化管理,才能长足发展。

四、天地人的和谐共处

经过善与恶、贫与富、生与死、新与旧的冲突与转换,春树坪村最终形成了人与自然和谐共处的局面。得益于国家在精准扶贫方面的大投入,在"尖刀班"的实际帮扶中,春树坪"39条黄瓜28道坡,21条沟沟像蛇在梭"的自然环境得到了宜居改造,修路架桥解决了交通问题,泄洪工程解决了暴雨可能导致的水灾问题,实现了天地人的和谐共处。人与自然相互接纳,和谐共生。《道德经》第二十五章说:"故道大,天大,地大,人亦大。域中有四大,而人居其一焉。"人类是大自然的征服者和改造者,但这种改造必须为大自然所接纳,破坏式的改造会遭到大自然的惩罚。根据鄂西南自身的自然环境进行合理改造,达到天人合一的和谐境界,是人类与自然和谐相处的最高追求。人们靠山吃山靠水吃水,也应给予我们的山水合理的爱护。人与自然和谐相处,则绿水青山就是金山银山,乡村振兴指日可待。

用地方志的气魄讲好扶贫故事的恩施经验
——读陈亮、周良彪长篇报告文学《战贫志》

李建华[①]

党的十八大以来,以习近平同志为核心的党中央团结带领全党全国各族人民,探索出了中国特色减贫道路,组织实施了人类历史上规模最大、力度最强的脱贫攻坚战,千百年来困扰中华民族的绝对贫困问题最终画上了句号。中国式扶贫创造了人类减贫史的奇迹,对世界减贫进程作出了重大贡献。习近平总书记在决战决胜脱贫攻坚座谈会上指出:"脱贫攻坚不仅要做得好,而且要讲得好。"为响应总书记号召,广大的文艺工作者积极参与到中国脱贫攻坚故事的真情书写中来,反映精准脱贫实现全面建成小康社会的中国奇迹和人类壮举,及时呈现中国大地上发生的巨大变化,记录中华民族最伟大的记忆,凸显社会变迁过程中的时代精神,涌现出许多优秀的文艺作品。陈亮、周良彪的长篇报告文学《战贫志》正是当下扶贫题材报告文学创作中的出色之作。

在当下扶贫题材报告文学创作中,大量常见的写作模式是书写扶贫工作者和被扶贫对象为改变当地贫穷落后面貌的脱贫实践和脱贫事迹,虽然能看到"事"(脱贫实践),也能看到"人"(扶贫和被扶贫的群体形象),但很少看到"史"和"思"。鲜见对当地扶贫实践进行地方志式的记录,以及对其因地制宜的扶贫模式的总结、思考和反思。著名文学评论家李敬泽认为,脱贫攻坚的艰巨性和复杂性,决定了文学素材的丰富性、写作"破题"的差异性。作家在写作时应该进入历史和时代的深处。不管采取什么方式,应该有一种雄心——像书写地方志一样,写出这个地方的时代变化,用地方志的眼光,铭记那些在创造新生活过程中焕发着光彩、充满力量的人。所谓"地方志",是中国特有的记载一定区域内的自然、经济、政治、文化、社会的文化载体。一般包括述、记、志、传、图、表等。用地方志这一独具中国特色的历史记载方式记录人类发展史上的脱贫奇迹,辉映百年大党的初心使命,能极大振奋中国人民的民族自豪感和自信心,为我们逐梦新时代、奋进新征程注入强大的信心和力量。正是地方志的眼光和气魄,成就了《战贫志》,使之成为当下扶贫题材文学创作和报告文学的重要成果和重要收获。

《战贫志》聚焦鄂西武陵山区脱贫攻坚主战场,全面展示恩施土家族苗族自治州

[①] 李建华,湖北省文联二级巡视员,湖北省文艺评论家协会原常务副主席,《长江文艺评论》原常务副主编。

各级党委政府、各单位各部门、帮扶干部、贫困群众、返乡创业者在党中央、湖北省委的坚强领导下，尽锐出战，下足"绣花功"，拔掉穷根子，在一场场实打实、硬碰硬的鏖战之后，最终实现脱贫摘帽的壮丽画卷。作品借鉴方志的写作方法，既有恩施州脱贫的概述或综述，包括国家领导人的关怀，脱贫历史发展的必然趋势，全州扶贫的历史和现状，州精准扶贫计划的出台等；又有恩施精准扶贫大事记，包括茶产业、生物医药业、旅游业的振兴等；既有鲜活的人物传记，比如扶贫干部谭剑、卢祥忠、唐崖镇"倒贴书记"以及利川农民王永浩夫妇等，又有扶贫效果的数字化统计等，比如全州 8 个县市全部退出贫困县序列，729 个贫困村全部出列，109.9 万贫困人口如期脱贫等。既有厚重的历史感，又有壮丽斑斓的时代感和当代感。全书脱贫线索清晰完整，描写精准平实。为历史留影，为时代传神，是一部不可多得的恩施土家族苗族自治州精准扶贫的百科全书。

与时下流行的扶贫题材报告文学相比较，《战贫志》还有个特色也是我们不能忽视的，那就是记录与思考并行不悖、理性与诗性互为印证。正如作者所说："脱贫攻坚在文化层面留下的意蕴与财富，将深远地影响中国。这既是奋斗史，也是精神史。脱贫攻坚工程不仅让中国告别绝对贫困，而且也在文化维度上塑造着当代中国的精神特质。大同之理想，小康之愿景，民胞物与、守望相助的文化精神，愚公移山、铁杵成针的倔强意志，熔铸于脱贫实践，人们看到了民族精神的根深叶茂、文化自信的活水源头。"[1]

这或许是《战贫志》给我们的最大启示。

---

[1] 陈亮、周良彪：《战贫志》，武汉出版社 2022 年版，引言，第 1 页。

让故乡在月光下重新生长
——评周良彪散文集《野阔月涌》

叶 李 王之远[①]

《野阔月涌》很难被凝定于单一主题下概括，如作者所言："三十年点滴积累，时间'散'；多记所闻所见，选材'散'；没有中心话题，主题'散'。"其中共分八辑，游记、书评、杂文皆收，而除第一、七、八辑之外，其余几辑皆聚焦于故乡人事——故乡或许是此书封面画之原型。乍看之下，封面画简淡朴素：寥寥几笔水墨，混入其他乡村小景中，若隐若现。直到读完第六辑，文中人事如一帧帧画片涌现脑海时，画中的乡野便不再显现为某种静态的、装饰性的标本，在月亮之下，山脊、江树、人家都活了过来。《野阔月涌》所刻画的乡土世界是涌动的，舒展的，它不是凝固的风景，它还在拔节生长。

一、化"野"为美

"野"给人以归属上的暗示：此地之"野"，意味着它处于某种秩序的统辖之外。作者笔下的故乡恰流露出"野"的气质，这不仅是指山川原野等客观环境，更是形容故乡人的生活状态。

在几篇聚焦人物的散文中，这一特质表现鲜明，作者描摹形形色色的乡邻田人，勾勒出乡土世界多面态的精神肖像。谈及乡邻、农人，读者或许会将对他们的想象固着在前现代的世界中：他们的性格、观念、行为都以小农经济为轴承运转，顺天应命，在青天厚土间数着粮食度日，勤俭、守成、内敛是与他们的命运相匹配的品性，他们的眼神与表情一如成熟后低垂的麦穗，安分、驯服又带着一丝沉重。但《小和尚》篇的主角并非如此，甚至与之背道而驰。"小和尚"与"我"祖父那般传统农民之间的区别在于，他实在不爱劳作。"小和尚"吊眉大嘴，笑声高亢，一家八口人，"似乎从来不当心没有吃的，没有住的"，夫妇二人都不下地，通常"一头坐一个"地叭叶子烟，轮流喝酒，断炊了再找活干。"小和尚"为"我"家出力不少，祖父曾有意帮衬他，谁知他在某年庄稼丰收、日子刚有起色后，又把砍下来造屋的木材换酒喝了。若读者们有些乡村生活经验，或许会发现，每个村子都有几位"小和尚"，他们或被叫作"闲汉""街溜子"，而作者恰好捕捉到了这类人微妙的生活状态与社会位置。在传统的乡土社会里，他们过着物质并不丰裕却堪称"醉生梦死"

[①] 叶李，武汉大学文学院副教授；王之远，武汉大学文学院硕士研究生。

的日子，常常到揭不开锅才另寻出路，偶尔得到时运眷顾，教人恨铁不成钢，又不至于憎恨嫌恶。他们活得如一蓬野草，在庄稼汉们眼中荒诞不经，生命力却实在顽强，可谓有一种难以被伦理收编的"野性"。

《孙子》篇中的理发匠孙子亦有着与之类似的"野性"。老山沟里的剃头匠为"上等的人"理发久了，自己竟成了"情报中心"，有了分级看人、爱传八卦的脾气。他坚信自己有拿捏"上等世界"的猫眼，不同于乡村凡流，以权力中心代谢出的边角料来巩固自我价值感，也利用人情获取商业竞争上的实惠。若我们以批判的棱镜去透视他的所作所为，大可投射出"底层互轧""精神胜利"的阴影。但是，在该篇文章结尾，作者让他面对上位者抛出的"愿不愿意当乡长"这句可能切实改变命运的询问时，却不屑道"那有什么意思呀"。其实，在旁人"那你亏啦"的唏嘘中，我们不难察觉，对权力的崇拜、对现实利益的衡量早已渗入大多数人的认知，至少听众怀着类似的共识。孙子的拒绝或许令人感叹他因盲目短见错过命运风口，可是，他却深信自己对生活的味蕾没有失灵。在他身上，"野性"便在于这一分尚未被共识同化的"本性"。

除了聚焦人物的部分，其他篇章彼此连缀，铺陈出具有朴野质感的生活图景，呈现乡村日常生活的不同侧面。其中，对日常劳作的书写最为典型。在孩童眼中，劳动并非令人向往的。清晨，"我"和姐姐跟随爷爷上山割草，面对爷爷频繁的念叨和指划，姐弟俩"心里有点窝火，可是又不敢抗议"，"一心只想快点把筐子装满了带回家去"（《割草》）；夜里，面对母亲的催促，"我"和姐姐不愿离开火堆旁教儿歌的祖父，磨蹭许久才去推磨，"见了那一堆苞谷，我们的心早已矮了半截，除了一粒一粒地把它们磨掉，我们没有别的办法"（《磨香》）。院内，我们姐弟四人在母亲的命令下刮洋芋时，听见左邻右舍孩子的玩闹声，由衷道："总之我很羡慕他们，能在月光下自由地吟唱，而我们却只能躲在避光的一边，老老实实地刮洋芋。"日复一日，清晨，"我"依旧要到"满山满岭都是人屎"处割草，被弄脏的双手叫"姐弟俩肉直麻"，"可只要不停地割下去，手上的脏物和臭气就都被露水洗去了，一早晨草割下来，手指白如葱根，连头天剥洋芋时沾的黑印也不见了"。直到年终，割下的草发挥作用，队里马肥圈满，或是新苞谷粑粑上了蒸锅，总归是到了收获成果的时刻，"我"心里便模糊了此前的辛苦，开始体味到踏实的快慰。

在人物篇章中，乡邻人之"野性"增添了角色的弧光，让这些驳杂、生动的人物进入了值得玩味的审美范畴；作者在描绘农事劳动时，并没有开始就将它直接置于审美镜头下，而是倚重亲历者的视角，发掘其中的曲折体验，让读者在与作者共同的回望中察觉其间的野趣，经此，回忆才被转化、升华为某种审美境界。"月光下的生活"这一篇名或是"化野为美"策略的绝佳诠释。"我"被锚定在刮洋芋的凳上，感知却飘向院墙之外，听见"那边唱《女儿经》的班子，已收拾了板凳，各自回屋去，躺在席子上睡觉去了。右边的那个屋里，在他们的父亲的带领下，正在铺上比谁的屁打得响些呢！"在现代性的标尺下，《女儿经》或许是落后的产物，"打屁"的游戏堪称粗俗，可"我"却把这些粗糙的生活凹凸划定为"值得羡慕之事"，将它们与"我"的心绪、与"月光"紧密相连。应该说，作者回望故乡的镜头中，一直带着"月光"般的滤镜。而这恰与作者的美学追求相符："迷人的美才是有魂的美。数十年来，我一直在故乡里寻找和记录着其迷人之处。但最迷人的美，你只能接近，不能抵达。"乡野生活中的种种人、事、物的轮廓并非在日光普照下纤毫毕现，而是在朦胧、柔淡的灯光下缓慢现身，再各自抖落一身的迷人之处，边界相融，浑然一体。

二、由微见"阔"

在赋予乡土生活"有魂的美"之外，作者亦深入日常生活细微处，开掘出乡土世界价值系统的丰厚内涵，它的丰饶和广阔，正源于它与其他价值系统碰撞、交汇过程中所展现出的弹性与包容性。这一点在《斗资本主义"尾巴"》一篇中表现得尤为透彻。

《斗资本主义"尾巴"》叙述了"文革"时期"我"在批斗大会上发言一事的始末。此篇之中，作者并未着墨于时代背景、政治因素给人带来的撕裂与伤痛，反而写出了乡土社会的"共同体"如何以难以被政治收编、规范的人际生态、生活根性、情感本能消解了政治仪式的规训之意和"斗争"力量。"我"和班上学生到二队参加劳动，年轻气盛的学生却因人浮于事不断打闹，"我"第一次听闻批斗会上斗祖父用的打油诗，便是用在这"男生们免不了互相攻击取乐"的场合。男生们取笑"齐歪嘴"得了没趣，遂把矛头转到"我"身上，"我"对其中微妙的恶意或有察觉，不过，作者并未安排"我"因此对起哄者埋下刻骨仇恨，似乎，当年的"我"会因此脸红、难堪，却也能依凭惯性感知到：同学们对"我"源于政治身份的戏谑始终汇流于"攻击取乐"的青春躁动中，在他们看来，"周欻子之孙"和"被打歪了个嘴巴"差别不大。随后，"我"被老师带到郭书记面前，郭书记咧嘴笑着将批斗会的发言任务交给了"我"，这让"我"些许惊讶："上面那首诗，就是在郭书记主持的批斗会上诞生的。但这会，郭书记似乎把我的家庭背景放一边去了。"随后的批斗过程更是"我"对批斗大会的所持预期的"幻灭过程"：最初，"我"见被批对象李兴斋面无表情，以为"他要顽抗到底"，实际上，这只是"老实坨子"的习惯，并无抵抗之意；游行途中"既没有扛枪的民兵，也完全没有一种声势"，田里的女社员一边劳作一边指笑，李兴斋也"跟她们交换笑脸"，反倒是"我"以为李兴斋不看"我"是出于轻视，才对他生出一丝愤怒。转三个队，行数十里后，大家又累又饿，坐下来吃饭。至此，一直被消磨的斗争氛围终于完全转为一种奇异的祥和：郭书记招呼李兴斋一起吃，"那口气好像我们混了一下午，倒建立起了深厚的感情，成了一家人了。……兴斋和我们一起嘘嘘拉拉吃了几大碗"。一直被"我"称呼全名的李兴斋在此处变成了"兴斋"，不经意流露出"我"对李兴斋从敌视到认可的态度转变。最后，在郭书记"都辛苦了，唉！"的宣布下，大家踏上归程。许多年后，"我"碰见李兴斋，他仍然会对"我"笑一笑，打个招呼。

按照寻常的刻画方式，"批斗大会"作为本篇的核心事件，应当被放在文字的"镁光灯"下反复照亮，然而，"我"所预期的批斗会高潮一再被延宕，敲锣是"有气无力的"，批斗演讲也没有任何渲染和修饰。同时，这场政治仪式不曾对"我"所处的微观世界中的人际关系产生割裂式的影响，我与同学之间、郭书记与李兴斋之间、李兴斋与社员之间的关系并未被这一事件冲击得分崩离析，"我们"与这位"资本主义尾巴"共桌吃炒洋芋片、合渣、炒面饭，仿若庆祝"表演流程圆满结束"——当镜头始终不离开日常生活细节，那么任何权威的声音在田间地头的日常喧哗中都无法高亢起来，成为压倒性的"主角"。政治仪式的严肃性被生活的洪流冲淡了，几乎变成生活中一段"表演式"的插曲。

在以往的"伤痕式"或"述异志式"乡土文学中，政治话语总以一种高扬的、酷烈的姿态"征服"农民群众，简单粗暴地碾压或取代其原有价值观念，乡土世界沦为最易被政治仪式点燃、规训、扭曲的对象。本篇散文中，在乡土社会"自然法则"的运作下，被以往写作者提炼得过于鲜明的历史逻辑失效了。若我们用事先准备好的总体的历史判断探入生活，我们或许永远无法将其严丝合缝地纳入这一有边界的理性容器中，因为生活的真实、真相、真性往往生长在溢出"历史叙述边界的"、混沌、芜杂的部分里。作者在此处的写法恰恰彰显了乡土世界内在价值系统的弹性，借由一场小型政治仪式的"变形"，我们看到乡土世界的精神生态与时代话语之间的张力，某种意义上说，乡土世界不是被动地全然接受一切"外来冲击"，在"冲击—反应"模式下被卷入立新破旧，重启"世界"的"程序"中，而是有着借传统的观念和生活结构以旧"涵新"、包容涵化"新事"的能力，能够在新旧观念与生活方式中自我创生、自我迭代出新的文化生态的平衡。

作者对"传统与现代"关系的处理也体现出这种弹性。第五辑前四篇皆以家乡水井为中心的系列散文，分别为《一口水井一方人》《堰潭水井何处寻》《远水怎不解近渴》《有口水井就幸福》，几乎全景式地串联起几代亲邻挑水用水、打水井的往事。在自来水时代，堰潭、水井逐渐荒芜，"我"不禁惋惜，二弟却就着新打的水池道："怕么子，它又不要饭吃，放在那里，万一哪天停水了呢？"而这或许更接近当今农村生活方式的嬗变状态：不都是断裂式的摧毁，更多的是渗透式的更迭，人们为纳入新科技而欣喜，也保留老水井来巩固生活的底线。充满回忆的水潭逐渐荒芜，作者难免感到隐痛，但他并未将这回望失落传统之惆怅铺满笔下的乡土世界，没有刻意渲染物是人非的哀凉。看到从前的"二队"变成联通大城市的火车站时，"我"满怀"兴奋与疑惑"，在火车上"问老婆婆：现在形势好吧？老婆婆脑壳往怀里一揪：'嘻，就是嘛，没想到我这个要死的人哒，还能在家门口坐上火车啊！'……皱皱的嘴巴笑成了一个小写的'o'。突然火车鸣的一声经过，她赶忙把嘴闭了，免得喝风"。此时，故乡变成一个开放、流动的区域，连接着城、县、镇，连接着红岩寺、武汉、南京、成都，连接着"世界"。就像故乡人很快接受了"二队""土地庙"

变成"建始站"一般，在容纳各种冲击后，这一方乡土实现了自身的精神版图、物质版图的扩容，也进入了新的稳态。

三、月映万川，奔涌不息

禅僧玄觉在《永嘉证道歌》里唱喻"一月普现一切水，一切水月一切摄"，原意是说，唯一的佛性投射在众生各自身上，便如江河湖海各映出月影。暂不取"理一分殊"之论，"月映万川"或许恰好能构成我们与故乡关系的隐喻。故乡是月亮的"实相"，不论我们的人生之河如何流淌，它永远会以或全或缺的"心象"映于水面，时隐时现。如作者所言："每个人都甘愿匍匐于故乡的土地上，无论你走多远，也走不出故乡。"

在《野阔月涌》娓娓道来的乡土世界中，故乡的在地者已成为少数，离散者与逝者占了大多笔墨。近如祖父、父亲、弟弟、大伯、舅母，远如陈生源、抓得成、伢伢，这些人物在作者落笔时已不在人世。"我"也很早便成为年节才会回乡的离散者。不过，离散者们偶尔还能凭同一轮月亮印下的胎记关联彼此，《家乡来客》篇中，"我"的家乡亲戚向"我"叙述了卖血钱被骗的经历，并窘迫地向"我"借路费回乡；《天河水》《光梁》屡次提到"我"同幺姑爷、姑姑等人的亲切往来。可见，"离散"尚未成为一个过去完成时。然而，作者记录包括"我"在内的普通人与时代共振的"低微的命运"，并非为了悼念故乡的消逝——"我从他们的生命里看到的是倏然而过的滑落。他们滑落在故乡的泥土里，然后成了故乡的一部分。而故乡的山川田野，总是那样生机盎然，生生不息，同时与故乡的亲人们一起，又生长出无穷无尽的故事。"

《潜水锣里的兰英》或能成为这番话最好的注脚。1996年冬天，回乡的"我"偶然从堂嫂口中得知兰英病重。兰英是谁？从乡邻言语间，我们知道她是"平娃子媳妇"，是"我"堂嫂的弟媳，在公公死后得了怪病，再没有别的了。第二天，兰英死了。当地人相信从收殓用的白布的灰烬里，能瞧见死者来生的信息，可这回什么也没看见，人们不知道兰英下辈子去哪里，做什么去。按照现实逻辑推想，这个普通甚至卑弱的妇人，大概就此沉寂，无影无踪。但是，在文章结尾，十八年后，"我"用电脑敲出"兰英"两个字时，眼前出现的是绿油油的苞谷林，兰英安卧在这边上，而"苞谷林中间忽然伸腰站起一个人来"，个子不高，圆脸圆眼，"浑身散发着苞谷苗和湿润的土地混合而成的味道。她向我笑了，说：周荣回来了？"寒暄过后，"我"走远了，她不见了，"只有肥大的苞谷叶摇曳在天光里，闪着光"。

至此，前文里那个单薄、惨淡的死者复活了，她的容貌、气味、话语，都变得茁壮、鲜亮。"我"与"兰英"，或许能折射出当今许多写作者与故乡人事间相关联的状态。试想，你有个不远不近的乡邻，她并非至亲，只是平时打个照面，关切几句。长大后，你远离了"兰英"生活的土地，偶尔听熟人提及。"兰英"的死，其实触及不到你生活的根基，可多年后，你惊讶于自己对她的印象抵抗住了岁月的淘洗。

这记忆并不丰实，可那一个镜头、几句话，足以证明"世上似乎曾有过这么个人"。

记忆的根须是脆弱的，枯萎和干瘪时有发生。如若转型、变迁的浪潮不可抵挡，如若作为"实相"的月亮也可能陨落，那么，我们对故乡的记忆，可能也在某天不可避免地演化成"世上似乎曾有过这么个地方"。但是，我们仍然可以用文字为明月存影，把去往彼岸世界的"兰英"拉回此世来。这种存影与召回可以是经由爬梳史料、一丝不苟地拼合他们一生的全貌，以严谨的态度为他们立传；还可以是将他们从"实相"升华为一种"心象"。由此，故乡才不至于沦为褪色的遗画，而是在天光下的苞谷林里一次次地重生，回到我们身边来。

《野阔月涌》展现了当今"离散者"们书写乡土、重连乡土的一种尝试。当乡土世界凝聚成我们"内在的对待事物的方式"，以一种审美装置、情感结构、文化基因的形式沉淀在人生的河床上，那片月影便会经由我们观世相的目光不断涌现。因此，乡土世界是写不尽的——尽管现实的乡土不断收缩，艺术的乡土却可以永远绵延，流泻"心象"独具的气韵。此时，其间无数的人们，包括"我"、"我"的亲人、"我"的乡邻，或许是"朴"的、"野"的乃至"拙"的，但他们与乡土世界气韵相通时，必然是"美"的。于是，平凡、低微、易逝的个体生命借由乡土世界重获涌动奔腾的美感，被永恒的明月照彻，平原阔野，生机无限，万川万流，生生不息。

论恩施文学创作发展的可能性与可行性

田兴国[①]

所谓恩施文学至少有两种意蕴：一是指恩施籍贯或生活、工作于恩施境域的文学创作者创作出的呈现恩施地域风情为主题的文学作品；二是指凡是以恩施地域风情为主要或核心呈现内容的文学作品。原则上，我们取第一义。当然也兼摄第二意。

恩施这块地方，从清代改土归流开始，一直都具有强烈的存在感。这里沟壑纵横、植被繁茂，地质构造样态千差万别，锻造出绝美的自然风景；催生出诗人吟咏性情、思索地球及宇宙，纵跨数亿年的绵邈襟怀。19世纪的鸦片战争，有恩施人奋起抵抗的身影；辛亥革命武昌首义，跃动着恩施人的壮烈英姿；国共内战时期，恩施成为红二方面军活动的重要地区；抗战时期，恩施是拱卫重庆的重要屏障；解放后，恩施谱写了一曲波澜壮阔的剿匪斗争乐章。1949—2022年，70年建设发展史，恩施人民从贫穷逐渐向富裕小康转型，几千年的农耕逐渐向工业社会迈进，几千年沧桑，几十年变化，让人唏嘘不已、充满激情。这是恩施文学创作取之不尽的历史文化宝库，如此丰厚的历史文化底蕴，呼唤着如北宋张择端《清明上河图》巨幅画卷一样的恩施长篇小说巨卷出台面世，这样的巨卷，既要有山水人文的大写意，亦有对恩施人的工笔细描，展示一个时代甚或多个时代恩施人的不同面貌。我们认为，恩施人特别是恩施文学创作者定能做到。

恩施文学创作当下的基本现状是：数量很多，几乎各种文学体裁尽皆具备，整体来看，质量上乘者凤毛麟角；恩施本地的俗气、痞气所在皆有（似乎本地作家群有一部分认为民间显示出来的那种俗气、痞气，恰好代表着恩施本地民间的基本生态及特色，具有典型性），很难做到雅俗同享（当然，恩施雅化文学创作似乎局限于鹤峰县土司田氏家族的创作），潜在地折射出本地作家群某种自卑心态或某种精神痼疾。恩施文学中小说创作文本的传奇化（章回体）倾向过于突出与显赫，难以与当下整个文学创作达成一致，且很难融入当下文学创作的现代、后现代进程或语境。当下，恩施文学创作界已形成以小说创作为主导的理性认识，以追求"骏马奖"的获得为创作宗旨，一旦获得"骏马奖"项，似乎小说创作者本人即可获得全国人民的认同与肯定，殊不知，小说创作永远都处于不断变迁中，只有不断提高小说创作技法才可能创作出优秀作品。技法的变化是小说创作的生命，只有如此，方能更好地呈现创作者的某种人生理念。株守于一种创作方式，即抱持一种万变不离其宗的

---

① 田兴国，湖北民族大学文学与传媒学院副教授。

态度收纳生活的千变万化，显然不太合理，最优方式应该是与时俱进，与现实同频共振，相得益彰。而且，我们不能以斩获"骏马奖"为最高目标，要自觉地以"茅盾文学奖"为目标，或者将它作为最高目标来追求，打造另一张恩施文化名片。《黑骏马》作者为恩施文学创作指明了方向。

恩施文学创作者队伍成分复杂，包含农民创作者、工人创作者、体制单位文学爱好者、专职文学创作者、高校学生创作者及生活工作于恩施之外的恩施籍人群等。由于非专职爱好者对某一文学体式相关知识的了解较匮乏，其作品往往会产生较多创作缺陷。如诗歌创作中，古体诗、近体诗、现代自由诗等类创作本各有其相应的规则规范，但因创作者对古诗韵的隔膜，导致某种异化诗歌创作现象出现，稍一轻忽，弊端豁然凸显，即使是模仿古人的作品，结果也是似马非马，让人忍俊不禁、噱然发笑。再如戏剧剧本类创作，由于作者对某些当地民间戏剧的渊源、发生过程不熟悉，只是将它作为戏剧的一种类别做出大致区别，即只要是戏剧都将一个现代题材纳入其中，实质上这是一个误解。民间戏剧亦有其相应的创作对应处，不论什么题材类型均编一个现代题材剧本塞进去，充当某类型戏剧剧本的情形实在不应该发生。具体来说，傩戏是一个地方、宗族、家族、家庭举办重大活动才会出现的仪式剧，不能将一个现代革命题材编为傩戏，充当祭祀、喜庆或者驱邪纳福之用。总体而言，恩施戏剧创作文学性较弱、政治性较强，时至今日，在全国汇演、表演中获奖的《女儿寨》《土司夫人》等历史传说类，还有《初心》《本色》诸时代政治剧作。深入观察可知，恩施民间戏剧创作已被文学精英掌握，但是精英们不是很了解民间戏剧所针对的事相究竟为何，以为只要是剧本都具有同一性规范，殊不知，民间有些非遗品类与精英戏剧创作有云泥之别。恩施文学创作中，似乎有一个很特别的现象：文学作品直接转化为舞台作品的很少。这说明一个道理，文学创作界与舞台表演界之间的交流、沟通、协作几乎为零。祈愿在以后的历史发展中，文本创作界与演艺界携手并进，共绘恩施发展大图。再者，恩施文学创作一直纠结于过去或历史，较少有将历史、当下与想象有机结合的作品，呈现的多是传统的生命存在、生活愿景，且获得"骏马奖"的作品有的面向过去（专指作品题材而言，不涉其他）。此亦说明一个问题：恩施作家群"精骛八极，视通万里"之想象虚构能力严重不足。

生态文学并不意味着只是强调保护人类居住周边生态环境，后人类中心视域下，我们要从《礼记》"人为天地万物之灵"的思维模式脱离出来，转型为"万物为天地之灵"；实实在在践行张载"民胞物与"的观念，去掉其相应的伦理色彩；建构地球生态文学观，真正做到胸怀天下。恩施文学文本并不必然意味着一种生态文学形式，这是以特定空间作为划分标准带来的结果，相当狭隘！生活于山水之间并不必然建构起一种人与自然的和谐关系。生态文学的提出应该具有某种相应的内涵：不是以人为中心观照一切，人本来就是自然的组成部分，与自然和谐当是题中应有之义，无讨论必要。生态文学更多的内涵应是观照人类本身的和谐：即人与人的和谐，人与自己的和谐，顺延出来便是人与自然的本性和谐。地球生态必然涵括自然生态与人类自身的社会生态。社会生态中还有人造生态，它是一个可以画出很多圈层的立体系统。因而，恩施文学创作不仅仅是描写自然生态，应更加注重展现恩施人与自然相得益彰的生存状态，并且这还是一种动态发展状态。那么，我们必须做好以下几个转换。

  诗歌创作尽量从"打油诗"或"喊山歌"模式中超离而出，字斟句酌，锻造出意蕴深厚、真朴纯粹的诗歌境界，使恩施诗歌创作呈现出某种意蕴雄浑博大的人文、自然交叠的景象。这就需要诗人扩大视野，深入恩施民间，吸纳情感精髓，不断提升诗人的生命境界层级，为诗歌创作文本境界奠定基础。既有对本土历史文化的某种缅怀，亦有对恩施发展前景的想象式建构；既有讲究韵律的古体诗歌创作，也有形式散漫的自由体，重美型兼重美心。小说创作队伍应从传奇体、章回体、连缀体中突围而出，不断尝试新技法。尤其重要的是：恩施作家群是否能够于大量的恩施民间幽默、诙谐、机智故事演述中提炼出某种新颖的叙述笔法，使小说创作长葆生机无限势态。发掘民间讲故事手法应该能够丰富并扩展小说创作者的叙述能力，尤其能够创作出呈现恩施几千年以来所发生的山乡巨变伟大景观。这需要胆量与勇气，也需要精力与耐性，花费相当时间去爬梳恩施流传下来的各类古籍文献以及现当代保存的相关资料，发挥想象、合理推理等方式，创作出一部路遥式《平凡的世界》三部曲巨著。将整个国家、省份、地区、市县、农村密切勾连，绘制立体建构的恩施巨变景观图。小说关注的不仅仅是恩施一个具体的地域空间的生态状态，它更应融涵广阔的视域，即人类命运共同体，以及整个地球的生存状态。恩施这个狭小的地域空间限制，使既有的恩施小说创作世界呈现出逼仄的空间意识、人文意识。也就是局限于狭小的恩施山水中不能自拔，孤芳自赏、顾影自怜。

  21世纪是时候觉醒了，打破牢笼，睁眼看世界，了解并理性理解世界，在此基础上，以融合世界的视域观照地球，提出我们关于世界、关于生态文学的明确观点。于此，恩施文学便自然是生态文学的观点才有可能被改变。我们应该有这份胆量与勇气，去打破既有的通俗说法，去创造生态文学，不必焦灼于恩施文学即生态文学的陈腐观念。这是时代对恩施文学创作者的要求与呼唤，更是恩施文学创作者的神圣使命。责任在肩，吾辈当勇毅前行。戏剧创作者必须精深掌握民间各戏剧剧种的适用范围、创作规范、声腔曲牌框架、曲辞结构原则等，方能自如创作而不突破规范。不仅要了解中国传统戏曲的一般创作方法，而且必须了解各个时代特殊的戏曲文体规则及其特殊规律，还得了解西方戏剧特别是欧洲戏剧的创作法则，以及其涵括的欧洲文化传统，理解中西方不同的创作规范——中国戏曲创作的目的是娱乐，即一般人所谓"找乐子"，西方戏剧创作目的是认知，主要就是自我认知或者是"认识你自己"。中西戏剧共享的一个普遍现象是，面对过去创作戏剧，引发人们思考某一历史事件。另外，更为深蕴的本质却是：中国传统主流戏曲"蕴含了一种传统的汉文化中人特有的认知、思维、记忆、表达和交流、互动的方式，接续了自诗（经）

而后，诗、词、曲、剧一脉相承的一种基于'兴发感动'的文学述说和情感表达方式，承载了中国传统文化中人的生命经验，表达了一种'百年身，千秋笔，儿女泪，英雄血'的文化主题，并体现了一种传统文化内在的精神实质或理念"[1]。恩施具有丰厚的历史文化资源，重新发现过去、发现历史，也是为今天的恩施转换思维方式提供借鉴，将恩施的过去或历史与当下对接，在其交织点上，来绘制恩施的将来愿景。历史、现实两者结合共赴未来，恩施现存各地民间戏曲形式与中国精英文人所创制的成熟戏曲沟通融接，以恩施地方戏曲创作凸显中国文化内涵特质、中国精神。这是恩施戏剧创作人的最终归宿。遗憾的是，此点在当下的恩施戏剧创作界并没有引起足够的重视与关注。

恩施籍作家群体中的绝大部分在创作文学作品时有一种天然心态，即将恩施所有的民俗习惯、生活方式，特别是饮食方式以"炫奇"心态向大山之外的人兜售，期望获得读者某种心理上的"震惊"审美效果，结果可能适得其反，炫奇性遮蔽了文学创作的实质，因而，其文学性美质反而丧失殆尽或者支离破碎。据笔者实地观察，恩施文学创作者群体整体上具有一种相当明显的功利化倾向，有的以成为省直单位签约作家为目标，一部作品的完成就意味着维持口腹所需的物质保证，其间，殚精竭虑，深思苦索去创作，情形令人痛苦，劳心费力去触发大脑中的"灵光乍现"，山间漫游实乃苦游，目的在于获"江山之助"，打开自己的创作境界。充实的情感积淀，丰富的人生阅历，对人生的某种点滴感悟甚或展开某种理性思考，这些侧面或维度至少可以保证文学创作者于创作之时，其身心是愉悦的，是处于享受状态的作品制作过程。当然，视文学创作为一种谋生方式甚至生存、生活方式也无可厚非，但于文学构思、想象过程中，其过程乃至全程都会处于视获取物质保障这一视域的严格束缚之下，因而，创作者身心均处于严重不自由状态。文学创作应该是全身心完全自由状态下的精神漫游、心灵历劫或者精神修炼、灵魂磨洗等等。

中国社会科学院赵汀阳先生将网络语言"不作不死"转化为一种哲学表述，其意蕴截然相反，即"不作则死"或"我作故我在"[2]。

对恩施文学创作者而言，既要使自己的精神心灵始终处于活跃状态，而且需要使自己的肉体经常活动，走进生活并沉浸于生活中，仔细体味、辨别生活的真义，如此创作出的作品，应该能做到将恩施山水之间的真谛传达得惟妙惟肖，也可以与中国传统文化有效勾连，成为一体。即以恩施文学为审美窗口，可以相当特别的维度来透视中国文化。这可能是恩施文学创作现在及未来的真实发展趋向。"人类作为创造者本身就是一个悖论：一方面创造了伟大的文明，另一方面难以解释自己的创造。"[3] 而且，"人类没有能力知道什么是真正好的，但追求更好甚至最好的可能性

---

[1] 李楯：《中国戏七讲》，北京大学出版社2023年版，第2页。
[2] 赵汀阳：《一个或所有问题》，生活·读书·新知三联书店2023年版，第133页。
[3] 赵汀阳：《一个或所有问题》，生活·读书·新知三联书店2023年版，第150页。

却是人类的真实努力"[①]。恩施文学创作者群体一直在创作，一直在真实努力地创作，叙述大美恩施故事，用"西兰卡普"花纹绘制美丽中国蓝图。

恩施至今已经形成完整的文学创作者队伍，具有一定的创作基础，在湖北省内具有一定的声誉。只要恩施文学队伍具有积极乐观的文学创作心态，在老一辈文学家的引领下，打开格局，提升境界，在恩施山水"江山之助"便利条件下，其创作一定会迈向光辉灿烂之路。

---

① 赵汀阳：《一个或所有问题》，生活·读书·新知三联书店2023年版，第184页。

厚重历史，优美画卷
——读周良彪先生《野阔月涌》

阳卓军[①]

《野阔月涌》是周良彪先生的第一部30万字的散文集，全书共八辑95篇文章，丰富而厚重。

一、全书概况和题材类型

全书内容丰富，归纳起来主要有山水游记散文、叙事抒情散文和文艺评论这三大类。

作者写的山水游记以八百里清江为圆心，以自己平生所到的祖国山河为半径，南到海南三亚，北到青岛崂山，中到神农架，描写最多的是绿色恩施，醉人清江。

而让人眼花缭乱、动人心魄的是叙事抒情散文。这类散文最多，题材丰富，感情细腻，有深厚的历史沧桑感。有少年农村生活的描绘，有个人成长史的讲述，有亲人故友的怀念，有乡村生活变迁史的展现，有民俗文化民族风情的刻画，这类文章历史跨度大，从中华人民共和国成立前写到合作化，从"文化大革命"写到改革开放的新时期，涉及人物众多，性格各异，情节生动，给人留下深刻的印象。

第三类是文艺评论，占全书的三分之一。这类散文体现了作者对文艺理论的深刻思考和对本土文艺创作的精彩评论，充满哲理的思考，闪烁着智慧的光芒，引人思考，给人启迪。

该文集内容非常丰富，有历史的厚重感，从中可以看出作者个人的成长史、家庭的变迁史、乡村变迁史、恩施州经济文化发展史，以及恩施州当代文艺发展史。我从头看到尾，感受到一种历史的穿越感，还有一种亲切感，因为作者经历的那个时代的各种情感体验我同样经历过，只是在不同的空间而已。下面按照每辑顺序对其题材作一归纳。

1. 山水游记

主要在第一辑中，在湖南凤凰主要是看水看民俗看沈从文，到三亚主要看海忆苏轼，到神农架则是访神农寻野人。其中，恩施州外游的散文在写异域风景的同时，不忘关注与之相关的文人与历史文化，有文化散文的特点。其余的都是写州内的山水和洞穴，兼及民风民俗和现代农业。州内最美的水当然是八百里清江画廊两岸，

[①] 阳卓军，湖北民族大学文学与传媒学院副教授。

最大的洞——腾龙洞也有描绘，最能够展示绿色恩施美景的是《令人颤栗的风景》，写土家人情美的是《在五里和燕子》，《清江源五题》主要是写恩施现代绿色农业产业。

2. 成长故事

这类题材以第一人称手法娓娓道来，极为亲切。《童年心事》写出了那个年代的儿童对过年的殷切期盼；《竹》对自己家园诗意的栖居生活环境进行了描写；《差点成了艺术大师的徒弟》描写土家族"撒叶荷"的丧葬民俗文化；《老鹰茶的味道》描写了家乡特产老鹰茶的独特食用功效；《割草》写兄妹四人跟着爷爷下地割草为生产队喂马的故事；《斗资本主义"尾巴"》写自己参加批斗会的场景；《磨香》写乡村原始的手工加工玉米合渣的饮食文化；《月光下的生活》写儿时的乡村夜生活。这些篇章充满浓郁的乡土气息和时代气息，让读者仿佛又回到了20世纪60年代的恩施乡村。

《在七里坪》《在小垭门》是回忆自己参加工作后的事业成长与提升，回忆了如何从乡村教师走上文学创作之路的成长历程。

3. 父老乡亲

有人生活的地方就有故事，每个人都是一部生活史，这类题材刻画了乡村的各色人物形象。

《小和尚》回忆作者二伯的一生——子女多而有点懒惰，生活清苦而又好酒贪杯，只能一生穷困潦倒。《抓得成》中的主角是一个农村的喜剧人物，却有一个悲剧结局，养大子女，晚年出门去乞讨却摔死在山路上。《三娘》写作者的三娘乐善好施，是一位行善无数而受媒体与乡民称颂的山村女性，一个人做点好事并不难，难能可贵的是自己都在贫困中却乐意帮助别人而不求回报，三娘的人格是伟大的。《孙子》写理发师孙子高超的手艺和灵通的社会消息。《家乡来客》写卖血送子女上学的堂哥。《伯伯》写自己大伯先苦后甜却晚年染病的一生。《伢伢》写一个驼背村民，抛弃自己的子女，跟着寡妇并帮其养育她的五个子女，晚年寡妇先走，驼背老人生活无着落而服毒自杀。《潜水锣里的兰英》写苦命的表嫂兰英病逝的悲惨景象。

4. 祭奠亲友

月有阴晴圆缺，人有悲欢离合，随着作者长大，身边的亲友却一个一个离去。《故园桃李又芳菲》《生日快乐》是悼念父亲的，他勤劳、孝顺、关爱子女，哪怕成家了，每月工资所得仍全部交给祖父，想买一块手表也舍不得。《你会不会更加珍爱生活》悼念自己英年早逝的弟弟，手足之情，溢于言表。《仰望祖父》是怀念祖父的祭文，祖父威严刚烈，身残而志坚，教子有方，治家有法。《送舅母远行》祭奠善良乐观贤惠的舅母。《存亡一瞬间》悼念为恩施的文化事业作出贡献的朋友方先生。

5. 民风民俗

建始景阳河两岸山区百姓靠水却吃水困难，因此水文化进入作者的视野，打井、挑水成了当地一道奇特的风景。《一口水井一方人》《堰潭水井何处寻》《远水怎不解近渴》《有口水井就幸福》《天河水》等五篇文章都是与水有关的。文中描述了各式各样的水井,说明百姓盼水久矣,但随着时代的发展,老百姓都吃上了自来水,昔日水井已经成为过往的标本。《社香》是写恩施过社日的民俗饮食,引起农耕历史文化的叙述。《背篓印象》写的是恩施的竹编民俗文化。

6. 社会生活

除了以上题材内容外,还有一些直接描写作者发现的现实生活中方方面面的故事,给读者带来不同的情感体验和思想启迪,很有生活气息,富有教育意义。《场上》《二队行》写的是改革开放尤其是铁路和高速公路通过建始后,以往比较偏僻的乡村发生的翻天覆地的变化。《家有豆豆》和《猫》是写宠物的;《换花》是写市民的诚实忠厚品德;《舞》写现代歌舞在恩施城的发展过程;《回芭蕉的路上》写乡村公交超载的问题;《三元钱值多少钱》写恩施出租车司机对警察的尊敬与感激;《我所经历的"家教"》总结爷爷制定的家教经验;《葬事之忧》写对恩施殡葬改革的思考等等。

7. 文艺评论

文艺评论有 31 篇,其中哲理散文《珞珈小语》、影视评论《〈泰坦尼克号〉:又一个预言》。《说诗歌》是一篇有关新诗创作理论的文章。除此之外,还有诗歌评论、小说评论、摄影评论、绘画评论和音乐舞蹈评论,所评论的对象都是我州文学艺术界的作家及作品,客观地评价了改革开放以来恩施文学艺术方面取得的主要成就,这些评论文采飞扬,很有见地。

二、全书整体风格特点

周良彪先生的散文有其独特的艺术个性,可以概况为以下几个特点:简洁明快,富有哲理,诗情画意,古典之美。

1. 简洁明快

读周良彪先生的散文,感觉非常轻松,这与其文章语言简洁明快有关,表现在语言上就是多用短句,如《1988"清江采风"笔记》中"梦里水乡"的开头:"雨绵绵地下着。清江两岸的山在云雾中时隐时现。白的云、青的山、绿的水、花的香,人就在其中沉醉。"文章中两字句、三字句、四字句、五字句、六字句这类的短句俯拾皆是。短句的形成与作者古文功底比较好有关,文言文本身就是最简洁的语言,大量使用文言词语,文章自然就简洁明快了。

2. 富有哲理

作者的文章大多简短却不单薄,甚至蕴含很深刻的哲理。哪怕是写景的游记散文,在景物描写之后,往往产生联想和想象,能够发现景物背后的文化或神话意义,读后给人智慧的启迪。如《路过神农架》在描写神农架的景物后,引经据典,发掘背后的农耕文化意义。《换花》的结尾,给了老汉 30 元的劳动报酬,然后议论道"假如老汉付出的劳动值二十元的话,诚实至少值十元",通过画龙点睛的议论赞美了老汉诚实的美德。

3. 诗情画意

作者是诗人,用诗笔写散文,自然会充满诗情画意。写景如画,景中含情。请看《令人颤栗的美》中的文字:"细雨中,泛舟车坝河,我在那白的云、青的山、绿的水、花的香里颤栗;轰鸣中,穿过腾龙洞暗河,我在那流的急、潭的渊、静的涌、黑的气里颤栗;萧萧中,匍匐鱼木寨,我在那风的嚎、墓的碑、壁的路、洞的幽里颤栗;呼喊中,走进红花淌,我在那树的头、崖的鸡、瀑的碎、盐的道里颤栗;迷糊中,穿越马尾沟,我在那崖的壁、沙的虫、沟的喧、泉的眼里颤栗;迷蒙中,行船清江河,我在那水的烟、山的折、雾的锁、绿的茵里颤栗;欢呼中,扑进水布垭,我在那盐的池、君的箭、虫的舞、虎的啸里颤栗。"这段文字把作者考察清江流域所经过的车坝河、腾龙洞、鱼木寨、红花淌、马尾沟、清江河、水布垭七个景点的景物一气呵成地写出来,气势磅礴。

4. 古典之美

中国是诗歌的国度,诗歌讲究语言美和形式美,四六句组成的排偶句式就是语言形式美的主要手段。如《月下品茗深壑听风》是为邓斌老师的著作《凉月》写的评论,全文不到200字,句式是骈四俪六的整句与散句错落有致,音韵铿锵,这在书评中是少见的精炼简洁。之乎者也呜呼之类的文言词语在书中随处可见。

下面选取两篇作品仔细品读一下。

《小木屋》是一篇歌颂护林老人的散文,在写法上很有特色。作者不从正面刻画人物形象,却从侧面写景叙事来衬托,其意境与贾岛的《寻隐者不遇》有异曲同工之妙:"松下问童子,言师采药去。只在此山中,云深不知处。"作者写了大森林的环境和小木屋的外形与位置,小木屋位于森林中比较隐蔽而又不容易着火的地方,屋子极其矮小,只有一人多高,门锁着,屋前拴着一条警觉的大猎狗。屋子周围是茫茫林海和满坡药材,头上炎日炙烤,林子里鲜花盛开,护林老夫妇却没有出场。作者只暗示老人是"满脸黑胡子",读者可以想象老人肯定在林里巡察去了,这种以实衬虚的手法给读者以更多的想象空间和好奇心,老护林员夫妇的敬业精神也跃然纸上。这种以所见写其不见的手法,是不是更有吸引力?

《竹》是一篇写景叙事的美文,写得富有诗情画意。首段由远及近描写自家的竹林及来源。次段细描竹林的各种竹子形态:斑竹、慈竹、金竹、罗汉竹、楠竹、水竹。第三段写竹林成了儿童的乐园。第四段写月夜家人在竹林下唱歌娱乐的场景。第五段写深夜的竹林是动物的天堂。第六段写雪天竹林的美景。第七段写竹林鸟喧。全文以竹为主线,把写景、叙事、写人融于一体,景美、人美、情美,很有诗的情韵。

综上所述,《野阔月涌》这部散文集,正如标题一样富有诗情画意,文集取自杜甫《旅夜书怀》中的诗句"星垂平野阔,月涌大江流"。杜诗抒发的是月夜漂泊异乡的凄苦,《野阔月涌》描写的却是对故乡的热爱和美好回忆,展现的是八百里清江的壮丽画廊的幽美,全书内容丰富,有历史的厚重感,有益智的哲理性,有文采飞扬的文学审美性,值得细细品味。

略论周良彪散文的日常生活叙事

范生彪[①]

读完作家周良彪的散文集处女作《野阔月涌》，有一种如品佳茗，余味无穷的快感。作家运用日常生活叙事，建构了独特的意向世界，让读者惊艳于文集主题的深邃、艺术构思的巧妙、语言的蕴藉。下面不妨把作品的妙处一一道来。

一、散文意象世界的建构

正如什克洛夫斯基在其艺术的陌生化理论中所言，那种被称为艺术的东西的存在，正是为了唤回人对生活的感受。文学的魅力在于作者能用语言建构诗意盎然的审美意象世界，让读者感觉作家建构的意象世界比现实世界更真实，更让人魂牵梦萦、悦心悦意、悦志悦神。

《野阔月涌》分八个专辑，全方位再现了作者生命旅程中的所见、所感与所思，通过作家主观心灵世界的袒露，建构了水晶球一样晶莹剔透的意象世界，表达了作者对蕴含于日常生活中的中华民族优秀传统文化——"天人合一""民胞物与""贵和尚中""刚健有为"的礼赞，给读者带来了陌生化的审美享受。

散文集的第一辑是游记。该辑侧重于记录作者旅行中印象深刻的事物，传达自己独到的人生感悟。书中写了云海中若隐若现的照京岩、遥远的三亚、神秘的崂山、神奇的黄鹤桥以及让人心心念念的凤凰城。作者始终认为最美妙的风景源于山川风物所承载的人类的梦想、所折射的人性光辉。换言之，所有的山川之胜有赖于人文之助。因此作者对旅途中的见闻能做辩证思考，得出富有哲理的惊人之语，带给读者以审智的快感。譬如《路过神农架》一文，作者既写了"我"面对生机盎然的高山杜鹃，顿生向往幕天席地、餐风饮露的出世生活的陶然忘机；又写到自己面对神农之巅的神农造像设计时感到的两点不满，"一为观光者如要一睹他的尊容，需得爬那高高的几百步台阶，给人敬而远之的感觉；一为从他的耳边长出的一对弯弯的牛角，虽然使人想起农业，却也使人想起牛鬼蛇神来"[②]。文末，作者对于所谓神农庙里的和尚忽悠游人烧 399 元长香，求神护佑一生平安的说辞更是无语，喟然长叹，"吃嘘唏，不知神龙作何感慨！"[③]《1998"清江采风"笔记》系列散文中更多让人击

[①] 范生彪，湖北民族大学文学与传媒学院副教授。
[②] 周良彪：《野阔月涌》，武汉出版社 2020 年版，第 5 页。
[③] 周良彪：《野阔月涌》，武汉出版社 2020 年版，第 5 页。

节叫好的奇句。如《罗针田看老街》中有名句:"始知历史就是唠叨个没完。人活得累,是因为这唠叨太琐碎、沉重;活得空虚,则因为缺少了这唠叨。"① 让人顿生对人类历史别开生面的理解。《缘木求鱼》篇则记叙了作者游览鱼木寨,看到一处旌表节妇的古墓时,对墓主人伟大牺牲精神的感佩。"无论立多大的碑,都不能表现她的内心世界,无法寄托后人对她的景仰。'封建'一词是概括不了的,因为她的背后有崇高、有责任、有坚韧、有牺牲、有寂寞和苦难。"② 那份悲悯的情怀跃然纸上。《盐池水·三里城》一文中,作者听土家汉子劲舞狂歌的撒儿嗬的反应也特别意味深长。文中写道:"可惜的是,山太大,天太高,汉子们声嘶力竭的呼号,听上去,竟像蚊子似的,只剩了一些游丝。//不过,在廪君潇洒过的地界,来一段撒儿嗬,岂不别有一番况味。"③ 寥寥数语,点出了作者对于先祖天人合一的"三才说"的服膺。要知道:天高地厚,人居中央,实在没理由自大,斯言诚哉。

  散文集的第二、三、四辑侧重写人生阅历。作者记叙了童年往事、乡间奇人和亲情回忆,读来仿佛在聆听一首略带感伤却不乏温馨的乡村小夜曲。第二辑写童年往事。散文内容涉及稼穑的艰难、劳动创造幸福的自豪以及艰苦岁月里农家儿女对于过年的渴望。文中清幽的竹林之所以难忘,或许是因为承载了作者最初的家园记忆。作者对于割草、烧茶、推磨、刮洋芋、忙作业、看跳撒儿嗬与拉二胡等童年日常生活的追忆,心酸中更多的是对传统文化观念中重视耕读传家的良好家风的认同。第三辑内容宛如乡村生活的浮世绘。作者写了:苦哈哈却好酒贪杯的小和尚,一生家计艰难与半途而废的修房事业;热衷于权力,善于攀附、投机钻营、看人下菜的理发匠孙子;滑稽有趣,爱占小便宜,后因子女不孝而惨死的老农民候得成;不管亲生儿子,为带五个拖油瓶的寡妇付出一生,却老无所依的鳏夫伢伢;一生勤劳却泥土一般默默无闻,英年早逝的农妇兰英;发迹变泰,逐步赢回做人尊严,却因自我膨胀而显得有些滑稽的伯父;古道热肠,习惯于舍己助人的大好人三娘。作者通过塑造一个个鲜活的小人物形象,写活了乡土社会众生的恩怨情仇。第四辑是全书中最饱含深情,令人动容的部分。作者描绘了孝顺能干、负重前行的乡村教师父亲不为人知的伟大,刚肠嫉恶,勤劳倔强的祖父的人生传奇,热情好客、看重亲情、知冷知热、善于持家的舅母,英年早逝的三弟与德高望重的新闻摄影界前辈方维先。作者以回眸逝去岁月中的陈年旧事的方式,巧妙地表达了自己对中华优秀文化传统的致敬。

  散文集的第五辑主要描写故乡的变化。作者描写了家乡人为解决吃水问题所做的努力,自己教书、求学生涯中的人生经历以及安乐井、乡场老街的旧人旧事,以小见大写出时代的沧桑巨变。水井专题既写出了时代的进步,也抒发了自己对劳动人民追求幸福的勇毅和首创精神的赞美。作家对自己教师生涯的深情回顾,既有对

---

① 周良彪:《野阔月涌》,武汉出版社 2020 年版,第 8 页。
② 周良彪:《野阔月涌》,武汉出版社 2020 年版,第 13 页。
③ 周良彪:《野阔月涌》,武汉出版社 2020 年版,第 37 页。

逝去青春的缅怀，也有让历史立此存照的意味。其中对安乐井乡场格局的追忆，更是对乡土熟人社会温情的再次深情回望。

散文集的第六、七辑偏重于表现作家的内心世界。作者灵性善感，娓娓道出自己的人生感悟，写作技巧也更为讲究。《月亮忆，追忆是中秋》和《珞珈小语》便是自觉运用意识流和象征修辞手法的典型；《与儿子汝南说"非典"》作者有意采用了书信体的写法，文中的时空转换自然，场景描写精彩。《秋阳满山》与《光梁》的环境描写可以说是匠心独运。记叙散文《家有豆豆》与《灭蚊记》行文生动活泼，读其文便可想见其人之可爱，这样的爽文可谓可喜之作。《三元钱值多少钱》《换花》和《猫》情真意切，能让读者在不经意间感受到作者内心的善良。需要着重强调的是散文《猫》，由于整体象征手法的应用，使得文本具有无限的可诠释性。《哈格砸》全文一波三折，简短的对话生动传神地刻画了几个朋友的性格，叙事情节的突转更是无意间揭示了"人际互动中，人们常惯于责人重以周，责己却轻以约，而不自知"的悲哀，实在发人深省，可以让读者真切地感受高手写散文尺水兴波的酷炫手法。

散文集的第八辑是文学评论和人物传记合集，篇篇皆有可观之处，全面展示了作者举重若轻的文学批评才能、铺采摛文和体物写志的报告文学写作才华。作者写作文学评论，善于秉持中正平和的现实主义文艺观，通过知人论世的分析，沿波讨源的文学史溯源，扎实的文本细读，钩玄提要，纲举目张地总结出文学批评对象的审美特点，得出让人信服的美学的、历史的文学批评结论。因此其评论文章具有结构和谐、充盈思辨智慧的理性之美。当然，文学批评的成功还归功于作者看问题的深入、思维的缜密和对文学理论与文学史的谙熟。譬如《说诗歌》一文中那句"文学的出发点和落脚点都必须是人，语言只是手段而非目的"[①]，绝不是浅尝辄止之辈可以得出的结论。传记散文创作则展示了作者对恩施州文艺现状的熟悉以及与州内文艺界各位俊彦之士的熟稔与深厚的友谊。传记散文体现选材的典型、艺术史的眼光，充满显示了作者不凡的才、胆、识、力。

二、作品选题的别材别趣

散文写作的选材囿于真实性的原则，其实自由度并不大，常常陷入两种选材误区：一是选题过于自我小众、缺乏历史感，散文成文之后激发不起读者的兴趣；二是选题过于宏大普泛，写起来难免陷入矫情浮夸的泥淖，笔力有所不逮，必然导致文章的空疏。《野阔月涌》却能通过独辟蹊径的日常生活叙事，规避了写作误区。

首先，作者领异标新的立意，决定了文章选材角度的新颖。譬如第一辑的游记散文《在五里和燕子》，作者通过记叙买牙膏和看人喝酒两件趣事，写出了当地民风的淳朴、好客和为人处世的通透洒脱，颇有几分《世说新语》的逸趣。游记散文《漂清江》以虚带实，综合展现漂流意趣的写法，可以说曲尽明末"公安派"代表人

---

① 周良彪：《野阔月涌》，武汉出版社2020年版，第392页。

物袁宏道纪游名篇《虎丘记》"不拘格套,独抒性灵"的写法之妙,让纪游不拘泥于客观再现旅游过程具体的时空转换,而是专注于作者主观综合审美感受的有效传达。《凤凰初记》的选材也十分新颖,作者的写作重心不在于凤凰古城的自然山水,而是关注世道人心。作者通过描写景区的鸬鹚、白鹅、街景、饮食、小吃、船夫、洗菜……不动声色地写出了消费社会中触目惊心的人性异化,警醒人们应该认识到深厚的民族文化底蕴对于旅游产业发展的重要性。因为人们远行旅游的动力来自寻觅心灵家园的执念,如果游人在景区举目四望,触目所及全是拜物教下镀金的繁华,给人置身于动物凶猛的精神荒原的感觉,那旅游还有什么兴致?

其次,作者娴于运用旁见侧出的网状叙事,增强散文的感染力。书中写人时习惯通过有意味的重复,对人物从不同角度进行描写和追忆,反复渲染,逐渐让其形象变得立体生动。例如书中的祖父、父亲、母亲等一干人物形象,正是通过这种炉火纯青的网状叙事铺垫,才变得有血有肉,感人至深。最终能让读者真切地感受到:深受中华民族优秀传统文化氤氲的乡土社会的内在和谐。书中的记事也使用了同样的写法。例如关于故乡人解决吃水问题的描写,不仅描写了各种形态各异的天然水井的利弊、各种挑水的辛劳,还写了不同历史时期的家人、亲戚、邻居、乡亲和学校对于打水井的热衷。以小见大,写出故乡几十年间发生的人事代谢、教育与生活状态的改变。

总而言之,文章专注于日常生活叙事的题材选择,真正做到了服务于作者写作意旨的表达,别有意趣。作者显然认同文学艺术应该通过日常生活叙事,揭示特定历史时期人们的生存状态,增加散文叙事的历史感和人文情怀,表达作者内心激浊扬清的人民立场。正是由于这个原因,《野阔月涌》的人生书写,具有历史的深度、厚度与温度。作者直面生活的人生反思带有辩证性,其中偶尔蹦出的金句,能让人解颐,无论是愤激之言,抑或揶揄之词。如果刨根问底一定要给全书选材的成功找个理由,或许可名之曰:现实主义的辉煌,人民文学的胜利。

三、散文语言自成风格

文学作品作为语言的艺术,其魅力与作家高超的语言能力息息相关。《野阔月涌》语言的魅力有三点:行文具有文言的蕴藉之美;方言俗语的运用恰到好处;善于创作新奇的比喻、象征。

文言在散文中偶露峥嵘,不仅能造成一种言简义丰的表意效果,更为重要的是能与文中点缀的方言俗语构成对比鲜明的语言张力。这种语言张力让文集既具有一种鲜明的地域文化特色,又让全文体现出一种超越了文化地域限制的普遍的审美追求。换言之,即作者的散文写作既拥有民族风格、中国气派,又不乏紧跟审美时尚、世界潮流的魅力。譬如散文《路过神农架》中有"车过长江,一路北上。明岩夹道,夕阳半山,灌木满坡。神农之水,沿沟而下"[1] 这样的表述,读来让人感觉神清气

---

[1] 周良彪:《野阔月涌》,武汉出版社2020年版,第14页。

爽，有几分郦道元的《水经注》语言飘逸清空的神韵。又如散文《竹》开篇第一句"经业州，越五峰，过建阳，就到我的老家安乐井了"① 妙用动词与炼句功夫，让散文具有文言写法的蕴藉之美。《哈格杂》里面有一段文言与俚语相映成趣的表达，十分耐读："都晚十点了，哪还有渡船呢？金华月圣又求情。不行，好歹不行。金华性急，不耐烦了，丢了句'说个鸡巴说'，扭头便走。"② 寥寥数字，把当时长途汽车被困三峡大坝路段，求民警放行而不得的尴尬与恼火描写得生动传神。该文的最后两段也同样精彩："第二天司机起床，坐起来就说，昨晚睡得好舒服！我问怎么舒服？他说舒服嘚舒服。我问做美梦了？他说真是太舒服了。//这时金华进来了，他走到我床边说：哈格杂！我问怎么了？他说：狗日的王月圣那个鼽啊！"③ 这段惜墨如金的文字，既写出了老友的心直口快，又发人深省：人啊，一不小心就会犯不能自省的错误。

散文中有许多精彩的比喻增强了散文的抒情表意效果。散文《野阔月涌》写得从容，其中许多比喻用得十分熨帖。《梦里水乡》第二段比喻用得很好。作者写道："用什么来形容那水呢？绿得仿佛树叶的汗水，或者就是大地绿色的乳汁？绿却不透明，稠却又清纯。娴静、坦然，又有些羞涩，仿佛岸上的农家女。那么深，深得像谜；那么健康，就用阳光雨露化妆，却又天生丽质；那么温柔，任我们的小舟划破她的肌肤，她只是把伤口合上，甚至不用一点小浪惊吓我们。"④ 这些一气呵成并延展开的比喻，为后面作者抒发自己对于水乡的热爱之情蓄足了势，增强了文章的感染力。

象征相较于比喻，具有表意的丰富与含混性特点，往往能够起到"片言具要，立一篇之警策"的作用。《野阔月涌》的作者非常擅长使用象征手法来揭示散文主题。《潜水锣里的兰英》篇末那段具有象征性的描写就十分出色："十八年过去了，当我在电脑上敲出'兰英'二字，眼前出现的是一片绿油油的包谷林。包谷半人高，还没有抽穗。走过田边时，包谷林中间忽然伸腰站起一个人来，个子也只有包谷高，圆圆的脸上是圆圆的眼睛和圆圆的嘴，浑身散发着包谷苗和湿润的土地混合而成的味道。她向我笑了，说：周荣回来了？我说：呃，在忙啊？她说：呃，打点猪草。待我走远，她又不见了，只有肥大的包谷叶在天光下摇曳着，闪着光。//兰英就安卧在这片包谷地的边上，靠里边的山脚下。坟很矮，被包谷林严实地遮住了。"⑤ 文中尚未抽穗的包谷，象征了一个农家女子的英年早逝，写出了作者内心的痛惜，抒发了自己对勤劳朴实的普通劳动者饱含深情的赞美。接着下文中写到的那很矮的被包谷林严实遮住的坟也象征了兰英的生命价值在世人眼中的有限与无足轻重。这两

---

① 周良彪：《野阔月涌》，武汉出版社 2020 年版，第 99 页。
② 周良彪：《野阔月涌》，武汉出版社 2020 年版，第 317 页。
③ 周良彪：《野阔月涌》，武汉出版社 2020 年版，第 318 页。
④ 周良彪：《野阔月涌》，武汉出版社 2020 年版，第 9 页。
⑤ 周良彪：《野阔月涌》，武汉出版社 2020 年版，第 154 页。

处精彩的象征对于全文主旨的表达，起到了画龙点睛的作用。除了文集中这种全须全尾的象征，作者还善用局部象征，只用三言两语，便完成了文章主题的点染。《伢伢》讲完老无所依的养父愤然自杀的故事之后，文中关于草草送葬的场面描写就极富象征点题的意味，具有卒章显志的作用。作者写道："一路锣鼓班子在前面引路，后面是一个花圈，一副黑棺木和几个喊着'也……也……'的抬夫，一群龙猪儿在后押尾，像孝子一样，脸上毫无表情。//太阳斜斜地照在坡上，锣鼓的敲打声，传不多远就吞噬了，间或有一两颗爆竹抛向空中，噗的一炸，纸花随风飘落。"传不远的锣声，转瞬即逝的烟花，或许象征了那份被辜负而注定无处放置的父爱、一个单纯善良的农村老汉无比憋屈的人生。

好话说了这么多，《野阔月涌》的创作也存在微瑕，譬如文集中有几处笔误，个别词句和用典还可以推敲商榷。

总体上看，散文集《野阔月涌》的写作跳出了少数民族地区的少数民族作家散文写作极易陷入奇观叙事的创作窠臼，选择了直面现实的日常生活叙事，体现了作者深度挖掘中华民族文化底蕴，铸造民族文化共同体的大局意识和担当精神，实在难能可贵！谨祝良彪兄的散文创作"潮平两岸阔，风正一帆悬"。佳作连连，未来可期。

人生三味

叶 芳[①]

  几个月时间，这本书始终在我案头。从盛夏到初冬，它端坐在那里；跨过2021年元旦的门槛，它端坐在那里；农历壬寅年的脚步已经迈上了吊脚楼的阶沿，它依然端坐在那里，仿佛和我建立了某种默契一般，也仿佛是在等待。

  史铁生说过一段话："地坛在我出生前四百多年就坐落在那儿了，而自从我的祖母年轻时带着我父亲来到北京，就一直住在离它不远的地方——五十多年间搬过几次家，可搬来搬去总是在它周围，而且是越搬离它越近了。我常觉得这中间有着宿命的味道：仿佛这古园就是为了等我，而历尽沧桑在那儿等待了四百多年。"这段话对我来说，既是一种暗示，也是一种鼓励。因为案头这本《野阔月涌》，早在几个月前我已拜读完毕。读了两遍，第一遍读得快，第二遍读得细。读完蠢蠢欲动，特别想写点什么，羞愧于自己尚是文学新手，而这部书是获得全省屈原文艺奖的大作，好比一个才会堆积木的黄毛小儿，竟然想去修一座大建筑物，很是惶恐和纠结。史铁生说地坛为他等待了几百年，这对我是一种"怂恿"，终究，我斗胆动笔。

  掩卷那天，正值秋分。窗外那一排银杏，正无法拒绝地从浅黄开始向深黄热烈，也无法抵抗地在到达鼎盛的金黄或者棕红之后走向飘落。人生况味啊，倏忽如一片落叶一样，在我心中轻轻缓缓地飘飘荡荡，无声无息地落向低处。周良彪先生多年来给我的印象，就是低调。倘若他是别的性格，或许此时，我看到的银杏叶，是在枝头摇摆或者是在风中飞扬，但他，与喧嚣无关。作家的素描，是在日常生活中建立的初印象，要做更细致的白描画像，那要读作品。读《野阔月涌》，第一遍读得飞快，边读边在心里完善对周良彪先生的画像，一个古文功底深厚、充满故土情结、心胸豁达乐观的人，逐渐在纸上浮现出来。读完的心境，我且称之为从《野阔月涌》中体会到的三味——古味、土味、谐味。

  古味，来自一个人的古文功底，绝非一天一日可以练就。中国的大作家，鲁迅、沈从文、汪曾祺、王蒙、白先勇、贾平凹、余秋雨，哪一个不是拥有深厚的古文功底？现在的年轻人往往会觉得古文晦涩难懂，实则不然。周良彪先生在《登崂山记》中写道："至岔路口，正疑惑，导游曰：右！行百十步，顿觉山势逼人，路从两峰之间急转直下，陡极……攀行其上，如行天桥，心若悬河。更有一巨石，卡于两峰中间，经其下，心里忐忑：万一它掉下来，吾辈岂非肉饼哉？"这段文字的起承转合快

[①] 叶芳，恩施州作家协会秘书长。

而紧凑，语言洗练，颇有郦道元《三峡》的神韵。此文的结尾"遂下山，赶车回京"，又有一点《桃花源记》的感觉。《路过神农架》中"膳毕回阁，推窗四顾，一圈青黛的山……""又游至一处，几尊巨岩错落有致地搭成了几间山屋，客厅厨房起居室几全，言为野人的屋子，那种戚戚焉的感觉就更强烈了。家徒存，斯人在何方？"写出了游历一天之后，眼见神农架山水被人过度利用和消费后的无力感，听着粗制滥造的野人故事，徒有传说不见野人的不平感。《缘木求鱼》中"寨门的门板是木质的，厚约五寸，试推之，沉重如山，咿呀若呻吟"写出了鱼木寨进寨之险与古寨的厚重。《漂清江》中："乙亥年八月，百余人乘伐漂清江。"15个字，百余人队伍的浩荡、滚滚清江的壮观、轻舟小伐的勇敢和潇洒，跃然纸上。

　　《野阔月涌》一书中，古文更多出现在第一辑写山水游记的部分。我大胆猜测，这与周良彪先生少年时读书的喜好有关，当年课本中那些经典古文篇目，教化了年轻的学子，也滋养出周先生儒雅的语言风格。当年古人走过的山水，现在我们依然走过，时光走过的山水，文字也走过。古人在游历中放飞自我，周先生在游历时会不自觉地吟咏起那些隽永的语句，并激荡、碰撞出新的语句，是理所当然的事。文言文曾经是几千年中华文明的载体，它与我们当今的文学，依然有密不可分的关系。周先生能够在作品中古为今用，化繁为简，运用得轻松而得当，实在是一种功力。

　　土味，是恩施2.4万平方公里土地的味道，是来自生活的味道，来自故乡的味道。周先生书中的土话，那是土得掉渣渣。《凤凰初记》中写古城的青石板路："钻入门洞，依然是古老的街道和房屋，只觉得比洞外的街更窄了，只能容两三人通过，前头来了人，就得侧身而过。走着，后面有人喊：让，让！但见两个车夫，一人拉了辆板板车，车上堆着灰色的空心砖，气吼吼的喊着让。多少年没见过这种车了，陡然看见，倒觉得很亲切，又很陌生。遂想，其实这街道在设计之初，根本就不曾想要通过车辆，最多也就是给打马而过的人留了条道。踢踢跨跨，多清脆，多神气！"有经验的车夫知道，要驾驭好载重的板车，单靠力气还不行。板车车夫将绳子套在一侧肩膀上，先把车把压下来，稳住，再将身体前倾，两腿蹬地，两手发力，车子动起来以后，最好是不要停下来，要借助惯性来省力。周先生在刻画车夫时，连用两个"让"字，再加上一个"气吼吼"，充分说明了他对车夫这个行当的熟悉，这种熟悉，既需要观察更需要思考。

　　在恩施山区，马并不是最常见的家畜。身怀绝技的武侠，长袍长发，策马奔腾，仗剑天涯；怀揣家书的信使，千里单骑，昼夜不息，运送思念；长安春至，皇榜高中，于闹市街头策马而过，满眼繁花皆不入眼，那是及第登科后赤裸裸的炫耀；晶莹剔透的果儿，一骑红尘，为深宫美人呈送南国的鲜润；蒙古包里煮奶茶的阿妈，被火苗映红了脸庞，等待着从呼伦贝尔大草原深处归来的羊群，还有甩动长鞭的牧羊人。这些与马有关的潇洒、离愁、得意、浪漫、温情，在恩施难得一见。之所以周先生在凤凰古城的小巷中，能够想象出一幅打马而过时"踢踢跨跨，多清脆，多神气！"的景象，是因为每一个文人都有一种扬鞭催马的渴望。多次走过恩施茶马古道的周先生，对原始的商贸繁华和文化交融，对劳动力和荷尔蒙同时旺盛的马帮催生的马帮文化，对马背上的视角和感受，想必也是十分好奇和神往的。

《月光下的生活》写道："吃过饭，洗过澡，院坝里就黑了。"不要诧异作者要将洗澡一事专门点一下，在农村，洗澡勤遍的家庭很少。做完一天的农活，累得人都散了架，别说洗澡，有些人家是连洗脚都会省略掉。周先生家是一个有4个娃的农村家庭，晚饭后还要洗澡，说明这一家人白天的农活一定没少干，还说明这个家庭非常讲究卫生。后文写四姊妹分洋芋："'分哦。'老二说，他虽然只比老幺略大一些，却是个性急的人。看着那边唱得热闹，他耐不住，建议分了刮，刮完好去玩……分嘛！他的话说到了我们的心坎上，只有老幺不表态……但他不表态我们也分了。"看到这段描写，我立马想到我老家的一户彭姓邻居，我们喊的"彭家"。我家地势高，吊脚楼的屋檐水滴到他家阳沟里，他家有啥声响我们听得一清二楚。彭家一只大屋，两房人一屋两头坐，他们家有一堆和我年龄相仿的男孩，没得一个姑娘。天黑以后，我们早早就睡下了，躺在床上听到彭家屋里的响声震得板壁通通响。磨子在呼呼地转，菜刀在木盆里唰唰地剁，猪在槽里咕咕地吸着汤汤水水，锅铲把半锅没放油的洋芋翻得咚咚响。当年我在镇上上学，回老家了大人也不让我干农活，每天我都从彭家传出的响声中猜测谁在干什么，恨不得自己也融入其中，好好体验一把。读了周先生的文章，脑补了我好奇了很多年的农村大家庭夜晚生活的画面。家大嘴多，多一张嘴，就要多一份口粮，孩子们很早就需要和大人一起承担糊口的重任，割草、砍柴、种地，这些在我眼中好玩的事情，却在他们还没有懂事的时候就成了他们赖以生存的必要技能。

周先生写他父亲回家过生日的场景："父亲先进火塘屋。按我们的叫法喊了声'嗲嗲'……有关情况交流完毕，父亲这才小心翼翼地起身，往拖檐厨房里走去。耳门略矮，父亲低了一下头，站在过道里说：'怎么，我回来了不高兴啊？'母亲说：'稀客呢，我还要来亲热你！'"一问一答之间，一对恩爱夫妻含蓄又不失浪漫的情感就写出来了。

《仰望祖父》中写"父亲突去，没有棺木，大家都在着急……于是派金爸爸去征求祖父的意见。祖父说，让他说，我睡木板板都心愿！"一句，就把祖父写绝了。祖父倔强、霸道、要强，一辈子当家，一辈子强势，一辈子逞强，一辈子辛苦，却也一辈子以独特的方式爱着一家人。正如文中所说："因为祖父一生虽然'恶'，但他心存善心，不害人，不欺负好人，且喜打抱不平。祖父能成佛、成仙，应是情理之中。"

王安忆说："写作是语言的艺术，方言能提供很大的资源仓库。"周良彪先生对于方言的驾轻就熟，挖掘了方言的魅力，产生的化学效应是不可忽视的。

周良彪先生的文字很是俏皮，我姑且称这种味道是谐味。写人物："几位男同胞向另一个船的几个女同胞浇水，女同胞亦笑而浇水。女同胞船上有一个耳朵爆牙齿尖下巴的男同胞却对这边的男同胞发话了，因为他们把水也附带浇在了他的身上。你们哪门这么无聊呢？他说。这边的仍然浇，以为他在开玩笑。你们没有脸吗？他说。这边的才发现他已经把眼白都鼓出来了，于是脸上的笑纹像雨伞一样收了起来，一时竟找不到话来回答。"活脱脱写出来一个不合众的人。写好天气："那天，太阳把黄河桥照得一丝不挂。"写在悬崖上攀爬的惊险刺激："胆小的，感觉每一步都在走向深渊，连尖叫一声的勇气也没有了，只是哼哼的，哎唷哎唷的，生怕声音大一点，把另一只脚给吓跑了。"写内急："我是个胆小的人，几次下决心不顾一切地想要解决那事，有一次甚至把东西都掏出来了，突然后头有车叫，赶紧缩了回去。"不敢背着人解手，却敢将"掏出来又缩回去"的故事写出来，还说自己胆小，确实让读者忍俊不禁。

除开这种俏皮，周良彪先生还有另外一种幽默。比如写老鹰茶树下邂逅老鹰："等我返回树下，圆溜溜的大眼睛早已不知去向，只剩下那棵树在原地发呆。"写树和藤："不可理喻的是，那藤应该预先从地面上悄悄地向树靠拢，然后再温柔地把树缠住。但它却嗖的一下，直接蹦将上去，搂住了树的脖子。这高难度动作，岂不令人惊骇，又岂不令人感动！"写父亲为夭折的孩子伤心落泪时，祖母说："哭么子，再漂漂亮亮生一个就是！于是就有了后来的我。"写祭祖上坟时我们放炮竹："祖父坐在火塘边，每一个炮竹他都认真听了。待我们回到家，祖父拔出烟嘴，喷一口浓烟说：放得好嘛！"写凤凰古城里挂着"中央电视台专题报道"横幅的粉店老板娘："见了我们，面无表情，不亲热，也不喊坐。"写蝉："这大自然的精灵，它一定是知了了什么，不然不会这么喊：它究竟知了什么呢，如此不疲倦的要告知人类？"写建始通火车之后，一个八十多岁的婆婆："老婆婆一听，皱皱的嘴巴笑成了一个小写的'o'，突然火车鸣的一声经过，她赶忙把嘴闭了，免得喝风。"这种语感，不尖酸刻薄，没有戾气，不带偏见，充满了哲学意味，植物的生存之道、小昆虫生命的奥妙、小家庭悲欢、市场浪潮中的众生相，有时候一言难尽，一笔难写，这时候，不妨对生活幽它一默，给读者留下充分的反复品味的空间。

《野阔月涌》能够得到省内外各位文艺大家的认可，很重要的一个原因可能是这是一部来自生活并揭示生活真谛的作品。它所书写的犹如画卷一样看不厌写不尽的天赐恩施好山水；它所写的刻录在记忆深处的苦中作乐、乐大于苦的童年往事；它所写的八字不同、命运各异的故乡故人；它所书写的一个耕读为本、耕读传家的半边户家庭，老一辈拼着老命将孩子们送出山门，又倚门期盼，年年岁岁地盼着出息了的孩子们回家的轮回；它所写的以1978年为时间分隔线，写出一个山村家庭对比鲜明的历史与后来；它所写的作者乐于为他人作嫁衣的诸多序言、跋、评论，足以勾起几代人的回忆。全书八辑文章，纵深如长镜头，展开如全景照片，我们仿佛就在镜头中。这种代入感和共鸣，是很多作品不具备的。

人生若有味道，岂止三味。我从周良彪先生书中悟出的三味——古、土、谐，仅仅是我从个人很狭隘的见识中、从单薄的阅历中感悟到的味道。

习近平总书记说，生活就是人民，人民就是生活。那就让我们这些握笔的人，努力生活，努力创作，无愧于人民，无愧于生活。

细腻流动的情思，清新灵动的笔触
——周良彪《野阔月涌》解读

张 鑫[①]

《野阔月涌》是周良彪的优秀散文集，在这本散文集中，他向人们娓娓道来他所生活或者所到之处的人和景。阅读他的作品，使读者仿佛走入如仙居一般的恩施画卷，又仿佛是与旧日好友来了一次促膝长谈，能够带给读者极大的舒适感。在细读文本中，我发现《野阔月涌》有以下三个突出特点：一是高妙的散文艺术，二是浓郁的地方风味，三是平民化的写作立场。

一、高妙的散文艺术

周良彪的散文以冲淡平和为其主要特征。在整本散文中，都用清新的笔调，抒写着人事，描绘着风景，哪怕是讽刺一些官僚制度或者是看不惯一些旅游景点的一些商业化行为，作者也是以平和的方式去叙说，没有直接去谩骂而是采用一种反讽的方式幽默地戏谑着。

散文，尤其是这种絮语式的散文，首推一个"真"字。散文可以说是最见情见性的文体，来不得半点的虚假和造作。作家往往用散文来抒发自己的内心情感，以及在生活中体验到的哲理和感悟。从《野阔月涌》中，能够看到作者真实的内心生活、复杂的情感世界和渊博的知识修养。《野阔月涌》是一本见情见性的真文。对于恩施的美景，作者大方自然地展示着他的热爱，没有丝毫遮掩和虚伪。比如作者写到了腾龙洞、恩施大峡谷、四洞峡等自然景点，在对它们的描写中显露出极大的热爱之情。对这些景物的生动描写源于作者细致的观察和用心的体会，唯有热爱才能沉浸其中，去感受山水的变化、烟雾的氤氲，以及空气中的微凉变化，也才能写出使我们看了身临其境的文章，这就是周良彪的真。面对读者，他不卖弄玄虚，不故作高深，一腔真情缓缓流出，才使我们读起来觉得近、觉得亲，觉得能够共鸣，从而获得阅读的享受。

在真之外，《野阔月涌》又是极美的。它有着极美的意境："天边游动着山的脉络，淡淡的。云翻雾滚间，时有山尖钻出，正待看个究竟，倏忽又被云雾抹去，不免有些怅然，却不料云海中间突然有一块融化了。慢慢融化着，露出了海底的真色。原来这海底是绿色的，也有山、有树。一条路在树底下爬行着，慢慢地，爬到山尖，

[①] 张鑫，湖北民族大学文学与传媒学院 2023 级硕士研究生。

在一座红色的庙宇前隐去。"① 这是作者在《奇遇照京岩》一文中对天边山脉的描写，充满静谧、隐逸、素淡之美。像这样的山景描写在《野阔月涌》中特别多，因为恩施地处大山深处，有"中国后花园"之称，在这里有随处可见的山脉与森林，作者作为恩施人对恩施的山、树、土地……无比熟悉与亲切，同时充满着热爱之情。《野阔月涌》中的美感不仅能激起恩施读者的共鸣，也能触发非恩施读者的向往之情。

这美还体现在语言上。说到散文的语言美，有人以为就是指语言华贵、富丽雍容，以一种文化人的口吻来叙述，这其实是对散文语言的误解。事实上，雅致的语言还只是较低层次的美，所谓绚烂之至乃是平淡，朴拙的生活化的文字才是散文语言的最上乘，而作者的文笔就很好地展现了此风格。当然，不加雕饰，也同样是真的表现之一。《野阔月涌》中很难找到文绉绉、艰涩难懂的语言和句子，都是通俗易懂的，还使用了很多恩施特有的方言词汇，如"会背时的"以及带有恩施特色的物品比如"哈耙儿"。作为一个恩施人，读周老师的文章能感受到浓郁的恩施地域特色，能狠狠地拉近与其他恩施读者之间的距离。作为一个非恩施读者来说，极具恩施地域特色的方言词汇能够使他们更加强烈地体会到恩施的特色。周老师的文章所记叙的，都是在恩施地区极普通而又平凡的事情，是恩施人共有的回忆，阅读周老师的文章能激活恩施读者的回忆。笔者佩服周老师能够将这样稀松平常的事情进行记录、抒写，留下时代的痕迹。看似平常的事情，平淡的文字记录，实际上大有韵味，其中包含着我们恩施的地域文化、民俗民风，以及恩施人民的精神面貌和人们来往之间的温情。周老师的文字传达的准确度极高，恩施的一些事物就算对读者来说是陌生的，周老师的一系列运笔能恰如其分地传达出准确的感受，作为恩施人，就更能感同身受了！平凡的生活，平凡的人物，平淡的语言，透露着一种不凡的美感！

二、浓郁的地方风味

《野阔月涌》中有很多关于恩施地区民风民俗的描写，使其在冲淡平和的文风之外，充盈着一种"俗趣"，氤氲着浓郁的地方风味，这是它的另一特点。这里有特色的不仅仅是自然风光，更有恩施地域特色的民风民俗。作者记叙的平淡的日常生活中，就无处不体现着恩施的风土人情。比如在《奇遇照京岩》中"他坐在火塘边，低头沉思了一会，咂了口烟"，其中的"火塘"和"咂了口烟"就很具有恩施特色。恩施农村就是在火塘边烤火，火塘是在地上挖一个坑，然后在里面加柴取暖，同时还可以热菜。火塘是环形的，因此人们可以围绕着火塘坐成一个圈，可以一边烤火，一边摆龙门阵。"咂了口烟"说明老人用的是烟杆，这种老式的烟杆是用竹子做成的，所吸的烟是叶子烟，也就是没有经过精细加工过的烟草原料，这些不起眼的词

---

① 周良彪：《野阔月涌》，武汉出版社2020年版，第3页。

汇,在《野阔月涌》中随处可见的,这些生活细节中无不体现出恩施的民风民俗。除了地域风物之外,在作者与他人的相处中更是体现了恩施人民的人性之美。作者所谈及和相处的人中,我们能够很深刻地感受到恩施人民的淳朴,以及人与人来往之间的互相尊重。比如在《割草》中,从作者和兄弟姐妹们还有爷爷一起去割草的经历中,我们可以感受到他们的淳朴与自然,可以感受到彼此之间的亲情——兄弟姐妹们一起在田间劳作与嬉闹,旁边就是带着他们干活的爷爷,爷爷一边自己奋力割草,一边充满爱意地指挥着孙儿们割草,他们就这样在田里说着笑着把草割完了。这是一幅温馨的苦中作乐的生活图景,温润人心的是劳动人民身上所体现出的人性美。作者或许并非刻意描写这些,但是这是作者生活的一部分,随着作者对自己日常生活的记录,因而出现在了笔端。正是这些大量带有恩施地域特色的风物与人情,使《野阔月涌》带上了浓郁的恩施地区特色,散发着浓郁的地方风味。

三、平民化的写作立场

《野阔月涌》中所写的人都是平凡的人,大多是平民百姓,所记叙的内容也无非是再平常不过的日常生活。因为作者自己就是这平凡人群中的一员,从小在恩施地区长大,所以对这片土地非常熟悉,进而抒写的就是这熟悉的一切。《野阔月涌》也因此靠近着乡土小说。《野阔月涌》的平民化主要体现在平民化生活的选材、平民化的语言特色以及对平民生活的同情三个方面。

平民化的选材。作者所选的题材不是都市生活的奢靡繁华,也不是对社会上层圈子的描写,而是平常生活中的人与事,作者在平常的生活中品味到其中的乐趣,并将它记录下来。所记录的都是作者平凡的人生,但是在这样平凡日常中,我们能够将自己代入进去,有一种亲切感。因为作者作为一个个体,其实是恩施人民的一个典型缩影,作者的生活能够帮我们激活对往日生活的回忆。就比如《割草》一文,作者所写的不过是恩施农村地区极为普通的事情,通过阅读此文,能引起有同样生活经历的读者的共鸣,仿佛割草的记忆又浮现在了眼前。《老鹰茶的味道》中祖父朴素的喝茶方式也是极其具有平民化特色的,祖父喝茶用不上精美雅致的茶具以及精挑细选的茶叶。对他而言,采用的是极为朴素的方式,直接去茶树上砍下茶树枝,树枝和茶叶砍成小截后,直接放入大铁锅中用大火煮沸,这样便得到了一锅黄亮亮的茶汤。腾腾的蒸汽中带有涩涩的味道。喝起来,开始觉得涩巴巴的,可是越喝越好喝,有种特别的滋味,是一种树的滋味、叶的滋味、大自然的滋味。正是这样朴素的烹茶方式,有着令作者回味的滋味。从烹茶的方式和细节可以看出作者的选材是平民化的。这只是《野阔月涌》中的一篇文章,其他文章也都同样带有这样的特色。所选的题材无不是直接从平民生活中来的。

平民化的语言特色。作者所记叙的是平民化的生活,所使用的也是平民化的语言。作者的散文语言始终保持着通俗化,让所记之事洒脱通俗、幽默风趣,真实地逼近生活场景,同时还直率地表达了自己对生存现状的看法。散文语言善于吸收恩施地区的方言俚语，或幽默俏皮，或质朴凝重，有着独特的风格。作者的文笔极为流畅，仿佛是涓涓的泉水自然地涌出，这和作者使用的语言风格有关——作者写作所使用的语言大多采用了他平日里的日常用语。作者所使用的词汇都是接生活地气的平民化词汇，没有精心雕刻地去遣词造句、堆砌辞藻，只是平日生活中话语的自然流露。比如《伯伯》一文中："伯伯嘴里嘀嘀咕咕的，挖锄往门口一放，恶狠狠地说道：狗日的，得了，欺到老子头上来了！我猜伯伯肯定是和别人吵架了。他翻来覆去就说着几句话。伯娘说：你横，怎么当着他的面不敢说？伯伯一下子像被人捂住了嘴似的，不说话了。"① 这一段简短的文字中，我们可以非常深刻地体会到平民化的语言特色。"挖锄"是平民们日常所使用的劳动工具，提到"挖锄"就自然能够联想到在田地里挖地锄草的劳作场景，平民化的气息瞬间扑鼻而来。伯伯嘀嘀咕咕骂的话，是农民在与别人发生争执受到不公平待遇后的最真实反映——他们通常用骂脏话来发泄情绪，同时也能体会到他那种无能为力之感。在贵族化的语言风格中是绝对不会出现脏话的，一是他们为了维护自己的高贵的形象，交谈的多是琴棋书画的文雅生活，二是他们根本不需要通过争吵去维护自己三分二亩地的利益，因为他们的生活中不曾涉及这些。作者对自己伯伯话语的描写，以及日常生活中简单工具的描写，都是平民化生活的真实写照，真实地刻画这样生活的语言，也因此带有浓郁的平民化特色。

对平民生活抱有极大的同情。作者作为土生土长的恩施人，从小就在农村生活。农村生活带给他快乐的童年，另外，单纯的环境和艰苦的条件也使他感受着生活的艰辛。他深知农民的不易，即使后来通过读书改变了自己的命运，也对农民的艰苦生活抱有极大的同情。在《家乡来客》一文中，作者写到了一个和他同辈的客人，这位客人生活艰辛。作者在文中未提一个同情的字眼，但处处体现着对客人的同情与关怀，并且想力所能及地给予一些帮助。这位客人以接副业、养几头猪、卖血为主要经济来源，用微薄的收入供孩子读书。作者主要提及了这位客人的卖血之事，哪里卖血的价钱高他就去哪里，一年能卖几次血他就去卖几次。文章语言平淡，读者却不忍卒读，从中感受到底层平民的生活不易。文章激发起我们的同情以及对他们生存现状的关心。这也凸显了作者的平民化立场，希望引起读者对这一人群的关注与关怀。

一花一世界，一叶一菩提。周良彪老师的《野阔月涌》是一部优秀的散文集，显示着卓越的美文艺术，处处散发着浓郁的地方风味与深隐的平民立场。细腻流动的情思中，清新灵动的笔触中，朴素平淡的记叙中，描绘了一幅幅生动的民俗风情画，表达了作者对家乡及家乡人民的热爱，展示了作者的人生体悟和生活情怀。

---

① 周良彪：《野阔月涌》，武汉出版社2020年版，第147页。

中华民族英雄精神的传承
——以《父亲原本是英雄》的主人公张富清为例

李 敏[①]

中国是一个英雄辈出的国家，中华民族是一个尊敬英雄和推崇英雄精神的民族。近百年来，中国之所以能在历史激流中屹立于世界民族之林，在经济、政治、文化等各方面取得长足发展，离不开中国共产党的正确领导，也离不开千千万万英雄人物的共同努力和奋斗，是他们用英雄精神撑起了民族脊梁。

中华民族英雄精神是在改造客观世界和主观世界的五千多年历史实践活动中形成的、孕育于中华民族优秀文化中的、为中华民族绝大多数成员所共同遵循和认可的思想品质、价值取向、道德规范。它是中华民族文化的凝练和升华，是中华民族成员广泛认同的精神标志，是维系和推动中华民族存在和发展的社会主导精神，在实践中指引着中华民族成员的精神力量。

英雄人物身上体现的精神形式是多样的。在不同历史时期及同一时期的不同方面都有不同表现。如：精忠报国、坚守国家立场和利益底线的爱国精神，大公无私、牺牲个人利益成全集体利益的奉献精神，鞠躬尽瘁、默默奉献的敬业精神，不畏艰险、不怕吃苦的奋斗精神等。这些英雄精神是中华民族精神的重要组成部分，是促使中华民族不断前进的内驱力。

一、英雄精神的历史传承

中华民族具有悠久的文化，我们的先人创作出许多神话传说，塑造了很多英雄形象，向我们展示了祖先们的英雄业绩和情怀。

古代有治水英雄大禹、巾帼英雄花木兰，还有爱国英雄岳飞、文天祥、林则徐，等等；新民主主义时期涌现了无数革命英雄，杨靖宇、赵一曼、方志敏，等等。

在当代中国特色社会主义建设过程中涌现了非常多的英雄人物，他们为中国社会前进和发展作出自己的贡献。张富清就是其中具有代表性的英雄人物之一。作为一位历经战争洗礼的革命战士，一位中共老党员，一位默默奉献的基层工作者，他的姓名传进千家万户，他的事迹家喻户晓，张富清精神值得我们体会、领悟、传承。

[①] 李敏，恩施州文艺理论家协会会员。

二、张富清英雄精神的基本内涵

英雄精神凝聚了一个民族的文化特质和至高的价值追求，是中华民族精神的宝贵财富。在当今中国特色社会主义发展的关键时期，更离不开中华民族精神的支撑和推动。张富清作为当代英雄人物，其英雄精神除了具有一般民族精神共有的特质外，还具备如下特点。

首先是时代性。张富清生于1924年，如今已是97岁高龄。在他漫长的人生旅途中，经历了争取民族独立的解放战争，度过了社会主义建设初期的困难阶段，也见证了中国欣欣向荣的新发展阶段。可以说，张富清陪伴新中国共同成长。张富清精神随着时代变迁具有不同的表现形式。

1948年，张富清参加解放军西北野战军，开始了在枪林弹雨中穿梭的日子。《父亲原本是英雄》（田天、田苹）第十二章、十三章对他的军旅生涯有部分介绍，描述了宜川和永丰两场重大战役。24岁的张富清在部队中年龄较小，在战场上却显现出超越同龄人的勇敢和成熟。他始终站在抗战的最前线：壶梯山之战，勇夺敌人暗堡；东马村之战，飞身炸碉堡；永丰之战，抢占敌人碉堡。从突击队员到班长，变化的是头衔名称，不变的是一心为党、一心向党的初心。

张富清退役转业时响应党和国家号召——到祖国最需要的地方去，到边疆、山区去！他义无反顾地带着妻子来到偏远的恩施，在环境最艰苦的来凤县任职。没想到这一来就是一辈子。在来凤县城，从粮管所主任到粮食局副局长，他着力解决细米供应难题；担任三胡区副区长时，在他管辖范围内，不仅实现了农具自给，还能外销；他任卯洞公社革委会副主任时，为卯洞人民开辟了通往外界的公路。从县城到三胡再到卯洞，张富清的工作环境一个比一个恶劣，对他来说，变化的是工作单位，不变的是一心为公、一心为民的初心。

时代造就英雄，英雄也成就了时代。张富清精神作为一种时代精神，不断适应着时代新的发展需求，展示了时代文明的发展与进步。

其次是榜样性。自古以来，榜样的力量是无穷的。英雄精神是民族精神的重要组成部分，对社会有巨大的影响力。它让人们产生情感共鸣，满足内在精神需求，同时英雄的榜样力量不自觉地让人们模仿，能产生规范社会行为的效果。英雄精神的榜样性有利于良好社会风尚的形成，有助于社会主义核心价值观的构成。

在部队，张富清将生死置之度外，勇上第一线，争当突击队员，成为其他战士的榜样。在地方，张富清积极发挥党员的模范带头作用，不畏艰苦的工作环境，切实为人民谋福利，改变他们的生活现状和条件。张富清给地方干部树立了良好形象，发挥了榜样的示范作用。同时，人们在学习张富清事迹的过程中，受到感染，逐步将张富清精神作为日常行为的标杆，逐渐改变陋习，提升精神境界。

张富清精神的榜样性体现在社会生活的方方面面。从领导到干部到普通民众，都在学习和借鉴，他的精神潜移默化地影响社会并不断产生正能量。

最后是先进性。马克思主义指出，人民群众是历史的主体，是历史的创造者，然而也不否认杰出人物会对历史进程产生一定推动作用。

张富清在工作中为改善人民生活提出发展新思路，转劣势为优势，促进地方经济发展，提高居民生活质量。金丝桐油向来是大宗出口的来凤山货土特产，享有"来凤桐油，质量第一"的美誉。但是，金丝桐油没有得到有力开发，处于"靠山吃山照天收"的局面。张富清通过调查、走访，了解到这一情况，认为可以依据桐油资源这种地方特色发展林业。这一思路不仅能合理利用自然资源，而且可以带动地方经济发展，提高人民生活水平。

张富清提出设想后，主动到广西山区考察，借鉴优秀发展经验，根据实际情况，操办公社林场。林业成了卯洞的特色产业，居民生活得到明显改善。直到今天，桐油产业仍然是来凤的重要产业之一。

张富清积极思考、敢于创新、打破陈规、勇于实践，在来凤经济发展史上留下了浓墨重彩的一笔。

三、张富清英雄精神的时代内涵

大公无私的奉献精神。英雄人物的奉献精神是中华民族英雄精神的重要组成部分之一。在《现代汉语词典》中，"奉献"一词的含义为：把实物或意见等恭敬庄严地送给集体或尊重的人，也就是为别人默默付出、不求回报。

张富清始终把国家、集体利益放在第一位，发生利益冲突时，主动牺牲个人利益，维护国家和集体的利益不受侵犯。1959年，张富清调到三胡区担任副区长，举家随迁，妻子孙玉兰也调到三胡供销社上班，担任财务工作。作为"双职工家庭"，虽然家里人口多，日常开销大，但在当时发展程度明显落后的山区集镇，他家的生活还算富足。同年，国家为缓解商品粮供应不足的压力，发出精减职工、压缩城镇人口的指示。张富清分管精减工作，在实际操作中，符合精减范围的大多是职工家属，困难时期，没有人愿意放弃好不容易分配到的工作。对他们来说，一旦被精简掉，不仅意味着每月收入减少，而且需要再次扛起锄头过上面朝黄土背朝天的日子。可想而知，张富清的工作开展面临着巨大挑战。为了打破僵局，他决定从自家入手，让妻子离职。孙玉兰原本不属于精减人群，为了给其他职工家庭带头，做了一番思想工作后，还是决定主动响应国家号召，配合丈夫的工作，从单位离职，这为张富清的精减工作打开了突破口，保障国家政策在地方顺利实施。

鞠躬尽瘁的敬业精神。敬业精神是指人们对于自己的工作始终保持高度热爱且全身心投入，既指吃苦耐劳精神，又包括面对困难不放弃、锲而不舍的努力精神。张富清在工作中就很好地做到这一点。多年来，他始终保持兢兢业业、勤勤恳恳的工作态度，认真完成工作任务，切实改善人民生活，为人民谋福利。

张富清和妻子从汉口到来凤，在路上整整颠簸了七天。踏上来凤的土地后，发现现实比他们想象的更加残酷。单位分配住房是一间一无所有、年久失修、潮湿的老木板房。面对这样一个家，他们没有怨言。张富清认为自己是自愿来的，条件再苦也要坚持下去。作为共产党员，自己不来谁来呢？孙玉兰对丈夫的决定也表示支持，一点点为这个东拼西凑的家营造出温暖的氛围。对他们来说，住宿简陋仅仅是第一步挑战，更难接受的是饮食差异。作为地道北方人，他们喜吃面食，于是用细米和邻居换面粉；为了更快入乡随俗，不断尝试恩施特色菜合渣和油茶汤。现在，他们已经习成"真正的"来凤人，来凤成为他们第二个故乡。

纵观张富清的工作调迁历史，对他而言，变换的是工作单位和工作环境，不变的是吃苦耐劳、勤勤恳恳的敬业精神。1959年是"三年严重困难时期"的第一年，人民生活遭遇极大困难。三胡地区持续高温，可开采水源全部干涸，村民生活难以为继。张富清和当地干部一起穿过密林到悬崖深处的大溶洞为村民寻找水源，并带头组织修建输水渠道，为当地人民彻底解决了用水难题。在卯洞，张富清背起背包下乡，走访、掌握当地手工业贸易、林业发展情况，还到广西山区考察，借鉴、吸收他们宝贵的发展经验，将得来的成功经验与当地的实际情况结合，办起公社自己的林场、畜牧场，发展特色桐油产业，不仅改善群众生活水平和质量，更促进了当地经济发展。

无论张富清在什么岗位，都能保持高度的敬业精神，克服恶劣的自然环境，充分发挥主观能动性，最大程度发挥资源优势和地方特色，变劣势为优势，切实改善当地居民的生活环境和生活质量。

对张富清来说，自强不息的奋斗精神是支撑他战胜困难，在工作中取得成就的重要秘籍。如今，人们的生活水平较以前得到改善，生活质量得到提高，社会发展也有明显进步。为了更快实现民族理想，更好地发展社会主义，我们仍然需要发扬张富清身上自强不息的奋斗精神，成为新时期不懈努力的奋斗者，为更好的未来努力。

中国每一个历史阶段都涌现出不同英雄人物，他们的事迹或许不同，但身上的美好品质和英雄精神是共有的。张富清传承、丰富了我们的民族精神，他的精神是我们时代的宝贵财富，值得我们每一个青年人去学习、传承。

贰

新时代生态文学研究

恩施生态文学面面观

杨 彬[①]

  生态文学近年来在中国受到了前所未有的重视，取得了令人瞩目的成就，是中国文学在新时代的一个重要生长点。党的十八大以来，生态文明建设已被纳入中国特色社会主义事业"五位一体"总体布局，党中央明确提出大力推进生态文明建设，努力建设美丽中国，实现中华民族的持续发展。习近平总书记把生态文明上升到人类文明形态的高度，提出"生态兴，则文明兴；生态衰，则文明衰"；把生态文明上升到中华民族伟大复兴和中华民族永续发展的高度。"绿水青山就是金山银山"的理念深入人心，生态文学获得了前所未有的发展机遇。

  恩施文学，应该包括三部分作家的创作。一是生活在恩施的大批作家，如邓斌、杨秀武、田苹、徐晓华等。二是曾在恩施生活后来旅居外地的作家，如李传锋、叶梅、向讯等。三是外地人描写恩施的作家，如成君忆、李青松等。恩施生态文学，主要描写恩施的山水、植物、动物以及人与自然和谐的故事，即用生动鲜活的语言描写山水人和谐之道。恩施作家生活在自然生态极好的恩施大地上，深切地体会恩施山水的自然生态，描写行走恩施山水真实的情感记录和独特的审美体验。用心去体验恩施的山水、用情去领悟恩施的各种风物、用最美好的语言去描写恩施的美好生态。

  20世纪80年代，李传锋创作的土家族动物小说《退役军犬》《最后一只白虎》《红豺》等，在少数民族小说中脱颖而出，将土家族和动物和谐共处的自然观用小说展示出来，一下子就超越了一般只是描写少数民族风情风俗的少数民族小说。叶梅的生态观念一直贯穿在她的创作主旨中。不管是《撒忧的龙船河》《最后的土司》《歌棒》等小说创作，还是《根河之恋》《穿过拉梦的河流》等散文创作，与万物和谐相处的生态理念都如红线一样贯穿其中。因为叶梅在生态文学中的突出贡献，从2020年开始，叶梅被生态环境部聘为生态环境特邀观察员。她参加环保实践，积极传播生态环境保护和生态文明理念，参加各类环保志愿服务活动，主动为生态环境保护工作提出建议。在这个过程中，叶梅从原来的感性的生态写作，变成了理性而专业的生态写作；笔调从原来描写生态被破坏、被污染的沉重和严肃，转变为对当下绿水青山的欣喜和歌颂。通过她独特的生态审美视角，宣传人与自然和谐的生态理念。她的《福道》站在当下的角度，用清晰流畅、满怀欣喜的笔调，描写锦州、眉山、丹棱、洪雅、嘉鱼、东营等地的山青水绿、鸟语花香。在感受如此美丽的生

[①] 杨彬，中南民族大学文学与新闻传播学院教授。

态环境时,作者也回顾了20世纪八九十年代生态被破坏、环境被污染的状态,描写由污染到治理到美好环境重现的过程。前后对比,让人们更加珍惜当下的美好生态,从而强调人和自然和谐才会给予人类美好生活的生态观念,表达山青水绿的现实欣喜。

在徐晓华的《那条叫清江的河》中,土家人的生态观贯穿全文。清江边的土家人和燕子的关系如同亲人,每年燕子归来土家人都欣喜万分,家家屋檐下都专门放一块突出的瓦块给燕子做窝。当人们要搬迁时,愚幺哥将村子里所有的燕窝搬到鹰嘴岩的岩洞里,鹰嘴岩变成了燕子岩。清江边的土家人打鱼的规矩是:"每回不过三处,每处下网不过三次,一个月打鱼不过三天。"这规矩充满了生态和谐的理念。小鱼泉出鱼只能妇孺去捡,木籽打出的油和清江鱼同样抚育了清江边的土家人。即使艰难岁月,清江边的土家人也能活得有滋有味。因此清江边的动物都能和人们和谐相处,甚至在危急的时候,动物能救人性命,在"我"还在襁褓中的时候,铁鹞子从大王蛇嘴里救了"我"的命;黄牯牛宁可自己摔断双腿,也要保住小主人的命。清江边的人们在和自然的相处中,养成了悲天悯人、善良朴实、万物平等的生态观。

成君忆的《你好优诗美地》将湖北巴东野三关的一个无名峡谷命名为优诗美地,将这个几亿年来地球运动形成的地质奇观和美不胜收的自然文化遗产用小说体散文全面展示和描写,以一个文学志愿者的身份,"以文学力量对接乡村振兴",将野三关惊艳神奇的美用文字描写出来,不仅以一己之力推广野三关的神奇和美丽、描写野三关的历史和人文,而且得到巴东县政府认可,将原来无名的峡谷,命名为"优诗美地"大峡谷,随后"优诗美地"成为野三关及其周边地区的美称和别称。

这部被作者称为"小说体散文"的作品,意趣飞扬、思绪开阔、打破文体陈规,小说虚构和散文实录结合,采取亦真亦幻、亦人亦仙的方法,将野三关、将优诗美地描写得美轮美奂。作者始终秉持生态文学的观念,将人和大自然融于一体,批判人类中心主义的弊端,以自然万物平等的生态观念描写优诗美地;以自然滋养心灵、自然养育万物探讨人与自然的关系,进而在万物平等的生态观念下探讨人与心灵、人与自我、人与他者的关系,呈现出作者基于自然万物平等的文学观、自然观、历史观。

杨秀武的诗歌,周良彪、董祖斌的散文,田苹的小说和报告文学等,都深切地描写恩施的自然生态,以无比骄傲的笔调歌颂恩施山水的自然生态。

中国生态文学有悠久的文化渊源,天人合一、道法自然、人与自然和谐与共、美即和谐、各美其美、美美与共等观念是中华民族优秀文化传统,也是积淀在中国人心灵深处的文化基因。恩施生态文学处于这种自发写作状态中,基于美好生态环境、基于土家族传统的生态观念进行生态文学写作。恩施文学善于书写恩施美好的自然生态,展示淳朴天然的自然生态观。从三类恩施作家的生态写作中,走出恩施的作家如李传锋、叶梅,以及外地的描写恩施的作家,如成君忆,已经进入自觉的生态文学写作,但居住在恩施的作家们还没有进入自觉的生态文学创作中,他们的生态文学表现还处在描写其他题材中捎带的描写,比如乡土题材、民族题材、历史题材中部分表现出生态文学的片段描写，在其他主题中展示出部分生态文学的理念。

从上面的情况看，恩施生态文学取得了一定的成就，但不均衡，居住恩施州以外作家的恩施生态文学成就突出，居于恩施州内的作家的生态文学创作需要加强，相对于恩施丰厚的生态文化资源，恩施生态文学创作还有很大的提升空间。究其原因，有以下几个方面：

第一，生态意识需要进一步加强，很多作家对生态的理解还局限于自然环境对人的有用性上，没有认识到人类中心主义思想的局限。生态意识要提高到人和自然是一个命运共同体的高度，才能真正具有生态意识，才能写好生态文学作品。

第二，生态文学的创作队伍还不够壮大，侧重于生态文学创作的作家还不够多，作家从事生态文学创作的知识储备不足。需要吸引各种门类的作家运用各种形式进行生态文学创作。叶梅、成君忆等人创作的成功的生态文学作品，值得借鉴和学习。我要告诉大家，我们恩施生态如此之好，恩施人民有非常好的生态理念，有地域的、有历史的、有文化的生态文学资源，我们恩施作家不写，其他的外地作家会来挖掘，会来书写。北京作家、著名的生态文学作家李青松《北京的山》就描写利川水杉王的传奇，领悟地名从"磨刀"到"谋道"的生态意蕴，"谋自然之道，才是尊重自然，顺从自然，滋养灵魂"。在塘源口，作者欣喜当地猕猴桃种植的"生态农作法"中形成的猕猴桃、山稻谷、鸡、草形成的生态体系，还详细描写因为猕猴桃而演绎的一段浪漫爱情故事。作者尤其善于描写人和动物和谐相处的故事，在这些叙事散文中，融入丰厚的生态文化理念。

第三，生态文学创作打一枪换一个地方，没有沉浸在某个生态地域深挖。生态文学创作需要沉下去，紧紧抓住某一地的生态环境，从中生发出大作品。陈应松几十年沉入神农架，将神农架这个"小气候"写透，从而形成了自己的大作品，神农架的自然生态变成陈应松的生态文学，神农架的山川河流、日月星辰、草木禽兽、地质地貌、气象物候都浸润着陈应松独特的生态文学理念。我们只有抓住恩施生态的内涵，抓住恩施生态地域进行全方位、深层次写作，才能写出优秀的生态文学作品。

第四，在自然环境逐渐好转的情况下，提升公众的自然审美能力是新时代生态文学的重要任务，也是文学的责任和意义。描写自然的美景、歌颂环保卫士、传承环保传统，尤其是传递生态审美体验是当今生态文学的重要任务。希望恩施作家用真实的情感记录和独特审美体验去进行生态文学创作；用心去体验每个地方的美景、用情去看取山河风物、用最新和最深刻的生态理念去理解人和万物的关系，用铸牢中华民族共同体意识去理解各民族关系。进入新时期，生态文学进入大力发展的时代，生态文明日益成为全社会的共识，生态意识、生态价值、生命教育，全面与立体、局部与整体、生命和自然都成为生态文学写作的角度和因素，国家社会经济发展也对生态文学提出了更高的要求，绿色中国、美丽中国、富强民主、文明和谐美丽的中国，都需要我们作家进行生态文学写作，恩施有如此深厚的生态文学资源，需要我们继续从事生态文学创作，创作出具有恩施特色的生态文学佳作。

对自然的敬畏　对生命的礼赞
——读叶梅生态散文集《福道》

李传锋[①]

生态文学忽然成了一门显学，各种文学形态都在积极涉猎。难道是作家发现人类生态太过美好？不是，恰恰相反，是因为人类生态出现了急需关注的问题。气候变化给人类生存的这个世界亮起了红灯，大火、洪灾、极寒、地震、瘟疫等等，大自然已经忍无可忍。警报已经到了不容忽视的程度，各地气温相继刷新历史极值，生物多样性水平也跌至史上新低，海水温度上升，海洋酸化势头加剧，塑料垃圾导致海洋生物窒息死亡，等等。有人预计，到21世纪末，地球上不再适合人类居住的地方即"死亡之地"可能会大幅增加。号称人民生活代言人的作家岂能无动于衷！

笔者40年前就开始写动物小说，那时还没有生态文学概念，但动物小说确实是在关注大自然与人的关系，它作为生态文学最精彩的一翼，早已佳作迭出。近读我国少数民族著名作家叶梅的生态散文集《福道》[②]，引发笔者诸多思考。

《福道》由31篇散文辑成，题材广泛，是游记式散文，大多与生态环保有关：写青海湖裸鲤奋力洄游的悲壮故事，听江西大觉山的蝉鸣，福州市内如何对环境和河道进行治理，一只鸟儿如何飞回锦州，秋色中的四川眉山、丹棱、洪雅，重庆江津的红月亮，沐浴三峡的花雨，深情回忆心中故乡的龙船河，仙女出没的九畹溪，清江夜话，神农架的金丝猴群，簰洲湾的白鱀豚是否灭绝，滇池小黄龙为民护水，爬上澜沧江边高山去看望农户，造访西双版纳中国科学院热带植物园，顶礼玉龙雪山，滇南蒙自多情山水，在翁丁寨跳佤族木鼓舞，在驯鹿的故乡访鄂温克族作家乌热尔图，观鄂尔多斯高原灵性的黄沙，探索右玉县是如何从不毛之地变成"国家水土保持生态文明县"的秘诀，听侨乡赤坎古镇的钟声、勾画宜兴西渚的变迁，品安溪的铁观音，看海南陵水岸边招摇的椰树和沉默在山林里的红榈，还有念兹在兹黄河岸边的东阿鱼山，等等。

作者的足迹遍及祖国大好河山，敏锐的现实关照传递着美的正能量：初进大觉山，"一下子被那绿色团团抱住，不再是忽近忽远，而是脚下的草地、身旁的竹林、松杉、香樟树，绿肥红瘦的都将人围绕着，还有山楂、猕猴桃、乌饭树和野葡萄等，

[①] 李传锋，湖北省文联原党组书记、常务副主席。
[②] 叶梅：《福道》，重庆出版社2021年版。

挤挤擦擦地在一起，蔓延在人的身边，放眼处，高低左右都是水灵灵的绿"①。这景象对于生长在南方山区的叶梅来说本属平常，但她移居北方，在大都市和雾霾相处多年，重回山野，这种感觉则是由衷的、真实的，再三品味，眼前现实更可升华为天下愿景。在大觉山的深处，作者听到了细小但十分清晰的蝉鸣，"知了、知了"。作者笔锋一转："至于蝉儿究竟唱了些什么？想那蝉心人心大觉者，才会'知了'。"② 我能知否？君能知否？

很多人写过青海湖，但作者专写裸鲤奋力洄游的悲壮故事："那真是自然界的奇观。人类至今没有破译它们之间信息传递的密码，不仅是对这裸鲤和其他的鱼儿，还有天上飞的，陆地上行走的，就如前些时从云南西双版纳出行的野象群，它们的行为是受到怎样的指引，又是如何精准地抵达一个个目的地？都让人费解。"③《一只鸟飞过锦州》以拟人手法讲述珍稀鸟类东方白鹳一家几口从越冬地飞回锦州寻找老巢的故事，有知识，有温度，还带着浓浓童心，读来生趣盎然。

叶梅是个多面手，她的小说写得很好，报告文学、文艺评论也写得很好。这些年，她的视野更加开阔，其细腻丰沛的情感，摇曳多姿的文笔，生动描述了我国的大好河山，给环境保护一线的工作者画像，将自然与人文熔于一炉，妙趣横生地讲述人与自然和谐共生的故事。

叶梅生态散文的意旨是对自然的敬畏，是对生命的礼赞，引人思考，耐人寻味。

一、对生命的肃然尊重

"生态"一词字典上有两层意思，一是生物在一定的自然环境下生存和发展的状态。二是对生物的生理特性和生活习性的认知。生态文学如果只止步于对"生存和发展的状态"的描摹是远远不够的，它必须向科学层面发掘，对生态赋以人文的精神，这才是文学最能发挥作用的地方。人类经过千百万年，对身处其中的大自然积累了丰富的经验，基本弄懂了自然之道，用今天的时尚用语，是形成了一种"大数据"，大到国家可以依据此来安邦定国、治平天下，小到个人可以依据这个"大数据"来指导自己的行为。生态文学存在于科学与人文之中，即使科幻写作，它的大厦也是建构在坚实的科学原理基础之上的。

叶梅在《神农架的秘密》中大声疾呼："在这片净土之上，我们有更多的理由呼唤人类对植物、动物的保护，对天空河流山川的敬畏，对生态的了解、研究和书写。"④ 关于蝉："这小小的生命在出世之前要在土里藏匿好些年，多的达 17 年，才从泥土里悄悄钻出来，然后爬上树去，挣脱外壳，经过一番蜕变，这才试着展开一

---

① 叶梅：《福道》，重庆出版社 2021 年版，第 13~14 页。
② 叶梅：《福道》，重庆出版社 2021 年版，第 18 页。
③ 叶梅：《福道》，重庆出版社 2021 年版，第 3~4 页。
④ 叶梅：《福道》，重庆出版社 2021 年版，第 126~127 页。

对翅膀,开始它的吟唱。"① 关于青海湖的鱼,作者告诉我们:"原本是有鳞的。在很久很久以前,它的祖先黄河鲤鱼在青海湖与流向黄河的倒淌河之间游动的时候,曾披甲带褂,浑身都为金灿灿的鳞甲。但天地造化,13万年前青藏高原的山摇地动,青海湖四周隆起了一座座守护神似的大山,将这湖变成了闭塞湖。湖水莫名地日渐咸涩,不能适应的生物一个个无奈地渐行渐远,唯有黄河鲤鱼却留恋着这片高原。它在与带着苦涩的湖水不断摩擦中,听懂了湖水的低语。人类不知道它们说了些什么,那些谜一般的语言只限于它们之间,但人类知道,这鱼儿从那以后决绝地退去了身上的鳞片,就这样毫无防备地袒露着,将自己裸着身子融入了高原大湖。"② 再深奥的东西经过叶梅的探讨和彩绘,便形象有趣,作者写的是鱼,阐发的是科学知识,是人文精神。要写好《一只鸟儿飞过锦州》,就得了解这只鸟的独特之处,作者在这方面是做过充分准备的:作者从"极为遥远的白垩纪"写起,"锦州鸟也就从那一刻留在了化石里"③。"全世界已知鸟类有9000多种,其中4000多种是候鸟,目前已知最主要的迁徙路线有9条,其中最繁忙的是东亚及澳大利亚候鸟迁徙之路,北达俄罗斯远东地区、堪察加半岛以及阿拉斯加,南至澳大利亚和新西兰。""最新发现的环太平洋候鸟迁徙通道也经过此地,渤海湾是这两条迁徙通道的交会处。"④

作者写道:"人类对大自然的探求从来没有停歇,但敬畏之心断然不可无,只有谦恭地聆听它们发出的声音,读懂它们的表情,才能求得彼此的和谐。"⑤

人类目前最关心的是环境、生态、气候三大问题,这三大问题无不以人的生命为中心相互交织。不能说凡涉笔大自然的文学作品就是生态文学,生态文学除了以生物为题材,还必须以探索生态奥秘为指向。人与动物的关系源远流长,有关动物的问题,也不只是有关动物的权益问题,动物和人类的生存、生活和生产息息相关。但人类已经习惯于虐待、侮辱和掠杀动物来满足自己的欲求,这是人类中心主义最直观的表现。我们应该觉醒,不能继续对人类以外的一切采取漠视态度。对动物、植物的关心,对生存环境的关心,也不应该是居高临下的霸权心态,而应是相互依赖、相互尊重、相互适应的。要承认,山野,森林、河流另有主人,人类要把自己放在万千生命之中来平视这个世界,爱护这个世界,适应这个世界。

作品中写到发生在今年夏天(2020年)云南象群北上的事件,曾经轰动了全世界,并被作为我们善待动物的一个范例,可是,就因为它们终于返回了原处,我们就心安理得了吗?从另一个方面来思考,这难道只是一个偶发现象,是不是我们的不当行为所导致的?如果大象的生存领地不被侵占,足够宽阔,有必要去作一次生

---

① 叶梅:《福道》,重庆出版社2021年版,第17~18页。
② 叶梅:《福道》,重庆出版社2021年版,第1~2页。
③ 叶梅:《福道》,重庆出版社2021年版,第39页。
④ 叶梅:《福道》,重庆出版社2021年版,第44~45页。
⑤ 叶梅:《福道》,重庆出版社2021年版,第271页。

命的冒险吗？我们是不是应当更好地尊重它们、敬畏它们、爱护它们，包括敬畏大自然、爱护大自然呢？最近，光明网上有一条消息，美国普林斯顿大学牵头的一项研究显示，数十年的盗猎行为从某种程度改变了非洲象进化的方向，天生没有象牙的雌象越来越多。母象长牙，本来是为了保护小象，恐吓其他动物或是用于战斗。但随着人类盗猎活动的猖獗，母象反而要卸下"武装"以求自保，这实在是令人"震撼"的一幕。要知道，自然界的演化一旦加速，就意味着人类积累的"大数据"已不敷使用，超出了人类的经验总结。由此产生的后果恐怕是人类无法预料的，也可能无法承受。严酷的生态灾难唤醒了人类的生态良知。

在中国古代的哲学里，就有很多对自然和天地的认知，后来才受到西方哲学的影响。现在的自然伦理学，基本上是以人为中心的，人类因为有意志，便站在了生物链的最顶端，睥睨着万事万物。西方以极端个人主义为核心的世界观更是助长了人类中心主义的盛行，对大自然的随意掠夺和索取。现在看来，我们应该更多吸取东方智慧，在处理道德与利益的关系时，应运用新的自然伦理学、生物伦理学来约束人类的不当行为。现实世界是大自然千万年矛盾磨合的结果，万物取得了相对平衡，每一种生命都有它存在的理由，人类不能实施霸权行径。"大地母亲给了万物生长的乳汁，无限慈悲地让它们依照自己的天性，在这片土地上尽力生长，尽情绽放。"[①] 人类对生态的每一次破坏便是对大自然平衡的破坏。人类为了生存，对大自然的索取必须控制在一个合适的范围内，而其中最为核心的一点便是对生命的尊重、对大自然的敬畏。我们不得不承认，人类无力和大自然对抗。

二、对生态的真情赞美

叶梅是一个热情的行者，怀着对山水的怜爱和对大地的崇敬——见到青山绿水她会放声歌唱，见到动物她会欣然喜爱，见到破败生态她会忧心忡忡。她以细腻优美的文笔，把游记写得生趣盎然，把生态写得美妙动人。

《福道》中有这样的句子："勤劳的人们给了植物名字，而把自己的名字埋入了大地。人与植物世代结下的情缘，原本就在这相互的感念之中，人用语言和文字念叨着它们，而植物则将果实、花朵、叶和根茎，所有的一切都奉献给中意于它的人们。"[②] 她还写道："鱼儿知道，面对这些天敌，牺牲总是难免的。从它们的祖先那里，鱼和鸟儿，还有这水，都是息息相关地连在一起。养活鱼儿的吃食主要来源于飞翔的鸟儿造化于水中的微生物、浮游物，鸟儿少了，鱼儿们的供养也就少了。"[③] "邻近的海滩上，那些星星点点的白色水鸥，也刚从北方归来，不停地飞起又落下，抑不住初来乍到的新鲜感。更远一些的空中，银鸥、海鸥、黑尾鸥结队翱翔，形成

[①] 叶梅：《福道》，重庆出版社2021年版，第162页。
[②] 叶梅：《福道》，重庆出版社2021年版，第15页。
[③] 叶梅：《福道》，重庆出版社2021年版，第6~8页。

一排排翻腾的鸟浪。在海滩上密集的鸥群里,还有最珍贵的黑嘴鸥和遗鸥,全世界90%以上的黑嘴鸥都会在锦州和邻近的盘锦境内繁殖。这显然也是一件十分庄重的事情。"[1] "不由得,我也想成为一棵树,或是一朵云,长久的,就这样依偎着,或是不断亲近着这条河,这条名叫根河的河。"[2] "蓝天蓝天你好吗?/还好吗?/我是天上飞翔的鸟儿啊!/河水河水你好吗?/还好吗?/我们是水里游动的鱼儿啊!"[3] "是谁给了这山间的植物这么多的体贴和称谓呢?还都是那些曾经与它们最亲近的人,山间的农民、樵夫、采药人……,一年年,一天天,多少年多少代,人对植物的喜爱和了解不亚于对自己的子孙,将自己的心情都给了它们"[4]。"看来,但凡生命都有性格,温柔或强悍,内敛或外向,喜欢索群独居还是抱团取暖?动物、植物和人一样,都需要相互理会,才会相安无事。"[5] 一幅幅景象充满诗情画意,又那么温婉动人,这都源自作者的善念和文心。

世界是美丽的,天体宇宙、高山大海、鸟兽虫鱼,花开花落,生老病死,给人类提供了无尽的生之乐趣。为了对生态与动物进行保护,洪雅县退矿还林,退电还水。神农架人放下电锯,改变了发展方向。鄂温克人结束了最后的狩猎,大兴安岭的伐木者成了看林人……这世界就像一栋高大的房子,每一种生命就是一块砖,每一个物种的消失、灭绝,便是拆去一块砖,如果任由其拆下去,其后果便是人类自身的灭绝。

三、对生气的诗意颂扬

生态文学其实是由生态灾难所催生的,作家远不只是要把沙海变成绿洲,而是要给生活寻找更美的理由。"九州生气恃风雷",龚自珍 180 年前所憧憬的景象,经过几代仁人志士用鲜血和生命探索与奋斗,终于一扫"万马齐喑",使我们的国家如春花般呈现。生态文学特别关注人类在改善生存环境和保护生态环境方面所展现出来的精神之美。生态文学的兴盛,得于我们这个民族复兴精神的奋发。

《福道》中充盈着对奋勇向前精神的赞美:"鱼儿游到此处,别无选择。只能硬着头皮往上跳,有的河坎高过一米,只有极少体力超群且又有往年洄游经验的鱼儿能够一次跳过,大多数鱼儿一次不行跳两次,一连好几次都跳不过去。而就在它们跟前,那些占据优势的鸟儿看似平静地冷眼旁观,半天一动不动地站着……死亡的阴影就那样笼罩在头上,拥挤在高坎下的鱼儿,不知道下一个会轮到谁。但即使这样,也没有一条鱼儿后退。"[6] 这是一幅活生生的人类生存景象,我们就是那面对挑

---

[1] 叶梅:《福道》,重庆出版社 2021 年版,第 42~43 页。
[2] 叶梅:《福道》,重庆出版社 2021 年版,第 201 页。
[3] 叶梅:《福道》,重庆出版社 2021 年版,第 203 页。
[4] 叶梅:《福道》,重庆出版社 2021 年版,第 15 页。
[5] 叶梅:《福道》,重庆出版社 2021 年版,第 15 页。
[6] 叶梅:《福道》,重庆出版社 2021 年版,第 6 页。

战决不后退的鱼儿。"绿水青山就是金山银山。被唤醒生态意识的锦州人近年来痛定思痛，为使大地回到曾经风光旖旎的模样，曾经打响解放战争辽沈战役第一枪的锦州，在新时代又打响了渤海综合治理攻坚战，他们治理三河三山，拆除非透水构筑物、海堤生态化改造、潮沟疏通、在湿地大面积种植芦苇和翅碱蓬，将垃圾场变作花园……他们的梦想是，有一天，这座北方历史文化名城能够'水清、岸绿、滩净、湾美、物丰'，不仅能使人宜居、宜业、宜游，也能让万物生灵尽享太平。"① 岂止锦州如此，神州大地皆然也！《白音陈巴尔虎》《金沙银沙》《右玉》等篇什写治沙之难、治沙之苦，许多治沙人更让人感戴！叶梅独具慧眼，她看到了在治沙的奋斗中，除了人，还有许多能固沙的植物，"一片片一丛丛，连成网接成线，紧紧地锁住了沙漠"②。在修复和改善环境艰苦卓绝的奋斗中，我们千万不能忘记还有动物、植物的功劳，它们也在与人类并肩战斗。在《右玉种树》里，有一个感人至深的情节：首届县委书记张怀荣，在 1949 年 10 月 23 日，新中国刚刚成立时，征衣还没脱下，他就站在"种活一棵树比养活一个娃还难"的右玉这个地方，登高一呼："右玉要想富，就得风沙住，要想风沙住，就得多栽树，要想家家富，每人十棵树。"③ 多么富有远见，又是多么豪迈！70 多年里，右玉人坚持种树，"换领导不换蓝图，换班子不换干劲"，"当年的森林覆盖率只有 0.3%，如今达到了 54%，"成为"国家水土保持生态文明县"！作者不由感叹：'右玉种树，可与精卫填海、愚公移山类比。'④ 我们可以说，这个了不起的县委书记就是新中国最早将修复生态付诸实践的共产党人。

叶梅生长在三峡边一个土汉文化交流的家庭，所以，她的心中有峻峭起伏的武陵大山，有雄浑阔大的齐鲁大地，也有温馨迷人的小桥流水，她对生态世界有着与人不一般的眷恋与思考，她"看山的模样，从来不会觉得疲倦，千姿百态的，犹如好看的男人女人，也都有着性格，吸引你走近，与之细语，交付心事"⑤。在写裸鲤洄游时，她这样写道："悲壮的裸鲤洄游，不惜牺牲生命地为了生命而去，这聪明的鱼儿、敢于舍生忘死的鱼儿，千百年以来，就这样勇敢地延续着族群。"⑥ ……作者禁不住赞叹："我愿意跟着鱼儿一起前行，在这向往生命的路途上，虽然要经受无数的磨难，但鱼儿和人一样，总会对未来心怀憧憬。"⑦ 作者在写到纳西族人生活中的许多禁忌时感叹道："三朵，你已经给予人类种种暗示，现在到了我们该好好与时俱

---

① 叶梅：《福道》，重庆出版社 2021 年版，第 46 页。
② 叶梅：《福道》，重庆出版社 2021 年版，第 227 页。
③ 叶梅：《福道》，重庆出版社 2021 年版，第 231 页。
④ 叶梅：《福道》，重庆出版社 2021 年版，第 233~235 页。
⑤ 叶梅：《福道》，重庆出版社 2021 年版，第 264~265 页。
⑥ 叶梅：《福道》，重庆出版社 2021 年版，第 8 页。
⑦ 叶梅：《福道》，重庆出版社 2021 年版，第 5 页。

进的时候了。敬畏和爱惜三朵,是对我们自己的拯救。"① 作者有着敏锐的现实观照,没有玄思,没有矜夸,以社会主义现实主义的审美理念和艺术方法来写生态,传递出独特的感受和思考,因而给人留下很深刻的印象。

我们知道,《福道》所写,并非山河生态的全貌,这世界还有很多触目惊心的存在,但文章引导了生态美的方向。应对气候变化,守护地球家园,是全人类的共同事业,是推动构建人类命运共同体的人间正道。中国作为全球生态文明建设重要参与者、贡献者、引领者,改革开放的巨大力量焕发起中国大地勃勃生气,为生态文学提供了丰富源泉,作家朋友们一定能写出更多更好的生态美文。

---

① 叶梅:《福道》,重庆出版社 2021 年版,第 177 页。

中华民族共同体视野中生态文学创作的审美追求
——以《山巅之村》为中心的考察

朱 旭[①]

长期以来，中国少数民族文学及其深层价值因种种原因之层累，往往囿限于特定民族身份、民族特色、文化习俗等"地方性知识"的既定话语缠绕中。"即往往会集中于族群历史本身而忽略更广范围的各民族交流与融合。在幽微的层面，这实际上是一种族裔民族主义，即搁置中华民族近代以来的建构历史，而重新回缩到一种族群共同体的首尾连贯的叙事神话之中。"[②] 近年来，对于其所蕴藏的中华民族共同体意识确实关注较多，但对于少数民族文学审美层面呈现出的中华民族共同体意识及其美学追求，所给予的关注和研究深度、力度、强度均不足。在我国，少数民族作家有着得天独厚的生态文学观照优势。他们偏居相对而言的边地，但也正因如此，其文学创作可能往往更在地，也更接近本源。在中华民族多元一体的态势中，少数民族作家们的生态文学创作，在为其特定民族代言的同时，也正是在为新时代"中国故事"的讲述注入丰富而生动的多样活力，更在一定程度上与世界文学的深层经验进行着对话，以中华民族共同体的声音为人类命运共同体在现实与文化艺术间的融通做出了有益尝试。

自20世纪80年代以来，土家族作家李传锋的文学创作实践，便持续性地关注他生长的血地——武陵山区。其中篇小说《山巅之村》即其生态书写的最新思考：不是以族群身份或文化"差异性"为旨归，也不以所谓陌生化的民族风貌的建构为意趣，而是在历史记忆纵深处和时代精神高地的融汇中，展现以中华民族为整一单元的国家层面的"共同体文化"。《山巅之村》从民族到地域，从叙事策略到文学形象建构，从古典文学资源到现代叙事品格，均呈现出中华民族共同体意识。因此，本文拟以李传锋的小说《山巅之村》为考察中心，将其生态文学创作内置于中华民族共同体视野的阐释框架中，在个案细读与宏观探讨中，展现《山巅之村》的启示性意义。

一

在少数民族文学的生态书写中，我们可以见到不同程度的传统"风物"叙事，

[①] 朱旭，湖北大学文学院副教授。
[②] 刘大先：《新世纪少数民族文学的叙事模式、情感结构与价值诉求》，载于《文艺研究》2016年第4期，第16～24页。

那不是风情画式的展示，也不仅涉及外化的生态环境书写，而大多是在"万物有灵"的特定生存哲学框架内与作品中人物的生活经验、经历相勾连，而形成一种整体性的叙事氛围。李传锋生长并深情书写的武陵山区，位于华中腹地，千山万岭、层峦叠嶂，是多民族混杂聚居，且各民族南来北往频繁之地。"每个图腾都与一个明确规定的地区或空间的一部分神秘地联系着，在这个地区中永远栖满了图腾祖先们的精灵，这被叫做'地方亲属关系'（local relationship）。"① 山地风物与生长于斯的多民族人类便构成了这样的"地方亲属关系"，共同形构了一个命运共同体空间。"风物"在《山巅之村》中作为一种叙事策略，成为展示的对象，承担多重功能，从而使得共同体不再是纯然的想象。也就是说，"风物"承担了一种意义再生产的功能，小说通过"风物"完成秩序的重建。这样的重建既针对特定民族内部，能形塑族群的新时代认同；另一方面，针对特定族群之外（多民族共同体之内）的人而言，又能因之被看见，进而产生被理解的可能，从而完成整一性意义层面的多民族共同体意义形塑。

在《山巅之村》中，位于武陵山中的香獐隘本是土家族人世代祖居的特定区域，为了改变相对贫困的面貌，响应国家易地搬迁的号召，绝大部分村民都搬到了山下的新村，只有灯笼爷带着孙女儿和一条狗固执地坚守。"我知道，这都是党和政府为我们好。可是，我不比年轻人，他们要进工厂，要进城市，要赚钱养家，而我隔天远离土近，做不动了，我不要这些。他们丢下香獐隘，我就来守，我来守住这个村子，他们谁要是想回来，也有个地方讨口水喝。"② 对于特定少数民族内部成员，亦即在《山巅之村》中世代居住于群山之中的土家族族人而言，灯笼爷守着的香獐隘不只是一个特定族群的生存空间，也是这一特定族群的意义再生体。"祖地不只是民族大剧的舞台，而且是这部剧的主角。对它的人民来说，这块土地的自然属性具有历史性的重要意义。因此，湖泊、山脉、河流和山谷都能转化为大众美德的象征符号和'本真的'民族经历。"③ 祖地空间内部的风物，便因此承担了意义再生产的重要功能，通过展示来获得意义的强化。土家族人如此这般的生态观通过风物展示出来，以便重构被模糊化了的族群认同，唤醒尘封的族群记忆。这些自然风物取自自然，但被族群高度社会化了，对于召唤土家族人对族群文化的认知，具有更直观的价值重构意义。例如香獐隘上祖传的一种蓝花土烟，"比烤烟的叶片油性大，比白肋烟的叶片肥厚，晒干，搓碎，喷点香油，劲头大得很"④。灯笼爷习惯了抽这种土烟叶，没有经过现代深加工工艺的制造，纯粹是天然烟叶晒干后的初级成品。再有"用阳坡上生长的栗树做柱头，把鸭掌楸分解成穿枋，用杉木做板壁和檩子，用松木

---

① 布留尔：《原始思维》，丁由译，商务印书馆1981年版，第84页。
② 李传锋：《山巅之村》，载于《民族文学》2023年第9期，第32页。
③ 史密斯：《人文与社会译丛：民族认同》，王娟译，译林出版社2018年版，第81～82页。
④ 李传锋：《山巅之村》，载于《民族文学》2023年第9期，第16页。

做椽搁条"而建起来的土家族吊脚楼。与现代建筑技术相比，这样的造楼工艺显然是"落后"且显得较为"笨拙"的。还有小说中多次出现的关于灯笼爷所做饭食的叙述，其中的野葱炒鸡蛋、鼎罐煨腊肉坨坨等，就地取材且自然风干，遵循食物原本的风味，不做过多干预和调味，显得朴拙但又似乎蕴藏着某种后现代式的高级。这些风物贯穿这一"山巅之村"的衣食住行，皆蕴藏着一个民族的文化、价值观念、历史中关于传统的记忆。但在李传锋的叙述中，并未将其塑造成被现代文明遗留角落的碎屑，不是原始而未开化，不是断壁残垣，亦非茹毛饮血。香獐隘是族群记忆的策源地，其中的风物展示，即展示"那些族群成员司空见惯、反反复复出现的景观，那些熟悉的闭上眼睛即可辨识的空间，那些被他者纷纷踏入并被奇异化的景观，实际上构成了一天又一天（并非价值判断），这是和族群成员最为切近的那道风景，他们可以随时触摸、遭遇到的世界"①。这些作为符码的风物，其重要意义显然不在于形态如何，也就是说，关键性密钥不是风物是什么样子的，而是特定族群内外的人在了解到这些被展示出来的符码后，他们的解码行为。族群内部的人因为风物所自带的族群文化基因，成为沟通历史记忆与当下实感的重要修辞，从而使风物具有了类化效应，成为他们召唤族群身份、重建历史感和现实感的修辞，乃至宇宙秩序重构的隐喻。

对于中华民族共同体内部，但非某一特定族群的人或者读者而言，风物叙事在某种程度上起到了对话进而理解的修辞论目的。这样的对话绝非内心的独白，而是一种关系得以发生的过程，既是过去与现在的对话，也是解释者与展示物的对话，这是一个无限展开的动态过程。"在与构成社会集体的那些个体的存在的关系上说，社会集体存在的本身往往被看成（与此同时也被感觉成）一种互渗，一种联系，或者更正确地说是若干互渗与联系。"② 而全球化的深度推进，使得少数民族的文化往往被打上了特定的标签，这样的互渗与联系并未得到深度展开，也就是说少数民族的文化在某种意义上来说，还是被冠以"他者"的名义，推行某种消费主义的目的论。而《山巅之村》中的风物叙事，在唤起特定少数民族内部族人的文化记忆的同时，也使得中华民族共同体内部的其他成员能够从中获取对于他们的认识和再认识，以便能获得相当程度的重新肯定和认同。比如小说中出现的"水筧"，原本是武陵山区一种常见的植物，但灯笼爷却用这种植物来代替水管的运输功能，其结果就是常常会被野猪拱坏，从而破坏山上的吃水系统。作为"尖刀班"成员的"我"，主动请缨说买胶管来换上。但灯笼爷不同意，他说："你把水筧换成了管子，沿途那些鸟雀，那些野牲口去哪里找水喝哇？让它们都渴死？"③ 所以，在灯笼爷看来大自然是

---

① Ann B. Landscape and Ideology：The English Rustic Tradition 1740-1860，University of California Press，1986，152、154.

② Spencer W B, Gillen F J. The Native Tribes of Central Australia, Macmillan Publishers Ltd，2010，202-204.

③ 李传锋：《山巅之村》，载于《民族文学》2023年第9期，第14页。

应该泽披万物的，在这个问题上，山中的鸟兽虫鱼们和人是一样的，是平等的。类似的风物还有"崖蜜"，灯笼爷拒绝了"我"将其私有化进而货币化的提议，认为这是一个稀奇古怪的提法，山中的生灵应共享此一馈赠，"整个冬天，很多长嘴的得靠这东西活命哩"，不应占为己有。特定族群之外的读者在李传锋对风物的观照中，渐次理解其价值观念与信仰、情感与诉求、道路与选择等，风物便成为一种极具主体构造意味的动词。

人占据中心地位是现代性语境下被视为理所应当的价值原点，而《山巅之村》中一切关于风物的叙述既成为少数民族作家对族群身份的唤醒，更成为族群外部（中华民族共同体内部）成员观念"互渗"的重要契机，风物的意义就在这种不断对话式的展演中得以增值。进一步，李传锋对于风物的叙述不是为了创造某种族群圣象，以获得族群外部之人对所谓"陌生化"的青眼，而是将风物型构成一种交织着现代与传统、历史与现实、权力与表征等多重复杂关系的共同体"寓言"。以此给"想象的共同体"赋形，使之不独为"想象的"，而是已然的实构。风物背后所蕴藏的崇信的力量，也由此从族群文化的层级，播散至中华文化遗产的公共性知识再生产视域。

在《山巅之村》中，"风物"不再是有灵世界的重复性叙述，不再是"风物志"式的物象陈列与博物馆式的展示，而是深入作品"所指"的精神境界和生命体验。如此看来，这样的表达就不仅仅是一位少数民族作家民族精魂的觉醒，而真正抵达了带有智行思考的现代叙事的审美境界，李传锋的身份政治与文化认同由是便被置于国家认同的总体性认知之下。

二

李传锋的动物系列小说在 1980 年代就已臻成熟，毫不讳言，动物叙事构成了李传锋早期生态文学创作的轴心。正是凭借着独特的动物小说，李传锋在当代少数民族文学尤其生态书写中独树一帜。事实上，我们在李传锋的大部分小说中都可以不同程度地发现动物叙事，到了新时代，当作家的创作底蕴与新的时代精神、环境迎头相撞，加之深层多民族文化资源的继承、转化，和长时间的思考、沉潜，就不单单是业已有所成的叙事炫技，也非拘囿于特定民族的歌吟，而真正做到了共同体性叙事审美层面的智性、灵性的诗学建构。如果说在《山巅之村》中，风物在小说叙事中完成了空间意义层面中华民族共同体的建构的话，那么动物叙事就在时间序列圆融了共同体的意义。中国的少数民族多生长于地理位置相对边缘、生态环境相对原生态的地区。又因之普遍存在的诗性思维、万物有灵等观念，使他们面对地球上的其他动物时，往往更易生发出敬畏和尊重，"因为懂得所以慈悲"。对于自然中除人类之外"物"的这种"慈悲"在集体中的每个成员身上留下深刻的烙印。人、动物、自然环境构成了多组相互缠绕的关系链："这些关系全都以不同形式和不同程度包含着那个作为集体表象之一部分的人和物之间的'互渗'。"[1] 在《山巅之村》中，李传锋所做的尝试正是在叙事策略层面将其自身少数民族的生活经验、思维方式、感觉结构融入小说的动物叙事之中，结合当下的现实思考，以动物叙事为轴完成了历史记忆与时代精神的合流，此一过程即在时间的河流中，激荡起了中华民族文学共同体视域内的"互渗式"时间叙事。

《山巅之村》中动物叙事完成的"互渗"时间修辞，即将历史与当下连接，建构起共同体层面的共享性时间意义，从而能在一定程度上消弭因为特定族群历史的差异性而带来的共同体内部不同族群之间的隔膜感。如在《山巅之村》中，依旧生活在香獐隘的灯笼爷一家，除了他和孙女栀子，还有他们家的黄狗，这可不是一条普通的中华田园犬，而是红军狗的后代。灯笼爷的岳父当年在香獐隘上养过一只老黄狗，是现今这只大金毛的祖奶奶。祖奶奶黄毛狗白天跟着主人采药，能像香獐一样在悬崖绝壁上攀爬，在悬崖绝壁上找到出路，然后将采好的药材即时送到红军洞。到了晚上，黄毛狗就会兼任放哨的任务，"它有极其灵敏的听觉，还有十分敏锐的嗅觉，能从雨声中发觉异响，能从山风中捕捉异样的气味，再加上它从远古祖先身上继承下来的对主人的那种忠诚，俨然成了红军医院的一员干将"[2]。正是因为有狗的存在，敌人几次偷袭都以失败告终。狗王带领着狗群们，形成了动物别动队，俨然成为香獐隘上红军医院最得力的保卫者和服务员。由是，黄毛狗的参与叙事，已经不只是"万物有灵"或者特定民族的文化习俗问题，这样的历史隐秘也不再是对特定民族相对陌生化历史的猎奇性揭秘，而是打通了中华民族共同体内部各民族的历史现场，在时间序列上成为中华民族的红色革命历史叙述，这是共同体内部成员都共享且共同经历过的。更进一步，民族责任感在时间序列得以继承和彰显，无论是灯笼爷之于采药人，还是大金毛之于祖奶奶黄毛狗，历史的硝烟愈加飘散，但生生不息的精神史得以延续，并将一直代际相传，且生生不息。

动物叙事除了在时间序列的表层叙事方面，因为串联起革命历史而形成了共同体的融通，与产生的此种辅助性叙事作用不同，动物叙事甚至是构成了叙事推进的动力，某种程度上推动了小说故事情节的延展，或转向或奔突，或暂停或加速，乃至延宕，等等。小说开篇即描述了上到香獐隘沿途的自然美景，但作为"尖刀班"成员的"我"此行是受命上山劝灯笼爷搬下山来的，"此行并无诗意"。正是远方的一声枪响，将"我"从"欣赏"这山间美景的轻松氛围中惊醒。一会儿过后，从后面窜出的一只死命奔跑且带着血腥味儿的大黄狗，使得此时故事内的气氛急转直下，危险的信号传递出来。接着我追寻着大黄狗留下的血迹往前走，因着突如其来的黄狗遇袭事件，不仅给"我"的此次上山之行笼罩一层阴云，也使"我"联想到自己在工作和生活中一连串的痛苦遭遇。但叙事没有停留在此种情感基调中，尽管大黄

---

[1] 布留尔：《原始思维》，丁由译，商务印书馆1981年版，第69页。
[2] 李传锋：《山巅之村》，载于《民族文学》2023年第9期，第10页。

狗遇袭受伤事件的突然闯入，霎时改变了叙事的走向，但"我"并没停留在自怨自艾的情绪中过久，人物的情绪与故事的基调又一次因为大黄狗出现逆转。就在"我"在垭口停下来休息的时候，突然发现草丛中竟然有一只狗，起先的惊诧、害怕、怀疑，在与狗眼对视了一阵后，"竟然被它的哀伤和信任打动，我不再犹豫，毅然把黄毛狗背在肩上。奇怪的是，两条生命一合体，我的胆量居然大了起来"①。这段描写很动人，借"我"的心理活动及其变化将最纯粹的人性美好唤醒。原本沉浸在不安、怀疑情绪中的"我"，被大黄狗唤醒和治愈。也正因为这一救狗的举动，接下来"我"偶遇栀子，和后续见到灯笼爷，才能迅速和他们拉近心理距离。直至故事的最后，灯笼爷故去，栀子下山，黄狗大金毛带领着被遗弃在山上的其他土狗们像保镖似的驻守在灯笼爷的墓边。它们好像知道是乡长主导了小康新村里的打工工作似的，眼露凶光，极不信任地逼视着"我"和乡长。但当"我"呼唤"大金毛！大金毛！我是你的救命恩人！"后，狗王嗅了嗅，搜索着记忆，认出了"我"。"我"才得以和乡长一起破解了山上所谓"闹鬼"的秘密。黄狗大金毛与"我"的互动所占篇幅并不多，但似乎都在要紧处，每一处转折，乃至结尾处的意义延宕，带有精神寻访意味。被现代性席卷而陷入精神萎靡的状态，需要怀念且重新召唤出被遗忘在时间缝隙中艰难却激情燃烧的岁月和精气神。

当然，黄狗大金毛是小说中绝对的动物主角，除此之外，其他支线的动物叙事，虽然并不构成叙事的主干，但也并非外在的叙事闲笔或背景，而是作为不可或缺的补充性叙事力量存在。显然，这种类型的动物叙事在表达方面，注重的也是时间上的情节延续。即注重的不是空间里物象的平列展示，而是加强了线条性的叙述。比如小说中对于老岩鹰与大金毛几轮较量的描写，作者不厌其烦地细腻描写"空中杀手"和"地上狗王"的几轮拼死搏杀，甚至有跳离主线、专注斜出旁支之嫌。其实不然，这段看似繁复的书写，恰是狗王精神传承的最好注解，也是山中生灵从古至今葆有、并未随时间而褪色的精神力量的呈现。还有来自城里的宠物狗萨摩雪，总跟不上巡山的大金毛，两种不同类型的狗，代表着两种不同的生存场域和生活方式，尽管会有不协调处，但两狗渐渐颇有相依为命的架势。还有为了适应山下小康新村的生活而付出惨痛代价的猫："只要接触到湿湿的土地，短则两个时辰，长则半天，它就会'死而复生'。"这些书写无不展现着动物超越时间的意义，与土地、自然的紧密连接。这种连接不仅指向过去的革命岁月，也连接着当下的现代生活，更指向着未来克服所谓"现代文明病"可能性的路径。

《山巅之村》通过不同动物叙事的参与，达成了注重时间结构的效果，显示了作者试图走出特定族群的历史藩篱。而展开怀抱去与更广阔的社会生活相拥的艺术诉求，也是作者跳脱特定族群身份的单一设定，在时间序列彰显中华民族共同体意识的审美表达。

---

① 李传锋：《山巅之村》，载于《民族文学》2023年第9期，第6页。

三

新世纪以来，随着现代化进程的加快和全面铺展，在中华民族共同体内部出于种种原因，原本有些多民族地区演进着不同的历史记忆、时间逻辑、社会秩序，也被不同程度地卷入标准化的现代化巨轮。原本一体中多元的演进，循着西方的现代性脚步，被纳入了单向度的轨道。因而，多民族地区这种快进式的现代性演进往往被窄化、被压缩了，就可能会显出促狭、暧昧的意味。于是，如何以一种非西方的、在地性的，符合多民族中国多元一体格局的发展模式来调试西方资本主义唯经济论的垄断性叙事，以打破人们惯性思维模式下，对"发展""速度"等极具压倒性优势的魅惑性叙事的偏爱，成为亟待破解的生活与情感难题。"与西方民族的形成多源于漫长而惨痛的殖民或流放记忆不同，作为多元一体的国家，中国各民族几乎都是古老的世居民族，各民族交错互嵌的居住格局、兼收并蓄的文化交融、取长补短的经济汇通、亲如手足的情感相依、生死与共的命运共同体，以及各民族风险共担、利益共享的生动实践，使得爱国主义精神已经作为中华民族优秀基因融入全体国人血脉中，成为中国文学始终不绝如缕之主题。"[①] 新时代已降，民族地区在完成脱贫攻坚伟大任务后也迅速进入乡村振兴的时代，经济繁荣，各种公共服务设施逐步完善，各民族人民生活富裕，社会安定。少数民族作家们带着不同的语言、文化背景、风俗传统、地域的文学书写参与着"复调式"现代化的发展。这种"复调式"的现代化是属于中国式的现代化发展模式，是传统爱国主义主题的"新时代版"。即与多民族中国社会政治、经济、文化等层面的社会现实变革彼此呼应，并依据它们在不同历史时期做出的具体调整而不断调适自身的话语表述状态。具体到《山巅之村》，作家的这种"复调式"现代化模式的思考，就集中呈现在"生态人"形象的塑造上。"生态文学塑造的这种'后现代人'的新人物形象，在其他客体面前（如自然），不再是主体性的姿态，主宰者的脸孔，而是一种俯就、尊崇自然、淡漠物质生活、主张人与万物共同在家的统一性。这样的人性，不妨名之为'生态人'。这种'生态人'的塑造呈现，无疑是对当代文学的人性表达与人物塑造的一种超越与更新。"[②]

少数民族地区因受多种历史和现实问题的层层累加，很难甚至说不可能完全套用同一种模式在同一速度下朝着全面现代化行进。少数民族作家也在历史中领悟到西方现代性叙事话语完全接纳的不可行性，那么，尝试重新规划出适合于多民族中国自身历史与现实境况的"复调式"现代性线路图，便成为迫切的现实需求。灯笼爷这一人物形象就寄予了作者某种"后退式前进"的尝试，以完成对西方现代性话

---

① 李长中：《吉狄马加的诗歌创作与他的中华民族共同体意识》，载于《民族文学研究》2023年第3期，第5～16页。

② 雷鸣：《论生态文学对于中国当代文学的变革及意义》，载于《文艺论坛》2021年第4期，第4～12、2、129页。

语的差异性或对抗性叙事。灯笼爷一家不愿从香獐隘搬到山下的小康新村,似乎是整个小说故事的逻辑原点,也是整个叙事矛盾的核心。从故事叙事的表层来看,灯笼爷似乎是拒斥现代化的便捷生活,更愿意停留在对那些经久不变的原生态的"风物""动物"的凝视上,从而悬置了与未来的线性联系。但其实灯笼爷这一人物,并非固执地持守传统生活模式不懂变通的卫道士形象,"他内心里却有另一个声音,这电灯的确是个好东西,这商店是个好东西,这汽车是个好东西,好东西很多,如果都能弄到香獐隘去多好哇"①。所以,灯笼爷排斥的不是现代生活,而是釜底抽薪式与过去、与传统、与土地相决绝的生活方式。采药人当年在临终前交代灯笼爷,要亲爱土地,不要忘记逝去的红军们。"但是,多数人忘记了,食言了。他们把房子抛弃了,把土地抛弃了,把生活习俗也抛弃了,为什么不可以把这些都带入现代社会?一心只想着赚大钱,住新房子,过好日子,有谁还记得这衣胞之地,记得清明节要给亡人烧一张纸送一炷香呢?!"② 如此看来,灯笼爷持守的也不是特定民族的风俗或者信仰,而是由乡土文明生发的中华文明,也是多民族共同体内的同袍之情,是被西方现代性演进逻辑遮蔽的其他可能性。"生态人"的出现,或许是一个契机,让我们得以重新审视被纵向时间观所遮蔽的叙事逻辑,恢复对空间的多样阐释,以及对时间的多元认知。由是观之,策略性的"退后"或许能成为少数民族作家拯救当下的"前进"方式。在"退后"中把握生活、思考世界、塑造认同。或许,从这一层意义上而言,少数民族文学的生态书写,尝试着使中国文学从"五四"以来即被现代性裹挟的时间神话中解救出来,为"复调式"的现代性进程即中国式现代性提供了另类叙述的可能性。

当然,"复调式"现代性的探索,不能仅仅停留在解构既定进化论逻辑中的西方现代性模式,更重要的是如何建构,或者说提供关于文学的对话性的"复调式"现代性模式的洞察。如果说灯笼爷这一"生态人"的形象完成了对话语的拆解的话,即"只简单地想着怎样把泥塘里一条活鱼捉到客厅的鱼缸里去生活"③,那么栀子这一"生态人"形象则呈现出一种指向未来的生发性意义,寄寓着作者进一步思考:"幸福生活到底是些什么?肯定不只是吃饱穿暖,还有社会服务,还有精神文化生活,包括如何满足个别人的意愿。"④ 栀子不愿意下山,更多的是情感层面的考量,她离不开爷爷和大金毛,离不开香獐隘上的草木虫鱼和山川树木。但她也想下山读书,想改变香獐隘的贫苦面貌,使得大家既能不远离土地,又能幸福生活。这是栀子的难题,也是摆在少数民族作家面前的考题。故事的最后,国家规划的高速公路要从香獐隘经过,设计院的专家已经来看过地形;栀子也下山读书、考大学,报考

---

① 李传锋:《山巅之村》,载于《民族文学》2023 年第 9 期,第 26 页。
② 李传锋:《山巅之村》,载于《民族文学》2023 年第 9 期,第 32~33 页。
③ 李传锋:《山巅之村》,载于《民族文学》2023 年第 9 期,第 42 页。
④ 李传锋:《山巅之村》,载于《民族文学》2023 年第 9 期,第 36 页。

农林牧方向的专业，毕业后带着知识重返香獐隘，搞生态开发。这既是因地制宜的乡村振兴策略，也是国家话语与个人话语的融通，更是新时代中国式现代性图景的生动注解。对风物和动物的叙述，使得《山巅之村》在叙事层面完成了作为文本的故事对于中华民族在共同体的形塑。而其中"生态人"形象的塑造向世界命运共同体贡献了"复调式"现代性的中国智慧。

《山巅之村》的故事是中国社会现代化进程与历史演进的对象化呈现，是新时代"山乡巨变"的一个缩影。以武陵山区的"这一个"写出了中国故事，写出了多民族中国的共同体意义。小说所讲述的故事是独属于香獐隘的，但被现代性的滚滚车轮所碾碎的又岂止是世代居住在此的土家族的传统生活方式呢？自然也有汉族的，更准确地说，是多民族的，是传统乡土中国的。也是在这个意义层面，我们发现，李传锋对武陵山区的书写，既是他对民族地区现代性问题的思考，更作为一种可行且有必要的视角和方法，助力他观照新时代中国式现代化相关的诸种问题。而这样的诗学意义又延展为作者强烈的国家和民族意识。

李传锋似是用生命在写作，以"亲历"与"在场"的方式，观察着大自然冬去春来的变化，感受着大自然山川湖海呼吸的节奏，聆听着大自然寒来暑往的歌吟和叹息，他把生机盎然的鲜活大自然和遭受了危机而焦虑的大自然，以及人类深沉的思考都真切地传达给了读者。在某种程度上而言，"边缘"的少数民族文学力量在向世界诉说着"复调性"中国式现代化模式之缘何、为何的同时，也因之多元自然伦理、新式乡土伦理的展开，有缓解现代性焦虑的某种可能。因为少数民族文学的生态书写不是在强行脱离既定的现代性轨道，而是试图在危机重重的西方现代性神话中发出多民族中国的声音：期待族群在现代与传统并置的世界中相得益彰、并行不悖地发展；有你也有我，我们彼此对话，而非彼此对抗。也正因如此，少数民族文学的生态书写并非后现代意义的解构，而是多元文化的建构者、跨族群对话的推动者，为铸牢中华民族共同体意识提供着生生不息的文化动力。

生态美学视域下的英雄叙事
——以陈连升、张富清形象为中心

李 莉[①]

翻阅中国文学史，从民间文学到作家文学，从来没有缺少过英雄叙事。《盘古开天地》《夸父逐日》《精卫填海》等神话中有人们想象的英雄人物；而藏族的《格萨尔王》、蒙古族的《江格尔》、柯尔克孜族的《玛纳斯》则是流传数百年的少数民族口传长诗。这些民间文学中的英雄们拯救生民于水火，克服自然灾难，平定战乱，为人类繁衍和民族社会发展做出了不朽贡献，被世代传颂而不朽。现实生活中，还有一些英雄，他们为了国家领土的完整与主权的独立，为了民族的发展与富强，为了公平正义的充分实现，为了绝大多数人民的利益，参与战争，舍小我救大我，最后英勇献身，这样的英雄同样值得称颂。现实生活中产生的英雄，有的被载入史册，有的被文学作品书写：岳飞、文天祥、戚继光、郑成功、林则徐等名字都家喻户晓，他们的故事激励着一代又一代中国人。英雄事迹也是文学创作的重要素材，从《三国演义》（明·罗贯中）到《说岳全传》（清·钱彩、金丰），从《林海雪原》（曲波）到《焦裕禄》（穆青），从《格萨尔王》（阿来）到《攀登者》（阿来编剧）……这些作品都散发着浓郁的英雄情结。书写英雄就是弘扬英雄精神和英雄品格，就是传承优秀中华文化。

时代不同，社会需求不同，英雄的业绩就不同，叙述英雄业绩的文本也就不同。在此，以恩施本土作家们创作的陈连升、张富清形象为中心，阐释生态文学视域下的英雄叙事。

一、生态美学与英雄叙事

顾名思义，生态美学是将生态学与美学有机融合研究的方法。运用生态美学研究方法探讨文学作品中人与自然、人与社会以及人与自身等方面的生态关系，可以从全新的视角审视人类活动的"合目的"性。即人的活动若能够遵循这三方面的生态规律、生态规则，便是符合生态美学与生态伦理的活动，若违背相应的规律和规则，使活动一方遭到损害或破坏，甚至产生副作用，则被认为是背离了生态美学。

生态美学视域下探讨英雄的活动，可以把英雄当作正常的人而非神人予以考察，从而防止英雄"神化"。这样有利于解读英雄，展示英雄本色，阐释英雄的非凡之

[①] 李莉，湖北民族大学文学与传媒学院教授，恩施州文艺理论家协会主席。

处，表达对英雄的景仰之情。

那么，何谓英雄？英雄如何造就？英雄如何书写？

关于"英雄"，《现代汉语词典》解释有三层含义：一是指才能勇武过人的人；二是指不怕困难，不顾自己，为人民利益而英勇奋斗，令人钦敬的人；三是指具有英雄品质的人。这三层意思既可以单看，也有层层递进，前一种是后一种的基础，后一种是前一种的深化或提升。总体来说，这种界定具有一定的主观性。一般人看来，英雄是指那些拥有超出常人能力的人，他们能够带领人们做出巨大的极富意义的事情。大众评定的英雄能得到大众敬重和景仰，能在社会上享有很高的道德声誉乃至政治声誉。对于有志者来说，做一个英雄，往往是他们心中的梦想。即便做不成英雄，也很向往英雄，希望自己具有英雄品质。英雄的非凡品格及其非凡业绩，折射出他们从外表到内心、从肉身到精神都有更加完善的、成熟的生态美学特征。

恩施土家族苗族自治州，地理虽然偏远，从近代到当代却涌现了不少英雄人物：清朝的陈连升父子，革命战争时期的贺龙、何功伟、刘惠馨，当代的张富清，等等。英雄们的功德，有些已被民间文学传唱（贺龙闹革命的民间歌谣数以百计）；有些则被作家们书写。较早赞颂陈连升事迹的作品有清代诗人陈昭的诗歌《节马行》、张维屏的诗词《三将军歌并序》等；何功伟、刘惠馨等英烈是马识途长篇小说《清江壮歌》中的原型人物；王英先的长篇小说《枫香树》以 20 世纪 50 年代初在恩施天池山开展"清匪反霸斗争"中涌现的英雄为原型。书写张富清事迹的作品则更多，如刘益善的长诗《中国，一个老兵的故事》，钟法权的传记《张富清传》，田天与田苹合著的报告文学《父亲原本是英雄》[①] 等。

陈连升和张富清，均在恩施州境内有过很长时期的生活、工作经历，其英雄品格有许多相似性。探究两位英雄的成长之路，了解作家们的叙事艺术，有利于读者更真切地认识英雄，理解英雄精神和英雄品格。

二、自然生态环境铸就英雄的体魄，磨炼英雄的意志

无论是书写历史上的民族英雄还是当代民族英雄，必须掌握人物的生活轨迹及其历史材料，把握人物生长的地理环境、社会环境和时代环境，在具体环境中展示人物的性格、命运及其社会地位与历史贡献。

陈连升出生于清朝乾隆年间[②]，毕兹卡（土家族）人，出生地是今天的湖北省

[①] 《父亲原本是英雄》（湖北人民出版社 2019 年版）于 2020 年 8 月获得第十二届全国少数民族文学创作骏马奖报告文学奖，后面的引文均出自此书。

[②] 陈连升的出生时间不同版本中有不同写法：杨秀武的《东方战神陈连升》写成 1775 年 9 月 8 日（第 41 页）；田开林的《民族英雄陈连升》写成 1778 年岁末（第 12 页）；宋福祥的《陈连升传》则认为是 1777 年 3 月 19 日（封底页）；鹤峰县人民政府网站写成 1775 年；他的牺牲时间则一致认为是 1841 年。出生年月记载不准的现象是正常的，当时只有农历，只靠父母和家人记忆。本文采用其出生时间为 1777 年，后文陈述的生活轨迹来源于《陈连升传》。

鹤峰县邬阳乡，当年属于容美土司管辖范围。这里地方偏僻，山大人稀，赶山打猎是山里男人们的日常事务。艰苦的自然环境与家庭的严格熏陶，锻炼了陈连升强壮的体格。他13岁时练就石锁功夫进入清江河放木簰，16岁投军从戎，19岁后在今天的恩施州各地做官，45岁（1822年）去福州看望结发妻子肖雪珍及岳父母，在当地与林则徐会面相识。之后又回恩施，并辗转陕西、广西等地任职。55岁（1832年）时赴广东任军职，在"虎门销烟""官涌之战"中表现英勇，最后在1841年抵抗英军侵略时与儿子同时牺牲于沙角炮台，被称为"东方战神"。

文人创作中较早反映陈连升事迹的作品除清朝陈昭的诗歌《节马行》外，还有王拯的《陈将军义马诗赞》、张维屏的《义马图册诗》、欧阳双南的《义马行》、骆锦的《陈协将连升殉节诗》等[①]，史书《清史稿》也有一段文字记录。当代恩施本土作家撰写的陈连升作品有：王月圣的散文《节马碑感怀》，田开林、田方的报告文学《民族英雄陈连升》，杨秀武的长诗《东方战神陈连升》，谭琼辉的小说《大将军陈连升》[②]，宋福祥的传记《陈连升传》等。这些作品运用不同文体从不同角度塑造了陈连升的形象，对陈连升的成长环境都有细致叙述。根据陈连升一生的活动轨迹来看，他从一个山里娃、一个放排木客成长为一代抗英英雄，与其生活环境有密切关系。

"深山猎户一后代，喜文爱武好少年"，《民族英雄陈连升》开篇就交代了陈连升的生长环境、家庭职业以及他本人的兴趣爱好。"深山"环境练就了他的强壮体格，"猎户"职业培养了他的生存本领，"喜文爱武"兴趣培养了他的非凡胆识。"少年"在这里有两层含义。一是"少年"的生理年龄，年少者常有初生牛犊不怕虎的勇气，很多事情敢作敢为。二是指少年在家庭和老师的教育下，熏染的风气、传承的精神、养成的习惯、学得的知识、练就的本领、树立的志向和奋斗目标等，这都是后天长成"英雄"的根基。

陈连升读私塾时，先生讲的岳飞故事烙在他心里，做岳飞那样的英雄成为他的梦想。相比于读私塾，他"更感兴趣的还是习武"。十七岁时，陈连升的武艺本领被鹤峰州新上任的何知州相中，他被选进武馆进行专门训练，同时接受"忠于朝廷、听从指挥、严守军纪"的观念。十八岁，陈连升成为吃皇粮的清兵，二十四岁成为把总，二十八岁升为千总，之后提拔为守备、都司、游击等，他忠心履职，最后成为都督、将军。

"邬阳关擂鼓震天，陈家棚篝火旺烈"，《陈连升传》也在开篇表露了陈连升的生长环境及生活状态。文本通过邬阳地方习俗"打秋"来展示民间"选拔"人才的独特方式。"打秋"不仅能选出"身手不凡的俊俏"男儿，还能成就美好姻缘。

---

① 向辉：《天地英雄气，千秋尚凛然：读宋福祥〈陈连升传〉》，载于《文旅中国》2021年10月19日。

② 这三部是由恩施州文联组织出版的""《陈连升》""套书，由武汉出版社2018年出版。宋福祥的《陈连升传》由团结出版社2020年出版。文中引文都出自这些著作。

《东方战神陈连升》则用诗意的语言描述陈连升的练功状态：

  陈连升十二岁那年//结实的身躯//与陈万里耳朵齐平//吼出来的山歌//能把金鸡口峡谷填满//练拳时的沙袋//像荡在凤凰寨的秋千//俩父子在包谷壳叶里练武打//……陈连升练武//仿佛有惊雷　风雪暴雨//仿佛有虎啸　烽烟铁蹄//仿佛有刀光剑影　石破天惊//吊脚楼里//母牛产下小牛犊//陈连升把小牛犊当玩具//天天抱进抱出……

  这些诗句没有直接描述陈连升的生活环境，可是，吼"山歌"，"包谷壳叶"里练武、抱"小牛犊"，都透露出陈连升的生长环境和苦练功夫的特殊方式。

  上述文本都不同程度地描述了陈连升在山区生活的自然环境、家庭环境，及其所受影响，尤其是当地尚武风尚影响深远，表明了英雄刚毅性格的形成、威武不屈精神的蓄养与其自然生态环境息息相关。

  当代英雄张富清（1924—2022）传奇而又俭朴的生活在报告文学《父亲原本是英雄》中有精彩叙述。张富清出生于陕西省汉中市洋县，穷苦人家出身。1948年参加中国人民解放军，参加过多次重要战斗，荣获过特等功，退伍后主动到湖北省来凤县基层工作。新中国建设初期，来凤县地广人稀、山高路陡，这种地理形貌给张富清们的工作带来了诸多困难。新的岗位上，张富清总是吃苦在前，越是困难的地方就越是主动承担任务。为此他经常奔波于崎岖的羊肠小道，"走在稀泥烂浆的山路上，张富清的鞋子穿烂了"；"从百福司镇到高洞，清一色上坡，一会儿在密林中穿行，一会儿在悬崖边攀爬，一会儿赤足涉水，一会儿又踏行于笔陡笔陡的石阶。小路弯弯曲曲迂回而上，就没有一处平地。//爬到半山腰，张富清全身都汗湿了。"① 从张富清爬行山路的细节看出，他工作的地方当时交通条件有多么落后。正是这种落后状态，更加坚定了他建设山区的意志：一定要花大力气修好路，带领群众建设好自己的家乡，改善人们的生活。

  为了群众利益，为了国家发展，推进地方经济建设，张富清不忘初心，不遗余力。对笔者在拙作《日常与崇高》《报告文学的陌生化写作》② 两文中有较为详细的阐释，此处不赘述。

  陈连升、张富清的人生道路表明：自然生态环境愈险恶，他们战胜困难的决心就愈坚决，建立的自信心就愈充盈。可见，自然生态环境为英雄的成长提供了土壤条件。

三、复杂的社会生态环境铸就英雄气节，培养英雄精神

  追溯英雄的足迹，虽然他们出生的时代环境、地域环境、社会环境各不相同，

---

① 田天、田苹：《父亲原本是英雄》，湖北人民出版社2019年版，第135、153页。
② 拙作《日常与崇高——〈父亲原本是英雄〉〈那条叫清江的河〉简析》《长江丛刊》2021年第1期）、《报告文学的陌生化写作——以〈父亲原本是英雄〉为中心》《长江文艺评论》2021年第4期）中均有较为细致的分析。此处不赘述。

所从事的工作、承担的任务也不相同，他们身上"却"折射出同样的家国情怀、社会责任和大局意识，这就是英雄精神的共同特征。

"时势造英雄"是指英雄生长的社会环境和时代环境。任何一个人并非天生英雄，而是他的成长道路上遇到了适度的社会环境，加上时代需要，他就能把自己所有的才智发挥出来，做出对社会对人民有益的事情，成为一个时代的社会标杆。陈连升和张富清能成为英雄，就是个人理想、胆识才智契合了时代机遇，同时满足了社会需求。

陈连升生活在清王朝由强盛转向衰落的时期。英国企图利用鸦片打开中国的大门，遭到了林则徐等爱国将领的坚决反抗。1839年，陈连升先是积极支持林则徐的"虎门销烟"命令，之后在"官涌之战"中六次击退英军，受到道光皇帝嘉奖。后续斗争中，清政府大臣意欲议和，不但不重视虎门海防，甚至撤防削兵。面对来势汹汹的侵略者，孤立无援的陈连升没有退缩，他秉持国家至上理念，毅然冷静指挥，率军在沙角炮台顽强抵抗。终因寡不敌众，与儿子陈长鹏、陈举鹏一同战死，父子三人同时殉国。明知前路危险却毫不畏惧，身先士卒，甘洒热血，陈连升父子身上辉耀着中华民族的英雄精神。陈连升亦成为中国近代史上第一位抗击英军的少数民族英雄。对此，有关陈连升的各部作品中皆充满豪情的书写：

"孤军拼死守沙角　血染海防英魂存"（田开林等《民族英雄陈连升》）、"守官涌威震敌胆　父与子血染沙角"（宋福祥《陈连升传》）都用诗意的标题颂赞陈连升父子的英勇行为。

杨秀武的《东方战神陈连升》中对陈连升的最后时刻如此描述：

　　陈连升的腰刀舞起了旋风//刀五虚砍//刀上的血由红变紫……陈长鹏一边掩护将军//大刀举起来　一脚飞起来//几个敌人//就笔直地栽倒在甲板上

　　……

　　陈连升把大刀杵在甲板上//心脏停止了跳动//仍然像一只猛虎威风不倒

　　陈长鹏看到父亲壮烈殉国//愤然抱起一个英军//……纵身跳进大海[①]

诗意的想象与诗意的语言，把英雄父子的悲壮行为写得感天动地。尽管陈氏父子知道自己的牺牲不能扭转大局，也无法拯救大清帝国，还是要进行最后的抵抗，给侵略者以打击、给统治者以警醒，表达了炎黄子孙的铮铮骨气与豪迈志气。

张富清也是从战争年代走过来的。多次战斗中他不顾生命危险冲锋陷阵，为大部队前进扫清障碍，因此荣获特等军功。新中国成立后，他不炫耀战功，而是把所有功勋章收藏起来，开始新的生活[②]。

[①] 杨秀武：《东方战神陈连升》，武汉出版社2018年，第196~197、199~200页。
[②] 对此，拙作《日常与崇高——〈父亲原本是英雄〉〈那条叫清江的河〉简析》（《长江丛刊》2021年第1期）、《报告文学的陌生化写作——以〈父亲原本是英雄〉为中心》（《长江文艺评论》2021年第4期）中均有较为细致的分析。此处不赘述。

陈连升、张富清两位英雄都有戎马生涯的壮举，都甘愿为保卫国家的安全奉献一切。在非战争时期，他们也为地方建设贡献智慧。只是两人的生活阶段不一样，陈连升是在生命的晚期把自己贡献给了国家；张富清是从战争年代走向和平年代，用一生汗水和智慧捍卫国家，建设国家。"天下兴亡，匹夫有责"，只要国家需要、人民需要，他们都会毫不犹豫奉献自己。

两位英雄的事迹也得到了主流社会和人民大众的肯定。《清史稿·列传第一百五十九》写道："事闻，诏嘉其父子忠孝两全，入祀昭忠祠，并建专祠，加等依总兵例赐恤，予骑都尉世职，子展鹏袭，起鹏赐举人。"这段文字表明清政府肯定了陈连升父子的英勇行为。从历史的遗留物看，人民群众十分景仰这位英雄，当地人们在官涌山、沙角山等地为战死的士兵修建了"节兵义坟"；为了纪念英雄陈连升，建造了陈连升塑像；塑像旁则矗立着他的节马铜像，还有节马碑刻；虎门建立了"鸦片战争纪念馆"陈列着陈连升的遗物，介绍他的事迹，还有一条叫"连升"的长街。陈连升的故乡，人们在恩施市区建立了功德碑（后在抗战中被毁），今天的恩施市硒都广场雕刻了陈连升骑马驰骋的铜像；恩施州博物馆有陈连升事迹介绍；鹤峰县修建了一座风雨廊桥，命名为"连升桥"……

张富清的事迹被发掘报道后，同样获得了不少国家级荣誉：2019年他获得"共和国勋章"，2020年被评为"感动中国2019年度人物"……不但如此，张富清还成为全国人民学习的楷模，他的事迹被各大主流媒体争相报道。

无论时代如何变化，真正的英雄永远活在人民心里。

四、实现"生态自我"是英雄们的共同追求

所谓"生态自我"，就是个体所建构的和谐的自我世界。他内心有正确的远大的目标，并通过自己的努力朝着目标前行，最终达到"自我实现"。

英雄，特别是为民族利益、国家利益奉献的英雄，常常是"生态自我"（奈斯）的范例和道德伦理的标杆。英雄的行为并非一时之冲动，而是长期熏陶并不断规训自我的结果。由此，他愿意用一生的行为践履执念并力图达到愿望。他认为，惟其如此，自己的价值才得以彰显。这便是马斯洛所谓的"自我实现"原则的具体体现。"自我实现"是人的各项需要中的最高层次，生态学研究者认为，"自我实现是深层生态学的至高境界"。人只有把自己融入人类共同体、融入大地共同体，其"生态自我"才能得以实现。

陈连升在家人和先生教育下，从小以岳飞为榜样，苦练本领，立志效忠国家。进入仕途后，他一心为公为民，在湖北做官时就获得良好声誉，但他从不居功自傲。调到广东后，视林则徐为知己，主动请缨，听从指挥，积极参与禁烟运动和抗英斗争。如果陈连升自私一点，他完全可以不死。首先，他是63岁高龄的老将，可以找各种理由推脱。其次，战斗中，他可以让下属冲锋在前，掩护自己。再次，他即便自己要送死，也不必搭上两个儿子，让他们留在后方为陈家延续香火。然而，陈连

升没有这样做。他没有为自己留后路，一条道走到底。这种执着的态度就是英雄本色的表现。

　　张富清亦具有同样品格。年轻时他奋勇杀敌，完全可以凭借所得功勋躺在功名簿上获得更好的工作和职务。即便到了来凤县这样偏僻的山区县，他也有资格得到更好的待遇，为自己和家人创造更好的物质条件。可是，他没有这样想，更没有这样做。在他看来，与那些为国捐躯的烈士相比，自己没有任何资格可以"显摆"，只要活着就应该想着如何为国家减轻负担，为社会多做贡献，为他人多谋福利。国家困难时，他率先裁减妻子的岗位，让下岗的妻子自己去谋生；子孙长大工作后，也是严格要求他们不要"沾光"；退休后他主动"承包"家务，减轻妻子的负担。深藏功名，踏实做事，干净做人，这就是英雄的日常状态。

　　当一个人凭借自己的能力和品德完全可以获得更好的工作环境和物质生活，却主动放弃这些"小我"的需求，去从事更加危重的工作，甚至用生命去维护"大我"的利益时，他就满足了"自我实现"，内心的"生态自我"亦得以呈现，进而达到人生的至善境界。

　　历史英雄陈连升和当代英雄张富清用实际行动诠释了英雄本色和英雄精神。其英雄事迹不断激励着后人，英雄光辉辉映着人类历史的星空，光耀千古。英雄进入文学作品，得到不断书写，既是弘扬英雄精神，亦是弘扬中华优秀传统文化。

徐晓华散文的恩施书写

王 泉[①]

恩施地处武陵山腹地,是土家族、苗族的主要聚居地,在独特地理环境的孕育下,产生了具有民族特色的地域文化。由于交通闭塞,历史上的恩施与外界的沟通不畅,这里的农民在日出而作日落而息的长期劳作中形成了勤劳、朴实而坚毅的性格。在这样的环境中,一些土生土长的作家没有放弃自己的职责,他们从古老的土地中汲取灵感,创作了一些精品力作,如叶梅的《花树花树》、李传锋的《最后一只白虎》《白虎寨》,为当代乡土文学增添了重要的篇章。徐晓华作为一位土家族业余作家,他在新世纪创作的长篇散文《那条叫清江的河》以充沛的激情书写恩施的山水人情,呈现了清江流域原汁原味的生活,曾荣获第十二届全国少数民族文学创作骏马奖,是新世纪土家族乡土散文的代表作。

一、鲜明的"在地性"

"在地性"(localization)是乡土文学最鲜明的标志,它表明了创作者的本土身份,象征着其情感上对故乡的皈依。尽管一些作家笔下的乡土可能与记忆中的乡土有所差异,但作家会将自我的体验充分融入作品,体现出鲜明的个性。从赵树理、孙犁、周立波、陈忠实、阿来等的故乡题材小说作品中,可以发现不同的"地方性知识"。散文中,"在地性"更为突出,因为乡土散文不能像乡土小说那样去虚构,但通过地方性的场景和人物,往往能够将写实与写意巧妙结合,形成吸引读者的氛围。

对自然地理的感知是作家审美感知的一部分,是由自然本身的特征所决定的,即客观的物象制约着作家主体性想象的生成与情感的凝聚,并因此形成作家的审美风格。或壮美,或优美,都与自然物象本身的特质密切相关。作为一名在清江边长大的土家族作家,徐晓华的笔端始终流淌着对于故乡这条河流的深情厚谊,流淌着如诗如画般的土家族民风民情。在他的眼里:"自小戏水逐浪,打鱼摸虾,这河是我儿时流动的乐园,也是村里人赖以生存的粮仓。"[②] 可见,清江是他生命的一部分,早已成为他写作的动力和灵魂的栖息地。

临水而居,是人类生存与繁衍生息的客观需要。清江处于武陵山脉的峡谷之中,

[①] 王泉,湖南城市学院人文学院教授。本文系湖南省社科研究基地"周立波与乡土文学"研究基地成果之一。

[②] 徐晓华:《那条叫清江的河》,中国文联出版社2018年版,第1页。

两岸的人们把它当作母亲河,在此聚集、劳作、生活,形成一些约定俗成的习俗,经过世世代代的传承与演变,形成了特有的地域文化传统。在生产力落后的年代,人们相信自然界的神秘力量是人类无法超越的,所以,他们对自然万物的依赖性很高。水、植物和动物在他们的眼里,都是充满灵性的。徐晓华描述自己出生时喝的第一口水不是奶水,而是清江里的水,足见他与清江的不解之缘。

童年是人类认识世界的开始,苦难不仅无法阻挡儿童的好奇心,而且会加速他们探索世界的步伐。环山临水的鄂西农村是一个无拘无束的野性世界,赋予了徐晓华幼小的心灵自由之思。在他成年以后,童年往事便成为其创作中不可缺少的素材。他以诗意之笔描绘了小时候抓萤火虫的趣事,并叙述了篾匠与吴家姑娘的浪漫爱情故事,借变幻的萤火虫烘托纯洁的爱情,语言如行云流水般欢畅。他叙述了自己打草靶子、在桃花汛期寻鱼抓鱼的趣事,尽显清江流域的人们自给自足的生活原貌和自我成长的足迹。这既是往昔刻骨铭心的回忆,也是作者极力表现的理想世界,凸显其散文的意境。

除此之外,他烂熟于心的还是流传在清江边的歌谣,这些歌谣来自村民的自编自唱,形式自由,凝聚了民间的智慧,体现了他们在闭塞的环境中寻找乐趣的心态。例如,作为一名底层知识分子,父亲主动给船工编《摆渡歌》,深得船工的喜爱,为他们的辛苦劳作增添了活力——

砍根竹子好撑船,织个笆斗好挑秧。
竹子撑船浪里走,笆斗挑秧田坎上。
浪里行船要大胆,栽秧插苗要成行。
五谷吃了肚儿饱,船行千里掀波浪。①

这既说明了船工务农、摆渡的双重身份,又显现了他们顺应自然、就地取材、不惧危险的豪情,语言生动而形象化。

又如,当地流传的关于八月瓜的歌谣,更表现出民间的自然崇拜意识与诙谐之趣:

八月瓜,九月炸。男人吃了长力气,女人吃了生娃娃。②

这样的顺口溜把八月瓜的自然特性与土家人渴盼人丁兴旺的愿望结合起来,表现了他们对大自然的感恩之情。而那些吃了八月瓜而怀上娃的夫妇则在八月瓜树上挂上红布,路过此地的人们也会绕道而行,以免亵渎神灵,显现了他们的虔诚之心。这些场景都来源于现实生活,反映出鄂西人热爱生活、向往和谐的心境。

在清江流域,女子出嫁时,有专门的陪嫁歌,以表达出嫁的姑娘对娘家的依依不舍之情。徐晓华用一定的篇幅描绘了婚礼的热闹情景,借《十个哥哥陪嫁妹姑娘》展现土家族人勤劳持家和感谢父母养育之恩的美德。但他并没有止步于歌谣的简单

---

① 徐晓华:《那条叫清江的河》,中国文联出版社 2018 年版,第 7 页。
② 徐晓华:《那条叫清江的河》,中国文联出版社 2018 年版,第 19 页。

描述，而是将其融会到故事之中，突出了人物的精神风貌。

中国历来就有重视家教的风尚，对子女进行最初的人生观教育，为他们进入社会奠定基础。而在恩施乡间流行的《教子歌》，则体现了当地人的家教传统：

> 叫声儿女莫学谎，
> 勤耕苦读是良方，
> 河水清来河水跑，
> 太阳起来东方亮。①

诚实、勤奋、重视晨读，成为他们传给下一代的优良传统，这也从一个方面反映了土家人望子成龙的美好愿望。

"歌谣的功能主要在抒情，不仅表现在创作主体方面，同时也表现在接受主体方面，即接受主体通过这种言情之作，也得到一种情感的宣泄、慰安和满足。"② 通过描写清江歌谣及其相关的故事，作者把自我与故乡人的情感宣泄出来，赋予读者一种阅读的氛围，能够引发他们源自内心的乡愁，从而形成共鸣之感。

除了歌谣之外，恩施民间的神话传说同样体现了当地人超越自我的智慧之思。徐晓华在散文中描写了老鸭蒜的传说，演绎了清江流域的人们敬畏天地神灵的情感。在他的笔下，"花妖"之间的情感纠葛连接着人世间的精神向往，连接着从古至今不变的生命演化规律。他还从中看出了土家人的宗教伦理，看出了苦难历史中人性的真实，实现了其散文情与理的融合。

清江河谷四周高山耸立，经常有狐狸、野猪等野兽出没，威胁到村民的生命财产安全。作者通过描述"正月十五赶毛狗"的传统，突出了他们在集体的狂欢仪式中祈盼平安与吉祥的心理。但作者没有孤立地写，而是把这一习俗与船工居无定所的生活联系起来，突出了船工生死未卜的命运，故事性强。

人神对话的积极意义在于，通过一定的仪式，以实现人与神灵的某种"沟通"，即心理上对神灵的认同，期望获得精神上的安慰。可见，通过这样的描述，作者把土家人的动植物崇拜心理和知恩图报的品性展现出来，也从一个侧面反映了在医学不发达的年代，土家人积极探索生命奥秘的行为和渴望得到大自然恩赐的心理。也许正是民间的不断探索，推动了土家族从蛮荒时代逐渐转入现代文明。

在全球化的今天，强调"在地性"，突出不同的地域文化特色，是寻找民族文化之根、永葆民族本色的明智选择。乡土散文是乡情的流露，是创作者心态的自然呈现，有什么样的心态，就会有什么样的乡土世界。徐晓华以赤子之情怀书写鄂西山水孕育出来的民风民俗，凸显强烈的"在地性"，即这些民风民俗不仅长久流传于民间，而且也滋养了作家本人，使他感受到民族文化血脉的源远流长与持久影响。可以说，他书写这些民风民俗，也是在书写他自己的成长史。因为，他在童年、青年

---

① 徐晓华：《那条叫清江的河》，中国文联出版社 2018 年版，第 160 页。
② 曾大兴：《文学地理学研究》，商务印书馆 2012 年版，第 362 页。

时期耳闻目睹清江的民风民俗，经过几十年岁月的冲刷与积淀，其感受日益丰富，这无疑极大地充实了其散文的思情容量。

二、书写历史进程中的恩施人

人类的历史是在认识自然与改造自然的过程中形成的，不同地域的自然环境影响着人类，人类也在适应自然环境中找到了生存之道。清江是一条生命之河，养育了两岸的人，恩施人则以其顽强的性格，在莽莽苍苍的山水间耕耘，书写自己的传奇人生。徐晓华的《那条叫清江的河》聚焦普通的乡村人，描摹他们不尽相同的性情，道出了他们在过往岁月中的酸甜苦辣。这样的叙述，记录了鄂西山村的逸闻趣事，也寄托了作家对于往事的思考。

在这部长篇散文中，父亲的形象是比较突出的：他助人为乐，喜好打抱不平，对他人宽大为怀，但对自己的儿子则要求非常严格。作者以儿子的视角打量父亲的言行，审视了父亲在 20 世纪 60 年代末因言获罪却毫无怨言，感叹世事变动中的不测风云以及父亲刚直的秉性，并借此思考一代知识分子的命运，继而反思自我成长中的困惑，折射出社会环境对人性的考验。往事如烟，留下的有欢乐，也有伤痛。父亲因编顺口溜而挨批斗，但他没有消沉下去，而是继续快乐地生活，与船工们打成一片。这给作者的童年留下了深刻的印象，也为他今后的成长注入了活力。作者到城里上学后，经常收到父亲的信，体现了父亲对儿子的关心。这显然是一个普普通通的父亲形象，作者没有拔高，只是通过生活中的一件件小事，写出了父亲的友善与热情。这样就把父亲放到历史的情景中进行叙述，以民间视角侧面反思了一场不该发生的社会运动，反映了改革开放后父亲心情的转变以及故乡发生的变化。相比之下，母亲表面上严厉，内心则显得温婉。作者回忆了自己童年时母亲给他讲中国古代小说，故事时的情景，她不讲《红楼梦》里的故事，足见她的谨慎。而透过作品中对母亲种茶与制茶的情节描写，折射出茶叶在恩施人心中的地位。

易铁匠也是作者刻画得比较成功的一个人物形象。在作者的笔下，易铁匠一脸麻子，脾气不好，但打出的铁器远近闻名。此人当兵退伍回家打铁，办起了红火的铁匠铺，满足了附近村民的日常所需。同时，他喜欢拉二胡，自娱自乐。后来铁匠的媳妇因为难产而死，二胡更成为他的宝贝。作者透过"我"的视角，审视了易铁匠的一生，突出了世事的无常。这个人物是一个时代的化身，在机械化很不发达的年代，铁匠是不可忽略的存在。作者借这样一个人物，唤起了许多人的童年记忆，也隐喻了在物资匮乏的年代底层劳动者的价值。

此外，作者还描写了其他一些小人物，善人"贺大肚子"在清江里打捞过许多死者，但分文不取，显现了一种豪爽的义气。艺高胆大的排工老黄，则是清江上的"水上漂"，他把命悬在清江上，以自己的机智和经验，化解了一次次危机。胡先生医术高明，他收徒弟，不传授书本知识，而要徒弟看清江的河床，足见他的独到之处。他开的"土家诊所"挽救过许多危重病人，因此闻名遐迩。朱木匠技艺精湛，深得村里人的喜爱。嗜茶如命的五爷爷，看重祖传的规矩，处处显示出茶人的本色，他早晨起来即以煮茶为乐，足见他的乡野雅致。

徐晓华在他的最新长篇散文《优雅的土地》里描绘的龙娃儿，则是土地的坚守者。面对外面世界的诱惑，龙娃儿没有出去打工挣钱，而是忙于农活，在闲暇之余写诗，日子过得充实。在他的眼里，土地才是自己快乐的根基，不能半途而废，他靠耕耘土地实现了自己的梦想。这无疑是一个新时代的农民形象，道出了乡村振兴中家园意识的不可或缺。

这些小人物并没有干出多少惊天动地的事情，但在他们身上，体现出鄂西民间的烟火气和一股清朗的正气。在历史的长河中，这些小人物也许无法被历史记载，但正是由于他们身上的正气、义气，才使得一些优良传统得以在鄂西传承至今。文学是关注人的艺术，小人物之所以成为许多作家描写的重心，是因为他们多生活在民间，在他们的身上，可以看到生活的本相，看到传统的因袭，看到一种正在被人们遗忘的人间温情。

散文之美，美在对优美人性的颂扬。自然山水陶冶人的性情，在清江的滋养下，清江两岸的人们崇尚上善若水、柔中见刚的品性，体现出中国传统文化规约下的民族心理。徐晓华散文中的人物在平凡的生活中活出了真性情，在岁月的流逝中留下了美好的回忆。徐晓华在其散文中描绘个人记忆中的点滴往事，颂扬了故乡人的平凡人生与朴实理想。

散文之美，还美在字里行间散发出来的哲思。丰子恺、林语堂、林清玄等散文名家都善于从日常生活中发现人生哲理，带给读者无穷的回味。值得注意的是，徐晓华善于直面生活本身，通过不同年代的故事，呈现笔下人物的曲折经历，在生与死的二元对立中展现人物的命运，凸显悲怆之美。因此，这样的散文突出了他的历史意识，表现了对于恩施人在历史进程中的生活百态以及自我成长轨迹的思考。

文学创作是一种个体行为，文学作品则是个人经历、群体经历与审美体验的集合体。"散文创作是一种侧重于表达内心体验和抒发内心情感的文学样式，它对客观的社会生活或自然图景的再现，也往往反射或融合于对主观感情的表现中间，它主要以从内心深处迸发出来的真情实感打动读者。"[1] 这表明，散文要真正做到以情动人，才能叩击读者的心扉。在文学市场化的今天，需要有沉下来仔细品味生活的耐心，以克服浮躁之相。徐晓华在繁忙的交警工作之余，回忆清江往事，思考自我成长的历程，获得了心灵上的慰藉。他把自己对于这片土地的深情转化为笔下的每一个鲜活的故事，以个人化的视角和酣畅淋漓之笔，尽情书写恩施乡下人的故事，道出了恩施的民风民情与自己的故乡情结，唤醒了许多人的记忆。因此，他的散文不同于游记散文，不以渲染风景为中心，而是聚焦心灵的原乡，发掘淳朴人性的光辉，是新世纪难得的散文佳作。

---

[1] 林非：《开拓散文艺术的新天地》，载于《散文选刊》1987年第8期，第46~48页。

生态恩施的文学实践

胡佑飞[①]

1972年,联合国人类环境会议在斯德哥尔摩召开,此次会议发布了重要的人类环境宣言,宣告环境危机已成为全人类共同面临的重要问题,这也标志着人类生态文明时代的来临。改革开放以来,我国经济社会在取得飞速发展的同时也面临着日趋严重的环境问题,生态文明越来越受到党和国家的重视。尤其是党的十八大以来,以习近平同志为核心的党中央对生态文明建设提出了一系列的新思想和新要求,构成了科学完整的理论体系和话语体系,为建设美丽中国、实现中华民族永续发展指明了前进的方向和实践的路径。恩施作为全国最年轻的少数民族自治州,具有优良的自然生态环境,绿色底蕴厚重。近年来州委、州政府也高度重视恩施的生态文明建设,"厚植生态底色,加快绿色崛起"成为恩施"十四五"时期经济社会发展的重要主题,生态恩施已融入土苗儿女改造客观世界的社会实践中。作为人类重要的高级精神活动,文学能够反映社会现实,揭示和暴露社会发展中存在的问题并为解决这些问题提供理性的思考;同时还能够唱响时代的主旋律,讴歌人性的真善美,讲好时代发展的故事,激励和鞭策人们更好地投身于改造我们的客观世界中。恩施是文学的沃土,从古至今涌现出许多优秀的作家,他们用自己的文学实践记录了恩施各个历史阶段的社会现实,展现了恩施独有的民族风情,更重要的是他们的文学实践为生态恩施建设和发展贡献了自己的精神力量。

一、自然生态之"美"

自然环境是人类赖以生存的基础,也是物质文明和精神文明产生的基本条件。自然万物在生态系统的维系下不断运动和发展,构筑了我们的自然家园。自然生态是整个生态美学构成的重要组成部分,良好的自然生态环境不仅是人类社会实践的客观对象,更为作家的文学书写提供了丰富的原材料。文学是反映社会生活的镜子,最直接的反映就是它能记录各个时代的自然环境和社会风貌,能够通过最直接的方式将自然环境呈现给读者。《诗经》和《楚辞》为我们展示了先秦时期的不同地域的自然风情。恩施地处武陵山腹地,山地是其典型的自然特征,同时以清江和酉水为代表性的河流哺育了恩施人民。历史上恩施因山高路远、环境偏僻,现代化进程明显滞后于中东部平原地区,其自然生态反而能得到较好地保存。因此在恩施文学中,

---

[①] 胡佑飞,恩施职业技术学院讲师。

我们可以看到恩施作家热衷于描述恩施的自然生态，他们乐于将恩施的自然风光展示给他者，乐此不疲地描述清江、武陵山等具有代表性的恩施自然元素。对恩施自然风光的描写让恩施文学拥有了先天的自然生态之美。恩施古典文学中的诗词就有大量描写恩施自然风光的诗句，不仅有恩施本土诗人的作品，还有大量非恩施籍的"他者"所作。例如代表性的"田氏诗派"代表诗人田九龄在描写容美地区（现鹤峰）的山峰时就写道："何年五老幻西隈，天削芙蓉衣玉台。叶叶涌如从地处，峰峰飞似自空来。"① 诗人通过诗歌为自己家乡的山峰增添了神性的特征。"自然美还由于感发心情和契合心情而得到一种特性。"② 这种特性正是客观的自然之美和主观之情达到高度"和谐"统一的境界，只有作者或诗人对先天自然景观进行艺术加工才让作品呈现出了自然生态之美。如果说古代恩施的本土诗人具有强烈"先入为主"式的审美惯性，那么非恩施籍的诗人对恩施自然风光的描写则是在诸多美景对比中形成的"比较美"，顾彩就是典型的代表。他在《容美纪游》中描写了在容美土司的所见所闻，他对容美地区的自然风光极为欣赏，如这首《平山月夜》："素女光辉下沆瀁，仙人楼观倚层霄。岩空鹳鹤声清脆，峡怒星辰影动摇。"③ 顾彩用自己的艺术想象描绘了月夜下平山呈现出的寂静、空灵、动感之美。

　　自然之物并非一成不变地出现在作品中，自然生态之美必须与作者的主观情感体验结合起来，康德在《判断力批判》中说道："为了分辨某物是美的还是不美的，我们不是把表象通过知性联系着客体来认识，而是通过想象力（也许是与知性结合者的）而与主体极其愉快或不愉快的情感相联系。"④ 从这一点来说，当下的恩施作家尤为明显。随着时代的不断发展，过去阻碍恩施发展的自然环境也摇身一变成为吸引外地游客的自然景观。随着生态观念不断深入人心，以往的"穷山恶水"偏远山区在生态文明时代已经成为金山银山。当下的恩施作家在作品中善于表达恩施的自然生态之美，自然景观在他们的笔下流露出田园牧歌式的美学特征，例如郭大国在《清江东流》对清江源头的描写："溪水由阴门涌出，经巨石向两边分流开后再磅礴而下，如两条长长的白绸从半山上飘下。瀑布下面是一个大水潭，清澈透底，成群的鱼儿在水中嬉戏。鱼不大，不时地翻着白肚，自由自在，连鱼眼鱼鳍都看得线条分明。水潭四周水草茂盛，倒伏在潭中的树木朽而不腐。蹲在朽木上的野蛙无忧无惧，有人到了它的旁边它也熟视无睹。"⑤ 这段文字描写了小说主要人物戌妹儿居住的"清江源"，小说通过细描的手法为读者展现了一幅美丽和谐的自然图景，原生

---

① 邓斌、向国平：《远去的诗魂——中国土家族"田氏诗派"初探》，湖北人民出版社2003年版，第49页。
② 黑格尔：《美学（第一卷）》，朱光潜译，商务印书馆2012年版，第170页。
③ 容美土司文化研究会：《容美土司史料文丛（第三辑）》，中国文史出版社2019年版，第71页。
④ 刘彦硕：《生态美学读本》，北京大学出版社2011年版，第89页。
⑤ 郭大国：《清江东流》，中国致公出版社2018年版，第20页。

态的自然美不仅能够吸引读者，为作品本身也增添了艺术魅力。鹤峰籍作家龚光美以"发现古桃源"来命名自己的文化散文集，"古桃源"是作者审美理想的真实写照。正是鹤峰的自然风光唤醒他的审美体验。这种田园牧歌式的自然环境描写，在恩施作家的笔下广泛存在，他们笔下的恩施凝聚了自己的审美理想，这种审美理想正是作家们对于自然生态之美的真实感悟，他们笔下的自然"不是现实，不是观念，而是最原初的诗性感受"①。

当自然生态环境遭受严重破坏之时，人与自然的和谐关系被打破，而恩施作家笔下呈现出的田园牧歌式风格体现了作家们对良好自然生态的追忆和怀念；同时也引起了他们对自然环境遭受破坏的反思和批判，具有典型的生态意义。其中的典型代表就是李传锋的动物小说，《最后一只白虎》中的白虎一出生就置身于私欲、金钱、愚昧和血腥的罗网之中，生态环境的恶化让它失去家园，作者对这种极端人类中心主义破坏生态环境的行为给予了严厉的批判。《红豹》"深刻地揭示出动物的双刃性和保护的矛盾性，提出人的生存与动物的生存、保护与生存等需要人类进一步思考的话题"②。令人欣喜的是，越来越多的恩施作家开始关注自然生态。

恩施得天独厚的自然生态环境培育了恩施作家的生态意识，他们从自然生态的角度书写恩施优美的自然风光，传播恩施的自然之美。无论是古代文学还是现代文学，对自然环境的书写都凝聚了作家们的审美理想，田园牧歌式的风格都让恩施文学呈现出自然生态的美学特征。生态危机从自然生态环境遭受破坏之时开始凸显，恩施文学也开始关注思考人类生存的生态危机，用自己的方式表达自己的生态理想。

二、人文生态之"在"

如果说自然环境是生态之表，那么文化精神则是生态的内核。"人文生态就不仅是对人类的各种文化现象的描述，而是用来指称人们借助于精神生产和精神活动所得到的愉悦与幸福的体验，是人的心志力量的提高和心灵境界的提升。"③ 人文生态之"在"是超越了物理形式直至哲学意味的"在"，是海德格尔式的"存在"。"在海德格尔的存在论哲学中'此在与世界'的在世关系，就包含着'人在家中'这一浓郁的'家园意识'。人与包括自然生存在内的世界万物是密不可分的和交融为一体的。"④

恩施文化底蕴厚重、民族风情浓郁，以土家族苗族为主的民族文化呈现出多元又独特的文化特征，这些文化形态存在于世，是一种约定俗成的，具有一定的生命

---

① 曾繁仁：《生态美学——曾繁仁美学文选》，山东文艺出版社2020年版，第168页。
② 邹建军：《小说林中的动物——李传锋小说研究文集》，华中师范大学出版社2015年版，第298页。
③ 晏辉：《环境哲学的另类形态：人文生态学（下）》，载于《河北学刊》2006年1月刊，第28～34页。
④ 曾繁仁：《生态美学——曾繁仁美学文选》，山东文艺出版社2020年版，第219页。

价值认定与一种自我管理、自我约束的社会文化机制，自成一套完整的生态系统。例如恩施土家族的白虎崇拜，从宗教哲学方面约束了土家人的精神信仰，它对内能够规约族人的日常行为，对外还与整个自然生态和谐共生。白虎崇拜源自远古时期的万物有灵观，这种思想虽然在现代文明的科学理性思维中显得如此荒诞，但是其中所蕴含的尊重自然、敬畏自然的生态观念却弥足珍贵。以此观照整个恩施的民俗文化，具有生态意义的文化形态广泛存在于恩施这片土地。撒叶儿嗬、薅草锣鼓、摆手舞等典型的文化符号具有原始祭祀的属性，是土家先民敬畏自然、尊重自然的最好体现，正好是海德格尔哲学观中天、地、神、人的"四方"归于一体的直接呈现。

令人欣慰的是，恩施作家善于书写恩施的民族文化，恩施的人文生态不仅"存在"于此在之世界，更存在于恩施文学作品中。例如白虎崇拜的神话传说不仅广泛存在于恩施作家的作品中，更是被作家邓斌直接改写成长篇小说《盐水情殇》；具有恩施民族文化的符号广泛存在于恩施作家的作品之中，有的甚至直接将其作为作品的名称，如李传锋的《白虎寨》，叶梅的《最后的土司》，刘绍敏的《毕兹卡娘娘》，徐晓华的《那条叫清江的河》等。这些文化元素频繁出现在作品中不仅可以吸引读者，为大众带来异于他地他族的风俗画和风情画，还能够从更深的层次为作品构筑一套完成的人文生态系统，呈现人文生态之美。例如著名诗人杨秀武描写鹤峰溇水的诗歌《屏山》："如果把这条船比作一把卷尺盒/溇水河就是拉出来的卷尺/屏山七丈五地名就是卷尺的刻度/退与进，看刻度的担当/成与败，看刻度的坚持/长与短，看刻度的胸襟/我知道自己的刻度……"① 溇水的刻度已经超越了时间和空间的限定，涵盖了家国情怀的民族精神，"我"的刻度不是随便的刻度，而是继承了先祖的文化精神，"我"与"溇水"融为一体，是文化血脉的融合，是海德格尔存在哲学中的"此在与世界"的融合，更是人与自然的和谐统一。在宋福祥的《陈连升传》中，作者浓墨重彩地叙述了民族英雄陈连升青年时期清江放排的故事，这也是民族英雄的"成长"期，我们可以看到类似土家文化符号和地域文化符号的"苞谷酒""鄢阳茶"不断融入陈连升的日常生活，他的成长过程正是土家族的人文精神和民族精神在英雄身上不断"融入"的过程。

恩施作家在书写恩施的人文生态之时，善于将恩施的文化形态和精神展现出来，这种高度的文化自觉为整个恩施文学注入了人文生态之"在"，对传播恩施民族文化起到了一定的作用，具有极其重要的文化意义。

同时，我们应该看到人文生态不仅仅表现为文化精神，还应该体现人性的关怀，关注人类的精神世界和生存境遇。无论是东方的还是西方的哲学，"人类自我"始终都是无法剥离开来的话题。工业文明时代过分向自然索取造成了当下的生态危机，生态文明时代强调人与自然和谐相处，强调自然环境的重要性；我们同时也应该看

---

① 引自诗人杨秀武的新浪博客。

到文学作为人学的使命和人文生态中"人"的核心要义。徐晓华《那条叫清江的河》不仅书写了清江两岸的人文风情，更重要的是展现了人文风情之下培育的人性之美，这种人性之美不是口号式的宣传，而是通过艺术加工，通过海德格尔"存在之敞开"的方式给人以审美体验。青年诗人谈骁的诗歌具有朴实的质感，没有太多华丽的修饰，也没有太多的恩施文化符号，却能够跳出恩施，关注人类朴素的情感，回归最真实和最纯粹生态之美。例如他的《恩施时间》，作者没有用优美辞藻描写回乡之境和思乡之情，只用最简单的语言叙述了几个时间节点的场景，用娓娓道来的方式将属于自己内心深处的"恩施时间"呈现给大众，尽管五六点钟的时候，天没有亮，但是"恩施时间"总是充满着光明和人间烟火气；当"我"抵达故乡景阳的时候，天微亮，"镇上的人还没醒来，父母也没醒来／我踩着雪回家，像雪一样／悄悄出现，喊他们起床"①。诗人用极为简洁的语言将朴素的乡愁呈现出来，使其与自然之景的雪融为一体，共同构筑了完整的人文生态。作品从恩施出发，却能超越恩施直抵人类最朴素的情感。

人文生态之"在"如果脱离"人"，文学的审美价值就会大打折扣。近年来恩施文学取得了较大的成就，如果恩施作家能够在不断书写恩施文化和客观世界的同时将更多的焦点置于人类自我，关注人类真实的生存状态和精神情感，恩施文学定会取得更加优异的成绩。

三、社会生态之"路"

"社会生态是自然生态、人文生态的出路。"② 生态文明的核心要义是解决人与人、人与自然之间的矛盾，实现人与自然和谐共处，这最终的落脚点在社会生态。中国古典哲学对社会生态具有深刻的阐释，《荀子·致士》认为："川渊深而鱼鳖归之，山林茂而禽兽归之，刑政平而百姓归之，礼义备而君子归之。"良好的社会生态是自然生态和人文生态的必备条件。党的十九大指出："加快生态文明体制改革，建设美丽中国。"生态文明之路在于体制改革，其实就是要构建良好的社会生态。文学作为反映社会生活的一面镜子，生态文学无法脱离社会生态的主题。

恩施文学在描写自然生态和人文生态方面取得了骄人的成绩，其实有一大批优秀的作家也在进行社会生态描写的文学尝试，并且产生了一批优秀的文学作品。社会生态要善于展现各个社会时期最真实的社会风貌，无论是褒扬还是批判，要将社会生态背景下人类复杂的社会情感真实地表达出来。叶梅的《五月飞蛾》描写了武陵山区社会变革时期农村的真实生存状态，尤其是处于弱势地位且容易被忽视的女性心理，土家人的人性美在社会变革的时期更容易、更深刻地凸显出来。

---

① 谈骁：《说时迟》，武汉大学出版社2021年版，第85页。
② 柳兰芳：《自然生态、人文生态和社会生态的辩证统一——〈1844年经济学哲学手稿〉的生态伦理思想》，载于《社会科学家》2013年第7期，第16~20页。

关注社会生态，还应该关注社会发展。恩施地处老少边穷地区，社会发展长期以来落后于中东部地区，这种社会生态下的众生百态也为作家们提供了书写的材料。付小平的中篇小说《一河米水》中的"布"从一出生就想逃离米水寨"这个令人厌恶的鬼地方"①，米水寨太小，不足以容纳"布"的志向和梦想。落后的物质文明以及与邻居"岳先生"一家的对比是其意欲离开米水寨的主要原因，这正是传统社会生态无法满足个体精神需求和物质需求所造成的。"布"通过当兵和自己的努力奋斗，看似逃离了米水寨，却并未过上自己满意的生活，其内在的原因还是个体无法适应米水寨之外的"他者"社会生态，无论他多么厌恶米水寨，故土的烙印早已被动地印刻在他的内心深处。"布"最终只能放弃个体的需求和欲望回到米水寨，正如小说中所写的那样——"无论那个牢笼有多么密不透风，他也得钻进去"②。"布"的人生经历和许多改革开放以来的恩施人一样，故土的贫穷落后让他们企图逃离，他们做出了种种努力却发现无法真正逃离故乡，最终还是回到故乡，原因是社会生态已经与其个体的心灵达成了难以割舍的契合，实现了真正的融合。故土落后得让其逃离故乡，也正是故土的社会生态又驱使其归来，这也是另一种具有普遍意义的"乡愁"吧。

近年来，勤劳质朴的恩施人民在党和政府的领导下艰苦奋斗，克服了自然环境的困难，取得了脱贫攻坚的胜利，这正是中国特色社会主义制度为我们营造的良好社会生态。习近平在文艺工作座谈会上的讲话指出："要创作无愧于时代的优秀作品。"生态恩施的文学实践应该紧跟时代发展，讴歌良好的社会生态，讲好恩施故事。李传锋的《白虎寨》以传统的土家山寨为背景，通过主人公幺妹子返乡创业的叙述，描写了土家山寨的时代变迁。作者还原了土家社会以往封闭、保守、落后的社会生态，将时代变革背景下的土家社会生态展现出来，将土家人不畏艰难、开拓进取、与时俱进的精神品质与社会变革相结合，书写了土家儿女在脱贫攻坚中所作出的非凡努力。

当下恩施文学处于历史发展的最佳时期，无论是作品的数量还是质量，都取得了骄人的成绩。同时，恩施文学历来都有关注生态的传统，恩施作家善于描写恩施的自然生态之"美"，乐于书写恩施的人文生态之"在"，同时也在尝试将自然生态和人文生态融入社会生态之"路"。后期如果恩施文学能够将这三者有机结合，实现自然生态、人文生态和社会生态的统一，恩施的生态文学一定会有质的飞跃，定会为恩施的"绿色崛起"贡献文学的力量。

---

① 付小平：《一河米水》，武汉出版社 2020 年版，第 225 页。
② 付小平：《一河米水》，武汉出版社 2020 年版，第 268 页。

从冲突到和谐：叶梅散文的生态书写

涂启升[①]

和谐，作为一种社会理想，已逐渐成为根植于东方文化的独特价值追求。现代汉语词典将"和谐"解释为配合得适当和匀称。辩证唯物主义的和谐观则认为，和谐是事物之间在一定的条件下通过具体、动态、相对而又辩证的方式，达到一种相辅相成、互利互惠、共同发展的关系。和谐与冲突相对，二者此消彼长，辩证统一。从某种程度上来说，人类的发展史就是一部不断从冲突走向和谐的历史。"生态"不仅限于自然界，有自然生态，也存在于社会生活中，有人文生态。如果将生态书写仅仅局限于自然界，则不免有些偏狭。党的十八大以来，以习近平同志为核心的党中央，围绕把生态文明作为关系中华民族永续发展的大计开展了一系列工作，从政治、经济到文学，"生态"一词可谓是"声名远扬"。

土家族著名作家叶梅的散文有鲜明的生态主题，从自然到社会再到人类，表现了从冲突到和谐的动态平衡。

一、破坏到保护：谋求人与自然的和谐共生

自然界先于人类而存在，人类的存在需以自然为依托。人是自然界的产物，与自然既对立又统一，人必须依附自然才能生存，而人的生存又必须以攫取自然为代价。人在适应自然的过程中，以自然为生存和发展的条件，"能动地利用改造自然，不断使自然界对象化人化，以满足自己生存和发展的需要"[②]。但是人类在改造自然中不断取得重大成就的同时，自然界也面临着严重的危机，以频繁的自然灾害向人类发出警告。如果无视自然规律，盲目开发，让一切大自然为人类所用，那么人类终将自食其果，受到大自然的惩罚。

在《请留下清澈的河流》中，叶梅用一连串的数据向我们揭露了一个事实：其时中国的自然环境已经遭受了破坏，河流污染、饮用水的安全隐患日渐突出，水污染密集暴发，治理的速度滞后，已经改善的流域又重新被污染，地方政府不顾区域、流域环境承载能力逼近底线，盲目追求GDP增长，以牺牲国家利益和公众健康为代价来换取极少数人的特殊利益……《眷恋的蜜蜂》中母亲河长江发怒般地吞噬着民

[①] 涂启升，湖北民族大学文学与传媒学院2022级硕士研究生。
[②] 任达远：《人——自然·社会·自我》，载于《重庆师院学报（哲学社会科学版）》1991年第3期，第30～35页。

垸堤岸，往日的诗情画意、壮美辽阔不复存在，浩浩荡荡的长江一片浑黄，人类不得不用自己的血肉之躯与它作殊死的抗争。洪水过后，"还能对葛洲坝江面上堆积如山的塑料废渣无动于衷吗？还能对金沙江畔光秃秃的山岭熟视无睹吗？还能眼见着一道道污泥浊水冲入长江而一言不发吗？"① 作者在《一只鸟飞过锦州》中鲜明地指出，20世纪50年代初的长江流域，大小湖泊共有四千多个，因围湖造田、泥沙淤积消亡了一千多个，到80年代，湖泊面积减少了近三分之二。"鸟群数量显著下降甚至濒临灭绝，稀有的东方白鹳成为国家一级保护动物，它在生存危机之中困顿着，迟疑着，一度不再飞到锦州。"②

人不能脱离自然而独立生存，没有了适宜人类生存的家园，人类也就不复存在。锦州人民痛定思痛，被唤醒的生态意识促使他们立志打赢渤海湾综合治理攻坚战，让清澈的河流、啼鸣的鸟儿和芬芳的花儿重回锦州。在《从柴桑河到海棠竹里》一文中，眉山人民打破行政区域，建立三级河长制，直击河流污染要害。几年治理过后，臭水沟变成了碧波荡漾的清水河，"开门见绿、推窗见景、出门入园，成为人们生活的一种常态"③。在陈巴尔虎连绵起伏的沙丘上，人们采取了乔、灌、草相结合，机械沙障、生物沙障与防护林带相结合的小流域综合治理模式，星罗棋布的青草像卫士一样紧紧地抓住了流沙。"草原、河流同人类一样，都是生命的造化。从历史到今天，以至未来，草原江河是人类留给自己最后的镜子。"④

当我们过分陶醉于战胜自然界的胜利时，自然界都会用它特有的方式向我们发出警告，过度的索取只能加速人类的灭亡。可能在短短的时间里人类就能将自然破坏殆尽，而恢复起来却要花费几十年甚至上百年的时间。人与自然的和谐是实现人与社会以及人与人永续发展的先决条件，换句话说，人的存在要以自然的存在为前提条件，自然遭到了破坏，人就失去了生存的基础。人类只有尊重自然、保护自然，与自然和谐共生，才有持续发展的可能，否则便会在自取灭亡的道路上一去不复返。正如爱尔兰作家詹姆斯·乔伊斯所说的那样："现代人征服了空间，征服了大地，征服了疾病，征服了愚昧，但是所有这些伟大的胜利都不过在精神的熔炉里化为一滴泪水。"⑤

二、孑然到融入：实现人与社会的融合发展

人是社会的主体，离开社会的人不能称其为人，同样，没有人和人之间的交往，也就无所谓社会。人生活在社会之中，不可能脱离社会而存在，而社会也依赖于人

---

① 叶梅：《叶梅文集·散文卷》，武汉大学出版社2019年版，第854页。
② 叶梅：《福道》，重庆出版社2021年版，第46页。
③ 叶梅：《福道》，重庆出版社2021年版，第55页。
④ 叶梅：《福道》，重庆出版社2021年版，第219页。
⑤ 鲁枢元：《文学艺术与生态学时代——兼谈"地球精神圈"》，载于《学术月刊》1996年第15期，第3~11页。

的存在而存在。马克思在《关于费尔巴哈的提纲》中指出:"人的本质不是单个人所固有的抽象物,在其现实性上,它是一切社会关系的总和。"也就是说,必须在具体的社会条件下,谈论人的本质才有意义。人的"思想、观念、意识的生产最初是直接与人们的物质活动,与人们的物质交往,与现实生活的语言交织在一起的"①。"孑然",取孤立孤单之意。在人类历史发展过程中,人最初是以孤立的个体而存在的,凭一己之力摸爬滚打、单打独斗。"独木难成林,百川聚江海",个体的力量在巨大的社会面前终究是沧海一粟、九牛一毛。深谙此理的叶梅一针见血地指出,个人离不开社会,同样,社会也有赖于个人。要实现更好的发展,需以个人的发展来促进社会的发展,以社会的发展来保障个人的发展,从而达到人与社会的融合发展。

翟美卿投身商海后与刘志强结合,两人白手起家,通过不懈的努力与追求,用几十年时间完成了从草根到著名企业家的蜕变。功成名就、身家过亿的她,并没有贪图个人的享受,而是竭尽所能去帮助他人,回馈社会。广东英德一所偏僻的山村小学,由于孩子们营养不良,脸上皮肤发黄,长着星星点点的虫斑,作为一个母亲,她感到非常心痛,她深知这些孩子多么需要帮助,于是她带领香江集团开始捐建小学。小学开学的那一天,她给所有的孩子都送去了新鞋,当孩子们的脸上绽放出花朵一样的笑容时,翟美卿更进一步意识到了人生奋斗的意义——"要为更多的人谋幸福,让更多的孩子展开鲜花一般的笑脸"②。

丈夫刘志强非常支持妻子的行动,进一步带领香江集团投身全国工商联扶贫事业,在一些偏远地区贫困山区"建一个市场,带活一片经济,造福一方人"。香江集团不仅在很多革命老区或欠发达地区留下了开发成果,更是主动肩负社会责任,成立香江救助基金会,积极参与扶贫、助教、赈灾等各项社会公益事业。后来一些大学请翟美卿去做客座教授,给青年人讲授自己的经历时,她说:"一个人就是要不断地修炼,将自己修炼成一个无私的人,修炼掉弱点,发挥优点,为社会、为周边的人做事。"③

《万物生长》中的著名科学家蔡希陶先生,为采集植物标本,年仅20岁便一人徒涉金沙江,引种油瓜,嫁接育苗橡胶树,为我国跻身世界橡胶国前列做出了突出贡献。他横渡罗梭江,在葫芦岛上拓荒种植,披荆斩棘,建立了我国第一个热带植物研究基地,将一片片蛮荒之地变成了植物的乐园。"这位科学家一生的研究不是写在纸上,而是写在了祖国大地上。"④

《红了樱桃,绿了芭蕉》和《筷子头上出逆子》分别向我们介绍了著名物理学家李政道先生和叶铭汉先生,他们在物理学上有着杰出的成就,可谓是硕果累累,但

---

① 马克思、恩格斯:《马克思恩格斯选集(第一卷)》,中共中央马克思恩格斯列宁斯大林著作编译局编译,人民文学出版社2012版,第135、151页。
② 叶梅:《叶梅文集·散文卷》,武汉大学出版社2019年版,第912页。
③ 叶梅:《叶梅文集·散文卷》,武汉大学出版社2019年版,第916页。
④ 叶梅:《福道》,重庆出版社2021年版,第165页。

他们并不止步于个人的成就,而是想通过个人的努力来带动中国物理学的发展,怀着一片赤子之心,为中国物理学的发展做出了卓越的贡献,让中国的科学事业在世界科学领域内占有了一席之地,从当年克服一切困难建造北京正负电子对撞机到今天,中国的物理学家们一刻也没有停止过前行的脚步,不仅勇敢地迈上了高原,更是以其卓越的成就登上了科学的高峰。

正如任达远所说:"人的单个意志、行为既相互一致又相互冲突,既相互影响又相互制约,最后融合为总的平均力——合力,成为社会发展的主体动力,个体意志行为无限纷繁,归根到底,其作用的大小要看其与社会发展的规律、趋势的符合程度。"[①] 人与社会如同水与大海,没有点点滴滴水流的汇入,大海便不成为大海,同样,没有大海,点滴水流也无处寄存,终将在烈日的灼烤下烟消云散。"众人拾柴火焰高,三家四靠糟了糕",个人的力量是有限的,唯有把个人融入社会的大潮中,实现个人与社会的融合发展,以个人的发展来带动社会的发展,以社会的发展来保障个人的发展,我们的社会才会更加美好。

三、欺诈到关爱:追求人与人的和睦相处

人与人之间的关系,有很多形式——亲情、爱情、友情等。人之所以与动物有差别不仅在于人有独立的思想,更在于人有着其他生物所没有的情感。正是这些情感,让我们见识到酸甜苦辣的人生百态,体会到人性中至纯至美的品质。当今社会,物欲横流,"精致的利己主义者"等词汇频频登上热搜,人性的冷漠一次次冲击着灵魂。与孟子的性善论、荀子的性恶论对人性做出单纯的解释不同,社会塑造了人,也塑造了复杂的人性。它会依照社会环境的变化及时趋利避害,人也就无可避免地在社会的熏陶下戴上人格面具。人与人之间的关系在利益的冲击下正在潜移默化地发生着改变,道德危机、信任危机屡见不鲜,即使过去多年,"小悦悦事件""老人摔倒扶不扶"依旧拷问着我们的灵魂。如何处理好人与人之间的关系成了一个不容忽视和亟待解决的问题。

党的十八大以来,我国旅游业不断完善旅游产品和服务供给体系,极大地促进了我国旅游业的发展。与此同时,旅游界乱象也层出不穷,乱扔垃圾、乱刻乱画、坐地起价、"黑"导游、不合理低价团等一次次向人与人之间的信任发起挑战。游客想要占本地人便宜,本地人又想狠宰游客一笔,各有心思,各打如意算盘,人与人之间的信任与坦诚消失殆尽。与此相反,在九畹溪,"我"偶然碰到了一对年过七旬的夫妇,老人们对"我"毫无防备之心,与"我"毫不生分地拉着家常,如同与相熟之人讲述一般。这里的人们自古以来就非常好客,如果有过往的行者走得乏了,就近找一户人家,主人会热情招待,不仅管吃管住,而且分文不取,把人照顾得周

---

① 任达远:《人——自然·社会·自我》,载于《重庆师院学报(哲学社会科学版)》1991年第3期,第30~35页。

到妥帖，这是一种不掺杂任何利益在内的信任与关爱。

人与人之间的相处最早发生在家庭内部，从呱呱坠地到长大成人，与我们交互最多的是家人。《母亲留给三峡的歌》中，母亲生了重病，同父异母的大哥夫妇从山东东阿乡下专程赶来看望母亲，带来了东阿有名的阿胶、红枣和小米等，尽管当时母亲已经病得无法咽下那些枣皮，但她还是放了一颗在嘴里，反复嚼了半天才吐出来。大哥临回山东时，母亲把她看起来比较重要的东西都交给了大哥，还给大哥夫妇买了新衣裳，一定要他们穿在身上。母亲虽是大哥的后母，可是母亲尽到了她作为一位母亲应尽的责任，尽她所能去照顾关爱大哥，并不因为大哥是父亲与前妻所生之子而区别对待、内心不满；同样，大哥也并没有因为母亲是后母而与母亲发生龃龉，他孝顺母亲一如孝顺自己的生身父母一样，做到了一个儿子所能做到的极致。

父亲南下离开鱼山时，大哥才一岁多，他在鱼山长大，种地养家，与"我"的生活似乎很遥远，但我们同是鱼山的孩子，始终血脉相连。初次与大哥见面时，两人却都没有生疏感，"我"紧紧握着大哥的手，看着大哥手上冻裂的碴口忍不住地心疼。想到大哥从小没上过学，便想把大哥的孩子带到南方上学读书，为大哥和他的孩子做点什么。"没对大哥尽到责任是父亲心里的一处痛。让大哥的孩子从小读上书，不要再像大哥那样成为文盲，是我想为大哥也是为父亲能做的第一件事，或许算是替父亲做一种补偿。"[①]

孝敬父母、兄友弟恭是很多家庭的追求和向往。家和才能万事兴，如今，为了蝇头小利而兄弟阋墙、同室操戈者不在少数；家庭内部纷争不断，"踢皮球"式的赡养方式更让年迈的父母叫苦不迭。在市场化的大潮中，传统的孝悌观念似乎正在逐步被消解。在叶梅的散文中，没有华丽的辞藻和过分的夸耀，于平淡中勾勒出与家人在一起的时光，那种彼此关爱、相互扶持的温馨为现在很多家庭做出了良好示范。社会发展中，不可避免地存在着一些人与人之间彼此欺诈的现象，也正是由于这种不和谐的声音和冲突的存在，才会迫使我们去反思、改正。

以审美为价值取向，是文学在把握人生和艺术表现上的一个重要准则。文学对社会生活的把握具有超越生活现象、追寻人生意蕴、表现人的价值的特点[②]。人对自然的破坏，对社会的无视以及对他人的欺诈都是人类发展史上无法避免的冲突。事物之间的冲突无处不在，无时不有。冲突面前，人并不是无能为力的，首先要正确认识冲突，才能积极寻找办法解决冲突。叶梅的生态散文通过冲突与和谐的书写，表现了社会生态与生态社会良性发展的态势。

[①] 叶梅：《福道》，重庆出版社 2021 年版，第 298 页。
[②] 王先霈、孙文宪：《文学理论导引》，高等教育出版社 2014 年版，第 12 页。

论恩施诗歌的生态美学特征

侯小丽[①]

生态美学产生于后现代经济与文化背景之下，是生态学与美学在后现代工业文明影响下形成的分支，最早可追溯到 1949 年奥尔多·利奥波德提出的"Conservation Esthetic"一词。国外研究生态美学主要在 20 世纪 90 年代，同时期生态美学概念也传入中国，得到相关学者的关注。作为国内生态美学的奠基人之一，曾繁仁将生态美学定义为："一种在新时代经济与文化背景下产生的有关人类的崭新的存在观，是一种人与自然、社会达到动态平衡、和谐一致的处于生态审美状态的存在观，是一种新时代的理想的审美的人生，一种'绿色的人生'。而其深刻内涵却是包含着新的时代内容的人文精神，是对人类当下'非美的'生存状态的一种改变的紧迫感和危机感，更是对人类永久发展、世代美好生存的深切关怀，也是对人类得以美好生存的自然家园与精神家园的一种重建。"[②] 由此可见，生态美学不能仅仅被认为是生态学与美学的简单交叉，更有学者们对人与自然、人与人、人与社会的关系探讨。在习近平总书记建设美丽家园、打造绿水青山的号召下，学者们回望历史、继承传统、关注现实，生态美学的特征也得以建构。通过把握地方生态美学的特征来关照人类精神家园，为生态美学的发展提供指向，也向地方文化发展和生态建设贡献力量。

恩施作为一片文学沃土，养育出一大批书写恩施地方生态、充满人文关怀的学者文人。其中不乏走出恩施的优秀作家如叶梅、李传锋等，从生态描写到对人与社会的观察，恩施的自然山水已在他们的作品中留下深深的烙印。恩施地理环境的稳定性与相对封闭性促成恩施文学的新貌，从对自然的景仰到对人性的刻画，再到现代化都市下的思考，恩施诗人的创作凭生态美学特征逐步反映出恩施文学的生态意蕴与背后的价值探索。

恩施少数民族诗人的身份特征与地域特征为研究恩施的本土诗歌创作发展提供导向。恩施作为一个少数民族聚居地，诗人的创作离不开对自然与人文环境的描绘，颇具代表性，推动研究恩施本土诗歌发展脉络和内容归类。本文着意研究恩施地区的诗歌创作，按创作内容可大致分为恩施的自然美、人情美、生态意蕴三个部分，这也是对恩施诗歌生态美学特征的总述，展现出恩施诗歌的包容性和

[①] 侯小丽，湖北民族大学文学与传媒学院 2022 级硕士研究生。
[②] 曾繁仁：《试论生态美学》，载于《文艺研究》2002 年第 5 期，第 11~16 页。

前瞻性，洋溢于其中的雄浑壮丽与淳厚质朴相交融的美学特征赋予恩施诗歌及其发源地独特的魅力。研究恩施诗歌中展现的生态意蕴及特征，为恩施民族特色研究、恩施地方特色发展提供文化源泉，也为拓展恩施文学的美学研究提供系统性的文本论述。

一、雄浑壮丽的自然美承接万物之灵

生态美学立足于自然生态视野，在文人的视野下，"自然"首先呈现出原始的张力与美感。恩施诗人在作品中体悟山水，沉溺于美景之中，为恩施雄浑壮丽的自然风光而歌：齐岳山、笔架山、石柱山，群山环绕，山势险峻、常人难入，杜甫有诗云："南谒裴施州，气合无险僻。攀援悬根木，登顿入天石。青山自一川，城郭洗忧戚。"[①] 州内清江全长八百里，支流辐射面广，被称为恩施人的"母亲河"。独特的地理条件为恩施诗人的创作提供最原始的素材，山与水，静与动，巍峨与柔美的相伴相生相辅相成，形成绿与蓝的协调。几乎所有恩施诗人的创作都描绘自然风光，表达对清江和群山的赞美。如杨秀武《清江侧影》："清江 峡谷 暴力之美/记忆中的兴奋点 在此处疼痛。"[②] 张永柱《鄂西山云》："山托着云/云垫着山/青筋纵横的山路/一脚踩下去/云一半，山一半。"[③] 作为生于恩施、长于恩施的诗人，他们对恩施的山川、草木、禽兽，尤其是贯穿其间的清江河有着难言的情感，往往借独特的审美能力和文字运用能力展现出恩施山水给他们的原始冲击和直观感受。恩施诗人笔下的文字生动简洁，却不失群山的壮丽与河水的秀美，勾勒出"施南道中，天然楚山之绝佳处，令人留连"[④] 之景。

恩施的自然生态之美在诗歌里得到极致描摹，一方面源于恩施诗人对家乡景象的长期观察，另一方面承载了恩施诗人对自然生态的赞美与关照。恩施诗人以在场者身份书写恩施的自然生态，类似田园牧歌式的自然环境书写将生态美学立足于原始自然，以自然之美唤起恩施诗人的审美体验，自觉承担对美的感悟，以个人获得的自然体悟和审美经验为中心，传递出自然之声。作为恩施地方生态的传声筒，恩施诗人将自然的原始与张力借文字表达出来，在审美批判中完成对恩施自然的感知和生态美学的底层建构。

清江的温婉与豪迈、群山的险峻雄奇不仅为寓居者留下深刻印象，也在恩施儿女的骨血里悄然生长，最终熔铸在恩施人民豁达的性情中，呈现为醇厚质朴的人情美。

---

① 杜甫：《郑典设自施州归》，选自《辞海（缩印本）》，上海辞书出版社 2000 年版，第 1514 页。
② 杨秀武：《清江侧影》，选自《旷野生长——恩施诗人诗选》，长江文艺出版社 2015 年版，第 4 页。
③ 张永柱：《鄂西山云》，选自《旷野生长——恩施诗人诗选》，长江文艺出版社 2015 年版，第 186~187 页。
④ 傅崇榘：《成都通览》，成都时代出版社 2006 年版，第 475 页。

二、醇厚质朴的人情美展露生命赞歌

生态美学发展到国内后，有学者提出生态美学是对"人类中心主义"的突破。往常人类以自我为中心认知世界的方式在后现代经济的推动下逐渐演变为重视人类与自然构成系统统一的生命体系，即要从整体意识上认识自然生态与人类的关系，人类不再是自然的主宰者，而是要与自然达成某种协调与统一。恩施诗人在对自然生态的直接书写之外，也重视上述二者关系的协调，借地方人物的生活图景展现出人与自然和谐相处的理念。诗歌主要围绕神话、民俗、日常生活三个方面展开。

恩施境内目前存有唐崖土司、容美土司等遗址。改土归流后，土司制度虽已覆灭，但土司文化仍在一定范围内得到留存，并在随后的发展中渐渐融汇为恩施土家族的民族文化。神话传说人物是恩施诗歌中经常出现的形象，展示出当地原始的信仰崇拜，如向王天子、巴蔓子："爬了两千多年，在洞口/我亲眼看见巴蔓子割下自己的头颅/置于无垭之山/楚王羞愧地转过身去"[1]；"向王天子一只角，吹出一条清江河/揣白虎，我在早春的齐岳山，盯着我的河"[2]。在诗人充分调动想象力的努力下，土家族的神话人物们以庄严肃穆的姿态为恩施的自然山水披上一层神秘色彩，也为民族地区的神话考证提供侧面印证，向王天子、廪君等土家族创世神话中的人物在恩施诗人笔下形象再现，从恩施自然的主宰者、居住者转化为山水等具体意象，他们借神力打造鬼斧神工的自然美景，将个人力量转化为生生不息绵延千里的江水山峰，为自然赋予生命力，呈现出"天人合一"的哲学思想。

除神话传说人物外，恩施诗歌中还包含当地的节日民俗，写人们祭祀跳摆手舞、"撒尔嗬"。摆手舞作为一种祈求幸福、通达祖先的舞蹈，常带有祭祀色彩，内容多表现土家族的神话、战争、生活等。诗人张铁军直接以"撒尔嗬"为题，张冬也有《撒尔嗬老歌手》，记述恩施人民对祭祀的重视。撒尔嗬在表达内容和情感上因时而异，有的传唱内容朗朗上口，多为日常生活体悟，有俏皮玩笑之味。在《撒尔嗬》（张铁军）里，撒尔嗬又具备严肃性的一面："来哟，以生者的渺小瞻仰亡者的生平/威严的掌鼓者挥舞的鼓槌击打我们古铜胸脯/面容肃穆的土老师高举左手摇响了八宝铜铃/右手挥舞师刀嚅动的嘴唇吐出一串串神秘咒语，八副罗裙随身转成孔雀开屏。"[3] 通过此番场景刻画，撒尔嗬庄严肃穆的一面跃然纸上。祖先崇拜中常出现的

---

[1] 周良彪：《烈烈巴人》，选自《旷野生长——恩施诗人诗选》，长江文艺出版社 2015 年版，第 117 页。

[2] 周良彪：《清江引》，选自《旷野生长——恩施诗人诗选》，长江文艺出版社 2015 年版，第 153 页。

[3] 张铁军：《撒尔嗬》，选自《旷野生长——恩施诗人诗选》，长江文艺出版社 2015 年版，第 132 页。

意象是白虎，作为土家族的民族图腾，白虎象征着勇敢、智慧和忠诚。虎作为山中之王，也承载着对自然的领导与征服。土家人在摆手活动中透露出浓厚的祖先崇拜痕迹，在祭祀活动中常以声乐伴唱，借大自然中的万物之音为曲调，追求与自然的和谐之美。

恩施诗人将土家族的祭祀习俗融入诗作，为外界了解恩施的风俗节日祭祀活动提供了窗口。在生死观上，恩施地区重视死后面向大自然的"回归"，土家族人民对死亡的豁达在相关诗人笔下也呈现出轻松的姿态。郝在春在《送葬》一诗中将死亡描绘成一次与过身者的游戏；郑克洪《跳丧》里描绘的歌舞盛况同样是宏大而壮烈的。在恩施诗人眼中，死亡拉近了他们与土地的距离，就像接受一次大自然的播种，在泥土里接受万物灵气，在这个过程中，人与自然融为一体相依相生，达到二者包容共生的协调与统一。

一切景语皆情语，恩施的原生态之美是恩施诗人笔下着意描绘的，面对山的险峻水的澎湃，诗人们有感而发，笔下的文字简洁了当、干脆利落，展现文人的仙风道骨："白道黑道，都不是我的道/官场商场，都是别人的场/淘金的废水污染了穷人的稻/肥水，流进富人的田。"① 可以说，正是恩施独特的山水景观孕育了恩施本土诗人的诗性和对生态之美的感悟，恩施诗人又因其个体经验的独特性赋予恩施山水美景别样韵味，在文学生态的创作之外，关注精神生态家园的建构，与奈斯所谓"生命平等对话"的"生态智慧"理念不谋而合，展现出人与自然协调统一、包容互生的生态关系。

三、诗歌的生态意蕴建构精神家园

人与自然的关系呈现出和谐之姿是生态美学近二十年来一直关注的重点，在谱写自然赞歌之外，生态美学家们最终仍希冀在后经济时代唤起人们对自然生态的关注，面向社会探索生态美学的进一步发展，站在生态的角度对美学进行新思考，以自然之美实现对现实的关照，以期实现人与社会和谐的生态关系。

恩施诗人在对人与社会的生态关系书写上，一方面自觉承担起民族文化的保护者和宣传者身份，将民间传说、习俗和祭祀舞蹈作为观察书写的对象，另一方面加入土家儿女的生活景象，同时将自己对现代城市的变迁感悟加入其间，写出乡土的质朴民风和深切感悟。生活在恩施大地上，他们将"恩施"凝练为自己情感的归处，对家乡的热爱之外有对生命意义的思考，在城市现代化的脉搏下则着意探讨人与社会间的关系，笔下的人文景观也格外与众不同，裹挟着民族之音。

土家族儿女的情感常常围绕土家族的重要节日女儿会和传统习俗唱山歌展开。

---

① 郑开显：《做个英雄好难》，选自《旷野生长——恩施诗人诗选》，长江文艺出版社2015年版，第33页。

沈祥辉的《土家女儿会》着力赞叹女儿会的价值；张永柱的《掉散户》写土家女人喝酒时的豪迈……土家儿女面对情感的热烈奔放勇敢追求借山歌和女儿会得以表达出来，汇成恩施土家族独特的民俗景观。恩施诗人着眼当下生活，描述生活中的日常农事，这些诗作常带有回忆性质，描述的场景虽美好，仍带有诗人们掩藏其中的排斥与回避，如《油榨房》（杨秀武）、《盐道上 祭祀那声声喊山的号子》（胡礼忠）等。值得注意的是，大部分恩施诗人体验过甚至兼具农民身份，与自然亲切接触的最初经历并不算美好，在这种经历之下他们仍愿意为自然而歌，为身处自然中的人类创作，描述自然与人类之间难以割舍的羁绊与牵连。他们的文字中难免透露出生活在山区里的挣扎心境，为劳作的苦，为人民的质朴，为恩施苦与美并行的生活。当诗人们遥望恩施发展时，有感于经济的快速发展和交通的便利，大家不约而同地将目光汇聚到城市中来，讲述大山深处恩施的发展和改变，其中蕴含着深切的期盼和美好描摹，如《火车开进我家乡》（舍礜），《这是一点零一分的恩施》（倾城），《喊一声》（郝在春）等，都对恩施日新月异的变化进行书写，表达对恩施发展的渴望、对美好生活的向往。历经时代变迁，从古老走向现代，恩施诗人们怀揣着期许与憧憬，在人与社会关系的龃龉中仍选择将美赋予恩施。

恩施地处武陵山区，恩施的诗歌创作为地区生态意蕴研究起到助推作用。恩施诗人是民族歌者，也是自然之子，他们在诗歌作品中首先通过恩施的自然美特征塑造出恩施山水的神圣威严。连绵山脉像是一道屏障，呈现出原始的、野性的、与城市迥然不同的美，在庄严巍峨的山水关照之下，恩施的自然万物、景与人、情与理都焕发出独特光彩。一草一木都是大自然的生命，秀美灵动，当地的人自有灵气，与山水相伴，勇敢坚毅，柔美妩媚，催生出独特的民俗文化，生动地诠释了"人杰地灵"，为现代都市守住了一块精神生态家园，同样也生动诠释了"绿水青山就是金山银山"的生态理念。在对现代都市的发展兴叹之外，诗人们的诗歌兼具"回望"特质，试图通过对恩施山水景观的回望构建起一片精神生态家园，借恩施山水的协调之姿影射人与自然在经济发展与环境保护冲突下的新路径。对恩施诗人诗歌的生态美学特征研究，对打造共有精神家园、丰富其内涵与实质具有相当价值，为系统学习了解恩施诗歌特色、民族文化传统提供了新的方向，也为感悟生态意蕴、增强恩施美学理论和发展美学生命力注入新的动力。

四、结语

恩施诗人的创作受个体经验的差异呈现为写作的不同角度。差异性之外，我们仍能捕捉到其中的共性，恩施诗人们写恩施的山水，既为大自然的鬼斧神工拜服，纵情山水，又借山水表达情思，呈现出后经济时代下的生态意识。在进行文学创作和审美批评时清江是恩施绕不开、恩施诗人也不愿绕开的主要意象。诗人们的创作为恩施的山水赋予新的生命，他们通过对自然的感知诠释地方生态美学特征，关照人与自然的生态关系，着力描写恩施的民风民俗，包括节日祭祀、情爱表达、日常生活等方方面面，利用自己敏锐的观察能力将恩施的质朴民风展现在世人眼前。西兰卡普、女儿会等民族性强的产物在当代得到全方位的承接，并逐渐成为恩施的文化符号，汇入推动恩施经济发展的洪流中。在文学生态之外关注精神生态，关注人与自然的共生关系，实现人与自然和谐体系的培育。他们的诗歌作品展现出鄂西风貌与民族底气，展现出恩施不一样的生态美学特征，同时观照现实，借现代都市感悟推动人与社会紧张关系的调停。在诗人们的呼唤中，既有对乡土的回顾，又有对未来发展的期许，他们的创作为推动恩施文学的成熟与壮大，为保护民族文化遗产提供新的路径，也为审美批评与生态美学发展注入文化底蕴。

生态视域下审视人类缔造的文明
——浅论《最后一只白虎》

吴 凡[①]

老虎作为百兽之王，是整个生态系统中重要的组成部分。在我国，华南虎曾是一个数量较大的种群。如今，它却成为濒危保护动物，令人唏嘘。如《最后一只白虎》第一章第一节所提的，19世纪印度平原掀起猎虎狂潮，数以万计的老虎在印、英权贵的追逐中丧命。我国20世纪五六十年代，林地中也曾刮起捕虎之风，仅半个世纪后，便几乎难寻野生华南虎的踪迹。山林受损，老虎濒危，此般生态危机引起了作家们的关注。李传锋作为鄂西南少数民族作家，以对鄂西南山地的熟识展开文学创作中的生态思考。他秉持着保护自然生态的写作职责与神秘的白虎崇拜，创作出《最后一只白虎》，在全知的视角中，带领读者领略林莽生态的和谐风采，同时借白虎之眼，照见人世的风情善恶，以聚焦生态的写作手法引起人们对社会文明的反思。

一、人与自然的初始和谐

人与自然相互依存，构成紧密联系的生态系统。早期，人与自然之间多呈现较为和谐的相处方式，人类依赖自然同时也敬重自然。然而，随着人类工业文明的推进，人对自然的利用与改造在无形中转化为侵占和掠夺。面对文明进程中自然的千疮百孔，生态文学应运而生。生态文学是反映生态环境与人类社会发展关系的文学。它以生态系统的整体利益为最高价值，探讨着人与自然的相处之道。生态整体主义的核心思想是把生态系统的整体利益作为最高价值而不是把人类的利益作为最高价值，把是否有利于维持和保护生态系统的完整、和谐、稳定、平衡和持续存在作为衡量一切事物的根本尺度，作为评判人类生活方式、科技进步、经济增长和社会发展的终极标准[②]。生态文学的作家们正是秉持着生态整体主义的写作理念，通过书写一系列观察到的现实生态问题，来警示世人，批判人对自然的摧残，斥责人类企图征服自然的狂妄念头，但同时也不忘描绘生态之美，将人们的关注视野牵回自然，领略原初的和谐样貌。

"生态文学总是与一个具体的空间——地方（place）紧紧联系在一起，每位作

---

① 吴凡，湖北民族大学文学与传媒学院2020级硕士研究生。
② 王诺：《欧美生态文学》，北京大学出版社2003年版，第97页。

者都通过某一特定地方的特定人物的故事来开拓有关自然、生态和环境的视野。"[1]李传锋便是在对家乡林地环境的观察与思考下,将写作视野聚焦南渡江,放眼其中幽深的林莽,通过描写老虎母子展现南渡江的生态魅力。如作品开篇所言,土家族人民在祖先廪君的庇佑下安居乐业,南渡江一带则是少有人涉足的动物家园。幽深的林莽为动物们提供了良好的生存之所,其中就有喜好栖居山林的华南虎。华南母虎在品尝过爱情甜果之后,诞下小白虎,母子二虎成为林莽之王。它们在山林中保持着王者的风范,以野猪、山鸡等猎物为食,渴便饮山泉水,在鲜为人类涉足的山林中,与其他动物共享树林、河流与土地,也遵循着物竞天择、适者生存的自然之道。其中就有母虎在野猪的挑衅下,威武搏斗、捍卫自己及将来小白虎王位的生动描写。母子二虎为森林除病患,维系着弱肉强食且自然平衡的森林生态。

李传锋作为土家人,在创作中秉持白虎崇拜,为作品增添自然之魅,书中土家族人最初与自然和谐的相处状态,就反映了当时人们对自然的敬畏之心,呈现出和谐的生态之美。《最后一只白虎》中,作者通过叙述久远的民族故事引出了人与自然的相处之道。土家人在初涉林莽时,并未扰乱山林的安宁,而是与自然共生共存。改土归流后,顺应政策的土家人使老虎渡一带开始有了人迹活动。一对新婚夫妻为守护其对爱情的忠贞,不顺土司夺新娘初夜的习俗,逃至老虎渡傍水而居。他们在享用自然资源的同时,也承袭着对白虎廪君的虔诚信仰,圈养家畜,不滥伤生灵,养狗奉虎。同样,老虎也与夫妻二人达成了一种无言的默契,取狗而食,不曾伤人。老虎渡里,人与自然形成了一种较和谐的相处模式,且延续数代人之久。劳伦斯曾言:"我们的人生是要实现我们自身与周围充满生机的宇宙之间的纯洁关系而存在的。"[2]《最后一只白虎》中,土家族人最初的生活状态便体现了人类融于自然的和谐纯粹。人们在对自然资源进行主观能动地利用与改造的过程中,常怀对自然的感恩之情,明晰着其在生态系统中的成员地位,重视并保护自然与生灵。李传锋以灵动的笔触描写山野林莽与土家族人的故事,用作品表现了生态系统的祥和之处。

二、生态失衡自然之哀

生态系统的各组成部分相互依存,紧密联系。同时,事物总是处于不断运动变化当中的。社会文明的发展进程里,人们在欲望的激励下创造了丰厚的物质文明,为生活带来了时代福音,然而在此过程中却膨胀了自信,失了行事的尺度,开始对自然进行过度索取与侵占。其丧失理性后的骄妄使生态失衡,信仰掺杂世俗欲望,人与自然的冲突也随之而来。李传锋由此洞见了人对自然生灵的不妥之处。

---

[1] 张宗帅、邓小燕:《从"寻根文学"到"生态寻根"——以阿来的生态写作为例》,载于《南京林业大学学报(人文社会科学版)》2021年第3期,第87～97页。

[2] 塞尔登:《文学批评理论》,刘象愚等译,北京大学出版社2000年版,第551页。

（一）人虎冲突映射虔诚敬仰的失真

《最后一只白虎》中，李传锋在叙述田刮刮及其妻子朱氏继承祖业，在荒山野渡里经营客栈，招待大量来往客商的行文背景之外，对土家人敬重白虎的民族信仰也进行了具体描写。如作品所言，自从田刮刮承包客栈后，他便在银杏树下插红烛、挂红布，继续着土家人的白虎崇拜。背货汉子们也怀着对祖先廪君的敬仰，在银杏树下拜白虎，以祈求行山货运的平安顺利。他们足迹的广遍山野，增加了其与林莽的密切接触，为人虎冲突拉开序幕，并在矛盾中显露出浓重的自我中心主义，其中就表现为人对自然敬畏之心的淡化，以及对白虎敬仰的失真。

作品里，背山货的汉子们在一次货运途中与两虎相遇。汉子们因受惊吓站立不动，母虎也为保护小白虎而不能同往日一般全身而退，形成了人与虎的对峙。跨种族的交流障碍造成人虎双方未能互相传达其同是退步的想法。汉子们在惊恐中向母虎发起进攻，导致母虎负伤跌落山崖，小白虎被擒。人与虎的冲突打破了二者原先和谐的相处模式。对峙中，背客的胜利进一步助长了其在大自然面前的狂妄，田刮刮、背客等人对白虎的崇拜也开始变得虚假，掺杂进了世俗的功利之心。作品描述到，他们在祭拜完银杏树下的白虎神位后，转身便背过去在树下撒尿。轻浮的行为及形式化的敬神流程，局部地映射出人类在文明进程中对自然崇拜之情的削减。田刮刮等人捕获小白虎后，借供奉之名满足自身具有功利性色彩的奉神心理，将小白虎囚禁于牢笼，剥夺了它的自由。小白虎被困，母虎为寻子，常出没于人迹所至之处。背山货的汉子们则因母虎的活动阻碍其行山出货的自由，便用狂妄的口吻谎称老虎吃人，请求中央击杀。此外，作品中，老疤等人丝毫未反省自身囚禁小白虎的过错，反而以母虎扰民生、威胁其生命安全之由，借枪械棍棒的威力将母虎击杀。至此，不论是母虎的尸首还是小白虎，都开启了其被人类商品化的曲折之旅。

面对自然，人类由最初的恰当改造和利用转变为现今的控制及征服。生产工具的不断改进，使人对自然资源的改造与利用更得心应手。知识文明的普及也使人更科学、全面地认识自然。仿佛人们已揭开自然的神秘面纱，对大自然了如指掌了。于是，人类对自然的敬畏被逐渐消解。人们在更为自由地发挥主观能动性时，遗忘了生态系统的整体属性。李传锋在《最后一只白虎》中便描写到，人们开始不断地将视野局限于己，以人的行动自由为先，侵害自然生灵，丢失了内心本真的敬畏之心。

（二）白虎视野见证人类文明的某种病态

李传锋在《最后一只白虎》中以多方位的叙述视角进行创作。作品描绘了小白虎林莽家园的美好，讲述着人与虎之间的冲突与摩擦。其中，作品最突出的特点，便是将大量篇幅的叙述视角定位在小白虎身上，从小白虎的眼中认知熟悉其初识的林莽，洞察善恶并存的人性，更用小白虎的视野见证其曲折经历中人类文明的腐化之处。

母虎死去，小白虎在最后一次享用完母亲甘甜的乳汁后，便被田刮刮卖给了一户人家。小主人峤峤让初涉人类社会的小白虎感受到了一丝温暖。然而，因人类侵占自然，小镇的人民长久未见过真虎，小白虎便成为满足人们猎奇心的对象，进而也成为导致峤峤成绩下滑的罪魁祸首。在峤峤的母亲眼里，小白虎是扰乱其平静生活的负累，而一次简单的金钱交易便可以决定小白虎日后的去向。很快，第二次交易让小白虎辗转至马戏团。这里，它看到被驯化的猴子对人类唯命是从。面对马戏团班主手上的皮鞭，小白虎却未曾屈服。马戏团班主为了在小白虎身上获得长久的利益，通过转移马戏团来躲避动物学家。途中小白虎因背夫的善意之举逃出牢笼，重获自由。它逃回熟悉的山林，享受了片刻的安宁，但不幸又落入老疤的陷阱而被擒。老疤带着小白虎从南渡口转移到青猴城的过程中，他们一同经历了河谷险浪期间，两条生命才呈现出短暂的平等相依。之后，老疤被捕，小白虎获救并被送往动物园。作品第二章《奇怪的大鸟》一节，小白虎被运往机场。在它的嗅觉里，人类身上的气味是古怪的，没有自然的芬芳，这一细节的描写间接暗示了人们在长久的社会生活中与大自然的疏离。运输小白虎的过程也折射出人类中心主义里，动物生命的低人一等。在将小白虎转移到飞机上之前，经由空中小姐再三与旅客协商之后，才破例让小白虎与人同机飞行，将其安排在飞机行李后舱。不知从何时开始，人类将自身凌驾于自然之上。如小白虎在飞机上所感受到的，"这个世界总是在颤动，颤动，什么都在发疯般颤动"[①]。人类所处的社会总是充满马达发动机的喧嚣，少有自然的宁静。嘈杂的环境削减了人们内心原本的纯粹。在小白虎不幸的遭遇当中，它的生命早已被商品化。从田刮刮、老疤、峤峤的妈妈到马戏团，在他们眼中，小白虎是可以用金钱来进行衡量、交易的货物。此外，将小白虎圈养在笼中，为其提供安全的生存环境和充足食物的动物园，同样也显示出将小白虎作为牟利工具的心理。

社会的发展进一步促使人们膨胀了物欲、丧失了理性。他们以主宰者的身份自居，使文明散发着浓厚的人类中心主义气息，以人"唯"主，肆意地支配自然。并且，科技也助长了这份罪恶。同作品所提到的，通过调节灯光达到掌控动物昼夜作息的"齐梅克馆"，使游客白天也能观赏到具有昼伏夜出习性的动物。虚假的灯光及风雨声扰乱了动物们的自然作息，人类观赏欲求的满足暴露出其贪婪自私的丑恶面貌。这不禁令人思考，人们在建设和享受文明的同时，是否能认识到文明的腐化。

三、生态危机敲响人类自省之钟

生态书写自生态危机的出现而开始。李传锋在《最后一只白虎》的创作中探究生态受损的社会根源，人们也在其作品中生态危机的警示里反思现代文明。

圈养在动物园里的小白虎终究渴望回归自然林莽。它以矫健的身手和聪明才智逃出动物园，奔向远方的山野。小白虎将奇幻的传说遍布平原之后，再经一番周折，

[①] 李传锋：《最后一只白虎》，长江文艺出版社1989年版，第124页。

回到了思念的家园。此时的森林遭受了严重的毁坏。林莽植被锐减,小白虎周边的猎物数量也大不如前。怀念狗肉滋味的小白虎被迫进入居民区,到银杏树下寻狗肉吃。另一方面,小白虎的再次逃跑牵动了政府。当地委员受上级命令进山寻白虎。如此情况之下,委员仍未改贪婪本性。进山之前,他让田刮刮及朱氏二人备野味。自己在山林里带头打猎,在被随从人员误伤之后受到了应有的处分。对于山林,人们仍进行着肆意地砍伐,山体受损的情况日益加剧,生态危机最终随之而来。林莽里爆发了严重的泥石流和山体滑坡,灾难面前,百兽奔逃,人也列于其中。小白虎在慌乱的兽群中,看着山林变乱,无奈也顺入逃亡之列。在整个故事当中,老疤与小白虎的纠葛几乎贯穿了小白虎曲折经历的始终。老疤以亡命之徒般的坚毅,始终锁定着抓捕小白虎这个目标。他们之间的冲突在故事的尾篇进入高潮。双方由追捕与被追捕的状态转为面对面的较量。老疤在被小白虎逼到树上的情况下,被好友相助。小白虎因此遭人类冷枪暗算,负伤倒下。这只不齿人类狡诈的森林之王,以最后的威严将老疤正面击杀。小白虎的灵魂自始至终都不曾屈服于人类。它的身躯承载着自由的灵魂,永远与栖息的密林相融。它对自己领土的信任和喜爱是其对自然的归属。小白虎的死亡、山体滑坡等生态危机,让人们意识到重建生态平衡的重要性,开始反思并去除人类中心化的理念。

"尊重自然,从自然的角度来思考人类社会,而不是从人类的欲望需求的角度将自然看作是一种具有经济价值的'资源'。"①《最后一只白虎》将写作重心放于小白虎身上,正是借动物之眼来看察人类社会、挖掘生态危机的社会根源。面对动物濒危、森林受损等生态问题,人们会能动地采取拯救措施,而理想的解决方案也将在实践的曲折过程中被发掘。作品中,人们因白虎的稀缺而用水泥铁栏保护之,当得知别国拥有两只白虎的事实时,才意识到建立野生自然动物保护区的妥善之处。而剥夺动物自由的保护方法,显示了作品中人们全球性整体生态视野的缺失、对动物平等生存权利的忽视。

人作为生态系统的成员,与自然万物相互依存,"无论何种情况下,如果这条自然的链子(生物链)的一个环节断裂,都将导致整体的混乱无序"②。山林被过度砍伐引起的自然灾害和小白虎被杀造成的物种濒危,都告诫着人们生态系统整体、和谐、稳定、平衡的重要性。《最后一只白虎》中,小白虎的死亡是一场悲剧,而"悲剧的任务好像是'向自然举起一面镜子'"③,让人们看清自身对自然犯下的罪行。李传锋的《最后一只白虎》叙述了早期鄂西南地区,人与自然和谐相处的景象,更写出了濒危物种面对贪婪人性时艰难的生存状态。这一切的书写都将我们引向对一

---

① 张宗帅、邓小燕:《从"寻根文学"到"生态寻根"——以阿来的生态写作为例》,载于《南京林业大学学报(人文社会科学版)》2021年第3期,第87~97页。
② 王诺:《欧美生态文学》,北京大学出版社2003年版,第38页。
③ 朱光潜:《悲剧心理学》,安徽教育出版社2000年版,第337~338页。

个问题的思考：当我们认识到人类已经被自己缔造的文明腐化时，如何才能回到自然。

四、结语

现今社会，人们在自然真相面前已认识到现代文明的不足。国家也颁布相关政策并采取相关措施来保护自然和野生动物，重建生态之美，以达到生态和谐美丽与生命的自由平等。融入大自然生态整体之中，是人类在发展中始终要铭记于心的基础。李传锋的《最后一只白虎》践行生态书写的批评理念，展现人与自然的和谐相处状态，更关注生态失衡的现实问题。作品以生态整体观的核心思想警示着人们，期盼对自然生态的重视与回归。

历史叙事中的生态观照
——评贝锦三夫的历史小说《武陵王之皇木遗恨》

胡 涛[①]

历史叙事是中国传统叙事的重要形式之一。美国史学家海登·怀特在《后现代历史叙事学》中称历史著作是"以叙事散文话语为形式的语言结构"[②]。克罗齐指出:"没有叙事,就没有历史。"[③] 可见"历史"是可以存在于叙事中的。中国文学传统中自古就有"文史合一"的创作理念,足见历史与文学叙事关系之密切。然而,当代历史叙事中,如何用文学去观照历史,是作家们在创作过程中需要思考的重要问题。对于书写武陵地区土司历史的贝锦三夫[④]而言,长篇历史小说《武陵王之皇木遗恨》在尊重土司历史史实的前提下,其生态书写是作者想要表达的重要价值诉求。作者在历史记忆中,对武陵地区的自然生态和社会生态展开了独特思考,其作品中流露的生态意识体现了作者对当代生态问题的关注与思考。

《武陵王之皇木遗恨》以酉水河畔的盘顺土司向景春和朝廷木政指挥使徐珊为原型,引入明朝嘉靖年间重要的历史素材——"卯洞的皇木采办"[⑤] 与"阳明心学的传入"。作者在讲述历史事实的同时,不乏文学想象,深刻地反映了武陵山区的地域风情、毕兹卡[⑥]的民俗文化和社会活动。作者在小说中的生态关照正是通过对毕兹卡"原生态"文化的书写和阳明心学指导下的生态实践,来展现人、自然、社会三者的和谐统一。

一、历史叙事中"原生态"的民族文化

所谓"原生态"文化,"指的是在大工业文明来临之前还存在着的那些自然的生

[①] 胡涛,湖北民族大学文学与传媒学院2022级硕士研究生。
[②] 怀特:《后现代历史叙事学》,陈永国、张万娟译,中国社会科学出版社2003年版,第370页。
[③] 怀特:《后现代历史叙事学》,陈永国、张万娟译,中国社会科学出版社2003年版,第127页。
[④] "贝锦三夫"指李传锋、吴燕山、李诗选三位作家。
[⑤] 卯洞土司原称盘顺土司,此指卯洞附近片区。
[⑥] "毕兹卡"是土家族的自称,土家族世代居住在湘、鄂、黔、渝四省市交界处的武陵山区。

活方式、艺术形态和宗教信仰"①。原生态文化内涵的重要特征是"地方性知识和民间色彩"②。研究者通常用"原生态"来形容少数民族地区原始的自然环境和当地独特的民风习俗、自然崇拜等民族文化。"原生态的自然美是一种自然的大美。"③ 贝锦三夫笔下的武陵地区，位于湘、鄂、黔、渝交界处，地理位置复杂，山高水远，它保留了最为原始的自然美。正是这种特殊的地理位置，使得毕兹卡文化较少受到外来因素的影响，保留了较为原始的一面。长期生活在武陵地区的贝锦三夫，在讲述历史的同时，用自身体验向读者展示了毕兹卡"原生态"的民族文化。

丧葬习俗是毕兹卡重要的民俗之一，其丧葬仪式最能凸显毕兹卡独特的民族性格气质。毕兹卡特别讲究丧葬的仪式："升幡竿，打锣鼓、打绕棺、跳丧鼓、破血湖、解柱死结、祭奠青山。"④ 散毛土司境内，由于拉网式搜寻巨木，大量动物逃亡到临司，沿途咬伤无数东流土民，东流土司为逝者举行了隆重的道场、法事，并要求三天堂祭仪式一项都不能省。卯洞抢险救灾之后，盘顺土司分别为牺牲的女婿薛青和"卯洞十英雄"举行了盛况空前的丧葬仪式，数千土民扶老携幼来送葬，场面十分热闹。毕兹卡人认为，举办隆重的仪式才是祭祀故人的最好方式，场面越热闹越有意义，这种隆重的丧葬仪式并不是以表达在世者的悲伤为主要目的，而是表达一种特殊的意义——"以悲为喜"。对死亡持一种乐观豁达的态度，是毕兹卡人对生命的特殊理解，同样重要的是他们希望生者能够活得幸福团结。笔者认为这才是隆重仪式的最直接体现，试想一个家庭、一个族群内没有稳定和谐幸福的关系，而是经常矛盾不断，怎么会有如此隆重的丧葬仪式？怎么会有如此热闹的祭祀仪式？可见毕兹卡人对生命的理解，是集体无意识生殖崇拜的结果，即希望子孙万代团结幸福。

舍巴日是毕兹卡人自己的节日，同时是一项文艺、体育、祭祀兼有的活动，即跳摆手舞，它是一场祭拜祖先、崇拜自然的节庆活动。盘顺土司普舍树下的宽阔院坝是盘顺土民们庆祝节日的重要场所，普舍树也化为盘顺土民心中的特殊文化符号——福。"它是观世音菩萨送给你们漫水人的福报，它能为整个漫水坪百姓普施幸福！"⑤ 普舍树更为奇特的是它能辨识族人，因为它的花瓣只会落到盘顺族人身上。每到舍巴日，盘顺土司都会在普舍树下与民同乐，表达对祖先的崇拜、对自然的敬畏。

另外，毕兹卡人对神秘的自然有着独特的崇拜。首先是对神木的崇拜，盘顺境

---

① 徐兆寿：《一种新的写作现象：原生态文化书写》，载于《文艺争鸣》2012年第9期，第108~113页。

② 徐兆寿：《一种新的写作现象：原生态文化书写》，载于《文艺争鸣》2012年第9期，第108~113页。

③ 王诺：《生态批评与生态思想》，人民出版社2013年版，第252页。

④ 贝锦三夫：《武陵王之皇木遗恨》，长江文艺出版社2021年版，第128页。

⑤ 贝锦三夫：《武陵王之皇木遗恨》，长江文艺出版社2021年版，第259页。

内翔凤山上的九阳金丝楠木是盘顺向氏的祖迹神木，据说曾庇护过被追杀的向氏先祖。"每年的夏至日，向氏族人必到翔凤山神木下焚香祭祖。"① 焚香祭祖，载歌载舞是常规仪式，以傩祭祖是活动的中心议题，包括傩祭、傩技、傩戏、傩舞、傩歌。隆重的祭祀仪式，一方面是为了表达对向氏先祖的追念，希望得到神木的庇佑；另一方面则是为了提高族民的自信心与荣誉感，维系族群关系，加强族群的凝聚力。

毕兹卡人对神秘自然的崇拜也体现在采木运木的过程中。采木运木必须有严肃的祭祀仪式，由专门的梯玛（巫师）进行祭奠。第一步是清场祭山，"他俩搬出一个小香炉，搁在树蔸下的架台上，接着每人点燃三炷香，很虔诚地插到香炉里，然后望着大木磕了三个头，口中念念有词。"② 托运神木时，梯玛需要做一通法事；漂木时，更是要举行祭祀大典。这些仪式不管是对神木、祖先的崇拜，还是对梯玛的信任，都明确地体现了他们有"万物有灵"的信仰。在社会生产力低下、人类征服自然的能力有限的情况下，毕兹卡人便会祈求鬼神的庇护与保佑，从而产生"万物有灵"的信仰，敬畏自然。

总之，贝锦三夫在向读者讲述历史的同时，书写了毕兹卡人居住地优美的自然生态，呈现了毕兹卡"原生态"的民族文化。而从这些民族文化中可以看出毕兹卡人与自然和谐共生的生态理念：在丧礼中尊重自然、顺应自然，在歌舞中亲近自然、热爱自然，在崇拜中敬畏自然、保护自然。当然，推动毕兹卡地区实现人与自然的和谐共生，用生态理念指导实践，则离不开两位重要历史人物——王阳明及其弟子徐珊。

二、阳明心学指导下的生态实践

王阳明是心学的集大成者。他于明朝正德元年间得罪宦官刘瑾，被贬贵州龙场，并顿悟出"知行合一""心即理""致良知""事上炼"等心学理论。他在当地创办龙岗书院，广收弟子，通过讲授心学来传播自己的思想，这对当地土司"蛮夷"有一定教化作用。王阳明所处时代正是西南土司制度上升时期，王阳明的心学思想在当时土司领域内广泛传播，"在潜移默化中实现了对土司社会的治理与教化"③。而阳明心学在盘顺土司境内的教化与影响则离不开王阳明的弟子徐珊，他是阳明心学的积极宣传者和实践者。作为践行生态理念的重要人物，这使得徐珊与阳明心学思想传播成为贝锦三夫历史叙事中的重要历史素材。

徐珊作为朝廷官员来卯洞督查皇木采办工作，同时又作为阳明弟子，在与盘顺土民的交往过程中，阳明心学得到轻易而广泛地传播。徐珊用阳明心学指导采木，

---

① 贝锦三夫：《武陵王之皇木遗恨》，长江文艺出版社2021年版，第120页。
② 贝锦三夫：《武陵王之皇木遗恨》，长江文艺出版社2021年版，第180页。
③ 苟爽：《阳明学说对贵州民族社会的影响》，载于《理论与当代》2015年第8期，第26~27页。

其生态理念则得到实践。盘顺土司在阳明心学的指导下，不仅按期完成了朝廷采木任务，更是把采木"后遗症"控制到了一定程度范围之内。皇室采木，实质上就是封建徭役，对武陵山区环境危害巨大。但徐珊用阳明心学指导的采木工程，大大降低了盘顺土司境内的环境破坏。

"明代兴起的皇木采办，有一套完整的体系，大致可分为勘察、采伐、转运、运解交收、储备等五个环节。"① 其中转运树木最重要的是"找厢"，即"先由石匠开采巨石，形成简易的路基；架长空中地段，做好支架，然后以两列杉木平行架设在路基和支架上，形如今日的铁路"②。此过程，为了寻找宽阔的路基，不可避免地需要重新开路、砍伐障碍物，为了保护环境，盘顺土司和徐珊多次讨论运木路线。而徐珊作为阳明心学的传播者，始终在践行阳明心学的核心思想，即"知行合一"，也就是认识与实践的统一，多次上山勘察最佳路线。徐珊自来到盘顺土司后，秉持着"食君之禄，必事君之事；为民之官，必言民之言"这一为官信条，坚持忠君亲民，其采木过程中的生态保护便是很好的证明。

早期同作为阳明心学的传播者费度的采木做法与徐珊截然不同。被权力和欲望侵蚀的费度，为了早日运走皇木而腾出手去寻找通天神木，他随意下令散毛士兵进行拉网式搜寻大木，带着火枪沿途破坏当地环境；运送皇木时，同样不听取漂木工的意见，坚持首汛漂木，最终导致卯洞被堵，死伤数十人。可见，二人的做法截然不同，在"致良知"方面，费度被欲望蒙蔽了双眼，在实践中没有良知，而徐珊真正做到了"心即理"，不为欲望所动，遵循天理，遵循人与自然和谐共生的生态思想。

土司境内，各司对于"王室子弟"的教育比较重视，如果土司内没有学堂，就要去外地州县庠序学习，以此学习孔孟儒学、汉家礼仪。盘顺代主夫人向凤阳自小就被送到外地辰州府求学，更有幸亲自受到阳明心学弟子徐珊的教导，这对她回族代政产生重要影响，"知行合一"的思想一直指导着她践行生态理念。

三、在历史叙述中回望与反思

作者在后记中写道，该作品是"重点展示当时的社会矛盾和人物命运，突出历史的包容性与开放性，着墨于当时毕兹卡与自然和谐相处的美妙，着墨于艰难的生活景象和向往文明的追求，弘扬自强不息的民族精神……"③ 历史小说《武陵王之皇木遗恨》聚焦盘顺土司地区的皇木采办事件，塑造了众多真实而又典型的历史人物，向我们展示了武陵地区特定历史时期的民族文化，其中流露的生态意识更是具

---

① 谭庆虎、田赤：《明代土家族地区的皇木采办研究》，载于《湖北民族学院学报（哲学社会科学版）》2011年第2期，第9～13页。
② 谭庆虎、田赤：《明代土家族地区的皇木采办研究》，载于《湖北民族学院学报（哲学社会科学版）》2011年第2期，第9～13页。
③ 贝锦三夫：《武陵王之皇木遗恨》，长江文艺出版社2021年版，第529页。

有现代意义，值得读者反思。

一是对历史的反思。作者的历史叙事，始终坚持着理性，向我们展示了毕兹卡历史文化，同时也发挥了文学的想象。不论"九阳神木"是否真的存在，这在不影响历史真实的同时，增强了作品的可读性与反思性，让读者真正认识到历史上的皇木采办对生态造成了严重的破坏。武陵地区民族成分复杂，土司制度是"封建王朝统治阶级用来解决西南少数民族地区的民族政策……政治上巩固其统治，经济上让原来的生产方式维持下去，满足于征收纳贡。因此它是从政治和经济两方面压迫少数民族的制度"[①]。特定历史时期，推行土司制度，一方面符合当时社会发展的要求，最重要的是加强了少数民族地区的管理，增强了人民的民族认同感。另一方面，它也对少数民族地区造成了一定程度的压迫。拿皇木采办来说，它不仅浪费物力财力人力，加重了劳动人民的负担，而且对武陵地区的森林植被造成了不可挽回的损失，导致大量珍贵树木被采伐，并难以恢复，生态环境遭到严重破坏。当我们在惊呼京都地区古建筑、皇室宫殿等文化遗址时，希望我们能想起武陵地区皇木采办这一段艰辛的历史。

二是对欲望的反思。生态破坏与人类欲望的无限膨胀始终分不开，小说中的费度同样是阳明弟子，接受心学的洗礼，是阳明心学的重要传播者，但后来与真理渐行渐远，这便是各种欲望侵蚀的结果。他不仅想抢夺采木的头功，而且与朝廷要官严嵩勾结，私谋"九阳神木"，方便为自己安置一副不腐棺椁。另外，土司境内看似平静如水，实则暗潮涌动，土司与土司之间领土人口的争夺、各土司内部权力的争夺、土司居民对采木的邀功请赏……各种矛盾都直接或间接地对当地生态的破坏埋下了隐患。可以说，作品从多方面给我们展示了权力私欲对自然生态美的摧毁，在自给自足的土司境内，山水虽美，但庙堂、江湖终究抵不过欲望的侵蚀，自然生态的破坏不可避免。阳明心学虽主张"心即理"，但需要人们有正确的主观意识和认识能力——用生态意识来指导实践，否则便会同费度一样，与真理渐行渐远。细读作品可以发现，贝锦三夫在作品中流露了鲜明的生态意识，一方面讴歌了武陵山区的多数土民有节制地靠山吃山、靠水吃水的自觉生态意识，这是他们千百年来与自然共生总结出来的经验；另一方面，通过皇木采办对武陵生态的毁坏这一事实的展示，反映了自然生态与占有的问题，实质上是对现代人类中心主义的批判。现代文明社会中，"人与自然的疏离只是生态危机的表层显现，自然生态遭到破坏反映的是隐藏其后的人类自身精神生态的失衡"[②]。如何处理好人与自然、生存与占有、人类精神生态与自然生态的关系，值得现代人思考。

---

① 刘保昌：《地域文化视角中的土家族史诗写作——以〈武陵王〉三部曲为中心》，载于《民族文学研究》2015年第6期，第57～64页。

② 赵树勤 刘倩：《从"浅绿"到"深绿"——新时期生态文学研究综述》，载于《湖南城市学院学报》2006年第5期，第15页。

四、小结

巴尔扎克说"小说是一个民族的秘史",贝锦三夫用传统章回体的形式,在历史的叙事中,向读者展示毕兹卡神奇秀美的自然生态以及原生态的民族文化,并通过皇木采办和心学传播特有的素材,酝酿出了独特的生态意识,有意地体现着对封建王朝、人类中心主义的批判,无意地在作品中流露出对自然的崇敬、对生命的敬畏的自然生态意识。小说悲剧的结尾无法掩饰作者内心的惋惜与无奈,九阳神木"含恨"被掩埋和心学传播者含恨沉潭的悲剧结尾,出乎意料又在情理之中,从某种意义上来说,这不仅是对毕兹卡历史的反思,更是对现代生态状况的焦虑与担忧。

天地的承载与人的情感
——从《容美纪游》《野阔月涌》《美玉无瑕》看恩施州自然生态之于人的意义生成

周 伟[①]

莫尔曾在《乌托邦》中描绘了近乎完美的生存世界——以西方文化传统中被虔诚信仰的彼岸天堂为基础，由此岸人作为栖息地去构想。如果说"乌托邦"代表了西方文化对生存模式的构建，那么在东方文化中，"桃花源"则可以说是东方人集体无意识的重要内容，深深扎根于对幸福现世生活的向往。《乌托邦》事无巨细地设计了岛屿上的制度、法律、规则，如同西方现实主义油画，镜子般模拟想象中的现实，"桃花源"则蕴藏东方独有的艺术美感，如中国画用两三笔浓淡的水墨，描绘出蕴藉无穷的世界。"桃花源"的想象，有着东方文化关于人与自然之关系的独特感悟。

"林尽水源，便得一山，山有小口，仿佛若有光。便舍船，从口入。初极狭，才通人。复行数十步，豁然开朗。土地平旷，屋舍俨然，有良田美池桑竹之属。阡陌交通，鸡犬相闻。其中往来种作，男女衣着，悉如外人。黄发垂髫，并怡然自乐。"陶渊明的笔调中，先有山水、良田、鸡犬，而后才是人的"怡然自乐"。桃花源构想，在孟子对梁惠王的诤谏中也曾出现："五亩之宅，树之以桑，五十者可以衣帛矣。鸡豚狗彘之畜，无失其时，七十者可以食肉矣。百亩之田，勿夺其时，数口之家可以无饥矣。谨庠序之教，申之以孝悌之义，颁白者不负戴于道路矣。"（《孟子·梁惠王上》）无论是陶渊明还是孟子，对桃花源的构想都离不开农时、田宅和人伦，可见这三个要素或许就是天地人关系的重要组成部分。

清人顾彩在《容美纪游》中开篇即言："容美宣慰司，在荆州西南万山中⋯⋯草昧险阻之区也。或曰古桃源地，无可考证。"[②] 清时容美宣慰司是武陵地区众多土司之一，辖区"北达巴东野三关，西有恩施的红蛮洞、新塘，南至鹤峰县的大隘关⋯⋯"[③]，覆盖了现今恩施州的大部分区域。恩施州缘何让顾彩发出"或曰古桃源地"的慨叹，让我们先从《容美纪游》里的诗作看起。

一、《容美纪游》之天

顾彩是中国古典文学经典之作《桃花扇》作者孔尚任的好友，清政府禁演《桃

[①] 周伟，恩施州文艺理论家协会会员。
[②] 顾彩、吴柏森：《容美纪游》，湖北人民出版社1998年版，第1页。
[③] 高润身、高敬菊：《〈容美纪游〉评注》，湖北人民出版社2006年版，第2页。

花扇》后,孔尚任听闻自己的心血之作仍在鄂西山高水远之隅的容美土司地区恒演不衰,便怂恿顾彩代己一探究竟。顾彩于 1704 年(康熙四十三年)从湖北枝江出发,经松滋过湖南石门,在二月十九由鹤峰大隘关入容美辖地。其间游览了容美的山川美景、文化遗迹,以日记体的形式作《容美纪游》,详细记录所经之地的胜景,记载了当时当地的文化艺术、政治制度和风俗民情,这本游记也成为现今考察彼时鄂西地区民俗的重要文献。除此之外,顾彩的才情也从游记笔墨中渗出,尤其体现在他的诗作中。全书诗作约 70 首,在游记中篇幅较多,贯穿游历的全过程。不论体裁还是题材,顾彩诗作面面俱到,既有简练的四言五言,也有铺排的七言组诗,既写到了"一点苍苔一片山"(《苦竹坪》)的悠悠山景,又记录了"万家兼可避兵戎"(《诗一首》)的社会景况。而诗作中尤为突出的,是对容美之"天"的多维度描写。

第一首诗即云:"天险山河带砺新,此中蹇蹇有王臣。"顾彩在动身前往容美之前已开始想象桃源地,两句诗分别点出容美地势险要及其地的土司制度。在不断深入容美腹地的途中,顾彩的想象也逐一得到印证和超越。巍峨的群山和路途的艰险,不但没有让他哀叹前行之路的辛苦,反而让他不断惊叹,对自然的敬畏让他往往以天之高来形容地之险。直白如"容阳天险孰跻攀,休道咸秦二百关"(《由细柳城上平山一路山色可玩》);侧面描写如"此路艰如十八盘,身从地底忽云端"(《发薛家坪》)、"山蟠太古苍茫外,人在凌虚缥缈中"(《南山坡》),此类诗多以人的动作来表现天之远,较"天险"更富动态感和新奇感,同时表达了人在旅途的感受。最为出彩的是山、水、云、雾等自然意象与天合一的描写,如"历乱云堆夕照明,梵天难遇是新晴"(《宿罗村》)、"霁景澄澄暮景鲜,万山擎月上中天"(《和玩月》)、"天下云山皆北拱,是中溪水亦东流"(《饮天成楼》)、"容阳山色倚层霄,屏障天开面面遥"(《发宜沙》)、"巨斧劈天分半壁,丸泥塞口却千峰"(《上大隘关二首》)。在这些诗作中,意境的完成由恢宏多变的意象群作为基础,极具辽阔壮美之感,如"巨斧劈天"等,新意出而气势弘。

既然是日记体,在《容美纪游》中也不乏符合日记体的"常规"记录,最为常见的是天气变化。恩施州地区山峦杂错,冷热交替,云随地走,天气变幻捉摸不定,体现在游记中便是旅人颇为烦恼的阴晴无定。要么"早行,日出时雨,反披羊裘而行"[1],要么"初八日,晴,早行。路滑,几堕不测之崖"[2]。这种晴雨的天气反复自然也在诗作中得到表现,直接描写如"溪光倒蹴新雨天,空中玉斧镂飞烟"(《雨后吟》)。天气的变化会直接改变所见之景,从而向诗人展露恩施山景的神秘莫测,因此顾彩在描写晴雨多变时往往从景入,或如"梅熟雨潺潺,江楼尽日间"(《雨中酬九峰以诗见讯》),或如天气变化与生活闲趣的结合"屋漏淙淙夜语哗,比邻犹自响缫车"(《宿民舍》)。当然还有对时光易逝的感叹,如"晴如初夏雨如秋,顿觉春

---

[1] 顾彩、吴柏森:《容美纪游》,湖北人民出版社 1998 年版,第 12 页。
[2] 顾彩、吴柏森:《容美纪游》,湖北人民出版社 1998 年版,第 19 页。

光一半休"(《饮天成楼》)。

纪游中顾彩诗作多是应景应时而作,景色与风物在天之险和天之变中变幻无端。但在《宿般若船》中,诗人旅中的渺渺心绪悄然流露,他写道:"人从天半语,月在下方晴。竟夕泉声闹,何由客梦成?"其天与人的诗境中,既有思追千古的慨而慷,又有平钓江头的千岁寒,更有钟到客船的意难平,以及幽藏天与人之间,默默无语、对眼相望的深远之情。

二、《野阔月涌》之地

顾彩除多维度描写容美之天外,也在诗作中铺陈恩施的大地奇景与山川广阔,对山、崖、水、洞等大地风物均有描绘,写山的有"楚山无处不坎崎,到此翻嫌路总夷"(《上大隘关二首》),写崖的有"倚天孤剑截空青,劈作芙蓉镜里屏"(《石林山最高顶》),写水的有"两崖官道夹清溪,村舍参差竹树齐"(《容阳形势二首》),写洞的有"山石怒出何崚嶒,洞石破碎非其朋"(《紫草山怪石歌》)。游记写景的笔尖随着苔痕屐履的漫延流转,山水风物亦随旅人之眼如滚轴般展露全景。

千百二十年前,时近天命之年的杜甫乘一叶扁舟出三峡入荆门,在浩荡烟波江水之上,于夜半沉思半生羁旅,作千古名篇《旅夜书怀》,诗云:"细草微风岸,危樯独夜舟。星垂平野阔,月涌大江流。名岂文章著,官应老病休。飘飘何所似,天地一沙鸥。"千百二十年后,恩施州本土作家周良彪取杜诗"野阔""月涌"诗境,将自己的散文集命名为"野阔月涌"。20世纪60年代生的周良彪亦是在天命之年,回想乘舟于恩施清江之上,褪去"名"与"官"的华彩,全书流泻出"天地沙鸥"的淡泊情思。散文集共分八辑,大致分为两个部分,游记见闻与半生追忆。在前半部分,作者以恩施本地人的身份,详记恩施大地奇景,呈现出"只缘身在此山中",却"能识庐山真面目"的意味。

作者集中描写了"岩""洞""水""树"等几类自然意象。在描写恩施建始县照京岩时,将山脊喻作马背:"山脊……就像是奔驰的骏马身上烈烈的鬃毛。山脊一直向东……在它的西端,一挂万仞绝壁正临空劈下,截断了山脊的去路。山脊歇斯底里地嘶鸣了一声,喘了几口粗气。就在它差点坠落绝壁的一刹那,刹住了。"[①] 这使人想起顾彩"巨斧劈天分半壁"的自然雄浑之势,又以飞驰之马赋予岩壁以速度感。作者在游历恩施著名自然景观腾龙洞时所发的感慨,则集中表现洞之大和洞之奇,在《1998"清江裁缝"笔记》与《感触腾龙洞》等篇章中,将洞喻作或蛇或龙的腹部,游历其间仿佛被巨兽吞噬,意象新奇。

颇有意味的是作者对"树"的独特描写,试看这几段:

我大惊……说一棵树长得像人头,悬在崖上……也不像人头,而是曾经悬挂人头的树。民国末期……杀过之后,人头悬挂于树上,有时一颗,有时两颗,

---

[①] 周良彪:《野阔月涌》,武汉出版社2020年版,第3页。

过往之人无不惊骇。①

  但见九棵儿树孝顺地围着一棵母树，忘记了时间、忘记了奔忙，只是团团地护卫着母树，一分一刻也不曾分离……②

  世上只有藤缠树，没有树缠藤。原因只能在藤身上……那棵多情的树给了藤某种暗示和力量……但它却嗖地一下，直接蹦将上去，搂住了树的脖子。③

无论是乡政府前的无名小树、闻名遐迩的景观树，还是藤树相缠的山林景色，作者看似写树，实则写人。母子、情人、悬头，对应着人的出生、情欲和死亡，对应人生命的完整过程，而树之于人的意义则在人伦关系中得以生成。这种以人释景的温柔笔调，使得《野阔月涌》一书游历见闻部分与半生回忆部分结合成整体，让全书颇有杜诗《旅夜书怀》写景及人的深长意蕴。正如刘醒龙作序时所说，周良彪的文笔，心与景、神与物全无两分，由此他"才专门用一组文字来写水井。别人举目看尽群山，他却回首搜寻水井。因为在鄂西十万大山里，一口水井既是日子的开始，也是日子的过程，还是日子的未来"④。《野阔月涌》中的大地是与人息息相关的大地，承载的是生活的回忆和生命的体验，野之"阔"是在人眼中的景，月在清江河上是因人而"涌"，而当人在"野"中看"月"时，又怎能说没有顾彩那一句"人从天半语，月在下方晴"中的深沉幽思呢？

三、《美玉无瑕》与人

  穿州而过的清江河是恩施人的母亲河，但她有娇柔妩媚的一面，在温润的乳水滋养中暗藏着浪漫的情调和迷人的危险，周良彪在"梦里水乡"一节中缠绵地写道：

  在这料峭的风中雨中水中，我真想纵身投入她馨香的怀里，撒一回娇、笑一回、哭一回呀……我不由自主地绾起了臂，把手伸向她丰腴的肌体。刹那间，我像被电击了一样，一种酥软的感觉传遍每一根神经。我首先触碰到她的肌肤，那用阳光雪雨风霜雷电化妆的肌肤，柔嫩温软，胜过少女白皙的脖颈。⑤

与此对照，来看恩施本土作家花理树皮 2022 年的小说《美玉无瑕》，其中描写男女主人公重逢的一段：

  田甘霖仿佛听到了美玉柔美的声音，听到她心中无法诉说的委屈与痛楚……一波波，层层叠叠，或悲或痛的念头都消失在田甘霖的拥抱中。就像重峦叠嶂、沟壑纵横的山川被佛手一抹。就成了坦坦平原，瞬间变得绿草如茵。⑥

前者将清江河水喻作情人，后者则是将两个有情人之间的浓烈情意喻作山川变

---

① 周良彪：《野阔月涌》，武汉出版社 2020 年版，第 19 页。
② 周良彪：《野阔月涌》，武汉出版社 2020 年版，第 55 页。
③ 周良彪：《野阔月涌》，武汉出版社 2020 年版，第 56 页。
④ 周良彪：《野阔月涌》，武汉出版社 2020 年版，第 02 页。
⑤ 周良彪：《野阔月涌》，武汉出版社 2020 年版，第 9 页。
⑥ 花理树皮：《美玉无瑕》，长江文艺出版社 2022 年版，第 150 页。

化。恩施本土作家对自然的观照,往往与男女情爱相关联,但情感的流动呈现出"思无邪"的美学特征,抚摸和拥抱在文本中都淡去了生理欲望的色彩。

周良彪在《野阔月涌》中写景是为了写人,但在体悟人的生命体验的同时往往含着历史的忧思,如在写建始县官店照京岩的结尾处,笔锋从凌厉的峭壁景观转入人的日常生活对话,同行的老人砸烟道:"这就是照京岩,传说这岩像镜子一样,能够照见南京城,甚至能看到城里的车马。"[1] 简单的一句使文章戛然而止,却令人回味无穷。岩镜中的古时南京、车水马龙,构成了自足的历史意境。

恩施容美土司的历史,从元朝至大三年（1310年）到雍正十三年（1735年）,历经三朝共425年,她见证了少数民族在封建王朝下的兴衰,记载着少数民族偏安一隅的迭变,从封千户到雍正改土归流,历史的宏大叙事在四百年的长河中并非虚构。如同顾彩描写恩施州之天是"人"上之天,周良彪写的是恩施"人"脚下之地,当花理树皮在《美玉无瑕》这部虚构作品中试图写人时,他选择的是真实历史宏大叙事中的人,看到的却是儿女缱绻中的绵绵长情。

花理树皮在自序中写道,一方面自己被博大的容美土司文化吸引,一方面不满于容美土司历史中关于"普通民众生产生活"的内容太少,短短百字关于田甘霖（容美宣慰使田玄之第三个儿子）和覃美玉的爱情记载,让花理树皮发现容美历史的些许空白。他希望"通过创作《美玉无瑕》来还原当时土家族民众的真正生活,用平民的视角来观察土司夫人覃美玉这段千古凄美的爱情故事"[2],他以将容美历史大叙事淡化为舞台背景,敷衍出一段男女主人公从相遇到相逢,从相爱到生离死别的悲剧。

顾彩的《容美纪游》是近乎标准的游记体裁,周良彪所著《野阔月涌》虽然是散文集,但前半部分写景时仍采用的是游记体的形式,《美玉无瑕》是长篇小说,但"游记"却承担着叙事中的"骨架"结构作用。小说使用了倒叙、插叙、补叙等叙事手法,主线推进则是线性的,呈现为循环结构:

相遇（第一次）→分别（数次）→相遇（数次）→分别（覃美玉自杀）

如果将男女主人公的故事线单独作为考察对象,男主人公田甘霖则是"离开→回去"的循环结构,即:

离开容美→回到容美→离开容美→回到容美

女主人公则是从某个非容美地不断前往容美的线性结构,即:

非容美地（A）→非容美地（B）→……→到达容美

男女主人公因为相对容美的行进方向不同,随之形成不断相遇、分别和重逢的故事脉络。这种结构也多次在文本中以诗的形式得到印证:

初见是在一年前

---

[1] 周良彪:《野阔月涌》,武汉出版社2020年版,第9页。
[2] 花理树皮:《美玉无瑕》,长江文艺出版社2022年版,第2页。

> 未曾相知竟相念
> 秋至清风天阔远
> 柔拂面
> 跋山涉水好为难
> 今朝再见
> 原来邂逅
> 此情从来绵绵
> 总以为山是山来
> 天是天
> ……①

从诗中看故事结构可以发现，游记是"骨架"，"山水"则是"肌理"附着在结构之上。两人每到一地，作者总会用大量的笔墨来写旅途风景，如覃美玉行至狗河谷时，"河谷里丛林密布，古木参天，大树用黑影拉着明月，也照亮不了清澈的河水，只有在河床宽处，偶尔见到流水和月光的影子"②。暗色调的森林其实是覃美玉旅途艰险的象征，就在过去狗河谷不久，同行的牟伯伯就因误食野生蘑菇身亡。田甘霖在屏山时，梦中与美玉相逢，醒来后倍觉寂寥萧索，于是"迈开大步，直奔豹湾……下到屏山峡谷之中，从古树桥顺溪流往下走。十里屏山峡谷，有六里水路……峡谷里丛林遮蔽，溪水蜿蜒。田甘霖或泗谷水，或眺顽石，或攀古藤，把全部心身都融入这与世隔绝的山水之间"③。田甘霖把对覃美玉的眷念，化入山水之中，在谷水、顽石与古藤间，炙热的感情才得以纾解，这令人想到作家周良彪在面对清江河水时，那不由自主想要伸出双臂拥抱的炽烈情感。

从顾彩的《容美纪游》到周良彪的《野阔月涌》，再到花理树皮的《美玉无瑕》，恩施州的天、地、人以日记体、散文、小说的文学形式得到了艺术呈现，恩施自然生态的奇崛广袤和清江河穿州而过的蜿蜒地势，使作家在创作时都无法抛开自己切身的"游记"体验。顾彩所游之天，是险、是变，充满了作者对天的敬畏，周良彪所游之地，是奇、是绝，是作者对人生的体味，花理树皮写人，是分、是遇，在天地与历史之间，更多的是情。"天、地、人三者各有其道，但又是相互对应、相互联系的，这不仅是一种'同'关系，而且是一种内在的生成关系和实现原则，天地之道是生成原则，人之道则是实现原则，二者缺一不可，在这一点上，天、地、人真正统一起来了。"④ 天之高与地之远是承载，人在天地之间，是情的不断实现，自然生态之于人的意义生成也就在这天、地、人的默契无间中悄然生成。

---

① 花理树皮：《美玉无瑕》，长江文艺出版社2022年版，第112页。
② 花理树皮：《美玉无瑕》，长江文艺出版社2022年版，第7页。
③ 花理树皮：《美玉无瑕》，长江文艺出版社2022年版，第104页。
④ 蒙培元：《天·地·人——谈〈易传〉的生态哲学》，载于《周易研究》2000年第1期，第9~17页。

生态文学视阈下的《清江东流》解读

胡娅男[①]

生态文学兴起于20世纪60年代，是在科学技术和现代工业文明飞速发展的背景下形成的一股文学潮流。在"人是万物主宰"理念的支配下，掌握先进技术的人类对自然界大肆掠夺，珍稀动植物开始灭绝，生态环境遭到严重破坏。人与人、人与其他物种、人与自然之间产生了一定的疏远和冲突。在这种境况下，生态文学写作者们开始站在万物平等、热爱自然的基础上进行思考和书写。从1962年美国海洋生态学家蕾切尔·卡逊发表《寂静的春天》开始，各类生态文学作品不断涌现。

中国的生态文学始于20世纪80年代。有学者将1983年李杭育发表的中篇小说《最后一个渔佬儿》从生态文学的视角进行了解读，并将其视为中国当代生态文学的滥觞。此后，中国当代生态文学便开始逐渐发展起来，虽在此过程中发展较为迟缓，但富有良知的作家们以重建生态家园为使命，创作了大量有价值的生态文学作品。

2005年8月15日，习近平总书记提出了"发展方式多样，要走可持续发展道路，绿水青山就是金山银山"的理论（以下简称"两山理论"）。"两山理论"倡导的是一种多元包容、人与自然和谐共处的生态观。自"两山理论"提出后，中国当代生态文学迎来了一个较为繁荣的发展时期，生态文学写作者们用自己的笔触描绘着中国自然生态遭到恶化的种种场景，表达着他们对这片土地深沉的忧思和深厚的情感。

《清江东流》是恩施作家郭大国的作品，作家用饱含深情的笔触描绘了发生在清江流域的故事。清江水亘古不变地流着，清江的这片土地也见证了许多伟大的故事。这是一片神奇的土地，是充满和谐氛围的土地。它是滋养万物生长的沃土，是养育英雄儿女的热土，也是游子魂牵梦萦的故土。

一、人与自然的和谐统一

"天人合一"是中国传统文化的精髓。它最原初的意思是自然与人是一体且不可分割的，后来演化成为人要与自然和谐发展。这种"天人合一"的观念在中国古代哲学中有较为全面和深刻的体现。

孟子主张"斧斤以时入山林"，荀子也同样主张"草木荣华滋硕之时，则斧斤不入山林，不夭其生，不绝其长也"。两者都强调尊重自然规律、不违农时，与自然万

[①] 胡娅男，湖北民族大学文学与传媒学院2020级硕士研究生。

物和谐相处。道家认为人是自然的一部分,要求人顺应自然、回归自然,从而与自然共生。如老子的"人法地,地法天,天法道,道法自然",以及庄子的"天地与我并生,而万物与我为一"。宋代的张载更是在吸收前人理论的基础上提出了著名的"民胞物与"的观念,即爱人和一切物类。

这种"天人合一"的观点从古代一直延续到如今,深刻地影响着人民的生活,也影响着作家们的创作。在郭大国的《清江东流》里这种观念就得到了很好地体现。

八百里清江八百里画,在清江这个"天堂里的后花园"中,人与自然融为一体,万物自由生长。龙洞沟是清江明流的源头,主人公覃清江就在龙洞沟的山谷里长大。山谷里的人们敬畏山神,认为万物有灵。比如覃章华每次出门打猎都要做一套名为"安土地神"的法事,药神巴儿在采药的时候碰到盘桓在名贵药材上的蛇群时也会行礼跪拜,敬告山神,等等。他们之所以会有这样的行为,是因为龙洞沟里的人们认为自己的一举一动都在神的庇佑和凝视中,这种充满了神秘仪式感的行为是对山神的崇拜,更是在那个科技不发达、认知有限的时代里人们对大自然的敬畏和崇拜。

随着科学技术的进步,人们开始对自然失去了敬畏之心。于是树一棵棵倒下,物种一个个消失,到最后威胁到了人类的生存。就像作者在书中所言,"森林的兽类已经被人类赶杀得不敢出没了,大型动物几乎灭了种。这时人类才突然发现'当动物灭绝之日也是人类的消亡之时'的道理"[1]。

文本中的龙洞沟里,覃姓一家人仍旧恪守着世世代代的信仰,保持着对土地、劳作的热爱。山里的生活虽是辛苦的甚至是粗糙的,但覃家和世代在山里生活的山民仍一同尽心尽力地坚守在这片美丽又神奇的土地上。

在山民眼中,龙洞沟既是他们生存的家园,也是他们信仰的圣地。他们以顽强、坚韧的生命力面对着生活中的苦难,以极为虔诚的方式敬畏着万物,以质朴的情感热爱和保护着龙洞沟的一切生灵,与它们和谐地生活在一起。

二、人对生命的朴素崇拜

众生是平等的,自然界的一切生物都是可亲的,是没有高低贵贱之分的。人类应该热爱一切生命,且尊重其他物种生存和发展的生态权利。自然提供了人类生存所需要的各种条件和物质,人类就应该把自然视作自己家庭中的一员来精心呵护。将自然的一草一木都视作自己的家庭成员、视为有灵性的物种,这是从人类祖先开始就拥有的生命崇拜意识。

《清江东流》中就始终洋溢着一种原始古朴的生命崇拜意识。"在自然经济时代,清江物候条件优越,几乎什么作物都能产出。"世代居住在这里的山民,遵循着自然的规律,自给自足,平静安稳地生活在龙洞沟中。清江是山民生存的基石,为他们提供着源源不断的食物和能量。

---

[1] 郭大国:《清江东流》,中国致公出版社 2018 年版,第 11 页。

清江两岸的人民在这样的自然环境里形成了尊重生命、热爱生命的生态价值观。这种对待生命的观念深深地嵌入在山民的文化心理结构中，几乎成为清江山民们的集体无意识。在作品中，对于生命的尊重和关怀也正是通过覃戌妹儿母女体现出来的。

龙洞沟深处住着覃章华一家，妻子李卯香原是大家族的小姐，覃章华是李家的花匠，情投意合的两人不顾家人反对，结为了夫妻。婚后两人育有一女，名唤覃戌妹儿。覃戌妹儿年幼的时候，有一天覃章华上山捕猎时受到老虎猛烈的攻击而丢了命，于是这处在山谷独门独户的人家失去了男人，只留下李卯香、覃戌妹儿母女相依为命。丧失顶梁柱的李卯香靠采山里的草药贩卖勉强维持着家里的生计，抚育覃戌妹儿长大成人。

喝着清江水、吃着山中纯天然食物长大的覃戌妹儿自小便生得可爱至极，到了该婚配的年纪时更是出落得明艳动人。但无奈山中极少见到年轻男人，所以覃戌妹儿便只能把少女心事合着山歌唱给月亮听。

后来的某天李卯香因去赶场太晚而留宿亲戚家，让覃戌妹儿和大白、二白两只狗守在深山家中。也就是在这个时候，在龙洞河寻药的药神巴儿赵诚实在山中迷了路，走投无路的他在偶然间听到了覃戌妹儿的歌声，于是便循着歌声找到了覃家小屋。这对青年男女一见钟情，并在木屋里发生了关系。

郭大国在书中说道：清江"两岸土地肥沃，气候优越，丢颗石头子儿都能长出芽来"。自那以后，赵诚实舍下覃戌妹儿闯荡去了，覃戌妹儿却怀了孕。得知女儿怀孕的李卯香虽痛骂了赵诚实一顿，但并没有让覃戌妹儿打掉肚子里的孩子，因为她觉得覃戌妹儿肚子里怀的是"龙种"，认为"不管怎么说这也是一条命，是戌妹儿肚子里长出来的一坨肉，也是她自己的外孙"。于是在李卯香精心照顾下，覃戌妹儿生下了儿子覃清江。

《清江东流》中偏僻的山谷蕴含着美好的人性，李卯香和覃戌妹儿都是慈爱、善良、有着宽广胸怀的母亲，她们包容万物的博爱精神使生命得以延续。她们恪守着山林的自然法则，对一切的生命都倾注了无限的仁慈。

"形象是'对一种文化现实的再现，通过这种再现创作了它（或赞同、宣传它）的个人或群体揭示出和说明了他们生活于其中的那个意识形态和文化的空间。"① 郭大国通过塑造李卯香和覃戌妹儿这两个人物形象，礼赞了清江人民美好的人性，真诚讴歌了延续生命、尊重生命、热爱生命的生态价值观。

三、精神皈依的家园

人类处于蒙昧阶段时，风雨雷电、洪涝灾害都使得他们在自然面前显得渺小、脆弱，因此对自然中的一切都心存敬畏，认为万物皆有灵性，人不能凭借自己的意

---

① 孟华：《比较文学形象学》，北京大学出版社2001年版，第24页。

志对它们进行毫无节制的改造。随着工业时代的到来,科学技术发展到一定阶段后,人类改造自然的能力得到了极大的提升,于是从敬畏自然开始向征服自然转变。"万物有灵"的理念也随之被"人是万物的主宰""人是万物之灵"等理论所替代。这样做的后果就是生态环境持续恶化,最后甚至威胁到了人类的生存和发展。

海德格尔提出"诗意的栖居",这是对人类企图过度征服自然的野蛮行径的纠正和反拨。"拯救不仅是使某物摆脱危险;拯救的真正意思是把某物释放到它的本己的本质中。拯救大地远非利用大地,甚或耗尽大地。"① 因此可以说,"诗意的栖居"是在拯救大地、拯救自然,更是在拯救人类自己。

龙洞沟源头处在齐岳山脚下的深处。那里远离尘嚣,兵不扰匪不犯,即使在兵荒马乱的年代,也是一个似桃花源一样的清静安全又充满"诗意"的地方。龙洞沟的一草一木都可以涤荡人的精神和灵魂,让处在快节奏或混乱生活中的一颗颗疲惫的心灵得到了慰藉。"吾心安处即故乡",人类古老的故乡在森林,那里有像龙洞沟一样美好的风景。所以从某种程度上来说,"清江"也具有了"故乡",或者说是具有了"家园"色彩。

海德格尔认为,自然的各个要素组合成了"家园",它们与人类和谐共生,并使人类从中获得信任感和归属感。"'家园'意指这样一个空间,它赋予人一个处所,人唯在其中才能有'在家'之感因而才能在其命运的本己要素中存在,这一空间乃由完好无损的大地所赠予。"② "家园"由"大地所赠予",它在大自然中是真实的存在着的。因此这在一定程度上表明了"家园意识"和自然生态之间的某种密切联系。

《清江东流》中的人物都具有强烈的"家园意识"。作品第二章,作者描写了覃清江父亲赵诚实颠沛的一生,特别是花费了大量笔墨讲述了赵诚实作为军医随川军出川抗日的故事。

离开覃戌妹儿的赵诚实浪迹于江湖,因某种机缘结识了外号捣捣神(调皮鬼)的向百年,经向百年引荐,赵诚实受到了部队营长邓国强的赏识,邓国强便任命赵诚实为部队的军医。后来淞沪会战爆发,赵诚实便随部队出川抵达上海,为拯救民族危亡贡献着自己的力量。

战争残酷,刀枪无眼,面对日本先进的武器装备,邓国强所带领的军队无力抵抗,最终几乎都战死沙场。赵诚实因为在后方治疗伤员而幸免于难,面对尸横遍野的战场,赵诚实悲从中来,痛哭不止。伤心过后,赵诚实找到邓国强的头颅,并按照约定,将他的头颅以及弟兄们的绝笔信带回了龙洞沟。赵诚实将一封封遗书送到了家人们的手中,并将邓国强的头颅安葬在高岗上。就这样,千万出川将士魂归故乡,他们的灵魂得到了安置。从某种程度上来说,这时的清江,或者说这时的龙洞沟已经不仅仅是物理上存在的家园,更成了一个可以使灵魂和精神得到皈依的地方。

---

① 孙周兴:《海德格尔选集》,上海三联书店1996年版,第1193页。
② 海德格尔:《荷尔德林诗的阐释》,商务印书馆2014年版,第15页。

除此之外，在第三章中，文本讲述了大学问家干铎教授途经恩施的故事。干铎是一位著名的植物学专家，因躲避战事需要，国民政府命令他迁往重庆。干铎路经恩施，在覃清江所生活的龙洞沟发现了许多罕见的植物。后来干铎教授将这些发现写进了他的学术文章中，引起了全世界的关注。

值得一提的是，与世代生活在这里的山民相比，干铎教授属于外来者。他站在植物学的立场上对龙洞沟的各种植物进行命名，这种方式是科学的，也是充满距离的。比如当干铎教授因对漆树过敏而皮肤瘙痒时，覃清江用另一种植物的叶子帮他治疗。这种植物当地人称为八树，因为它能够克制漆树的漆，但干铎教授则根据植物的属性将其称之为卫茅。

这既能看出现代和传统的对立，更能够看到"外来人"和"当地人"的区别，其区别表达的是生活在龙洞沟的山民并没有凌驾于自然之上，他们没有将自然放在自己的对立面来进行分门别类，而是把清江视为养育自己的母亲，清江上的一草一木就是自己最好的朋友。

在山民的眼中，那些树没有种属科目之分，它们鲜活地存在，拥有着自己的味道、自己的特性和自己的脾气。清江人民早已自觉地将自我融入大山中、融入江水里、融入清江两岸的草木中。

因此可以说，郭大国作品中的龙洞沟是一处干净、美丽的理想家园，它用心呵护着家园里的每一个生命，洗涤他们的心灵，净化他们的灵魂。龙洞沟是清江两岸人民空间上的家园，他们日出而作，日落而息，世代生活在这里。龙洞沟更是两岸人民精神上的家园，是游子朝思暮想要回归的地方。"吾心安处即故乡"，这里的山民早已和自然融合在了一起，真正实现了诗意地栖居。他们与自然和谐地生活在一起，不对自然进行毫无节制的改造，他们是在拯救大地、拯救自然，更是在拯救自己。

四、结语

郭大国以细腻的笔触记述了在大变革、大发展时期的龙洞沟人民生存和选择的故事，同时描绘出了清江如画的风景。他尽情地书写着清江的风景，书写着清江的生命。这里的人们遵循规律、尊重生命，同自然和谐生活在一起。清江容纳着人们的灵魂，人们诗意地栖居其中。

从文本来看，作者是具有较为明显的生态意识的。郭大国既是在写人与自然的和谐统一，更是在呼唤人与自然的和谐统一。他对清江的热爱、对生命的尊重和对人类所赖以生存的家园的关注，使得这部《清江东流》具有较为强烈的人文关怀。

他在书写清江，也是在追忆清江。郭大国在清江两岸找到了越来越被人们所遗忘的自然，找到了自然的单纯、高贵，找到了自然的温暖、感动，也找到了自然的生机和力量。清江对于郭大国和那里的人民来说，是承载着他们肉体与精神的双重故乡，更是能够使他们持续发展、世代美好共存的自然家园与精神家园的栖息地。

叁

鹤峰作家群研究

民族个性的文化审视
——苗族作家王月圣民族文学创作论

戴宇立[①]

王月圣是 20 世纪末期鄂西南少数民族文学创作有影响的作家之一，探讨他的创作之路，对探讨鄂西南及湖北民族文学未来的发展是具有现实意义的。

一

纵观王月圣的作品，有人称之为"乡土文学"。但这种"乡土"气息，既不同于田园牧歌式的抒情，也不是缠绵的儿女情长，而是善于表现民族的野性与粗犷。"熟悉父老乡亲的悲欢离合"，自己的眼光"却不能凝视或透视这片土地"，没有与"本乡本土脸朝黄土背朝天的山民们产生真正的心灵交流"，王月圣为此感到深深自责。因此，他的作品既不同于沈从文的《边城》，也有别于刘绍棠的《蒲柳人家》，总是给人一种沉重的意味，而这种沉重里透出的，不是同情和悲哀，而是呐喊和抗争。用王月圣的话，这是一种"民族改造意识"，它使王月圣的作品具有对现实不断批判的视野，以及渴望民族生生不息的激情。从这个意义讲，王月圣是一个民族理想主义作家，有着独特的创作个性。

艺术家的"创作个性"，是指"表现在艺术家的创作活动和作品中，使一个艺术家同其他所有艺术家相区别的特殊性"[②]。作家受到自身生存环境潜移默化的影响，就会在创作中有所表现，从而形成自己的创作个性。优秀的作家应当是独具艺术个性的高手。王月圣作为鄂西南少数民族本土作家，其创作以关注民族的历史变迁构成独特的民族文化景观，以疾恶如仇建构"改造民族"的创作风格，从而形成了民族本土作家的创作个性。这可称之为民族个性。

以民族题材的选择来建构创作个性，对王月圣来说，最初是处于无意识"寻找"状态，但这种寻找仍表现出朦胧的民族个性意识。短篇小说《唐喜娃拜年》是王月圣的处女作，可视为其最早关注民族风俗民情的作品。小说看似写土家族山寨现实生活中的喜怒哀乐，实则浓墨重彩写拜年打糍粑的独特习俗，表现一种传统民族文化景观。在王月圣的第一部短篇小说集《撒尔嗬》中，共选入 22 篇作品，其中书写乡土民情的就有 19 篇。鄂西南土家族、苗族文化的独特性，得到了尽情表现。他

---

① 戴宇立，湖北民族大学文学与传媒学院教授。
② 王朝闻：《美学概论》，人民出版社 1994 年版，第 149 页。

说："反映土家苗寨生活的放在小说之首，目的是让人们开卷稍有趣味。"（《撒尔嗬·序》）他对民族传统文化题材的关注可见一斑。其中，《撒尔嗬》是反映土家族的丧葬习俗，《哭嫁歌》描绘了土家族的婚嫁习俗，《摆手舞》则是对土家族歌舞的录写，王月圣在表现民族生存状况的同时，着重去表现一种民族的特性，意在形成一种创作个性。在民族风情演绎的过程中，作家的创作个性被赋予一定的特征，这恐怕是王月圣以及鄂西南少数民族作家在相当一段时期的创作追求。事实证明，创作中寻找这种民族个性是很有必要的。作为一个生于斯、长于斯，吸吮着民族文化营养步入文坛的民族作家，王月圣正是用民族个性打造了通向文学殿堂的理想之路，也为读者提供了一部可供参照的鄂西南土家苗寨生存与变迁的民族文化范本。

在逐步趋向成熟的创作过程中，王月圣开始有意识地形成民族个性化的创作思想。他在中篇小说集《饥饿的土地·序》中，毫不掩饰对这种民族个性的追求。他认为这些作品的"语言风格应该属于鄂西南这片乡土的，其故事内容也跑不出这片水土的束缚"。所写的小人物、小事情"较性格化地提示了鄂西南人的共性特征"。这部作品集选入的十篇小说中，有七篇鲜明地展示了鄂西南少数民族的历史风云。《血染红了苞谷地》《苗岭喋血》和《边城蛇燹》，是运用历史的长镜头，对土家族、苗族的历史变迁做了惊心动魄的多方位扫描，令读者扼腕叹息，掩卷长思。《女儿好细腰》，则表现鄂西南苗寨——女儿寨里的现代生存困惑。樱桃、腊梅、秋菊三个长得如花似玉的姐妹，本是同年同月同日生，却上演了不同的人生悲喜剧。小说极富山地民族特色，表现出作者对传统民族文化的叩问与反思。《饥饿的土地》，是作者关注现实，反映民族风云变幻的重要作品。王月圣把创作笔触指向与自身息息相关的当代中国社会现实，揭示 20 世纪末期改革开放大潮在鄂西南土苗山寨掀起的层层波澜，从而勾画出极具现代意味的民族变迁图。

纵观这种从历史到现实的民族变迁，可以发现，王月圣创作的基本倾向，仍没有偏离对民族题材的把握。但这种个性追求一旦走向极端，就必然会导致其创作的程式化、表面化，让作品成为民族风情的通俗演绎。中篇小说《阴阳无界》中，津津乐道的是土家族神秘的阴阳人——梯玛的故事，对民族祭祀进行浓墨重彩的铺叙与描写，缺乏作者自身对传统民族文化的深层次思考，难免表现出对民族个性的简单图解。

二

民族个性的追求，并不能等同于民族题材的开拓。关注民族的审美文化心理，是王月圣民族个性探索的深入。这一时期的创作，逐渐由单纯民族题材的书写向表现民族审美文化心理转化，显示出其创作个性日趋成熟。鄂西南的土家族、苗族具有粗犷的气质，大碗喝酒，大块吃肉，构成了敢怒敢怨、豪爽侠义的民族性格，被清朝史志上记载为"蛮夷子"。因此，贯穿于鄂西南这个古"蛮夷之地"的民族审美文化心理是一种"野性"的呼唤，表现出粗犷的审美方式。在王月圣的小说、散文中，这种"野性"随处可见。

民族陋习，性爱野合，在王月圣的长篇小说《太阳从西边出来》中得到了充分表现。在鄂西南恩施的太阳河村，"自古只走一条路：近亲通婚。表兄妹、堂兄妹成为夫妻已是规矩，村中不知始于何时，形成婚娶禁出五服之外的规定"。因此，全村有三分之一的人瘫、聋、瞎、哑、傻，如废人。这种陋习，严重制约了民族的健康生存与发展。然而，作家笔下的人物却对这种原始愚昧的性爱方式津津乐道，或房前屋后，或苞谷地里野合，自得其乐。"野性"的欲望，使民族审美文化蒙上一层厚厚的阴影。美变成丑，也就无审美意义可谈。王月圣正是在这种不动声色的批判中，表现出对民族审美文化心理的探索和极大的关注。这种关注，也同时表现在他的小说集《撒尔嗬》和《饥饿的土地》中。即使在散文集《乡景》中，也能发现这种对"野性"的表现。

这种粗犷的审美方式，正适应民族的"野性"美。因此，王月圣的作品，无论是文章的篇章结构、叙述方式，还是人物塑造、语言表达，都着力于创建具有民族审美习惯的表现方式。王月圣的小说，长于编织生动曲折的故事情节，不管是书写民族血与火的历史，还是反映民族现实的生存困惑，都采用一种粗犷的叙事方式，大多运用传统小说结构，展示故事传奇色彩。《太阳从西边出来》中女主人公吴春月，她的命运从一开始就紧扣读者的心弦：因为近亲通婚，生了长尾巴的女儿，还有瘫儿傻女；丈夫是个玩弄女性的色狼。吴春月下决心要成为太阳河村村长，把民族的陈规陋习翻个底朝天。讲故事，摆"龙门阵"，是鄂西南土苗山寨工余饭后的消闲娱乐方式，也成为王月圣小说创作的重要建构方式。极富口语化，是王月圣小说的又一显著特征。而口语化的风格就是粗犷与野性的融合，善于用民族方言俚语，成为其鲜明的创作个性追求。随手翻阅王月圣的作品，就能了解许多富于鄂西南土家族、苗族风情的语言，使人浑身平添一种豪气。塑造侠肝义胆的"独行客"形象，是王月圣的拿手好戏。《血染红了苞谷地》里敢爱敢恨英勇壮烈的红军侦察英雄田忠全，《边城蛇燹》中胆大艺高为民除害的欧阳冰等，都是作家从民族文化的历史变迁中演化得来的。而对现代民族人物的塑造，也展示其"粗"与"野"的独特之处。长着六指、名震四方的传奇人物"辣椒王"，手执明晃晃杀猪刀谋生的女屠户秀玉，杀人如麻、一双大脚镇苗寨的女匪首冯蓝卿等，个个性格鲜明，野性十足，寄寓着作家独有的民族审美文化观。

三

"越是民族的，越是世界的"，常用来表现文学作品民族个性的重要性，但这句话并不等于"具有民族的外部特征就可以走向世界，成为具有长久魅力的文学作品"。创作的个性化应体现个性与共性的完美统一。陈美兰教授提出：21世纪的文学应有新的文学精神，才能引起广泛的共鸣。陈剑晖教授认为这种文学精神应包括三个方面：一是"启蒙"的责任，即将文学视为照亮国民灵魂的灯光，促进中国的现代性转型；二是激情，文学应给人以亲切感、温暖感；三是回归浪漫，真正伟大的文学作品都离不开精神上的浪漫，离不开文学的理想主义。可见文学只有去表现一种共有的精神，才可能完成从私人化个性向民族化共性的转变。

王月圣孜孜以求的民族个性的探索之路，进入更深层次便是对民族文学精神的呼唤。这个探索过程，也表现出王月圣对于民族传统文化的反思。他承认自己的作品具有一个重要的特征，即"民族改造意识"，在每一篇作品中，这种意识"都时时刻刻从作品的不同地方渗透出来，不是直接抒写，而是比较巧妙地把这种意识隐藏在必须改造的那些传统意识的背后"（《饥饿的土地·序》）。其实，王月圣的这种"改造"具体表现为一种"批判"行为，包括对传统民族陋习、观念的批判。如短篇小说《娶亲队伍山里来》，写两支娶亲队伍"抢道"。这种古老得和山一般古老、可怕得和瘟疫一般可怕的事儿，在山里的一条交叉路口出现了。苗族的规矩：若是有两家同时嫁女，又同时走在一条道路上，谁先过谁吉利。得知有抢道的娶亲队伍要过，后八辈子倒邪霉。一对相爱的男女青年竹根和春月，只有在此时惊心动魄的"抢道"打斗中，去挣脱民族传统陋习的束缚，获得自由、幸福美满的婚姻。这种"批判"在《太阳从西边出来》《女儿好细腰》等小说中表现得尤为鲜明。

王月圣的作品始终是在一种充满激情的状态下，去完成自己"批判"的历史使命。从这个意义讲，王月圣是一个文学的理想主义者。因而，他对文学精神的追求，从一进入文学创作领域之后就开始了，其间经历了三个层次的寻找与探索。

初探阶段。王月圣文学创作起步于20世纪80年代初期，当时文学作为一种"启蒙者"的形象出现，整个时代视文学为"照亮国民灵魂的灯光"，因而对"文学精神"的呼唤成为其时作家的创作追求，王月圣亦不例外。作家们深感肩负的社会责任，反思历史，直面现实，讴歌真、善、美，弘扬人文精神，表现人文关怀，成为这一时期文学创作的主潮。王月圣立足鄂西南少数民族地域，在书写本乡本土的乡情故事中，渗透这种对文学"启蒙"精神的探索。小说《相识在高高的山上》，写素不相识的乘客们在汽车遇险后，迸发出崇高的牺牲精神及团结互助的友情，感人至深。小说《金黄的山湾》，写山里村寨一对孤男寡女的爱情故事，描写细致生动。人物的善良与纯真，表现得淋漓尽致，作者对人性美的赞叹之情溢于言表。即使在稍后写作的中篇小说《饥饿的土地》中，王月圣写改革开放中经济大潮对鄂西南传统民族小农意识的冲击，仍然充满了浓郁的人情味，对一个无法挽救的爱情悲剧寄予同情。至此，王月圣走出了轻歌曼舞式的文学世界，将文学精神的探索与严峻的社会现实联成一体，开始对人生与社会的深层思考，书写大悲大喜的民族故事，塑造敢爱敢恨敢怒敢悲的民族人物形象。《饥饿的土地》可视为王月圣小说创作风格的重要转折点。在小说中，他一改昔日写小事、小人物的小家子气度，表现出一种土苗民族的粗犷、豪爽与野性，逐渐向大视野拓展。王月圣擅长写悲剧，常表现得轰轰烈烈。也只有在这种创作境界中，作家的创作激情，才能如火山迸发，如瀑布飞泻，一发不可收。至此，王月圣在对文学精神的初探中，逐步成了一个民族作家应具有的创作个性。

迷惘阶段。步入20世纪90年代之后，王月圣的创作陷入一种徘徊状态。此时文学已失去轰动社会的效应，在经济大潮的冲击下，逐渐走向边缘化。文学人文精神、理想主义的失落，使90年代的文学作品普遍欠缺一种精神内涵。因为作家主体人格的萎缩与精神境界的低下，他们笔下的人物自然很难跳出"一地鸡毛"的琐碎平庸，或者沉溺于金钱物欲之中而不能自拔。马克思、恩格斯当年曾尖锐抨击德国小市民的琐屑与无聊，认为一个民族没有自己的精神和理想是可悲的（2001年4月9日《羊城晚报》）。当文学失去了精神追求，作家怎么办？王月圣在迷惘之中徘徊，也跳进"商海"去搏浪，最终还是回到了自己钟爱的文学创作中，重操旧业。此时，他对于如何寻找失落的文学精神，处于一种无法把握的焦虑之中。是迎合世俗，表现"有闲阶层的趣味"，还是关注现实，表现人文关怀？这种焦虑，成为他这一时期创作的重要特点。因而，王月圣选择了与现实的远距离写作，在理想与现实之间游弋不定。中篇小说《男儿女儿动情时》，以中国传统章回小说的笔法娓娓道来：写了"文革"前后，鄂西南一个小村里男儿女儿成长、恋爱与婚姻的蹉跎岁月；中篇小说《毒海沉浮》，写公安干警奋力拼搏禁毒、擒拿毒枭的故事，均追求作品的可读性与通俗性。《金印虎符传奇》写的是容阳土司的一场宫廷政变传奇。王月圣既放不下心目中挚爱的文学，又无法在现实中找到文学的位置，更无法正视文学走向边缘化的衰落，便紧紧抓住"通俗"这根救命绳，去完成一个作家的理想与追求。这种追求是无可奈何的，是一个文学理想主义者对现实变相的反抗。他认为自己小说的"叙述语言也是一种通俗风俗，很受一些严肃文学人物的轻视。其实，通俗而不庸俗、传奇而不猎奇的东西才适合大众口味"（《男儿女儿动情时·序》）。在这里，我们可以发现，王月圣始终没有推卸文学神圣的使命：拒绝庸俗，面向大众。在这种曲折迂回的寻找中，王月圣对于现实主义文学精神的探索与呼唤实在用心良苦。

较为清醒的探索文学精神阶段。从1994年开始，王月圣历时五年创作的散文集《乡景——系列家乡散文百篇》（以下简称《乡景》，成书于2000年9月）。从此，王月圣的文学创作进入一个新的阶段。他终于从迷惘中走出来，结束了徘徊不定，在民族文学创作领域里，更加丰富和完善自己的创作个性。在经过世纪末的焦虑之后，迈入新世纪的文学创作何去何从？我国文学批评界认为，20世纪由于商业化浪潮冲击，文学进入众生喧哗的无序状态，丧失了理想和崇高，21世纪的文学应该体现出对新人文主义的追求，使文学创作表现出新的精神价值取向。新人文主义表现为作家与时代同步思考的人文关怀，也就是说，文学要回归崇高。

在王月圣的《乡景》中，可以发现对崇高的文学精神的召唤。《乡景》记叙了作者的家乡——鄂西南一个小村白果坪的山水风光、父老乡亲和作者所经历的如烟旧事，"是对自然的礼赞，是对人物的歌咏，勾勒出了一个充满童趣山村的风貌"（李传锋语）。作者的笔触，看似在写已逝的历史，但桩桩件件又无不在反照现实。这种怀旧情绪，既表现出对民族传统文化的依恋和无法割舍，也召唤着人性美与崇高的传统道德情操。在《乡景》的"山水风光"中，我们可以读到许多富于民族特色的文章。《白果树》里，作家记忆中故乡古老的白果树，"能够诉说白果坪人世间的悲欢离合"，"大自然的阴晴圆缺"，"它沉默了百年"，"具有一种向上的力量和永恒的魅力"。作家期待自己活成如白果树一般的永恒风景。还有《小屋桥》《牛鼻子孔》《木耳山》等，在王月圣的眼中，故乡的山水风光就是用美编织的民族艺术画廊。《乡景》中的"父老乡亲"篇，文章灵动而有生气，人物栩栩如生，呼之欲出：癞四爷、笑罗汉、朱疤子、杨殿文、父亲……使人过目难忘，是作者"在抒写他的人生感悟，是在古旧的乡街上哼唱一曲优美的小调"（李传锋语）。王月圣认为，《乡景》是"一条铺展在心灵深处的鲜花小路"，"那片土地上的每一棵树每一条河甚至每一片绿叶每一滴清水，都将与我的整个人生紧紧联系在一起"。对于人性美的追求，始终贯穿于《乡景》全书的字里行间，高扬文学的理想主义旗帜，闪耀着传统民族文化的光彩。

他同时"渴望本书（《乡景》）起到鉴往知今的作用"（《乡景·后记》）。因为在写作中他力求接近文化散文的特点，对民族山水风光，人情世故的形象描绘，鲜明地展示出他对民族文化的思考。这种思考是以写实的手法来表现的，即"说白"，不需要加任何华丽文字的修饰。而这种朴实无华，既是王月圣作为民族作家的创作个性，也体现了恩施州独具特色的民族文化。同时，追求美好、呼唤理想贯穿于《乡景》全书，它不仅使白果坪走出了民族区域的视野，也表现了作家与时代同步进行思考的人文关怀，从而使王月圣步入新世纪"新人文主义"作家的行列。从这个意义上讲，王月圣的文学创作将打开一个更新的视野。如何从民族"小文化"视野走进民族"大文化"的广阔天地，关注现实，烛照历史，进一步增强作品的厚重感，表现大民族的时代变迁，展示人类的生存与困惑，应是王月圣今后创作将要面对的重要课题。我们期待王月圣在"新人文主义"理想的召唤下，有更多的力作问世。

民族精神书写的厚重与缺憾
——浅议《白虎寨》文学创作的得与失

王月圣[①]

按照恩施州作家协会的安排，我用两天时间认真拜读了李传锋新近创作出版的长篇小说《白虎寨》。传锋宣称，这部小说"多角度聚焦贫困山村、近距离体察鲜活农事、故事性思考社会变革"，纵观小说的主题立意、题材选择、情节故事、叙述手段、人物形象、细节描写和事件展示等，这三句话的定位基本准确。《白虎寨》无疑是一部当代少数民族文学创作的精品力作，具有"中国梦"背景下的民族精神书写意义。

传锋是全国知名的土家族作家，他书写土家族地区的中国故事，借以传递民族心声，热切遵循了中国文化和中国文学的优良传统。众所周知，少数民族文学在讲述中国故事的民族风貌、题材主题、独特风情、艺术氛围方面，都具有独到优势。传锋是我的鹤峰同乡，他的家乡五里乡六峰村和我的家乡走马镇白果坪，仅有一山之隔，两地在鹤峰有"关内""关外"之俗称，但两地风俗民情基本相同。他对家乡充满着永无止息的爱，虽久居武汉，但总是不断回乡探访或长住。为了创作这部小说，他退休后又在六峰住访长达两个月时间，天天与村民们耳鬓厮磨，扎实细腻地了解当下民众的生活状况、心理生理、行为模式、精神世界，深入细致地探寻本民族的根谱，熟悉并认识民族的历史与现状，了解各方面的风俗习惯、生态状况和农事气象，浸泡于本地文化的湖海之中。我熟悉传锋，更熟悉他对于家乡深爱的情怀。传锋和家乡的厚土血脉相承、血肉相连，有着血浓于水的真挚情感。因为熟悉家乡的山大沟深、恶劣的自然条件和生存条件；加之他关注家乡的变革与变化，倾情于家乡的脱贫致富奔小康和城镇化建设进程；再因为他久居省城，在长期从政时间内，俯瞰天下人生和大千世界，洞穿和透视了社会万象。因此，他才乐于回归到自己的血脉之中，心甘情愿地和父老乡亲一起体验乡村的生活实践，并真诚融入他们的情感世界，感受他们的理想追求。《白虎寨》为读者展示的特殊地理环境和众多人物形象以及诸多事件，都与恩施州本土作家们的心灵联想与视觉方位产生吻合与联系，无疑为恩施作家的民族精神书写提供了范本。小说中的所有事象，都显得无比真实与鲜活、丰满与厚重。思想是灵魂，有思想才会有营养，传锋将他丰富的文学思想与地域的淳朴特色紧密结合，创作出了这部代表家乡民族风格的《白虎寨》。这种风

[①] 王月圣，恩施州文联原专职副主席。

格，正是来自他深深植根的土地和关注家乡进步的热情与自觉。

地域元素，在少数民族文学作品中十分重要，它决定着小说作品中人物的生产生活方式，决定着一个人群的精神和意志，影响着作家的价值取向和创作中的文化氛围，从而锻造出作品的独特韵味。敲梆崖，是这部小说贯穿始终的地域符号，传锋家乡像敲梆崖这种山势陡峭、奇险无比、风景绝美的地方很多，如鹤峰县城郊区的屏山、中云乡的高峰、下坪乡的锅炉圈等，都和敲梆崖的地形地貌不相上下，都阻碍着鄂西南山区的交通发展，但都是从事原生态旅游的极佳景地。围绕打通敲梆崖的公路，从幺妹子的父亲覃建国开始，一次又一次与其挑战，但都因为贫困而无功而返。这座大山，不仅成为阻碍乡村道路发展的"拦路虎"，也成为迟滞乡村脱贫致富、实施城镇化改造的象征。能否打通敲梆崖，则成为敲梆寨以幺妹子为代表的新时代人们能否摆脱贫困、走向小康的关键节点。作品中的人们为修敲梆崖的路几上几下，几乎酿成震惊全州的群体事件。对敲梆崖的认知，就是对传统文化的认识，以顾博士为首的一群"驴友"认为，保护这座险峻秀美的大山是对传统文化的敬畏，是对生态环境的尊重。而以幺妹子为首的新人群，则需要以打通敲梆崖来表达对富强的向往、对蓬勃丰沛生命气象的礼赞。传锋把自身对民族历史和文化传统强烈的责任感赋予幺妹子，有意无意地把人物的精神风貌提至较高境界，使之坚守"要致富，先修路"信念，避免了作品的功利化、商品化和娱乐化倾向。这种以一种地貌现象作为地域落后的文本，曾经深刻地积淀于人们的世界观、人生观和价值观中，交织于一个民族群体的记忆、心灵世界和传统文化之中。恩施这片神奇而又贫瘠的土地，不止掩藏着巴风土韵、王朝废墟，更高唱着铿锵悠长的"柑子树"和"满堂音"，激荡着红军"闹红"的尊严与骄傲，滋养着土家族的血性和精神。矗立在《白虎寨》里的敲梆崖，正是展示这片土地民族性格中的刚勇血性和正直不阿精神的象征。能不能推翻"拦路虎"，打通敲梆崖的公路，成为《白虎寨》重点叙述的现实"平台"，在这座高大的"平台"下，历史不是真正的主角，而是穿过时间隧道，成为"现实"这个主角的附属品。小说对敲梆崖的渲染语言多达数万字以上，可谓全书的重中之重。然而，笔者正为此深感遗憾，传锋以一种平静的叙述姿态，用他惯常的家常语调，徐徐讲述着发生在敲梆崖上的土王旧事、红色往事，却没有浓墨重彩地演绎田旻如慷慨赴死的豪壮情节、诉说红军伤病员顽强斗敌的英雄壮举。在传锋笔下，顾博士们的游览只是浅说历史的小插曲，只是敲梆寨众多事件中的一件有趣的"多"事而已。其实，在"现实"这个平台上，"历史"才应该是真正的主角。历史和现实，究竟谁是谁的背景，谁在观照谁？我以为，在小说中，传锋的性格、思想在唱主角，他的笔调过于轻松，甚至可以说是调侃，而没有凭借那几件能感天动地、让山河变色，能高度概括、凝聚民族精神的大事，将读者带入厚重的历史维度中，看到远比教科书、历史专著更复杂、更真实、更激烈、更残酷的故事。

乡村、乡土和乡亲，一直是民族文学创作的重要话语，随着农村脱贫致富和城镇化进程的加快，以及进城打工者增多和农村人口往城市转移，城乡格局正在发生重大变化。传锋较早地发觉了这种变化，面对乡村文明的式微，他在进行应有的、带着某种责任的思考。农民抛家弃土，乡村的脆弱和忧伤，农村的现实和未来，都在传锋的思想意识中扎根。他下派在恩施州委宣传部当过副部长，在建始县委当过副书记，在城乡两种文化、文明的对比中，他的关注方式、表达意韵、写作姿态等，始终向乡村倾斜。他的这种心态，从其创作和出版的一系列作品中，可以明显体现出来。书写乡村的根本是要落在土地上的，而土地不仅是乡民生养的"根"，也是"命"，更承载了乡村社会的精神和文化信仰。土地的流失和抛荒，尤其是乡民对土地的认识态度，更直接地反映着乡村经济、政治结构的变化。《白虎寨》在娓娓叙述中，一直抓住"土地书写"这个主题，展示出作者为乡民代言的艺术自觉性，这种自觉性表现在小说的语言、结构和叙述手法上。但是，传锋却没有借用土地这个关键物象，在敲梆寨掀起波飞浪卷的思想、意志、认识的"斗争"。如苗书记第一次到寨子里考察时，看到大片抛荒的土地，仅仅只问了一句为什么抛荒的话。又如修排水渠时，拉长的水渠要占用马森林的地，他不干，最后决定让水渠拐个弯儿，却要占用幺妹子的地，大家无话可说，幺妹子却不假思索马上动手。在我们所熟悉的鄂西南乡村，乡民与土地关系的变化，直指城镇化冲击下乡村农民的精神蜕变和信仰危机，尤其是恩施州这片土家族集居地，人们常常会为一寸土地争个你死我活，亲兄弟也会为一尺宅基地翻脸成仇。"君履后天而戴皇天"（《左传》），"后天"寓意江山社稷之基石，黎民百姓之土地。乡民的根本就是土地，乡民对土地的占有欲是显而易见的，乡民纯粹的精神世界，始终叠压在土地上，他们听得见土地的呻吟、摸得准土地的饥渴。传锋的这种躲闪和避让，让我多少感到有些意外。传锋没有选择"逼人进死胡同"的写作方法，而是选择"放过"或沉默。传锋的这种选择，在一定程度上削弱了《白虎寨》民族文学的人物精神自省和作家作品的灵魂投射。

  我似乎又对传锋的"手下留情"表示理解，他较长时间生活在武汉，但他的心却在鹤峰的乡村中。传锋有两个家，一个是他的出生地，一个是他为《白虎寨》建造在心里的精神家园，这是《白虎寨》给我展示的语境印象。这个印象，始终挥之不去。我敢说，传锋在党组书记的特殊身份与行政生活中陷得太深了，以至于他写这部作品，也像在和我们一群文学爱好者聊家常。小说从一开始就以他惯常的谈心式语境在叙述故事，他那"婆婆"似的心肠和兄长式的胸怀，绝不会狠下心肠写出难以收场的局面和场景。在他的笔下，绝对没有无药可治的坏蛋，也不会把一件令读者需盘根究底的事情写个水滴石穿。传锋的思维是深远的，写作则是谨慎的，他讲述着一个又一个场景和故事，并力求呈现出其中的危机和转变，但其情感的宣泄和情节的张力却常常欲言又止，面对仙人掌似的生活切片，作者比读者似乎更有透视的耐心。如在描绘金小雨进城取汇款被陷害的情节时，小说既未将金小雨处理得无脸回村，也没有交代害人者应得的可耻下场。再如描写金大谷和幺妹子的第一次温存情节，幺妹子献出了处女贞操，作品也就以一句"我要告你"结局，身为全书第一女主角波涛汹涌的爱与贞操的私生活描写，被传锋善良的心和温柔的手给轻率地忽略不计了。我在读这些情节时，总是觉得有人在用眼睛窥伺着我，我感觉到看我的人就是传锋本人，他不仅在看我读《白虎寨》，更多次出现在小说的情景现场。他不愿意离开小说的种种现场，在对人物进行质疑时也同时面对自己。这种"在场"当然不仅仅指身体，而是灵与肉的双重在场。身体在场是指在作品背后有一个极其善良的人格存在，而灵魂在场是一个虚化的命题，二者需要独立人格与审美影响的有机整合，《白虎寨》里作者"在场"的感觉，一定程度地削弱了作品的独立性与可读性。

风情民俗，一贯都是民族文学凝聚和洋溢的文化情结、根脉谱系和家园特质。写风情，寄寓着作家对母土文化传承的虔诚信念和真挚守望的人性良知。《白虎寨》里展示的民俗较多，如女儿会、送祝米、办丧事等，传锋除了做必要的风俗解释外，没有为风情而风情地大量罗列风情事象，原始的山野，偏僻的乡村，作者心灵深处一种生命本源的归属感从风情描写的"言外之意"之中蓬勃而起，让读者能在品味温润舒爽文字同时，体会到深深的"古意"和"野趣"。作者没有过分渲染民俗风情对敲椰寨人们传统生活的影响，只是把一些关键的风俗作为利刃，与其本人的辩证思维结合起来，试图开阔读者对鄂西的认知视野，展现一个群体在落后环境里对富庶的渴望和追寻的现实心理、行为模式和精神世界。每当读到一段民俗风情，如"送祝米"对腊香当年被拐卖和后来生活大变化的对比；如"女儿会"上向思明和幺妹子、春花等一群男女青年的"对歌"比赛；还有覃建国病逝后的"道场"等，在传锋所创设的民族风情风俗的场景里，读者可以读到现今鄂西的农村景象，当然还有小说里隐藏不住的乡野悲凉。但是，传锋囿于恩施本土的传统样式，不敢放开手脚大胆设想，仅仅将这些可以展现民族精神特色的东西当作一般佐料平淡处理，其艺术形式和表现方式过于平铺直叙。几十段具有恩施民族民间文化特质的"五句子歌谣"，虽然出现在应该出现的情节之中，但还不够精致和出彩，没有起到画龙点睛和四两拨千斤的作用，没有借鄂西特有的风情民俗深厚的文化意识真正体现土家族顽劣与风趣的精神品质。

《白虎寨》立足当下鄂西南乡村社会城镇化的历史背景，以"山村与城市、土地与商品、革新与传统、亲情与爱情、历史与现实"作为核心元素，演绎出乡土恩施在转型过程中的挣扎与突围。我以为，如果这本书在全球经济危机爆发、大量农民工回乡创业的第一、第二年推出，那将多么让人感到亲切与温暖，但歪打正着，恩施这片土地上的众多变化，总是要比外面慢个两三年。因此，这部长篇小说的出版，正好顺应恩施州的城镇化发展步伐，以文学软实力催生和推动鄂西南山区农村脱贫致富奔小康的战斗力。这部作品一定会成为全州两万余户农家书屋的当红读本，小说亲切温暖的叙述方式与故事情节的循序渐进，昨天今日的互动结构与人物形象的丰满精致，城市乡村的交叉描绘与作家心灵的情感宣泄，一定会让广大农村读者喜欢与热爱。

像山野林莽一样思考
——李传锋动物小说解读

宋俊宏[①]

在《动物小说初探》一文中,李传锋写道:"我想用我的小说来引起读者对土家人的家乡的了解和热爱,对自然世界的爱护与崇敬。"[②] 从这句话里我们可以看出,李传锋写作小说的初衷和目的就是为了将生活于鄂西山区的土家人的生活习惯、民族风情和他们生活的这方土地的神奇自然以及生存于其中的各种生灵介绍给读者,以引起读者对土家人的了解和热爱,对鄂西自然世界的爱护和崇敬。基于这样的写作理念和创作追求,李传锋在其作品中不仅向我们介绍了生活于鄂西山野中的土家人的勤劳、善良、多情和勇敢,而且还给我们展现了鄂西林莽的幽深神秘,并将大林莽深处各种生物的勃勃生机及其相生相克的生命图景呈现在我们眼前,让我们感受到自然世界的神奇和美好。同时,在其动物小说作品中,李传锋还对人们由于各种贪念而肆意破坏大自然、虐杀动物的残忍行径,进行了淋漓尽致地叙写,从而拷问人类的自大与傲慢、残忍与自私、无耻与怯懦,其中蕴含了作者深沉的生态忧思和他对鄂西山野林莽的挚爱。

一

作为在鄂西山野中长大的李传锋,鄂西山野就是他的精神家园和心灵世界,是他的生命之根和艺术之根。他把他的思想与灵魂,他的爱憎和忧伤,都融进了整个鄂西山野。他对山野及山野中的一切生灵,对大林莽、野风、河流、蓝天、白云、薄雾等都有着刻骨铭心的记忆,都怀抱着无限的深情和热爱。正如他在《写爱情诗最能锻炼语言能力——答杜李问》一文中所说的那样:"恩施山区是我的故乡,味儿很丰富。……我的写作就是恩施的,是山区的,是大森林的,这是我种的一块地。"[③] 因此,恩施这"一块地"上的山色风光和生存于这"一块地"的各种生灵就在他的笔下鲜活灵动了起来。

[①] 宋俊宏,湖北民族大学文学与传媒学院副教授。本文为湖北省教育厅人文社科重点项目"湖北省当代土家族作家作品中的生态思想研究"的系列成果(编号:160073)。

[②] 李传锋:《动物小说初探》,载于《中南民族学院学报(哲学社会科学版)》1983年第2期,第88~92页。

[③] 李传锋:《写爱情诗最能锻炼语言能力——答杜李问》,选自《李传锋文集(3)》,武汉大学出版社2018年版,第981页。

在《毛栗球》中，作者以充满诗意的多彩之笔写道："山的早晨要多美有多美，无边的霞烧成一片胭脂色，把这山野染得光彩夺目，踩在湿湿的露水草儿上，凉酥酥的，薄雾还在枝梢上缓缓流动，空气被滤得亲甜亲甜。这里没有机械的噪音，没有汽车搅起的灰尘，更没有都市那种混杂而薰人的浊气。泉水叮咚，雾幕岚帷，整个山林就像绿色的大海。"① 在作者笔下，恩施的山野就是一方"洞天福地，野趣横生"的神奇秀美之地。看着眼前如此美丽而诗意十足的大自然，不由得会让人心驰神往。

在李传锋的生命经历和灵魂记忆中，有着神农护佑的鄂西山野林莽，是各种飞禽走兽栖息繁衍的天然场所。因此，我们在阅读李传锋的小说时，就会和各种珍禽异兽邂逅。它们是红腹锦鸡、山鸡、长尾鸡、翅鸡、画鹛、白鹤、金冠白鹇、黄莺……它们是麋鹿、红狐、云豹、金钱豹、花斑豹、红豺、野猪、大青猴、青麂子、香獐、白獐、白狐、白狼、白鹿、白熊、白猴、白虎……面对这些被作家写得活灵活现的珍禽异兽，我们不禁感叹上苍对鄂西林莽的眷顾和青睐，也为李传锋的博学而惊叹——他简直就是通过小说写作给恩施的山野林莽写了一部动物志！同时，我们也许还会发出这样的疑问，现在，在鄂西大林莽中，李传锋笔下的这些珍禽异兽还有没有？如果有，还有多少呢？

在李传锋笔下，这些珍禽异兽不是山野林莽的简单符号；不是人们惯常认为的没有思想没有情感的野生动物，而是有着强劲生命力，有着饱满情感的自由生灵。请看《最后一只白虎》和《红豺》中作者对母白虎和红豺的书写。

> 母虎是一只十分端庄美丽的老虎。长期的寡居使它风韵犹存，丝毫也没有那种过度淫乐所带来的疲惫。它的周身散发着这个年纪的母虎独有的那种招蜂引蝶的神韵。从肩胛到地面的高度大约是一米，而当它引颈长啸的时候，那圆而结实的头颅可以达到两米的高度。当它放步走路之际，头尾之间少说也有三米。铜铸的四只腿柱，轻柔地在地面上移动，尽管承受着一百五十余公斤的体重，仍然显得那样的结实和沉稳。②

> 对面的山坳上有一对美丽的身影，像一团烈火，像一树红杜鹃，像梦中仙姬，祥云落地，啊！红豺，红豺，美貌的红豺，身后衬着蓝天神女峰，双双踞坐在春日的阳光里，眨动着眼波，含情脉脉地望着我们，嘴里咿咿呜呜地说着什么，像是祝福，像是告诫，让人提心吊胆，让人心旌摇动。③

在其动物小说中，李传锋把各种动物写成有血有肉、有情有爱的自在生灵，打破了我们人类视动物为没有灵魂和情感的固有的动物理念，让我们逐渐意识到我们面对自然时的自高自大是多么荒唐可笑！当然，李传锋之所以如此书写动物，应该

---

① 李传锋：《动物小说选》，作家出版社1993年版，第33页。
② 李传锋：《最后一只白虎》，长江文艺出版社1989年版，第6～7页。
③ 李传锋：《红豺》，载于《民族文学》2003年第1期，第11页。

和他的这一思想分不开的。"对于大自然,对于动物,人类不是高高在上的,而只是大自然的一分子。人类也不是自然的主宰者。过去是这样,现在也是这样。"① 他的这一生态思想不禁让人想起法国生态思想家赛尔日·莫斯科维奇在《还自然之魅》中的一段话:

> 自古以来,自然是我们的感觉和思维直接可以触及的;是我们所熟悉的水、风、草、木的世界;是人类和动物共同生活的地球,四季更迭,日以继夜,无论风雨交加还是阳光灿烂,是我们五光十色、丰富多彩的家园。人们在这里生活和劳动,已经和自然融为一体,他们就是自然。②

二

艾青在《我爱这土地》一诗中写道:"为什么我的眼里常含泪水?因为我对这土地爱得深沉……"在李传锋的小说中,我们也能读出作者饱含于眼中的热泪。这热泪是作者为美丽的家园被毁弃,为各种珍禽异兽被人们无情杀害而流出的。一个深爱着自己故园的人,眼看着家园中美丽的自然生态被无情破坏,生活于家园中的各种生灵被残酷虐杀,怎能不流泪?怎能不呐喊?怎能不忧思?李传锋在接受湖北大学文学院朱旭的访谈时就说过这样的话:"我们干了一些违背自然规律的蠢事,其中就包括过度开发,猎杀动物。我们对大自然的破坏,对动物链的破坏,对森林的砍伐,人类为了某种欲望对动物进行掠杀,最终毁坏的是人类自身。我的写作,是几声无力的呼喊。"③

在我看来,李传锋在小说中,不仅有作为热爱家乡的离乡者对家园被毁坏——对大自然的破坏,对动物链的破坏,对森林的砍伐,对动物的掠杀而发出的呐喊,而且更有他作为一个知识分子对人类无限制征服自然和破坏自然生态的深沉忧思。在《最后一只白虎》中,面对人类对大自然的破坏,他发出了这样愤慨之语:"广袤的原野被开垦了,幽深的林莽被伐光了。人类粗暴地强占和礼貌地蚕食着野兽赖以生存的林莽和原野,大胆而无知地破坏着自身得以生息的一切。"④ 表达了他对人类侵犯动物家园和伤害动物生命的反思。果然,由于人类对自然生态无知而大胆地破坏,不仅让动物失去了家园,人类的家园也被洪水和泥石流掩埋了。"葳蕤的密林已经五失其三四,暴雨时时光顾这里,山洪便像野马群从上而下,席卷一切,泥土都

---

① 吴道毅:《为振兴鄂西民族文学而努力——土家族著名作家李传锋访谈录》,选自《李传锋研究专集》,中央民族大学出版社2005年版,第168页。
② 莫斯科维奇:《还自然之魅》,庄晨燕、邱寅晨译,于硕校,生活·读书·新知三联书店2005年版,第91页。
③ 朱旭、李传锋:《不要忽略了火热的生活——李传锋访谈录》,载于《长江文艺评论》2017年第1期,第40~48页。
④ 李传锋:《最后一只白虎》,长江文艺出版社1989年版,第4页。

洗刷到江水中去了，石头全裸现出来，像远山遗留的朽骨。"①

土家族先民生活在山野林莽中，以白虎为图腾，敬天畏地，热爱自然，谦卑地将自己视为大自然中的一分子，天然地认为人应该与大自然及其他有机生物和谐相处。这一朴素的生态理念代代相传，但到了当代，在现实各种欲念引诱和刺激下，这种生态观念在人们的心中慢慢淡漠了、消失了。这大概是作为土家族思想继承者的作者最为痛心的吧！在《红豺》中，女主人公冬月本来和红豺心心相印："冬月出现的地方，红豺就出现了。"为了阻止儿子栓狗捉红豺卖钱，她"突然像一头发怒的豹子，跳起来扑向拴狗，用头去他身上撞，一面嚎：'你先把我杀了！你先把我杀了！你这个白眼狼，什么不能捉你捉红豺去卖钱！？'"②

其他乡民也视红豺为自由自在地精灵，认为红豺是土地爷养的神狗，是密林中的灵兽。红豺在山头一出现，人们就像看到了神仙下凡一般，顶礼膜拜，烧香祭拜。然而，当发现红豺可以卖钱，"一只活豺可以卖 1000 块钱，一只死豺卖 300 块"时，人们觉得捕猎红豺比种庄稼进城做工划算很多。于是，人们不再将红豺视作"神狗"和"灵兽"，不再敬畏它，而是将其看作唾手可得的"财物"，想尽一切办法捕杀它。捕杀时，毫不手软，毫无愧疚之心。即便是和红豺心灵相通的冬月，为了拯救儿子栓狗的命，也让情人章武去猎杀红豺。

更令作者悲哀和愤激的应该是政府中一些人在宣传《野生动物保护法》中的所作所为吧。"村里要开会了，政府来了人，森林警察也来了，村长给他们杀了娃娃鱼，炖了熊掌，还喝了猴血酒。而这个会是在帮娃娃鱼、熊、猴子和野猪王说话。"③ 你说荒诞不荒诞？作为宣传《野生动物保护法》的执法者，阳奉阴违，明目张胆地在被宣传被教育者面前吃被保护的动物。我们还希望被生存所迫的老百姓怎么能相信法律呢？怎么能相信保护野生动物就是保护我们人类的家园呢？在《最后一只白虎》中，小白虎逃亡失踪了，为了寻找小白虎，为了研究小白虎，为了保护国家珍贵动物，一次有组织的科学活动却变成了一场大规模的狩猎游戏，而带头的是一位从京城下来在各地巡视工作的"委员"。小说中，作者对这些行为没有任何评论，只是冷静地叙述，但透过文本，作者的隐忧和深思、反思和批判却力透纸背。

三

在《〈红豺〉赘语》中，李传锋写道："我的动物小说与人们熟悉的童话、寓言很有些不同，我一般不用拟人化，我力图进入动物的自在与自为，把丛林法则和人类故事交融起来写，生态环保问题已经引起了人们的关注，在伟大的自然生态面前，

---

① 李传锋：《最后一只白虎》，长江文艺出版社 1989 年版，第 224 页。
② 李传锋：《红豺》，载于《民族文学》2003 年第 1 期，第 31 页。
③ 李传锋：《红豺》，载于《民族文学》2003 年第 1 期，第 20 页。

让人类少一些无知的自尊。"① 在这句话里，作者表达的思想应该是他的动物小说是为了展现自然的伟大，希望人们在伟大的自然面前谦卑起来，不再自高自大，不再以大自然的主人自居，要学会和大自然和谐相处，要学会和其他有机生物平等相处。但通过深入阅读作者的小说文本，我们还是依然能够感受到作者流露在字里行间的人类中心主义思想。比如作者笔下出现的野猪（《山野的秋天》）、狐狸（《热血》）、山鸡（《毛栗球》）等动物，作者关注和叙写的是这类动物对人类家园的侵犯和骚扰，对人们的生活产生的负面影响，并没有意识到或者无意间遮蔽了这一事实：其实是人类为了生存和繁衍，首先侵犯了动物的家园。因为生物进化论告诉我们，其他生物是先于人类存在于大自然中的；同时，我们依然能够捕捉到传统文化中长期形成的动物观念对作者的影响。

在小说文本中，作者对动物的好坏、善恶、美丑的判断，是基于它们是否对人类有益或者有用上。比如，野猪到处乱闯，损害农民的庄稼，给农民的生活带来了很大的困扰，所以在作者笔下，野猪的形象就是凶残、荒淫无耻和丑陋的。"野猪是凶猛的山中霸王，它们像村子里四处游逛的野狗，到处乱闯，破坏着人们的幸福与安宁。因为有着犁地的长嘴和匕首般尖尖牙，它们常常恃强凌弱，像车匪路霸地痞流氓，搞得人心惶惶，它们还在光天化日之下做爱，群婚乱交，不守公德，弄得清新空气污秽不堪，最可恨的是它们欺负农民，一个晚上就把山坡上已经成熟的玉米糟蹋精光。"② 干狗（狐狸）"严重威胁着村子里的养鸡事业"，在作者笔下，干狗就成了骚臭的、狡猾的"强盗"（《热血》）；黑豹十年间"咬断过二百只狐狸的喉管，配合主人猎获过一百只野猪。它在刚开始灌浆的包谷地里，逮住过五十只獾子和豪猪。至于野鸡呀，灰毛兔哇，草鹿和鹌鹑，在它手里丢掉性命的，更是不计其数"③，黑豹在作者笔下就成了龙王村"最忠实的卫士"和猎人张三叔"最得力的助手"（《退役军犬》）；红豺捕杀野猪，帮助农民保护庄稼，红豺还带"我"挖到了上等的天麻，红豺在作者笔下是灵异之物，是自由的精灵，其形象则是聪慧和美丽的（《红豺》）。

另外，为了突出某一动物、赞美某一动物，就贬低和它相对的动物。如《红豺》中，为了突出红豺的自由、灵性，就说"野猪是凶猛的山中霸王，它们像村子里四处游逛的野狗，到处乱闯，破坏着人们的幸福与安宁"；在《退役军犬》中，为了突出退役军犬黑豹的勇猛和忠诚，就说"狮毛狗是狗类中那种无所事事的小市民，除了会偷嘴和瞎汪汪外，没有别的本领"，红尾巴狐狸是"无耻强盗""窃贼"和"穷凶极恶的响马强盗"；在《牧鸡奴》中，为了突出"牧鸡奴"猎狗狮毛的英勇和忠诚，就把看门狗"巴耳朵"描述成一只讨好献媚、低三下四的"猥琐狗"："成天除

---

① 李传锋：《李传锋文集（散文卷）》，武汉大学出版社2018年版，第974页。
② 李传锋：《红豺》，载于《民族文学》2003年第1期，第8页。
③ 李传锋：《退役军犬》，文化艺术出版社1986年版，第213页。

了盯着厨房的窗口外，就只知道喷着伤风的鼻子跟在老太太后面献媚讨好，或者低三下四地用舌头去替人打扫小孩的屁股。"《最后一只白虎》中，为了突出小白虎百兽之王的威仪，就说猴子是"尖嘴猴腮的猢狲"。孰不知，在大自然母亲眼中，每一种生物都是美好的，它们以各自独特的生活习性和生存方式维持着自然母亲的健康与长寿。

对于山野林莽来说，每一种植物和动物，包括人类，都同等重要，缺少任何一种生物都是一种缺憾，都是一种不足，都是生态失衡的表现。所以我们人类要学会像山野林莽那样思考，把山野林莽中的一切生物都视作和我们人类是平等的，都是自然大家庭中的一员。它们没有高低贵贱之分，没有主次亲疏之分。正是因为有了它们，大自然才能真正成为我们"五光十色、丰富多彩的家园"。如果失去了这些动植物，自然家园将会荒芜，丧失生命活力，人类也将会陷入无穷无尽的虚无和孤独当中。我们和自然万物是一荣俱荣、一损俱损的关系。

浅析李传锋《白虎寨》中的女性形象

张 东[①]

  研究恩施民族文学不得不谈的人物——李传锋，是恩施籍的土家族作家，曾凭借《退役军犬》和《白虎寨》两次获得少数民族文学最高奖"骏马奖"。他早前的小说大多是关注动物，通过塑造个性化的动物形象，反映人类活动与自然生态之间的紧张关系，观照人与自然的和谐，他是国内著名的动物小说家。

  在《白虎寨》这部小说中，作者一改驾轻就熟的动物小说体裁，着眼于"三农"问题，通过白虎寨进城务工返乡的年轻人——幺妹子，带领一群年轻人改变古老寨子的落后面貌的故事，描绘了土家山寨在新农村建设中的巨大变化，塑造了一群鲜活、丰满的土家新人形象。

  近几年李传锋的热度不减，研究他作品的人也不在少数。研究者们在阅读研究《白虎寨》时，主要侧重于其中丰富的民族文化精神和浓郁的鄂西地域特色。邓斌曾说《白虎寨》是浪迹城市的山民后裔的一次灵魂回归，更多的评论家说这是一首关于新农村建设的赞歌，真实反映了中国农村问题，也有评论者关注到作品中的民间文艺，李莉曾关注其中的民间歌谣、民族工艺、民俗礼仪，认为作者通过民俗的变化体现生态环保理念。当然，关注到其中民俗的还有袁仕萍、李永密等。

一、建设的主导者

  幺妹子是白虎寨的女支书，是新农村建设的领导者，她有胆识，敢作敢为、有眼光和胸怀。

  《白虎寨》的故事始于2008年的金融危机。从美国刮过来的这场金融风暴，使得很多工厂倒闭，工人们被迫另谋生计，其中就有幺妹子她们所在的昌华鞋业。幺妹子们不得不回到自己的家乡——落后、贫穷的白虎寨。白虎寨的贫穷是地势造成的，这里有一个天然的屏障——敲梆崖，不通水不通电，买个摩托车骑到了敲梆崖下，还得请人往上抬。

  城里生活虽然辛苦，但打工期间的幺妹子过惯了，回到村里还不大适应。要花一整天时间去收拾屋子和打扫卫生；洗澡要用脏兮兮的木盆；好不容易洗干净了盆，又发现烧的水飘着一层油；还有苍蝇到处飞的厕所。这些都让她对白虎寨有了莫名其妙的情绪。去腊香家吃酒，吃出了差距、吃出了不满，也吃出了不甘。

[①] 张东，重庆三峡医药高等专科学校教师。

被金融危机逼回白虎寨的幺妹子和春花、秋月、荞麦，本想准备回家等一段时间再外出打工的，但是，面对着落后的白虎寨，看见病中的父亲都还时刻地惦记着村子的发展，在金大谷和小伙伴的怂恿下，在父辈们的支持下，幺妹子当上了村支书。

幺妹子从小生活在白虎寨，有着土家人勤劳质朴的品格，外出打过工，见过世面，当过领班、线长、经理助理，有管理能力，又出生在"干部"家庭，从小受支书父亲的耳濡目染，这为她当上白虎寨的村支书奠定了基本的条件。

幺妹子作为村里的支书，是一个有长远眼光的基层干部，当大谷说弄个农技员来没用，需要钱，有了钱，什么事都能办的时候，她说："钱总有用完的时候，科学家能送来会生钱的知识。"① 话说得简洁有力，不卑不亢，眼光长远，也敢于担当、做事果断，不犹豫。当下就带领春花等人设计将县里分配给其他村的农技员"请"到了白虎寨。

幺妹子一心一意为改变古老的山寨而奋斗，但作者并没有将她塑造成一个新时代的英雄。作为一个青年女子，面对村里的各种矛盾、鸡毛蒜皮的小事，如第一次种植魔芋出现软腐病、罗红星死后的财产分配、修蓄水池工程出了质量问题等，都让她手足无措，表现出不成熟的一面，甚至好几次都想不干了再外出打工，逃离这片土地。她甚至还不懂得基本的法律，当得知粟五叔的儿子粟米被他同学骗去传销，就和粟五叔一起到长沙的郊区将粟米绑回来，回来的路上被警察发现，差点犯了非法拘禁罪。

小说还重点描写了幺妹子和金大谷的爱情，这些描写丰富了幺妹子的个性。她喜欢大谷的淳朴善良，自己不在家的时候，大谷帮忙照看生病的父亲，帮着种地和挑水弄柴。但她不喜欢大谷的粗俗，常劝大谷多读书，要出去见见世面。她在矛盾中犹豫着：金大谷很支持幺妹子的工作，写给她的情书也在心中生出无限热浪，可是大谷要检查她的"包装"，这种行为像触了电似的，让热情一下子冷却下来。小说提到老支书去世后定了日子冲冲喜，因为罗家和老赵书记到访、修公路的事耽误了，幺妹子又推到敲梆崖通了公路再说。最后，敲梆崖通了公路，但幺妹子和金大谷的婚事却没有尘埃落定，正是这种犹豫和矛盾，将土家村落改革的领导人幺妹子写活了，也将她塑造得更加丰满。

二、建设的同行者

春花、秋月、荞麦，是和幺妹子一起外出打工，一起回到白虎寨的好伙伴，她们是幺妹子的闺蜜加死党，全力支持幺妹子，扮演着白虎寨新农村建设的同行者形象。

---

① 李传锋：《白虎寨》，出自《李传锋文集：长篇小说卷》，武汉大学出版社2018年版，第36页。

春花是一个敢爱敢恨、聪明漂亮、能干又痴情的土家妹子。穿着土家绣花红袄的她在"抢"农技员的过程中是先锋，在通电、种植魔芋等活动中，都是主力。春花最让人感动的地方就是她的爱情故事，第一次在三峡的轮船上见到向思明的时候就爱上了他，害了"相思病"。在"春情山野"一节，作者重点描绘了春花的爱情观——不管不顾。她不顾自己和向思明一个农村一个城市的区别，一个知识分子一个农村文盲的差距，"为了他，春花忘了给爹爹做饭，忘了给弟弟送秋衣，忘了给菜园子施肥，专注于梳妆打扮"。① 春花的爱情观就是土家女儿的爱情观：热烈、大胆、主动，只要爱，其他任何东西都不能阻拦。每次都是她主动地追求向思明：在白虎寨见到向思明就说他是那个"相思病"；递给向思明温热的野鸡蛋，那其实是春花那颗火热的内心；给他送绣花的鞋垫，并说要是愿意，可以为他做一辈子鞋垫。春花的泼辣大胆，敢爱敢恨，让向思明一时不知所措。他们的爱情最震撼人心的地方是向思明被马蜂蜇了之后，春花从自己青涩苹果一样的奶子里挤出不知是奶还是血的液体给向思明治疗蜂毒。土家姑娘对爱情的执着和无私付出，将常常犹豫的向思明打动了，震撼于这样的经历，向思明深深爱上了这美丽、大胆、执着的土家妹子，最后春花这棵"梧桐树"留住了向思明这只"金凤凰"。

秋月是一个伶牙俐齿、温婉而有文气、追求上进的姑娘。整部小说中秋月出现很多次，每次出现都是很温和的场面，连和金小雨谈情说爱都显得那么绵长。父亲曾是一村之长，有一个整天叽叽喳喳的母亲，秋月丝毫没受到影响。高中念完就被母亲送到南方去打工，凭着自己吃苦耐劳地工作，挣回来五万块钱。虽说回到了白虎寨，有着土家人质朴的秋月仍然向往着城市的生活。秋月和幺妹子、春花去交通局问修公路的事，遇见色狼，幺妹子巧妙机智地化解了难题，但秋月却说"也许，人家是真想请我们唱歌哩"。单纯善良的小姑娘形象跃然纸上。秋月也是幺妹子的忠实拥护者，幺妹子要搞魔芋高产试验，村里其他人都持观望态度，唯独秋月，把家里的一块好地，呼啦啦地就种上了魔芋。她们娘俩上演了一场嘴仗，两人你一句我一句的争吵展现秋月伶牙俐齿的一面。秋月还是个积极上进的姑娘，通过自己的努力，最终被华中农业大学录取，实现了自己的大学梦。

荞麦是一个豪气、有担当、能为朋友挺身而出、美丽能干的已婚女人。荞麦穷苦出身，为了成全哥哥的婚事不得已嫁给龚老虎。她不甘心住在阴暗潮湿的旧房子里，外出打工攒钱回来修了村子里的第一栋洋房。她爱干净，讲卫生，不洗澡不上床睡觉。她有胆量，肯为朋友着想，在外打工的时候，牺牲自己救下了秋月。为了让姐妹们安心出门打工，她答应帮忙照顾都无队长和老支书，解决她们的后顾之忧；为了顾全未婚女支书的面子，甘愿被村子里的人指指戳戳。她也是个拿得起放得下的女人，到广东去打工，被老板看上，从山里的"一婆"变成了城里的"二奶"，等

---

① 李传锋：《白虎寨》，出自《李传锋文集：长篇小说卷》，武汉大学出版社2018年版，第254页。

攒够二十万回到村里后，仍然生活得自由自在。荞麦的善良不是一味地忍让，村子里谣传她卖淫的多了，她毒火攻心地臭骂一通，这里面既有对嚼舌根的人的回骂，也是在倾诉自己所受的委屈。荞麦身上还有着新一代农民的现代意识，她积极接受新事物，学着城里人养起了萨摩耶；出钱牵了网线，安了电脑，在网上做起了生意。

在春花、秋月、荞麦几位回乡的打工妹身上，我们不仅可以感受到土家姑娘独特的性格，更能从她们身上感知新时代女性意气风发的正能量。

三、建设的护卫者

如果说幺妹子、春花、秋月、荞麦等年轻人是白虎寨新农村的建设者，那么幺妹子妈和胡喳喳就是农村变化的见证者，他们几十年来都生活在贫穷落后的白虎寨，也看到了新白虎寨的光景，是不折不扣的卫道者。

幺妹子妈是一个能干的土家妇女。她美丽：是求婚男子眼中的"七仙女"。她能干：会土家织锦，一辈子的兴趣都在织机上，十六岁时就成为远近闻名的织锦能手，织造了自己的全套嫁妆；还会做婴儿虎头帽，在腊香的村子里为白虎寨的高亲扳回了一些面子。她孝顺：她答应覃建国和他结婚的第一个条件就是要覃建国上门帮她养老。她勤劳：她背着两个儿子，既要孝敬父母，又要哺育幼儿，而丈夫因为是村支书，长年在外面跑，她屋里屋外一把抓，尽管如此，日子过得清苦，却也没有怨言。她传统：担心自己的女儿成天跟着陌生男子跑被人说闲话。当她在说起自己与覃建国结婚的时候，显得很平静，显然是一个久经岁月的农村妇女，接受了命运对自己的安排。她一生忠于爱情忠于织锦，到老了，成了文化建设的代表人物，成了民间工艺人才。

胡喳喳，是一个下乡的老知青，因为话多而得名。她也是封建传统的代表，因为觉得女儿读再多的书都是别人家的，所以当女儿秋月高考完提出要复读的时候，她没同意，让女儿南下打工去了。当她听到幺妹子在厂里当了管理干部的时候，痴痴地想了一会，不屑地说自己曾经也是管理上百号人的"铁姑娘队长"，不服输的劲头展现得淋漓尽致。她是典型的大嘴巴，墙头草，好搬弄是非，在村子里整天到处说三道四。看到花花的文胸、肉红色的三角裤，她就说那不是正经女人穿出来的东西，还到处说幺妹子和荞麦挣的不是干净钱。最后因秋月在幺妹子的帮助下考上了大学，也缓和了关系。

胡喳喳的人生也充满了波折。父亲去世，母亲靠给人洗衣服维持生计，本想靠着她读完书有了工作，生活也就有了指望，后来因为"文化大革命"，打碎了这个穷困家庭的美梦。胡喳喳被造反派的头头和唐先富糟蹋了，日渐隆起的肚子再也包不住了，城里姑娘嫁给了一个"贫下中农"，从城里的女中学生变成了白虎寨的农妇，等她带着省吃俭用省下来的粮票回到城里的时候，母亲已经组建了新的家庭，不待见她，她又只好回到这个穷苦的家庭。

小说中还有男人出去打工十年杳无音信的赵寡妇，在当时，男人不在家，女人就得守着自己的身子，即使丈夫不知生死，旧社会男性对女性道德的绑架，使得她一直痴痴地守望着她的男人。还有白萝卜，原本和刚而立是相爱的，却因为父亲觉得刚而立成分过高，不同意这门亲事，但最后还是有情人终成眷属。岳父也接受了刚而立这个女婿，白萝卜和刚而立组成了新家庭，日子过得红红火火。

　　李传锋是一个男性作家，塑造了众多女性形象。在传统观念里，女性没有发言权，甚至上不了台面，幺妹子家里来了客，幺妹子妈都不能上桌吃饭。胡喳喳将幺妹子和荞麦的"鬼东西"到处宣扬，将她们在城里打工是卖淫的消息传得沸沸扬扬，村里人就觉得她们挣的钱不干净，好事的人还围着新房子指指点点。但当幺妹子说出要不是因为白虎寨穷，要不是因为女人被逼着像男人一样去挣钱，她们就不会在外面受欺负的时候，大家也都释然了。

　　同样忍受着委屈的还有幺妹子，虽说是村支书，但是当金大谷说乡里还没有一个女人当官的时候，要检查幺妹子"包装"的时候，得到了幺妹子却不去安慰她的时候，我们都看到的是敢作敢为年轻女支书柔弱的一面。弱势的女性群体有时候不得不忍受来自男性的歧视。

　　《白虎寨》着意描写大山深处的土家新女性，她们带领村里人修通了路，发展了产业，增加了收入，建设了新农村。但作者并没有将人物神化，文章中弥漫着农民的喜怒哀乐和日常生活气息，有生老病死，有情爱的困扰，也有家庭的矛盾和纠纷。

　　李传锋用生动的现实主义手法，描绘了土家山寨的新农村建设图景，塑造了一批社会主义新农村建设有血有肉的女性形象，她们有责任心、大胆、上进，敢爱敢恨，为新世纪少数民族文学画廊增添了土家族女性新形象。

《白虎寨》的建构之美与行文之韵

刘颖迪[①]

土家族作家李传锋的长篇小说《白虎寨》是新世纪以来较重要的一部乡土小说。小说讲述了返乡青年幺妹子留在家乡白虎寨带领乡亲脱贫致富的故事。小说里,作家塑造出了一个宛若真实存在的"白虎寨",用生动自然的笔触将读者带到那个落后但欣欣向荣的山寨中。本文试图从叙事学的视角来探析这部小说独特的美感和内容要素间的建构,以及作者在文本中所呈现出的行文之韵。

一

《白虎寨》展现了新时代独特的乡土风味,有着独特的美感。具体来说,有以下几个突出点。

首先是消除读者的距离感。以往不少乡土小说,或是创作年代较为久远,或是作者选取了较为特殊的年代作为背景,往往带给读者一些疏离感,仿佛老电影、老照片一样,将读者隔在一堵透明的屏幕后面。《白虎寨》这部小说的背景是2008年经济危机之后,这是很多读者亲身经历过的,记忆犹新,让人有身临其境的感觉。

其次是民族色彩浓厚。《白虎寨》是少数民族作家创作的一部优秀的乡土小说。"白虎寨"是一座充满恩施土家族色彩的村寨,旧时是当地土司统治的核心区域,留下了丰富的历史遗迹,更有白虎神的传说,增添了神秘色彩。村中的妇女纺织西兰卡普的传统,"二叔"的"活葬"变"死葬",小说通过这些情节把土家族特色表现得淋漓尽致,带给读者新奇感的同时也传播了民族文化。

再次是乡土味十足。不少作者在创作乡土小说时,带有一种"六经注我"的意味,往往是以"我"为主的,乡村只是作为一个背景环境存在,忽略了"乡土"这一主题。而《白虎寨》这部小说的各个要素都是围绕"乡土"来展开的。小说故事情节基本发生在白虎寨中,小说人物以农民、乡村干部、返乡青年、扶贫人员为主,小说的主题则是新时代青年用新技术带给农村的发展与改变以及新旧思想的一些碰撞。可以说,整部小说都与"乡土"密不可分,寄托了作者对乡村建设的一些思考。

然后是活灵活现的人物描写。《白虎寨》这部小说以幺妹子为视点,展现了新时代乡村现状和形形色色的村民,其中不少角色都给人留下深刻的印象。比如把一生献给白虎寨的老支书,孑然一身为战友守墓的无名老红军,夹在城市与乡村之间的

[①] 刘颖迪,湖北民族大学文学与传媒学院2022级硕士研究生。

返乡女青年荞麦、秋月,性格、作风不同但都一心为民的乡镇干部彭长寿、向思明。小说中出场人物众多,但主要角色都有鲜明的特点,作者从语言、心理活动、行动等多方面赋予了他们生命。

最后是真实性和艺术性的结合。作者自身有着丰富的生活经历,还经历过不同时代的乡村,这使得他笔下的角色都充满了厚重感,如同一个真实人物被记录到了纸上。乡村有着独特的环境,孕育出有别于城市的文化传统,也诞生了适应乡村生活的思维逻辑。而要把真实感写出来,就得把握这一逻辑,作者的笔触可谓十分精妙。文中返乡青年们回到家中,从刚开始的喜悦,到对未来的担心,再加上家乡文化生活的空虚,最后爆发出集体性浮躁,导致了一系列脱序行为。这些在生活中并不罕见,作者能够提炼出来,并用文笔进行加工,保留了真实性的同时加入戏剧化的冲突,在艺术层面上得到升华,又用生活气息十足的语言拉近小说与现实的距离,使真实性与艺术性完美结合。

二

作者能把小说写出独特的韵味,除了自身深厚的笔力与丰富的生活经验外,还与作者对小说内容要素的巧妙构建有关。

第一,小说的主题、母题以及问题的巧妙搭配。一部小说中,母题是同题材相关联的,存在于其中的一种客观现象与情景,它既具有语言上的意义,也具有结构上的意义。主题是对这种客观情景与现象的一种个人阐述与发挥,即主题是母题的个人化。问题是从这种个人化中抽取出来的一种观念范畴中的成分。概括地说,母题是主题的基础,主题是问题的舞台,三者之间存在着一个从具体到抽象的递增过程[①]。在《白虎寨》中,小说的母题是本土依恋,主题是发展与改变,问题是为何会如此以及如何去改变。

小说的母题是本土依恋。主要情节发生在白虎寨中,作者赋予了这座山寨特殊的意义,村里物产丰富,有最好吃的腊肉和粽子,是让书里众多角色安心的家乡。与之作为对比的是外面的世界,即城市,充满了各种意外与令人不安的因素。书中两个人物——幺妹子和覃先富的经历很明显地反映了作者对于本土依恋的倾向。首先是"离不开"的幺妹子。幺妹子在打工期间学习了技术和管理经验,被老板看好,在城市里工作、生活游刃有余。反之是她在村里被乡亲们误会、选举失败,一次次地被往外推,最后依旧留了下来。然后是"想回家"的覃先富。在村里人看来,覃先富不愿待在白虎寨,爱往城里跑,他自己也说在城里才赚得到钱,但实际上覃先富在城里过得并不如意,被人用假钞欺骗后又被冤枉,充满了辛酸与无奈。这两个人的经历实际上是两种普遍的经历,在异乡被排斥、对家乡有依赖。幺妹子几次离家失败,表面上有感情、照顾父母等多个原因,究其实质,还是其对家乡无比熟悉无比习惯后的依恋

[①] 徐岱:《小说叙事学》,商务印书馆 2010 年版,第 140 页。

感。覃先富在城市的遭遇也可以说是离开熟悉的地方后不适，又无法融入新环境，刺激其迫切回到原有环境。读者能明显看出白虎寨中的覃先富充满自信，城里的他则浑身焦躁，这也是环境带来的影响，即对本土的依恋和对异乡的排斥。

小说的主题是发展和改变。小说中，白虎寨是全省都排得上号的贫困山村，如何改变这种现状的思考与实践贯穿全文。从时间线上考虑，最早的改变发生在中华人民共和国成立以前，当时白虎寨的人民响应了红军的口号，积极投身革命，青壮年们参军，老弱妇女负责照顾伤员，还有人为了掩护伤员撤退而牺牲；第二代以老支书为代表，他们认为白虎寨穷的根源在于交通，于是花大代价修路，结果打不通敲梆岩，赔得血本无归；第三代以村长覃先富为代表，一切向钱看齐，身为村长却长期在城里务工，把能要来款项视为有本事；第四代以幺妹子、农技专家向思明为代表，他们努力的方向是完善基础设施，发展支柱产业。白虎寨寻求改变是故事情节发展的内在动力，是整部小说叙事的核心，也是作者对母题本土依恋的个人化阐释——对家乡越是依恋，就越要用自己的双手把家乡建设得更好。因此，改变和发展是小说的主题。

接下来是小说的两个问题，一个来自过去，一个在于未来，即为什么白虎寨会落后，以及未来如何做。问题同样是和主题相连的，是主题的外延，关键在于需要什么样的主题和限制主题的权力。第一个问题，从物理层次讲，白虎寨地形封闭，交通阻塞，没有支柱产业；从人文角度上来说，缺乏技术人才，人心不齐，思想上有惰性；另外还有外部原因，城市优先发展，挤压了乡村发展空间，这些问题造就了小说改变和发展的主题。对关于未来的问题，作者安排了顾博士和向思明的对话来表述。白虎寨风景优美，还留有许多传统和遗迹，所以顾博士认为应该保留这些，不惜放缓些脚步。向思明则认为白虎寨迫切需要改变现状，不仅要通路、通水、通电，还要大力发展魔芋产业，能变尽量变。这个问题具有普遍意义，是一味地改变，还是应该有所保留？这也是对主题的一个限制。

母题、主题、问题三者联系紧密，相互交叉渗透，在《白虎寨》中尤为明显。本土依恋母题与乡土小说这一题材联系紧密，是全书的核心，也是书中人物行为的原动力；发展与改变的主题是对本土依恋母题的个人化阐释，即让家乡变得更好就是在热爱家乡；两个问题则是从主题中阐发出来的，一个是缘由，一个是未来。这三者搭配十分精致又不显刻意，自然而然地展开，为小说定下基调。

第二，小说的人物塑造得多姿多彩。《白虎寨》中出场人物众多，除了一部分工具化的边缘角色，大部分人物都被塑造得有血有肉、个性鲜明。按照角色的身份，可以分为以下几个群体：新型乡村女性，历史残留人物，乡镇干部以及普通村民。

作品中新型乡村女性的代表就是以幺妹子为首的返乡女青年们。她们是处于夹缝中的一个群体：一方面她们生于乡村，长于乡村，被打下了牢牢的乡村刻印；另一方面她们在城市里长了见识，学了技术，思想也悄然改变。她们成为"中间人"，回到家乡令她们开心，但家中的落后和看不到希望又让她们感到厌烦，她们渴望城市里的花花世界，却又无法融入。她们自然而然地会与老一辈发生冲突，首先是思想观念上的。有过城市生活经历的她们，婚姻观、贞操观与传统观念格格不入，关于爱情、婚姻、家庭的争吵经久不息，村里还爆发过关于"赚脏钱"的流言。然后是地位上的，这些女青年有见识，学过技术，做事雷厉风行，但受限于传统，除了幺妹子当上村支书，其余人依旧处于人微言轻的状况。总之，她们有新的一面，也还保留有传统的一面，是山寨沟通外界的信使，也是最迫切希望山寨改变的群体。

历史残留人物指的是过去特殊历史时期的思想在现在的映射。金幺爹的"摆古"，代表从土司时期流传下来的古老而传统的土家文化，是土家传说和历史的表现；无名老红军代表革命先辈，他们为了建设新中国抛头颅洒热血，也代表白虎寨人民积极投身革命时无所畏惧的精神；老支书覃建国代表老一辈为建设家乡无私奉献的精神。如今，他们或是被人淡忘，或是因老因病力不从心，或是被新物件电视、电脑所取代，但这不代表他们已经被时代所抛弃。他们是白虎寨历史的见证者与文化的传承者，没有了他们，白虎寨就丧失了自身独特的一面，也就泯然众人了。

作者对于乡镇干部的刻画也十分精彩，其中最有意思的就是彭长寿和向思明正副乡长的对比。彭长寿是经验丰富的老干部，其形象具有两面性：年轻时放弃回城打算在乡下干一辈子，年纪大了却想着挪一挪，给县书记送礼；能干实事，不摆架子，但又对面子工作和应付检查十分在行；工作作风粗糙，有些小毛病，大家却都愿意听他的。向思明和彭长寿的对比非常明显，作为农业科技副乡长，私德好，做事专注，愿意传授技术，很多人却不愿听他的。这两种干部是具有互补性的，新时代发展离不开技术，有经验的老干部对技术推广能起到事半功倍的作用。

作者将普通村民形象正反两面都表现得很充分。比如金小雨，他愿意学习，思维敏捷，但也爱玩，差点弄丢了村里集资修水窖的钱。这也是白虎寨绝大部分村民的一个写照，有愿意上进的，但也有好赌博、不爱干活的懒汉，如何让他们团结起来，就是白虎寨村委会面临的困难。白虎寨安装变电器时，面对瓢泼大雨，在幺妹子等年轻人的组织下，在队长号角声的鼓舞下，大家伙一起努力把变电器抬上山崖，安装到寨子里。作者用这段情节表现出他们的潜力，建设家乡离不开他们。

第三，小说的情节设置得自然合理。小说不等于故事，故事所描述的是时间生活，指的是客观世界的外部生活，小说强调的是价值生活，也就是人的主体的情感生活。《白虎寨》这部小说从幺妹子返乡，再到当上村支书，想办法脱贫致富，情节上并没有太多精心设计的痕迹，反而有种平铺直叙、自然而然的感觉，其中有几处波折，也很快就带过了。而在情感描写上，作者下足了功夫，比如向思明跟春花的互动，就设计了大量的小细节。春花不直接看向思明，而是拿着一面镜子，通过镜子去看，这表现出春花虽然爱慕向思明，但因为家里穷，自认为配不上，所以不敢表达情意。不过，价值生活终究还是被包含在时间生活里的，小说不能单纯表达情感，还要有一定的故事性。所以白虎寨这部小说情节上虽然比较平淡，但依然严谨有序，逻辑自洽。比如经济危机促成了幺妹子们返乡，土司的传说把顾博士带到白虎寨，白虎寨的发展又离不开西部大开发、精准扶贫等政策的支持。

三

  鲜活新颖的主题，丰满的人物形象，合理的情感表露与故事性，这些要素使《白虎寨》成为乡土小说和少数民族小说的优秀代表。作者对于这些要素的规划和构建，使小说充满了韵律之美。

  一是悠然自得与迸发向上的二重唱。苗书记曾用八个字形容白虎寨"山清水秀，经济落后"，这八个字基本概括了白虎寨的现状，这种现状也使得白虎寨同时存在着悠然自得与迸发向上两种精神面貌。因其山清水秀，村里的人过着慢节奏的生活，天气好的时候上山踏青，过端午节聚在一起包粽子。因其经济落后，急需发展，在幺妹子回村当支书后又显露出风风火火的一面，通电、通网、通水、通公路，还发展魔芋产业，山寨呈现出万物竞发的势头。这两种状态不是对立而是共存的，一快一慢，白虎寨飞速变化中，时常又会调整节奏慢下来，避免变得面目全非。

  二是主旋律与情感成衬腔式结构。小说的主题是发展与变化，主旋律自然是在发展经济、治理山寨上面，中间也穿插着不少男女感情描写。涉及主旋律时，文字风格干净利落，奋发向上，让人有心潮澎湃之感；而涉及感情部分，节奏就会舒缓下来，好比一曲女低音独唱，婉转缠绵，使读者精神放松。两者分开并行，但不是完全平行的两条线，也有汇流的时候。比如一开始春花不敢表露情感，就是因为家里太穷而自卑；金小雨感情不顺，也是秋月家嫌金家太穷、金家两兄弟不会赚钱。这个时候两边节奏就会趋向一致——发展经济、摆脱贫穷，感情生活才会顺利。

  三是传承文化历史与发展经济的大合唱。白虎寨过去是土司的老巢，还是革命时期红军伤员的避难所，留下了丰富的人文景观，有土司墓葬、烈士墓，还有摆古、撒尔嗬、西兰卡普等多种非物质文化遗产，不仅种类繁多，还有清晰的脉络可寻，这些需要当代人继承和传扬。同时，经济发展也是白虎寨必不可少的，经过幺妹子、向思明等人的不懈努力，逐渐明确了白虎寨发展的方向和未来。所以这两条线就像合唱团中的两个声部，作者还安排了顾博士和向思明作为两条线的代表，就像两个声部首席。幺妹子作为小说主角和白虎寨支书，就如同指挥一样，让两个声部发挥出各自特色，相互配合，奏响时代的强音。

  四是白虎寨的独奏。"白虎当堂坐，当堂坐的是家神。"[①] 在土家族传说里，有"坐堂虎"和"穿堂虎"的说法，"穿堂虎"是凶神，会给人带来灾难，"坐堂虎"是家神，会守护平安。战乱年代，白虎寨用险要的地形，为土司、红军伤员提供庇护；在经济发展年代，白虎寨又奉献出宜人的自然环境和丰富的物产。一代代人降生又离开，唯有白虎寨永存，独奏着专属自己的歌。而到了现代，白虎寨的乡民们需要靠着自身的努力，借用科技的力量，团结一致，才能谱出新的乐章。

---

  ① 李传锋：《白虎寨》，作家出版社2014年版，第20页。

英雄史传的主题引领与审美创造
——以恩施州四部"陈连升"作品为例

柳倩月[①]

  恩施是一片英雄辈出的热土,如古史传说中的巴蔓子、清朝的抗英名将陈连升、当代的"共和国功勋"人物张富清等。清朝嘉庆、道光年间,现鹤峰县邬阳关人陈连升,走上抗击英军侵略的前线,在广东虎门沙角炮台英勇牺牲。为了弘扬陈连升的爱国主义精神,恩施州政府鼓励、扶持作家为这位爱国主义英雄立传、为中华民族铸魂。2018年8月,"陈连升套书"由武汉出版社出版,包括田开林、田方的纪实文学《民族英雄陈连升》、杨秀武的叙事长诗《东方战神陈连升》、谭琼辉的历史演义作品《大将军陈连升》。同年12月,鹤峰作家宋福祥的长篇传记作品《陈连升传》初稿杀青,2020年9月,这部作品由团结出版社出版。至此,以陈连升英勇殉国的事迹为题材而创作的长篇作品就有4部了。4部作品在体裁形式、切入视角、写作手法、表现风格上各有特点,它们全方位地增强、深化了读者对陈连升英雄事迹的认知和理解,也很好地弘扬了爱国主义的社会主义核心价值观。下面在对这4部作品进行简要概评的基础上,分析、论述英雄史传类作品的爱国主义主题引领和艺术化审美创造两个基本问题。

一、陈连升题材长篇作品简述

  陈连升出生于现恩施州鹤峰县邬阳关乡,历任施南府协署把总、千总、守备,广东连阳营游击、增城营参将、三江协副将等职,在沙角炮台抗击英军侵略的战场上为国捐躯。其生平事迹简载于同治版《恩施县志》"忠义"卷。道光十九年,英国侵略广东,攻打虎门,其时镇守澳门的陈连升被调守沙角炮台。在陈连升的率领下,将士们严防死守、浴血奋战,然而,由于投降派琦善从中作祟,朝廷不仅不派援兵,物资上竟然只给了一桶火药。陈连升及六百子弟兵坚守炮台直至弹尽粮绝、壮烈牺牲。陈连升足智多谋、英勇善战,令侵略者胆战心惊,敬畏地称其为"东方战神"。陈连升众将士为国牺牲的英勇事迹彪炳青史,被虎门人民代代传颂,也令其家乡人民无比自豪、无比敬仰。在先烈们用鲜血换来的和平年代,一批受陈连升精神感召和影响的作家,激情满怀地拿起笔来为陈连升立传,4部同题材长篇作品先后出版,与2019年以来出版的《父亲原本是英雄》(田天、田苹著)等张富清题材作品共同

[①] 柳倩月,湖北民族大学文学与传媒学院教授。

筑成了恩施州英雄史传的厚重城墙。

由田开林、田方合著的《民族英雄陈连升》是一部具有报告文学特点的长篇传记作品。作者以尊重史实的态度，基于史料的耙梳，力图再现陈连升的生平轨迹与主要功绩。在写作上，这部作品精于剪裁，详略得当，因而作品主线突出、脉络清晰，情境、细节上做了合理合情的推理。全文如同简笔素描画，语言十分简洁质实，所以这部作品的特点是真实可信、线索清晰、叙事简要、风格质朴。对于不了解陈连升事迹的读者而言，先读这部作品，有利于更加迅速、相对准确地把握陈连升的一生行迹和主要功业。

诗人杨秀武曾经在鹤峰县工作过多年，对陈连升充满了敬仰之情。在长篇叙事诗《东方战神陈连升》中，他用近5000句诗行，生动形象地塑造了陈连升立志报国、抗击外侮、为国捐躯的英雄形象，激情满怀地讴歌了陈连升的爱国主义精神。诗人利用诗歌这种文体有利于主观抒情和剪切时空的特点，将自己追踪英雄足迹的历程以及所见所闻所感融入诗行，在"我"这个当代抒情主人公与古史传说中的英雄巴蔓子、南宋名将岳飞和清代陈连升之间寻求到一种精神契合与心灵呼应的境界。诗句在过去、现在之间快速转换时空，实现了对陈连升这个英雄人物的形象重塑与诗化再造。阅读这部深情讴歌陈连升英雄品格的长篇叙事诗，可以使读者更深入、更鲜活地体会到陈连升的心路历程和精神境界。

谭琼辉擅长按照通俗小说的写法创作军事题材作品及历史演义作品，他撰著的《大将军陈连升》属于英雄演义，具有历史书写与小说虚构叙事相结合的特点。这部作品在"传主"陈连升的生平事迹主线上基本上是尊重历史的，但更多的是大量吸收民间传说故事等材料并进行艺术转换，在故事情节、场景设计、细节呈现、主要人物心理及次要人物的塑造上，突破了史料的局限，大胆虚构想象。特别是在故事情节的设置上增强了传奇性，在场面的艺术化表现上追求画面感，所以这部作品具有很强的可读性。

宋福祥是长期耕耘在鹤峰本土的作家，他的传记文学《陈连升传》长达60万字，堪称鸿篇巨制。作为一个历史英雄人物，陈连升的生平事迹虽然有史志载录，但能提供更多细节的史料其实是相当有限的，比如《恩施县志》中记载的只有170余字。这部作品能用这么长的篇幅来讲述陈连升的一生，主要靠大量吸收民间传说故事并加上合理的推理与想象。作者在资料的获取上很下功夫，但凡相关史志记载、口传材料、实物遗存，皆按时间顺序整合于一个爱国英雄不断成长并最终殉国的故事主线之中，所以要论使用材料之丰富、人物之众多、情节线索之复杂，当属此著。

通过对已出版的4部陈连升题材长篇著作的简要介绍，可以看出作家们都在努力规避同一英雄题材的写作带来的困局。由此引发的思考则是具有启发意义的，即同题材英雄史传的创作，究竟应该如何凝练核心主题并通过审美创造来增强其艺术张力，使之成为既具有厚重的社会历史价值，也具有丰富的审美价值和较高艺术品位的精品力作呢？

二、英雄史传的爱国主义主题引领

什么是人民英雄？矗立在天安门广场上的人民英雄纪念碑上这样写道："由此上溯到一千八百四十年，从那时起，为了反对内外敌人，争取民族独立和人民自由幸福，在历次斗争中牺牲的人民英雄们永垂不朽！"习近平总书记多次表达对于英雄的敬意，他说，"一个有希望的民族不能没有英雄，一个有前途的国家不能没有先锋"（2015年），"一寸山河一寸血，一抔热土一抔魂"（2016年），"中华民族是崇尚英雄、成就英雄、英雄辈出的民族，和平年代同样需要英雄情怀"（2016年）。1841年1月15日，在虎门炮台为抗击英军侵略而英勇牺牲的陈连升，就是历史应该铭记的人民英雄。著名鹤峰籍作家李传锋在为"陈连升套书"所作的序文《英雄是我们民族闪亮的坐标——读陈连升套书兼论英雄写作》中，称陈连升"是1840年'鸦片战争'中最先牺牲的一个将军，也是英勇殉国的第一位少数民族将领。他是中国近代历史开篇继林则徐之后的又一个大英雄"[①]。

人民英雄最突出的人格特征就是在他们的身上体现出非常强烈的爱国主义精神，这正是社会主义核心价值观中"最深层、最根本、最永恒"的精神内核。习近平总书记指出："爱国主义是常写常新的主题。拥有家国情怀的作品，最能感召中华儿女团结奋斗。"[②] "实现中华民族伟大复兴的中国梦，是当代中国爱国主义的鲜明主题。"[③] 学者张江说："爱国主义既是中华民族十分重要的精神特质之一，是中国精神最集中、最鲜明的体现，也是历来文学艺术作品反复书写与颂扬的重要母题。"[④] 所以，以历史上的英雄人物为中心创作的史传类作品，要积极弘扬的正能量主题中，爱国主义精神至关重要。

有"国"才有"家"，有"中国"才有中华民族的存续，爱国主义精神的根本实质是这种精神超越了个人英雄主义和狭隘民族主义。一个真正的爱国英雄的成长史，往往体现为既脱胎于中国传统文化价值观中的忠义英雄观，又不断地摆脱个人恩怨、超越群体与阶层利益的冲突，最终升华为将国家利益、国族命运、人民福祉置于首位的精神蜕变历程。正如学者张江所说，爱国主义"表现为个人能够自觉地把自己

---

① 李传锋：《英雄是我们民族闪亮的坐标——读陈连升套书兼论英雄写作》，出自谭琼辉《大将军陈连升》，武汉出版社2018年版，序，第1页。

② 习近平：《在文艺工作座谈会上的重要讲话（2014年10月15日）》，中共中央宣传部《习近平总书记在文艺工作座谈会上的重要讲话学习读本》，学习出版社2015年版，第26~27页。

③ 习近平：《在十八届中央政治局第二十九次集体学习时的讲话（2015年12月30日）》，中共中央文献研究室编《习近平关于全面建成小康社会论述摘编》，中央文献出版社2016年版，第123页。

④ 张江：《实现新时代中国特色社会主义文艺的历史使命》，中国社会科学出版社2019年版，第171页。

的命运与民族的存亡、国家的兴衰、社会的文明进步联系在一起"[1]，已出版的 4 部陈连升题材的著作，虽然体裁不同、风格各异，但都突出了爱国主义主题，也都写出了陈连升人生境界不断升华的精神蜕变史，正是这一点，使得陈连升这个英雄人物形象熠熠生辉，也更加丰满。

在谭琼辉的《大将军陈连升》中，邬阳关时代的青年陈连升喜欢打抱不平，由于他失手杀了邬阳关的地痞马三，为了避祸而走恩施县城，正值施南府千总尹英图设擂比武，尹英图一句"只为保施南府广大百姓安康"，使陈连升"身体里有一股热流在沸腾"，他便"扒开人群窜上了台"。陈连升的武艺令尹英图印象颇深，由于他还协助尹英图抓捕到了狡猾凶狠的"采花大盗"，因此尹英图十分赏识他。他又因勒马救人而得到巡抚李世庆的关注与提拔，进入施南府。此后，智勇双全的陈连升在一次次为民除害的过程中声名大振，他也在这个过程中不断地开阔心胸、提升眼界。陈连升在与钦差大臣林则徐、水师提督关天培等爱国官员结识后，受他们的影响与感召，走上抗击外侮、报效国家的道路。收到林则徐的请兵书信，他义无反顾地说："现在开战在即，林大人需要我，我绝不能袖手旁观。"便带领六百勇士走上了战场，最终全部为国壮烈捐躯。正因为他是为国家而战，敢于在朝廷卑弱求和的恶劣政治环境中逆流而上，朝侵略者开炮，所以他是一个真正的爱国英雄。

在另外 3 部长篇作品中，读者也能感受到这位爱国英雄的成长过程。邬阳关时代的陈连升脑子里装的是江湖义气，是"报仇"；施南府时代的陈连升不断地除暴安良、剿匪除霸，他所除之"匪"中也有起义的穷苦百姓，他同情他们，为他们寻找生机，但在总体上仍然服从朝廷的命令，所以在走出施南界、走向海防前线之前，他主要是"为朝廷效力"。但是，乱世之中的所有地方冲突、阶级冲突，都不及国家遭受外侮。侵略者的坚船利炮，让这位热血男儿看到了国家的危难。林则徐的虎门销烟，让他看到了中国的脊梁。在朝廷节节败退、软弱求和、林则徐被革职的恶劣局势下，陈连升仍然带领六百勇士死守沙角炮台，浴血奋战，这时的他已经不是为腐败无能的朝廷效力了，而是为国家、为中华民族的存亡而战斗，而捐躯。这时的他就已经是一个真正意义上的爱国英雄了，在他身上，闪耀出足以照亮青史的爱国主义光辉。

可喜的是，4 部陈连升题材的长篇作品都强化了爱国主义这一核心主题。这也启示我们的作家，在讲述英雄人物的故事上，必须注意提炼其中的社会主义核心价值观，特别要在爱国主义的主题引领上下更深的功夫。

三、英雄史传的艺术化审美创造

习近平总书记指出："追求真善美是文艺的永恒价值。艺术的最高境界就是让人

---

[1] 张江：《实现新时代中国特色社会主义文艺的历史使命》，中国社会科学出版社 2019 年版，第 172 页。

动心，让人们的灵魂经受洗礼，让人们发现自然的美、生活的美、心灵的美。"[1] 以历代真实的英雄人物为原型创作史传类作品，要坚持历史唯物主义，在正确的历史观指导下理解历史人物和历史事件，要在唯物史观指导下讲述历史故事，但同时也要追求艺术化的审美创造，力求创作出真正的英雄史传类精品力作。

真实的英雄人物，其生平、功绩是相对固定的，受社会文化传统及时代风尚的影响，读者对该英雄人物也已经有了一定的认知。多部同题材作品，在主题、主要人物、核心情节上的"趋同"性，容易使阅读过程缺少悬念，但读者在展卷之时，又期待读到一个不一样的故事。这些都形成读者的接受预设，接受美学把这种现象称为读者的"期待视野"。考虑到读者的这种接受指向，作家在创作时既要兼顾这个英雄故事的宏大主题，又特别需要在审美创造上用心，因为真正能吸引读者阅读的，并不仅仅在于"你给我讲了一个什么故事"，更在于"你是怎么讲这个故事的"。

笔者在阅读4部陈连升题材的长篇作品的过程中，感受到英雄史传类作品的艺术化审美创造是一个难题。笔者认为，创作英雄史传类作品，要努力追求艺术创新。想提高作品的艺术品位，需要坚持三个"结合"，做好三个"取舍"。

坚持三个"结合"，即坚持历史真实与艺术真实的结合，坚持社会历史语境与人物命运的结合，坚持类型塑造与个性表现的结合。4部陈连升题材的长篇作品，在总体上做到了这三个方面的"结合"。

首先，以陈连升事迹及其相关历史事件为题材进行创作，必须尊重历史。但是，此类题材的创作，又不能拘泥于史料，因为再多的史料都难以完全复原历史真相及"传主"鲜活的人生。正如习近平总书记指出的"历史给了文学家、艺术家无穷的滋养和无限的想象空间，但文学家、艺术家不能用无端的想象去描写历史，更不能使历史虚无化"，"只有树立正确的历史观，尊重历史、按照艺术规律呈现的艺术化的历史，才能经得起历史的检验，才能立之当世、传之后人"。[2] 实质上，与陈连升有关的可靠史料并不多，他还未走出家乡鄢阳关的年轻时代的事迹，只有民间口传材料，并没有载录于史志古籍。也就是说，基于有限的史料而创作的纪实作品显然无法代替"信史"，敷衍成长篇作品的过程中更是加入了大量审美创造，这就意味着作家们在创作时必须坚持历史真实与艺术真实的结合，尤其是要把艺术真实作为价值目标，使之成为衡量作品真实性的艺术标准。

其次，一部个人史，就是一部社会史。讲述陈连升的英雄功绩，根本上就是通过他的个人命运来反映一个时代的国家、一个民族的命运，所以在创作中要始终坚持社会历史语境与人物命运的结合。在4部陈连升题材的作品中，可以看到中国传

---

[1] 习近平：《在文艺工作座谈会上的重要讲话（2014年10月15日）》，中共中央宣传部《习近平总书记在文艺工作座谈会上的重要讲话学习读本》，学习出版社2015年版，第27页。

[2] 习近平：《在中国文联十大、中国作协九大开幕式上的讲话》，人民出版社2016年版，第9~10页。

统封建专制社会走到封闭、极权顶峰之后的官僚、腐朽、衰败气象，也看到了西方列强的野蛮崛起，看到打向中国的坚船利炮是如何摧毁、侵略、盘夺着这个封建没落王朝的。正因为国家深陷危难、人民入于水火，有着一腔报国情怀的陈连升才会走出邬阳关，走出鹤峰，走出恩施，走到海防边境，由一个"报效朝廷"的地方将领成长为一名"报效国家"的爱国主义战士。陈连升作为一个真正的爱国英雄的精神感召力量也才更加强大。

再次，由于英雄史传中的英雄人物在精神品格上具有共通性，因此他们往往属于类型化的、标签化的人物。但是，作家更要注意到，英雄也是具体的个人，英雄形象能够感染读者的地方主要在于他具有丰富的人性，有其个性气质，他的共性精神品格需要通过个性化的方式表现出来。所以作家创作时要坚持类型塑造与个性表现的有机结合，要仔细揣摩、表现人物的性格，力争血肉丰满地写活英雄人物。在宋福祥的《陈连升传》中，我们可以看到作者非常注重塑造陈连升智勇双全的形象，除了突出他武艺高强之外，特别注意写他能够成为一名将领，与他足智多谋、善于学习、勤于反思等性格特点有很大关系。

在谭琼辉笔下，人物的形象是比较丰满的，他写陈连升为了报效朝廷而向来"遵令行事"，但也写出了陈连升对穷苦老百姓的怜悯与同情。作者通过虚构陈家养女、陈连升青梅竹马的妹妹白玉莲被恶人马六污辱，跳崖自尽但意外获救，成为"白莲教"女匪首，而马六却靠镇压穷苦老百姓而发迹、成为朝廷命官去执行剿匪任务的传奇情节，细致地写出了陈连升面对马六时矛盾重重的内心世界和极其痛苦的心理。白玉莲被捕后，在马六的淫威之下咬舌自尽，由于岳父尹英图斡旋，陈连升被迫强忍愤怒和悲痛，但是最终他在尹英图的帮助下杀死了马六，为爹爹和白玉莲报了仇。这一段虚构故事，写出了陈连升极其忍耐的个性，这就使这个英雄人物更加有血有肉了。

除了做好三个"结合"之外，再说说做好三个"取舍"，也就是在人物塑造的主次上、情节设计的详略上、场面描写的繁简上，要有取有舍，尤其要避免堆砌史料。在人物塑造的主次上，为了真正突出主要的英雄人物，应该精心选择次要人物。作家在讲述英雄人物的故事时，希望能够跳出既定人设和故事情节"撞梗"的局限，使作品更具有艺术张力，往往会大量虚构主要人物的日常生活和行迹交游，大量虚构次要人物，大量虚构引人入胜的故事情节和故事场景，如果把握不好尺度，过多的虚构必然会冲淡作品的"可信"度，也会导致人物过于杂多、线索过于复杂、场面细节失真等，对读者的阅读接受、理解认知会造成很大障碍。这就是说，英雄史传类作品的次要人物的设计，要做好取舍。同时，此类作品并不以追求情节的繁复和场面的细描为目标，所以在情节设计、场面描写上，也应处理好详与略、繁与简的关系。在这方面，田开林、田方合著的《民族英雄陈连升》，恰恰以取舍得当、行文简明取胜，给读者带来了非常顺畅的阅读体验。

第三，要努力追求艺术创新，提高作品的艺术品位。创作同题材英雄史传作品，必须进行艺术创新,要通过创新来提高作品的艺术品位,实现读者阅读接受的差异感、新奇感。4部陈连升题材的长篇作品,有田开林、田方合著的《民族英雄陈连升》奠定传记之基,有谭琼辉的《大将军陈连升》开传奇之道,杨秀武的《东方战神陈连升》则采用了长篇叙事诗的形式。《东方战神陈连升》在艺术形式上是完全创新的,全诗洋溢着诗人受陈连升精神感召的激情。诗人大胆展开丰富联想与想象,以及诗人丰富多变的诗法技巧,使我们在阅读这部作品时获得是一种全新的体验。应该说,这是一部艺术品位很高的精品力作。宋福祥的《陈连升传》非常厚重,但是由于已有同题材的长篇作品珠玉在先,这部作品就很难在艺术创新上出彩了。有了这4部长篇作品之后,其他作者如果要再写陈连升,在艺术创新上的难度将更大。笔者认为,从体裁形式上看,还缺一部质量上乘的剧作,其具体的表现形式可以是地方戏曲,也可以是音乐舞蹈剧、情景剧、话剧或电视电影剧本。

四、结语

作为一名从恩施州鹤峰县走出来的英雄人物,陈连升是整个恩施土家族苗族自治州人民的骄傲。他为国捐躯的爱国主义精神鼓舞着恩施人民努力奋进、报效国家。在恩施州还有获得"最美奋斗者""共和国勋章"的英雄张富清,他一生深藏身与名,响应党的号召扎根老少边穷的恩施山区。他的故事感动了千千万万人,文艺工作者们以这位老英雄的事迹为题材,创作了报告文学、诗歌、戏剧、音乐舞蹈剧等多种形式的作品。这些作品在讴歌英雄人物、弘扬爱国主义社会主义核心价值观上作用巨大。作家余秋雨曾说恩施是一片"藏龙卧虎之地",还有很多无名英雄隐藏在这片热土之中,寻找红色历史、发现英雄事迹,为更多英雄人物立传还大有可为。我们应该及时分析、总结恩施本土英雄史传作品的得失,为未来更好地讲述英雄故事提供借鉴。

民族英雄的当代史诗性书写
——评杨秀武的长篇叙事诗《东方战神陈连升》

庄桂成[①]

在中国波澜壮阔的近代史上，鸦片战争是其中的一个重要事件。战争虽以中国失败并赔款割地告终，但其间也涌现出许多英雄。土家族人陈连升便是鸦片战争中继林则徐之后的英雄人物，也是鸦片战争中英勇殉国的第一位少数民族将领，他作战勇敢，不怕牺牲，被英国侵略者称为"东方战神"。对于这样一位伟大的历史人物，长期以来却被文学史所遗忘，然而令人欣慰的是，恩施州作协近期出版了"陈连升套书"，其中《东方战神陈连升》以长篇叙事诗的形式，对土家族英雄陈连升进行了史诗性书写。

一、英雄崇拜的文学书写

从古至今，英雄崇拜都是一种普遍的文化现象，英国的托马斯·卡莱尔就认为："世界历史就是人类在这个世界上所取得的种种成就的历史，实质上也就是在世界上活动的伟人的历史。……整个世界历史的精华，就是伟人的历史。"[②] 虽然我们不能把英雄人物的作用片面加以绝对化，不能否认人民群众是历史创造者，但是，英雄崇拜应该是人们与生俱来的一种情结。笔者认为，诗人杨秀武的《东方战神陈连升》就是英雄崇拜的一种文学表现。

首先，《东方战神陈连升》叙写了陈连升的"仗义"。在家乡鄢阳关，陈连升有一帮拜把兄弟，他们有严谨的练武规矩，不惊扰民众，不违反规定，只为强身健体，守护家园和交朋四方。一天清晨，陈连升带一帮兄弟，寻找活靶子练雾中射箭。山边，一头漆黑的猪飙向田野，陈连升的一个兄弟将其视为一头野猪而射中，但是，这却是一头发情的家猪，刚从一栋吊脚楼里私奔而来。在这种情况下，"陈连升两脚生风/如腾云驾雾/他把自家吊脚楼下/刚怀上崽的一头母猪/双手抱到白虎寨/放到吊脚楼下猪圈里"[③]。兄弟误杀他人家猪，陈连升仗义用自家怀上崽的母猪抵上，"让吊脚楼的主人/目光里长出崇敬的藤蔓"。这只是陈连升众多"仗义"之事中的一件，

---

① 庄桂成，湖北省文艺评论家协会副主席，江汉大学教授。
② 卡莱尔：《论历史上的英雄、英雄崇拜和英雄业绩》，周祖达译，商务印书馆2005年版，第1页。
③ 杨秀武：《东方战神陈连升》，武汉出版社2018年版，第57页。

他以这种方式让自己与兄弟,在邸阳关烙下了名声的印记。

其次,《东方战神陈连升》还叙写了陈连升的"勇敢"。诗歌写到陈连升在清江险滩驾木排,陈连升的父亲陈万里认为这是一道鬼门关,"多少木排被撞成一根根木头,多少放排人在这里碎尸万段/多少个家庭在这里残缺/九死一生的画面/在陈万里脸上/折射出绝望的阴影"。但是,"陈连升反复望着人头山/山之上,露出黑色肌肉/露出英雄本色/一声不吭,模拟山的伟岸/在清江射出凌厉之气",最终,"庄重的木排如一副棺材/凝聚沉默的闪电/在死亡线上穿越/穿越恐惧,穿越想象/穿越没完没了的险滩/穿越无边无际的苦难",表现出了土家汉子的英雄无畏和勇敢。

最重要的是,这部叙事长诗写出了陈连升的忠诚爱国之情,这是作为一名英雄最重要的品质。19世纪的中国积贫积弱,面对入侵的装备精良的英帝国主义军队,他毫不畏惧,坚决主战,要拒敌于国门之外。此时,他已是六十有三,早过花甲之年,但是,当湖广总督要他去虎门前线作战之时,他毫不犹豫,以英雄的豪气走向战场。诗歌为了表现陈连升的爱国精神,特意叙写了一场生日时的"活丧"。"堂客轻声问陈连升/男客今天生日 想怎么办/陈连升说 花甲有三了/如今大清风雨飘摇/堂客啊我人虽老/心未老啊我是大清的微臣/当誓死保卫大清/从今天起/活一天都是赚的/从今天起/我与虎门同生共死/不办酒席了老少们聚在一起/热热闹闹痛痛快快/给我跳一堂活丧。"① 丧事本是在人死之后办的,但陈连升却要跳一堂活丧,可见他已视死如归,将生命交与国家,誓死保卫祖国边防。

土家族人勤劳淳朴、刚直彪悍,敢于反抗。不少英雄故事如《科洞毛人》《鲁里嘎巴》《磨力卡铁》《热其八》《唐好汉斗土王》等,一系列的英雄人物,其特征都是力大无穷,无私无畏,见义勇为,英勇善战,为百姓除害谋利,受到土家人民的热爱和崇敬。杨秀武的《东方战神陈连升》便是对土家族这种优良传统的书写和传承。

二、叙事长诗中的"老虎"意象

诗歌创作需要塑造意象,一首诗歌成就的高低,意象在其中居于核心地位。我们甚至可以说"无意象,不诗歌"。在《东方战神陈连升》这部叙事长诗中,多次出现"老虎"意象,并贯穿整部诗歌。

在诗歌的开头,诗人踩着老祖宗的足迹,从湖北清江来到虎门,他就写道:"也许是珠江,朝大海奔跑的时候/像猛虎/海湾像猛虎,海浪像猛虎/海鸥飞翔的姿势/像猛虎/出海口那么远,回望虎门的海水/像猛虎/沙角山,官涌山,九龙尖山/同样像猛虎。"诗歌点出虎门这个杀气腾腾的地方,像一只猛虎,是一个凶险之地。但是,重要的是,诗人认为东方战神陈连升也像一只"老虎","一只白虎图腾的后裔/我的老祖宗/在虎门,更像一只猛虎/虎吼的声音更像刀杀人"。

对于鄂西时期的陈连升,诗歌多次以"老虎"来比拟和形容。例如,当陈连升

---

① 杨秀武:《东方战神陈连升》,武汉出版社2018年版,第125页。

年轻时在家乡清江放木排的时候，诗歌描述他大胆过险滩的时候，也是以"老虎"来比拟他，"如虎的声音裹着拳头/裹着利刀/也裹着划破黑暗的星光/和冲出险滩的豪气/如虎的声音/把陈万里喊活了/把一群放排的汉子喊活了，把一条清江喊得潮起潮落"。当陈连升去相亲走进老丈人家时，看到几个因为吸食鸦片而枯瘦如柴的老男人，侧身躺在床上，吐着烟雾，打着哈欠时，诗歌叙说道："陈连升双手贴在背后/像一棵树，像一尊石柱/像一只缄默的虎"。陈连升老丈人家的大儿子是个"鸦片鬼"，被强行拖上桌陪陈连升吃饭，然而，他的尖叫比号哭更让人揪心。陈连升看到此情此景，对鸦片是恨之入骨："陈连升把空碗摔在地上/声音响如炸雷/整个屋子都在抖动/金鸡口瞬间卷起浪花/像陈连升砸出的白色碎片/陈连升飞步出屋/高大的背影像一只虎/瞬间消失得无影无踪。"①

对于广东战斗时期的陈连升，诗歌也是以"老虎"来比拟和形容的。例如，在诗歌写到的官涌山之战中，英军大败，"英军抖动着死草/舌头卷动着恐慌/像羊群遇见扑来的老虎/那里，陈连升，陈连升在那里"。后来与英军决战的过程中，诗歌也多次用"老虎"来形容。"这是一只中国南大门/叱咤风云的虎/一只张开正义大口的虎/一只可以吃掉侵略军的野心/把来犯之敌嚼成肉泥/再吐出来喂鱼的猛虎。"陈连升的沙角主炮台，也供着白虎图腾，"烈烈巴人所向披靡的精神/在一只白虎张开的大口，仰天长啸/惊天地/泣鬼神"。特别是最后，陈连升为国壮烈牺牲，诗歌写到了陈连升儿子陈长鹏眼中的父亲，"陈长鹏望着父亲不屈的体魄/就像望着白虎图腾的一只白虎/那是廪君为开垦巴人疆域/为了一个山地民族的发达/在舍弃盐水女神的爱情之后/在清江西迁而死/传说巴人在纪念廪君时/廪君化为一只白虎升天/从此白虎尊为巴人图腾"②。诗歌把陈连升比作一只白虎，就如巴人祖先廪君死后化为白虎一样，为国捐躯的陈连升也化为了一只白虎。

白虎在土家人的心目中有着举足轻重的地位。土家族自称"白虎之后"。相传，远古的时候，土家族的祖先巴务相被推为五姓部落的酋长，称为"廪君"。廪君率领部落成员乘土船沿河而行，行至盐阳，杀死凶残的盐水神女后，定居下来。人民安居乐业，自然廪君也深受人们的爱戴。后来廪君逝世，他的灵魂化为白虎升天。从此土家族便以白虎为祖神，时时处处不忘敬奉。每家的神龛上常年供奉一只木雕的白虎。结婚时，男方正堂大方桌上要铺虎毯，象征祭祀虎祖。历史的集体无意识在这里显现，所以杨秀武的诗歌选用了白虎作为主要意象。

三、传统叙事诗文体的当代运用

《东方战神陈连升》全诗分为五个部分，首先是叙写作者来到虎门，然后叙写了官涌山之战，接着叙写了陈连升在家乡武陵山区的生活，接下来笔触又回到了虎门

---

① 杨秀武：《东方战神陈连升》，武汉出版社2018年版，第84页。
② 杨秀武：《东方战神陈连升》，武汉出版社2018年版，第198页。

沙角地区，最后回到现实，叙写了诗人对这段历史的缅怀。诗人为什么会采用叙事长诗这种当代也不多见的文体？笔者认为，这与武陵山区的历史文化有很大的关系，是土家族集体无意识在当代的显现。

土家族古歌历史悠久，源远流长，长诗《东方战神陈连升》就是对土家族诗歌"歌咏"传统的当代弘扬。土家族流传至今的古代歌谣有梯玛神歌、猎歌、渔歌和劳动歌等。就其内容来看，古代歌谣与劳动生产及宗教活动有直接关系。它们或反映先民们渔猎及农作物收获后之喜悦，或伴随劳动过程而呐喊呼唤，或解释人类来源、万物始原等现象，或表述驱鬼逐邪、祈求人畜平安的愿望。摆手舞是土家族特有的民俗，是土家族的大型祭祀活动和传统的文艺盛会，摆手歌就是进行摆手舞时所唱的歌。摆手歌的内容有人类起源歌、民族迁徙歌、农业生产歌和英雄故事歌。"从整体看，摆手歌是一部民族史诗，结构完整，各个部分内容均有内在有机联系。但就具体内容说，各个部分又有相对独立性，可独立成篇。"[1] 作为一名生活于恩施的诗人，多年浸润于这种民族文化，杨秀武的诗学才情应该说受惠于这种地方文化传统。

土家族古歌多具有叙事诗特质，长诗《东方战神陈连升》就是对土家族诗歌叙事性的继承。由土司梯玛在摆手活动中传唱的摆手古歌多已具有叙事长诗的性质。如《雍尼补所尼》《将帅拔佩》《日客额地客额》等，人物鲜明、故事完整，体现出浓烈的诗歌叙事色彩。从现有资料看，土家族的叙事歌绝大部分保存在薅草锣鼓歌或丧鼓歌中，并以民间小调的形式演播。如反映封建社会媳妇痛苦生活的《恶鸡婆》《苦竹娘》，反映正义战胜邪恶的《老鼠告状》《东山哥哥西山妹》，反映善恶有报的《老虎案》，以爱情生活为题材反抗封建包办婚姻的《吴幺姑》等均是。例如《吴幺姑》是一首广泛流传于湘鄂川黔边土家族地区的叙事长诗。它以反对封建掠夺性婚姻、讴歌青年勇于追求婚姻自主的进步思想内容与较高的艺术手法，赢得广大群众的喜爱。诗人杨秀武也自述，十多年前他就计划写一部叙事长诗。他的这种想法应该也与古歌中叙事传统有关。

土家族古歌多书写英雄人物，长诗《东方战神陈连升》就是对土家族人英雄情结的无意识传承。土家族有许多英雄故事歌，记述了土家族古代英雄人物的业绩，"完整保存下来的有《卵蒙挫托》、《将帅拔佩》、《日客额地客额》、《春巴麻妈》等"[2]。《卵蒙挫托》描写土家族祖先八部大王与皇帝斗争的故事。《将帅拔佩》是以古代土家族英雄人物命名的叙事长诗，描写将帅拔佩带领土家人民打败来侵犯的客王官兵的故事，歌颂了土家族人民不畏强暴、英勇反抗的斗争精神。《日客额地客额》取材于人民与土司的斗争，描写日客额与地客额两个能人智斗土司墨比卡巴的故事，歌颂了古代劳动人民的智慧才能。《春巴麻妈》又名"阿密婆婆"，歌颂古代一个受人尊敬的保护女神。英雄崇拜是土家族人的传统情结，杨秀武也不例外。他

---

[1] 彭继宽：《湖南少数民族文学史》，湖南教育出版社2001年版，第38页。
[2] 彭继宽：《湖南少数民族文学史》，湖南教育出版社2001年版，第38页。

在《东方战神陈连升》的后记中说:"我虽未能仗剑从戎,但陈连升也是我隐形的精神楷模,对他我只有崇敬。特别是当我走过花甲人生,回望风霜雨雪,无数人生坎坷得益于英雄精神的感召与引领。"[1]

总之,长诗《东方战神陈连升》作者杨秀武怀着一种英雄崇拜情结,活用土家族白虎意象,以他作为诗人的热情,书写了一个豪爽仗义、坚强勇敢、忠诚爱国的民族英雄。因为倾注了诗人的大量心血,同时也是诗人多年的心愿,经过长时间的走访和构思,动了真情用了真心,造就了《东方战神陈连升》这部叙写民族英雄的当代史诗。

---

[1] 杨秀武:《东方战神陈连升》,武汉出版社2018年版,第222~223页。

略谈《东方战神陈连升》的叙事

华 野[①]

《东方战神陈连升》是诗人杨秀武近年来的一部力作,诗人说他写这部作品的时候,许多章节让他自己"泪流满面"。诗歌必先感动自己,然后才能感动他人。笔者在读这部作品的时候,亦数度泣不成声,这种强烈的艺术感染力,与诗人在这部叙事诗中高超的叙事艺术密不可分!

作为叙事诗,这部作品以诗的语言,多层面揭示了人物成长的地域环境与历史文化背景,并从中国古代历史演义小说、神话传说中寻找人物的原型。陈连升既是中华民族近代抗击帝国主义入侵的民族英雄,也是巴人这个少数民族的英雄。作品塑造陈连升这一民族英雄形象,并不是简单地叙述其在战场上英勇抗击侵略者,而是将其置于恩施这一特殊地域环境,置于巴人文化、楚文化、大西南文化这一特殊的历史文化、地域文化中来深刻揭示英雄人物的人格形成。作品不仅描绘出恩施这一位于北纬30度的武陵余脉地区神奇的地貌,如大峡谷、清江、鹤峰、邬阳关、古盐道等,也将发生在这片土地上的可歌可泣的壮举、独特的习俗融汇其中。清江放排闯险滩,斗恶浪;吊脚楼对情歌;小孩满周岁抓周;喝摔碗酒;恩施白莲教、神兵、土司制度等都在作品中得到了呈现。

一只白虎图腾的后裔/我的老祖宗在虎门/更像一只猛虎/虎吼的声音像刀杀人。

白虎图腾,就是我们巴人崇拜的图腾。陈连升像一只虎,英雄的猛虎,他的血液中,流着祖先勇敢的血液。

从这些历史传说、神话传说中,我们看到的是巴人那种牺牲小我、成全大我的豪爽与血性,那种说一不二的果决与坚韧,从这里找到陈连升之所以在侵略者面前表现出崇高的民族气节,在奴才琦善威逼利诱下不愿意苟活,不以个人的升官发财换取人格卑污、民族屈辱的答案!

邬阳关/随便揪出一把草木/都有着不同的姓氏/随便捧起一把泥土/都有着不同的民族/随便翻出一块石头/都浸染着多元文化的风骨。

邬阳关,是英雄的家乡,这里有大山、山寨、盐大路、吊脚楼、土司、白莲教、哭嫁歌、穿号子、跳丧舞……山川壮丽,风俗独特,历史悠久,这里的女人多情泼辣,人民勤劳、勇敢、热情、好客,这是英雄的家乡,正是这样一个地理、文化、

[①] 黄长云,笔名华野,系中学正高级教师。

习俗、历史都独特的地方，孕育了陈连升这样的英雄！从这些情节中，我们可以发现英雄成长的轨迹。

在叙事诗中塑造完整的人物形象，而历史与现实的生活，就是流淌在这部叙事诗中的动脉与静脉。

诗歌本不以叙事见长，更不以情节取胜，但这部作品仍然带给读者很多出人意料、给人惊喜的情节。这些情节的设计与构思，又浸透着浪漫主义与现实主义相结合的手法，让作品夸张而不失真实，充满一种喜剧色彩，有较强的可读性。现实主义手法的运用让人物可信，让我们感到亲切，有浓郁的地域风情。浪漫主义手法的运用则给人想象，让人物闪耀恒久的光辉，是中华民族崇高的民族气节与美好人格的显现。

陈连升同样是一个舞者/顺着唢呐的河道畅游/伴着激越的鼓点奔驰/吐出一嘟噜一嘟噜的神秘咒语/为自己跳起活丧。

陈连升63岁生日时，老婆准备为他置办寿宴，他却改成为自己跳"撒尔嗬"。撒尔嗬是土家人为超度死者跳的一种舞，据古史记载，巴人死了老人，合族不悲，把它当作喜事一样对待——"白喜事"。跳丧的人，不分亲疏远近、辈分高低、身份贵贱，都陪着亡人，热热闹闹过一夜。这段描写悲怆、感人，情节出人意料，透出陈连升以身许国，抱定与虎门共存亡的决心！生的浪漫中有死的悲怆，偶然的情节中放射出耀眼的生命永恒的光辉！

砍掉的脚趾骨飞起来/像一粒仇恨的子弹/射瞎敌军官的眼睛/砍掉的手指骨/飞到米字旗上/把飘动的米字旗撕了一只角。

这是英雄陈连升战死之后，对他的脚趾骨、手指骨的一段描写。这一情节让我们想起文天祥"宁为玉碎，不为瓦全"的民族气节，也让我们想起《艺文类聚》记载的上古神话盘古开天辟地："垂死化身，气成风云，声为雷霆，左眼为日，右眼为月，四肢五体为四极五岳，血液为江河，筋脉为地里，肌肉为田土，发髭为星辰，皮毛为草木，齿骨为金石，精髓为珠玉，汗流为雨泽，身之诸虫，因风所感，化为黎氓。"肉体可以消失，而浩气长存天地。这是中华民族挺起的脊梁，是近现代苦难深重的中国人民反抗帝国主义的侵略不屈意志的体现，也是今天民族复兴的坚强基石！

陈连升猛的一掌　推开了她/右手揪住老虎的上嘴/左手揪住老虎的下嘴/双腿像骑马一样/夹住老虎的肚腩/陈连升的屁股　像夯/在老虎的腰上猛砸/老虎不出气了/陈连升掀掉老虎/一抱搂住了她……

这段陈连升打虎救美的情节，明显受到《水浒传》"景阳冈武松打虎"的影响。但显得真实可信，因为陈连升打的是一只受伤的老虎。

黄骠马被英国人掳至香港/侵略军想用身体贴紧马身/黄骠马的四蹄仿佛触了电/踢得侵略军像东倒西歪的草。不得不亮出卑鄙的伎俩/举起杀过陈连升的屠刀/黄骠马岿然不动眼睛不眨/像它的主人。

死活不当亡国奴。黄骠马是英雄的坐骑,从它神秘地出现,战场上与主人同仇敌忾,到最后悲壮的结局。在它的身上,有隋唐英雄秦琼黄骠马、《三国演义》中赤兔马的影子;通人性的黄骠马,与英雄的主人相互映衬,彪炳史册!虎门海战博物馆节马图中的战马昂首提蹄,侧目疾视,似在眺望故土,看后令人泪目!

作为叙事诗,诗中的景物描写紧紧围绕陈连升这一英雄形象,倾注了作者浓烈的情感,是客观的景物,更是诗人眼中、心中之景!

正如古人所说"登山则情满于山,观海则意溢于海"(刘勰《文心雕龙·神思》)。

这个圣地叫虎门/也许是珠江 朝大海奔跑的时候/像猛虎/海湾像猛虎 海浪像猛虎/海鸥飞翔的姿势/像猛虎/绿得没有缺陷的红树林/像猛虎/出海口那么远 回望虎门的海水/像猛虎/沙角山 官涌山 九龙尖山/同样像猛虎/一只白虎图腾的后裔/我的老祖宗/在虎门 更像一只猛虎。

这段关于虎门的环境描写,既紧扣"虎门"这英雄的地名,同时作者把这里的一草一木都描绘成猛虎,勾起人们对一百多年前那场海战的回忆,充满对英雄的敬佩之情。这是诗人眼里的"虎门"。

作品描写地理风貌,既是客观的地理地貌特征,也是倾注了诗人情感的诗人眼里的地理风貌。

作为叙事诗,作品对战争的描述,不仅再现了战斗惨烈的过程,也体现出中国古代兵法善于战前谋划的特点,以及中国人民反对侵略的以弱胜强的游击战的特点。

三支部队编织的口袋阵/逐步缩小/把侵略者全部装进去/侵略者如梦初醒/知道中了地雷连环计。

这里的口袋阵、地雷连环计有着中国抗日游击战的特点,展现中国人民战胜强敌的智慧!

作品的叙述,运用了时空倒错的叙述方式。战场上陈连升的英雄形象,与他在家乡从出生到习武从军的场景叠加在一起,古代英雄与眼前英雄融为一体;战场与幕后交织在一起,从而让作品具有更加广阔的空间。这种叙述方式,避免了阅读的单调,从纵向与横向上丰富了作品内容。如陈连升壮烈殉国时的一段描写,镜头从前线一下跳转到他成长的故乡鄢阳关,并多角度高度概括展示了英雄家乡的人文、历史、习俗等。

《东方战神陈连升》叙事中饱蘸诗歌浓郁的抒情。

《毛诗序》:"在心为志,发言为诗。情动于中而形于言,言之不足故嗟叹之,嗟叹之不足故咏歌之,咏歌之不足,不知手之舞之,足之蹈之也。"《东方战神陈连升》是叙事的诗,更是抒情的诗。

她深情地喊陈连升男客/陈连升也温柔地喊她堂客。/女人在古希腊是月亮女神/在鄢阳关是天生的妖精/睫毛勾死男人/酒窝醉死男人。

陈连升于繁忙的军务中与妻子小聚这段对夫妻情深的描写,让读者如痴如醉,体现出叙事诗中浓烈的抒情!

　　作为叙事诗,《东方战神陈连升》的叙事,体现出诗歌高度的概括性与跳跃性。因为诗歌不是像叙事作品再现生活,而是抓住生活的本质,反映生活、表现生活。而作为诗歌,其浓烈的抒情渗透在作品自始至终的叙事中。

　　《东方战神陈连升》是叙事诗,它具有叙事文学的特点,人物形象鲜明,尤其难得的是这部作品还揭示出人物成长的地域与时代的因素、现实与历史的特质;作品的情节也具有中国小说典型的民族特性,那就是现实主义与浪漫主义的结合,夸张又不失真实。作为诗歌,其高度的概括性、浓郁的抒情性、纵向与横向的跳跃性、形象的饱满等,又让这部作品成为一部史诗!总之,《东方战神陈连升》是叙事的诗,也是诗的叙事!

在冷风景中捕捉闪闪灵光
——读邓斌小说《荒城·虎钮城》

谭明和[①]

茫茫大千世界有了人,就有了城。
奔流不息的岁月,
掩埋了无数荒城,
但更有城源源不断地繁衍滋生,
直至地老天荒!

这是本土知名作家邓斌新鲜出炉的长篇小说《荒城》的画龙点睛之语。前不久,欣得《荒城》新书,看到这段诗一般的语言,随激发起认真拜读之欲。不间断地细细品读小说,慢慢就品出了一些博古通今的韵味。这部长篇包括《虎钮城》和《难留城》两部分,此文重点分析其上部——《虎钮城》。

《虎钮城》创作的背景是南宋末年。内容大致是:元蒙军队大举南侵,被宋王朝封为施州五路都督军民行军总管兼镇抚元帅的巴人后裔覃氏,在虎钮山筑城立寨,抵御强寇,以安社稷。元蒙军队所到之处,狼烟滚滚,生灵涂炭,人民群众苦不堪言。覃耳毛兄弟等人率部南挡北杀,终因寡不敌众,致使覃耳毛负伤避难,覃散毛浪迹富州,施州统制薛忠阵亡。宋景炎元年,即元忽必烈至元十三年(1276年)的一个风雪交加的夜晚,因元蒙军铁骑四面合围,加之内奸开门揖盗,虎钮城横遭血洗与火焚,都统向艮等十七勇士舍身跳崖,梯玛彭瞎子与寇首同归于尽,唯有覃慧心等烈女凭自制伞具穿云钻雾大难不死。后来,覃慧心等人雄关复仇,斩杀敌帅蔡邦光,迫使元统治者不得不改变策略,将征剿变为招抚,从而奠定了武陵地区四百余年的土司制度。

《虎钮城》取材于史实,其原型位于恩施土家族苗族自治州境内,具体位置是州府东南方向约10公里的柳州城,以前叫旧州城。因山形很像一把巨大的椅子,又名椅子山,椅子山亦即作者笔下的虎钮山。虎钮山虽是一座山,却是一座实实在在的城,这座城不是一座普普通通的城,而是一座既有人文信息又有生命灵光的特色之城。

作者开篇写道:"虎钮山,是中国武陵山脉最北端千百座奇崛大山的一座,但其

---

① 谭明和,恩施州文艺理论家协会会员。

昂然身姿顶天立地,明显高出四围诸峰一大截。"① 小说中一个又一个的动人故事,就是从虎钮山的"腿脚"处娓娓道来的。

这"腿脚"处有一块高达 10 多米的苍黑色的人形巨石,石壁上从右到左排列着四个阴刻隶书繁体字——"渐入佳境"。从"渐入佳境"上行约 20 米,大路左上方丛林中的摩崖石刻让人眼前一亮:"宋咸淳丙寅季冬,施州郡守张朝宝平削险巉拓筑此路,以便行役。"短短 26 个字,信息量却很大,750 年前的公元 1266 年,恰是元蒙大军挥师南下,而汉人的南宋朝廷面临节节败退、土崩瓦解之际。施州郡守张朝宝拓筑此路至虎钮城的核心部位,其目的除了以便行役,还有应对不时之虞的重大作用。

作者对虎钮城情有独钟,曾多次到这里学习考察,查阅历史资料,累积文学素材,并对这里的景点如数家珍。譬如:将军岩、北门沟、南门槽、玄武峰、擂鼓崖、醒狮岭、晨剑台,等等。又如:云台观、校场坝、点将台、兵器坑、跑马道、古城墙、西瓜碑,等等。原来,"渐入佳境"不是一般的广告之语,而是名副其实的人间佳境。

虎钮城的每一寸田土、每一分山林、每一处景点,都有不同凡响、十分鲜活的传奇故事。

先说说将军岩吧。将军岩源自传奇人物巴国将军巴蔓子。史载,巴蔓子为古巴国忠州,即今重庆市忠县人,是东周末期(约战国中期)的巴国将军。大约在公元前 4 世纪,巴国境内的朐忍,即今万州一带发生内乱,那时巴国国力衰弱,国君受到叛乱势力胁迫,百姓被残害。巴国将军蔓子遂以许诺酬谢楚国三城为代价,借楚兵平息内乱。事平,楚使索城,巴蔓子认为国家不可分裂,身为人臣不能私下割城。但不履行承诺是为无信,割掉国土是为不忠,巴蔓子告曰:"将吾头往谢之,城不可得也。"于是自刎,以授楚使。此等忠信,绝无仅有,惊天动地,难能可贵。有歌词为证:

  巴将军,抽出宝剑亮闪闪,
  最后一眼看故城。
  剑光一闪鲜血喷,
  将军刎头已自尽!

  楚使提头去复命,
  楚王感动叹将军。
  即以上卿之礼葬了头,
  从此不提割三城!

巴蔓子以头留城、忠信两全的故事,在巴渝大地传颂。巴国出现了一位代表一

---

① 邓斌:《荒城》,中国言实出版社 2021 年版,第 3 页。

方的英雄巴蔓子，巴蔓子自然而然就成了巴民族之魂。此后，巴将军墓在巴国境内不知有多少座。虎钮山脚下二台坪的睢豁墓正是巴将军的墓葬之一，睢豁墓与将军岩遥遥相望。不难想象，耳熟能详的将军岩与睢豁墓之间还真有千丝万缕的内在关系。将军岩名声大噪，成了施州及周边地区"宁舍头颅不舍城池"悲烈壮举的代言者。作者着墨巴蔓子不是节外生枝，而是自有其深意。

虎钮城的核心区域约3平方公里，核心区域有个遐迩闻名的云台观，而云台观就成了虎钮城核心的核心。750年前，元蒙大军压境，形势危急。时任郡守谢昌元听从老都爷覃普诸及其子的建议，将州府迁往虎钮山，即云台观一带。并确立三大工程，即修建州府衙门大院、构筑山头四围高墙以及顺墙根开辟一条环形跑马便道。

州府衙门大院模仿瑞狮岩知州州府的建筑式样：紧傍虎钮山大寨，也就是行军总管府的南端，建造一组砖木混合结构的四合大院，供州府迁徙后州府官员处理政务。大院中央为两口并列的天井，天井之间是三丈多宽的廊道。环绕天井和廊道，建成"口"字形的楼房群。其上首为主楼，上下三层，以砖混为主；左右两边的侧楼为木质结构，共两层；下首正中为门楼，楼高三层，底层为砖砌的门道，门道外面则用麻条石铺成宽敞的阶沿与台阶，顶层为飞檐翘角的柱廊式亭楼；门道两边各有高悬于石礅蹬上的木质结构厢房，共两层，恍若毕兹卡农家的吊脚楼。楼顶一律钉木椽子，盖青泥瓦，所有柱梁与板壁都涂上了板栗色的生漆。

"口"字形的楼房群落成不久，郡守谢昌元就亲率众人将原本在清江岸边施州府衙的部分家当迁往虎钮城。别小瞧这"口"字形的楼房群，也别嫌弃多啰唆几句，在当时的恶劣环境下，能够建造富有民族特色的大型楼房群，实属不易。它既是民族传统建筑文化的经典之作，也是强敌压境被逼迫的不二之举。云台观一带，历经战乱，改朝换代，"口"字形的楼房群几经损毁，损毁后随即重修重建，直到20世纪中叶还有可观全貌的云台观寺庙建筑群，足见当时的民族传统文化源远流长，博大精深。

小说在历史人物的选取和自然景观的描述方面驾轻就熟，视野开阔，可读性较强，在人物形象的刻画方面亦有可圈可点、可学习、可品味之处。作者重点刻画了覃普诸、覃耳毛、向艮、覃友仁、彭瞎子、覃慧心等人物形象。尤其是覃慧心这个人物形象塑造得较为成功，值得一提。覃慧心乃都爷覃普诸的掌上明珠、十七勇士之首向艮之爱妻也。她貌美如花，知书达礼，心灵手巧，武功高强，爱憎分明，疾恶如仇，足智多谋，看准的事，想方设法，万般努力，不达目的不罢休。她和女兵共九人自制大伞，在被敌人逼入绝境时，第一个撑伞跳崖，余下八人不约而同地跟着跳崖，她们头上的大伞撑成了一朵又一朵圆圆的浮云，缓缓向着晨剑台前面的夜空漂移，其中有两位女兵不幸遇难。剩下七位女兵，与敌帅蔡邦光狭路相逢。蔡邦光自恃臂力过人，武功高强，根本没把眼前的七名弱女子放在眼里，骄横跋扈欲轻取对手。说时迟那时快，覃慧心一声呼哨，七把系一块红布的剔骨尖刀从七名女兵手中飞出，一起向马背上的蔡邦光扎去，蔡邦光及十多名随从被林子里飞出的箭和飞刀扎射得血肉模糊，直接到阎王爷那里报到去了。覃慧心心如所愿，复仇成功。有一首"竹枝词"是这样吟唱的：

　　　　虎钮山头（竹枝），鹧鸪叫（女儿），

　　　　雄飞雌从（竹枝），绕林梢（女儿）。

　　　　人间多少（竹枝），痴情女（女儿），

　　　　望穿秋水（竹枝），恨难消（女儿）。①

　　作者借助"竹枝词""奠酒歌"等，弘扬从巴人到土家族不断绵延传承的幽眇哀怨的特色民族文化。更重要的是通过各式人物形象的塑造，表现了巴人后裔匡扶正义、忠肝义胆的血性，与敢爱敢恨、视死如归的气节。同时，穿插展示兵荒马乱与和平环境相对应的场面，发出人类生存理想究竟是什么的诘问，旨在利用古时各民族间难以调和的祸患，来佐证太平歌雅韵清声，乃至对于人类的无限珍贵。

　　邓斌先生十分勤奋，学识渊博，用诗情画意的文学性描写，从一片浑浑噩噩的冷风景中，发掘出了富有人文气息的一类山之韵、城之魂的闪闪灵光，真正把文艺创作写到了民族复兴的历史上，具有十分重要可资借鉴的现实意义。

　　习近平总书记指出，源于人民，为了人民，属于人民，是社会主义文艺的根本立场，也是社会主义文艺繁荣发展的动力所在。从邓斌先生的创作生涯来看，他笔耕不辍，孜孜不倦，发掘历史，书写大地，讴歌人民，赞美英雄，为社会主义文艺的繁荣发展贡献了青春和热血，令人敬佩。

　　小说是以刻画人物为中心，通过完整的故事情节和具体的环境描写，反映社会生活的一种文学体裁。个人拙见，《虎钮城》在刻画人物方面略显不足，有可能局限于真实史实，想象的空间和发挥的余地，还没有用活用足。另外，语言方面偏散文化，人物的个性化语言还有提升的空间。有道是，金无足赤，人无完人，《虎钮城》也难免有瑕疵，但瑕不掩瑜。

---

① 邓斌：《荒城》，中国言实出版社2021年版，第7页。

人与自然的交响乐
——解读《陈连升传》中的生态意识

邓东方[①]

近代以来,工业文明的迅猛扩张和科学技术的进步给人类带来了丰富的物质生活,也带来了众多的自然灾难,干旱、地震、海啸、洪涝等灾难时有发生。这对人类的生存构成了威胁,人类不得不对自己的生存家园高度关注。习近平总书记在十九大报告中指出,要加快生态文明体制改革,建设美丽中国。"美丽中国"作为一个宏伟目标被写进发展规划的战略布局当中,怎样处理好人与自然的关系成为我们人类关注的焦点问题。

《陈连升传》是土家族作家宋福祥创作的一部人物传记,它记叙了少数民族英雄陈连升一生的光辉历程。陈连升从小生长在风景秀美的鹤峰县,绿水青山养育出了重情重义的铁血男儿,作家在创作时不免流露出众多的生态意识。本文以生态整体主义作为思想基础,对文本中的自然生态、人文生态、人性生态进行解读,揭示了人与自然的关系,表达了构建人类美好家园的期许。

一、文本中的自然生态

自然生态主要指地球上的自然环境,它包括地形、土壤、河流、气候等要素组成的环境综合体。在《陈连升传》中,作者描绘了鹤峰县邬阳乡的自然美景,这里气候湿润、山川秀美、河流密布,河谷间升腾起迷离的薄雾,穿梭在绿水青山之间,宛如人间仙境。从小生长在大自然怀抱中的儿女,对自然万物有着血脉相通的生命感受。

巍峨的大山凝练了陈连升的一身豪气,大山的气运凝聚在他的血气当中。年仅13岁的陈连升经过一番勤学苦练,终于练成了石锁功。他说:"练功习武是我之所爱,我愿意吃苦流汗,这点伤痛算不了什么。"通过了爷爷的石锁功体能测试之后,爷爷同意送他去清江学习放木簰。他在清江中挥篙自如,动作洒脱,如鱼得水,丝毫不像一个生手。经过日积月累的练习,待到技术成熟之时,他决定与兄弟们一起出清江放木簰,迎着峡谷间的风浪,喊起了山歌调子,他们唱道:"道道险滩无阻挡,浩浩荡荡出清江。"这歌声浑厚凝重,回荡在山水间,像一股气浪吹开了河谷间的白雾。歌声与两岸的青山、河间的巨浪形成了排山倒海的气势,构成一派人与自

[①] 邓东方,湖北民族大学文学与传媒学院 2020 级硕士研究生。

然和谐交融的景象。

幽深的河谷孕育了陈连升的一身胆气。文本叙述了陈连升得知刘春堂被老虎吃掉的噩耗后,决定打虎替他报仇一事。他从金鸡口回邬阳关,路过二岔口东面的石门隙时,看见老虎正出来觅食,看准目标后,他一口气举起四十多斤的石锁打死了两只老虎。这为村民们办了一件大快人心的好事,他们再也不用担心这两只老虎会危及自己的生命了。陈连升的打虎壮举表现了他勇敢无畏的男子气概。后文记叙的他施药拯救宜都城百姓性命,以及在桃符口排兵布阵捉拿三里城山匪谭天飞的事迹,都体现了他过人的胆气和智慧。

山川河流哺育了勤劳勇敢的陈家儿女,大自然为人类提供了栖息的场所和聊以果腹的食物。早在明朝嘉靖年间(1522—1566年),陈氏家族沿着清江流域迁徙到邬阳,这里气候适宜,地势平稳开阔,适合人类生存居住,该地四周被青山环绕,他们上山能打猎,下河能捕鱼,依赖自然资源自给自足。

肥沃的土壤为陈家儿女从事农业生产提供了必不可少的条件。村民们日出而作,日落而息,遵循农时从事农业生产,真正实现了人与自然的和谐共生。"孔子在谈到治理一个国家时曾经提到'敬事而信,节用而爱人,使民以时'等三条规则,其中'使民以时'就是指要使老百姓不误农时,按照四时节气时令进行农业生产。这是一种古典的生态智慧,是十分重要的。"①

另外,村民们采用"刀耕火种"的耕作方式,有利于维护生态平衡。刀耕火种是指将山上的树木砍倒后,用火烧光砍倒的树木,随后种植农作物。在中华人民共和国成立前,这种耕作方式没有造成森林过多的破坏,主要在于它有一套完善的轮歇制度。"根据森林更新和恢复所需的年限,将林地划分出若干大片,并根据一定的规则,一年只砍烧耕种一片,其余林地休闲,下一年转耕另一片林地,周而复始。"②"根据海拔、土壤、坡度的不同划分为无轮作刀耕火种、短期轮作刀耕火种、长期轮作刀耕火种三种类型,采取不同的耕作方式,最终达到调适生态平衡。"③

二、文本中的人文生态

人文生态是自然环境和人类社会相互作用产生的。在不同的文化背景下,人们的生产方式、思想观念、宗教信仰难免会存在较大的差异,尤其是在少数民族地区,这样的情况更为突出。诚如钱穆先生所言:"各地文化精神之不同,究其根源,最先还是由于自然环境有分别,而影响其生活方式,再由生活方式影响到文化精神。"④

---

① 曾繁仁:《生态美学导论》,商务印书馆2010年版,第215页。
② 柏贵喜:《南方山地民族传统文化与生态环境保护》,载于《中南民族学院学报(哲学社会科学版)》1997年第2期,第50~54页。
③ 白兴发:《少数民族传统文化中的生态意识》,载于《青海民族学院学报》2003年第3期,第48~52页。
④ 钱穆:《中国文化史导论》,商务印书馆1996年版,第2页。

文本中描写的鹤峰县属于土家族聚集地，其生活方式、风俗习惯带有浓烈的土家特色。

歌随舞而生，舞随歌而名。摆手舞是土家人的民族文化，是土家人表达情感的艺术形式。文本描绘了农历八月十五这一天，陈氏家族的几百号人围着篝火跳摆手舞的场景。村民们穿好节日盛装，头戴金银首饰，脚穿土家绣花鞋，跳起了摆手舞。杨氏姐妹高唱道："中秋佳节，明月当空；欢聚一起，踏歌起舞。"[1] 人们的脸上洋溢着自信和快乐的笑容。随着鼓声的变化，人们跳着的摆手舞动作也发生变化。皎洁的月光打在舞者的身上，人的舞姿与月色交融在一起，呈现出和谐的画面。

摆手舞作为土家族的特色舞蹈，其中的许多动作来源于老百姓在田间插秧、撒种等劳动场景。原始的摆手舞起源于土家族的祭祀活动，在当时生产力水平较低的情况下，人们认为大自然的一切变化都与祖先有关系，他们祈求祖先保佑风调雨顺，有个好年成，这反映了人期盼与自然和谐相生的愿望。摆手舞展现了土家族人的生活方式和积极乐观的生活态度，体现了丰富的地域文化内涵。

文本记叙了在莲花滩的武功展演上，陈三喜、杨贞两人飞过水面与陈连升汇合的场景，观众们看到三个"水上飞"同时出场，人在水面上溅起的水花飞扬在空中，整个场面令人震撼，顿时将整个武术表演推向高潮。中国武术的真正意义不在于习武之人技法之高超，而是求得人与自然的和谐相通。练武之人常常将自己置身于大自然之中，感受万物之灵气、吸收天地之精华，在这个过程中人与自然融为一体，内心如大自然一般可以容纳天地万物，心灵得到了启发和感悟，达到了"天人合一"的境界，这是人与自然共生共荣的表现。

三、文本中的人性生态

老子主张："人法地，地法天，天法道，道法自然。"人类只有遵循自然规律，顺应自然，与自然和谐相处，才能保持健康的人性，实现人类的可持续发展。

人性是宋福祥想要在《陈连升传》中传达的一个重要思想。这部作品描绘了一个宁静祥和、生机勃勃的邬阳乡，这里鸟语花香、小桥流水、碧波荡漾。男儿自幼习武，上山打猎，下河捕鱼，搓麻绳、打草鞋；女子刨土种菜，绣花做鞋，织布缝衣。生活在这里的人们相互帮助，互敬互爱，其乐融融。这一幅幅生活图画流露出作者对大自然的喜爱，表现了对人与自然友好相处的赞许。

文本中的爷爷陈富对孙子陈连升关爱有加，举手投足间展现了对孙子无限的爱，体现了人性的光辉。文本记叙了陈连升13岁时，他的爷爷陈富便看出他拥有过硬的身体素质和过人的胆气，是块学习武功的好材料，于是决定教他练习石锁功。在爷爷的鼓励和帮助下，陈连升最终练成了石锁功，这为他以后能够去清江放木簰打下了良好的基础。

---

[1] 宋福祥：《陈连升传》，团结出版社2020年版，第20页。

又如在一次比武招亲的擂台赛上，陈连升打败廖平山得了擂主，本想夺下擂主与心上人秀兰姑娘结婚的廖平山显然有些不服气。爷爷陈富为了顾全大局，怕比武的输赢影响了两家人的和气，故意发起了另外一场比赛，让廖平山挽回了自己的颜面，两家人重归旧好，不再计较过去的得失。这反映了爷爷机智善良的性格特点。

当几个兄弟听说陈连升要去清江放簰时，纷纷报名来投奔他，要与他一起干出个名堂来，陈连升没有辜负兄弟们的期望，带领他们做成了几笔大生意，挣了不少钱；在自己手头紧张的情况下，陈连升在裁缝铺给兄弟八人定制了质量上乘的衣裳。从这些事情可以看出，陈连升的重情重义以及兄弟之间的团结友爱。作者通过对邬阳村民人性美的礼赞，展现了良好的自然环境对人性的滋养。

在现代化进程中，无数人在金钱和权势当中迷失了方向，导致道德的沦丧和人性的堕落，丢失了自己的精神家园。中华民族能够巍然屹立于世界民族之林的重要因素在于强大精神力量的支撑。在中国近代史上，代表中国人民勇敢地向侵略者发射第一颗炮弹的，正是驻守在广东虎门沙角炮台的守将陈连升。面对英国的坚船利炮，在后援无望的情况下，他指挥守军顽强抵抗，不幸身中数弹，英勇牺牲。英国的陆军少校伯拉特称他为"东方战神"。他是中国近代史上第一位为国捐躯的少数民族将领，他自强不息、拼搏进取的精神不断激励着无数的土家儿女向前奋进，这正是作者想要守候的精神家园。

地球的生态危机在很大程度上是人类文化的缺陷造成的。著名生态思想研究者唐纳德·沃斯特指出，我们今天所面临的全球性生态危机，起因不在生态系统自身，而在于我们的文化系统[1]。文化是培育人性的土壤，我们应该对自身所处的文化环境进行反思。

"生态危机说到底是人性的危机，是人自身的异化、自然本性丧失所带来的危机。"[2] 在物质文明高度发展的今天，我们应该加强精神文明建设。地球是人类的生存家园，人类的精神家园也应该在地球上寻找。生态整体观不再把自然界看作一个独立存在的个体，人类与自然应该处于一个整体之中，形成一个有机的系统。这个系统是一个生态平衡的系统，人与自然是和谐相处的。

人与自然不可分割的联系是生态文学的思想基础，体现了哲学中所说的"一切事物都处于联系之中"。

人类要关爱和保护自己的生存家园，也要守护好自己的精神家园。"诗意地栖居在大地上"是我们每个人共同的期盼。

---

[1] 王诺：《生态批评：发展与渊源》，载于《文艺研究》2002年第3期，第48~55页。
[2] 佘爱春：《〈野人〉：生态戏剧的经典之作——高行健剧作〈野人〉的生态解读》，载于《四川教育学院学报》2006第3期，第64~66页。

改革开放的记忆　地方文化的基因
——浅谈《身后那个村庄》

刘绍敏[①]

《身后那个村庄》[②]（以下简称《村庄》）是鹤峰作家宋福祥的长篇小说，作品以经济转型为背景，以农村改革开放初期为时间点，以清河湾村庄留守人员的生产、生活为主要题材。小说真实地反映了改革开放初期，清河湾留守男女面对"男人北上，女人南下"后发生了一系列不该发生的、真实的、鲜活的、让人揪心的、令人愤懑的系列故事。故事人物众多，情节跌宕起伏，场景、细节栩栩如生，是一部有勇气、有热情，具有时代特征的作品，具有深远的历史意义和现实意义。该作品反映了作家独特的视角与大胆的审美，是一部让人深思、值得探讨的作品。同时，小说描写的山乡风情，又具有文旅融合乡村旅游的特点。

一、《村庄》具有文旅融合乡村旅游的特点

游名山大川，去国外旅游成为一个时代的记忆，读《村庄》有种乡村旅游的体验。文旅融合，文化振兴，开发乡村游，是新时代乡村振兴文化强乡的重要内容。把养在深闺人未识的"僻壤"开发出来，让其焕发生机活力，让村里的人留得住，让域外人前往旅游观赏，从而推动农村经济社会的全面发展，不仅是各级部门、专职人员的职能职责，也是作家艺术家倾情泼墨的目标。

《村庄》有村庄的地理位置、景物交代。朱家湾院落中朱家妯娌在三嫂陈清菊的带领和鼓励下，相互照应帮衬形成一股活力。对她们赖以生活的小桥、小河，做转转活路的场所，女人爽性时吃肉喝酒的场面，待人接物热情、真诚、爽朗的性格特征，均有诗情画意的描述。

漫步村庄，站在清河湾的石拱桥上，看着小河、古藤、丑树，山垭、山腰飘着袅袅炊烟的寨子，听到远近传来鸡鸣狗吠的声音，身边过往的人群的欢声笑语，嗅着油炸房、茶厂飘出的清香，让人沉浸在故乡的氛围里，沉醉在酒作坊、炸油香摊位，藏不住的馥郁浓香中……这是改革开放以来，文明新村建设给边远山村带来的巨大变化。

欣赏《村庄》，艺术真实的叶家台、柳树岭、朱家河坝、汪家河坪、夏家岭、邵

[①] 刘绍敏，恩施市作家协会主席，中国作家协会会员。
[②] 宋福祥：《身后那个村庄》，长江文艺出版社2017年版。

家大湾的乡村风景、风俗、风情，向读者展示了山乡风情的巨大魅力。那个"H"形的清河湾："两岸的群山更是风起云涌，连绵数百里，展示着磅礴的气势。河中的清流奔腾不息，流出了宁静与安详，也曾经暴躁与猛烈，像一条龙，承载着沿河的历史。"[1] 在平静的清河湾两岸，外出工作思家的文人，先富起来的老板，打工挣了钱的村民，在清河湾的公路边、石拱桥两旁，先后新建的楼房与古老的木楼相映成趣。乡村自然的美景，是"家"的味道，留得住客。

小清河拥抱的桥头堡，是进出村庄的必经之地，是村里最诱人的去处，"成了不是乡街的乡街，不是村中心的中心"，是村庄最早形成文化、信息交流，以及商品、邮件的集散地，见证了村民、村庄的变化。从村民穿戴干净整齐，背着行囊外出务工，到穿得洋气，拖着拉杆旅行箱，提着大包小包物品回乡的情形，经过商店再添礼物的豪爽，路过饭馆吃喝的洒脱，在桥头等车的从容，踩着挑石过河的身影，都成为清河湾最靓丽的人文风景。

人们常说，没有文化的旅游是徒步，没有故事的景点就是一堆石头或木头。《村庄》不仅环境诱人，连石头古藤都有故事传说。

二、《村庄》中泥土香的语言彰显地域特色

《村庄》描述的传说与故事有浓厚的民族性与土家山寨特点，其创作语言质朴，具有地域特色，充满泥土芬芳。

在退耕还林，森林绿化覆盖达到70%~80%后，享有"鄂西林海""三大后花园"之称的恩施山村，一个夏秋交替的夜晚，家居石拱桥边的文化人刘亚奇梦见自家的阁楼上，有千只海燕停歇。醒后他认为这一切不过是一梦而已，起床后却发现阁楼的地上真有一层鸟屎和零落一地的羽毛，其神秘稀奇，比传奇还真实壮观！

满头银发的叶明清老人感叹：

蜂入七月桶，燕落富贵家，

千只来聚首，即刻主宝贵。[2]

这话是否真实，暂且不表。却让读者在惊异、好奇中，随着《村庄》留守人物的喜怒哀乐而动容，随《村庄》生产的丰收而喜悦。朱家河坝六妯娌，在男人北上后，生产艰难，生活苦闷。做事风风火火，说话明明白白的三嫂陈清菊，为人正直公道，有担当，肯吃亏，顾大局，把五个留守女人团结起来形成一个整体，抵御外来干扰减少麻烦。她们的语言极富个性。

陈清菊给弟媳妇黄小娟打电话："……你在做么得事情呀，电话响了这么久你才接？"

"我正在喝茶，一口新茶含在嘴里品着硬是舍不得吞下去哟。"

---

[1] 宋福祥：《身后那个村庄》，长江文艺出版社2016年版，第1页。
[2] 宋福祥：《身后那个村庄》，长江文艺出版社2016年版，第5页。

陈清菊便打趣道:"给你分点新茶想必是要送人的,莫在屋里自各儿几罐泡了哩!再说新茶喝多了尿多不说,还容易兴奋起来想心思,你就不怕枪儿走火么?"

夜晚来临,心里的孤独寂寞、生理的饥渴难以抵御,是几个女人共同的感受,但谁也没有表露。可天生女人之间的小心事却在此有趣地展示开来。

笑声响起来,日子在煎熬与"笑声"中继续。

入夜,挖煤的丈夫朱永志给老婆黄小娟电话,暖心中透着无奈:"我上次寄给你们的衣服都收到了吗?你们只管穿,穿了我又去买,不要攒着哩。……这些都由你做主,你安排,我在外面只管老老实实做事赚钱寄回来。你在家里听话些哩,行啵?"

外出老公对女人的牵挂、厚爱,不放心又担心的心情,都从这朴实温柔的话里流露出来。

鲁迅在《再论雷峰塔的倒掉》中表示:"悲剧将人生的有价值的东西毁灭给人看,喜剧将那无价值的撕破给人看。"

《村庄》中的民谣、俚语、谚语、撒尔嗬、采茶歌展示了村民的生活,揭示了人物内心世界的情感,亲切自然。六妯娌随口唱出的山歌,语言富有地域性和女人的豁达开朗。

<blockquote>
我家门前这条河,绿水荡漾泛清波;
诚请贵客来喝酒,菜虽少来情谊多。①
</blockquote>

三、人物个性折射出时代的烙印

《村庄》反映的是改革开放初期特定时代的人和事。那村、那河、那人、那狗、那里的地域环境,使那个时期的男女都具有个性特征,有许多值得深思探讨之处。

《村庄》的村民都是日出而作日落而息、勤劳致富的本分庄稼人。因为改革开放,外出工作不再是少数人的专属,做庄稼的男人女人都可以自由出行找工作了,并且都找到了适合自己的工作。打工找钱改变家里的贫穷面貌成为《村庄》人时髦的行动。于是一批批"南下"的女人、"北上"的男人纷纷离家,离开村子走远了。朱家河坝的朱家六弟兄就是外出务工队伍中的人员。一向开朗为人公道正派的三嫂陈清菊成为六妯娌的主心骨、朱氏家族的当家人。家里没有男人,挖土、犁田、薅草、采茶等重事大事全凭这帮留守女人承担,尽管她们起早摸黑,单打独斗总也完成不了繁重的农活。陈清菊倡议六个女人绑在一起搞转转活路,把五个"叫鸡公"女人团结起来,心朝一处想,力往一处使,重活路、季节性活路一项没落下,把田种成了一枝花。她们成为村里唯一不求人的女人,与男人比肩,成为顶起整个天的女汉子。六个女人抗酷暑战严寒的身影,把家事农事都料理得称称抖抖(方言,清清楚楚),把日子过得红红火火。在村民的眼里,在春天的阳光里,她们像茶园里绿

---

① 宋福祥:《身后那个村庄》,长江文艺出版社 2016 年版,第 181 页。

茵茵齐刷刷的芽茶引人注目，使人赞叹。

　　通过村民选举，陈清菊临危受命，担任了清河湾村村主任之职。上任伊始，难题重任就落在了肩上，组织村民给被火烧掉房屋的柳家宝捐款并义务建房。陈清菊在老书记刘亚奇的帮助下，在乡政府领导的具体指导下，凭着女人的坚忍和博大胸怀带头捐款，再号召说服村民，为其凑份子钱，经过千难万难，最终完成任务，为柳家宝重建了一栋比原来还排场宽敞的房子。村民无不高度赞叹、肯定陈清菊果敢、雷厉风行的行事能力，及时挽救了一个即将破败的家庭和绝望的生命。柳家宝和堂客印可儿对此更是感慨至深，决心重新做人，这表明，整个村庄就是一个大家庭，只有家人团结和睦，大家庭才有温暖，家人才有美好的希望。

　　小说也刻画了另一类人物：极度自私、毫无人情的村民章小满与原配离婚后与蛇蝎女人杨秋菊再婚后的家庭悲剧，以及杨秋菊为了私欲不惜婚内又多次出卖自己的肉体，最终酿成大祸；姿色迷人的夏玉凤和欧阳树林的私情败露后，欧阳树林花钱为她解脱，夏玉凤为了名誉转了门店不得不离开村庄；年过半百的苏大妈和肖医生的黄昏恋……百态人生，《村庄》对这些人物的个性刻画，坦率、直观，入木三分，反映了部分乡村农民在改革开放初期，面对突然开放的社会环境，浮躁，辨不清是非，把持不住自己的欲望，把本来干净的灵魂弄成了一团糟，满地鸡毛。通过客观实在，证明了盲从的悲剧，从而揭示出任何成功与通达的背后，都是人们用历练、教训甚至生命换来的。

　　《村庄》对人物特征、个性心理、性格的刻画都有浓厚的时代烙印。如果抛开那些刻着时代印记的人物、事件，摒弃糟粕，留其精华，把笔触重点运用在改革开放如三嫂子陈清菊这类人物上，运用在开发清河湾重大水利工程上、打造开发清河湾村庄的建设中，再把地域特征与民俗、民风挖掘整合创新，该部作品将会更加感人、更加完美，"H"形的清河湾将更加迷人。这村庄便成为人们寻找乡愁最真实的所在、乡村旅游最绝佳的地方。

时间深处的诗和远方

——读长篇小说《美玉无瑕》的断想

吕金华[①]

一

读历史小说，特别是长篇，一定会以为故事的内核是重要历史事件或者重要历史人物，一定会从中受到启发或者解读出一些历史的玄机，或者说一定会希望当代作家通过对某一段历史或者某一群历史人物的书写而观照当下。毕竟，研究历史是为当下和未来服务的。

但花理树皮的《美玉无瑕》不是。

历史么，只要不是野史，记录的都是重要人物、重大事件，很少有关于普通人的。何况是在一个崇山峻岭中的土司？一个在土司历史上没有什么重大作为的女人？要从历史资料中找到这个人的蛛丝马迹都很困难，何况还要写一部长篇小说！

花理树皮的《美玉无瑕》就是干的这个。

当然也不一般，他写的这个人叫覃美玉，又叫覃楚璧，是一个美女，一个歌女，还是第二十二任土司王田舜年的母亲。看来也是一个重要人物。

那么，就穿越到400年前的明末清初去吧，体验被花理树皮称作"美玉无瑕"的覃楚璧的故事：观顾她的美丽，倾听她的歌声，阅览鄂西南的山川，看看她和田甘霖之间的爱情遭遇了什么样的悲欢离合与曲折坎坷，斟酌他们留给我们什么！

感谢花理树皮！

二

400年前的鄂西南，山川河流形貌和现在应该差别不大，不一样的，是现在的房子不一样了，也就是人居条件不一样了，道路不一样了，城市集镇不一样了。河流没有改道，山川没有变形，不一样的是人变得现代了。这种变化也不是根本的，人类对美好爱情、美好生活的向往其实一点儿都没有变。

这就使我们穿越回去成为可能，也是花理树皮的书写成为可能。

这是一件很不容易的事情。

起笔就很有意思，是一个英国公爵夫人喝了遥远的东方容美土司辖地产的一罐

[①] 吕金华，恩施市作家协会原主席。

毒蜂蜜茶，一命呜呼，看似没有关联，却埋下了后来覃美玉殒命陶庄的伏笔。覃美玉是一个什么样的女子，知道一点容美土司历史的就会晓得那么一点，不知道的，那就好奇得很了！这个女子一开始就吸引着我们的注意力。作者就是抓住读者这种好奇的心理，回溯过去的。

鹤峰容美盛产侗茶，更产美女。其实，在鄂西南武陵山深处，珍茗和美女比比皆是，但能在民间流传几百年为人记住的，那肯定不多，也肯定是绝色绝慧的。这样的女子必定有一段或几段神奇凄美的爱情故事。这样的过程自然就不同凡响，是永恒的剧本，也是注定的寡臼，没什么值得大惊小怪。关键在于，覃美玉不仅仅绝色绝慧，还是作者美好的梦想。

出身自然很重要，覃美玉是一个小土司的外甥女，有一个绝色的母亲，她由母亲一手调教，身材曼妙，姿容绝世，歌声穿云裂石又温润婉转。漂亮女人多麻烦，这是没得办法的事，母亲如此，覃美玉长大后更是如此。

土司看似权力很大，其实那说的是实力强大的土司，品级高的土司。很多小土司，跟我们现在的村民小组长差不多，或者说是一个村主任，在大一点的土司面前，那也是要被碾压的。覃美玉就是这样一个小土司的外甥女。虽有舅舅照顾，那也过得提心吊胆，被欺负就是宿命。

山大人稀，覃美玉的母亲黄瑶，就在这种压榨中郁郁病逝。

命运是不可捉摸的，覃美玉偶遇了容美土司三少爷，只是匆匆一面却也一见倾心，逃脱虎口历经千难万险后，覃美玉抱着一颗爱情之心，到了容美，历尽艰辛找到了三少爷田甘霖。本以为找到了爱情的蜜罐，却是进了不测的深渊。有了呵护自己的男人，有了可亲可爱的儿子，在这一层层的亲情包裹下，覃美玉还是没能逃过土司内部的尔虞我诈，最后因那一杯漂洋过海后来毒死英国男爵夫人的蜂蜜茶，将生命定格在了陶庄。

倏忽四百年，孤影依稀！

三

这个凄美的爱情故事，读起来却不是那么悲凉，更多的像是一段穿越时间的山地孤旅。

奇绝的山水间，见得到生活的艰难；淳朴的众生里，觅得到人间的真情。田木然为覃美玉母女不顾生死，舅舅为拯救妹妹和外甥女如履薄冰，何清影为保护覃美玉葬身火海，艰难中是有真情的，一如当下。而人祸也就这样紧紧相随。覃美玉被逼婚，无奈之下出走；被猜忌，缩紧身子；被茶毒，为男人为儿子舍身殒命。唯独能拯救自己的，也许只有歌声。

歌声流传至今，那就是现在已经成为非物质文化遗产的鹤峰柳子戏。

撇开这一切，花理树皮展示给我们的，是亘古不变的山水间，那个时代的社会生态。

土司是世袭的，掌握着一方水土上子民的生杀大权。土民为奴，是土司的工具。他们的生存，是上天叫他们来，是土司要他们去。没有盐吃，没有衣穿，打补丁的破片巾子都很难找到，但他们是乐观的，也是听天由命的。生活的底层蕴藏着人间大爱，陶庄的土民们就是这样，花理树皮的笔触是深刻冷静的，却又是温婉细腻的。

故事慢慢读下去，没有压力，一溜到底，如同去一个不知晓的地方，一直朝前走就是了，一路花香鸟语，也有风雨雷电，还有虎豹狼虫；风是甜的，水是清的，黑暗中也是见得到山影的，曲曲折折；有时你可以歇歇脚，浏览一下高山峡谷，听一听虫鸣鸟叫，跟着覃美玉一起担惊受怕，为她着急也为她庆幸。事实就是如此，你可以像覃美玉那样逃跑，像覃美玉那样朝着心上人所在的地方毫无把握地狂奔，最后为心上人慷慨赴死。吃野猪腊肉，咂龙爪谷烈酒，跟着覃美玉陪伴三少爷读书，站在覃美玉身边等待远出征战的三少爷归来，和这个苦命的纯洁得像一块碧玉一样的女子一起忍受土司城里人们的流言蜚语，跟她一样不与那些流言蜚语抗争，把希望寄托在三少爷对爱情的忠贞上。司署里的明争暗斗你没有办法，你就像这个女子一样龟缩在三少爷的怀抱里，抱着那么一丝侥幸，期待有那么一天雨过天晴。

花理树皮啊，你怎么就发现了人生中那么多无可奈何的道理，那么些打开似又关上的生命之门，那么些无法绕开的生命的渡口，又不知渡过去会是什么样的未来，一切可能都在，而你又无法在那样的可能中打开另外的生命之门，可是，谁又能呢？

那时候不能，今天，也还是不能。

四

不过，这就是一个时间久远的故事，我认为我们今天依旧像覃美玉一样，追逐着自己的诗和远方。

所以，花理树皮，你把这个故事讲得有些叫人怅惘。

为什么那些轻飘的语言叫人感到沉重？为什么那样凄美的故事，有时又叫人忍俊不禁？重话轻说是要很强的功力的，你为什么就这样手到擒来？生命的体悟是需要时间沉淀的，你这样年轻为什么又体悟得这样刻骨？你是少年老成还是故作高深？我无法想象你，但是我理解你，你一定是把自己当成那个三少爷了。

你搞对了，不把自己放进去，你就写不出这部长篇。

你还叫我吃惊的是，一部35万字的长篇，不搞那些花里胡哨的结构，什么前后伏笔啦，宏大主题啦，断续衔接啦，花开两朵各表一枝啦，统统不去管它，按说这样基本上一溜到底的长篇，应该是难读死了，却叫我一口气读下来，好笑好伤好悲好喜，都跟着你看似散漫的文字穿过深渊完成旅行，实在是难以想象的，却又真正地刻印在我的心里。

这应该是你故意的。

时间不就是一天天从那时流淌到现在的吗？故事，所有的故事不就是从第一天开头一天天发展到最后结尾的吗？故事不需要去营造惊心动魄，它就在自己的时空里自然地发生。

花理树皮，你真牛。

五

写容美土司的文学作品很多，我也写过《容米桃花》，也写到过覃美玉。容美土司的历史是很有意思的。元至大三年（1310年）始实行羁縻州郡的土司制度，往大里说，是当时历史条件下的民族区域自治制度，实际上就是朝廷鞭长莫及之下的无奈之举。后来历史演进，这种制度越来越为朝廷所不容。明末清初尤其明显。

我们关注着这一历史进程中的所谓大事件，试图解读历史的某些玄机。

其实，这是徒劳的，因为历史本来就在那里。

你很牛，花理树皮，你不关注那些，你把笔墨泼洒在一个妙龄女子的身上，还有田木然、王老虎、老虎王、陈深溪、秋籽和唐二狗这样一些普通人身上，写他们的悲欢离合、屠狗仗义、冰清玉洁。你到底要干什么？

听听今天流传在当年容美土地上金丝吊葫芦的柳子戏，高亢入云天陡地婉转入肺腑的声音，那还是覃美玉的声音吧！

这样，我就懂了。

你带着我们顺着这声音去时间深处的诗和远方，我认为，你就是这样想的。

《美玉无瑕》中的生态美学思想

葛荣凯[①]

"生态美学"自然属于"生态学"与"美学"跨界融合而催生出的新兴学科。"生态美学"研究在20世纪80年代后期兴起于英美,90年代在中国逐渐成为美学研究的显学。"生态美学"可谓应运而生,18世纪德国哲学家鲍姆嘉通在创建美学学科时,生态问题还没有成为人类的梦魇,学界并未对生态与美学的关系问题给予足够重视;直到20世纪全球生态持续恶化,自然被破坏,人类赖以生存的环境受到威胁,才促使研究者对人类中心主义进行了深入反思。当然此前,许多具有远见卓识的学者对之也有深刻的论述,例如在《1844年经济学哲学手稿》(以下简称《手稿》)中,马克思阐述了许多震古烁今的洞见。马克思虽然在《手稿》中没有明确提及"生态美学"这个概念,却通过多处论述深刻地阐释了人与自然的审美关系,表述了许多重要的具有原创性的生态美学思想。《美玉无瑕》一书中,作者虽然没有明确提及生态美学的相关概念术语,但其中所蕴含的浓厚的生态意识却始终处于在场的状态,值得深入分析解读。

一、《美玉无瑕》的生态主题探赜

鹤峰作家花理树皮的新作——《美玉无瑕》讲述了明崇祯年间容美土司由盛转衰之际,容美土司三少爷田甘霖与他的妻子覃美玉之间一段凄美的爱情故事。容美土司史料中有关覃美玉寥寥数百字的介绍,激发了作家的灵感,演绎出了一部令人回味无穷的爱情小说。

书中除了爱情这一贯穿全书的线索和主题之外,还隐伏着生态书写的暗线,即女主人公覃美玉身边的人或多或少地承受着一些不幸的事件:譬如儿时在身边保护她的田木然被误闯民宿的野猪误杀、牟把总误食过多野枞树菌身亡、心中所爱的田甘霖于防汛时在龙溪江水中被撞伤,身陷大险……这些事件的发生推动着故事情节的步步递进——田木然的离世致使覃美玉及其母亲从施南回到沙溪,也为其之后远赴容美埋下伏笔;牟把总在带着覃美玉赶往容美的路上意外身亡让覃美玉更早地同田甘霖相遇;田甘霖身受重伤,覃美玉在其身旁的悉心照料则为两人形成深厚的感情打下了基础。这样的情节在书中还有很多,都非常重要并且深刻影响着故事的走向。它们让覃美玉与田甘霖之间的爱情突显得更为凄美和刻骨铭心,也使得覃美玉

[①] 葛荣凯,湖北民族大学文学与传媒学院2021级硕士研究生。

周围的人给她贴上了总"带给身边人以不幸"的灾星标签。书中许多人物对覃美玉进行凝视时，总是习惯性地将其身边人物的不幸归结于她带来的厄运。但我们在进行了深入思考之后就不难发现，这些情节的矛盾冲突来源并不是覃美玉与其人物关系本身，而是来自更深层的人与自然的矛盾。对于田木然的死，书中明确写道："昨夜摸秋，漫山遍野的火把，把一头托儿带崽的野猪娘惊下了山，误闯司中，到处乱窜。"① 山中的野猪娘原本不会无故伤人，所以田木然的死，表面上是为了保护黄瑶、覃美玉母女，实际上却是在为山民们的行为承担后果。在浣纱客栈中，食用野枞树菌的不止牟把总一人，但只有他一人贪婪地吃完了整整一锅仍意犹未尽，也正是这种过度的食用才直接导致了他中毒身亡，这其实也暗指人类对于自然的索取不可超过其能承受之度。田甘霖受伤前在龙溪江河段巡查时面对气势磅礴的山水云日时也发出这样的感受："青山、黄水、白云，没有一宗是人能够左右的，除了观望还是观望……从来没感受到天地如此强大，那种对天地的敬畏油然而生。"② 容美的乡民们想要改造自然、利用自然，却最先体会到了自然的伟力。

这恰好迫使读者对人与自然的关系进行深刻思考，而这也是小说中蕴含的生态意识。为什么在以爱情为主题的小说中作者如此重视生态因素呢？答案是作者具有自觉的生态美学意识，不仅关注以人类为中心的人与社会，而且能以更加开阔的视野，将"爱情"这一人类永恒不变的主题置于一个更大的"自然、人、社会"的视域中。

二、《美玉无瑕》中蕴含的生态美学思想

18世纪中后期至今，随着科技的发展、生态环境的不断恶化，人类也逐渐从征服自然、改造自然的旧观念转向关注生态的和谐与可持续发展。这自然使得有关生态美学的相关话题不断被学者提起，并引起了足够的重视。生态延伸到美学范畴，即为"生态美学"，就是探讨生态领域中的美的本质、艺术与现实的关系等③。同时需要注意到的是，广义的生态美不仅包含自然的生态美，人文、社会的生态美更是其中重要的部分④，马克思《手稿》中的多处论述就蕴含着丰厚的生态美学思想，并从自然、人、社会三个向度对人与自然进行了多重审美关系的阐释，《美玉无瑕》中的生态意识与之不谋而合。

1. 自然生态美

《手稿》中论述道："人靠自然界生活。这就是说，自然界是人为了不致死亡而必须与之处于持续不断的交互作用过程的、人的身体。"自然生态美是作为人的有机

---

① 花理树皮：《美玉无瑕》，长江文艺出版社2022年版，第29页。
② 花理树皮：《美玉无瑕》，长江文艺出版社2022年版，第162页。
③ 李莉：《恩施民歌生态美之表征》，载于《湖北民族学院学报（哲学社会科学版）》2014年第5期，第122～126页。
④ 高中华：《生态美学：理论背景与哲学观照》，载于《江苏社会科学》2004年第2期，第214～216页。

身体的自然人与无机身体的自然界相统一的生态平衡美。这里所谓人的有机身体是指人作为直接的自然存在物的生物属性，而所谓人的无机身体是指人类生存于其中的人化自然。自然生态美的理想状态是人的有机身体与无机身体的平衡发展①，简单来说也就是追寻一种人与自然的和谐。这一点在《美玉无瑕》中具象化地体现为以下两点：

一是书中多位以自然界物象来命名的人物形象，例如男主人公田甘霖身边以草本植物命名的"田七"和"八树"两位男性角色、女主人公覃美玉身边的"深溪"与"秋籽"两位好姐妹，以及陶庄的土民"杨桃树""杨柳树"。正常来说，人物的命名或是蕴含着作者对于作品中人物的期望，或是对人物的命运的简要暗示，例如"田七"与"八树"作为两种野生草本植物，正象征着这两位角色所具有顽强的生命力——两人均是孤儿，蒙受田甘霖的恩惠得以存活，后期田甘霖在其父亲田玄离世后因避免司中内斗而来到天泉寨脚下的陶庄时，追随着田甘霖一起过着"种豆南山下，……带月荷锄归"自给自足的田园生活；"秋籽"在小说中于崇祯十二年九月秋天产下她与唐二狗的孩子后难产而死——于秋天生子之后离世。作者以自然物象对人物命名，实际是将人作为一部分置于自然中，而非以人类为中心，体现了天人交融、和谐一体的思想。

二是在文本中多处描绘了作为容美土司经济、政治、文化中心之地的芙蓉城中人与自然动静相衬、一派和谐的美景。例如小说中覃美玉第一次到达芙蓉城时，立于渡船上的描写：

> 晚秋的风已变得很清凉，古老的胜福渡口掩映在两岸的苍翠之中，北岸一簇簇冬竹十分繁茂，紧紧地挨在一起，被高大的灯笼树庇护着，盛开的灯笼花红艳艳的，与冬竹的翠绿搭配。而南岸麻柳树把枝叶几乎伸进了碧波荡漾的河水中，载着美玉和何清影的渡船就好像从枝叶中生出，一下子就到了河水中间。②

再如覃美玉与何清影走进芙蓉城八峰街客栈之后动人的场面描写：

> 八峰街与龙溪江并驾而驱，自东向西相距约三四百丈。龙溪江悠然南流，在八峰街西头回旋出若干大的一个滩头，滩头的卵石和沙砾在阳光下亮白如玉。一条碧水缓流，两条苍黑的瓦屋、岩板屋、杉木皮屋和茅草屋形成的街衢，加上龙溪江北岸成排的灯笼树，灯笼花开，红黑与碧绿好像都收归于那一滩头的白炊烟从街衢笼起，显得宁静而又有生气。③

作者通过零聚焦的方式描写出了容美山清水秀的自然旖旎风光并将动态的人物

---

① 董济杰：《〈1844年经济学哲学手稿〉中的马克思主义生态美学思想解读》，载于《学术论坛》2016年第5期，第21~24页。
② 花理树皮：《美玉无瑕》，长江文艺出版社2022年版，第98页。
③ 花理树皮：《美玉无瑕》，长江文艺出版社2022年版，第98~99页。

置于其中,人同自然的发展实现了一种动态的平衡,将人与自然生态和谐的景象表达得淋漓尽致。但笔者认为,在此处如果借用初到芙蓉城的覃美玉的眼睛,采取内聚焦的方式来描写这种陌生化的美景,也许会获得更为出彩的效果。如此,便是将容美的自然风光作为审美客体,而将其进行审美关照的人作为审美主体。这实际上也是马克思主义生态美学的第二个向度,即人文生态美。

2. 人文生态美

人文生态美是作为审美主体的人与审美客体的自然界相统一的生态价值美[1]。马克思在《手稿》中强调,作为审美客体的自然界对人的价值不仅仅是有用的物,人文生态美的理想状态是审美主体自由而全面地发展,实现对审美客体的价值关照。在《美玉无瑕》中,多处地方也体现了人文生态美的思想。前文提到,书中的男主人公田甘霖来到龙溪江河段巡查,在杨柳湾脊峻上观望水势时就曾面对黄水满江、烈日当头的景象发出过对于自然天地油然而生的敬畏感,他的意志被大自然的壮阔景象所感染而受到吸引融入这般美景之中,从平常状态进入忘我的、天人合一的状态,优美和壮美的审美体验自此获得。此外,在《美玉无瑕》的结尾处,对于田甘霖以自我之情融入自然景象中也有着这样的描述:

> 三月初四,田甘霖独自一人来到天泉寨山顶,打坐于美玉曾站的悬崖处,缅怀往事,如烟缕缕飘来。已经向佛的他,总是难以入定,从艳阳当空到日落西山,万道霞光散尽,夜风轻送,还坐在那里一动不动……田甘霖心中所念,抬手搅空。[2]

此时的田甘霖便是怀着对"亡妻"覃美玉的思念,面对夕阳与晚风,进入了自然的审美观照状态中。独自一人站在妻子曾经足迹所至之处,心中所想皆是一起生活过的场景,再加之自然景象的感染,便进入一种以我观物的境界抛开了利害关系对审美主体的束缚,细细地品味这优美的自然景观。

《美玉无瑕》中人文生态美所显现出的内容除了以上所述之外,还包括司民们劳动中的人文生态美。马克思认为,只有在自由自觉的劳动中,人类才能够自由发挥自己的个性与能力,从而创造全面而自由发展的人,使自我审美感觉能够得到最大限度的发挥,实现审美主体与审美客体的统一。也就是说,人与自然的关系,首先应当生发于劳动的过程中。在书中,容美的乡民们多是以挖葛根蕨根打粉的方式生活,所以丰收的季节一般在初冬,而初冬过后会举行大型的犒劳戏会,以慰藉人们冬忙之后疲惫的身心。靠山吃山靠水吃水,生活在容美的司民们借助天然的山水环境以生活,在劳动的同时司民们也以戏会犒劳自己,着实是一幅和谐的人与自然景观图。在田甘霖携妻儿来到陶庄之后,也深刻体现着劳动中的生态人文美:春天是

---

[1] 董济杰:《〈1844年经济学哲学手稿〉中的马克思主义生态美学思想解读》,载于《学术论坛》2016年第5期,第21~24页。

[2] 花理树皮:《美玉无瑕》,长江文艺出版社2022年版,第333页。

野猪繁殖的季节,就算是田甘霖等人捕捉到了母野猪,也选择将其放生,遵守着生态自然生生不息的规律,并未贪婪地向自然一味索取;在陶庄七月过半的采茶季节,庄里的妇女们都会按照覃美玉的安排采茶晒茶,会有人在劳动的过程中随人们劳作的节奏唱起民歌。例如书中就写到覃美玉站在黄岩板上随着妇女们踩茶劳作的节奏唱道:

> 六月采茶三伏天
> 三少离家我挂牵
> 望穿秋水今日转
> 有人摇扇在身边
> 七月采茶是立秋
> 晚霜朝露冷飕飕
> 千针万线做棉楼
> 夫妻情义记心头
> 八月采茶是中秋
> 几家欢喜几家愁
> 芙蓉城里有酒肉
> 陶庄火坑捞芋头
> 九月采茶是重阳
> 处处桂花扑鼻香
> 人家双双登高去
> 我倚门槛望断秋

这一首民歌,既道出了自己对心上人的迫切思念,也将采茶这一劳动行为本身同自然的时序联系起来,体现出了简朴又深刻的生态美学思想。在陶庄,尽管生活艰苦朴素,但是进行各项劳动时饱含着人的生命与自然交融所带来的乐趣和美感。同时还有一点不得不提的是,陶庄的乡民们虽然生产力较为低下,但少有地没有社会中的尊卑观念或者说尊卑观念极为淡薄,私有财产也较少论述,更多的是按乡民们的需要来分配物资。这就体现出了社会层面的生态美。

3. 社会生态美

马克思主义生态美学中的社会生态美是自然生态美与人文生态美的统一,而其理想的制度便是共产主义制度。马克思在《手稿》中论述道:共产主义,作为完成了的自然主义,等于人道主义,而作为完成了的人道主义,等于自然主义,它是人和自然界之间、人和人之间的矛盾的真正解决。在这里,人的自然主义是指人作为自然的存在物,只有按照自然界的客观规律来进行实践活动才能够实现人与自然相统一;另一方面,自然的人道主义指在改造自然的过程中,人类要从人道主义的角度去认识和把握自然界,将自然当作是与人一样的有尊严和价值的客观存在去对待。在共产主义阶段,人类不断地向自身复归,这一过程也是具有审美感觉的人的复归。

人的生态审美感觉复归为人与自然的真正和解、重建人与自然的和谐创造了条件[①]。《美玉无瑕》中的人物极为深刻地贯穿了这一核心思想,例如在陶庄时,乡民们将自己打来的豪猪、油和柴分给覃美玉一家,而覃美玉也将田八树从庄外背回来的盐巴分给每个猎户。从自然那里取得的资源,大多数处于一种共享的状态,每个人不多索取,实现人与自然真正的和解并向具有审美感觉的人不断复归。

三、结论

"割下来的手就失去了它的独立的存在,就不像原来长在身体上时那样,它的灵活性、运动、形状、颜色等等都改变了,而且它就腐烂起来了,丧失它的整个存在了。只有作为有机体的一部分,手才获得它的地位。"[②] 这是黑格尔对于部分与整体关系的辩证论述,在其正反合的辩证法思想中,将自然作为其绝对精神辩证运动的第二个不可分割的部分。实际上这也可以看成人类与自然的关系——人类不可以同自然割裂开来。《美玉无瑕》中蕴含的生态思想也是如此,人类与自然的关系密不可分。从这样一部具有深刻生态意识的爱情小说中,我们能够看出,人类的审美生存和诗意栖居离不开生态环境,更离不开生态意识,人类的情感也必须首先放置于一个更为宏观的世界中,并对其进行思考。《美玉无瑕》作为一部高质量的小说,读者能从中品读到的不仅仅是容美土司三少爷田甘霖同女优覃美玉之间千古凄美的爱情故事,更能从中领略到作者充沛的生态意识。深入挖掘《美玉无瑕》中所蕴含的马克思主义生态美学思想,不仅可以增强读者的生态审美的意识,而且可以激励读者积极地将自己的审美意识外化到自然之中,在审美的感性解放中,促进自身自由而全面地发展。

---

① 董济杰:《〈1844年经济学哲学手稿〉中的马克思主义生态美学思想解读》,载于《学术论坛》2016年第5期,第21~24页。
② 黑格尔:《美学(第一卷)》,朱光潜译,商务印书馆1997年版,第156页。

论《美玉无瑕》之美

梁雪松[①]

一、引言

《美玉无瑕》是由恩施本土作家花理树皮创作的一部长篇小说，于 2022 年 1 月出版。作为地道的鹤峰人，他此前只是听说了一些关于容美土司的传言，并不了解容美土司的历史。随着旅游开发热，位于北纬 30°的神秘仙境——屏山峡谷被越来越多的人所熟知，被众多网友盛赞为中国仙本那、世外古桃源。2018 年，屏山旅游公司请作家花理树皮给屏山的景点命名。花理树皮在搜集容美土司的史料时被容美土司文化所吸引，被史料中短短几百字关于覃美玉与田甘霖的爱情所感动，最终写下了这部小说，使我们知晓了容美土司三少爷与女优覃美玉凄美的爱情绝唱，了解了容美土司田氏家族那些少有人知的历史。作者也期望去还原当时民众的真实生活，填补容美土司历史的空白。

从施南到容美，从沙溪到东乡，从容美到夷陵，在覃美玉和田甘霖的视角流动中，我们见证了他俩之间宿命般的际遇，从一见倾心，到再见倾情。随着地点的转换、视角的流动，一个个与他们产生交集的普通民众也出现在读者的视野中，西南边区所特有的自然风景之美、风土人情之美、民风民俗之美等也逐渐呈现，作品叙述中处处交织着这种自然风光与人文生态之美。

生态批评最早源于美国，1978 年鲁克尔特首次使用了"生态批评"这个词语[②]。由于生态环境恶化的现实，社会经济发展等消费观念所造成的精神生态危机，使得人们重新审视人与自然的关系。"它关注的问题既是文学本身的生态问题，也是文学所体现的人类生态问题，主要关注的是自然生态、社会生态现象背后的文化生态问题。"[③] 笔者将由此出发，来阐释《美玉无瑕》作品中体现的种种生态之美。

二、美在自然生态

人类还未出现时，这个世界便已经有了郁郁葱葱的森林、姿态各异的崇山，

[①] 梁雪松，湖北民族大学文学与传媒学院 2021 级硕士研究生。
[②] 党圣元：《新世纪中国生态批评与生态美学的发展及其问题域》，载于《中国社会科学院研究生院学报》2010 年第 3 期，第 117～127 页。
[③] 党圣元：《新世纪中国生态批评与生态美学的发展及其问题域》，载于《中国社会科学院研究生院学报》2010 年第 3 期，第 117～127 页。

数不清的江河斜织在我们这个蓝色的星球上。自然万物是具有自身审美价值的客观存在物，并不以人的意识为转移，自然生态之美是客观存在的。在人类的主观能动性并未参与的条件下，自然之物处在"美而不自知"的状态，具有独特的审美价值。

北纬30°穿过了鄂西这片土地，赋予其极具特色的自然风貌，亚热带大陆性季风气候给它带来了充沛的降水，使得森林资源异常丰富，葱葱郁郁的常绿阔叶林为它蒙上了一层神秘的面纱。这里的山风不似平原的狂风那样猛烈与直接，就像生活在这里的人一样多了些羞怯与婉约。这里的山泉溪水在崇山峻岭间穿行，多了些灵动与清冽，少了些江水不息奔腾的雄浑。在群山和条条溪水的交相辉映下，地处西南边区的这座山城如一幅山水画出现在世人的眼中。

1. 弯弯曲曲的溪水流淌出一幅水墨画

沈从文先生在《边城》中描绘了那条流过茶峒的清澈小溪，在他其他的文学作品中也反反复复提到家乡的沅水。从古至今，水作为一个意象存在于众多作家的文学作品中，它对作家来说具有各种不同的意义。诗人李白发出过"君不见黄河之水天上来，奔流到海不复回"的感叹。郭沫若的名字取自家乡的两条河，分别是沫水和若水。徐志摩诗歌中水波潋滟的康河，迟子建笔下缓缓流动的额尔古纳河，萧红记忆中家乡小镇的呼兰河……每当看到这些作家笔下的河流，我们的脑海中便仿佛浮现了相关的种种画面，条条河流给人一种美的享受，潺潺地流到我们的脑里、心上。在鹤峰这片土地上，弯弯曲曲的溪水清澈见底，在诉说不同的故事时，也给读者带来了美的感受。

覃美玉从沙溪到容美，一路的风景在作者笔下一一呈现。特别是在写到容美土司的经济、政治、文化中心之地芙蓉城时，作者耗费了颇多笔墨。从入城便细细刻画，使读者看到了盛世容美，也展现了容美这一福地的生态之美。入城时作者简单地交代了胜福渡口的名字源于历史上白俚俾弑父篡位时一位守护功臣的名字。紧接着作者便描写当时渡口的景色，正是暮秋时节，"晚秋的风已经变得很清凉，古老的胜福渡口掩映在两岸的苍翠之中……而南岸麻柳树把枝叶几乎伸进了碧波荡漾的河水中，载着美玉和何清影的渡船就好像从枝叶中生出，一下子就到了河水中间"[1]。

龙溪江和八峰街并驾齐驱，弯弯曲曲的龙溪江宛如一条白色的织带绕城而去。"一条碧水缓流，两条苍黑的瓦屋、岩板屋、杉木皮屋和茅草屋形成的街衢，加上龙溪江北岸成排的灯笼树，灯笼花开，红、黑和碧绿好像都收归于那一滩头的白。炊烟从街衢笼起，显得宁静而又有生气。"[2] 作者笔下的龙溪江用它自身的语言在向我们诉说着容美这片土地的美丽。

---

[1] 花理树皮：《美玉无瑕》，长江文艺出版社2022年版，第98页。
[2] 花理树皮：《美玉无瑕》，长江文艺出版社2022年版，第99页。

2. 四季如画的群山点染了一幅水彩画

暮霭沉沉，苍山如海，群峰叠翠，当人置身于这浩渺的万山之中时，人世间的儿女情感顿时显得渺小起来，不堪依托。在四季流转中，这片土地上的群山也美得像一幅幅水彩画。春天到来时，带有鹅黄的浅绿色晕染了座座山峰，它们在向人们诉说着春天的故事。"连雨不知春去，一晴方觉夏深"，当远处与近处的山峰由浅绿慢慢染成深绿时，晴光下的片片绿叶向人们昭示着夏天的来临。群山的翠绿被浅红或深红层层点染时，秋天就这样悄然而至。"鳞次栉比的吊脚楼掩映在巨大的灯笼树（栾树）丛中。每至深秋，灯笼树上开满了小小的灯笼花，洋红淡妆，在晨光中，如用水彩笔在苍翠之中随意地洒了一些浅红。"① 冬天的山峰便被白茫茫的大雪所覆盖，留下了一幅纯粹的自然山水画。

三、美在社会生态

学者曾繁仁曾经说过："生态美首先体现了主体的参与性和主体与自然环境的依存关系，它是由人与自然的生命关联而引发的一种生命的共感和欢歌。"② 客观存在的自然生态具有它特有的审美价值，人类出现在这颗蓝色星球上后，万事万物由此开始发生多样化的联系。人与自然构成了人类社会，人与人、人与自然的关系交织成社会生态。

1. 人与自然合奏出生命的共感和欢歌

鹤峰这片土地上的人，生于自然，成长于自然的怀抱中，对于大自然，他们常怀感恩之情。中国自古以农耕文明为基础，对自然，人们始终怀抱着崇敬之情。生存所需要的物质资料从自然中取得的，江上之清风、山间之明月也是自然所赐予，对于靠天吃饭的人们来说，自然的馈赠给了他们生存下去的机会。大自然给予了他们太多的馈赠，有用以换日常所需的葛根粉，有长于山间的茶叶，有清澈河流中的鲜鱼，也有深山树林里的野味。自然对他们投之以桃，他们便对其报之以李。生活在这里的人们对自然都怀有敬畏之心，在经历了一年的劳作之后，他们会举行盛典，告慰自然，当然也在这场盛典中让操劳一年的身心得到放松。

在这里，人们用心感受着季节的轮转、万物的变化。不似现代的很多人已经分不清稻黍稷麦菽五谷，也忘记了四季的时令。人们的各种情感在自然界中找寻到了客观对应物，一切动植物都被人赋予了独特的情感。正如王阳明所说："你未看此花时，此花与汝心同归于寂。你来看此花时，则此花颜色一时明白起来。"③ 自在的风景作为客观存在物有了人的主观参与，才真正成为风景。

---

① 花理树皮：《美玉无瑕》，长江文艺出版社 2022 年版，第 6 页。
② 徐恒醇：《生态美学》，陕西人民教育出版社 2000 年版，第 119 页。
③ 王阳明：《王阳明全传（简体注释版）：传习录、书信》，陈明等注释，华中科技大学出版社 2014 年版，第 105～106 页。

依赖于自然万物，人的主观情感在自然界中也找到了投射的对应物。古有周人的黍离之悲、文人墨客的折柳送别，人类的情感借助具体的物象得以抒发，反过来这些景物也成为一种情感符号。《美玉无瑕》主要从覃美玉和田甘霖的视角展开叙述，从覃美玉成长之初，到踏上找寻心上人之路，自然万物在她那里就具有了情感和意义。初次遇到田甘霖时，她感受到田甘霖身上不是香味、不是汗味、不是酒气，而是一种很好闻的味道。她很是迷惑，不知如何道明这种味道。于是，她通过具体的自然景物来形容这种味道，把模糊的情感具象化。"她有一点迷惑，感觉自己好像沐浴在莫名的春光里，轻践着绿草，趋近了一条朗诵着粗糙而又文雅的诗歌的河。"[①] 美玉此时的情感欢歌通过具体的自然之景得以抒发，读者能清楚地感受到美玉与田甘霖相遇时的诧异与欢喜。

覃美玉幼时丧父，从小便与母亲相依为命，母女俩虽孤独但自由地生活在山中的一所小院中。幼时的生命体验使得美玉比寻常人多了一份敏感，对于人事与自然景物也有了更加深切的感触。田木然叔叔对她们母女的关怀，她能够从四季的变更中体察到，从"春送鲜花夏去燥"到"冬天还来把炭烧"的四季流转中，感受到田木然叔叔的贴心与温暖。可是好景不常在，田木然的愕然离去，让美玉深深地感受到了人世无常，在当时的处境中，一切景物仿佛都着上了她的情感。"秋华惨淡秋草黄，耿耿秋灯秋夜长。"在这晚秋时节更添凄凉，怎一个愁字了得。"病起萧萧两鬓疏，卧看寒月上窗头。黄檗连苔煎苦水，母女相待顾春洲。"月儿在这时发出的也是寒冷的光，没有一丝暖意。睹物思人，田木然叔叔留下的大筒子琴仍然立在那里。以往大筒子琴似锯柴的声音，此刻却欲说还休，在指尖的按压与手臂的来回中传出幽咽哀怨的声音。而美玉此刻的心情就像空中的浮云，"如轻云飘浮无定处，又如乌云压来天色苍"。随风飘浮并不能让她感到自由，她感受到的是无根之愁苦，不知到何处去之迷惘。

到达容美之后，过去的伤心之事美玉仍然难以忘怀，而她现在身处胜福渡口，也象征着她人生路上的渡口。只有渡过去，才能继续领会人生百味。"山重水复又一渡/艄公船儿晃悠悠/绿水幽幽/对岸是喜是愁/试问摆渡人/过不/布谷声声逾春秋/不过，不过/如此/一河碧水涤幽梦。"[②] 一切景语皆情语，生态之美并非自然的独奏曲，它是由人与自然的生命关联而引发的一种共感和欢歌。

2. 人际交往中濡染着真诚与信任

崇祯年间，明朝局势混乱。地处湖广西南的鹤峰容美，得益于群山的庇护，与外面混乱的时局相比，这里的人们依然安居乐业，在炊烟与雾霭的笼罩下，显得一片祥和，有种世外桃源之感。虽然容美土司内部由于利益关系的不同也有一些纠扯，不乏偷银子的泼皮无赖之徒，也有一些乱嚼舌根之流。但是生活在这片土地的百姓

[①] 花理树皮：《美玉无瑕》，长江文艺出版社 2022 年版，第 15 页。
[②] 花理树皮：《美玉无瑕》，长江文艺出版社 2022 年版，第 98 页。

大部分仍然是真诚善良的,也极富人情味,人与人之间的交往少了很多功利性,更多的是自身感情的真实流露。作品以覃美玉和田甘霖为中心,与他们来往的朋友们都是十分真诚的,在他们的交往互动中,集中体现了人与人之间的和谐欢歌。彼此间自然、真诚地袒露,使得他们无条件地相互信任。正如作品中极有特色的两个人物:王老虎和老虎王。东街的老虎王虽然和西街的王老虎之间彼此不和,就像他们的屋一样,一个在东,一个在西。但他们之间有许多的共同点,比如身上都充满了豪气和义气。在自然的濡染下,人与人之间共奏出生命的和谐欢歌。

他们为了各自心中所信奉的义,先后陪伴守护在覃美玉身边。田甘霖无条件地信任王老虎,给了他很多金钱让他去帮助覃美玉,王老虎也不负田甘霖所托,面对钱财毫无贪念,而是心心念念想把美玉接回他家,为其提供容身之所,田甘霖和王老虎身份与阶级的差别并没有阻止他俩成为朋友,真诚使得他们愈发信任彼此。

听到王老虎家遭遇火灾时,老虎王心中十分内疚,心中涌动的义字,使他决定要挑起王老虎这个家的责任。之前与王老虎不和是事实,如今老虎王想要帮助他们家也是真诚的,发乎内心的真诚让他收获了王老虎老婆和覃美玉坚定的信任。人际交往中濡染的真诚与信任,为社会生态向真、善、美发展提供了可能。

四、美在文化生态

人处于自然美景之中,跟随着大自然的一呼一吸,能感受大地的生命。与他人之间的交往出于真诚建立在彼此信任的基础上,自然生态与社会生态达到了一种理想境地,身处其中的人的精神生态,自然具有健康与和谐的美。在作品中,"人类曾经与诗歌、艺术一道成长发育,凭靠着诗歌与艺术栖居于天地自然之中而不是凌驾于天地自然之上或对峙于天地自然之外"[①]。田甘霖与覃美玉的爱情通过诗与歌串联起来,诗与歌中多是对自然景物的描绘,体现了人与自然和谐的完满状态,表情达意的诗歌与民歌构成了这方土地上独有的文化生态。

鲁枢元曾说过,工业化的时代,语言已经被污染了。普通话的普遍化打破了人们的交流障碍,可是语言也不断标准化,就像批量生产的机器一样。"我们的头脑塞满了五花八门的程式化的语言。逐渐地,当我们自己以为是在表达自己的情感时,我们只不过是在使用这些陈词滥调罢了。"[②]诗歌能够丰富人们的精神世界,将自然万物的灵气展现出来,把自然与人类连接起来,使人类诗意地栖居在这片土地上。

---

① 鲁枢元:《生态批评的视阈》,载于《渤海大学学报(哲学社会科学版)》2007年第6期,第5~20页。

② 鲁枢元:《生态批评的视阈》,载于《渤海大学学报(哲学社会科学版)》2007年第6期,第5~20页。

在作品中，我们可以看到长短不一的众多诗歌，有短短四行的，也有十多行的。不管是在日常生活中，还是在活动典礼上，诗歌作为媒介总是反复出现。它是人们表达情感的一种方式，有耳熟能详的民歌，如唐二狗所作的浅白通俗的短诗，也有韵味十足的文人诗歌。这些诗歌是雅俗共赏的，生活在这里的人以诗歌为媒介，用凝练的语言传达对生活的独特感受与情感。以诗歌为媒介的日常表达方式，使人们的世俗生活诗意化，并由此而审美化，为社会生态向健康和谐之美发展提供了可能。

美玉作为女优常常用民歌来表达自己情感，比如在与舅舅黄中和即将分别时，她通过一首民歌，通过刘备、杏元、董永自况，在一唱三叹中表达了对其舅舅的不舍之情：

> 太阳落了西，我也舍不得你/皇叔舍不得关二弟/太阳落了西，我也舍不得你/杏元舍不得梅良玉/太阳落了西，我也舍不得你/董永舍不得七仙女/太阳落了西，我也舍不得你/侄女舍不得舅舅的[①]

田甘霖作为读书之人，也通过诗歌表情达意。在带美玉参观葛根粉制作工艺时，他与美玉之间你来我往的吼诗与对歌，是作品中极具代表性的情节。田甘霖首先吼了一首七言绝句，吼出了对不能相见的爱人的思念："此时相望情水深，愿付韶华常伴君。"美玉抛过去的民歌回应了对于情郎的浓浓思念："天（啦）也（呀）黑（呀）/小妹（的）哥哥怎样得（呀）。"紧接着田甘霖又吼来了一句直接了表露对于情人的爱意，"哥啊妹儿欢喜心"。美玉接着抛过去的民歌，也直白地把爱意写在歌词里："我最爱的只有（那）三个/太阳（哟），月亮（哟）和你（哟）。"田甘霖最后对美玉再次做出回应："浮世万千/吾爱有三/日、月与卿/日为朝/月为暮/卿为朝朝暮暮。"[②] 最后的总结升华了他与美玉之间的爱情。他们心中的爱意通过不同的言语表达出来，不是来来去去干巴巴的"我爱你"三字，而是通过不同的诗句与民歌，多样婉转地抒发，自然景物被寄托了情感存在于诗与歌之中。生活在这里的普通百姓对于诗与歌的热爱，以及田甘霖与美玉之间在日常生活中的诗意化表达，展现了这片土地上独有的文化生态之美。

五、结语

《美玉无瑕》叙述了女优覃美玉和容美土司三少爷田甘霖之间的凄美爱情，同时对容美土司的历史做了一定的补充与丰富。书中无论是容美土司当地秀丽的自然风光、风俗民情，还是人民的日常生活，都能使人在阅读中时时获得审美体验，感受到作品中的自然生态之美、社会生态之美和文化生态之美。当然，如果作品中能够再留一些叙述空白，延展读者的审美感受力，让读者自己在阅读过程中去感受发现，

[①] 花理树皮：《美玉无瑕》，长江文艺出版社 2022 年版，第 57 页。
[②] 花理树皮：《美玉无瑕》，长江文艺出版社 2022 年版，第 193 页。

作品的审美蕴藉性会更加丰富，从而产生一种"言有尽而意无穷"之感。除了帮助读者了解容美土司的历史，这部作品对于当下社会也具有启发意义。如今工业化日渐加速，经济利益至上的原则使得商业资本对自然与人进行双重掠夺。人与自然的关系被破坏，人也走向异化。地球生态和人类精神生态出现了严重的危机，我们应该从作品中人与自然的和谐关系的范式里，重新唤醒对于自然的敬畏之情，唤醒我们的生态保护意识，建立一个人与自然和谐相处，自然与人类自身都能得到平衡持续发展的、美的社会。

生态文学视域下的诗意书写与宿命意识
——论《美玉无瑕》

王旭迪[①]

一、引言

"生态文学是一种独特的审美形态。它通过对人与自然关系的描写，深入探寻生态危机的思想文化根源，追求人与自然的和谐共生。……生态文学的兴起与人类对环境危机的反思密切相关，尤其是工业革命以来，对自然资源的开发利用导致的生态失衡，已成为影响人类生存发展的重要问题。这促使人类反思自己的生存发展方式，并对人与自然关系重新作出调整，由此开启了人类的生态文明建设。"[②] 毫无疑问，文学在各个时期都勇于并自觉担当时代责任和社会责任，生态文学的问世表明知识分子在用自己的方式探寻着人类与自然和谐相处的路径。

《美玉无瑕》是土家族作家花理树皮根据土家族历史上容美土司三少爷与女优覃美玉的爱情故事进行创作的长篇小说。文本中大量自然生态的细腻描绘与人物形象的塑造、叙事、抒情紧密结合，凸显出作者对生态的关注和对故土山水的热爱。

对比日本经典生态文学作家多和田叶子的"后3·11三部曲"〔《不死之岛》（2012年）、《献灯使》（2014年）、《彼岸》（2014年）〕，中国蒙古族作家郭雪波的"大漠系列"（《银狐》《大漠狼孩》《沙葬》），以及张炜儿童生态文学系列（《寻找鱼王》《我的原野盛宴》《爱的川流不息》）等作品，花理树皮表现的生态环境更加靠近托马斯·哈代的生态小说《德伯家的苔丝》。哈代有强烈的生态意识：被自然母亲孕育的生灵却一定要疏远自己的"母亲"，与之撇清这种本该亲密的关系后，最终必然遭遇被毁灭的厄运。《美玉无瑕》中，作家巧妙地将一对青年男女的爱情与环境相连，再现容美土司三少爷与女优覃美玉的旷世奇缘，蕴含着对容美地区生态环境的真情关注。

这种生态文学的表现范式与传统生态文学有异，传统意义上的生态文学更多的是对环境遭到破坏后的再现、对人类生存困境的显示。《美玉无瑕》中，作者不仅呈现了美丽的容美山水供读者醉心——重峦叠嶂的原始森林雾气弥漫、深深浅浅的古

---

① 王旭迪，湖北民族大学文学与传媒学院2021级硕士研究生。
② 王光东、丁琪：《新世纪以来中国生态小说的价值》，载于《中国社会科学》2020年第1期，第133~152、207页。

河床平缓宽敞、壮丽灵动的溪流瀑布飞进千里、波澜不惊的青潭深不见底、延绵不绝的丘陵巍然庄严，共同组成容美地区健康的自然生态系统，是再现的爱情故事更是令读者魂牵梦萦。作品表面突出爱情，深层的意味是：山水自然在衬托男女主人公荡气回肠的爱情，凸显自然环境在人物生存、故事发展中的重要地位，显现出哀而不伤的爱情氛围，使故事叙述更具艺术性。

田、覃二人的爱情进展中，几度空间位移都显示出自然生态的重要意义。作者将叙事与景物的描绘置于相同的地位，两条线时隐时现，浑然天成：一方水土养育一方人，因世外桃源的存在爱情才得以生长。文本中数次出现的生态现象给予人物宿命的隐喻。另外，诗情画意的笔墨离不开山水，山水也为作者传达的诗意内涵助力，二者相辅相成。作品中传递出的诗意气质与自然生态如骨与肉、肉与灵。诗意的传递中离不开生态空间，宿命意识的表现依存于生态空间。倘若只写生态，显得乏味无比，陷入单一呈现的窠臼，徒劳无功且缺乏美的气韵。作者将生态空间作为土壤，在这块土壤上，让自我的文学情感、诗意书写、创作技巧、叙事内容行云流水地蓄力绽放，为文学的宏伟殿堂添砖加瓦。

二、生态空间下的诗意书写

花理树皮的创作中有着明显的诗意书写。这种诗意，是小说从中国诗歌传统中继承的一种审美特质。不止于"采菊东篱下，悠然见南山"所表达的性情心态，更在于作品所营造的感觉、氛围，模糊而又无以言表，却能促使人在阅读后产生一种冲击心灵的力量。

《美玉无瑕》中注入了大量中国古典诗词。首先在书名上，"美玉无瑕"之书名见于古典名著《红楼梦》作者曹雪芹的《枉凝眉》："一个是阆苑仙葩，一个是美玉无瑕。若说没奇缘，今生偏又遇着他；若说有奇缘，如何心事终虚话？一个枉自嗟呀，一个空劳牵挂。一个是水中月，一个是镜中花。想眼中能有多少泪珠儿，怎禁得秋流到冬，春流到夏！"① 作者自觉地从古典诗词中拮取力量，使得书名优美而不失文化底蕴。巧合的是，《枉凝眉》中曹雪芹所感叹的凄惨爱情故事与本书中覃美玉和田甘霖的爱情在本质上是相似的，相爱之人终不能携手，天人永隔，一切归于尘土，终是如梦一场空。陪伴覃美玉走过风风雨雨的何清影在自报名讳时有言："起舞弄清影，何似在人间，曰何清影。"何清影的名讳取自宋代诗人苏轼的词《水调歌头》。"清影"一名令读者思绪飞跃回到千年之前：月影稀疏，苏轼于月下起身舞蹈玩赏着自己清朗的影子。一定意义上，作者在借助"清影"一名的出处表达一位生活在现代社会的后人对先人爱情最衷心的祝愿——但愿人长久，千里共婵娟。两位人物的名字透露着中国古典文化的韵致。

体现诗意书写的另外一处，集中表现在作品中通过人物之口不断出现的古诗词

---

① 曹雪芹、高鹗：《红楼梦》，上海古籍出版社2009年版，第37页。

以及朗朗上口的现代诗。作品开头，既是二弟又是二哥的田既霖夹在哥与弟中间免不了滋生失意与尴尬的心绪，于是他沉溺于古典诗词，以此麻醉自我。"一本《唐诗宋词》读了多日，念道：'白日看云坐，清秋对雨眠，眉头无一事，笔下有千年。'"无需赘述，一首诗将田既霖慵懒的心境展露无遗。美玉在梦醒时分登楼望贡水，空有几点渔火，月朗星稀之际，江下薄雾层层，江岸屋影重重，年轻的她因景触情颔首吟出："圆魄晴空孤，山水四时同，安知容阳里，可有风雨兼。"诗与情、诗与景在此处又一次完美融合。作为故事的主人公，作家依据史料赋予田甘霖横溢的才华，他在书中多处吟诵。在美玉莫名入梦之际，他百思不得其解后进入溪水蜿蜒的峡谷，在其中或泅谷水，或跳顽石，或攀古藤，将身心融入自然山水，脑海中爬满诗意："岚雾幽梦中，峡谷地缝深，滩声晚秋浓，屏山朝暮阴。"诗句中流露出屏山峡谷晚秋中的幽深，又是一处基于生态空间抒发自我所感的印证。可见生态空间在人类情感表达中的重要性。人类的情感是复杂多样的，这些情感被深深地压抑在潜意识、前意识中，人类赖以生存的生态空间激发着人类内心最原始的情感，在天地中发散。经历千山万水的奔赴后，男女主人公终得再见。再见之际，浓情蜜意，一重山水一重亭，作者用连绵不断的诗句，将二人相见时的情感浓度推到顶峰，此时出场的是别具一格的现代诗[1]，它们肩负着传递无限情感的职责。三首行云流水的现代诗将浓情蜜意与思念传递得恰到好处，感人至深。美人在侧，山水在眼前时，田甘霖赋诗："一山犹白一山青，疑是寒温气未平，吾亦无心作难解，闭门且去叩庄生。"除夕家人团聚，堂屋里，诗与酒汇聚，田氏父子分别作诗，酿成容美土司历史上最为出名的《甲胄除夕感怀》。父子四人作的诗再次使本书中诗意的传达登峰造极[2]。田舜年为田甘霖与美玉的幼子，他从小便喜爱诗书，一日煞有介事作诗："煮羹一夜强吾餐，秋风稍来说衣单。唯有父母知冷暖，妈妈还当褓裸看。"田舜年的诗句虽略稚嫩浅白，但作者不放走任何可以传递诗意的人物，可见其对中国诗歌的热爱。

  主要人物因情流露出的诗句传递出缠绵悱恻的诗意，次要人物也被作者赋予创作诗歌的能力以及学习诗歌创作的热情——如唐二狗在七月初的赋诗会上也积极参与作诗[3]。除了借助人物之口作诗传递诗意外，作品中更有作者直铺纸上的包含土家族民风民俗以及自然生态的诗歌[4]。如果说主要人物的诗情画意用来烘托诗意氛

---

[1] "初见是在一年前，未曾相知竟想念，秋至清风天阔远，柔拂面。跋山涉水好为难，今朝再见原来邂逅，此情从来绵绵。总以为山是山来，天是天，曼妙雾霭又相连。""邂逅经年，镌刻思念深痕现，别离隆冬雪天，兰香回环，桃色斑，多少衷情，此生缘，对与错，苦与甜，何须蹒跚。""百相思，千系念，万里迢迢把君看，昨似梦，今如幻，明日依依可实现。"

[2] 花理树皮：《美玉无瑕》，长江文艺出版社2022年版，第290~291页。

[3] 一首："司中秋籽荡秋千，胜福渡口不要钱。你来我往一只船，三篙撑到河对岸。"二首："客人找碴嘴来挡，老板扫把用肩扛。堂前堂后不容易，二狗变作四狗忙。"三首："唐有春来籽有心，哪怕山高水又深。山高自由人行路，水深还有渡船人。"

[4] "容美田土一片天，龙溪芭家两条河。天蓝蓝河水浅浅，秋籽撑舵我掌船，八峰客栈好团圆。""八十根竹签挑盐，十三斤八两兑现，千山万水来得远，十七家土民好餐。"

围,那么次要人物所作诗句更使得作品天然地接地气,可以见到大山阻隔的生态环境中所孕育的风土人情。美玉去世后,田甘霖肝肠寸断,作者选择用现代诗的形式来表现①,现代诗不同于古诗词的工整对仗,在抒发情感上拥有更多自由的区域。在此诗中,忧愁、疑惑、悲伤的情感跃然纸上,留给读者无限的遐想与感叹②。

以一种物品作为首与尾的呼应同样构成形式上的诗意书写。作品开头提到一罐博落回花蜂蜜,作品结尾处这瓶蜂蜜再次出现时则用以赐死美玉。作为美玉生命结束的意象,蜂蜜的出现是一种预言。文本首尾呼应,让读者的阅读好似走过了一生,书中人物一生的际遇一幕幕在读者脑海中再现,传递出如诗般悠扬清远的韵味。

在直白的以诗词再现诗意外,更加巧妙的是作者用朦胧婉转的语言所传达的哀而不伤的氛围。作者的笔墨除叙事之外更多地放在外部景物的描绘上,对自然生态的描绘使得诗意重重积攒,登峰造极。外部环境的再现多采用诗词③与叠词。叠词朗朗上口,氛围清冽,表述怨而不怒、哀而不伤的意境。美玉伫立船头回忆往事:"晚秋的风已经变得很清凉,古老的胜福渡口掩映在两岸的苍翠之中,北岸一簇簇冬竹十分繁茂,紧紧挨在一起。"人物因景物触发最原始的思念之情,情景交融,极富诗意。田甘霖与王老虎喝酒叙旧,情到深处的外部描写是:"这顿饭从日落西山吃到了月上柳梢。""月上柳梢"四字令人不禁想起欧阳修的《生查子·元夕》:"月上柳梢头,人约黄昏后。今年元夜时,月与灯依旧。不见去年人,泪湿春衫袖。"诗中物是人非、旧情难续的感伤之情在生态自然中再现。田甘霖与美玉分离后,独身在外思念美玉时,作者着重描写了浓郁的深秋景物:"田甘霖坐在院子里,不知何处飘来一片枫叶,在清晨柔和的光影中,田甘霖抬手不经意地掠住了这片枫叶……贴在耳际听,分明有大筒子琴伴奏美玉柔美的歌唱声。""枫叶""云彩"等外部事物的描绘生发着诗意愁思。美玉及何清影一行人月夜出走皇城的情节书写中,作者将一行人的行动结合外部环境来书写,传递出中国古典武侠小说的侠者风范:"月亮照应,不是满月胜似满月,蝉声、蛐蛐、田鸡声,嘈杂之间不影响整个天地的寂静。何清影骑着马跟在美玉后面,在月映之下,一如清风侠客在异乡追梦。"一行人在竹林里驾马穿梭,极尽浪漫与诗意。

作者对主人公的结局也进行了诗化处理。一场受阻的凄美爱情在美玉了结自己

---

① "多少尘封的往日情,重回到我的心中,往事随风飘送,把我的心刺痛,你是那美梦难忘记,深藏在记忆中,总是要经历百转和千回,才知情深意浓,总是要走遍千山和万水,才知何去何从。为何等到从过多年以后,才明白自己最真的梦。是否还记得我,还是已忘了我。"

② 本文中所引诗句均来自花理树皮:《美玉无瑕》,长江文艺出版社,2021年版。

③ 如"寒天催日短,风浪与云平。""秋花惨淡秋草黄,耿耿秋灯秋夜长,已觉秋窗秋不尽,那堪风雨助凄凉。""病起萧萧两鬓疏,卧看寒月上窗头,黄连煎苦水,母女相顾待春洲。""谁念西风独自凉,萧萧黄叶闭疏窗,桃花原来开此处,流源出自此壑中。""情长春不短,红袖忍添香。夜更短,昼渐长,春雨绵绵,芭蕉嫩黄,暮色生香。""山中无约束,各自竟生存。"

生命后戛然结束，作者并没有赘述美玉身后之事，类比沈从文的《两个男人与一个女人》，两者都戛然结束叙事，构建了中国传统美学中"言有尽而意无穷"的留白之美。作者控制情感的宣泄，松放出紧握在手中的叙事话语权，将想象留给读者。全书前部分的叙事较为庞大且紧密，铺陈了大量的叙事以及景物的描写，聚焦于美玉奔赴田甘霖的一系列经历上。二人结合后，叙事明显减少，加速了美玉死亡的情节。随着美玉的逝世，叙事戛然而止，故事尘埃落定。通俗的男女爱情故事中，如果女方逝世，男方一般随即展开新的生活，在花花世界追寻新的温情。田甘霖不落俗套，美玉逝世后，他选择投身佛门，常居寺庙打坐静悟，以求超脱。他为爱情殉葬的行为，将全书的诗意内涵提到更高的层次。作者不停留于男女之爱的莺莺燕燕，将爱情崇高化处理，在浪漫的结局又现生态自然："田甘霖独自一人来到天泉寨山顶，打坐于美玉曾站的悬崖处，往事如烟缕缕飘来……"

三、生态空间下的宿命意识

《美玉无瑕》中有着极为明显的宿命意识，且大多与天地、与生态环境联系紧密；人物在宿命中顺其自然地诞生与相遇，在宿命中难以逃脱地走向死亡与分离。以下列举几处原文[①]：

> 但蹊跷是，偶遇的某人某事却成了未来一生的纠缠，并把伤痛和喜悦永远镌刻在生命中。

> 田甘霖一行怎么就向西了？人生有时候的错是注定的，但结果还真不一定是错，当然也不一定对。走在命运既定的路上，虽然并不愿意在这条路上走，但除了满腔悲愤地走在这条路上，别无选择，这就是人生。

> 生命的印记总是一个不断反复的过程，没有人把握得了。

> 发亲变发丧，天生人无常！蛊毒以闭气换得容颜衰。难道，真的，自古红颜多薄命。

> 所谓苍天有眼，却总是睁一只眼闭一只眼，让不该发生的发生了。是不是捉弄人，而且是漫不经心地捉弄。

> 假如人生不曾相遇，哪有那么多曲折的故事，假如人生不曾相爱，哪有那么多悲欢离合。

> 人各自怀心思，因事碰触，因情纠葛，终究难逃缘起缘落的世俗。

> 天地难容大奸大恶与大忠大智，神和仙都由心发，天地就是人心，人心就是天地。

> 人生的每一次拐点仿佛都源自一种偶然，既然选择了偶然，好像也就成了一种必然。

> 十六岁的姑娘，六十岁一样沧桑，她心如止水，活着就是活着，死了就是

---

① 以下引文均出自花理树皮：《美玉无瑕》，长江文艺出版社2022年版。

死了，一切都无所谓。

生命的无常，厄运与顺境都是一片云。

在《美玉无瑕》中，作者将人物际遇与缘分结合在一起，命运先行，强化既定的命运对人物的主导作用，忽略人本身的能动性以及在实践中的主体地位。正如王充把遇当成命，实质上是一种偶然论，充满着小地主知识分子无可奈何的悲观情绪。"十六岁的姑娘，六十岁一样沧桑，她心如止水……死了就是死了，一切都无所谓。"美玉夹杂欲望（合理的欲望）的行为、追求生活状态的良性改变受到阻碍后所滋生的宿命观念，十六岁的少女因经历生发出生无可恋的思维是悲观且消极的。这种生存观一旦产生，就以无意识或潜意识状态作用于人的生活甚至思想领域。"天地难容大奸大恶与大忠大智，神和仙都由心发，天地就是人心，人心就是天地"，董仲舒的天人感应思想，有着明显的唯心主义倾向。文本隐藏的宿命意识体现在自然灾害的发生、动物行为预示人物命运、神弓意象、带有宗教性质的结尾中。

第一，自然界的力量始终限制着人类。生态文学的视域下一直有强烈的宿命意识，如文本中数次出现的自然灾害：地震、干旱、洪水，以及美玉母亲黄瑶被毒蛇咬中而亡。美玉来到容美的第二年，北方干旱，长江一带雨水成积，田甘霖在这场自然灾害中屁股受伤，鲜血直流。崇祯十二年，多事之秋，又发大旱，颗粒无收，百姓死亡者不计其数，泱泱中华病入膏肓。从自然灾害对人类命运无情的裹挟中，我们可以体会到人类在生态空间下的无奈与无力：人类始终无法逃离自然灾害的冲击。时至今天，这种宿命观才有所改变。

第二，动物行为预示人物命运。在美玉一行人追寻田甘霖的途中，目睹了一场野兽之战，豺狗之间的撕咬以红毛豺狗的胜出告终，但母豺狗死了。红毛豺狗失去所爱，毫无胜利的喜悦。这个动物间的故事带有某种预言性，隐隐预言着美玉的死亡结局。田甘霖受到来自家族的阻碍（试图拆散他与美玉）前，莫名其妙被众多猴子挠伤，身负痒痛回到司中。这两次动物的行为都预示着人物接下来的命运与处境，带着某种神秘的宿命色彩。

第三，胜负寄予外物神弓。文本中神弓是一个重要的意象，美玉追寻田甘霖途中即有神弓入梦的情节。神弓的传说预示拥有神弓的人会获得如虎添翼的强大力量，取得胜利的筹码。这可以说是宿命论的反映。我们的人生一定程度上是自己不能把握的，那是什么起了决定作用呢？是命运。命运又是什么呢？陷入思考困境的人联想到了外物。自然力量面前，人往往无力改变自己悲惨的生活境遇，只能寄希望于神秘的力量。他们觉得凶猛的动物很强大，所以在相似律作用下便将外物认定为自己命运的把握者。有了强大的外物加持，人才可以战胜敌人，战胜困难。

第四，带有宗教性质的结尾。美玉去世后，田甘霖经常前往寺庙打坐静悟，试图用宗教抚慰受伤的心灵。作者让人物一定程度上远离尘世，消极避世。宿命论的积极意义在于它填平了人的心理困惑，使人的心理得到暂时的安慰。

四、结语

在生态文学视域下探讨《美玉无瑕》的诗意书写与宿命意识是合理的。无论诗意书写还是在宿命意识的探讨,都无法割裂它们与生态之间的联系。中国生态文学理论研究者鲁枢元在《生态批评的空间》一书中提出了生态学的"三分法",将地球生态圈分为自然生态、精神生态和社会生态,其中自然生态体现为人与物的关系、人与自然的关系;社会生态体现为人与他人的关系;精神生态则体现为人与他自己的关系[1]。《美玉无瑕》较为完整地体现了自然生态、精神生态和社会生态。

中国文学在各个时期都盛开着烙有时代特征的作品之花,带着纸张的幽香散落于大江南北,包容之下的和煦熹微及清风舞动着的文字在时代中飘逸纷飞,熏香着一代又一代年轻人。在文字精彩纷呈的世界,少数民族作家汲取着本民族独特的文化血液和营养,连同自己独一无二的文明之爱,在养育自己的土地上缅怀原始的纯真源头。花理树皮用自己的笔墨记录土家族的土司文化、书写容美的自然风貌,是文明的信仰、故土的热爱使然。

---

[1] 鲁枢元:《生态批评的空间》,华东师范大学出版社 2006 年版,第 20 页。

探寻《美玉无瑕》中的生态书写

吴 萍[①]

  生态文学伴随人们对日益显著的现实生态问题的关注而同步兴起。1962年，美国海洋生物学家蕾切尔·卡森出版《寂静的春天》，揭示了滥用杀虫剂等化学药物对自然生物和环境造成的严重污染和危害，引发全国范围内对生态问题的讨论、对生态危机的重视以及对生态意识的培养，该书也被认为是生态文学的滥觞而广泛流传。20世纪80年代，西方生态文学的创作和批评思想传入中国，国内随即掀起了一场方兴未艾的生态文学研究潮流，涌现出了迟子建、徐刚等将自然生态现状写进文学作品的北方作家，也有沈从文、叶梅等将笔墨停留在乡土、山水的少数民族作家。生态文学的创作在中国当代呈现出异彩纷呈之状，《美玉无瑕》也自有其丰富的生态资源可以挖掘。

  "天灾"和"人祸"是引起生态危机的两大主要原因。气候变化引发山洪、地震、干旱、泥石流和水土流失等多种自然灾害的发生，而深挖气候变化的根源，仍然可以从人类自身找到答案。为了发展生产力、获取更多的经济效益，人类不加节制地向自然界索取资源，乱砍滥伐、广修水库、大肆捕杀等一系列破坏生态平衡的行为最终给人类及其后代结下恶果，造成不可挽回的损失。大自然的无声控诉使越来越多的人开始警醒，人们发出保护生态资源、生物多样性的呼吁，同时开始反省深受消费主义、资本主义观念控制下人们精神生态失衡的缘由，并反思人与人的交往中存在的社会生态问题。从起初关注自然生态到着重观照人与社会生态的转化，展现了对自然环境的保护和对人精神世界的净化同等重要，人与自然的力量不分高下，只有采用和谐的方式对待自然，放下对权势欲望的执念，人类才不会造成恶果。

  由恩施鹤峰作家书写的《美玉无瑕》以历史史料为底本，描绘了一幅兼具生态风情和自然人情的画卷。身存世间，人与自然、社会的联系是万般紧密，环环相扣的。本文从文本出发，旨在探寻作品中丰富独特的自然生态资源，领略桃源世人身上所释放的健康精神情感生态，品味社会生态对于人的命运的控制和影响。

一、人间仙境：自然生态美不胜收

  鹤峰，这个作家生长的地方，就是小说中故事的主要发生地——容美。鹤峰隶

[①] 吴萍，湖北民族大学文学与传媒学院2021级硕士研究生。

属湖北省恩施土家族苗族自治州,动植物资源丰富,更有屏山峡谷、董家河等多个国家级自然保护区。作家生于此长于此,家乡的山水草木早已尽收入眼,存之于心。在进行文学创作时,青山绿水自然就成为作家的重点书写对象。即便以讲述爱情故事为中心,其间穿插的生态资源仍占据了较大篇幅,使读者眼前一亮并难以忘怀。

屏山峡谷在文中多次出现,峡谷山峰峻峭,流水蜿蜒,在作者笔下愈显幽深和神秘。"十里屏山峡谷,有六里水路,其中四里可以在河岸边或悬崖下边走。峡谷里丛林遮蔽,溪水蜿蜒。"① 屏山峡谷谷深水清,鸟语花香充盈谷内,相传有墨龙幽居其中,这正契合了"水不在深,有龙则灵"的古话。田甘霖游于峡谷之中,不仅使双目得到洗涤、身体得以放松,还让他心中的困惑和烦恼化为虚无,心境归于平静,甚至产生隐退于此的念头。如此人间仙境实为世间少有,不禁令读者也心驰神往。

屏山除峡谷以外,其他生态景观也十分繁盛。如在其山腰处有"古木参天",平地"良田鱼塘桑竹"鳞次栉比,尾部更有茂密的原始森林遮天蔽日,黑熊虎豹出没其间,兼有狼群吟啸,恰似一个资源丰富的生态公园。

除了拥有巍峨挺拔的芙蓉山和奔腾绵长的龙溪江这样的青山绿水之外,容美还是一个中药材资源宝库。板蓝根、鸡爪黄连、桂皮、贝母、党参、天麻等药草遍布大山之中,农闲时候,人们依照时令从山间采集而来,或自用,或售卖。种类之多、资源之丰令人惊叹。

明末清初,中华大地经受着战乱和自然灾害的威胁,生灵涂炭。地处偏僻闭塞之地的容美人民却在这样一个未经开发和破坏的桃源中安居乐业。客观地说,地处偏远阻碍了对外交流和经济往来,使得容美的社会文明发展进程落后于平原地区,但一定程度上,山川的阻隔在对自然的保护和外敌的防御上发挥了积极作用。得天独厚的生态地理条件使生活在当地的人们拥有独特而多样化的生存资源,而人类合理而有节制地资源索取也展现出人与自然和谐共处的生存状态,这促使一个相对封闭偏远空间内的人们实现了自给自足,而且极大保存了生态环境的原始面貌。

这是作者所呈现的明清时期的容美景况,实际上,今天鹤峰(即容美)的生态资源虽仍称得上丰富,但已然不能与明清之时相比。然而,全球范围内的生态危机在向人们发出警告:过度剥削和压榨大自然只会使人类自食恶果,保护我们的"生存之界"刻不容缓,维护与自然界的可持续发展才是人类世代长存的光明道途。

二、桃花源里:情感生态纯正自然

如鲁枢元所言:"人不仅仅是自然性的存在,不仅仅是社会性的存在,人同时还是精神性的存在。因而,在自然生态与社会生态之外,还应当有精神生态的存在。"② 因此,精神生态在生态文学和生态书写中同样占有一席之地。人们在物欲横

---

① 花理树皮:《美玉无瑕》,长江文艺出版社2022年版,第104页。
② 鲁枢元:《生态批评的空间》,华东师范大学出版社2006年版,第20页。

流、消费主义盛行的现代社会，承受着灵魂上的孤独、苦闷和迷惘，种种精神危机在一定程度上比任何外在威胁都来得迅猛且更具破坏性。现代主义文学尤其关注这一问题，以荒诞、意识流等手法，揭露和剖析了社会中人的异化和物化现象。如卡夫卡《变形记》中表现为，人与人之间甚至是最具本源性根基的亲子之间都变得越来越冷漠和疏离。精神情感生态的健康标准无外乎"自然"二字，回归到本真，从精神束缚中解放出来，才能一步步消除烙印在现代人心中的焦虑情绪。"生态文学最基本和普遍的人生观是简洁、朴素、自然与合乎常规。"① 精神生态健全必然会使个人健康地向上发展，使人与人之间的交往和联络更纯粹和雅正。

一方水土养一方人。在群山秀水的滋养中生活的人们，其精神世界是充盈而富足的。在自然的怀抱中，他们秉承"天人合一"的天地观，坦然地接受世间的生老病死，同时发挥人的主体性，坚守着内心的价值尺度。"近朱者赤"，生态美孕育人情美。人的身体需要摄入自然物质才能茁壮成长，而精神情感也无时无刻不被自然、社会环境所影响，在自然中得以修炼和养成。纵览全书，覃美玉所亲近之人——父母、朋友、爱人，都在源源不断地给予她温暖和爱意，尤其是她的友情与爱情等并未有血缘联络的情感更令人动容，这些力量让她能够实现心中所愿、追寻到虽死而不悔的幸福生活。纵有千难万险，纯粹而自然的人情助力最终将她指引到桃花源里。

首先是健康纯粹的爱情美。覃美玉与田甘霖之所以能够幸福结合，根源在于二人拥有朴素、纯正、健康的爱情观。田甘霖是容美土司田玄的第三个儿子，生于官家，家产丰厚，是民众所景仰的人物，身份显赫由此可见。而覃美玉幼而失怙，少而失恃，最后成为一名女戏子。两人的社会地位判若云泥，但是他们之间自爱情诞生的那刻起便认定对方且忠贞不贰。覃美玉自芳心暗许之后，便决定去寻找心爱的情郎，不顾山高水长、不畏艰难险阻、不惧人言蜚语。田甘霖亦为真爱奉献真心。安排友人照料身处困境的美玉、抵御其他女子的诱惑、为爱人争取家人认可和名分认同以及保护妻子免遭流言诋毁等，这些都是田甘霖为争取幸福、维护爱情所做出的努力。爱情在他们那里呈现出最本真和原始的模样，是最纯粹的相恋相守相护。在如此动荡的社会交替时期，还能发生这般情深意切的爱情，实属难得。仔细思索，爱情的真实面目本该如此，即没有背叛、不涉权势、无关金钱、相濡以沫、患难与共。然而，在外物的诱惑和侵扰之下，他们对于纯真爱恋的坚守反而显得弥足珍贵，能够在史料上留下一段佳话也不足为奇。

其次是守望相助的友情美。在覃美玉远赴容美寻情郎的漫漫长路中，出现了许许多多的"贵人"。这些人物大多与覃美玉相识于半路，却结伴在人生道路上。他们拥有正直、善良、忠诚和奉献的高贵品质。前有何清影一路相伴，从沙溪经施南至容美，吃穿住行样样操心，而不求任何报酬，最终命丧火场；后有覃卯姐照顾起居，

---

① 王为群、刘青汉：《论生态文学的价值系统》，载于《文艺争鸣》2007年第9期，第137～140页。

常伴左右，照管大小事务；兼有田木然、王老虎、老虎王、秋籽、陈深溪、唐二狗等朋友在危难中雪中送炭，互帮互助。实际上，容美人大多都是自然而又善良的，秋籽难产时，堂屋外团团围住的友邻就是例证，他们希望能够贡献力量。假若覃美玉没有这些朋友的帮助和支持，只身一人无论如何都不能顺利到达容美，也就不会有这段旷世绝恋。这些友情不掺杂任何利益，连接这些人的是他们内心的善良和真诚。这与都市社会中的某些酒肉朋友、权钱交易的表面朋友截然不同，覃美玉等人在交往中带着真情而不掺一丝虚伪，作者展现出他们精神生态的健康和自然。这也与现代社会居于对门而不识的冷漠的邻友关系大相径庭。从这部作品中我们至少可以知道，过去的人们曾这样肝胆相照、守望相助，世间曾经不乏这样简单而又深厚的友邻之情。

这些健康的情感生态是小说的感人之处，使不幸的结局不至于过分悲凉，亲情、友情与爱情给予覃美玉幸福而幸运的人生体验，也让读者为善良的乡民、淳朴的民风而触动，反映了容美土司地区大部分普通民众的情感精神状态。

三、混沌天地：社会生态内外交困

美国社会学家布克津在《什么是社会生态学》一书中指出：几乎所有当代生态问题，都有深层次的社会问题根源。如果不彻底解决社会问题，生态问题就不可能被正确认识，更不可能解决。[①] 社会生态是引起自然危机和精神危机的外在缘由。社会体制的变迁、朝代的更替、生产方式和生活方式的变化都可能引起自然环境的变化和人类精神文明的变化。容美少数民族地区与中原汉族地区以山相隔，由此形成了内外两个不同风貌的社会空间。而在明清之际，这两个空间的交互影响愈见明显，既有外来文人如文安之入鄂西隐世避难，又有容美军士外出参与抗清运动。然而在动荡时期，容美土司的内外社会生态状况都不容乐观。

外部社会生态引起精神生态的失衡。崇祯十二年（1639年），中原大地各处扬起农民军的大旗，民众纷纷揭竿而起，加入反抗明朝的洪流中。容美土司应湖广总督的命令，召集七千余士兵投入阻击起义军的战斗。田甘霖和唐二狗等人列于行伍之中，奋勇杀敌，留下覃美玉、秋籽等妇女独守家中。山河破碎、社会战乱带给覃美玉等众多容美女子或家庭精神上的担忧与害怕。战争将父子、夫妻从地域上隔开，而斩不断的牵挂又带给双方无限的思念与苦痛。从战乱爆发开始，在外奋战的士兵与在家痴守的百姓面临的是生死离别，是儿不识父、夫妇难逢的灰暗未来。就连田玄等领导者，也被明朝将覆、命运未知的忧思情绪所笼罩。这是外部社会生态对于容美的浸染和渗透，将容美从人人安居乐业的隐世状况中脱离出来，陷入与外部混沌社会相连接的处境中。

内部社会生态引发精神生态的异化。容美土司是崇尚神、信仰巫术的民族。文

---

① 余谋昌：《生态哲学》，陕西人民教育出版社2000年版，第137页。

中写道，田甘霖的大儿子田舜年出生之时"下地一泡尿"，被认为是不祥之兆，即"不克爹就克娘"，于是田甘霖夫妇听从父亲田玄的建议，领着儿子去拜寄岩观音，以此脱灾。这类事件体现了容美人的信仰和崇拜观念。然而信仰一旦偏离本初的轨道，便极容易引发人精神世界的异化和扭曲。覃美玉不公遭际和悲惨命运的导火线即群体的精神异化。覃美玉周围的人如何清影、李三四、王老虎等因为各种各样的意外而殒身，在众人看来覃美玉是一个祸害，认定与其往来的人都会招来不幸和祸患。这众人之中，就包括田甘霖的大哥、二哥等人。他们听信大梯玛殿阳的言论，认为自己不能诞下一儿半女是因为覃美玉将阳气吸尽，于是田家众人自田玄去世之后都排挤甚至想要迫害覃美玉，最终覃美玉难逃毒害而香消玉殒。田霈霖等人的精神变态是社会危机酿造的结果，他们在原始的信仰上找不到出路，也无意从自身寻找原因，最终导致了对他人的迫害，造成夫妻、母子生死相隔的人间悲剧。

四、结语

通过以上对《美玉无瑕》中的生态书写进行探寻可以发现，作者想要向读者呈现的绝不仅仅是一个爱情故事，除了地方风情的描绘、历史人文的展露以外，生态书写的部分贯穿全书，由物及人、由内到外地为我们刻画了明清之际容美地区丰富的自然生态、纯正健康的精神情感生态和时代背景下内外交困的社会生态景观。透视这些生态资源我们可以发现，当时的容美在人与人、人与自然之间总体上呈现出一番自由、自然与和谐之气，这与外部世界中原地区的分崩离析对比明显，亦与当代浮躁逐利的生态景况不同。同时可以发现，即使在当时，社会环境尤其是外部环境对于人的精神生态的影响也越来越深厚。文本中种种生态书写启示人们：自然、人类与社会是一个既相互联系又彼此影响的有机系统，要想实现三者间的良性互动和持续发展，必然不能忽视任何一方的生态状况。只有保护好自然生态这个基础，才能使人类在舒适的天地中自在地畅游和"诗意的栖居"，才能使人与人之间形成和谐自然的良性关系，营造良好的社会生态环境。

浅谈花理树皮创作中的生态关系
——以《美玉无瑕》为例

张晓玉[①]

生态文学是一个复合名词，它是生态与文学的融合。生态是"生态文学"的关键词，在古希腊语中指家或我们的环境（这里的生态与环境界限不明）。"文学"则是指用语言、文字表现出来的艺术作品。生态延伸到文学范畴，即为"生态文学"，主要探讨生态领域中文学的本质、文学与现实社会的关系等问题[②]。生态文学主张作品中表现生态的整体性，在发挥人的主体地位的同时，敬畏自然、尊重自然、顺应自然、保护自然。当然，这也是大众判定生态文学作品不同于一般意义的文学作品时所考量的一个重要标准。在处理人、自然、社会与自我的四种关系上，生态文学研究者应该关注人与自然、人与社会、人与自我的交互关系。

近年来，随着中央民族工作会议精神的不断深入，中国作家协会"少数民族文学发展工程"等政策逐步推进，我国少数民族作家、作品得到了前所未有的关注，中国少数民族文学创作也进入繁荣发展时期。党的十八大以来，随着我国生态文明建设的稳步推进，生态文学的研究方向逐渐成为中国文学新的学术增长点，一大批优秀的生态文学作品从广袤的中国大地上"生长"出来。土家族作家花理树皮创作的长篇小说《美玉无瑕》便是应时之作，本文试从生态批评角度浅谈其小说创作的价值。

一、生态整体观

《美玉无瑕》主要讲述了容美倒数第三代土司王（土司三少爷）田甘霖与民间女优覃美玉之间跨越阶层与地域的凄美爱情。该小说是作者基于容美土司文献中对歌仙覃美玉的极少篇幅的史料记载而展开的文学创作与艺术加工。小说主要围绕两人的爱情故事展开，从两人施南府初次相遇、容美重聚、八峰客栈重逢，再到最后的陶庄生死永别。在等级森严的封建社会，两人的爱情从一开始便注定是悲剧，这也是时代的悲剧。两人的爱情悲剧批判着男尊女卑的社会礼教对人的束缚，女性的生存处境暴露着土司制度的深层问题，覃美玉在天泉寨山顶的坚定赴死抨击着封建愚

[①] 张晓玉，湖北民族大学文学与传媒学院 2021 级硕士研究生。
[②] 李莉：《恩施民歌生态美之表征》，载于《湖北民族学院学报（哲学社会科学版）》2014 年第 5 期，第 122～126 页。

昧思想对女性的迫害。小说中的生态整体观，主要体现在以下两个方面。

（一）在地理位置的变化中感悟自然景观的四季轮转

笔者跟随小说中覃美玉从沙溪到容美的移动轨迹，或者田甘霖屡次征战或乡试的行进路程，欣赏着湖广西南地区的万山丛中容美一带的自然风光。"秋花惨淡秋草黄，耿耿秋灯秋夜长。已觉秋街秋不尽，那堪风雨助凄凉。天凉了，好一个萧瑟的秋，堂前屋后败草稀落，两只白鹅无精打采地站在无水的院子里，在瑟瑟的秋风中变得如此地土，是鹅还是鸭，都认不出来了。"① 在父亲和田木然叔叔相继去世之后，美玉与母亲两人独自生活在东乡。这段萧瑟的秋光，暗示着美玉母子漂泊生活的苦涩。亲人的离世也为美玉远赴容美埋下伏笔。美玉母女的命运不断变化，从侧面反映出土司社会女性的生活状态。"春天来得很迟，从去年冬天等起，直到前河两岸白的、粉红的樱花都相继开放，才姗姗而至。樱花被春风一拂，如雪花飘舞纷飞，有的落在还没有泛绿的枯草丛中，一下子芳影无踪；有的落在表面平静却已蠢蠢欲动的河水中，把万物苏醒的信息随流水捎给了远方。"② 两位男性相继离世，母亲黄瑶失去了支柱，大病一场，路途艰辛、不便出行、暂居东乡。只待母亲病情好转，美玉母女二人方可投奔沙溪地区的黄中和舅舅。精神寄托的离世使得幼女慈母完全失去了生活的保障和心灵的归属。或借景抒情，或情景交融，四季流转中不变的是时势的变迁和人物的飘零。

（二）在人物命运的沉浮中体悟人文景观的文化积淀

小说开头对于芙蓉城的描写十分精彩："芙蓉城是容美宣慰使司司署所在地，又名中府，俗称老司里。中府南门外八峰街自东向西顺龙溪江而建，鳞次栉比的吊脚楼掩映在巨大的灯笼树（栾树）丛中。每至深秋，灯笼树上开满了小小的灯笼花，洋红淡妆，在晨光中，如用水彩笔在苍翠之中随意地洒了一些浅红。苍翠浅红之中，醒目的是层层顺芙蓉山南坡而建的中府城楼。在中府南门前有一棵巨大的公孙树，叶子已经被时令涂抹成了淡黄色，比较显眼。芙蓉城里，八峰街古朴厚重，老司雄伟气派；炊烟与雾霭缥缈，显得十分祥和。芙蓉城，好地方！"③ 芙蓉城依山傍水，承载着容美百姓的政治、经济和文化的所有活动。各类民俗节庆、多元文化活动得以开展，这些城市景观与休闲活动展现出浓厚的历史底蕴和人文气息。

1. 正月初九的赋诗会展现文化景观

赋诗比赛分两组，即土民组和土王组。规则也不同，土民组现场评出一、二、三名，分别发一斤、八两、半斤盐。

> 第二组赋诗比赛，由义学田古板主持，他把各司参赛选手叫上台，一字排开，每人双手提着用纸写好的诗，由田古板用喇叭"吼"一遍后，评委们直接

---

① 花理树皮：《美玉无瑕》，长江文艺出版社2022年版，第33页。
② 花理树皮：《美玉无瑕》，长江文艺出版社2022年版，第34页。
③ 花理树皮：《美玉无瑕》，长江文艺出版社2022年版，第6页。

上台给每个人送签，自己拿着。……

容美"吼诗"由来已久，由隔山或对岸喊山歌演变而来，自诗祖田九龄开始盛行，容美人以能吼几句诗为时尚、为荣、为尊。但"吼"字太粗俗了，司中达官显贵把"吼诗"改成了"唱诗"，土民们仍然称"吼诗"。一个字的差别，阶层分得清清楚楚。①

不同阶层有不同的文化景观。王公贵族注重礼和雅、崇尚委婉，平民百姓喜好浅白与直接。赋诗比赛也是等级社会的产物，平民与贵族的游戏规则、游戏奖励机制各有不同。

2. 正月十五的柳子戏演出蕴含民俗范式

容美的柳子戏是当地发展起来的一个戏种。柳子戏，初学吴腔，中带楚调，逐渐形成独特的唱腔。其中，芙蓉城柳子戏班的《一夜元宵花鼓闹》演出影响力最大。覃美玉加入柳子戏戏班后，融合川腔、南声、楚调等其他戏曲唱腔，又结合容美地区独有的山唱，对柳子戏进行了一次创新。作为古代社会的一大民俗活动，地方戏曲占据着重要的地位。戏曲演出需要抓住现实社会普遍性的情感，再加之概括性的艺术加工，才能达到演出效果，从而发挥娱乐、教化等功能。在恩施容美地区，柳子戏这一地方戏种在当地百姓心中的地位自然不言而喻。

二、人与自然的关系

随着新时代生态文学创作的发展，万物平等意识等思想得到进一步完善，传统的"人类中心主义"受到质疑，探寻人与自然关系的生态文学热潮得以深入②。用文学的笔法呈现人与自然的关系，是生态文学的重要内容。歌颂人与自然的友好关系和表现自然对人的美好影响是《美玉无瑕》的一大主题。

（一）诗意的栖居——人与自然的亲和之美

田甘霖回想起在施南府邂逅妙龄女子覃美玉后便要去寻找她，寻她不得，内心苦闷不堪。书中是这样描写的：

田甘霖越想越不明白，躺在床上再也睡不着，索性起床，裹好裤腿，揣了几块干羊肉和一竹筒龙爪谷酒，袖了一个兰香包，迎着朝露，不去思考，迈开大步，直奔豹湾，经茶塪，过向家大屋，下到屏山峡谷之中，从古树桥顺溪流往下走。十里屏山峡谷，有六里水路，其中四里可以在河岸边或悬崖下边走。峡谷里丛林遮蔽，溪水蜿蜒。田甘霖或泅谷水，或跳顽石，或攀古藤，把全部身心都融入这个与世隔绝的山水之园。累了，就躺在沙滩上，仰望逼仄的天空，联想起向土保父亲曾讲述的这峡谷的传说，脑子里居然爬满了诗意。

---

① 花理树皮：《美玉无瑕》，长江文艺出版社2022年版，第145页。
② 王岳川：《生态文学与生态批判的当代价值》，载于《北京大学学报（哲学社会科学版）》2009年第3期，第130~142页。

此处，田甘霖的思绪从寻人不得的苦闷到徜徉大自然，最后在自然美景的感染下静心凝神，找到了心灵世界诗意的栖居。这里表现了人与自然的和谐相处中达到了精神情感的共鸣。在生态危机的社会大背景下，作家试图用文学的力量从原始生态环境中找到心灵的栖居，他以自觉的生态意识，反映人与自然关系的文学，强调人的使命和担当，即爱护我们赖以生存的环境。

（二）反魅的灵性——人与自然关系的神秘美

1. 梦境的暗示性

"格式塔"一词最开始属于心理学概念，挪威哲学家阿恩·奈斯提出的"格式塔完型生态批评观"[1]极具创新性地把生态学、格式塔心理学以及文学批评巧妙地结合在一起。行文多次出现梦境这一意象：覃美玉千里寻夫行至施南府之际，中秋月圆之夜，她梦到容美神弓破窗请愿和随行者牟把总身亡——在离开施南府浣纱动身前往容美的前夜，牟把总因食用过量枞树菌而身亡；覃美玉克服地域的限制和身份的差异，长途跋涉至容美，田甘霖便在梦境里与之相知，梦醒不久，两人因为一场官司在现实世界相遇；田甘霖的母亲田静颐梦到自己的孙子在母亲肚子里腰痛、发痒，梦醒之后则是覃美玉浑身发痒。诸如梦境这类现象在弗洛伊德的"心理地形学"中被称为潜意识，即精神活动最深层和最原始的部分在梦境里得到释放。如果说三少爷梦到美玉这种内心活动的动机实质是爱情的力量，那牟把总的死亡就更体现了梦境的可预见性。梦境的画面与现实生活中的情节相似，抑或说是人们内心潜意识的活动，抑或说是现实的可预见性，为其增添了一层神秘的色彩。

2. 博落回花蜂蜜茶蕴含的生物多样性

"这罐博落回花蜂蜜茶原本是用来赐死一位美丽的东方女性的"[2]，与以往的恩施文学不同的是，小说以英国伦敦贵族家庭变故为开端，到小说结尾处，司主田既霖意图赐死覃美玉的毒蜂蜜茶，让自然界中的植物与人类生命产生密不可分的联系。作品的开头和结尾处都提到博落回花蜂蜜茶，在自然界中与人类的生命体征形成了一个二元对立的关系。有毒的植物就如这段爱情故事的一个诅咒，无时无刻不在提醒着这场跨越世俗和阶级的爱情注定成为一场悲剧。自然界有很多生物，千奇百怪的生物链是生物平衡的必要条件。同样，生物的多样性、自然界的复杂性也是保持人类社会循环往复、人与自然和谐相处的重要原因。

三、人与社会的关系

从当时社会的横向比较来看，人类是社会历史进程的参与者。《美玉无瑕》开篇，作者通过"零聚焦"全知全能式的叙述对明朝社会进行了整体书写。通过郑和

---

[1] 邓天中：《格式塔生态理论：走向深层的生态批评》，载于《广州大学学报（社会科学版）》2005年第7期，第71～74页。

[2] 花理树皮：《美玉无瑕》，长江文艺出版社2022年版，第3页。

下西洋、明末农民起义等社会事件的论述，进一步丰富了当时社会的全景面貌。明末清初之际，社会整体局势极为复杂，司主田玄（田甘霖的父亲）敏锐地捕捉到了社会的异样，在施南府为覃良臣庆生的同时，也探听着时政消息。作为土司制度中最高权力拥有者，田玄也在通过自己的力量探听外部世界的动态，积极主动地同整个大时代接轨。一方面，司主意识的觉醒体现着少数民族地区对于国家政策的关注。在古代少数民族地区，土司接受古代中央政府的直接管辖，在时局动乱时，会被安排参与社会动乱的平定和征剿工作。自此以后，容美土司中的明达之人就开始意识到，在整个社会大范围内，施南府一带不过是整个封建社会的一个组成部分，容美民众为朝廷冲锋陷阵是确保自治外围环境良好的重要途径和方法；同时也认识到土司乃至个人的命运与整个国家民族的命运是息息相关的，这个处在万山丛中几乎与世隔绝的容美也不例外，容美地区不能在社会发展中置身事外。另一方面，民众意识的觉醒也体现着人们对于国家时局的关注。

从土司制度的纵向发展来说，人是社会历史变迁的见证者。土司制度古已有之，田霈霖、田既霖、田甘霖三兄弟（小说未提及田苏霖成为土司）所处时代正是容美土司制度由盛转衰的转折点。土司制度的创制有其历史渊源，它是元、明、清王朝在少数民族地区设立的地方政权组织形式和制度。直到1956年，土司制度才被彻底废除。而《美玉无瑕》发生的年代是明清两个朝代更迭之际，也是封建王朝的晚期，土司制度本身已走入末路。在田玄时期，容美闭塞的地理位置阻挡了来自中原地区的水旱等天灾以及政权相争等人祸，加之土司田玄广结善缘、开明包容，容美地区政通人和，一度让芙蓉城成为不夜城。这是容美土司制度的顶峰。紧接着，明朝宣告结束，田玄的身体每况愈下，田氏三兄弟在反清复明或维护清朝统治的徘徊中带领着容美艰难行进。在整个社会的激变当中，人民被裹挟在时代的洪流中，土司制度的设立和废除在社会实践中得以检验，顺应时代则兴，逆时代则亡。

四、人与自我的关系

生态批评是伴随着生态主义与生态文学思潮而出现的一个文学批评方式。它诞生于19世纪的美国，学术界认为生态批评的开山之作是密克尔的《幸存的喜剧：文学生态学研究》，该学术论述的观点随后影响着我们国家[①]。生态批评的三大基本理论是生态女性主义、土地伦理学和后殖民生态批评。生态批评没有把自己局限在自然书写和生态文学的既定范围内，而是建构在文学和环境两个学科之上并且不断延展新知识的批评方式。小说塑造了众多的人物形象，他们之间有着千丝万缕的情感联系和血脉维系。本部分引用生态批评中的生态女性主义来分析《美玉无瑕》中的人物形象。在今天的新文科背景下，生态女性主义批评的逻辑线索是文学、环境、性别这三个名词走向交叠与整体性的批评范式。

---

① 王诺：《生态批评：界定与任务》，载于《文学评论》2009年第1期，第63~68页。

1. 男性中心主义下的女性之美

覃美玉这类女性身上的灵性与坚韧，与其居住的自然环境密切相关。在四季宜人的鄂西地区的自然孕育下以及年少丧父家庭里母亲角色的陪伴，美玉自小就性格独立、意志坚忍。有意识的文学培养与艺术熏陶塑造了美玉的艺术敏感度及鉴赏力。为了爱情和生计，美玉远走他乡，长期居于爱人的故乡。因为姣好的外貌优势而被迫接受大众更多的审视。因为女优身份的特殊性，覃美玉在公众场域下卖唱，这一行为颇受世人非议。随着土司王后难产以及美玉身边之人相继离世——与野猪娘混战而死的田木然叔叔（后来重生）、病痛缠身仍然陪伴自己的母亲、食用过量枞树菌致死的牟伯伯、在烧成灰烬的房屋里殒命的何清影以及王老虎大哥、难产身亡的秋籽、荡秋千腿骨骨折引发肺炎丧命的土司夫人田静颐以及因改朝换代郁郁寡欢而终的土司田玄，大家不追究事实的真相以及死亡时间的关联性，即诬陷覃女优克司、克夫、克子。为了儿子接受教育的机会以及丈夫舍小家为大家、建功立业的功勋，覃美玉独身长居于陶庄，制茶耕作、吟唱铜关调。最后，为了接踵而至的杀身之祸和心中的民族大义、家国情怀，覃美玉淡然地选择以身殉情。

2. 男性中心主义下的两性问题

《生态女性主义的学理基础与批评范式反思》一文中指出："研究者的论述逻辑一般把女性（尤其是女性身体）简单等同于土地和自然，把男性对土地的征服等同于男性对女性身体的欲望，于是，女性身体的被注视、被蹂躏成为性别权力关系的有力注脚。"[①] 在该论述中，"自然"的概念被放大，它不限于自然环境，还指女性身体。小说中覃操对待女性的粗鲁行为体现了其内涵。"当覃操酒醉阳刚地调戏完火房的最后一名女子，火急火燎地赴向陈姓女子的小房间，进得门来，关上门插上栓，脱掉衣裤，吹灭了油灯，撩开纱帐，跨上床去，费了好一阵功夫才如一摊烂泥翻倒在女子身边。"[②] 随父来沙溪向美玉舅舅提亲之际，在寻求理想女性的过程中，覃操的原始冲动无法抑制，其他女性的身体如同风景一样被覃操审视和征服。

综上所述，优秀的生态文学作品，一定是思想性、艺术性和生态性兼具的作品。笔者认为，美是生态文学追求的最终境界。生态文学的一个重要功能，就是呈现自然之美、社会之美以及人文之美，诠释自然何以为美、社会大美为何以及为了实现美的目标和达到美的境界人们所付出的努力。因而，从这个意义上说，生态文学作品，也一定具有美的品质和美的价值。《美玉无瑕》这部生态小说的内容相当丰富，既有人物美、环境美，又有情节美。它涉及鄂西地区的山水林田湖草等生态系统和生物多样性的方方面面。人与自然，对抗与融入，坚韧与脆弱，昨天与今天，历史与未来，在思想与情感、灵魂与精神中相互凝望，共存共荣。

---

① 刘岩：《生态女性主义的学理基础与批评范式反思》，载于《国外文学》2016年第1期，第10～18、156页。

② 花理树皮：《美玉无瑕》，长江文艺出版社2022年版，第65页。

肆

多民族文化研究

第三种文化：丧钟为谁而鸣

冯黎明[1]

C. P. 斯诺关于两种文化对立的观点揭示了启蒙现代性给人类精神生活带来的困境。而后来学者们提出的"第三种文化"的解决之道，却是一种知识学的乌托邦。从恢复人类精神生活的整一性而言，知识的专业化、学科化与文化的整一性并不矛盾，因为知识和文化两个概念的所指存在于不同的意义域。

一、索卡尔事件之后

结构语言学对20世纪思想的最大影响乃在于对指称论意义的摧毁。20世纪70年代，从结构语言学的"差异"概念中生发出来的"解构"理论，通过对逻各司中心主义的彻底否决而取消了意义的客观性和确定性。解构像幽灵一样游荡在西方思想殿堂的上空，于是从希腊开始的对宇宙真理的追思变成了游戏。知识成了概念的游戏，思想成了修辞的游戏，真理成了阐释的游戏。后现代学者们似乎感到科技霸权的末日即将来临，因为他们在解构游戏中发现：一切以所谓客观性为旨归的知识最终只是一个文本。"各个学科的著作开始冠之以'××修辞'的名称。唐纳德·N. 麦克洛斯基的《经济学修辞》（1985年）是众多修辞丛书中的一本，这套丛书包括会计学修辞和医学修辞，显然还有法律修辞。"[2] 这种将一切知识归为修辞游戏的思想开始进军科学。学者们把文本、话语、意识形态、权力等概念投入科学理论的大厦之中，解构那些稳定这大厦的客观性、实验证据、逻辑程序，希图揭出科学知识的意识形态面目。颇能代表这种后现代学术取向的，是美国的《社会文本》杂志。

《社会文本》所倡导的文化批评触及了自然科学家们的神经。自然科学知识安身立命的基础就是客观性和确定性；甚至相对论的提出者爱因斯坦，也始终不承认海森堡等人鼓吹的"测不准关系"。于是，量子物理学家艾伦·索卡尔（Alan Sokal）干了一件让《社会文本》的编辑们和后现代人文学者们颇为尴尬的事，而且引发了一场关于科学与人文关系的大论战。

索卡尔惟妙惟肖地模仿后现代人文学术的话语方式，并引用大量的现代科技知识（其实这些知识中充满了假冒伪劣），精心撰写了一篇文章——《超越界线：走向

---

[1] 冯黎明，湖北民族大学特聘教授，武汉大学荣休教授、博士生导师。
[2] 斯特龙伯格：《西方现代思想史》，刘北成、赵国新译，中央编译出版社2005年版，第596页。

量子引力的超形式的解释学》。糊涂的《社会文本》编辑们拿到这篇"诈文"后，还满心以为找到了来自自然科学界的知音，很快便在《社会文本》1996年春夏期上全文刊载。索卡尔接着在《大众语言》1996年第5—6期合刊上撰写了《曝光：一个物理学家的文化研究实验》一文，向全社会公布他拿一篇错误百出的诈文嘲弄《社会文本》的事情。《纽约时报》1996年5月18日全面报道了事情的经过。一些物理学家站出来对后现代人文学术大加指责，而《社会文本》这本被美国文化界称为"一份受人尊敬的社会科学杂志"的刊物，其声誉受到巨大影响。

其实早在1994年，生物学家格罗斯和数学家莱维特就出版了《高级迷信》一书。该书的主题就是反驳后现代人文学术界关于所谓"元科学"的意识形态性的说法。索卡尔事件进一步使自然科学界找到了一个在学术道德上攻击后现代人文学术的口实。一时之间，人文学术界脸面上颇为难堪。但是很快就出现了来自人文学者的反驳之声，甚至德里达也撰文为自己关于相对论的评价辩护。此后，科学与人文两大文化阵营围绕知识、真理的确定性和客观性问题展开了一场漫及全球学术界的大论战。

无论人文学术阵营的知识分子怎样辩解，在世人眼中，索卡尔事件中丢脸的肯定是他们。但是，到了2002年，法国学术界又曝出了"波格丹诺夫兄弟事件"，让自然科学界也伤了一回面子。波格丹诺夫兄弟（Igor Bogdanov 和 Grichka Bogdanov）是数学专业的毕业生，两人长期从事电视科普工作，是法国文化界颇有影响的媒体名人。1991年，兄弟俩出版了《上帝与科学》。书中他们自称博士学位获得者。事后他们怕被人揭穿，于是想到去申请博士学位。法国的博士学位不是那么容易获得的，兄弟俩在布尔戈尼大学苦读数载，1999年，弟弟勉强通过答辩，而哥哥则未能通过。答辩委员会对他表示，若能在学术刊物上发表三篇论文，则能够再次申请答辩。此后，波格丹诺夫兄弟陆续在一些低等级的杂志上发表了五篇理论物理论文。2002年，哥哥再次申请答辩，并获通过。

2002年10月，匹兹堡大学的一位物理学家在网上透露了波格丹诺夫兄弟的论文和答辩情况。原来，兄弟俩的所谓论文，竟是一些用理论物理概念拼凑的"垃圾文章"。消息传出，舆论哗然；令众人神往的自然科学界竟连垃圾论文都不能鉴别。这回轮到自然科学界倒霉了，来自人文学术界的道德指责遍布知识界。

学术欺诈的案件历史上并不鲜见。苏联的李森科的骗术比波格丹诺夫兄弟高明不了多少，但得到的利益却大得多，因为他获取了政治权力机构的信任。直到现在，美国也还有人对1969年的登月成功持怀疑态度，他们把阿波罗号登月视作一部好莱坞电影《摩羯星一号》讲述的故事。但是，索卡尔事件和波格丹诺夫事件引发的人文与科学大论战却是过去所从未有过的。人文与科技两大文明潮流的分离以至于对抗，构成了启蒙以来的一个最重大的文明主题。在现代性和后现代性语境中，古典时代凌驾于科技之上的人文精神失去了霸权地位，技术的霸权化使得人文精神寻找一切条件来证明自身的合法性乃至权力。"解构"就是后现代条件下人文学术界制造出来的一件大规模杀伤性武器,因为解构通过否定意义的指称性而消解了自然科学引以为豪的客观真理。

二、启蒙:阴阳大裂变

西方思想本来就有两个源头,一是雅典,二是耶路撒冷。这两套思想体系经过中世纪融汇成了一个以宇宙理性为内核的认同体。宇宙理性把人类行为和自然运动统一在一个一元论的原则之下,使真理和价值能够以同一性的姿态共存,因而预设这一认同体便成了古典思想的一项终极性的理论任务。现代意义上的科学只能是观察和实验的直接结果,预设的宇宙理性认同体的制造则是由人文学者们承担的,但自然运动的规则不可能超脱那一认同体,因此,承担制造预设的宇宙理性的人文思想,必然地占据了统治地位。这也就是托马斯·阿奎那用平面几何来证明上帝意志的原因。于是在古典的同一性领导下,人文与科学形成了人文主导前提下的和谐关系。

启蒙的出现打破了这一和谐关系。康德在《什么是启蒙》一文中说:"启蒙就是人类脱离自己所加之于自己的不成熟状态。"[1] 何谓"不成熟状态"呢?康德将其解释为"不经别人的引导,就对运用自己的理智无能为力"。这样,康德就以启蒙学者的"现代性态度"来解构那个先于当下理智状态的宇宙理性了。康德首先用"物自体"的不可知取消了宇宙理性的合法性,继而对人的存在的先验性进行分析,最后找到了两种主体性力量:纯粹理性和实践理性。如此一分,概念和目的也就裂为两块。这就像康德将自然和文明切开一样,人也被分成了两段。后来的康德似乎发现了这种切割有可能形不成完整的主体性,所以他又写了《判断力批判》来为两种先验力量施行搭桥手术。伟大的启蒙学者康德为现代性开启了一段危险的旅程,那就是人的主体性的裂变。康德死后不久,席勒就论述了近代人格的裂变。在席勒那里,物质冲动和形式冲动的分裂是当代人的文化病症,需要用审美游戏来加以治疗。

进入19世纪以后,工业革命的胜利和资本主义秩序的完善日益导致了一种人的主体能力的裂变。这种裂变可以表述为康德的"合概念性"与"合目的性"的分裂,亦可表述为海德格尔的"思"与"诗"的分裂,还可以表述为阿多尔诺、霍克海默的"艺术语言"与"科学语言"的分裂,利奥塔的"科学知识"和"叙事知识"的分裂,以及列奥·施特劳斯的"应当"与"如此"的分裂,等等。启蒙一方面要求人对自我存在的意义与价值进行反思,借此寻求一种自我解放的历史力量;另一方面又要求人不受预设原则的影响观察并认知自然运动,借此获得对世界的真切知识。前一个侧面催生了一种现代性的、以自我反思为特征的人文精神,后一个侧面又催生了一种以客观主义和精确化、形式化为特征的科学精神。两种精神各沿着启蒙指引的道路向前探索,最后终于形成了两股文明浪潮:科技与人文。

---

[1] 康德:《历史理性批判文集》,何兆武译,商务印书馆1990年版,第29页。

同时，启蒙对知识的绝对性的推崇也导致了一种裂变，这就是知识的专门化。古典时代那种建立在一元论宇宙理性基础之上的认同体能够将全部知识聚合为一个整体，因为无论专业知识之间有着怎样的差异，其知识本源和终极旨归只有一个，即认识宇宙理性。但宇宙理性的解体带来了现代知识系谱的零散化。各种知识系统越来越趋于将自己封闭在一个与其他知识隔绝的圈子里。卡西尔在《人论》中引述马克斯·舍勒的话："在人类知识的任何时代中，人从未像我们现在那样对自身越来越充满疑问。我们有一个科学的人类学、一个哲学的人类学和一个神学的人类学，它们彼此之间都毫不通气。因此我们不再具有任何清晰而连贯的关于人的观念。从事研究人的各种特殊学科的不断增长的复杂性，与其说是阐明我们关于人的概念，不如说是使这种概念更加混乱不堪。"① 在知识界各自为政的时代里，各个圈子里的知识分子相互对立是再自然不过的事了。

来自人文阵营的知识分子和来自科学阵营的知识分子都对对方的知识运作形式表示了不满。美国记者约翰·布罗克曼（John Brockman）在《第三种文化——洞察世界的新途径》一书引言中讽刺美国传统人文学者："他们的文化将科学拒之门外，而且通常是非经验的。这种文化用自己的一套术语在自己的领域里兜圈子。它最主要的特点就是对种种评论进行评论，日渐膨胀的注释条目蜿蜒伸展、越排越长，直到真实的世界无处寻觅。"② 海德格尔在《诗人何为》中却认为，把真实世界弄得无处寻觅的是技术，技术化就是"世界黑夜的贫乏时代"。好在海德格尔谨慎地把科学放在一边。对技术理性最激烈的指责来自马尔库塞，他认为科学技术的霸权化造成了一种"总体管制语言"，在其作用下，"巫术的、命令主义的及仪式的因素渗透于谈话与语言之中"③。坚持审美乌托邦的马尔库塞是无法接受科学技术的专制统治的。英国著名学者李维斯也是人文精神的忠实维护者。在《大众文明与少数人的文化》（1930年）一书中，他甚至主张大学只设人文教育。

另外，现代性进程中的"合理化"又导致了一种带有虚无主义色彩的"脱魅"。马克斯·韦伯认为现代性的基本特征就是合理化，这种合理化一方面造就了完整的官僚体制，另一方面又体现为思想和知识的脱魅。脱魅的思想和知识呈现为抽象的形式、概念、数据和逻辑结构，而失去了生存大地上的神秘、诗意的光晕。从席勒开始，人文知识分子们就致力于探讨一种审美救世的道路。海德格尔甚至认为，诗是真理的自我显现，人诗意地栖居在大地之上，唯有这样才能将西方思想和知识从形而上学的终极本质所造成的虚无主义噩梦中解救出来。但是，来自科学阵营的学术声音仍然坚持客观性和确定性的知识才是可靠的。英国学者J. D. 贝尔纳写道：

---

① 卡西尔：《人论》，甘阳译，上海译文出版社1985年版，第29页。
② 布罗克曼：《第三种文化——洞察世界的新途径》，吕芳译，海南出版社2003年版，引言，第1页。
③ 马尔库塞：《单面人：发达工业社会意识形态研究》，左晓斯等译，湖南人民出版社1988年版，第73页。

"历史、传统、文学形式和直观再现，都将越来越属于科学的范畴。科学所描绘的世界面貌虽然不断地变化，但是每经一次变化就变得越加明确和完整，在新时代中一定会成为一切形式的文化的背景。"[①] 可见科学家们对自身工作成就的前景是极为自信的，在他们的眼中，人文知识最终将会被纳入科学的管理之下。不过，有的学者并不以为科学的"脱魅"合乎人性。美国的后现代学者格里芬（D. R. Griffin）在《后现代科学——科学魅力的再现》中乐观地认为，后现代语境中的科学将出现一种"返魅"现象；科学将从冷酷的数据、公理中返归大地。

我们可以想象一种"诗化哲学"，但谁能想象一种"诗化科学"呢？海德格尔在《什么是形而上学》中坚决地认为哲学不可能运用科学的准绳。利奥塔在《后现代状况——关于知识的报告》中也从知识学的角度出发认为，叙事知识（即人文精神）和科学知识二者归属于不同的知识范式，"不可通约"是二者关系的最基本状态。

三、第三种文化：知识学的乌托邦

关于人文与科学的分离以至于对抗这一文明现象的意识，在19世纪已初见端倪，但清楚地将其表述为"两种文化"的，是英国作家C. P. 斯诺（C. P. Snow）。1959年，斯诺出版了《两种文化》一书。该书描述了科学家和人文知识分子间的关系。斯诺发现，20世纪30年代及以前，欧洲人文知识分子自称为"知识分子"，实际上他们只是李维斯那样的"文人"，而大多数占有现代科学知识的科学家，竟被排除在这一称呼之外。斯诺认为，现代文化语境中，实际上存在着两种相互对应的文化，一种是人文精神，另一种是科学知识。在斯诺的描述中，两种文化的分离、对应以至于相互排斥，乃是现代文明的最突出的特征。从斯诺的行文中我们可以感受到，这位作家对属于自己阵营的"文人"颇多微词，而科学家的形象却以正面倾向为主。在《两种文化》出版之前，斯诺还写过一部小说，名为《新人》（*New Man*）。这部小说写的是第二次世界大战结束后英国知识分子们的生活。其中有一个极富意味的场面：当几位核物理学家正在为核技术泄露有可能造成新的战争而忧心忡忡、自责并思索对策时，一位诗人只是为自己获奖兴高采烈，全然没有对人类生存的责任感。这一场面说明作者对"文人"们的道德状态是不满的。

1963年，《两种文化》再版。斯诺在第二版中增加了一篇文章（《两种文化：一次回眸》）。文中斯诺提出了一个新的概念："第三种文化"。按照斯诺的描述，"第三种文化"是一种超越了科技和人文之间差异的新的文化形式。在第三种文化中，人文知识分子的激情、想象和自我反思与科学家的精确、客观、缜密观察融为一体，二者间的鸿沟得以消除。斯诺为他的书补上的这篇文章太短小，"第三种文化"究竟有何内质没有展开陈述。但这里显露出斯诺的一种乐观主义。第二次世界大战结束后，现代工业社会的中心秩序——技术化（即哈贝马斯描绘的那种能够作为意识形

---

① 贝尔纳：《科学的社会功能》，陈体芳译，广西师范大学出版社2003年版，第479~480页。

态管理国家机器的科学技术）——已完全形成，人文精神日益象牙塔化，因此，居于科学立场的知识分子自然而然地展露出一种充满主体精神的乐观主义，而居于人文立场的知识分子则想方设法地探讨解构科技霸权的途径。海德格尔晚年对回到"大地"的渴望就透露出了他对技术化的反感。后来，德里达打开了潘多拉的盒子，把"解构"这一鬼影放了出来。人文学者们借解构打碎了科学话语的基石——指称论的客观意义。于是后现代人文学术得以否定科学赖以获得霸权的可证实性真理，科学中的陈述句、判断句被解构为一种修辞策略，充满意识形态性质。

斯诺乐观地预言的"第三种文化"似乎并未出现。尽管如此，在人文学术致力于消解科学的必然性权力的同时，科学阵营的知识分子仍企望建立一种科学前提下的文化共同体。当年和沃森一起发现了 DNA 双螺旋结构的克里克与另一位青年科学家于 1990 年在《神经科学研究》上联合发文，宣称用实证方法研究意识问题的时代已经到来，他相信今后人们有可能创建类似于 DNA 双螺旋结构那样的一个关于意识活动的科学模型。克里克的这一设想，无异于取消了哲学等人文学科研究人类意识问题的合法性，其实质就是一种科学化的心灵图式。如果人的意识活动能够用"代码/模型"的方式来表述，那么诗是否也可以编程？

大多数知识分子仍然热切地渴望人文与科技能够融合为"第三种文化"。德国学者彼得·科斯洛夫斯基（P. Koslowski）写道："艺术与科学的分离是不自然的，对双方都有害。因为若是这样科学就成了僵化的、无想象力的纯粹的方法论、学究知识或盲目的实验，艺术则成了随意性和随心所欲的主观想象力——这种想象力不再趋近普遍性——的游乐场。"[①] 但是，两种文化究竟怎样融合却是一道难题，迄今为止，谁也没有能够拿出一个可行的方案。后现代人文学术要把科学统摄到话语之中，而后现代科学则要把人文精神统摄为客观知识。启蒙带来了人的觉醒，启蒙的最后结果却是两大阵营的知识分子纷纷朝对方挥起启蒙的大旗。

1999 年，布罗克曼出版《第三种文化——洞察世界的新途径》。这部著作是布罗克曼访问一批著名知识分子后整理出来的访谈录。接受布罗克曼访问的大都是科技知识分子，他们的谈话主要表露两层意思：其一，对当代人文学术界执迷于语言游戏的做法普遍不满；其二，知识分子应该了解并接受科学领域里的新知识。这些知识分子共同渴求一种人文与科学交融的精神境界，但他们提出的达到这种交融的方案却是一种知识的整合，即两个阵营中的人都需要学习对方的知识。

当初斯诺提出"第三种文化"时还没有出现后现代人文学术解构知识客观性的情况，他似乎没有那么强烈的保卫客观知识的冲动。到 20 世纪末，靠客观知识获得权力的科技知识分子在设想第三种文化时便把知识作为文化共同体的基础。但是，一个极为明显的事实是，靠人人成为知识巨人来克服人文与科学的分裂是极不现实

---

① 科斯洛夫斯基：《后现代文化：技术发展的社会文化后果》，毛怡红译，中央编译出版社 1999 年版，第 159 页。

的，这种知识的乌托邦无助于解决实际问题。

四、设想一种可能的应对策略

面对人文精神与科学技术的分离、对抗，现代人类的确承受了由此产生的诸多痛苦，因而没有人能够认可这种分裂。但是，当代知识分子们提出的种种解决方案都有一个突出的弊病：越权。人文思想界要把自己创造的话语游戏推及科学知识中去，甚至于想要取消科学实验所产生的知识客观性。这实际上是用人文精神世界中的符号游戏侵略科学的知识证实。另一方面，科技知识分子们又把知识客观性作为普遍原则推及到人文之中，他们试图用客观知识来整合人文精神的无序状态。

建立在这种越权基础上的第三种文化建设方案不可能实施，因为无论哪一种方案都面临着"被侵略者"的抵抗。况且，现实地看，人文和科学各有其社会功能，而且彼此不可替代。比如在大规模杀伤性武器问题上，人文精神没有必要指责科学技术制造出了这些杀人武器，因为这些武器事实上起到了阻止纳粹国家再次危害世界的作用；同时科学技术也没有必要指责人文精神不了解这些武器的正面功能，因为要想阻止战争狂人掌握核按钮还得借助人的自觉意识。即便是西方后现代人文学术中的"解构"，作为一种方法用于对语言文本的分析也未尝不可，但是一旦它越权进入靠实验数据说话的实证科学领域，就应当取消它的合法性。反之，如果用客观实证的眼光来阅读《红楼梦》，那也无异于文盲。所以人文与科学二者最重要的是守住各自的边界。

20世纪后期西方学术界出现了两个重要的发展趋向，一是知识学，二是文化学，这两种研究潮流又常常重合或交叉。我们单单站在知识学的立场上或者是单单站在文化学的立场上来探讨解决人文与科技分裂问题的途径，可能都不合适，因为这仍然会导致越权。实际上，所谓"第三种文化"的提法，就只是在"文化"概念下考察问题。如果科技与人文的分裂仅仅只是一种文化学意义上的分裂，那么解决这一问题的难度并不大，因为它可能在像历史上的民族交融一样互融为一个共同体。

利奥塔在《后现代状况——关于知识的报告》中从语用学的角度对叙事知识和科学知识的差异及合法性问题作了较为详细的分析。在利奥塔看来，这两种知识受着不同规则的左右，相互间不可通约，因而其合法性条件亦不相同。利奥塔的论述在方法上给了我们一个启发：不必去寻找人文和科技二者兼容的条件，二者天生就不相容；与其建立什么兼有诗意和数据的"第三种文化"，还不如承认二者的差异。最重要的在于，如果我们把人文与科技的分裂理解为两个平行领域中的人类活动，各自生产着各自的意义、价值，各自遵循着各自的规则，各自运用着各自的表述方式，那么，两种文化分裂便成了一个"伪问题"。

首先，我们可以把"知识"和"文化"两个概念分别归属于科学和人文。科学以客观实证的方式生产知识，而人文则以想象和反思的方式生产文化经验。两种活动共同构成了人类文明；它们是文明的两大领域，而不是同一领域中的对手。

其次,"知识"和"文化"遵循不同的规则运作。知识的生产靠的是观察,而文化的生产靠的是想象,尽管二者有相互借取功能的地方,但其支撑性的基石不同。我们没有必要指责知识生产毫无激情,也没有必要指责文化的生产缺乏实证。

再次,二者在意义的生产上有着明显的不同。科学活动生产出来的意义是真理,而人文精神生产出来的意义是游戏。真理是用陈述句表现出来的一种关于客观事物的判断,而游戏则是用"虚拟陈述句"表现出来的一种主观心理经验。

由人文学术的角度来看,将人文与科学在知识和文化层面上区分为两种文明形式可以使得我们真正回归到文化性中来。就像以生产客观知识为中心任务的科学不再受所谓"意识形态"或"话语游戏"的解构之苦一样,人文学术亦可不把寻求客观知识当作自己的规定性,从而排斥真理概念对游戏的强暴。

古典的整一性文化把对宇宙理性的领悟视为一切知识活动和文化活动的终极旨归,因而它用"认知真理"来为不同的文明形式规定了共同任务。科学和艺术都承担着认知真理的责任,哲学干着物理学的事,而数学还要履行宗教的职能。进入20世纪后,人文学术开始意识到自身的功能并不在于创造指称性的客观知识。罗素认为哲学不是知识,而是为知识表述探索逻辑化的形式;维特根斯坦更是把"语言游戏"作为哲学言说的对象。尤其是在第二次世界大战以后,阐释学把游戏中产生的生命经验纳入真理范畴;到德勒兹和罗蒂,哲学与客观知识彻底告别,前者视哲学为"概念游戏",后者用人生经验取代了"镜喻哲学"。即使一度被视为反映社会生活的文学,也逐渐走出了历史主义,将修辞策略作为自身的类属性。

人文与科技的分裂造成了现代社会在思想文化和知识学领域的一系列问题。作为启蒙现代性的隐忧,这一分裂导致了社会生活的整一性的解体,破坏了社会生活的和谐型结构。我们必须承认知识层面的专业性界分,但我们也有责任在文化层面上对人类生活世界的整一性予以承诺,由此才能恢复人类生存的和谐状态。

观看之道与自然诗学的建构
——以哨兵生态诗歌创作为中心的考察

刘 波[①]

德国哲学家海德格尔在评论诗人荷尔德林时曾言，诗人的天职是还乡[②]。对于哨兵来说，这些年他真正做到了下笔就回到洪湖，因为洪湖作为他的故乡与很多地方不一样，这就带来了诗人对"诗与思"的独特认知：我的乡愁和你们不同。也许是既爱又恨，哨兵的笔触充满了柔情、善意、矛盾和纠结，他一方面全情投入地歌唱，另一方面，又时刻警惕故乡变成后工业时代的遗弃物，这些更具现实性的问题，通过现代性的焦虑体现出来，构成了其诗歌写作的精神源头。诗歌究竟为哨兵带来了什么？他倾注全部心力，套用穆旦的诗来说，难道最后只是完成"普通的写作"？

尽管写下的皆为日常所见所闻，看似平淡，但每一句都来之不易，呕心沥血所得，只是坚持的结果。哨兵是一个内心藏着至高抒情理想的诗人，但其表达又显得节制和内敛，这可能出于某种"孤傲的压抑"，"绝对的抒情只有通过精准的叙事才能完成"[③]。这是诗歌的方法论，也是一种诗学准则。哨兵对于洪湖的抒情也是由素描般精准的叙事完成的。一方面，他以自己的观看之道对自然保持了足够的敬畏；另一方面，他也通过对自然的描绘建构了自己的生态诗学。在此过程中，诗人以洪湖书写为中心确立了自己的自然观。他宣称要"站在自然这边"，但这一宣言并非症候性的潮流之说，而是出个人多年身处洪湖而获得的一种整体审美，他让自己沉浸其中，从而体验到了与那些凭空书写自然的诗人不一样的认知。他领悟到了洪湖这些年随着现代化转型而发生的变化，用心在感受，用力在书写，并由此关联起了对故乡的辩证态度——既表达自我的乡愁意绪，也深度关注洪湖的生态危机，这种在异化现代性意义上的内在抵抗，呼应了诗人于宏观和微观两个层面的诗学诉求。

守着洪湖，在语词间修行

从《江湖志》到《清水堡》，从《蓑羽鹤》到《在自然这边》，哨兵每一部诗集的关键词都离不开洪湖，它作为诗人的故乡和诗歌题材的来源，确实也为更多熟知其革命圣地意义的人感到陌生。哨兵诗中的洪湖是一处自然之所，那里的水、鸟、

[①] 刘波，三峡大学文学与传媒学院教授。
[②] 海德格尔：《荷尔德林诗的阐释》，孙周兴译，商务印书馆2000年版，第242页。
[③] 哨兵：《现代汉语诗的传统》，载于《西藏文学》2017年第5期，第110~112页。

鱼和风、雨、雾，无不成为他对话的意象。他很早就通过书写洪湖建构了自己的诗学观，后来也由此确立了不同于很多人的自然观与生态观，这是哨兵区别于那些惯写浪漫主义自然的乡绅诗人的原因。他不是仅仅凭借才华来书写理想中的洪湖，也不是常态化地将日常观看经验作一种浅层次的转化，他寻找的是洪湖所呈现出的不确定性，并试图从不确定的自然中剥离出某种诗意和神秘感。当然，他并非刻意为之，因为洪湖作为自然有其客观性，但在作为一个生命体的大道中，又隐藏着为人所不知的诸多秘密"故事"，这或许就是哨兵愿意去挖掘的诗性资源。

也是在这一维度上，笔者理解哨兵的写作所透出的命运感，它来自平静的洪湖，也可能外化于这片有着悠久历史的山水，它和诗人共同构成了一道值得我们注目的风景。哨兵持续性地书写洪湖，且在每一阶段都有着不同的表现和力道，正在于洪湖发生变化的同时，诗人也在悄然地探索。他以个人之力无法改变洪湖的生态，但在主动书写或被迫所为的合力中，他试图超越内心的倦怠而生发出新的主体性，从而靠近一种自然诗学的志业，这种"劳作"本身就是动力。诗人不时地发出感慨："而我，一个叫哨兵的写诗人，远隔千年尘封，也挣脱不了写作的宿命，从洪湖这个小地方出发，腾挪辗转，无非要回到诗歌的洪湖。"① 哨兵诚恳地道出了自己的精神轨迹，他看似很有野心，实际上，这种野心也是由一个个词语所建构的。最终他还是回到了朴素的写，即在远景规划中让自己找到方向，然后顺着方向延展思路或回溯历史，这是他不断追问自己诗歌源头的现实逻辑。在洪湖这个地方，他没有变得麻木，也"不老成世故"，时刻"还能分泌县城的激情"（《秋日札记》），这是诗人保持天真和纯粹的前提，也只有如此，他才会专注于洪湖书写，并持守着激活潜在诗性力量的独到技艺。

对于哨兵来说，洪湖构成了一种召唤的力量，它不仅让诗人找到了用力的方向，而且作为某种方法论构成了其诗学技艺的一部分，在此，它是一道风景，也是一种视野。"这些年/唯有在洪湖，诗/才是我的通行证。"（《赶在春节上班前，雨雾中从渔村访友归来所闻》）这看似世俗之语的诗歌变体，实则透出了诗人在洪湖的处境，诗歌是他的手段，也是写作之大道。在这一"道发自然"的语境中，哨兵的诗歌质地有着潮湿的柔韧性，但又不乏四两拨千斤之力，或许是受洪湖水的影响，它给予了诗人某种无形的力量。"我以诗探寻洪湖，并在泥水里/插栽语词，如植/种藕。暮春。凌晨一点/步入夜间荷塘边/最深的寂静，虫鸣/模仿人世的喧嚣，却把寂静/加重一分。要是天亮/你会惊诧几朵荷挂不住朝露/却早早地开了，如奇迹/其实大可不必。我在水边/半辈子，也没悟透/莲的一生，不懂寂静/如何让空气和虚无熟成莲花。世界/未知，小荷却露尖尖角，现实/早已破湖而出"（《自然课》）。这可能是哨兵典型的书写策略：以洪湖的任意一处作为切入点，他可以在诗中盘活自己熟悉的每一只动物或每一株植物，并赋予它们以通人性的敏锐，这种移情方式经常被哨兵

---

① 哨兵：《现代汉语诗歌的自然（创作谈）》，载于《延河》2021年第4期，第116～117页。

植入书写中，从而形塑出"风景之发现"的灵魂感知诗学。在更具体的描绘中，哨兵时常游离于接纳与抵抗的矛盾状态：他既钟爱那些实体的自然，又在意象运用中竭力与它们保持距离，力求以远方的凝视来发现出其不意的美。因此，他有时感慨："在洪湖/汉语已无力表达这些：虚无，还有/活命的东西。"（《霾：PM2.5之诗》）遭遇工业污染之后，洪湖也面临着生态困境。诗人此时的表达是无力的，他深感这种无力所具有的宿命感，但存在本身已经指涉了这场诗与现实较量的结局，必须去直面残酷的现实。

就此而言，哨兵一直秉承有态度的书写原则，对于洪湖，他看似强化了一种失败感："洪湖是大自然的幸存，我也认同/世界不过是悲剧。"（《灰鹤》）但他仍然坚守着自己的道义："我真不能动用那些小词/向你描述身边发生的小事。"因为，"对发生在身边的小事/我保持着足够的敬畏：像白蚁噬堤"（《秋日札记》）。小事，也可能在某一时刻酿成大错。他不仅敬畏自然，同样也敬惜字纸。哨兵绝少乱用词语，因为他还拥有一颗谦卑之心。"无论我的想象多么辽阔/语词抵达百里外的县界//我也不能重新命名飞禽/水生植物和那些没有户籍的渔民//我不知道写什么样的诗/送给洪湖，才能穷尽厄运：漂泊//孤独、隐忍。我不知道哪句/汉语不是象征和隐喻，可打船//建村，造水上的故乡。汉语/什么时候不是故乡。"（《故乡诗》）即便如此，他仍然要义无反顾地去书写洪湖，而洪湖和汉语在其笔下已经有了微妙的联系，它比单纯的想象式书写更具在地性和厚重感，词语和洪湖由此形成了一种审美共同体。哨兵通过词语建构了一片有肌理的洪湖，洪湖也在诗人的表达中成为词语本身，其互动与内在渗透共同促成了自然诗学的生成。

也是在对洪湖书写的探索中，哨兵完成了诗歌写作的体系建构，即在持续性的自我折磨中接近洪湖的本质。虽然他引入的是日常经验，但其观看之道与转化之途中带着强烈的审视性，他并没有一味迎合洪湖的变化，而是打破了洪湖恒久的自然循环格局，以往往被我们所忽略的细节还原真实的景观。"你能忍受洪湖吗/你会在早上捕鱼捞虾，晚上摇动/那只单柄把手，把鱼虾/绞成肉浆，喂养鳖/龟和洪湖的兽？这样你就能发现鱼虾/卷进绞肉机前，一直冷眼瞅着/那口双架刀片，如同洪湖/看待世界的方式。"（《鱼虾绞肉机》）这是对洪湖的鱼虾表示同情，还是来展示洪湖残酷的一面？以鱼虾的生死遭遇来看待洪湖，如同鱼虾被绞死前"冷眼瞅着"双架刀片，仇恨与怨愤就是未被工业化所污染的洪湖对于外在世界的态度。哨兵以此比拟了一场生死遭遇，他是否给出了明确的答案？诗人一开始就直接亮出了追问的方式，不管能否忍受，它似乎必须接受这样的命运安排。

哨兵写出这些残酷的细节，并非要丑化洪湖，而是如实地表现了自然的另一面。如果一味地美化作为故乡的洪湖，其写作的持续性何在？在修辞实践中，他承担了"再造"洪湖的责任，那不仅是一片自然风光的洪湖，也是一道隐含暴力的历史景观。"我了解世界的焦虑，在鸭子/青鲫和水獭与芦苇中，我了解/我终生浪迹其间的奢望，这种/祈求，已在心头淤积/成另一座洪湖……此地矛盾重重/又言不由衷。"

(《自然课》) 矛盾和纠结的状态体现出了诗人的欲言又止，其审慎性最终还是落脚于如何以人性对接自然，以敬畏善待万物。这些在洪湖鱼禽空间里的探索，无不指向以移情达到感同身受之效果的目的，这是哨兵守着洪湖在语词间修行的实质。他之所以以诸多情感叩问来为洪湖的诗性进行加持，还是在于他担忧这片湖的当下困境，它所存在的问题既是历史的，也是现实的，而且指向了某种"未来的无望"。

如果洪湖书写只是在为风景诗作注，那么哨兵的诗就会窄化其最初的定位，他向内走的结果，也许就是强化了手艺而弱化了洪湖书写的精神质地。因此，他会发出这样的追问："我的诗，该如何在洪湖叙事？又该怎样抒情？"[①] 如此棘手的选择，同样也是修行之一种。无论是抒情言志还是语言创造，他都是出于一颗真心在坦诚地告白：洪湖既是自然诗学的来源地，也是自我修行的精神避难所。哨兵在此得到了自然课的教育，也达到了自我救赎的目的。

自然观也可能是一种人性观

在长期的洪湖书写中，自然已经成为哨兵诗歌书写的关键词。虽然这个词并没有经常出现在他笔下，但自然包含和容纳的所有物事，都成为他观察和体验的对象。因此，在哨兵的写作中，自然已是他的美学和精神自觉。多年对洪湖的观看和"阅读"，以及沉浸式的生活体验，让他在这个独特的地理空间内逐渐把握住了自然的内核。一条鱼的游弋，一只鸟的飞翔，都是可以在别人熟视无睹中被诗人形塑为洪湖自然的表征，那么，在哨兵的诗歌意识中，自然已经内化为每一个词语和意象，并由此形成了他的自然信仰。虽然他也意识到自然随着时代的更迭已然发生变化，不管是微妙的变化，还是颠覆式的变化，他必须从整体上打量洪湖的精神脉络。"在洪湖，我遭遇的自然，早已经不是陶渊明的自然，不是王维的自然，也不是孟浩然的自然了。也许，像理解远山一样，理解摩天大楼；如认同风与荷一般，认同这艘雅马哈高速汽艇；或者，以鸟类的眼光打量自我和自然，才有可能重新叙事和抒情。"[②] 这样的观点能够解释诗人上述提到的如何叙事与抒情的问题，换位思考或进行角色互换，方可更真实地切入对洪湖现代自然的观察中，这是一种辩证的诗性正义。

在自然成为一种信仰的过程中，它某种程度上也成为"问题"本身，给诗人带来写作资源的同时也带来了压力。因为自然很容易滑向理念性的空想，或者是不食人间烟火，或者趋向虚无，这种漂浮感会让人缺乏判断，从而导致自然只是诗歌的一个噱头，而非实质性存在。但在哨兵笔下，他因身处实体的自然空间中，其经验的获得无须刻意寻找，他只需辨识并突出自然的构成，以更多细节来印证其所具有的自然素养。"零下十摄氏度。北风七级/雪雾。洪湖湿地保护区，天气/坏得不能再

[①] 哨兵：《现代汉语诗歌的自然（创作谈）》，载于《延河》2021年第4期，第116~117页。
[②] 哨兵：《在自然这边》，载于《作家》2021年第11期，第46页。

坏……悲伤/如失偶的鸳鸟。谁也看不出世界/有好起来的迹象。直到天鹅/重回枯芦荡,秋沙鸭和须浮鸥/又飞入残荷丛,成为洪湖的隐士/糟糕的气象里,唯草木/庇护候鸟,可谁都不是珍禽/谁能全身而退呢。屋外/野莲比人类豁达,烂进冻泥/也挂着无人采摘的硕果。而白头鹤/远远地躲开鸟群,双翅紧收/双目微眯。到天黑/也没有谁知道她在恐惧什么。"(《观鸟屋随记》)这样的观看对于他人来说可能是陌生的,但对于哨兵来说就是日常经验,他对自然的理解就在这种悲悯的人生习得中渐趋生成,且带有浓郁的悲剧色彩。何以如此?他与自然为邻,也就变相地成为被自然凝视的对象,双重的观看和审视是其与自然互动的内在延伸。

而哨兵的自然书写,更多时候体现在他如何进入洪湖动植物的内部,他穿行于湖水,与鸟为伴,总能在意外的发现中发明他的自然诗学。虽然他看似为鸟写真,实际上,他试图进入鸟的内部,将它们当作自己存在的镜像,而不只是笔下的意象。如要做到这样,他首先要基于对鸟的平等态度,而不是居高临下的强者姿态,"视鸟为人,不占,不掠,只有对生命的尊重和对美的理解,才是诗人该具有的自然观"[①]。由此,我们也知道哨兵何以在诗中写了那么多鸟,并不厌其烦地以自然的名义去为它们立传,这是出于爱好,也是一种承担意识的体现。

在哨兵众多写鸟的诗中,《蓑羽鹤》当是最具代表性的一首,既体现出了诗人的观看与技艺,也表达了某种性情与美学。"雪雾中蓑羽鹤躲在众鸟外边,支起长腿/洗翅膀//蓑羽鹤打开乐谱架,却拒绝加入/合唱团//驾船路过阳柴岛,我在洪湖遇见过他们/终身的一夫一妻,比我更懂爱//这个世界。古铜色的喙/藏有小地方人的嘴脸,属我的//属人类的,因羞涩/怯懦,面孔在黄昏中憋得发黑。"这是一首从看见到思想的诗,中间可能经历了观察、审视、认同与自我质疑的过程,最终生成了严肃的诗意建构。当人作为观看的主体时,蓑羽鹤是一道风景,但这道风景被纳入一个再创造的空间,由诗人重新定义为鸟之外的美学对应物。其实,在人和蓑羽鹤之间,有一个互为参照的视野,蓑羽鹤作为有着较强辨识度的鸟,之所以引起诗人的关注,大概在于它"躲在众鸟外边",是一种不太合群的鸟,它的自我边缘化,就独来独往的习性而言,也有"内心的王者"自得其乐的一面。它独自歌唱,"拒绝加入合唱团",这是一种骨气,还是一种傲慢?没有谁为蓑羽鹤在这方面的普遍习性提供佐证,我们只能选择推测:它们是一种与众不同的鸟。诗人又开始切入另一种观看模式:以亲历的方式和蓑羽鹤相遇,并见证了它们对爱情的忠贞——终身的一夫一妻——这不是一种社会的法则,而是自然的本能。于是,人开始比拟于鸟,并再次回到对蓑羽鹤的描绘,"我"和鸟的对比,呈现出的恰恰是对自我的反思:个体的"我"在一场对鸟的观看中,被置于更开阔的"封闭之境",只有以这种个体和群体的对比,才更能显出命运的不同面向。人在鸟面前的"愧疚"表现,同样也会折射出鸟在人面前的自如,那种羞涩和怯懦,属于人在审视中对自我的发现,最后仍然

---

① 哨兵:《现代汉语诗歌的自然(创作谈)》,载于《延河》2021年第4期,第116~117页。

表现在脸上。一场由观看到思想的风景之旅结束了，我们领悟了一个轮回的过程，那种诗的微妙和精细，也在此获得了修辞上的回应。

对一只鸟，诗人可以做到全身心投入观看，这貌似经验的再现，实则隐含着内在的批判性，体现为对某种庸俗自然观的反驳。自然不仅包含风景，它也有人心与人性本身，就像柄谷行人所言："风景是和孤独的内心状态紧密连接在一起的。……只有在对周围外部的东西没有关心的'内在的人'（inner man）那里，风景才能得以发现。"① 风景也需要人在发现之后才真正成为风景，而自然观有时也是一种人性观。"所有的莲都源自淤泥，像我/来自洪湖。这不是隐喻//是出生地。所有的莲/来到这个世界，都得在荷叶中挺住//练习孤立。像我在洪湖/总把人当作莲的变种。而有些莲//却像人类学习爱，自授花粉/成为并蒂。这不是隐喻//是人性，但就算这个世界充满爱/让我认莲为亲，随三月的雨//在浮萍和凤眼蓝底下寻根/沉湖，沉得比洪湖还低//我也会辜负淤泥，整个夏天/开不出花来，如诗//叛离汉语。这不是隐喻/是人生。"（《莲》）哨兵不仅从鸟身上发现了其通人性的一面，也从一株莲上意识到了人性的价值。如果说诗是写给灵魂相通的人看，那么，哨兵以对鸟和莲的打量建构了他的自然观。在这一层面上，他又何尝不是将自然作为方法在重塑他的精神结构？在那些悲悯的告慰中，他对自然有着崇敬，同时也显现出了其批判意识。从自然出发，经由人性与人心，重新再回到自然的内部接受拷问，这一路径也让哨兵的写作通向了某种大道。

虽然有时哨兵表露出了自然主义学习的自信："早在人们进湖前，我已修完洪湖的/自然主义。"（《在湿地保护区》）但他并非完全融入自然，有时甚至与其对峙，这种对峙乃基于个体的渺小——洪湖之浩大宽广，不能尽收眼底，但可以装在心里。诗人以此野心来对抗自然，而阶段性地认同过去之后，终不免还是要回到道之无为，且渗透着深深的宿命感。"从张坊村到茶坛、到清水堡、到官墩、到杨柴岛……像乡村土地测量员，也如鸟类专家和植物学专家，从一座孤岛到一座孤岛，从一片水域进入一片水域，我终于理解什么叫漂泊，什么叫隐忍，仿佛遭遇人类命运的巨大隐喻。"② 以洪湖来审视人类的命运，这不是隐喻，有时就是现实本身。它由自然的状态所决定，同时也由人性所决定，而人是隐喻的一部分，更是现实的主体。从天象到气候，从动物到植物，从人到人性，哨兵将自然作为一种信仰和方法，终归是回到了人，这种本质主义的书写，如同其对自然主义的修行一样，也暗藏着他对"词与物"的自然实践。

怎样在生活与诗歌的区间中体现自然？哨兵有着自己的双向行动：一方面，他在各种冒险中靠近真实的自然，另一方面，他在词语的修行中挑战自己，双重冒险

---

① 柄谷行人：《日本现代文学的起源》，赵京华译，生活·读书·新知三联书店 2003 年版，第 15 页。

② 哨兵：《现代汉语诗歌的自然（创作谈）》，载于《延河》2021 年第 4 期，第 116～117 页。

不过是寻找审美的可能性。"这些年,在芦苇与荷花和大水间,在县城和渔村与鸟群中,洪湖给我设置的美学课堂和自然教育,像诗歌私塾,单调,平庸,重复,也关涉浩渺、包容、寂静等艺术品质。"① 哨兵的自然观里有辩证法,这形塑了他趋于复杂的诗学观——既无限向上,也无限向下,撕扯与平衡交织,而冲突形成的张力,也许就是其美学课堂和自然教育的一部分,当它们升华为一种理性的认知,就成为诗人所认同的诗学秩序。

表达之难与感伤性"生态诗学"的建构

相比于空泛的自然观念升华,哨兵的自然书写趋于复魅,他力图还原的是自然生态的一面,而非将自然概念化,这种对自然的"改造"呈现为做减法的过程。哨兵很少用到"自然"这个词,但其诗中处处见自然,这种"隐藏"是有难度的。其难度不在于表象上的修辞,而在于诗人如何言说人和自然的关系,并将其转化为一种行动的可能。就像他写船:"多年来我认为船//在长江的工作,比写诗/更有意义。"(《看船》)这是一种从现实考量的结果,诗人的立场也并非为诗歌降维,如果抛开所谓的意义提升,这里面内蕴着对看船行为的价值界定,相反显出了写诗的艰难。船作为一种水上交通工具,它承担着长江水运的功能,其作用不可低估,但船作为一道江上风景,只能被诗人看见并审视,这会从视觉上为我们提供审美的可能。在此,船是作为风景被消费的,这是否要比写诗本身更有意义呢?

风景并不完全用来消费,它在诗人眼里成为检视自我的参照。哨兵几乎以一种自嘲的语气将自己悬置起来了,他是否陷入了表达和失语的两难?而两难之境好像成了哨兵写作的常态。在自然、语言、修辞和思想的多维度交融中,诗歌并不是一步步推进的,有时甚至可能出现进一步退两步的情形,这给诗人带来的考验,就是如何直面随时到来的挑战。"在洪湖/语言相隔七省十八个县的距离,仿佛/鸟鸣。在洪湖,写诗比庸医/更可耻。无论我/多么热爱,也不可能/把那些未名的渔村,书写成/县人民医院,更不可能/把那个临盆的难产儿,书写成/顺利降生。"(《命运》)在洪湖与自然面前,诗人再次强调了"写诗"的可耻,如同阿多诺所言的"奥斯维辛之后,写诗是野蛮的"一样,我们可从不同角度来理解这样的话,这充分证明了诗的有限性乃至"无用"性,也呼应了人在自然界中的局限性。承认了人的有限性之后,哨兵才可能将自己置于被审视的位置上,与自然平等地对话。因此,他的诗歌多体现为对话形式,与自我的对话,与自然万物的对话,"这些年/我一直都在向螃蟹学习/独居,寡言/写诗,试图打听到先知下落"(《洪湖螃蟹的生活史》)。在这些对话中,他设置了写作的难度,这缘于诗人内在的困境。有时他看起来散淡,实则对自我是有要求的,一个词语,一个句子,都可能让他有紧迫性和焦虑感。哨兵诗歌里的仪式感不是装饰出来的,是他有更多的话要说,观察之后的隐忍,只能通过

---

① 哨兵:《现代汉语诗歌的自然(创作谈)》,载于《延河》2021年第4期,第116~117页。

词语的修行来释放，否则，郁结的悲愤总无法找到出口，也就转化成了诗歌本身的难度。

哨兵时常陷入困境，而困境的转化就导向了诉苦、批判与忏悔。他将那些异议置换为针对洪湖的想象和描绘："今天雾大，看不见洪湖/也看不清楚自己。但我发誓这就是世界/雾整日不散。此地，不宜养老/做归属，只适合当过客/听鸟，闻世外动静/并忏悔，昨晚又忘了祝福那一行离雁/旅途顺利。此刻，出自同样困境。现实/如雾，早已在湖面泼洒丹青。但山水/易容，须重新认知。岸边/楼群隐没，似远山/又如怪物。视线之外/我已无力表达，语言尽头才是诗。"（《自然课》）他有时也对洪湖产生怀疑，这种怀疑本身也可能是难度的变形。而独特的地域空间能否重塑他的价值观？对于哨兵来说，长久置身洪湖的时空多少有些固化了他的认知，为了避免滑向廉价的自然主义抒情，他为自己设置了诸多"障碍"，可有些他超越不了，就难免会陷入失语的困境。"写一行，死一回。再写/才会重生。诗/总是这样折磨我，站在/自然那一边，在菰草/潜鸭和水云深处/在我的对立面，野生/语词。我却在人这一边寻找/句子和声音，与诗/远隔一阵鸟鸣，从没接近/更无力抵达。多年来我已认识/每只鸟儿。我一直等着那只关雎/在洪湖，喊出我的名字。"（《自然课》）当"人"在自然面前失语时，这种有限性会反噬其精神能量，此时求助于野生的"自然"，和鸟对话，并进入它们的世界，某种程度上能够弥合人在词语、表达与冥想之间的断裂。"鸟鸣"之所以成为沟通诗人和自然之道的中介，也在于其所具有的日常性，哨兵将这样的经验转化成了一种"表达之难"，其潜在的心境呈现为茫然无解又不甘于此的无奈。夏可君称哨兵的写作为"疼痛的诗学"，"他只能在夹缝地带雕琢他的时光，进行内心的苦修，以地方性的窘迫来见证写作的难度"[①]。这从一定程度上解释了诗人深感无奈的原因。但这不是作为地方性写作所带来的审美层级差异问题，而是诗人在自然内部无法将自身经验放逐于平面化的抒情，他要让其变得更为丰富和立体。

透过其矛盾重重的内心，哨兵字里行间的语气暗示了"人"的荒谬性，尤其是面对常态的自然，人的原罪意识油然而生。"大隐隐于野。写作/让我过上了禽兽一样的日子/在洪湖湿地。我可能是一只白鹤/可能是黑脸琵鹭，也有可能是五步蝮蛇/是蠹獾……哦，面对自然/我以人言为耻，拒绝书写、表达。"（《秋日札记》）这种悖论式的表达，反映了诗人内心的自我撕扯：既有写尽一切的野心，又知道世界和汉语的有限性，他要书写的正是那无法穷尽的难处。哨兵何以有着如此曲折的创作路径？他并不回避这样的表达难题，甚至不惜以自我否定的方式来重构自然的复杂性，因为那些悖谬的存在不是依靠单纯的经验就可看透的，它必定要诉诸"个人化的历史想象力"，来呼应从地方性出发的自然写作。诗人从地方出发，其终极目的不是再

[①] 夏可君：《时间之痛：哨兵诗歌写作的地方志》，载于《当代文坛》2009年第4期，第39~44页。

回到地方,而是进入一种普遍性的整体时空,这种超越地方性的写作,一方面拓宽了历史视野,另一方面也重建了独特的诗学谱系。有研究者指出哨兵写作的独特性所在:"超越了赞美家乡赞美地方文化的一般模式,用以洪湖为叙述主体的地方志写作来展开他对个体生命和破碎生活的思考,既怀疑又审问,且将地方审美与人类审美贯连,从而成为一个现代派诗人而非单纯体制批判的现实主义乡土诗人和单纯赞美的浪漫主义乡土诗人。"① 从地方到自然,从批判到对话,哨兵没有如愿抵达浪漫主义的源头,他只是阶段性地完成了自然书写的使命。诗人在地方漫游般的状态,不是赞美,而是在唤醒,其地理行走体现出的更像是见证诗学的动态感:他走出了故乡,然后再返回故乡,这种"离乡—返乡"路径同构于鲁迅小说的叙事模式,透出的正是拉开距离后的审视意味。

在审视中对故乡进行重新命名,是哨兵深入这种见证性地理诗学的初衷,就像他凭借对杜甫的想象,强化了自己对汉语和乡愁的理解一样:"看起来故乡是写作的坟墓/汉语唯有在他乡,颠沛//流离,才能保全自己。"(《过巩义杜甫故里,雾霾中遇梅》)很多诗人选择像鲁迅那样,"走异路,逃异地,去寻求别样的人们"②。"乡愁"此时变成了一种抒发情感的方式,哨兵不断在地理和精神上返回故乡,又何尝不是在寻求"别样的自然"呢?这样的自然不是一般意义上概念的自然、乡绅的自然、精英和贵族的自然,而是带有阿甘本意义上"凝视深渊"般的探索性自然,因此,洪湖看似是哨兵诗歌书写的背景,实际上又是主体。诗人在"万古愁"的主体性中再造了一片"纸上洪湖",它是属魂的,也是超越了具体地理界限的普遍自然,从而成为在现代性语境中重新认识个体自然的一种表征。它再次通向了感伤的生态诗学,这既是历史的演化,也是现实的逻辑。

哨兵曾在《多年后在湖上再次驾船》一诗中感慨道:"我认命/我肯定成不了洪湖的屈原或杜甫。"这仍然是在回应此前那些纠结和焦虑,"认命"不是宿命感的来源,而是其写作的内在动力。他以屈原或杜甫作为参照,其表达之难才更显真实性和及物性价值。诗人继续行走在这条大道上,沿着通向现代性的线索一次次地返回洪湖,再一次次地变换视角观察着变化中的自然,在更精确的表达中维护自然诗学的尊严与生态诗人的身份认同。

---

① 刘川鄂:《哨兵的地方志书写及在当下诗坛的意义》,载于《南方文坛》2012年第2期,第126~130页。
② 鲁迅:《〈呐喊〉自序》,出自鲁迅:《鲁迅全集(第一卷)》,人民文学出版社2005年版,第437页。

土家族非遗文化的现代传播与文本实践
——以"土家稀奇哥"为例

赵崇钰 罗翔宇[①]

"努力实现传统文化的创造性转化、创新性发展，使之与现实文化相融相通，共同服务以文化人的时代任务"[②]，这是建设中华民族现代文明的必由之路。在建设中华民族现代文明的进程中，各民族非物质文化遗产要实现守正创新，已经成为当前中华优秀传统文化传承发展的关键问题。聚居于武陵山区的土家族拥有丰富的非遗资源禀赋，在中国式现代化的语境下，应如何推动创造性转化与创新性发展？这是多元一体格局下中华民族从"自在"走向"自觉"的文化逻辑的必然要求。

"土家稀奇哥"组合由七名土家族青年歌者组成，他们运用土家族传统的民歌唱腔、器乐舞蹈等文化元素，在媒介化社会的传播语境中进行自我调适，进而完成土家族非遗文化的创造性转化与创新性发展。"土家稀奇哥"获得2022年《星光大道》总冠军，并最终登上2023年春节联欢晚会舞台，成为土家族非遗文化现代传播的代表性文化IP。作为文化IP的"土家稀奇哥"实际上潜藏着强烈的符号意义和多重文化意蕴："土家"既代表着一种基于民族文化身份的自我想象，也代表着一种对于民族文化身份的公共想象；"稀奇"强调了其艺术文本表达方式的独特文化价值；"哥"则暗指基于男性叙事视角的话语策略和性别立场。

"土家稀奇哥"是土家非遗文化进行创造性转化和创新性发展的新尝试，推动了土家族文化和非遗文化在现代社会语境下的新发展，激活了非遗民族文化传承新活力。在当下的文化场域中，"土家稀奇哥"已经超越了单纯的IP价值，可以被视作一个从文学文本、艺术文本和媒介文本等多维视角展开多重分析的多元文本。本文意图以此来探寻作为"文本建构者"的"土家稀奇哥"，如何规定了土家族的自我想象路径，又如何建构起公众对于土家族的公共想象空间，从而弥合"土家的想象"与"想象的土家"之间的认知鸿沟。

---

① 赵崇钰，湖北民族大学文学与传媒学院2022级硕士研究生；罗翔宇，湖北民族大学文学与传媒学院教授。
② 习近平《从延续民族文化血脉中开拓前进 推进各种文明交流交融互学互鉴——在纪念孔子诞辰2565周年国际学术研讨会暨国际儒学联合会第五届会员大会开幕会上的讲话》，载于《党建》2014年第10期，第4～7页。

一、文学文本再造：土家民歌的叙事进化

乔纳森·卡勒（Jonathan Culler）指出："文学就是一个特定的社会认为是文学的任何作品。"① 在中国古代文学史中，从乐府诗歌开始，到唐诗宋词，再到元曲，歌词始终是中国文学创作实践的重要文本。"中国古代诗歌史，诗即歌诗，一直是诗与歌互融作为文学的主导。"② 从历史维度来看，诗与歌的共生关系可以追溯到《诗经》，到宋词与元曲时期，二者之间由"共生"关系深化为"共融"关系。这种漫长的关系变迁史，赋予歌词深刻的文学意义，使之成为具有鲜明文体特征和独特传播功能的文学文本。文学体裁的形成源自文化对语境和接收者的解读习惯的深层规训，从而最终在文本和文化之间形成"写法与读法契约"。需要注意的是，一般文学文本是以阅读作为主要传播方式，而"歌词的外向语意主导，就是从发送者到接受者的情感呼应"③。这种传播属性的前置化约定，实际上规定了歌词的体裁特质，也决定着受众对其的接受方式。

土家民歌在漫长的时间河流中完成了历时性传承，而不同时代的文化土壤也赋予其歌词不同的"写法与读法契约"。在传统文化与当代语境的相互激荡下，"土家稀奇哥"通过自我表达的本土叙事、交往交流交融的开放叙事、多元一体的共同体叙事三种不同价值取向，共塑了土家民歌从各美其美到美人之美，再到美美与共的文本进化路径。

（一）本土叙事：各美其美的自我表达

本土叙事的前提，是对自身文化的深刻自知和自觉，只有作为文化主体的本民族群体充分理解并认同本土文化，才能保证本土叙事在自我表达时兼具准确性与美感。"文化自觉只是指生活在一定文化中的人对其文化有'自知之明'，明白它的来历，形成过程，所具的特色和它发展的趋向。"④ 就本土叙事的自我表达而言，要达成文化自觉需要遵循两个前提条件。首先，本民族群体作为文化主体，需要具有对民族文化的深度理解和对民族身份的高度认同；其次，文化主体对本民族文化和身份的认同，要有效地转化为文化转型的自主能力，即在充分理解本民族文化的前提下，掌握其在当下社会语境中的发展趋向。

从创作者民族身份认同层面来看，"土家稀奇哥"的成员均为土家族人，共同的民族身份成为他们传承土家文化的文化身份认同的基础。就作品而言，"土家稀奇

---

① 卡勒：《当代学术入门：文学理论》，李平译，辽宁教育出版社1998年版，第23页。
② 陆正兰：《"歌诗"：一种文学体裁的复兴》，载于《当代文坛》2016年第1期，第69~72页。
③ 陆正兰：《从传达方式看现代歌词与诗的差异》，载于《文艺理论研究》2009年第1期，第111~116页。
④ 费孝通：《反思·对话·文化自觉》，载于《北京大学学报（哲学社会科学版）》1997年第3期，第15~22、158页。

哥"组合以自身对文化的深度理解为基础，通过改编和原创等方式，对土家民歌进行文学文本的再造和创新，达到了各美其美的自我表达效果。《一笔写东南》《门前一口堰》《峡江号子》等传统土家民歌经过"土家稀奇哥"组合的改编和演绎，走进大众视野。人们从传统民歌中可以体悟到土家族"人与自然，感情与理性相融洽的文化心态"[①]，以及在此文化语境中形成的土家族"唯天性"的审美理念。土家民歌的歌词内容多以自然景物、日常生活为主题，并且富有故事性和画面感。"门前呐一呀口滴堰啰/水儿啊满啦了沿/阳雀儿来洗澡舍/那个喜鹊儿啊来呀闹年""号子一喊/船似箭/浪打头/风刮脸/烧酒一喝/好舒坦……"等歌词通俗易懂，贴近生活，反映了土家族人民智慧和勤劳的民族性格。在歌曲的声调上，由于"土家族主要聚居于湘鄂川黔边境的武陵山区，分布于清江、乌江、沅水、酉水、澧水等流域"[②]，生活地区的地理环境复杂，多山林河流，造就了土家民歌在演唱时悠扬、高亢，且富有变化和跌宕起伏的声调特点。除此之外，土家民歌中常常出现合唱和对唱，多人同声合唱或两人交替对唱，既增加了音乐的层次感，也展示出土家族在劳作闲暇时的娱乐方式以及和谐质朴的生活理念。

土家民歌作为土家族的传统艺术形式，自然而然承载了土家族的文化特色和民族精神。土家民歌的叙事常常以土家族的历史、传统、生活为主题，通过歌词和旋律表达土家人民对自然、家乡和亲情的热爱和向往。"土家稀奇哥"组合对土家民歌进行符合媒介化社会语境和传播逻辑的演绎和再造，使各美其美的自我表达在本土叙事得以实现，土家文化的生命力进一步被激活，为土家文化发展和传承提供了新的路径。

（二）开放叙事：美人之美的交往交流交融

中国作为多民族国家，在漫长的历史演变和发展长河中，中华民族共同体意识成为促成我国各民族团结统一的核心。在2021年8月27日至28日召开的中央民族工作会议上，习近平总书记指出："必须促进各民族广泛交往交流交融，促进各民族在理想、信念、情感、文化上的团结统一，守望相助、手足情深。"民族之间的交往交流交融使得各民族成为紧密相连的整体，交往是外在形式的表现，交流是文化和思想的传递，交融是深层次的融合与共生，其目的是达成各民族共同性和差异性共存互融，推动文化的交流互鉴，共育中华民族共同体意识。

文化交流交融的技术性障碍，在媒介化进程不断推进的过程中已被最大化消除，广袤的媒介空间为多样性文化提供了绝佳的展演舞台。为了促进不同文化之间的互动与互鉴，开放叙事成为不同文化群体之间交流共融的重要方式，即将叙事视角由局限于本民族叙事转向多民族叙事。主要表现为主动突破固守的边界，以包容开放的姿态吸收借鉴不同民族的叙事特点与亮点，在进行开放叙事的基础上，建立美人

---

① 黄洁：《土家族民歌的审美特征初探》，载于《民族文学研究》2001年第2期，第79~83页。
② 贵州土家学研究会：《土家族研究（第一集）》，四川民族出版社1993年版，第27页。

之美的新型民族文化交流生态，激发文化在社会语境中新的生命力。"土家稀奇哥"的内容创作以土家民歌为主，其重心在于传承土家族本土非遗文化，但是在实际的文化内容生产和传播实践中，其他文化群体的特色也能通过"土家稀奇哥"的再度改编和演绎，进而融入土家族文化叙事。"土家稀奇哥"以土家族文化传承人的身份被人们所熟知，其本身就是土家族文化符号的代表，他们在进行文化内容创作时，运用土家族民歌高亢、嘹亮唱腔和独特的表演形式，通过替换演绎文本的方法，在两种不同文化交织的场景中，再造文化交融的新形式与美感。"土家稀奇哥"组合采用土家族民歌唱法，演唱流行歌曲《快乐老家》、改编《祝你生日快乐》等，将来自不同文化语境的文化符号，巧妙地融入土家族本土文化的叙事。另外，"土家稀奇哥"组合还翻唱具有不同民族文化背景的歌曲，如《套马杆》《天竺少女》等，在土家族文化语境下，对歌词进行转译，从而达成情感的转接。开放叙事下的文化交融是在不同文化独特性和多样性的基础上进行新的创造，这有助于突破文化传播和传承的舒适圈，打破传承过程中的文化自恋，促进新发展。开放叙事并非将自身文化全盘否定，也并不是对他者文化的盲目吸收，越是开放自由的环境，越需要警惕强势文化侵蚀的残酷性与坚守自身文化底线的重要性。

在 2019 年 9 月 27 日召开的全国民族团结进步表彰大会上，习近平总书记指出："各族文化交相辉映，中华文化历久弥新，这是今天我们强大文化自信的根源。"但需要注意的是，开放叙事所强调的包容并非文化群体与生俱来的特性，开放包容理念必须建立在文化自觉与文化自信的基础之上。文化自觉是建立文化认同和文化自信的起点，文化群体的"自知之明"促使自身主体性的形成。唯有通过文化自觉，确立自身文化边界，树立文化自信，才能明晰自身文化的站位，在文化自信中汲取发展动力，进而推动文化在交流互鉴中不断发展。

（三）共同体叙事：美美与共的多元一体格局

"'美美与共'，也就是在欣赏本民族文明的同时，也能欣赏、尊重其他民族的文明。"[1] 美美与共描绘的是多民族文化和谐共生情景，是当下中华民族乃至世界文明发展的理想状态，而要使美美与共成为现实，就必须立足于如今多元一体的民族格局。中华民族是由多个民族单位经过漫长的接触、混杂与融合，而形成的"我中有你、你中有我，而又各具个性的多元统一体"[2]。多元一体的民族格局蕴含着民族单位与中华民族整体之间的层次逻辑，即由民族单位作为多元，以中华民族为一体。民族格局的层次逻辑，投射在民族文化和中华民族文化的层次结构中，表现为具有多样性的民族单元文化，始终以中华民族文化为核心，在多层次多维度中交融和共存。多元一体格局下的文化交融与互动，需要以美美与共的理念为支撑。由此，构

---

[1] 费孝通：《"美美与共"和人类文明（上）》，载于《群言》2005 年第 1 期，第 17～20 页。
[2] 费孝通：《中华民族的多元一体格局》，载于《北京大学学报（哲学社会科学版）》1989 年第 4 期，第 1～19 页。

成了美美与共理念和多元一体格局之间相互支撑，互为前提与目标的共构关系。

以中华优秀传统文化为源泉，是共同体叙事的基本逻辑，在进行民族文化传承实践的过程中，民族叙事的文学文本和表现形式深受其影响。中华优秀传统文化所蕴含的丰富哲学思想、价值观念和情感表达方式，被有机地融入民族文化的歌词创作。"土家稀奇哥"创作的歌曲《四季》，其歌词文本叙事以二十四节气歌为依托，描绘一年四季中人们的劳动场景。正如歌词所言"节气歌里有万象"，二十四节气是中国古代农耕文化中的重要组成部分，蕴含着丰富的节气文化，包括对自然的观察、对季节的感知以及对自然规律的理解。"芒种忙忙插秧/春来播种夏来长/丹桂香稻谷黄/秋来收成冬来藏"等歌词，将二十四节气所对应的自然规律与日常农耕劳作并行叙事，将节气元素融入民族音乐创作，使得歌曲更具有民族特色和文化内涵。"要吃饭就要种粮/要穿衣就把棉纺""万物复苏人奔忙"等歌词则凸显了农耕文化渊源对人民劳动观念的正向影响。通过《四季》这首歌曲，可以看到优秀传统文化作为文化源泉，深度参与民族文化的共同体叙事，促进美美与共的文化样态的建立，成为激发民族文化新的生命力的不竭动力和源泉。

"中华优秀传统文化是中华文明的智慧结晶和精华所在，是中华民族的根和魂，是我们在世界文化激荡中站稳脚跟的根基。"[1] 中华优秀传统文化以深厚的历史底蕴为基础，包含了中国几千年的文化积淀，融合了中华民族的智慧、价值观念、道德规范和审美观念，是各民族进行共同体叙事的灵感源泉，代表着中国人民的共同记忆和情感认同。"中华民族是历史上与现代状况下各种人群的命运休戚与共形成的自然共同体。"[2] 这奠定了中华民族多元一体的文化肌理，包含着各美其美、美人之美和美美与共的文化理念。基于对中华民族文化脉络和逻辑的把握，共同体叙事的重要性得以凸显。共同体叙事通过故事、符号和象征等文化表达形式来构建和传递民族认同和凝聚力，这种叙事形式不仅有助于传播和弘扬中华民族的核心价值观、道德准则和审美标准，还能够促进民族的自我认同和自我价值的建构，增强中华民族的文化自信心，促进不同文化之间的对话和交流。

二、艺术文本重构：土家音乐的创新表达

歌唱是对"歌词"的延长与美化，拓展了歌词作为文学文本的内涵，使其跳脱出"纯文本"的意义框架。对于土家音乐而言，歌唱形式的更新意味着整个音乐体系的优化和创新，将歌唱形式作为艺术文本进行分析，能明晰当下民族音乐的演进方向，即糅合在地性、狂欢化和后现代特点的新的表达形式。传统民族文化在现代

---

[1] 新华社：《习近平在中共中央政治局第三十九次集体学习时强调　把中国文明历史研究引向深入　推动增强历史自觉坚定文化自信》，载于《党建》2022年第6期，第4～5页。

[2] 张亚辉：《和而不同：费孝通的中华民族丛体概念解析》，载于《西北民族研究》2022年第4期，第31～43页。

语境中的自我调适和文化坚守，是民族文化进行创新发展和传承的关键。土家音乐作为中国传统民族音乐的重要组成部分，一直以来以其独特的表现形式和丰富的文化内涵而备受瞩目。然而，在现代社会背景下，面对新的挑战和机遇，土家音乐需要进行创新表达以适应时代需求。从传承和传播两个向度而言，坚守和调适是重构土家音乐艺术文本的两个关键，进行主动或被动的疏离成为文化自我调适的重要课题。"这种表现出强烈时代性的、对'老礼'创造性转化、创新性发展而形成的既有'旧俗'又含'新意'的新新样态，可称为民族传统音乐的'新俗'。"① "土家稀奇哥"对本民族在地性文化的保护和坚持，以及根据当前传播逻辑进行解构与拼贴的实践，有效地延伸了民族文化在新媒体时代和当前社会语境中的生命线。

（一）在地性的深情吟唱

"在地性"是指一个地区或社群根据本地特色而演化出的文化特性，受到地理环境、历史背景、社会结构、宗教信仰和经济活动等多种因素的影响。"在地性"一定程度上反映了文化群体所处的时代和地域特色，也映射出人类文明的多样性和丰富性。地方文化和民族文化相互支撑，地方性特色是构成民族文化独特性和多样性的基础，对民族认同和文化传承至关重要。中国作为拥有几千年农耕文明积淀的文化国度，对土地和民族血脉的眷恋是每一个中华儿女的情感底色，在地性和民族性的文化形式更能激发个体间和群体间的情感共鸣。

传统土家音乐常见的表现形式包括高亢唱腔、口传歌谣、舞蹈、器乐演奏等，这些在地性特色共同构成土家民歌独特的文化印记。在原生的文化场域中，歌曲和舞蹈兼具仪式性和语言性，歌词、韵律、节奏、姿态共构了具有权威的形式语言②。具有在地性的原生态歌舞音乐形式，搭建起土家族文化空间，通过运用土家民歌唱腔，以独特的土家族在地性文化符号作为文化基底，将用户引入文化的"形式权威"影响范围。无论是翻唱作品《祝你生日快乐》《千里之外》，还是原创曲目《四季》，或是土家民歌改编歌曲《门前一口堰》《一笔写东南》等，"土家稀奇哥"均运用土家民族音乐唱腔对歌曲进行翻唱和改编，完成不同文化之间的嫁接，进而达成文化共生与共融。在"土家稀奇哥"的众多作品中，在地性和民族性元素是始终坚守的情感内核，这种在地性的创作和吟唱，饱含着民族文化群体对自身文化的传承与深情守候。

土家非遗深植于当地语境，有着内在的历史文脉。个体对生存空间和地域的情感，与对自身民族群体和文化的情感，共同构成了维系个体社会生活的情感纽带。从民族音乐的表现形式来说，音韵、吟咏和演绎是表达情感的重要方式。正如《毛诗·序》所言："情动于中而形于言；言之不足，故嗟叹之；嗟叹之不足，故永歌

---

① 周甜甜：《民族传统音乐与当代城市精神建构》，载于《民俗研究》2021年第6期，第126~130页。

② 彭兆荣：《论"原生态"的原生形貌》，载于《贵州社会科学》2010年第3期，第19~24页。

之；永歌之不足，不知手之舞之，足之蹈之也。"[1] 其中的"言"是最基础的表意语言，"言"传达情感的渠道较为单一，需要将艺术形式延伸至"嗟叹"乃至"永歌"，以此来承载和表达更丰沛的情感。越是丰厚浓烈的情感，越需要通过艺术的歌唱，通过"嗟叹"或"永歌"进行触发和传达。推动"言"到"嗟叹"到"永歌"这系列动作转化的内在动力，在宗白华看来，是人的内在情感。所以一旦融入歌唱境界，歌词便超越了一般语言的特性，成为一种独特的音乐语言，即"音"。土家民歌的唱法和曲调讲究"一领众和"，在演唱过程中融合多种乐器和音韵。"土家族民歌的节奏以混合型为主，非均分律动散板是古歌节拍的重要特征。"[2] 当"土家稀奇哥"组合身穿土家族民族服饰，采用土家民歌独特唱腔和节奏吟唱时，民族文化的在地性和深刻的民族情感便从中涌现。

近年来，在地性文化在现代社会语境中遭受越来越多的冲击，民族文化传承面临多重挑战。现代媒介技术的快速发展导致人类社会的信息超载，传统的民族文化在信息浩瀚的海洋中容易被淹没和忽视。"土家稀奇哥"在现代媒介场域中的传播实践是成功的，截至 2023 年 9 月，"土家稀奇哥"在抖音平台获得了近 300 万点赞量，粉丝数量超过 25 万。但是，以"土家稀奇哥"为代表的在地性吟唱，在现代语境中获得的媒介热度远远低于大众对流行文化的关注度，和中国超 10 亿的网络用户相比，"土家稀奇哥"的受众用户占比微乎其微，极易被淹没在汹涌的信息浪潮之中。当下传播场域中碎片化和个性化特性，使得人们更倾向于接触和传播主流文化，而忽视对民族文化的传承。"土家稀奇哥"在抖音平台发布的《三棒鼓》《撒叶儿嗬》《一笔写东南》等极具在地性和民族性的演唱视频，观看量和点赞量并不理想。甚至用户在丧失对土家族表演形式的新鲜感之后，对"土家稀奇哥"的特色唱腔和表演也表现出一定程度的审美疲劳。但是，值得注意的是，不被流量价值标准和时代洪流裹挟，是民族文化和非遗文化在当前传播语境中需要具备的素养。在地性从形式上提供了深度连接文化土壤的路径，建立起更牢固的情感纽带，从而激活深埋在现代文化中的核心精神价值。强调在地性的重要性，亲身实践坚持对在地性文化的传播和传承，是对现代性困境的反思与对抗，并以独特的精神价值警示现代文明的发展取向。

（二）狂欢化的解构笑谑

基于对西方狂欢节人们的社会心理和社会行动的研究，巴赫金提出了狂欢理论。狂欢世界中权力颠倒和秩序失效的现象与现实生活形成强烈反差，其本质是对权力

---

[1] 王育颐等：《中国古代文学词典（第四卷）》，广西教育出版社 1989 年版，第 393~394 页。
[2] 向华：《土家族民歌旋律音调结构研究》，福建师范大学博士学位毕业论文（2013 年），第 239 页。

和压制的颠覆与反抗①。山地丘陵中孕育而成的土家族文化,立足于自然,人与自然和谐共生,强调天人合一和群体共融,对权力的解构以及对生活的乐观笑谑,逐步形成了土家人浪漫勇敢、热烈真诚的民族性格。这与狂欢理论所强调的戏谑浪漫、身体感知以及去中心化标准有着多维度的共鸣,土家人的生死观念尤其体现出二者的契合。"撒叶儿嗬"是一种流传于清江流域土家族群落的丧葬仪式——演唱高昂热烈的歌曲,彻夜舞蹈,以狂欢化的方式寄托对亡者的悼念与哀思,深刻地体现着土家人面对死亡时,肆意洒脱的人生态度和狂欢精神。无论是情感浓烈的哭嫁,还是彻夜高唱的撒叶儿嗬,土家族的民族艺术和文化样态中蕴含的狂欢热烈的民族性格,以生动鲜活之姿立于武陵山野之中。

"土家稀奇哥"组合的众多作品在不同平台有不同的特点和个性,然而,无论是在社交媒体平台还是官方演出舞台,其共性也十分明显,即土家族"唯天性"的审美理念贯穿始终。这种理念使得作品的情感极为纯粹真挚,铸就了"土家稀奇哥"作品大开大合和肆意狂放的风格共性。在抖音平台等社交媒体发布的内容多为歌曲改编,"土家稀奇哥"用嘹亮的唱腔和夸张的身体语言等对《千里之外》《忘情水》等流行歌曲进行解构和再演绎,其情感外放浓烈且直接,与原版形成强烈反差。翻唱作品的艺术形式和表现上个性独特,运用民间音乐器具,加之用音调高昂的嗓音和夸张丰富的表情来演绎大众文化歌曲,极具狂欢风格的荒诞和笑谑,进一步扩大了传播效果。而"土家稀奇哥"在官方演出舞台上的表演主动减弱了浮夸和狂欢的色彩,将重心转移到对内容的打磨和民族日常文化的舞台展演当中。《清江船工号子》《土家敬酒歌》《门前一口堰》等节目,从歌词内容和舞台表演两个层面传递出土家族狂欢纯粹的文化特色。《土家敬酒歌》的舞台呈现,以土家族迎客敬酒的生活日常为主体,通过一领众和的歌唱形式和舒展豪放的身体语言,描绘了土家族人在女儿会、结婚宴等不同生活场景中狂欢庆贺、畅饮美酒的生活场景。古人曾描绘过土家族豪饮美酒的畅快风光,"万颗明珠共一瓯,王侯到此也低头。五龙捧着擎天柱,吸尽长江水倒流",从中可以窥见土家族真挚淳朴、豪放自在的民族特性。

狂欢是民族文化中乐观人生理念的深度表达与展现,能够充分体现民族文化中源于生活的生命力,有助于激发其他文化群体对于本土民族文化的兴趣和关注,进而推动传统文化的创新和发展。然而,过于浓烈和戏谑的情感态度,会导致对民族文化的展示浮于认知表层,不利于展现民族文化深处的民族智慧和理念,狂欢化的媒介氛围还可能导致对民族文化的消解和贬低。因为解构和戏谑可能会使人们对民族文化的价值和意义产生怀疑,甚至产生贬低和忽视的负面态度。在现代语境中传承和传播民族文化,自我调适的程度与取向依然是极具研究意义的重要课题。

---

① 胡春阳:《网络:自由及其想象——以巴赫金狂欢理论为视角》,载于《复旦学报(社会科学版)》2006年第1期,第115～121页。

（三）后现代的浪漫拼贴

"后现代主义是 20 世纪末西方最具影响力的文化思潮，其特征是：解构、去中心、非同一性、多元共生、折中主义、否定权威等等。"① 拼贴作为在后现代主义时期影响颇深，并上升为思维观念的一种艺术形式，以其独特的创作方式和多样的材料选择，成为艺术家表达个人观点和情感的重要方式。"（拼贴）的核心是不同内容、材质、想法的并置、拼接结合。"② 将不同的元素和材料组合在一起，拼贴艺术创造出了丰富多样的视觉效果，打破了传统艺术理念的束缚，其影响效果不断扩散至各个领域，并逐渐渗入社会生活。需要注意的是，随着拼贴逐步深入社会生活，其意义并不局限于可观可感的元素混搭拼接，而成为一种艺术语言，影响着社会群体对后现代艺术和生活方式的认知结构。土家族人主要生活在武陵山脉的高山地带，多元文化共汇交融，造就了土家族极强的文化包容度和兼容性，这与后现代拼贴艺术形式的去中心化和解构特质形成呼应。二者都通过多样性、复杂性的方式来表达情感和思想，反映现代社会文化交融共生、去中心化的趋势。其相似性使得拼贴成为能解读和呈现土家族歌曲文本内涵的艺术手法，并进一步丰富土家族歌曲文本的意义和表达方式。

立足于土家文化丰厚且多元的文化土壤，"土家稀奇哥"通过对文化元素进行拼贴，完成了土家音乐的艺术文本重构。以"土家稀奇哥"在抖音平台发布的内容为例，后现代的拼贴形式突出表现为对土家族文化元素分别与流行文化元素、不同民族文化群体元素以及现代文化元素的自由拼贴与组合。"土家稀奇哥"对《祝你生日快乐》歌曲的改编演绎获得 65.5 万个点赞，成为该组合在抖音平台影响力最高的视频。该视频将土家传统器乐演奏、民族服饰、民歌唱腔与现代歌曲元素进行拼贴，带来强烈的感官反差，在短视频平台的社交属性和分享机制的推动下，内容快速传播和扩散，获得良好的传播效果。"土家稀奇哥"所创作土家歌曲，其叙事角度平民化，讲述源自生活的故事，从土家族日常生活和民俗活动中搭建进行拼贴的文化情境，贴合去中心化和去权威化的后现代属性。在非线性、高自由度的媒介空间中生产可拼贴的内容，为民族文化的创新再造提供极具可能性的生产方式，从而促进民族文化的现代转译。从形象建构的角度而言，"土家稀奇哥"通过拼贴生成的内容共同构成其民族形象，这种碎片化的呈现方式使其媒介形象具有了后现代的属性，与传统的线性和正统的民族文化代言人形象形成了鲜明的对比。"土家稀奇哥"的作品涉及不同的主题，这种多样性和变化性使其代表的民族形象不受限于特定的风格，具有了更加开放和多元的特点。

尽管后现代性的拼贴充满浪漫色彩，但是其跳跃性和碎片化的特点，可能导致

---

① 张品良：《网络传播的后现代性解析》，载于《当代传播》2004 年第 5 期，第 53～56 页。
② 赵家、郭春方：《从形式到观念——拼贴艺术从现代主义到后现代主义的跨越》，载于《北华大学学报（社会科学版）》2008 年第 3 期，第 119～121 页。

民族文化的焦点失真和文化边界模糊化。另外，不同元素的融合重组，可能使不同文化之间的辨识度降低，从而造成民族文化的同质化，由此导致民族文化的独特性和多样性被忽视，进而使不同民族的文化特色被标准化为一种通用的形式，失去了其独特的魅力和价值。

三、媒介文本迭代：土家形象的融合建构

数字技术的快速发展，为媒介融合提供了强大的技术支持，形成全新的传输平台，"不同媒体之间进行交融与互动，在不同媒体之间，传播方式和内容可以相互借用"①。对民族文化而言，深度媒介融合不仅提供了渠道、内容和终端融合的可能性，更为重要的是，媒介化搭建起能够连接不同媒介的传播生态，使民族形象的融合建构成为可能。"媒介融合"浪潮"不仅将引起媒介生产方式的革命，并将成为最终推动'媒介化社会'形成的核心动力"②。在媒介融合传播和媒介化情景中，"土家稀奇哥"的媒介实践历程主要是空间媒介、电视媒介和社交媒介三种媒介文本的迭代，在媒介化的空间维度完成从边缘到中心的文化"朝圣"，在电视媒介的传播权力逻辑下达成媒介"加冕"，在社交媒介逻辑下，利用媒介赋能与可见性特性有效完成土家文化的建构。"土家稀奇哥"借助不同媒介属性，有针对性地展现土家文化的独特性，多角度、多维度地完成媒介形象的融合建构，向呈现鲜活的土家文化形象这一目标不断靠近。

（一）空间传播：从边缘到中心的迁徙

社会、空间与媒介三者之间共同演进，造就了当前媒介空间化和空间媒介化两条路径。在数字技术的支撑下，空间的定义被扩宽，由具体实在的物理空间延伸至虚拟空间，现实和虚拟两个空间概念之间，既相互剥离又相互连接。在"土家稀奇哥"的空间媒介传播实践中，不同的空间逻辑影响着边缘和中心的定义和塑性，可以从地理、文化甚至权力逻辑等不同的层次进行理解。基于不同空间逻辑下对边缘和中心不同的理解，民族文化在虚拟空间和现实空间中逐渐发展出不同的表现形式，以及从由边缘向中心迁徙的两条风格迥异的迁徙路线。

从现实空间的维度来看，"土家稀奇哥"的空间媒介迁徙路径主要表现为舞台演出地点的迁移。2023年5月4日至5日，"土家稀奇哥"首先以文化原生地为起点，在湖北省恩施土家族苗族自治州州府恩施市完成汇报演出；随后进入省级舞台，5月10日在湖北省武汉市湖北剧院进行公演，代表着"土家稀奇哥"组合进入了全省文化视野，其影响力进一步扩大；最终，"土家稀奇哥"于6月10日在具有国家代

---

① 蔡雯、王学文：《角度·视野·轨迹——试析有关"媒介融合"的研究》，载于《国际新闻界》2009年第11期，第87~90页。
② 孟建、赵元珂：《媒介融合：粘聚并造就新型的媒介化社会》，载于《国际新闻界》2006第7期，第24~27、54页。

表性的北京市民族剧院进行展演。其影响力和知名度的增长层级与当前权力管辖级别紧密关联，总体表现为由地方向中央迁徙的空间逻辑，以及层层推进的时间逻辑。"土家稀奇哥"巡回音乐会遵循的是由市级舞台向省级舞台跃升，并最终登上国家级舞台的演出路径，也是民族文化由"边缘"向"中心"的迁徙路径。"土家稀奇哥"来自位于湖北省西南边陲的恩施土家族苗族自治州，在地理空间中位于远离中心的边缘地区。就文化逻辑而言，多元一体的民族格局中涵盖了对单位民族文化与中华优秀传统文化的层次和关系，即民族文化作为多元，紧密围绕中华优秀传统文化周围，边缘体现的是民族文化的文化空间位置。从权力逻辑角度来说，位于中心的权力体系代表着更为宏大的国家观念，为民族文化提供保障和支撑，所以由边缘向中心迁徙和靠拢，体现的是民族群体对中心权力体的认同。以上来自现实社会空间的地理、文化和权力逻辑，投射到由虚拟空间和现实空间共构的空间媒介中，具体表现为民族文化演绎场域从"集市"向"庙宇"的迁徙。

从"土家稀奇哥"在虚拟媒介空间发布内容的时间顺序和内容风格，同样能直观感受到传播重心的变迁过程。在发展初期，"土家稀奇哥"进行内容生产的逻辑与抖音"集市式"的传播逻辑重合度极高，具有狂欢化、娱乐化的特点，并在该时期取得较高的关注度和点赞量。在发展的中后期，"土家稀奇哥"登上《星光大道》等具有官方属性的舞台表演，最终登上2023年春节联欢晚会舞台，其在抖音平台也渐渐增加相关内容。截至2023年9月5日，该组合在抖音平台公开发布共85个视频作品，不同阶段的内容区隔并非泾渭分明，但是根据内容生产特征，可以分为三个阶段，呈现出"集市式"的抖音平台向"庙宇式舞台"迁徙的总体趋势（见表1）。

表1 "土家稀奇哥"短视频作品内容生产统计表

时间段	"土家稀奇哥"短视频内容	作品数量
2020年5月27日—2022年5月28日	以民族唱腔翻唱为主，翻唱作品包括流行音乐、其他民族音乐、传统古诗词等	51
2022年5月29日—2022年10月26日	在抖音平台传播逻辑下，加入参加2022年度《星光大道》相关内容	19
2022年10月27日—2023年9月5日	以"土家稀奇哥"的官方演出为主要内容	15

"媒介与空间在本质上都与社会关系紧密相连，二者具有相通性。"[1] 尤其在中国的历史和文化语境中，以空间作为媒介文本分析民族文化传播中，社会空间中的权力关系架构是其无法回避的底层逻辑。王朝时期的中国"天下主义"观念盛行，中央和边陲的社会认知由地理层面渗透至权力层面。中央是权力的象征符号，民族

---

[1] 李彬、关琮严：《空间媒介化与媒介空间化——论媒介进化及其研究的空间转向》，载于《国际新闻界》2012年第5期，第38~42页。

由于地理和文化因素，处于权力边缘。如今，中心和边缘之间悬殊的权力关系在中华民族共同体意识下逐渐消解，但是传统权力规训造成的社会观念依然持续影响着现代社会权力架构。由边缘向中心迁徙，往往是民族文化在当前新媒体和语境下理想的传播与传承路径。在此之后，"土家稀奇哥"的表演空间从"集市式的平台"转向"庙宇式的舞台"，其表演风格和形式也随着不同媒介空间的转移而改变。然而，值得注意的是，随着本土民族文化登上"庙宇"，本土性和原生性被冲淡，随之而来的，可能是民族文化难下"高台"和脱离文化土壤的隐忧。

（二）电视传播：文化场域的媒介加冕

电视媒介作为一种重要的大众传播媒介，一直以来被赋予了多层次的文化价值意义，在长期发展过程中形成了独特的文化属性，成为传统权力话语主要的传播渠道。电视节目作为兼具仪式性和表演性的文化产品，承载着丰富的文化元素和符号，传递文化意识形态和价值观念，同时也塑造着观众的文化认知和审美趣味。"电视在我们的现实生活中充当着'世俗宗教'的角色，发挥着重要的仪式传播功能。"[1] 电视通过广泛传播和观众的群体性参与，创造出一种共同的观看体验和仪式感。鉴于电视节目具有仪式性和表演性特征，电视媒介能够作为参与者辅助民族文化完成叙事。在少数民族日常生活中，由于自身独特的文化发展脉络和生活习惯的原因，日常活动常常通过特定的仪式来表达和展示。以土家族的民族仪式活动为例，哭嫁、跳丧等民族仪式活动承载着丰富的文化意义，并作为民族集体记忆融入日常生活，共同构成土家族文化的仪式性。相对于电视媒介所代表的大众文化而言，民族文化属于较为神秘的小众文化。在电视节目中进行民族文化的前台展演，需要文化群体对自身文化主动进行大众化改编或解释，民族文化的神秘性在电视媒介的呈现中被解构，以便更好地贴合电视媒介的传播逻辑。

2022年"土家稀奇哥"参加《星光大道》节目，在节目中演绎了十余首改编的土家民歌和原创作品，在各阶段的队伍比拼环节，均获得评委与观众投出的较高票数，并顺利胜出（见表2）。《门前一口堰》《四季》等改编自土家民歌的曲目，在节目中曾多次演绎；在互动环节还表演了《祝你生日快乐》《一笔写东南》等曲目。"土家稀奇哥"的舞台设计、服装道具和演唱内容均以土家族文化为核心，唱腔高亢嘹亮，歌唱时乡音浓厚，作品极富民族特性和地方特色。评委蔡明指出："这是来自土壤的浓浓乡音，直接将江边的生活搬到了舞台上。"[2] 民族文化、非遗传承、原生态是"土家稀奇哥"及其作品的关键词。他们在节目中获得了评委的高度认可，并因此赢得年度总冠军，最终登上2023年中央广播电视总台春节联欢晚会。随后，在2023年7月，央视一档音乐频道栏目《聆听时刻》，运用音乐专题片和微纪录片的形式，对"土家稀奇哥"进行了系统深入介绍，进一步延续了电视媒介对"土家稀

---

[1] 张兵娟：《电视媒介事件与仪式传播》，载于《当代传播》2010年第5期，第29~32页。
[2] 中央广播电视总台：《星光大道》，2023年第1期。

奇哥"及其文化特色的认同和肯定。以上"土家稀奇哥"在电视媒介中众多传播实践，不仅意味着该组合被观众所喜爱，以及主流文化对土家文化的认可和接纳，还代表着国家在宏观层面的文化发展倾向，即对民族文化和非遗传承的重视。在电视节目中对"土家稀奇哥"进行加冕，本质上是对民族文化的认可以及对中华民族文化基因的保护。

表2 "土家稀奇哥"参加《星光大道》节目简表

节目播出时间	"土家稀奇哥"表演节目	获得票数
2022年5月28日第20期	《万疆》	128
	《峡江号子》	127
2022年9月3日第34期	情景音乐剧	121
2022年9月12日第35期	《门前一口堰》	126
2022年9月17日第36期	《四季》	118
2022年11月19日第45期	《恼人的秋风》（合作）	73
2022年12月10日第46期	《清江放排号子》	50
2022年12月17日第47期	《四季》（合作）	81
2022年12月24日第48期	《土家敬酒歌》	89
2022年12月31日第50期	《饮酒歌》	112
2023年1月7日第1期	《门前一口堰》	94
2023年1月15日第3期（总决赛）	《门前一口堰》	114
	《男儿当自强》	96

虽然随着新媒体的兴起，电视媒介的线性播放模式和宏大刻板的叙事特点等特征显得相对僵化，但是电视作为一种集中化传播信息的媒介，与国家管理逻辑和权力体系相互呼应，能反映权力与媒介的互动关系。从电视媒介权力话语逻辑角度出发，由官方推出的电视节目在一定程度上能反映主流权力话语和整体的文化取向。尽管在当下社会环境中电视媒介的影响力有所削弱，但由于有官方力量的支持，依然能产生较大的社会效应。在"土家稀奇哥"从边缘到中心的传播路径中，电视媒介作为代表传统权力话语的媒介形式，在其文化空间跳跃过程中发挥着重要的作用，并最终在此基础上完成对"土家稀奇哥"的媒介加冕。

（三）社交传播：日常生活中的文化回归

随着现代传媒技术和逻辑全面渗透至社会各个生活单元，"现代社会媒介对社会和文化带来革命性的影响，使得各个领域不得不按照媒介的规律来行事"[1]。不同的

---

[1] 侯东阳、高佳：《媒介化理论及研究路径、适用性》，载于《新闻与传播研究》2018年第5期，第27~45、126页。

文化群体无可避免地被纳入媒介化社会的文化生存与传播的逻辑框架，主动或被动地参与媒介化进程。在目前的媒介化社会中，社交媒介成为当前主要的社会交往情境。在社交媒介构建的虚拟空间中，以抖音为代表的社交媒体平台具有权力分散、去中心化的特点，属于"集市式"媒介。"集市式"媒介的最显著特征在于赋予用户创造和传播的权力与能力，为个体或者群体提供呈现日常生活的自由。虽然在社交媒介中的民族文化传播情境由线下迁移至线上，传播形式由实体演绎转换为虚拟信号，传播内核却是对原生态传承逻辑的回归。

除此之外，社交媒介融合了用户的线上和线下生活情境，使得线上自我呈现与线下日常生活之间发展出高度共构的特点。线上的自我呈现，往往是用户日常生活的延伸和扩展。而"日常生活"主要包括个体的行为方式、集体的风俗仪式乃至群体性格，以及社会群体之中代代相传的信仰和实践[1]。"土家稀奇哥"借助多个颇具土家族特色和风格的演绎视频，通过社交媒体平台树立了原生态的媒介形象，在"土家稀奇哥"的自我呈现中，可以看到土家族文化中最贴近自然和日常生活的原生状态。"土家稀奇哥"账号在抖音平台发布的内容，涉及土家族日常生产及日常文娱活动，呈现了包括土家族吊脚楼、摆手舞、三棒鼓、民族器乐、民族服饰等在内的土家族日常生活特色，生动地展现了土家族深厚的文化底蕴。由此可见，日常生活作为了解民族文化与民族生活哲学的窗口，社交媒介为其搭建起记录和呈现的媒介空间。

民族文化的日常生活是在代际传承的生产实践中形成的风俗、仪式与文化，其中蕴含着极具民族性的生活哲学与民族智慧，具有本土性和原生态的特质。"土家稀奇哥"借助抖音平台进行土家文化在社交媒体中的传播实践，是本土文化和原生态的回归。如前文所言，社交媒介的赋能和赋权奠定了社交媒介"集市化"的平民式话语逻辑，这意味着社交媒介所构成的媒介空间极具自由度和生命力。而民族文化千百年的延续和发展土壤，正是充满自由和活力的民间土壤。社交媒介的传播逻辑和民族文化的生长逻辑之间的关联立刻凸显，换句话说，社交媒介空间是新的社会语境下民族文化得以传播和传承的"赛博土壤"。"土家稀奇哥"在社交媒体中的传播实践，可以被看作对本民族文化原生性呼唤的回应和勇敢尝试。在新媒介技术的加持下，文化回归不仅是回到文化生产原点，更是创造了文化得以再度创新的新起点。在文化回归中，把握文化发展的脉络，理清未来发展方向，以文化自信为信念支撑，在具有可见性的媒介空间中，利用社交媒介的赋能，鼓励文化群体能够自我呈现日常生活，从而完成原生态文化语境和文化起点的回归。

然而，社交媒介的唯流量论以及流量崇拜等问题，是时刻潜伏在民族文化社交媒体传承过程中的隐忧。一味地追求流量数据和热度，会干扰民族文化内容生产的

---

[1] 王杰文：《日常生活与媒介化的"他者"》，载于《现代传播（中国传媒大学学报）》2011年第8期，第19~22页。

取向，使其被低俗、恶俗的风气侵蚀。当前民族、民俗文化被恶意丑化、猎奇化的现象频频出现，给民族文化传承工作造成了更大的阻力。其次，在流量为王的观念下，文化主体或传承人面对资本诱惑而恶意曲解民族、民俗文化等情况时，将会遭受较大的考验，稍有不慎，就可能背离初衷。民族文化和非遗文化在"赛博土壤"中肆意生长，充分享受其带来的关注度和自由度的同时，需要时刻警惕陷入流量崇拜的沼泽。

四、结语

"土家稀奇哥"通过不同媒介迭代的新尝试，为非遗传承和民族文化传播提供了新思路，是媒介赋能非遗传承的典型个案，从边缘到中心的传播路径为土家非遗的当代传承提供了新的范式，进一步推动非遗文化的创造性转化和创新性发展。以"土家稀奇哥"为代表，土家非遗 IP 要进一步有效实现当代传承，还需要坚守可扎根的文化土壤，形成可持续的价值输出，探索可破圈的融合传播，创造可变现的商业模式，从而在媒介化社会的现实语境下，为实现各民族文化之间的交往交流交融提供更为经典的文化文本。"土家稀奇哥"的文学实践、艺术实践和传播实践，既生产了一种土家族基于文化自觉的自我叙事文本，也提供了一个社会公众对于土家族文化的公共想象空间。对其他文化群体来说，这片想象的空间建立在由多个媒介文本相互迭代而成的媒介空间之中，同样，土家族本民族文化群体正是在这一媒介空间中完成对本民族文化的想象和认知更新。对于民族文化的自我进化而言，媒介提供的可能性赋予了其多文本创新的能力，使得土家文化和形象由想象走进现实，并得以全方位的呈现与表达。"土家稀奇哥"的媒介尝试与多重文本再造，使得公众对民族文化不再是缥缈遥远的浪漫想象，而是近在咫尺、可观可感的文化感知和认同。

浅析安丽芳《施南往事》中的非遗叙事

熊 浚[①]

"非遗"又称非物质文化遗产，是指在各族人民中世代传承，并视为人民精神文化凝练而成的各类传统文化的表现形式，其中所承载的精神内涵与文化记忆更是可以代表一个民族的灵魂。非遗叙事是将这些传统文化以文字的形式呈现在大众面前，不仅仅是神话、传说、故事、谣谚，大众可以从文字中更多地回味逐渐消逝的风土民俗、领略先人留下的生产生活智慧，感受传统文化力量的传承与温情。

古往今来，文人墨客大多爱书写故乡。故土之于他们不仅仅是思乡的情怀，更多的是拼凑成记忆碎片的衣、食、住、行与过往。刘醒龙称安丽芳的语言颇有汪曾祺之风[②]，带着浓浓的乡土情怀，将身边的旧人与旧事娓娓道来。《施南往事》由"老城人物""施南旧事""人世间""流来庵"四个部分组成。前三个部分以散文的形式分别叙说了作者记忆中的老城风云人物、难以忘怀的事件，以及曾经的温情时刻。最后一个部分以小说的形式讲述了一个尼姑庵的传说。全书展现出鲜明的土家族特色与恩施地域文化，其中的非遗描写尤其精彩，本文拟从三个方面对文中的非遗叙事展开分析。

一、人物书写展现民间传统

全书以"老城人物"开篇，这部分也最能突显非遗叙事精华。本部分共 12 篇，每篇或以人物职业或以人物性格或以人物特征命名，如《朱八字与罗剃头》《吴剃头》《疤叔》《陈半天》等，每篇文章的叙事都或多或少带有非遗的印迹。

《朱八字与罗剃头》中的朱八字靠算命为生，算命曾经被认为是封建迷信，但往上追溯，其中却包含着占卜、祭祀、祝祷、祈福等功能。恩施地处巴蜀，早期人们崇巫鬼，千百年来的传承并没有因为时间而磨灭，走街串巷的算命先生实则暗含了恩施地区人们早期的神明信仰。文学中的另一个主角罗剃头是一个剃头匠，是我国的传统民间手工艺人。剃头匠每天都挑着担子，穿过大街小巷，吆喝着为大众服务。由于理发店的兴起，剃头匠还在，但已经找不到当年那种情怀了。

文中写到朱八字和罗剃头与妻子共住一个屋檐下，被周围邻里嘲笑。这是一妻多夫制的体现。在过去一夫多妻很常见，但是一妻多夫，只有在母系氏族社会才存

[①] 熊浚，湖北民族大学文学与传媒学院讲师。
[②] 安丽芳：《施南往事》，中国青年出版社 2019 年版，序，第 5 页。

在。恩施由于地理位置闭塞,清朝改土归流后,中原地区的主流文化才大规模影响恩施人民,导致一些偏远地区,女尊男卑的思想在部分民风民俗中仍有所遗存①。安丽芳描写的初衷或许是为了突显那个年代悲苦的生活状态,却意外反映了鄂西地区乡野民风的遗留。

《麻孝歌》虽然是写一个歌者,实则通过歌者表现该地区的丧葬习俗。一是办丧事不请客,会有人来,要请人吃饭:"人死饭甑开,不请自然来。"恩施人家里过事要开流水席,此习俗在农村传承至今。流水席上的饭菜也是本地人最爱的美食:苞谷饭、合渣、腊肉。二是要打绕棺、唱孝歌。文中写到麻教歌"善唱高腔调,他的嗓音特别高,发出的音有些稀奇古怪,声音尖到死人都会发颤"②。还提到了跳撒叶尔嗬,撒叶尔嗬是恩施第一批入选国家级非物质文化遗产的项目。通过对一个歌师的书写,给读者展示了本地区的传统丧葬习俗,这些文化呈现方式都可以称为非遗叙事。

此外,还有《牛木匠》《王瞎子》等篇目也都充分体现出这种非遗叙事的魅力。木匠,也称木工,在我国是一种流传已久的职业。鲁班被称为木匠鼻祖。书中的牛木匠就是一个地道的匠人,把木工活做得清清白白,一棵树筒几经打磨,裁、锯、拼接,最后变成家具成品。牛木匠一直秉着做事如做人的初心,认为祖传技艺需要耐心、细心去锻造,所以连牛木匠的儿子在学徒时都因吃不得苦中途退出。由于机械化的介入,木匠工艺日益淡出人们的生活。值得庆幸的是,随着古城建造的需要,牛木匠的威严又找回来了。其实,作者更想表达的是对传统文化复兴的一种认可。当代社会由于机械化、工业化对人力的替代,造成了许多传统手工艺行业的式微,随着国家对非物质文化遗产的大力支持,这些传统文化得以保护、承续。

《王瞎子》中王瞎子唱的是《梁山伯与祝英台》中的著名选段。《梁祝》作为民间文学的代表作品,在文中以戏曲曲词的方式呈现给读者。《婆娘汉》中为了生计奔波下力,蹬麻木车的白菊花,也是带着梨儿茶、苞谷粑粑这些最能体现恩施风味的吃食进城谋生。这些细节描写在作者笔下是为了书写人物个性,也从侧面体现出非遗元素对文本叙事的重要影响。

二、生活叙事呈现民风民俗

"施南旧事"是该书的第二部分,记叙了作者曾经亲身经历过、目睹过、听闻过的一些发生在恩施20世纪的事件。通过事件的发生、展开、结局去揭露当时恩施人民生活的悲苦与凄凉。但同时也以非遗叙事的方式呈现了本地区人们曾经的生活样态,体现出浓厚的乡土情怀。

---

① 笔者在对本地区的田野调查中发现,女性死者的坟比男性死者要高、大。在称谓上,称外公为"胡子嘎嘎",称外婆为"MU儿嘎嘎"等,种种情状可表明女性地位曾经比男性地位高。
② 安丽芳:《施南往事》,中国青年出版社2019年版,第13页。

恩施旧时为施南府，此处多庙宇，三步一小庙，五步一大庙。因此在作者记忆中，庙宇中的香火鼎盛成为现在不可重现的景象。在此部分的开篇《老城 老屋 老人》中，特地交代了"老城"中的寺庙：

"府文庙"供孔子像，为读书人所建；"张飞庙"为屠户所建，据传张飞杀猪出身；"火神庙"为当地百姓所建，百姓惧怕失火灾，求火神保佑；"巧圣宫"供奉鲁班，为木瓦工匠所建；"蚕神祠"供奉螺祖像，为丝线业所建；"白衣庵""东岳宫"供送子娘娘、观音菩萨，为女人求子所建；"马王庙""石关庙"，为习武之人所建；"轩辕宫"为缝纫业所建。总之，各行各业皆有自己的庙宇或祠堂，人们将愿望寄托于神，希望神能佑护自己。①

"老屋"中对堂屋的描写，犹记得"是整个家族祭奠、做寿、团年、聚集的地方"，"大堂正中为整个家族共有的神龛，供有'天地君亲师位'，神龛后面挂有女祖的贞节牌坊'节孝扬辉'"②。无论是对老城的记忆还是老屋的记忆，都真实地反映出曾经的恩施人民日常生活中必不可少的信仰与尊崇，笔者认为这些都可以用非遗叙事来进行概括。恩施地区汇集了汉、土家、苗、蒙古等少数民族族群，是典型的大杂居、小聚居，因此本地区的信仰也是杂糅种种，儒道释巫，人们认为只要能护佑家族、家庭，任凭神是哪种宗教，都可拜祭。这也体现出施南人民兼收并蓄、海纳百川的胸襟。

作者笔下，恩施人民往昔的日常娱乐生活也是丰富多彩的。"老人"中写到幺爷爷和侄子在天井坝比赛踢毽子：

腾空飞腿，跳转翻身，前抛后踢。左跨右跳，手舞足蹈，边踢边念"掌心、手背、左胳膊、右腿、前弓、后踢、挖、恰、胯、跬、伸"，踢出各种花样，几乎拳脚腾空，惊得鸡飞狗跳，院坝晒的筛子、簸箕、坛坛、罐罐，一股脑儿猝不及防，小娃儿躲闪不及，最后，毽子踢到瓦上，拿长竹竿掇下来。③

踢毽子是一项古已有之的体育竞技项目，可强身健体。20世纪八九十年代，踢毽子仍然是大人小孩都喜爱的一项消遣活动，随着电视、手机、平板等交互电子产品的流行，这种传统的面对面即可沟通人际关系的健康生活方式逐渐被人们淡忘，当下只有在一些竞技类比赛中才得以观赏。除了踢毽子，第二部分中作者还特地记录了另一项恩施土家族的民间体育项目"地鸽子"。在《地鸽子》中，作者颇费了些笔墨来描述：从地鸽子形如陀螺，到制作方法、娱乐方法，再到曾经施南府一王姓少爷痴迷地鸽子的故事。一项集健身、娱乐于一体的非遗项目被作者娓娓道来，让读者充分认识到了前人的生活智慧。

《那些消失的年味儿》也是较能体现非遗叙事的。"从腊月十五就开始忙年。'忙

---

① 安丽芳：《施南往事》，中国青年出版社2019年版，第107页。
② 安丽芳：《施南往事》，中国青年出版社2019年版，第109页。
③ 安丽芳：《施南往事》，中国青年出版社2019年版，第111页。

到腊月二十八,又打粑粑又浇蜡,还把年猪杀'。推汤元、打糍粑、磨豆腐、炒花生、蒸年肉。腊月三十祭灶神,给亡人坟头送亮。大人告诉我们,腊月三十夜洗脚一定洗到膝盖以上,这一年才有口福。正月初一,穿新衣、戴新帽、吃年肉、放鞭炮。"[1] 书中重点描述了正月十五玩龙灯的相关活动,这是作者记忆中抹不去的年味儿。春节、元宵节民俗是第一批、第二批先后列入国家级非物质文化遗产名录的。春节与元宵节在恩施人民的记忆中是密不可分的,只有过了元宵节,年才算真正过完了。作者描述的正月出灯一直持续到20世纪90年代才陆续消失。"玩狮子""采莲船""鼓儿车""蚌壳精",都是颇具代表性的民间艺术展演。人们忙碌了一整年,都期待着"出灯"带来新一年的好彩头。此外,还有各式各样的耍龙灯,游龙、滚龙、腾龙、火龙、草把龙、板凳龙。虽然曾经这些传统项目沉寂过一段时间,但随着国家对传统文化的重视,草把龙、板凳龙等得到了很好的传承。另有一篇《趣说端午》更是翔实地记载了恩施人过端午的习俗。作者以趣事写习俗,一是包粽子,从采摘粽叶,制作成品,到煮熟可食用,让读者再次领略传统粽子的制作技艺;二是挂艾蒿、剃胎头、滚鸡蛋,这些习俗沿袭至今,象征着人们希望端午除恶的美好向往;三是抹雄黄酒、赛龙舟,这些习俗虽然在其他地区流传下来,但在恩施地区也只能从老人口中听到了。

恩施人爱美食,书中特地写到了一种神奇的吃食"鬼豆腐",也称"斑鸠豆腐"或"神豆腐",在巴蜀一带很流行。鬼豆腐是用产自本地的一种斑鸠叶制作而成,看起来似翡翠,入口微苦Q弹,在困苦时期是充饥的食粮,当下却成为养生养颜的佳品。《施南糖食老字号》中细致地讲述了传统糖食手艺,在西方甜品充斥年轻人生活的当下,芝麻胶、花生粘、核桃糖、寸金糖这些传统的甜食早已淡出人们的生活。通过阅读这篇散文,我们不仅可以了解恩施曾经的老字号"孙恒盛斋""松兰斋""卢永盛""康宏泰",还熟悉了传统的糖食制作技艺。"施南旧事"中的散文,以事抒情,实则以对往昔的追忆来抒发作者的情怀。

《施南往事》的最后一部分"流来庵"讲述了一个尼姑庵的传说:施南府曾天降大雨,是流来庵拯救了当地的子民。传说作为民间文学的基本形态,常以民间传奇的结构去构架文本情节,使读者感到神秘、好奇。"流来庵"的叙事以传说的形式展开,同时内容也充满了大量的民间文化元素(非遗描写),例如:不孕的妇人前往流来庵烧香祈愿求子;"月半节,到家的癞蛤蟆是亡人祖先回家,要烧香接送",等等。通过曲折离奇的传说,读者可以直接或间接地、自觉或不自觉地吸收民间丰富的文化养料。

三、个性话语塑造民间众生相

方言是民间最有力最直接的表达方式。《施南往事》的文本话语极具地方特色,

---

[1] 安丽芳:《施南往事》,中国青年出版社2019年版,第115页。

无论是人物的语言表达，还是文本的话语描述，都深刻地传达出灵动的恩施特色，既体现了人物生动形象、跳脱活泼的个性，又展现出作者灵活的语言运用能力。

一是俗言俚语等个性化语言的运用多且自然，似信手拈来。比如形容麻孝歌吃饭的场景："敞开肚皮饱逮了一顿！""一口倒尖（吃掉饭尖）；二口扫边（嘴沿着碗边吃）；三口涡螺旋（聚拢一口吃）；四口喊添。"把物资匮乏年代的人们为了得到一口吃食的真实样态形容得淋漓尽致，同时也为麻孝歌被撑死的结局埋下了伏笔。再比如《牛木匠》中牛木匠的口头禅是"有卵的个用"，这种粗鄙的话语其实在各地都很常见。这是对女性地位的一种偏见与贬斥，但牛木匠的这句口头禅并不是下流的体现，而是在选料、做工、育人时，做事扎实认真的工匠精神的代表性语言。牛木匠对技艺的尊崇，从对儿子的教育中也可以看出："天干地张坼，饿不死手艺客。"这里体现了中国劳动人民的勤劳与质朴。《王瞎子》中也用"人生一截草，不知哪截好"对人生发出感叹。"老城人物"中的很多人物的人生都是几经波折的。比如《疤叔》里的高武生，比如王瞎子。土话虽土，但从这些人物口中说出来，却是最贴切不过。

此外，还有很多方言俚语的表述，在"施南旧事"中，《命根子的粮油供应证》中写到粮油供应证被偷了："这一下子扯了个大窟窿，黄瓜打大锣——大半截斗不拢了哟！"[①] 诸如此类的话，不再赘述。

二是儿歌的运用。儿歌是流传于民间最古老最基本的文学体裁形式，内容大多反映儿童的生活与乐趣，同时传播简单的生产生活知识。在《施南往事》中作者巧妙运用儿歌，起到画龙点睛的作用。比如《陈半天》中，作者用儿歌"细娃儿生得俏，一年穿一套。穿起就不洗，洗了不能要"生动形象地描述了20世纪计划经济时期人们拮据的生活境遇，反衬出陈半天脑瓜灵活，勤劳肯干的品质。再比如《地鸽子》中的童谣"杨柳青，放风筝。杨柳活，抽地鸽。杨柳死，踢毽子"，真实地记录了恩施地区植物的生长与孩子们的日常娱乐活动。

还有《小丝棉》中："乌筋白——小丝棉——丝棉铺盖偷洋人——"在那个战火纷飞的年代，每个城市都曾有过难以磨灭的屈辱历史，恩施虽然地处深山，也未能幸免。作者通过《鄂西文史资料》中的简单记载，结合当时流传于坊间的各种传闻及上文中的歌谣，刻画出了"小丝棉"这个少女形象，她的出生就是一个悲剧，她的堕落又与恩施老城曾经的屈辱记忆息息相关。当人们的记忆即将忘却时，作者将它重新挖掘出来，抽丝剥茧般触碰到人们最深处的痛，以永远铭记"落后就要挨打"的教训。同样，《城隍庙里的故事》也是通过一首童谣唱出了一个曾经的故事："老牛啊，老牛你快些走，不要一走啊一回头，难道这破草屋，你呀，你呀，还停留。"[②] 此外，在《那些消失的年味儿》中的《种瓜调》是现在享誉全球的《龙船

---

① 安丽芳：《施南往事》，中国青年出版社2019年版，第152页。
② 安丽芳：《施南往事》，中国青年出版社2019年版，第121页。

调》的原始曲调。有学者认为,"从群体的角度来看,……(语言)它传达的不光是人类的感情,而且包括最细腻的人类思维活动……"① 由此可以看出,个性话语不仅刻画出众生相,同时也展露出人们的智慧光芒。

安丽芳在作品《施南往事》中通过人物、事件、语言等方面体现出对恩施老城、故事、旧人的怀念,同时向读者展示了恩施深厚的民间文化之美。近年来,国家对非遗的保护与传承愈加重视,非遗相关的文化产业如雨后春笋,那么非遗与文学未来如何进一步发展?前人在创作中已经逐步探索,从鲁迅、沈从文、废名到赵树理、周立波再到当下的冯骥才、阿来、迟子建等,他们在作品中或多或少都有意无意地描写着自己的故土,书写着故乡的文化,这恰恰与非遗叙事相契合。正如作者在《老范著书》一文中写道:"老范因为自身对非遗的热爱,所以著书申遗,取得了成功。这是值得肯定的。"作为文学工作者,我们也应该学习"老范"精神,坚守自己的本心,努力探索非遗与文学的记录、保护、传承之路。

---

① 海然热:《语言人论语言学对人文科学的贡献》,张祖建译,生活·读书·新知三联书店1999年版,第349页。

屏山：将何以解读其地质生态密码与风情人文密码

邓 斌[①]

一、引言

假如将现今的旅游开发比喻成一种解码程序，那么，鹤峰县屏山旅游景区的建设，则需要向世人解读其独特的地质生态密码与风情人文密码。

鹤峰，位于东经110度与北纬30度的经纬线交叉地带，恰在"中国之中"，系湖北省恩施土家族苗族自治州的一个县。鹤峰境内，峰峦起伏、溪壑纵横、植被繁茂、鸟兽出没。历史上，自汉历唐，这里为羁縻州郡的土酋蛮夷之所，史称容米峒；元至正十年（1350年）到清雍正十三年（1735年），这里及其周边地带为土司割据之地，即田氏容美宣慰司（或宣抚司）。我与向国平先生2002年合著《远去的诗魂》一书所评述的田氏诗歌世家，就发祥并传承于这一方繁山复水之间。

屏山，亦名平山，鹤峰县城东北方向约10千米处一座巨轮型的"孤嶂"（顾彩语），四围峭壁百仞，清溪环绕，南有铁锁桥，北有"七丈五"，东有屏山峡谷，西有挂榜崖，系一夫当关、万夫莫开之天险。明天启、崇祯年至清康熙、雍正年间，田楚产、田玄、田霈霖、田既霖、田甘霖、田舜年、田旻如七任土司司主曾于此建立爵府（主要建筑有爵府三堂、爵府前街、后街、学馆、戏楼、藏书楼、小昆仑佛舍、万全洞魏博楼等），"改土归流"之后方被弃于草泽。现今，仍可寻觅到大量古陌荒径、城垣基石和残碑铭文等。

21世纪初叶，在恩施土家族苗族自治州及鹤峰县党委与政府的支持下，熊家喜先生成立了鹤峰县宝通旅游开发有限公司，专门从事旅游资源的保护和开发。公司经过十多年的艰苦打拼和投入大量资金，先后建造起屏山景区寨门、杜宇楼、傩愿洞、望月桥、古树屋、步云台、墨嘎寨等景点；水上观光游览船可从桃花渡启航，途经一线天、五尺门、望月桥、黑龙渊至滚龙坝码头，穿越整个龙渊地峡；架设在悬崖绝壁上的罡步天梯气势磅礴、雄伟壮观。同时，景区还建起大型停车场、生态旅游厕所、游客集散中心、阿达铺子等配套设施。景区一期旅游线自2019年5月1日对外开放以来，接待了国内外大量游客。其独特的岩溶地峡、原始森林一类溪山野趣、幽谷漂流及其悬浮摄影，以及屏山独具的土家风情、诗赋传承、土司历史等，

[①] 邓斌，中国作家协会会员，恩施职业技术学院教授。

立刻被广大游人如饮甘醇一般大快朵颐，如睹仙界一般叹为观止。

这里所说的岩溶地峡、溪山野趣、幽谷漂流，是屏山风景的地质生态密码；这里所说的土家风情、诗赋传承、土司历史，是屏山地域的风情人文密码。

随着"大巴山—巫山—武陵山"地带生态旅游和鄂渝湘黔川五省（市）毗连地区巴人文化旅游的强力推进，随着鄂西南山地铁路、高速公路网络的快速构架，随着水布垭大坝与江坪河大坝围砌而成的清江、溇水库区即将畅通南北西东，鹤峰屏山的地质生态风景与土家人文风情，正以古老而新奇的风貌大踏步走向中国、走向世界。面对机遇和挑战，如何向世人准确而精彩地解读屏山的地质生态密码与风情人文密码，已成为恩施州尤其是鹤峰县各民族人民的历史契机与当务之急。

习近平总书记指出："我们既要绿水青山，也要金山银山。宁要绿水青山，不要金山银山，而且绿水青山就是金山银山。"这生动形象地表达了党和国家大力推进生态文明建设的鲜明态度和坚定决心。2017年1月，中共中央办公厅、国务院办公厅印发的《关于实施中华优秀传统文化传承发展工程的意见》，要求将传承传统文化"贯穿国民教育始终"，并指出："文化是民族的血脉，是人民的精神家园。文化自信是更基本、更深层、更持久的力量。中华文化独一无二的理念、智慧、气度、神韵，增添了中国人民和中华民族内心深处的自信和自豪。"联系独特的地域生态特征与当今时代需要，为了将湖北省恩施州切实建成武陵山生态休闲中心，进一步整合具有鲜明特色的、地域性的历史文化资源，通过一条文化主线来聚焦人气、引爆市场，笔者多次前往鹤峰屏山旅游景区实地调研考察后，特以"用文化促旅游、借旅游养文化"之议题，对屏山地质生态与风情人文何以进行系统整合，提出一些仅供参考的建言。

二、让岩溶地峡入地撑天

岩溶地貌，也称喀斯特地貌。中国鄂西南的岩溶地貌，系地质史上"燕山运动"所遗存下来的缕缕褶皱、断层与裂缝，主要物质基础为石灰岩、白云岩一类碳酸盐类岩石经地表水、地下水溶蚀而成，主要特征为多峰丛、石林、石芽与孤峰，多洞穴、地缝、盲谷与天坑，从而展现为雄、奇、险、秀、幽、奥之类地理生态景观。屏山孤峰卓绝，四周均是陡壁深涧，溇水河雕崖峡谷与屏山峡谷至黑龙渊的幽谷如双臂合抱，将屏山的千仞崖壁紧紧搂住并托上云霄。远远望去，烟云舒卷的屏山恰似巨轮启航，故作家龚光美称其为"远古飘来的一艘船"。山顶与山壁，既有"七丈五"、八哥崖（亦称八卦岩）、紫盐山、中堡山、小昆仑、三姊妹尖一类石崖与石柱，亦有万全洞、燕子洞一类幽洞与石罅。最令人流连忘返的，是长达16千米的屏山峡谷至黑龙渊的幽谷地缝，崖高不可攀，渊深不见底，一脉清溪穿峡流，深邃晦暗如冥府，地缝幽深处开发之前根本无人可以涉足。开发之后，据景区导游介绍，从谷底至崖顶，反差最大的垂直高度达1100多米；乘轻舟过水道，最窄处不到2米，故有"五尺门"一景。清初诗人顾彩称其为"天心之桥入地底，猿狙童叟愁跻攀"，

"岩空鹳鹤声清脆，峡怒星辰影动摇"！

鬼斧神工的雕崖深峡和黑龙渊幽谷地峡，若加上"百步九折萦岩峦"式的空中栈道与索道，足以建构成深邃奇绝的地质生态景观，勾勒出迷茫的天空轮廓线。游者身临其境，自当"扪参历井仰胁息，以手抚膺坐长叹"（李白《蜀道难》语）！现已建成的黑龙渊傩愿洞廊道与沿溪步道、幽谷桥群、罡步天梯等，均是旅游开发的神来之笔。

为了让屏山崖壁更显峥嵘而崔嵬，为了让屏山深峡更显惊惧而神秘，下一步的景观打造可从如下方面入手：

（1）从黑龙渊清溪向上继续开拓直至二磴岩、八哥崖底部屏山峡谷水源处的步行栈道，保留上游的活水形态。

（2）从龙渊峡与溇水合流处的岔溪渡口，顺崖壁设置向上延伸至万全洞乃至三姊妹尖的斜拉式高空索道，并考虑跨溇水河谷建造从万全洞垭口至雕崖绝壁公路的缆车索道。

（3）完善从下屏山爵府遗址经中屏山村委会处通往上屏山八哥崖、"七丈五"一带自然景观的硬化公路以及景观旅游步道，尽量保留其崖石与林莽的原始状态。

岩溶地峡入地撑天，是大自然留给我们的杰作。但我们仍需要通过精心设计与构建的人工通途，导引游人步入佳境，饱览无限风光！

三、让溪山野趣返璞归真

当今，相当大比例的人群久居繁华都市，长街深巷车流人海汇聚，机声市声的喧嚣不绝于耳，于是，工薪族、打工族、在校学生劳作之余适逢双休与长假，或者年事渐高者离岗赋闲，总免不了向往自然界的宁静与清新。像屏山一类溪山野趣的桃花源式乡地生态旅游开发，正好能迎合这一类人回归自然的心理欲求。维护溪山野趣的措施包括以下两个方面。

一是对溪山野趣的开发应着重关注一个"野"字。即除了步行陆路、船行水路与相关桥梁、码头设施外，应切实保持水的清澈、明净，使自然水态时而以悬泉瀑布式飞溅在崖石林莽，时而在峡谷地缝中淙淙流泻或是积水成渊，时而有水草浸润沙洲袒露，让水中卵石与游鱼历历在目，时而让素湍绿潭深不可测，映射出云天、山石、林莽、游人与舟楫的婆娑倒影。还应尽量维护原始植被包括根系与落叶交相生辉等原生态，切实保障野生的丛林、花草、藤蔓、苔藓、菌类等自由生长不受污染，免遭损毁，珍爱珍稀古树，任由藤树相缠，护佑鸟兽虫鱼，呚吸花卉异香，让景观内的动植物资源做到物竞天择、返璞归真。

二是屏山既然被比拟为世外古桃源，还应多在开阔平坦地带，通过人工补充营构出"芳草鲜美，落英缤纷"（陶渊明《桃花源记》语）、"土地平旷，屋舍俨然，有良田美池桑竹之属"（陶渊明《桃花源记》语）、"鸟语杂分籁，溪烟淡著松"（田舜年《山居》诗）、"水落添清响，樵吟送远腔"（田舜年《山居》诗）一类基本要素。

人工育林可根据古典文献的记载，以桃树、李树、杨柳、芭蕉、银杏、楠竹、木兰、映山红与各种常青树、藤萝为主，亦可特意打造山地百花园、村居百果园之类景观。

四、让幽谷漂流如梦如幻

幽谷漂流，是屏山自然野趣最为浓墨重彩的一笔，包括目前已经开发的屏山峡谷至黑龙渊深溪地缝漂流和即将开发的两河口至细柳城溇水河谷漂流。山之阳刚为表，水之阴柔为里，谷幽、崖挤、水清、林郁，游者乘坐小船在其间波光粼粼弄清影，体验"舟摇摇以轻扬，风飘飘而吹衣"（陶渊明《归去来辞》语）的古雅情趣，正如笔者在《屏山赋》中所云，乃是"舟行绝尘之水，恍若浮游真空"！据说，屏山大美甲天下，正是因几帧身着民族服饰的青年男女行舟黑龙渊的悬浮摄影图片，流光溢彩，形影互动，在互联网上引发了世人的惊叹与向往。

在屏山，经罡步天梯下至黑龙渊地峡畅游，所领略的自然风景，正好是溪山野趣最为形象的生花妙笔。在原始森林中的沿溪栈道上漫步，或乘坐轻舟"入溪才数里，一转一深幽"（田圭诗），你能感受到甜畅而湿润的空气穿峡对流，你能领略到脚下的绿水与头顶的蓝天均变成窄窄一线且不断蜿蜒腾挪。野山夹峙，野水奔流，野花飘香，野林葱郁，鸟飞鱼翔，野趣盎然，长时期在市尘裹挟中饱受压抑的人们，一旦置身如此清凉境界，焉能不如梦如幻、飘飘若仙？

巍巍巴山，茫茫武陵，幽谷漂流景观数不胜数，但屏山幽谷因其崖高谷深、石奇水清、舟移景换、日月之光格外迷离苍茫而尤其引人入胜。"月色生乡思，歌声起暮愁。扁舟波浪稳，呼酒对双钩"（田宗文诗）；"林高烟欲澹，霄净野无尘。暮响急依水，凉飚细入筠"（田玄诗）……更兼土司时期大量描绘山光水色的诗词歌赋与实景虚实相衬，更兼鹤峰独具民族特色的《柑子树》情歌、《五句子》高腔山歌等在此余音袅袅、哀啭久绝，足令人梦幻游的神奇感受锦上添花、别具一格。

幽谷漂流梦幻游，不仅仅可令游者陶醉于山高水长、亿万斯年的自然景观，还可让他们从风情人文中酿造出一类风流蕴藉、慷慨飞腾的精神涵量！

五、让土家风情呼应共鸣

土家族是鄂西南恩施山地的土著民族，因传统文化的滋润，鹤峰县土家族人能歌善舞、风情浓郁。早在明清交替之际，古容美土司就涌现出了覃美玉（田甘霖之妻、田舜年之母）这样通晓音律、擅长柳子戏演唱与大筒琴演奏之人；清康熙年间，孔尚任的40出连台大戏《桃花扇》被土司司主田舜年引进容美组织排练并上演。鹤峰的音乐、舞蹈、戏剧、曲艺等人才辈出，鹤峰的山民歌、板凳龙、傩愿戏、柳子戏以及围鼓、唢呐等器乐艺术盛传不衰。土家族的民间文艺，集中体现在土家人的婚俗、礼俗、节俗、丧俗、民居、饮食以及生产劳动的过程之中，如整祝米、哭嫁歌、摆手舞、吊脚楼、女儿会、还傩愿、过赶年、上梁、跳丧、社饭、放排习俗、营运习俗、敬神祭祖、薅草锣鼓、高腔山歌等。此外，居住在鹤峰地域的苗族、白族、蒙古族等,也分别有着各具特色的风情习俗。

屏山,作为鹤峰最亮丽的风景旅游区,完全可以在向世人展示山水风光的同时,浓墨重彩地推介本土的风情文化。通过风情展现土家族精神家园的富丽多姿,通过艺术让本土人增添内心深处的自信与自豪,同时也通过特色文化的内蕴来强化山水风景的灵气与神韵。

如何让土家风情与景区开发呼应、共鸣?

一是培训导游等景区工作人员,让土家族的服饰、问候、舞姿与礼俗在景区熠熠生辉,让土家族的歌声嘹亮在景区的各个角落,让土家族的历史人文故事在游客心灵中萦绕不绝并传送到海角天涯。

二是在景区内建造舞台歌楼,组织专业团队,让游客在观赏风景之余还可欣赏富有地方特色的歌舞曲艺演出,一般每天一场,每场一小时为宜。

三是利用音响与荧屏投影等设备,在高崖低谷反复播放歌舞戏剧之类风情艺术。

四是在风情表演中宜通过幽默风趣的婚俗、礼俗等活动与游客互动。

五是在景区接待场所着力推广富有民族风格的居宿设施、休闲娱乐设施,推广山肴野蔌等地方特色饮食。

总之,大美风景,只有与大雅风情水乳交融,方能使旅游景观更上层楼!

六、让诗赋传承繁花起舞

古容美土司得天独厚的文化资源,使明清时期涌现了一个传承近二百年的田氏诗歌世家,留下了一部"鹃啼猿咽三千曲"的《田氏一家言》和汉诗人顾彩丁此采写的《容美纪游》。屏山,恰好有着田玄、田圭、田甘霖、田舜年以及文安之、严守升、顾彩等人或长期居住或短暂漫游的云踪雨迹。从他们的诗赋作品中,能寻觅到大量关于屏山古风古趣的生动描绘。近二十年来,围绕古容美的诗文名家,相继出版了《〈田氏一家言〉诗评注》《远去的诗魂》《发现古桃源》《〈容美纪游〉评注》《〈田氏一家言〉注》《寻找湮灭的辉煌》《田九龄诗集校注》等学术著作,出版了长篇历史传奇系列小说《武陵王》等文学作品。屏山旅游景区,应形象化、立体化地展示这一道气势恢宏的土家族历史文化风景线,让众多逝者的心路历程闪亮再现,让传统文化的艺术结晶繁花起舞!

具体措施包括:

一是仿古重建田舜年小昆仑读书台,在古色古香的亭台楼阁中通过"书橱罗列"格局来陈设与展示历代诗赋传本,展示当代的相关学术研究著作、文学作品,并悬挂历代诗赋名家的画像与文字简介。

二是将明万历年间司主田世爵"以诗书严课诸男"的故事、田世爵父子率土兵赴东南沿海抗击倭奴的故事、清康熙年间司主田舜年盛邀顾彩游历容美的故事等,拍摄成影视资料片在景区内放映。

三是沿旅游步道构筑诗碑长廊,铭刻历代诗人们描写屏山以及容美土司域内其他风景点的诗词歌赋,如田九龄的《茶墅》《紫芝亭》、田宗文的《登遇仙楼》、田玄的《秋兴》、田圭的《治圃》、田甘霖的《溪流感咏》《忠溪杂咏》、田舜年的《山居》《中秋登子耀如闻喜楼》、顾彩的《采茶歌》《平山夜月》《登小昆仑》《万全洞》《晴色》,等等。

四是在景区塑制田氏九诗人的人物群雕,塑制田舜年与顾彩"隔岭篇章相应答""入席啁酒和山珍"的人物群像,并介绍这些历史名人的生平与成就,还可塑制土司歌星覃美玉的吟唱塑像。

五是聘请学术名家在景区开设传统文化讲坛,向参观者讲述容美田氏诗歌世家的故事及其作品的学术价值。

屏山与武陵地区的其他风景区相比较,文人诗赋传承与民间艺术交相辉映,将使之独领风骚!

七、让土司历史借景还魂

改土归流已将近三百年,元明清三代中国大西南土家族地区的土司制度早已尘埃落定,但其辑诸蛮、守疆土、修职贡、供征调的历史责任与兵、刑、礼、乐制度,其"世事变迁惊岁月,人情翻覆失疏亲"(田宗文诗)的血雨腥风,其"千载雍熙如太古,四时和煦尽阳春"(顾彩诗)的人际风云,其"石马纵横卧榛莽,松风萧掺摇苍烟……歌残舞榭空悠悠,深山杜宇春归愁"(龚传瑜诗)的浪淘沙埋结局,仍有着后世子孙认真总结与研究的必要。历史是一面镜子,我们可以从那些"奉天诰命"的草头王身上,从生命演化的真实感与历史感中,回味与评判社会进程的是非成败,思考与推断人类的未来。

让土司历史借景还魂不是复辟,不是倒退,而是考证人类与民族的来龙去脉,从传统文化中剔除糟粕、吸取精华、古为今用。古容美土司的历史是以今鹤峰县城为中心的鄂西南清江以南一大片地域的断代史,包括鹤峰县、五峰县的大部分区域,也包括恩施、宣恩、建始、巴东、长阳的部分区域。从容米峒到容美土司再到改土归流,一种制度由草创、兴盛到覆亡,往事并不如烟。现今旅游开发,人文历史是一笔厚重的资源,其认识价值、教育价值与审美价值不容低估。

在屏山,若让容美土司历史借景还魂,笔者以为可采取如下举措:

一是鉴于容美土司中府故址现今已是县城核心地带,现代化建筑众多,已不可能还原历史旧貌,作为第二行政中心的屏山土司爵府遗址群,则可进行选择性开发乃至建成容美土司文化博物馆。笔者建议,可在遗址区(易地迁建亦可)恢复部分爵府古建筑设施,如"巨石铺筑,可行十马"的司署大街(前街),五进式的天兴楼大殿、延春园、槿树园与台阶、门楼等木石建筑,恢复后街牌坊建筑。天兴楼室内,则可根据史料,制作与安放土司时中府建筑、爵府建筑以及容美三洞建筑的微缩沙盘,并伴以相关图文介绍,给人以身临其境之感。

二是建造万全洞藏书楼、小昆仑读书台、关夫子佛舍(戏楼)等文化设施,妥善保护"山高水长"等古铭刻,复制已经迁移到县博物馆的铁锁桥碑,并放置原处。

三是复制神龟龙纹恩诏碑,复制向文宪墓前的"河图洛书"砖刻,向游人进行展示。

四是在杜宇楼安放古天心桥(铁锁桥)微缩沙盘,在杜宇楼铭刻顾彩《杜宇楼》诗作及注解。

五是在傩愿洞壁依次陈列大、二、三傩神塑像或面具,并伴以文字介绍。

六是在景区塑制田世爵、田九霄、田九龙、田楚产、田玄、田甘霖、田舜年、田旻如等故事较丰富的土司司主塑像(或在室内塑制蜡像),并介绍他们的事迹,尤其应突出田世爵、田九霄父子率土兵抗倭的事迹与田舜年朝拜康熙帝获封授的事迹。

七是一并开发屏山土地革命战争时期的红色文化景观,通过讲述红军后方医院一类血与火的故事,开展爱国主义教育。

八是宣讲当代鹤峰作家群的群体形象,陈列与展示鹤峰县文学艺术作品与文化学术成果。

总之,感受历史,继承传统,应成为文化旅游开发的核心理念。

八、结语

屏山景区的旅游开发真要达到以上"六让"的境界,至关重要的前提条件是:

(1) 从中央到地方各级党委与人民政府及其相关旅游文化部门的全力支持;

(2) 源源不断的经费投入与高品位、高档次的旅游文化策划、设计相结合;

(3) 与县内诸如满山红、八峰山、芭蕉河、董家河、五龙山、江坪河以及茶园、茶道之类风景点互为依存,促其在配套开发中各显神通;

(4) 随着大交通的畅通,大力拓展鹤峰县包括屏山旅游景区在内的接待设施、人员疏导设施与安全设施。

伍

生态文学会议综评

在"新时代生态文学研究暨第二届恩施文学研讨会"上的致辞

耿瑞华[①]

各位领导,各位专家,各位作家、评论家,朋友们:

端阳正午,仲夏丰盈。在全国人民同祭诗祖、共祈安康的传统节日里,由湖北大学当代文艺创作研究中心、湖北民族大学文学与传媒学院、恩施州文联、鹤峰县委宣传部共同主办的"新时代生态文学研究暨第二届恩施文学研讨会"在这具有浓郁民族风情和优良生态环境的鹤峰县隆重召开了。在此,我谨代表湖北省作家协会向研讨会顺利举行表示热烈的祝贺!对湖北大学、湖北民族大学、恩施州委宣传部、省文艺评论家协会、鹤峰县委县政府长期对文学事业的关心和支持表示衷心的感谢!向为本次会议付出辛勤努力的湖大当代文艺创作研究中心、湖北民族大学文学与传播学院、恩施州文联、鹤峰县委宣传部、恩施州作协、恩施州文艺评论家协会、鹤峰县文联和作协等单位表示崇高的敬意!

贯彻落实习近平生态文明思想,推进美丽中国建设,是我们文学人的光荣使命。本次会议的主办者较早地谋划召开"新时代生态文学研究暨第二届恩施文学研讨会",体现了他们高度的政治自觉和使命担当。前不久生态环境部和中国作协联合印发了《关于促进新时代生态文学繁荣发展的指导意见》,倡导广大作家传播生态文明主流价值观,书写生态文明建设伟大实践,讲好生态环境保护感人故事,赞颂人与自然和谐共生之美,促进新时代生态文学繁荣发展。本次会议开展新时代生态文学研究,可谓是恰逢其时。

恩施文学在我省文学版图中有着重要的地位,取得了突出的成绩。恩施老中青三代作家团结协作,梯队明显;文学门类齐全,各美其美、美人之美、齐头并进;文学创作佳作频出,屡屡夺得各类文学大奖,是骏马奖获奖重镇;文学阵地全面覆盖,文学生活丰富多彩。同时,州委、州政府和州委宣传部对文学创作十分重视支持,建立了系列扶持奖励机制。恩施生态文学创作也具有优良传统和突出表现,近年恩施州委、州政府确立了生态立州发展战略,恩施生态文学发展必定有着广阔的空间。恩施是一方文学沃土,文学在这里争奇斗艳,包括以鹤峰为代表的作家群现象,非常值得我们认真探讨。

今年(2023年)6月2日,习近平总书记在文化传承发展座谈会上发表了重要

---

① 耿瑞华,湖北省作家协会党组成员、副主席。

讲话，强调在新的起点上继续推动文化繁荣、建设文化强国、建设中华民族现代文明，是我们在新时代新的文化使命。我们文学人责无旁贷！

现在，我宣布"新时代生态文学研讨会暨第二届恩施文学研讨会"开幕！

在"新时代生态文学研究暨第二届恩施文学研讨会"上的发言

刘川鄂[1]

各位嘉宾上午好!我代表本次会议主办方之一、湖北大学省级人文社会科学重点研究基地当代文艺创作研究中心,在这里做一个简要讲话。当代文艺创作研究中心已经有十多年的创建历史,2015年获批后开展了很多活动。原来的主任是我,现在的主任是黄晓华教授。我们中心刚刚新成立了一个学术委员会,因为对各方面熟悉一点,我做主任,建华主席、修文主席,还有湖北研究戏曲、电影、文学、网络文学的部分中青年学者,都是学术委员会成员。当代文艺创作研究中心主要有三大研究项目。一是文学创作,主要是指湖北文学创作。大家知道湖北大学是湖北文学研究的重镇,《湖北文学通史》"当代卷"就是湖北大学主编的,现在全国各地都在编区域文学史,有四川文学史、广东文学史、江苏文学史等。我们有时被聘为顾问,到兄弟省市参与他们的最初建构。这是我们研究的一个方面。二是研究影视戏曲,我们有好几个国家重大、重点研究项目。三是文化产业研究,连续出版湖北文化产业的发展报告。有时候我利用自己的湖北省政府参事这个身份,把这些材料传给省里的相关部门,起到了一定的作用。在这里给我家乡的学者作家做一个汇报,希望我们这方面的活动得到大家更多的关注、获得更多的支持。

首届恩施文学高峰论坛于2017年11月在利川召开。当时跟恩施州文艺评论家协会、湖北民大文传学院商议的是每两年举行一次。三峡大学吴院长甚至表示要列入主办单位,议题也就延展为大鄂西文化文学研究。可是大家知道,因为疫情的原因,一拖再拖。如果把我跟李莉教授、杨光宗院长的微信、电话通信记录打印出来的话,那估计会排一个很长的序列,可见我们办会多么费心。我们会场今天还有朋友戴口罩,我们谁也想不到,我们的口罩会戴一年、戴两年、戴三年。我昨天出发后,在我们家微信群里发了我跟彭教授两人在车厢里的自拍照,我妈回复的第一句话就是:"戴口罩!"

口罩改变了我们的生活,疫情改变了舆情,给办会增加了很多难处。我们今天能够如期开会,我们应该感到欣慰。会议主题的拟定、会议经费的筹措,还有会议专家的邀请,主办方费了很多的心血。作为主办方之一,在这里代表另外三个主办方表达一下,会议如有什么不周之处,还请各位一定要谅解。我们上一次会议有很

---

[1] 刘川鄂,湖北大学文学院教授、湖北省作家协会副主席。

多全国著名学者，包括中国作家协会的负责人都参与了。这次实在是时间太紧迫，很多该邀请的人没有邀请上。疫情防控放开之后，学术活动增多，一个有名的学者、一个官员如果不在两个月前联系，活动根本排不上他的工作日程。我们这次基本上就是省内的学者，我们在此自说自话，关起门来当然也有好处，说话没有太多的顾忌，研讨得更加坦诚，更加有意义。地方大学支持地方文学是我们的责任，也是一种情怀。说实话，我看到李莉教授为这个活动如此辛苦，我常常是感动触动，不忍心逆拂了她的美意。我建议我们一起为李莉教授鼓个掌。

这个会议的主题是生态文学研究暨第二届恩施文学研讨会。本来叫高峰论坛，后来说不许叫高峰论坛。我在给我们单位打报告请款的时候，高峰这个词不能出现，我说我们第一次叫高峰论坛，第二次叫研讨会，这才表述清晰，没有疑义。中国是一个文字大国，张爱玲说中国是文字大国，奥妙无穷，所以现在换了个表达。这个会议主题是很有意义的。1866年德国生物学家海尔特提出生态学的概念、挪威哲学家提出的深层生态学、美国学者提出的要清理被过分看重的自然概念，都对生态文学的研究有过推动。最近30年，中国很多学者研究生态美学，对中国的生态美学有很多的界定。现在生态文学是一个热点，《文学报》搞了一个生态文学的专栏，要我写文章，我推荐我的一个博士生写的文章到现在还没有发出来，排得太满，可见生态文学是当下的热点之一。2021年中国作家协会党组成员、副主席张宏森的作代会报告，提出了生态文学的概念，代表官方把"生态文学"和"非虚构"等作为并列的文学研究热点，这是很有意思的现象。

我还注意到，新世纪以来，美国一批学者被称为第三波的生态文学研究队伍，特别强调从民族国家的角度看生态。这就给了我一定的启发，我们恩施作为中国这种大的特殊的地域文化、民族文化的一部分，恩施文学要寻找研究新的研究点，我们这个会议的主题就是恩施土家族苗族文学文化的认同，是通过打生态牌的方式来认同。一方面是因为时政的需要，刚才前面几位的发言已经说到过，我们这个时代、我们这个国家对生态方面提出一种新的要求、一种新的理解，这是中国社会经济发展的进一步变化和要求。对于我这样一个从小在武陵山长大，亲眼看到恩施怎样由穷山恶水到青山绿水这样一个巨大变化的角度来说，这个表现生态的课题的确是地域文化作为地域文学的一种新的滋长点，有很多值得研究的地方。

我们湖北大学当代文艺创作与研究基地新设的开放课题中，李莉教授就申请了一个新时代多民族生态文学研究，也是应时应景之作。我们和李建华主席已经投票通过了，还是很有意思的。我们研究恩施文学很多年，我们找一个新的点，从生态学的角度进入恩施文学的研究，的确有很多东西可以重新梳理，重新挖掘。我看了一下会议论文的题目，这方面的内容比较多。我们以前总是期待恩施作家能够跳出景观符号式的、跳出奇观夸饰化的、跳出风俗展览式的种种田园牧歌式的表现；我们总是期盼恩施文学有一个更高的标准，能够走出去，不要停留在这种风物展览、政策宣讲和自娱自乐的状态。我们一次又一次地研究，还是应该在这方面有所触动，有所提升。我们的论文集主要是一个作家作品研究集，宏观的比较少，理论分量比较少，一方面可能是与我们这个现有的研究队伍的结构有关系，另一方面也是由于我们这次的会议实在是一拖再拖，一拖再拖，拖得不能再拖，非开不可了，因此论文的准备还是有点匆忙。我们这次分组有恩施文学、鹤峰文学、生态文学三个专题，相信待会儿大家的发言都很有意义，都很精彩。

已经有学者包括李莉教授提出，我们少数民族文学、恩施文学要经典化，这个提法很超前很前卫，我想我们这个恩施文学的经典化，要以我们这个时代全球化、城市化、高科技化作为大背景。在这样的背景之下，我们所有的研究，要有人类意识，要有文明意识，要有全球意识。在这个基础上的生态意识，可能才是值得我们特别在意的。我们要有审美含量的审美表达，才是我们文学从业者最高的最终的追求和表达，谢谢大家！

大会总结发言

各位领导、各位嘉宾、各位同学，前面总结得很精彩，我在这里就谈谈学习体会。两天时间，三个单元，十位先生的大会发言和六七十位代表的小组讨论，会议就快圆满落幕了。我们从哲学、语言学、传播学、政策学、美学、文学等角度，谈到了对生态文学的理解，对"恩施生态文学"这个新提法的内涵、特征以及相关的作家作品都进行了研讨。比如下午参加小组讨论，有一位研究生同学谈叶梅，谈人与自然、人与社会、人与他人、人与自我等方面，都是生态文学的角度。

我们会议时间很紧凑，主题很集中，老中青结合、师生同台，是一个很好的形式。这么多研究生同学有一个展示自己的舞台，要珍惜这样的学习机会，不是很多会议都有这种机会的。有的研究生同学准备得很认真，有的同学还是有点怯场或者准备得不够充分，三两分钟就把话说完，似不大合适。学术会议一般来说发言最少也要八分钟，八分钟到一刻钟，这是惯例。有的同学明明写了很长的文章，发言不主动，不是很自信，三句两句就说完了，这很遗憾。我们都是这样锻炼起来的。在座的冯教授（冯黎明）、杨院长（杨光宗），很多教授都是这样，都是从读研究生开始旁听学术会议，后来自己成为学术会议的参与者、组织者、主讲人，都是这样锻炼过来的。各位同学要珍惜民大给你们这样的机会，确实要珍惜。

整个研讨会的发言很精彩，昨天上午的大会发言的点评也很精彩，彭公亮教授、杨彬教授都是出色的学者，也是出色的点评家。我觉得刚才的总结也很精彩到位，这样很大程度减轻了我在这里总结的难度。当然，按照冯教授经常说的惯例，我还是要说两点。

第一点，讨论恩施生态文学。我们要清楚认识到这是一个时代的必然要求，是改革开放给恩施的社会经济、文化、文学带来了变化，我们讨论恩施生态文学，实际上在一个侧面也是对改革开放的礼赞。在座很多参会者都在恩施生活了很长时间，或者在恩施长大。昨天我也说到过，亲眼所见恩施从穷山恶水到青山绿水。大约是 2008 年，我跟李建华主席、湖北民大一起主持一个全国性的学术研讨会，会议结束后组织者用大巴把参会者从恩施送到巴东，那时候高速还没有完全开通，我开向总的小车还走了一截山路。我记得那次经历，那是我第一次看见恩施的高速公路，那么美的高速公路，我真的就看哭了，还写了一篇散文。我们在这里讨论恩施的生态文学，穷山恶水的时代你讨论什么生态。前不久我朋友圈里谈到一个安徽的 50 后教授，读大学时才喝上热水。按说安徽还是比较富裕的，为什么呢？柴火只供紧要的做饭吃，所以一直喝生水，读大学后才知道什么叫作热水，当然这是很极端的例子。像这样的时候，你跟他谈生态文学，怎么可能？所以中国社会的进步，顺应人类文明大势，广泛地吸取世界优秀的政治、经济、物质、科技、文化文明资源带来的进步，是我们讨论生态文学的前提。因此我们对生态文学的研究和重视，也是我们珍惜改革开放给中国社会带来的进步、带来的变化。

要举这样的例子我真是可以举好多。小时候我在建始花坪的石子公路上，看见外地的货车鱼贯而过，尘土飞扬，我们满身都是灰。我的父母跟我谈生态吗？可能吗？20 世纪 70 年代在花坪街，父母给我们订了一份《参考消息》，我看到说西方人都开始用洗衣机了，我愚笨的脑袋怎么也想不通，衣服怎么可以用机器洗。我们三兄弟，天天在外边玩，玩得黑汗长流，我妈每天很痛苦地给我们洗衣服，总说领子洗不干净，袖子洗不干净。我就想"洗衣机"是个什么东西，怎么揉搓干净领子和袖子呢？后来我读大学读研究生，读到张爱玲，张爱玲写 20 世纪 40 年代上海人、香港人就在用冰箱，就在用煤气，用煤气自杀，而我读书的时候已经是 80 年代后期 90 年代初了，那个时代在武汉，冰箱、煤气都是稀罕物。有了煤气，有了冰箱，环保、生态肯定就有巨大进步。所以背后的经济因素、社会政治因素、人类文明的因素，才是我们讨论生态话题的前提。在这一点上，我们可能应该是有共识的，这是我想说的第一点。

第二点，我们要努力提高恩施生态文学的人性含量和审美含量。刚才吴飞博士小组总结说，有的老师我一下子记不住名字，我觉得我跟他以及很多发言者的观点是一致的，吴飞老师介绍的不知是哪个老师的观点，就是要有精品意识，要有理论素养，要有人文眼界。大概是这个意思，跟我的看法一致。阳卓军先生昨天下午发言，讲到现在很多的状况，生态文学也是可能关注的。比如他说在我们恩施某些小山村有田无人耕，有房无人住。已经看不到土狗、看不到耕牛了，很多农民还没有书生会种田，这也是很有趣的现象。他刚才也说到，有些生态资源怎么保护与变现，与商品交换的关系问题，这些都很有意思。我们作家描写好多现象的时候，是否都能关注到这样的层面，这方面我不是太了解。听他发言，感触非常深。

中餐时，郭大国先生说，认识的人不同，性格差距很大。有的人见狗都要迎笑脸，随处都谦卑，对人客气得过分，我也觉得我们恩施很多人都是这种性格。他还说到有的人见官就大三级、见人就长三辈，这也是我们常见的一种人格。他对人性的深刻理解，让我脑子里唤起好多鲜活的图画。那么我们作家对这种人性这样人格的认知，跟我们的地域、跟他的生活经历有什么关联，要是写起来一定是非常精彩的作品。一个作家真正该关注的重心是什么，我觉得不是每位作家都明白的。

恩施人性格里面是不是淡泊、随意、散漫、懒散？不特别有规则意识，不特别有上进意识、紧迫感，是不是这样呢？当然我只是一种感受，我没有社会学、性格学、地域学理论出发的详细考察，只是提供给在座的作家朋友，和研究我们恩施文学的同道做个参考。我觉得这样的一些现象，都能够启发我们思考。

在外地、在武汉时，看到宣传我们恩施有很多的英雄。怎么理解英雄？昨天开会也有讨论。有英雄，有中国式的英雄也有恩施式的英雄，这里面有丰富的差异，有丰富的人性含量。沈从文小说《边城》写翠翠的爷爷摆渡不收钱，摆渡了几十年不收钱。山里人给他送点核桃、板栗，在没有商品交换的时代，在没有现代交通的时代，这是常态。你要给他树个标杆，这个老爷爷肯定是孔夫子学得好，肯定是传统道德学得好，肯定是土家文化学得好，肯定是个圣人、是个英雄。这样的理解有意思吗？我不这样认为。我有一个很粗浅的理解。农耕文明时代，这是一个习见的生活方式，而且这个摆渡人、翠翠的爷爷通过这个方式得到了人生价值的确证。他给村民提供了方便，别人时刻想着他，有人有急事要摆渡了，他出现了；有人家里人生病了，他出现了。他觉得他这辈子活得有意义，他人生的价值就实现了。从这样的角度来说，他是一个值得尊敬的人，是一个有优点的人。是不是要给他一个什么样标签，我觉得一个作家可能有时候应该想得更多一点。

从这样的角度来说，我觉得我们恩施，在生态文化和生态文学方面，就像前面很多发言者说到的，应该说是得天独厚、独具优势，但是我们要有全球化的眼光，要有整体性的审视，要有审美性的创造。全球化的眼光对人类文明的大势、社会基本发展的规则，要有通透的认识、超越凡人的认识。从我们老祖宗的农耕文明，到我们上辈的工业文明，到我们现在经历的信息文明，我们这代人很幸运。虽然我们小时候吃过好多苦，虽然我们有很多的委屈，很多的顾忌，很多的好意被曲解，但是我们经历从农耕文明到工业文明到信息文明，人类的文明这么一步步来是怎么来的，每一个现代人都要有自己的思考，一个作家更应该有独异思考，在全球化视野下作整体性的审视。比如讨论"天人合一"还是"以人为本"的问题，就要有整体性的认识。

还有一个就是审美创造。为什么还要提到审美性的创造，因为我们不是一个简单的文字宣传者，我们是以文学来审美，虚构世界的创造者，因此要回归人性的探寻和审美的创造。在这一点上来说，恩施文学在湖北文学的版图上有自己的特点，有自己的成就，我们每次都看到，每次都在肯定。省作家协会耿主席在发言中也特别说到恩施文学，包括恩施生态文学，对湖北文学、对全国文学的贡献，这个我们也是同样肯定。

我想我们要注意的就是，我们每一个作家都是在自己的起点上创造的，都是在自己的起点上进步的。什么是我们的起点？恩施是我们的起点；土家族苗族生活的某些遗风是我们的起点；从农耕文明到工业文明到信息文明，这个变化是我们的起点；我们先前的学养、教养、文学素养，我们对于文学的理解力，在正式发表作品之前，我们那些习作都是我们的起点。在这个起点上，我们有的作家大跨步向前飞跃，有的作家还在原地踏步，有的作家还没有意识到自己的表达还有缺憾。

昨天小组讨论，有好几位作家都谈到，比如徐晓华主席、吕金华主席、叶芳秘书长都谈到创作中的一些思考和困惑，让我深受启发，要克服经验式的写作惯性。我在大学里教文学，也在省作家协会参与文学教育和文学研究的一些事务、工作，经常跟基层作家有一些交流。省作家协会还给我派过农民作家、工人作家、长篇小说作家，对他们搞过一对一的辅导，有深切感触。但是我不知道为什么省作家协会没给我找个恩施作家搭对子。有个潜江作家已经去世了，大我八岁，地主儿子，只读了一个小学，但热爱文学，而且很有才华。我给他改作品，不是他发表之后才改，是他写毛稿子就给他改，比改我学生的作业还细致。给他改了以后还推荐发表，还写评论。十年前我还专门写过我跟他结对子的过程，一篇回忆性散文叫《我与农民作家结对子》发表在《人民日报》上。他这个写作就是刚才说到的经验式写作，凭对文学的热爱，凭自己丰富的生活经历，但是文学写一时还是写一世，光靠经验、光靠热爱是不够的，文学是一种特殊才华的技艺。巴金有一句话"写作无技巧"，但最高程度上的技巧是写作技巧，伟大的作家是特别讲究技巧的，在这一点上，我觉得我们要跳出经验，反刍我们的经验。

前几天端午节，端午节与屈原与爱国主义，普通人的看法、中学教科书的看法跟大学很多学者的看法是不一样的。上个周末，黄陂作协换届，聘请我当顾问，那天刚好是父亲节。我发言谈到，在座男士是父亲的儿子、大都是父亲，是父亲和母亲共同养育的孩子，但是一个作家写父亲、写母亲，天底下就你的父亲最好，就你的母亲最好，你这样写有意思吗？这样写能够说服人吗？那你说我这是真实感情，但是光有真实感情是不够的，你对感情要反刍。人都是有缺点的，我们的父亲和母亲都是有缺点的，父亲节、母亲节，能不能从人性的角度看，而不单纯从血缘亲情的角度。同样是生活经验，不同的作家表达是大不一样的。托尔斯泰怎么写父亲，鲁迅怎么写父亲，莎士比亚怎么写父亲，差距很大。中国文学就只知道依赖父亲、遵从父亲，孔夫子天天教我们去听父亲的话。中国作家是从鲁迅开始，审判我们的父亲的。同样是生活经验，什么爱国啊、母爱啊，什么家乡啊，一写家乡就是美，哪有这么简单的文化描绘，这样的表达太简单了。世界那些伟大的作家都提醒我们，还有更高标的审视方式，这个是说我们要克服经验式的写作惯性。

第二，避免标签式的写作模式。这个标签式的写作模式是在上次研讨会的时候，很多学者包括李建华、吴义勤，都谈到过的问题，这次研讨会上也有涉及。2015年6月，长江文艺出版社出版《旷野生长——恩施诗人诗选》，我在该书的序《清江丽如画　长剑当出鞘》里的最后一段，我乐意在这里再读一遍："作为一名少小时代生活学习在建始的文学工作者,我对家乡诗坛抱有厚望。区域文学不能是无根浮萍,恩施诗人当自觉汲取地方文化传统,化为自身的文学气质与文化心理,乃至血脉印记。但还应当注意到,在风情展示的背后应有文化的反思,在讴歌土苗民众的道德之善心灵之美的同时,还可从体制和人性的多层互动中予以恰当的审视和必要的批判。地方诗人不能仅满足于盆景式气象或猎奇式抒写,当从更高层面融入更广泛的人类经验、写作经验、现代意识和普世价值,步入更阔大的境地,使恩施成为真正的诗坛重镇。"

土家族是1957年才被国务院追认的,这之前我们没有感到我们是个少数民族,这之后呢,我们每个作家觉得我们每一个人天然都是少数民族理想的歌手,但是汉族文化对于鄂西这片土地全面的渗透,如果不分时段不分地域的一味强化、过分强化跟别人不一样的摆手舞、撒叶儿嗬,这种写作的确可以反思一下。这就是我说的第二点,要避免标签式的写作。上次会议吴义勤讲话,我觉得说得特别好的一个意思是,政策性的鼓励跟实际的创作成就是两个意思,要注意区分。

第三,希望突破瓶颈式的困境。这话田兴国老师昨天在小组会上说到过,刚才几位也谈到,真正有全国影响的中青年作家不太多,现在我们年轻作者很少。使用"瓶颈"这个说法,比如写诗动不动就是打油体、喊山歌式的模式。有一年李建华主席带我们到云南去采风,云南山歌那种丰富性和审美含量,我觉得恩施山歌还是有可以借鉴吸取之处。他还提到传奇体、章回体式的小说写法,因为我对恩施文学创作整体面貌不太了解,我不知道田老师的概括在多大的程度上是准确的,但我相信他说的这种现象是存在的。好多年前,宣恩有个老作家写传记体长篇,一定要我给他写个序,我给他写了一个长篇评论在《文艺新观察》上发表了。他又说最大愿望是在《恩施日报》上发个评论,我又跟《恩施日报》联系,发表了一篇1600字的评论。瓶颈式的写作困境,这个说法很打眼。但是至少部分地引起我们立志于创造更加优秀的恩施文学作家的警醒。土家族作家、恩施作家,都是汉语型的,都是文学型的,都是人类型的作家,既要发挥地域的、民族的优势,也要克服地域民族的限制,在既有成就的基础上有更好发展,我们这次研讨会希望能够起到一定的效果。

这是我一点学习体会,不当之处请大家批评。

文学的山水与山水的文学

杨光宗[①]

这是一次完美的盛会，围绕新时代生态文学和恩施文学的发展进行见仁见智的切磋共议，是主办方和承办方精心策划、细心谋定的，是文艺界对"两山"理论的自觉实践和有为担当，更成为最年轻自治州四十周年华诞的重要献礼。

感想一：为鹤峰县委政府的大智大为而钦佩而感动，以文化荟萃促经济社会发展。5月份我来鹤峰参加了"百家县市报看鹤峰"的超大型盛会，今天又来参与"新时代生态文学和第二届恩施文学研讨会"，下月全省新闻传播大咖又将在这里云集，召开"中国式现代化进程中的新闻传播担当与县级融媒的作为高端论坛"，一浪推着一浪，浪浪惊喜，刻骨铭心，展现出鹤峰县委县政府登高望远、立足鹤峰、放眼世界的博大胸怀。

感想二：为此次少数民族生态文学研讨盛会的文学场域而兴奋而点赞。此次盛会既有湖北省文联、作协、评协的大力支持，得以聚集刘川鄂、冯黎明、李建华、杨彬、彭公亮等一批文学研究专家，又得到了叶梅、李传锋等一批以生态书写为己任的颇有影响的作家鼎力相助。既有恩施州委宣传部、恩施州文联、州作协、州理协及本土作家、评论家的倾情投入，又得到了湖北大学当代文艺创作研究中心学者、湖北民族大学文学与传媒学院师生的热情支持！无论是"新时代恩施文学研究""新时代生态文学研究"，还是"新时代鹤峰作家群研究"，都精彩纷呈，亮点彰显，开启了新时代湖北少数民族文学创作的新起点、新征程，展示了未来发展的蓝图和远方。

感想三：为鹤峰作家群的兴起和自觉而欣喜而希冀。我们看到，鹤峰文学有着深厚的历史基础，既有"田氏一家言"的盛名，又有李传锋、王月圣、宋福祥等一批在当代有影响力的作家群体，还有正在奋力追赶的后生新秀，他们正在为中国文学疆域绘就鹤峰地图。他们既重视时间维度，又不断强化空间维度；既重视容美文化中心动力，又在努力追寻新的活力；既重视文学资源的重新发现，又努力对文化意义进行崭新开发。总之，他们正在不遗余力地绘就鹤峰文学地图，打造鹤峰作家群与外界对话、交流的升级版的文化名片。

感想四：为鹤峰绝美的自然山水文化映衬本次盛会主题而狂欢而迷醉。我到过鹤峰无数次，走遍了鹤峰的每一个乡镇，常来常新，流连难返。美丽鹤峰，立于天地之间，涵蕴山水之情，承载人文之风。为此次盛会的圆满举办创设了陶醉其中的分外姿色！

[①] 杨光宗，湖北民族大学文学与传媒学院原院长，教授。本文系"新时代生态文学研究暨第二届恩施文学研讨会"的闭幕词。

"新时代生态文学研究暨第二届恩施文学研讨会"综述

胡佑飞[①]

2023年6月23日至25日,新时代生态文学研究暨第二届恩施文学研讨会在恩施土家族苗族自治州鹤峰县召开。此次研讨会由恩施州文学艺术界联合会、湖北省高校人文社会科学研究重点基地湖北大学当代文艺创作研究中心、湖北民族大学文学与传媒学院、中共鹤峰县委宣传部联合主办,恩施州文艺理论家协会、鹤峰县文学艺术界联合会承办,恩施州作家协会、鹤峰县作家协会协办。李建华、耿瑞华、杨彬、彭公亮、刘波、罗翔宇、杨光宗、张宏树、冯黎明、李莉、江佳慧、董祖斌、宋俊宏、朱旭等专家与来自三峡大学、湖北民族大学、恩施职业技术学院、恩施州文艺理论家协会、恩施州作家协会、鹤峰县作家协会的评论家、作家及研究生代表共八十余人围绕新时代生态文学研究、新时代恩施文学创作、鹤峰作家群研究等主题进行了研讨。

24日上午开幕式上,中共鹤峰县委常委、宣传部长阳如海同志致欢迎辞。他指出,鹤峰是中国革命的红土、民族文化的厚土、生态完好的净土、资源富集的沃土、正在开发的热土,鹤峰县委、县政府长期以来重视文学事业的发展;此次活动坚持以习近平新时代中国特色社会主义思想特别是习近平生态文明思想为指导,有助于习近平总书记在文化传承发展座谈会上的重要讲话精神在鹤峰落地生根,促进鹤峰文学创作;同时此次研讨会是庆祝恩施州建州四十周年的重要活动,能够充分展现全县各族人民团结奋进、砥砺前行的精神风貌,对鹤峰县坚定不移走生态优先、绿色发展之路,当好"两山"实践创新示范区建设的模范生具有十分重要的意义。

恩施州文联专职副主席周良彪认为,此次研讨会是以实际行动学习贯彻习近平总书记关于文化传承发展最新论述的具体举措;恩施文学底蕴厚重,从巴人竹枝词到容美土司的田氏诗人群,再到现代的《清江壮歌》,各个历史时期都有具有代表性的文学遗产;到了新时代,恩施有一大批全国少数民族文学创作"骏马奖"、屈原文艺奖、湖北文学奖、土家族文学奖的获得者,文学创作取得了丰硕的成果;此次会议是献给恩施州建州四十周年的厚礼,也必将为下一个恩施文学40年的发展规划高品质的路径,提供高质量的方案。

湖北省作协副主席耿瑞华宣布此次研讨会正式开幕。他指出,前不久生态环境

---

① 胡佑飞,恩施职业技术学院讲师。

部和中国作协联合印发了《关于促进新时代生态文明繁荣发展的指导意见》，倡导广大作家传播生态文明主流价值观，书写生态文明建设的伟大实践，赞扬人与自然和谐共生之美，本次会议开展新时代生态文学研究，可谓是恰逢其时；恩施文学在湖北省文学版图中有着重要的地位，取得了突出的成绩，恩施生态文学创作也有优良的传统，近年来，恩施州委、州政府确立了生态立州的发展战略，恩施生态文学发展必定有着广阔的空间。

湖北省作协副主席、湖北省高校人文社会科学研究重点基地湖北大学当代文学创作研究中心学术委员会主任、湖北大学文学院教授刘川鄂在开幕式上介绍了湖北大学研究湖北地方文学的历史传统、取得的成绩以及此次研讨会筹备的具体过程。此外，刘教授在开幕式和闭幕式上对生态文学概念的提出、恩施生态文学的发展发表了自己的看法和观点。他认为恩施生态文学必须关注自我的生存状态，将生态置于改革开放以来恩施社会经济发展所取得的成就中来，书写恩施由穷山恶水到绿水青山的嬗变过程；同时还要增添生态文学作品的人性含量和审美含量，要用全球化的眼光、整体性的审视和审美性的创造来关注和思考从农耕文明到工业文明再到信息文明的发展过程，克服经验式和标签式的写作模式，突破恩施文学目前存在的瓶颈式困境。

湖北省文联二级巡视员、湖北省文艺评论家协会常务副主席、《长江文艺评论》常务副主编李建华认为，中国传统农耕文明中应天顺时、因地制宜、规范秩序、天人和谐等思想是中华优秀传统文化的重要组成部分，蕴含了丰富的生态文学思想；新时代生态文学是基于中国经济社会发展大局的一种文学样式，它表现了人与自然的和谐相处、美美与共的美学思想源自中国的传统文化，同时又结合了新时代中国经济社会发展；新时代生态文学具有世界的普遍性意义，生态文学的中国当代表达和中国样本可以丰富和充实世界生态文学，同时还可以推动人们思想和社会观念的变革，提高全社会的生态文明素养。

湖北省作协全委委员、中南民族大学教授杨彬认为，恩施文学应该包含三个方面的作家创作：一是长期生活在恩施的作家，这是恩施文学的主力，他们的生态写作是一种自发的写作；二是在恩施出生，但是旅居在外地的恩施作家，他们的生态写作已经由自发进入自觉的状态；三是外地客居恩施、书写恩施的作家，他们已经把生态文学提到一种高度来进行写作。对于恩施生态文学未来的发展，杨教授也给出了自己的建议：一是进一步强化生态意识，除了生态资源之外，还要充分认识到人类中心主义思想的局限，强调万物平等的观念；二是要不断壮大恩施生态文学的创作队伍，要充分吸收各种门类的作家，运用各种形式进行生态文学创作；三是要有专注的写作态度，要沉浸在某个生态领域进行深挖；四是要肩负起提升公众的自然审美能力的责任和任务。

恩施州文艺理论家协会主席、湖北民族大学文学与传媒学院教授李莉以张富清、陈连升为例，分析了生态美学下的英雄叙事。她首先从学术上对英雄下了定义，她认为英雄是指那些超出常人能力的人，能够带领人们做出巨大的极富意义的事情，大众评定的英雄能得到大众敬重和敬仰，能在社会上享有很高的道德声誉乃至政治声誉。接下来她分析了生态美学与英雄叙事的关系，她认为自然生态环境能够铸就英雄的体魄，磨炼英雄的意志，复杂的社会生态环境能够铸就英雄气节，培养英雄精神，同时实现"生态自我"是英雄们的共同追求。

湖北民族大学文学与传媒学院副院长、江佳慧副教授以《新时代的山乡巨变在文学作品中的呈现》为题，对田苹的小说《花开如海》进行了评论，她用了几组矛盾的概念来展现作家呈现时代变化在群体与个体身上的反映。首先是贫与富的矛盾，主要包括被动扶贫与主动作为、留守与出走、村民对扶贫工作怀疑与认可、传统生产方式和产业升级等这几组概念的对比，在此矛盾中折射扶贫工作的现实。其次是生与死的矛盾，在此矛盾中呈现了扶贫工作的社会群像。最后是新与旧的矛盾，在此矛盾中呈现了传统观念与现代文明之间的冲突。她认为经过贫与富、生与死、新与旧之间的矛盾冲突与转换，作品达成了天、地、人之间和谐共处的态势。

恩施州作家协会主席董祖斌认为恩施生态文学与恩施文学本身存在孪生关系，恩施作家的作品都和生态有关；恩施文学和恩施评论在以双轨制的方式发展；这对于文学评论的促进、对文学创作的推动都是一种非常有利的互动式方法；在谈论生态文学的同时，也要积极恢复文学的生态。对于恩施文学事业的发展，董祖斌也表达了自己的观点，他认为恩施文学需要在态度、角度、力度、温度等"四度"上下功夫，解决好"为什么要写""怎么去写"的问题，同时处理好高原与高峰、个人与团体、主流与特色、流派与品牌的关系，充分利用上级关怀、州外的帮扶，从历史和现实出发，讲好恩施故事，恩施文学必定拥有美好的明天。

湖北民族大学文学与传媒学院教授冯黎明从汉字的符号系统出发，阐释了汉字的生态型问题。他认为汉字是一种"不完全形式化"符号系统，是一种借助于象形构建而成的"字形状物"符号系统，是一种"字本位"符号系统，是一种"书写性"符号系统，因此汉字天然地具有一种生态性或者是一种生态的文化精神，是一种"生态化"的表意符号系统。

湖北第二师范学院教授彭公亮从生态思想起源的角度提出了自己的思考，他认为生态思想不仅仅是人类面临生态危机以后才产生的，西方的生态思想是从哲学的角度重新寻找一种世界秩序的建构开始的，从这一点来看东西方生态思想存在明显的偏差；他认为中国生态文学理论发生于20世纪80年代到90年代，是去政治化、去意识形态化的文学理论；生态文学的实践应该克服"乌托邦"的想象和纯自然主义的书写，作家要生态书写我们的历史文明，揭示每个个体自由而全面的发展。

湖北民族大学文学与传媒学院教授罗翔宇从土家的想象和想象的土家出发，对武陵山区土家族非遗传播的当下实践中具有原生性、典型性和创新性的文化IP"土家稀奇哥"进行了文本分析。他认为"土家稀奇哥"具有强烈的符号意义和多重的文化意蕴，从文学文本的角度，"土家稀奇哥"完成了文学文本的再造，对土家族民歌实现了一个叙事的进化；从艺术的文本的角度，他们完成了一个艺术文本的重构，土家族传统音乐在他们的笔下得到了创新的表达；从传播的层面，他们完成了媒介文本的迭代，实现了从边地到中央的大迁徙，完成了土家形象的融合、建构。对于这个文化IP的未来发展，罗教授也给出了自己的建议，他认为要坚守可扎根的文化土壤，要实现可持续的价值的输出，要探索可破圈的融合传播，同时还要打造可变现的商业模式。

湖北大学文学院讲师朱旭分析了乡村振兴视域下的新时代恩施生态文学，她认为生态文学最大的特点是书写人和自然共生的状态，它不仅仅包含人类的生存环境问题，还包括人在环境中如何建构自身、认同自身的问题。她分析了恩施作家李传锋的文学作品，从生态文学的视角对其进行阐释，认为生态文学关注的不仅仅是人类跟大自然的相处，更重要的是中国式现代化建设的一种和谐共生、一种互惠互动互设的共生，在乡村振兴的视阈下生态文学能够为大众认知乡村、认知生态提供一个有利的一个切入点。

湖北民族大学文学与传媒学院副教授宋俊宏对生态文学批评的范式以及生态文学的现实意义提出了自己的困惑。他认为自己在进行生态文学批评的时候陷入了围绕人与自然、人与社会、人与自我和谐共处的关系批评的学术困境，同时他对生态文学能在多大程度上唤醒民众的生态理念提出了自己的疑惑。

湖北民族大学文学与传媒学院教授杨光宗在闭幕词中指出，鹤峰县委、县政府长期以来关注文学事业的发展，具有登高望远、立足鹤峰、放眼世界的博大胸怀；鹤峰和恩施作家既重视时间维度，又不断强化空间维度，正在为中国文学疆域绘就鹤峰和恩施的地图；此次活动以文化汇萃促经济社会发展的具体实践，开启了新时代湖北少数民族文学研究与创作的新起点、新征程，展示了未来发展的蓝图。

在分组讨论环节，四个小组分别从新时代生态文学研究、新时代恩施文学创作、鹤峰作家群研究这三个议题进行了讨论。大家对生态文学的理念发表了自己的观点和看法，用生态文学的角度解读和阐释了部分恩施文学作品，对部分新时代恩施文学创作进行了点评，同时对鹤峰文学与恩施文学的未来发展提出了自己的建议。大家普遍认为鹤峰文学、恩施文学有着丰富的文学资源和优良的生态写作资源，要深入人民群众的日常生活，为人民写作，为时代而歌，书写新时代恩施经济社会发展的山乡巨变；同时还要继续提升交流和展示的平台，对文学作品进行再造与创造性转化，这样才能更好地服务地方的经济与发展。

生态文学与文学生态
——"新时代生态文学研究暨第二届恩施文学研讨会"述评

李 莉[①]

6月的鹤峰雄浑俊朗。雨水浇灌后的山城空气清新，阳光明媚，蓝天白云掩映下的群峰翠绿如新，穿城而过的溇水汤汤流淌，河上廊桥、河岸高楼之倒影在粼粼波光中婀娜多姿。鹤峰，享有"国家生态文明建设示范县""中国天然氧吧"之美誉。

宜人的自然生态环境为文化生态的发展提供了有利契机。2023年6月23—25日"新时代生态文学研究暨第二届恩施文学研讨会"（以下简称"研讨会"）在山环水绕的鹤峰县城容美镇成功召开。本次盛会的主办单位有恩施州文学艺术界联合会、湖北省高校人文社会科学研究重点基地湖北大学当代文艺创作研究中心、湖北民族大学文学与传媒学院、鹤峰县委宣传部；承办单位有恩施州文艺理论家协会、鹤峰县文学艺术界联合会等。

与会嘉宾近90人，他们有来自湖北大学、中南民族大学、三峡大学、湖北第二师范学院、湖北民族大学、恩施职业技术学院等高校的专家、学者、评论家、研究生，以及来自省、州、县各级文联、作协等单位的领导与作家，还有十多位其他高校和文化机构的嘉宾提交了学术论文（因事未能出席大会）。

大会议程共四个单元：24日有大会开幕式、主题发言和分组讨论。省、州、县领导出席大会并致辞，耿瑞华、李建华、刘川鄂、冯黎明、杨彬、彭公亮、刘波、罗翔宇、李莉、李雪梅、朱旭等专家、学者、文化研究者从文学理论、语言学、美学、传播学、社会学、文化学视角出发作大会主题发言。25日上午，嘉宾们考察屏山文学创作基地，感受屏山的历史文化与生态美景；下午各小组点评人汇报分组讨论情况，之后举行闭幕式。大会在隆重欢快的气氛中落下帷幕。

根据会议议题以及各位嘉宾的发言，研讨内容主要有三大板块：一是生态文学"源"之追溯；二是新时代生态文学"流"之探讨；三是生态文学创作与研究之启示。为表述便利，下文依次阐释。

一、生态文学"源"之追溯及其逻辑支点

"新时代生态文学"研讨会在山城鹤峰举办，应时应景，既是"两山"理论的文

[①] 李莉，湖北民族大学文学与传媒学院教授。

学实践，亦是当下中国文学创作的重要命题，契合时代发展与社会需求。然而，何为"生态文学"？生态文学的生存语境如何？其概念命名的逻辑支点何在？这是研讨会首要探究的论题。

对此，一部分学者对"生态文学"概念的来源进行了梳理。"生态"的本义，《现代汉语词典》解释为"指生物在一定的自然环境下生存和发展的状态。也指生物的生理特性和生活习性"。人类作为最高级生物，与自然生态发生各种关系，进而衍生出人类社会生态以及人自身的精神生态。唯有自然生态、社会生态与精神生态均达到"平衡"状况，整个社会的生态才是良性的、可发展的、可持续的，一旦出现"失衡"，生态现象就会被破坏，人的物质活动和精神活动就会出现故障。文学对各种生态的"平衡"或"失衡"书写，构成生态文学。生态文学以审美为基点，亦以审美为旨归。

中国古代的山水田园诗、旅游风情散文都具有今天所言的"生态文学"特征，只是过去人们并没有用"生态文学"指称之（有学者称其为"自然文学"）。"生态"用于文学并与之合谋，一般认为是"人类中心主义"产生的结果，西方较早使用这一概念，中国在20世纪80年代中后期才出现。对此，曾繁仁在其著作《生态美学导论》（商务印书馆2010年版）中有详细梳理。国内，鲁枢元提出了"精神生态"概念；曾繁仁提出了"生态美学"概念。后者认为，生态美学的兴起，不仅与现代经济、文化哲学有关，还与"现代文学生态批评的兴起与发展"有关。当人们不断怀念家园故乡，向往田园山水时，意味着人对自己的生存产生了焦虑，人与自然的关系存在紧张感，自然生态发生了变故，人类社会的生态发生了变故。"生态文学"的出现，便是寻求精神解压或是生态意识警醒。

谈到"生态文学"，李建华从中国传统农耕文化出发，认为："生态文学是以生态为表现对象的一种文学形态……它表现人与自然的和谐、美美与共的美学思想。"这就意味着，文学书写生态，依旧遵循原本的审美原则——求真求美。"生态美学"是生态文学之追求境界，不同时代、不同地域的写作者持存不同态度，通常出现两种情况：一是对良性生态的赞美，二是对非良性生态（如生态破坏）的批评。拥有得天独厚山水资源的恩施州，为恩施作家提供了无穷无尽的自然生态写作资源；加之恩施州属于多民族聚居区，各民族关系和谐融洽，人文社会生态环境优良，是故恩施文学（指恩施土家族苗族自治州八个县市作家及恩施籍作家创作的文学作品）多以生态书写取胜。李传锋的《红豺》《白虎寨》、叶梅的《五月飞蛾》《撒忧的龙船河》、周良彪的《野阔月涌》、田天和田苹合作的《父亲原本是英雄》等作品都将恩施本土的自然生态、社会生态以及人际生态书写得淋漓尽致，是生态文学的优质案例。基于自然环境的优越以及人文关系的和谐，恩施文学较少表现生态冲突或生态矛盾，以致有些外地读者怀疑其"粉饰"意图。生态环境"优美"的真实以及"非良性生态"的"缺失"让恩施作家产生了骄人资本，而"生态文学"的频频出炉又助推了恩施旅游业的兴旺发达。杨彬在《恩施生态文学面面观》一文中肯定了恩施作家以及外地作家对恩施的"生态"关照与"生态"书写，离开恩施多年的李传锋、叶梅，以及州外作家成君忆、李青松等都颇有成就，认为外地作家的加盟拓展了恩施生态文学的创作视域与审美领空。

当下中国文坛，生态文学不乏反思性作品，如席慕蓉的草原诗歌与散文（《草原的价值》《我的抗议》《大雁之歌·嘎仙洞》）、阿来的"三珍"小说（《三只虫草》《蘑菇圈》《河上柏影》）、迟子建的《额尔古纳河右岸》等作品，对因过度逐利而破坏生态环境的行为进行了审视与反思。对此，刘川鄂、宋俊宏、田兴国等学者联系当下诸多文学现象对作家如何"破圈"、如何表现"生态失衡"、如何直面"生态问题"提出了各自的观点，其问题意识引人深思。

二、生态文学"流"之探讨及其语境开拓

生态文学研讨会中一项重要议程是考察屏山峡谷生态文学创作基地。创作基地于 2020 年 5 月由湖北省作家协会挂牌创建。屏山集沉雄与秀美于一身，不仅有令人心醉神迷的山水风光，亦有令人惊诧叹奇的历史文化。它是鹤峰古代文学——田氏家族文学的发祥地，是诗集《田氏一家言》的创作生产基地，也是清代文学家顾彩《容美纪游》的描述地，是鹤峰柳子戏（戏本）的改编与演绎地。田氏家族文学是古代西南少数民族生态文学创作之大成者，是鹤峰乃至中国少数民族家族文学之瑰宝。

田氏家族十分重视文化建设，喜好诗词歌舞，其家族六代九位诗人曾写过三千余首诗歌，经由田舜年编录而成诗歌总集《田氏一家言》。至今存留的只是其中极少部分，大部分散佚。研讨会考察者兵分两路：一路领略屏山的秀山净水，一路则徒步寻访田舜年手书的"山高水长"摩崖石刻遗址。田舜年是田氏家族文学的重要创作者、编纂者，也是田氏文学走向山外的重要引领者。田氏家族诗歌多赞花鸟林泉，其风格"山清水秀"，为后世提供了生态文学的写作样本与研究资源，其余音仍回响在文坛和学界，甚至出现了"田氏"文学研究与创作现象。陈湘锋的《〈田氏一家言〉诗评注》、邓斌和向国平的《远去的诗魂——中国土家族"田氏诗派"初探》、周西之和熊先群的《寻找湮灭的辉煌——〈田氏一家言〉丛论·校注·赏析》、贝锦三夫的《田子寿诗集校注》，以及贝锦三夫创作的长篇小说"武陵王"系列之《白虎啸天》《文星耀天》《恨海情天》，花理树皮（黄生文）的小说《美玉无瑕》等作品都是这一文学现象的延续与拓展。田氏家族诗歌创作或田氏家族人物故事成为文学研究、文化研究以及文学创作的珍稀资源。新时代的作家对田氏文学内容及其人物原型予以想象，生产了具有现代审美特色的作品。

此外，宋福祥的《陈连升传》、龚光美的《沧海之恋》《发现古桃源》、邓斌的《荒城》等作品均以历史人物或历史事件为写作素材，拓展了生态文学写作范围。这些作品的问世就是鹤峰文学精神的弘扬。20 世纪 90 年代，随着李传锋、邓斌、向国平、杨秀武、王月圣、龚光美、向端生、周西之、唐敦权等作家的相继涌现，"鹤峰作家群"初具规模，到 21 世纪，宋福祥、黄生文、田广等中青年作家的成长延展

了这种县域作家群现象。县域作家群的出现在中国当代文坛极为罕见，极为珍贵。尤为可贵的是，鹤峰走出了四位全国少数民族文学创作骏马奖获奖作家（李传锋、邓斌、向国平、杨秀武），这份荣光是对田氏文脉的赓续，是生态文学流脉的延伸。挖掘田氏家族文学、了解鹤峰生态文学的古代形态，传承其文学创作风尚，创造新的文学生态语境，亦是本次学术活动目的之一。刘波、李莉、李雪梅、朱旭、周伟、谭明和、胡佑飞等学者对上述作家作品及其文学现象进行了深入探解。

作为恩施文学现象，鹤峰作家群引发的关注也推动了恩施文学乃至湖北文学的发展。"恩施作家文丛"（收录了七位作家的诗歌、散文、小说等作品）、田苹的小说《花开如海》、杨秀武的长篇叙事诗《东方战神陈连升》、徐晓华的散文集《那条叫清江的河》、陈亮和周良彪的报告文学《战贫志》等作品引起了叶梅、贺绍俊、庄桂城、王泉、李建华、杨光宗、江佳慧等学者的关注，认为这些作品在体现恩施生态文学方面具有"和美"之共同特性，在拓展恩施文学文体的多样性方面又有作者自己的创作个性，他们为文学生态的发展提供了新的审美空间及其实践案例。

三、生态文学研讨会之启示

持续两整天的会议对大会主题"生态文学"进行了充分探讨，气氛融洽，反响热烈。这次会议为恩施文坛灌注了生机与活力，为恩施文学创作者、研究者提供了新思路，开拓了新视野。通过研讨，与会学者们肯定了鹤峰作家群、恩施文学的重要成就，同时对如何建设"文学生态"提出了诸多有益建议。

就本质意义看，"生态"是追求事物发展状态的均衡；从哲学层面讲，就是追求矛盾的对立统一。当生态介入文学内部，或者从生态视角考察文学的发展状况，即构成文学生态。换句话说，文学生态是指文学内外诸要素的生态平衡关系。如作家队伍、评论家队伍的建设，文学题材与文学体裁的多样化发展，文学传播的多渠道并存，文学流脉的延伸、文学风尚的传承、文学精神的存续等等，都属于文学生态范畴。对于基层文学以及地方高校而言，保持文学生态平衡，尚需付出艰苦劳动。

一是基层文学工作者如何突破地域文学创作瓶颈，如何在新时代语境中获得新的写作空间与写作动力，跳出既成的创作模式大胆"破圈"，是恩施文学乃至中国当代文学都无法回避的问题。纵观恩施文学近四十余年的成就，可以看到，民族性与地域性是其表现得最突出的两大特性，既成的文学作品中对本土多民族文化、地域特色有大量反映，技法上基本遵循现实主义写作原则，"絮语式""自传式""片段抒情式"成为恩施作家的写作格式。如何在表现方式、表达话语以及审美思维方面突破"格式化""平面化"写作，突破"自荐"式、"推介"式思维方法，进入深度挖掘状态以及"陌生化"写作状态，有待进一步探讨。

二是基层文学研究者，特别是地方高校的文学评论者，如何紧跟地方文学的发展动向，开展多层面、多形式的文学研讨，积极引导地方文学评论风尚，亦是值得思考的问题。恩施地处武陵山腹地，远离省城武汉。基于历史及地理等诸因素影响，现代文化氤氲的底子相对薄弱。所幸有多所高校坐落于此，为其文化交往、交流带来了源源不断的信息。地方高校如何与地方政府联手，高校的学术资源如何与地方文学创作资源结合，如何服务地方，彼此提供良好的合作平台与传播平台，推进地域文学创作以及推动地方文化经济产业并为之提供新思维，也是值得思考的重要课题。本次生态文学研讨会能够圆满召开，除开多所高校的有效合作外，还得益于鹤峰县各级部门的高度重视，得益于恩施州有关部门的高度关注。研讨会引发的学术话题，如生态旅游话题、文化建设话题以及由此产生的积极影响，为基层文学创作、地域文学研究以及多民族文学研究做出了可贵探索，并获得了成功经验。这种高校与地方的合作方式（即"校地"合作）值得进一步推广。

三是如何培养青年作家与青年评论工作者，壮大文学创作队伍与文学评论队伍，是各级文化工作者需要直面的问题。首先，人才队伍是保障文学生态得以良性循环的基础。此次研讨会嘉宾虽有老中青三代同堂，相比而言，青年学人比例偏低。如何鼓励年轻人从事文学阅读、写作与评论，需要营造更好的社会环境与文化环境。"文学无功利""审美无功利"的传统观念并没有完全失效，逐利写作固然有一定的激励作用，但从长远看，文学创作与文学研究需要有刻苦精神、执着精神和奉献精神。唯有保持这些可贵的品格，文学创作与文学评论才会有永不枯竭的内驱力。其次，基层文学工作者和文学评论者大多是兼职写作，需要兼顾多种工作。兼职写作与兼职评论容易受到其他工作干扰，会影响作品质量的提升。如何处理好写作、评论与其他工作的关系，需要创作者与评论者拥有弹性的空间与时间，需要得到相关单位的理解与支持。惟其如此，才能让文学创作队伍和文学评论队伍保持良好的生态平衡。文学生态平衡是文学创作与文学评论得以持续发展的动力之源。

四是呼唤少数民族文学经典。2017年举办的第一届恩施文学研讨会上，著名批评家吴义勤曾提出过要重视少数民族文学经典化问题，刘川鄂教授在本届大会总结发言上再次强调了这一问题，笔者也有相关研究，可见少数民族文学经典之重要。呼唤经典就是要创造经典，这不只是本届研讨会的期待，也是中国当代文学的期待。当代文学有高原却少高峰，创造高峰就是要创造不朽的经典。经典的生产需要作家们付出艰辛的劳动，其作品需要获得广大读者和文学评论家们的认同，需要接受时间的不断淘洗与一代代读者的检验。恩施已有多位作家获得全国少数民族文学骏马奖、湖北文学奖或屈原文学奖，获奖虽然不能作为经典的唯一衡量标准，却是文学经典化过程不可或缺的环节。文学研讨会的举办，也是文学经典化的重要环节。能够获得国家级、省级奖励，能够进入研讨会的作品意味着它获得了一定范围、一定程度的认同与传播。恩施文学、中国少数民族文学乃至当代文学，仍需要在经典化路上继续攀登。

浅议恩施生态文学创作与批评

洪健萍[①]

近年来，生态文学创作特别活跃，这是中国作家们贯彻习近平新时代生态文明思想的重要实践，对增强公众生态意识具有重要作用。在此背景下，恩施生态文学紧跟时代，积极创作，科学批评，发展势头良好。2023年6月底，新时代生态文学研究暨第二届恩施文学研讨会在鹤峰召开，省内外众多专家、学者、作家围绕会议主题开展学术交流和思想碰撞，令笔者眼界大开。7月下旬，笔者有幸参加湖北省文联第十一次代表大会、湖北省作协第八次代表大会，深受启发，对恩施生态文学发展前景有所感悟和思考，具体有如下几个方面。

一、生态文学的渊源

自工业革命以来，人们在利用科学技术开采地球资源来造福人类的同时，生态危机也随之而来，生态文学则诞生于这种背景之下。1962年，美国海洋生态学家蕾切尔·卡逊女士的科普读物《寂静的春天》出版，作者以敏锐的洞察力和严肃的笔触深刻揭示了滥用现代科技产物——化学药剂对大自然的巨大危害，这在学界引发热议，此书被研究者认为是现代生态文学的滥觞。此后，世界各地生态文学创作便日益兴旺。

中国的生态文学创作起步于20世纪80年代中后期。1978年改革开放后，社会生产力得到解放和发展，国内现代化建设加速发展，这使得我国生态环境在某种程度上的破坏也在加速。对此，部分作家敏锐地察觉到这一点，开始在作品中反思生态问题。此时国外生态文学和理论大量传播到中国，我国生态文学创作便逐渐兴盛，首先出现在人们视野中的是报告文学，如沙青《北京失去平衡》（1986年）、徐刚《伐木者，醒来！》（1988年）、岳非丘《只有一条长江——代母亲河长江写一份"万言书"》（1988年），等等。它们都真实地反映了某些方面的生态危机，有较大影响。进入21世纪后，生态文学形式呈现出多样化特点，生态报告文学、生态小说、生态散文等大量出现。

尽管如此，目前学界关于"生态文学"概念的界定，一直都是比较含混模糊的，或者认为作品中只要出现自然环境元素就是生态文学，或者认为作品中出现描写环境问题就是生态文学等，这些都是对生态文学概念的偏颇理解。目前学术界普遍认

[①] 洪健萍，鹤峰县委宣传部四级调研员、文联专职副主席。

同的是王诺教授在《欧美生态文学》一书中的定义,即"以生态整体主义为思想基础、以生态整体利益为最高价值的考察和表现自然与人之关系和探寻生态危机之社会根源的文学。生态责任、文明批判、生态理想和生态预警是其突出特点"[①]。此定义聚焦于人与自然的关系,强调了生态文学的主体性,认识到了人类与自然界相互依存、相互影响的关系。

总之,生态文学作品是通过描述人与自然的关系,强调人类与自然界的共同命运,提醒我们要承担起保护和修复生态环境的责任。

二、恩施生态文学研究现状

随着生态文学作品的大量出现,生态文学批评与研究应运而生。1987年,学者许贤绪发表了我国第一篇以"生态文学"命名的论文——《当代苏联生态文学》[②],此论文对人与自然的传统观念提出了质疑,自此"生态文学"的相关研究进入大众视野。任何一种文学批评理论都不是凭空产生的,文学创作便是文学批评理论产生的重要基础。"客观地讲,生态文学并不是生态批评催生的花朵,相反,倒是生态文学的满园春色带来了生态批评的盎然生机。"[③] 生态文学批评通过对生态文学作品进行解读,探讨了作品中的生态观念,也促进了生态文学的创作。

"生态批评"是一个言人人殊的概念。"大致上说,'生态批评'是从文学批评角度进入生态问题的文艺理论批评方式,一方面要解决文学与自然环境深层关系问题,另一方面要关注文学艺术与社会生态、文化生态、精神生态的内在关联。"[④] 也就是说,生态批评要解决"文学性"与"生态性"的问题。一方面要认识到文学与自然的关系、文学对生态问题的反映以及人类对生态的思考等,从而促进人类与自然的联系与情感想象。另一方面则是探索人类社会的生态文化,提升人类社会的生态人文素养,寻求一种"诗意地栖居"。概言之,生态文学批评希望通过文学来连接自然与人类之间的关系,用文学来审视和批判人类文化。

生态文学创作兴起的同时,生态批评以面向现实关怀、肩负时代责任、展现伦理关爱为特点,以自然生态为起点,大胆延伸到社会生态和精神生态,使得生态批评的含义愈来愈丰富。但它始终脱离不了其主要任务,即"通过文学来重审人类文化,来进行文化批判——探索人类思想、文化、社会发展模式如何影响甚至决定人

---

① 王诺:《欧美生态文学》,北京大学出版社2003年版,第11页。
② 许贤绪:《当代苏联生态文学》,载于《中国俄语教学》1987年第1期,第57~68页,48页。
③ 李大西:《生态批评对生态文学创作的意义》,载于《美与时代(下)》2019年第5期,第80~82页。
④ 王岳川:《生态文学与生态批评的当代价值》,载于《北京大学学报(哲学社会科学版)》2009年第2期,第130~142页。

类对自然的态度和行为,如何导致环境的恶化和生态的危机"①。简而言之就是审视人类行为对生态的影响。"新时代生态文学研究暨第二届恩施文学研讨会"上,与会专家学者以"恩施生态文学"为主题,围绕"人—文学(文化)—生态"进行了深入的批评与交流。比如湖北省文艺评论家协会常务副主席李建华以周良彪等人创作的报告文学《战贫志》为例,分析了生态文学中所蕴含的对中华传统文化的思考,并认为生态文学是基于经济社会发展大局的一种独特文学样式,人们可以从中提升生态文明素养。该评论家明显注重对中国哲学传统中生态思想的研究与继承,探索了生态对未来社会发展的重要性。恩施州文艺理论家协会主席、湖北民族大学李莉教授在《生态美学下的英雄叙事——以陈连升、张富清形象为中心》中,从生态美学、自然生态环境、社会生态环境角度重新定义"英雄"的美学概念,可见该批评家给予了生态批评更广阔的的文学视野。湖北大学朱旭博士以李传锋的小说《白虎寨》为例,剖析了"乡村振兴视阈下的新时代恩施生态文学",还原了人与自然和谐相处的模式。该批评家结合当下时代热点,具体问题具体分析,重点突出,对象明确。另外还有湖北省作协副主席、湖北大学刘川鄂教授指出恩施生态文学发展要从恩施风貌和人性淳朴延伸,要提高恩施生态文学的人性含量和审美含量,这对恩施生态社会可持续发展有建设性意义。其他专家学者也都交流了各自对恩施生态文学的看法。

总之,此次学术研究和理论探讨通过文学来审视人类文化,探讨了文学与自然环境之间的关系,彰显了恩施生态文化底蕴,丰富了生态文学的理论基础和人文价值。

三、恩施生态文学创作的重要价值

恩施生态文学创作具有认识价值。人类工业文明的发展对少数民族地区生态环境造成了极大破坏,李传锋创作的一系列动物小说,从自然与动物的角度出发,表达了对自然的赞美和对动物的喜爱,批评了"人类中心主义"行为。《最后一只白虎》中小白虎被迫从森林辗转到人类社会,而后又逃回森林的曲折故事,经历了被捕——逃离——再被捕——再逃离的过程。李传锋通过对几经生死、最终还是逃不出人类魔爪的小白虎的描写,深刻批判了人类作为主宰者对生态环境破坏的行为。《红豺》《母鸡来哼儿》中都书写了人类中心主义下动物生存的卑微命运,是人类打破了人与自然之间和谐的相处方式。李传锋通过对森林的破坏和对动物的伤害的描写,来告诫人们在追求自身发展过程中要尊重自然,要追求人与自然和谐相处的生态观,使人们真正认识到了善待动物、建立人与自然和谐相处生态观的重要性。

恩施生态文学创作具有审美价值。生态文学作品不仅可以让人类深刻认识到生态环境破坏对自身生存发展的危害,进而产生生态预警,也能促使人们去追求"诗

---

① 王诺:《生态批评:发展与渊源》,载于《文艺研究》2002年第3期,第48~55页。

意地栖居"生活。生态文学作品中充满审美意蕴的语言文字，以及对生命意识的展现和美好生活的呼唤等内容都极具审美价值。叶梅笔下的鄂西世界是一个令人向往的"桃花源"世界，她不仅为读者描写了一个神奇秀美的自然世界，也为读者展示了一个具有人性美、人情美的土家族社会。诗情画意是叶梅笔下鄂西世界的突出特点，叶梅的作品中充满了她对鄂西自然山水的书写与赞叹。另外，土家族人对于生命意识的独特态度在《撒忧的龙船河》一书中有较好的体现，主人公覃老大活着时常说"该死的卵朝天，不该死的万万年"[1]，"要死卵朝天，不死好过年"[2]，可以看出叶梅笔下土家人独特的生命体验——从容豁达的生死观。不管是对鄂西桃花源世界的描写，还是展示鄂西土家族人独特的生命意识，都体现了叶梅生态文学作品中的审美价值。

四、恩施生态文学的发展前景

生态文学终究是人的文学，其创作之路绝非走向荒野、走向森林。回归自然、书写自然固然很纯粹，却不是提倡回到原始的自然环境中去，更重要的是张扬现代生态文明理念，展现与生俱来的自然情怀，反映更高层次的人与自然的文明形态。笔者认为恩施生态文学的未来发展需要注意以下几个方面。

一是培育生态文学精神，深入讨论生态伦理。快餐文化时代，有的作家或许认为，沉下心来找自己的"有氧环境"苦行苦修，不如走淄博"赶烤"之路，手握小饼、烤炉、蘸料灵魂"三件套"，焦脆的面饼、鲜嫩的肉汁，瞬间融汇口腔，是烟火气里的风土人情，这样的节奏肯定有人跟，甚至偶尔还能来个火爆出圈。但快餐终究取代不了传统中餐，讲好中国故事还得耕耘自己的家园，找到丢失的草帽。近年来恩施"两山创新实践示范基地建设"取得了巨大成就，对保护生态环境有重要作用，踏实书写这方面的故事，是恩施生态文学的重要任务。当然，如果仅仅只是描写生态危机现象，而对生态伦理等深层次的问题少有讨论，那么恩施生态文学很难达到高水准。

二是探索本土文化对生态理论的资源性意义。相较于西方国家，我国生态文学创作起步较晚，甚至是受到了西方生态文学的影响，其生态批评理论研究更是存在不少空白需要研究者们去填补。探索本土文化的生态意义则是一条重要途径，自然风光是生态文学的重要元素，历史文化是生态文学的重要源泉，生存环境更是生态文学的重要依托。事实上，恩施有丰富的生态文学资源，恩施土家族人秉持的"万物有灵""天人合一"等观念，可以为恩施生态文学批评提供理论资源。立足于恩施本土文化，正如武陵溪上的桃花朵朵，恩施生态文学已成为一种独具特色和时代价值的文学形式，这要求恩施生态文学不仅要描写美丽的山川河流，还要关注人与自

---

[1] 叶梅：《叶梅文集：小说卷（上）》，武汉大学出版社2019年版，第320页。
[2] 叶梅：《叶梅文集：小说卷（上）》，武汉大学出版社2019年版，第347页。

然之间的亲情、友情、爱情等人性关系，探索当代人类与自然和谐共处的可能性和路径。

三是加强生态文学批评。近年来，恩施生态文学创作正处于一个上升期，恩施有多位作家荣获"骏马奖"，取得了较为突出的成就，其恩施生态文学成绩也不低。如叶梅生态散文集《福道》，李传锋笔下的动物系列小说等，都是恩施生态文学的典型代表作。当然，问题也比较明显，恩施生态文学批评之路存在滞后现象，生态文学创作需要理论家的批评与建议，有了恩施自己独特的生态理论批评，恩施生态文学创作可能走得更高更远。

"中国的生态文学创作大多缺乏对于生态问题更为深入的思考和探讨，生态批评理论研究处于滞后状态，生态文学批评尚未得到文学批评界足够的重视。"[①] 当然，恩施生态文学的未来发展同样存在着类似的问题，恩施作家的创作对生态问题的阐释大多停留在对生态环境破坏现象的描述上，生态文学理论研究缺乏相应人才储备，生态文学批评缺乏理论深度，不能形成大气候，这些问题不容忽视。党的二十大报告指出："中国式现代化是人与自然和谐共生的现代化。"报告的第十部分围绕"推动绿色发展，促进人与自然和谐共生"主题做了深刻全面的阐释。这些理论阐述不仅为中国生态文学的发展提供了方向与建议，对恩施生态文学创作的未来发展也有重要指导意义。

[①] 杨剑龙、周旭峰：《论中国当代生态文学创作》，载于《上海师范大学学报（哲学社会科学版）》2005年第2期，第38~43页。

后 记

　　《生态文学与文学生态——"新时代生态文学研究暨第二届恩施文学研讨会"论文集》（以下简称《文集》）是由恩施土家族苗族自治州文艺理论家协会和湖北大学当代文艺创作研究中心共同策划、由武汉出版社出版的大型学术论文集。

　　《文集》是2023年召开的"新时代生态文学研究暨第二届恩施文学研讨会"成果的延展与深化；收录了来自全国各地50余位专家、学者、文化研究者的学术论文50余篇，对新时代生态文学、恩施文学、鹤峰作家群现象以及多民族文化现象进行了不同程度的关照与探究。这项成果的出版有效贯彻了习近平总书记的系列重要讲话精神，真正落实理论与实际结合，把评论写在大地上的理念；有力促进了恩施文学创作与恩施文学评论事业的繁荣发展；助推了地域文化、多民族文化的宣传与传播。《文集》为恩施文学、湖北文学乃至中国当代文学写下了精彩华章。

　　2019年，恩施州文艺理论家协会和湖北大学当代文艺创作研究中心联合出版过《地域文化、民族文学与中国当代文学史——首届恩施少数民族文学高峰论坛文集》，是2017年举办的第一届恩施文学研讨会的成果，反响良好。当时计划每两年举办一次恩施文学研讨会，出版一部会议论文集。后因众所周知的原因（疫情影响），会议推迟。

　　第二届恩施文学研讨会于2020年开始筹备，2021年正式启动，2023年6月在鹤峰县隆重举行。会议得到了中国作家协会、湖北省作家协会、湖北省文艺评论家协会、恩施州委宣传部、恩施州文联、湖北大学文学院、湖北民族大学文学与传媒学院、恩施州文艺评论家协会、恩施州作家协会、鹤峰县政府、鹤峰县文联等部门的大力支持和帮助。近九十位州内外、省内外的专家、学者以及作家代表、文化界人士和高校研究生参加大会，提交了论文和发言提纲，并就大会议题进行了热烈讨论。会议圆满，效果超出预期。会后，《湖北日报》《恩施日报》以及湖北日报网、湖北文艺网、湖北民族大学校园网、鹤峰县人民政府网等媒体就会议信息进行了报道，多家媒体进行了转载。《社会科学动态》《清江》《巴文化》等刊物还不吝版面发表了相关的学术论文。

　　会议启动后，收到中国作协、湖北省文联、湖北省作协、湖北省文艺评论家协会、省内外高校及各级科研机构、恩施州作协、恩施州理协等单位的专家、学者和研究生论文稿件近九十篇。恩施州文艺理论家协会对来稿进行了分类，并进行了初选、再选、三选等多次选择，然后在此基础上对内容合适的文章再度整理和多次修改，根据会议主旨选取了契合主题的文章编录成《文集》。有一部分研究者参会时因时间紧促，会前只提供了提纲，会后又将文章进行了补充扩展；有的研究者根据会议主题在会后将论文进行了修改完善，他们的治学精神值得高度赞赏！

《文集》主要由三位主编李莉、刘川鄂、胡佑飞负责组稿、选稿、修改、统稿、编排、校对，并联络出版社，筹措出版经费等工作。对此，他们倾注了极大热情，付出了大量时间和辛勤劳动。由于作者来稿时间不一致，论文集虽经过多次修改、调整和编排，编印过程中仍难免疏漏，恳请各位读者批评指正。

"新时代生态文学研究暨第二届恩施文学研讨会"得以顺利召开，论文集得以顺利出版发行，得益于各位与会嘉宾、各位作者和相关部门的通力合作。在此对会议主办单位、承办单位、协办单位表示崇高敬意和衷心感谢！对参会的嘉宾和各位赐稿的作者致以崇高敬意和衷心感谢！祝愿新时代文学创作与文学评论事业繁荣兴旺！

编　者

2023 年 10 月 6 日